# Mordsgschäft

Barbara Edelmann ist in Mindelheim geboren und aufgewachsen. Seit Jahrzehnten lebt sie glücklich und zufrieden im Allgäu und möchte laut eigener Aussage »nirgendwo anders sein«. Ihre Erfahrungen und Beobachtungen verarbeitet sie in ihren Allgäu Krimis.

BARBARA EDELMANN

# Mordsgschäft

ALLGÄU KRIMI

emons:

**Bibliografische Information der Deutschen Nationalbibliothek**
Die Deutsche Nationalbibliothek verzeichnet diese Publikation in der Deutschen Nationalbibliografie; detaillierte bibliografische Daten sind im Internet über http://dnb.d-nb.de abrufbar.

MIX
Papier aus verantwortungsvollen Quellen
FSC® C083411
FSC
www.fsc.org


Umschlagmotiv: photocase.de/claudiarndt
Umschlaggestaltung: Tobias Doetsch
Gestaltung Innenteil: César Satz & Grafik GmbH, Köln
Lektorat: Christine Derrer
Druck und Bindung: CPI – Clausen & Bosse, Leck
Printed in Germany 2016
ISBN 978-3-95451-985-9
Allgäu Krimi
Originalausgabe

Dieses Buch widme ich
Lydia Kröll-Schön und Maria Witzig,
zwei wirklich tollen Frauen.

## Donnerstagabend, Legau

»Wo gehst du hin?« Christa Melzer stand mit großen Augen in der Wohnzimmertür und starrte verblüfft ihren Ehemann an, der gerade versuchte, in seine schwarze gefütterte Lederjacke zu schlüpfen, ohne dass seine Frau es bemerkte.

»Weg muss ich«, antwortete der Angesprochene mürrisch. »Hab grad einen Anruf gekriegt. Der Helmut hat eine Panne. Kommt sonst keiner, und im ADAC ist er net. Muss ihm helfen.«

»So. Der Helmut ...« Christa stemmte die Hände in die Hüften und schaute ihren Mann durchdringend an.

Sie war eine hübsche, schlanke Blondine Ende dreißig, mit großen blauen Augen und einer bemerkenswert gut proportionierten Figur. Ein Allgäuer Mädel wie aus dem Bilderbuch. Aber leider – wie ihre Mutter immer wieder seufzend beim Friseur erzählte – »nicht die hellste Kerze am Leuchter«. Das wussten eigentlich alle außer Christa selbst. René Descartes hat angeblich einmal gesagt: »Nichts ist so gerecht verteilt wie der Verstand – jeder glaubt, dass er genug davon hat.«

Wie sie jetzt empört in der Tür lehnte und ihren Ehemann von oben bis unten betrachtete, dass diesem ganz ungemütlich zumute wurde, ähnelte Christa einer Serienfigur aus den achtziger Jahren, die von ihrem Vater immer liebevoll »Dumpfbacke« genannt worden war. Nur hätte Ernst Mooslechner, Christas Vater, das nie getan, denn er liebte seine Tochter abgöttisch und hasste seinen Schwiegersohn abgrundtief.

Christa trat einen Schritt nach vorn. Ihr ansehnliches Dekolleté war nur notdürftig von einer knallroten Trainingsjacke verdeckt. Auf diesen Abend zu zweit hatte sie sich gefreut, denn ihr Mann hatte selten frei und war noch seltener daheim. Nicht mal zur Arbeit nach Mindelheim fuhren beide gemeinsam, weil Toni oft später heimkam und früher wegmusste, denn in der Firma gab es viel zu tun. Und Toni musste gleich auf die Baustelle. Außerdem war sie beunruhigt, denn Helmut hatte ihr gestern etwas verraten ... Christa schüttelte ihren hübschen

Kopf und scheuchte den Gedanken in die hinterste Ecke ihres übersichtlichen Gehirns. Allerdings … Nein. Das Beste war, nicht darüber nachzudenken.

»Und wie heißt der Helmut wirklich? Brunhilde? Beate? Berta?« Christa war davon überzeugt, dass sie betrogen wurde, deshalb beschlich sie immer ein ungutes Gefühl, sobald er das Haus verließ. Das lag zum einen am ungehemmten Konsum etlicher Vorabendserien und zum anderen daran, dass Toni regelmäßig nach Parfüm roch, wenn er nach Hause kam. Darüber hinaus besaß Christa den typisch weiblichen Instinkt, kombiniert mit einem untrüglichen »Flittchenradar«, den sie als verheiratete Frau quasi bei der Hochzeit dazugeliefert bekommen hatte.

Christa war hübsch, anständig, fleißig … und ein wenig schlicht im Geiste. Sie konnte zwar Prozentrechnen, war aber vertrauensselig und von einer solch überbordenden Naivität, dass ihre Eltern die letzten zwanzig Jahre vorwiegend damit beschäftigt gewesen waren, die Hände über dem Kopf zusammenzuschlagen und ihre Tochter aus allerlei Bredouillen zu retten.

Andererseits war diese Naivität einer der ausschlaggebenden Gründe gewesen, warum Christa es an Heiratskandidaten niemals mangelte, denn sie war sehr freigiebig, was ihre Reize betraf, und nicht nachtragend, weil sie das angestrengt hätte. Für jeden feschen Allgäuer Burschen, der sie nach einer verschwitzten Nacht abservierte, wartete am nächsten Morgen bereits ein neuer vor der Tür.

Überhaupt gibt es viele Männer, nicht nur im Allgäu, die es recht praktisch finden, wenn eine Frau kein Mathegenie ist. Denen reicht es, wenn ein hübsches Weibsbild die Zutaten für einen anständigen Gugelhupf ausrechnen kann und das WC-Papier niemals ausgehen lässt.

Christas Männer waren oftmals anspruchslos. Sie war es auch.

Nun allerdings hing schon seit einiger Zeit bei den Melzers der Haussegen schief. Keine Frau mag es, wenn ihr Mann allabendlich verschwindet, auch wenn es einem guten Zweck dient wie dem Geldverdienen, denn wie schon Marika Rökk so schön in den fünfziger Jahren sang: »In der Nacht ist der Mensch nicht gern alleine.«

Und Christa saß oft allein zu Hause, sehr oft, denn das Leben war hart, die Raten für das Haus hoch und ihre Hemmschwelle beim Einkaufen niedrig, seitdem sie auf dem Teleshoppingkanal diese entzückenden Künstlerpuppen für sich entdeckt hatte. Christa konnte nun einmal schlecht Nein sagen zu all den niedlichen großen Augen, den porzellanenen Mündern und den spitzenbesetzten Kleidchen, denn das Kinderzimmer im Hause Melzer war immer noch leer. So kam es, dass immer zu viel Monat am Ende des Geldes bei den Melzers übrig war und es übermäßig oft Nudeln mit Ketchup oder eine Kartoffelsuppe gab, worüber Toni jedes Mal die Nase rümpfte. Denn er war ein Mann, und die brauchten Fleisch, wie er immer wieder betonte.

Jetzt lachte Toni seine Frau breit an. »Geh, stell dich net so an. Ich bescheiß dich net, das weißt du doch, obwohl du mich schon am ausgestreckten Arm verhungern lässt in letzter Zeit. Ist net schön, weißt, Schatzi. Aber ich wär doch ohne dich aufgeschmissen. Du bist die Schönste im ganzen Land, das hab ich dir doch schon ein paarmal gesagt. Du sitzt bloß zu viel allein daheim rum oder schläfst. Lust hast auch keine mehr. Außerdem ist es ganz normal, wenn man seinem Kumpel hilft, wenn der ein Problem hat, oder?«

Er griff nach seinem Autoschlüssel, der in einer Schale auf der Dielenkommode lag. Im Flur brannte eine trübe Energiesparlampe und beleuchtete notdürftig die gesamte Dieleneinrichtung; also einen zerkratzten, alten handbemalten Bauernschrank, einen stockfleckigen Spiegel und einen an mehreren Stellen ausgefransten Flickerlteppich. Das Haus der Melzers war zwar nagelneu, aber die meisten Teile der Einrichtung waren es nicht.

»Ich glaub dir net. Der Helmut … und überhaupt von wegen zu viel daheim rumhocken …«, brummte Christa. »Ich bin genug draußen. Jeden Tag steh ich in der blöden Küche in der ›Kutsche‹ und schnippel Salat. Neulich hab ich Schneckenhäuschen füllen müssen. Mit Schnecken! Außerdem mach ich ständig Sachen, die net in der Arbeitsbeschreibung gestanden sind. Weißt du überhaupt, wie eklig des ist, Schnecken in ein Häuschen zu stopfen? Ich hab was anderes gelernt und darf jetzt jeden Tag mit fettigen Haaren heimkommen. Bloß weil …«

»… ich net genug verdien?« Toni, der eigentlich auf dem Sprung nach draußen war, blieb wie angenagelt stehen.

»Des hast *du* jetzt gesagt, Toni«, versuchte Christa einen Rückzieher.

»Ich mach doch schon, so viel ich kann«, polterte Toni, ein äußerst attraktiver blonder Bursche mit blitzblauen Augen und einem kantigen Gesicht, und baute sich vor ihr auf. »Ich schaff doch auch jeden Tag. Und sogar oft in der Nacht.«

»Ja, und wo ist des Geld dann?«, fragte Christa und hätte sich im gleichen Moment am liebsten auf die Zunge gebissen, denn es gab ein paar Themen, auf die ihr Mann nicht gut zu sprechen war.

Obwohl, Christa hätte wirklich gern mal gewusst, wo denn der ganze Verdienst blieb. Ihr Mann hatte einen festen Job und dazu noch den Nebenjob für seine abendliche Tätigkeit, die er seit Neuestem ausübte.

Gelegentlich drückte er ihr mal einen Hunderter in die Hand, grinste und sagte: »Kauf dir was Nettes, Mausi. Am besten was zum Ausziehen …« Und Christa nahm den Schein und versteckte ihn in ihrer Wäschekommode unter den geräumigen Büstenhaltern, weil sie annahm, dass dort niemand nachsehen würde.

»Jetzt wirst frech, Mausi.« Toni funkelte sie wütend an.

Niemand, wirklich niemand wollte, dass Toni Melzer wütend wurde, und das schon seit ungefähr dreißig Jahren, denn er war als Rauf- und Trunkenbold bekannt gewesen, lange bevor er Christa geheiratet hatte. Und wenn Toni in Rage war, dann wuchs kein Gras mehr. Oder kein Zahn.

»Mir reden ein andermal, Mausi«, versuchte Toni das Gespräch zu beenden und riss sich zusammen. »Muss wirklich weg. Mir ham Dezember, es ist kalt, und so lang kann ich den Armen net draußen stehen lassen. Der erfriert ja.«

»Mir doch wurscht«, knurrte Christa patzig. »Ihr zwei vietnamesische Zwilling, könnts euch wohl gar net trennen. Man könnt meinen, du bist mit dem Helmut verheiratet und net mit mir. Oder ich bin mit dem Helmut verheiratet, weil den des wenigstens interessiert, wie es beim Schaffen ist. Dich nie!« Sie hob den Zeigefinger in die Höhe.

»Und gestern hab ich schon wieder beim Helmut mitfahren müssen. Komische Sachen hat der erzählt. Auch über dich. Des weißt net, wie der über dich redet, gell? Ich mag den net. Niemand mag den. Aber des ist traurig, dass mich mein eigener Ehemann nie was fragt, wie es mir geht oder wie es bei der Arbeit ist. Scheiß-Arbeit. Der Helmut hat mir immerhin den Job besorgt.«

Christa schob schmollend ihre Unterlippe nach vorn. »Und nie darf ich dein Auto nehmen, obwohl's bloß umeinandersteht. Du hast doch den Geschäftswagen. Ist gar net, als ob mir zwei verheiratet wären. Gar net.«

»So ein Schmarren.« Toni musterte sie, obwohl er es eilig hatte, von oben bis unten. Was er sah, gefiel ihm. Immer noch. Obwohl er in letzter Zeit öfter darben musste, denn seine Frau war, seitdem sie in der »Kutsche« arbeitete, nur noch müde.

»Hab dir doch am Dienstag gezeigt, wie mir verheiratet sind, schon vergessen? Müsstest du dir doch gemerkt haben, so oft kommt's ja nimmer vor, oder? Weil d' alleweil nur noch schläfst.«

Christa wurde tatsächlich rot. Aber nur ein bisschen.

»Jetzt wart amal ab, Christa.« Toni hatte sich besonnen und beschlossen, sein freundlichstes Gesicht aufzusetzen. »Ich verdien halt net so viel. Hätt Banker werden sollen wie der Lukas vom Hoff. Aber Handwerk hat goldenen Boden, hat mein Vater gsagt. Möchte bloß wissen, wo. Wird aber net so bleiben. Das versprech ich dir. Dann kannst du dir die schönsten Sachen kaufen, alles, was du willst.«

Er fuhr ihr liebevoll über die Wange. »Und ein anständiges Auto kriegst du auch, eins mit höchstens zwanzigtausend Kilometern auf dem Tacho. Ich weiß, dass du net so gern mit dem Helmut im Auto sitzt. Aber ich bin froh, dass er dich ab und zu mitnimmt. Und der redet viel, wenn der Tag lang ist. Hör halt net hin. Brauchst nicht schimpfen, des wird alles schon. Der Chef kann mich gut leiden. Und ich bring ja auch immer was mit, so unter der Hand. Bisserl Schwarzgeld schadet ja nie.«

Er sah Christa treuherzig an. Und für einen Moment glaubte er tatsächlich selbst, was er gerade gesagt hatte.

Christa wickelte sich etwas fester in ihre Trainingsjacke und verdeckte ihren ansehnlichen Busen. Es hatte keinen Zweck, mit Toni zu reden, so viel war sogar ihr in den letzten fünf Jahren ihrer Ehe aufgefallen. Toni machte, was er wollte. Und weil er so ein verdammt hübsches Mannsbild war, würde das auch so bleiben, denn Christa hatte viel zu viel Angst davor, wieder auf den freien Markt geschwemmt zu werden, um dort mit den Zwanzigjährigen konkurrieren zu müssen.

Leider fand sie einfach keine Arbeit mehr als Friseurin, zumindest nicht innerhalb einer vernünftigen Reichweite. Deshalb schnippelte sie in Mindelheim in der »Kutsche« jeden Tag Gemüse und Salat, spülte fettige Teller, putzte fleckige Böden und verirrte sich ständig in den engen Gassen der Mindelheimer Altstadt, denn sie besaß keinerlei Orientierungssinn.

Bis auf eine unerklärliche Liebe zu auf dem Teleshoppingkanal emsig beworbenen Künstlerpuppen war Christa fleißig und äußerst sparsam. In ihrer Freizeit probierte sie neue, nicht zu teure Backrezepte aus und wartete ansonsten gelangweilt auf ihren Ehemann, wobei sie regelmäßig einschlief. Toni ließ sich nicht sehr oft blicken, weil er entweder mit seinem besten Kumpel Helmut Zimmermann in den Kneipen, vor allem im »Alpenblick«, herumhing oder sehr viel arbeitete, sogar am Samstag. Zumindest behauptete er das. Wieder regte sich leichtes Misstrauen in Christa. Wenn nur Helmut neulich nicht so blöde Andeutungen gemacht hätte. Aber wirklich so blöde …

Das mit den Frauen hätte Christa vielleicht noch geglaubt, aber die andere Sache. Niemals. Der Toni tat so was nicht.

»Bittere Pillen muss man schlucken, nicht kauen«, hatte ihre Mutter immer gepredigt. Also schluckte Christa diese dicke Pille auch heute wieder. Sie sehnte sich nach ein wenig Tanz und Musik oder vielleicht einem Kinobesuch. Genau genommen wäre sie sogar für die Einladung zu einer Tupperparty dankbar gewesen, aber da konnte sie derzeit nicht hin, denn sie mussten sich einschränken. Toni pflegte dann immer zu sagen: »Spare in der Not, da hast du Zeit dazu.« Dann lachte er schallend, denn er fand das witzig.

»Wart net auf mich«, versuchte Toni diese Unterhaltung zu beenden. »Trink noch ein Glas Wein und geh schlafen. Ich schau, dass ich dich net weck, wenn ich heimkomm. Der Helmut meint, das Auto ist zwei Kilometer vor Mindelheim verreckt, auf der alten Bundesstraße bei Unggenried. Kann also eine Weile dauern, bis ich wieder da bin.«

»Und der Helmut hat niemand, der ihm hilft außer dir? Was macht der überhaupt in Mindelheim? Der wohnt da doch net«, fragte Christa misstrauisch. »So schlecht sieht der auch net aus, dass er kein Weibsbild abkriegen würde. Seine arme Mama wär auch froh, wenn sie ihn mal aus dem Haus hätt. Und irgendwie hat der immer Geld und tolle Autos, der Papa hat gesagt, mit dem stimmt was net.«

»Ist halt so. Der geht öfter zum Spielen und gewinnt dann. Ich hab dich ja auch net verdient«, lächelte Toni und gab ihr einen Kuss auf die Nasenspitze.

»Ja, des sagt die Mama auch immer«, maulte Christa. »Toni, wenn d' mich bescheißt, dann … ich weiß net, was ich tät. Tu mich net anlügen, gell?«

Christa sah ihren Mann ein letztes Mal aus seelenvollen Augen an, während ihr in ihrem Herzen dämmerte, dass sie Versprechen jedweder Art aus ihrem Mann *vor* den ehelichen Pflichten herausholen musste, nicht hinterher. Wieder etwas gelernt.

»Ein andermal, Schatzi. Jetzt net. Solche Debatten führ ich net am späten Abend. Pfiat di.« Toni verschwand und schlug die Tür hinter sich zu. Das musste er, denn sie schloss nicht richtig.

»Blöder Kerl«, murmelte Christa. »Wenn ich dich bloß net so mögen tät. Von wegen Helmut. Ich krieg's schon noch raus …« Dann ging sie wieder ins Wohnzimmer. Der Mörder war gefasst worden. Sie verpasste eben immer alles.

## Donnerstagabend, Mindelheim

Unter einer uralten Buche, die ihre nackten Äste in den Dezemberhimmel reckte, in der dunkelsten Ecke der gesamten Straße, stand eine kaum erkennbare Gestalt und drückte sich in den Schatten einer weiß gekalkten Mauer. Als der Wagen neben ihr hielt, setzte sie sich sofort in Bewegung.

Ringsherum war es still. Vereinzelt konnte man Licht erkennen, das aus erleuchteten Räumen nach draußen auf braunen Rasen fiel. Die Gärten wirkten im Halbdunkel unheimlich.

»Endlich, ich friere mir schon den Hintern weg!« Sie ließ sich auf den Beifahrersitz fallen und schloss vorsichtig die Tür. »Jetzt hau endlich ab. Wir haben nicht ewig Zeit.«

Der Motor wurde angelassen. »Wird immer noch später. Ich weiß net, wie lange des noch gut geht«, sagte der Mann. »Ist alles so schwierig. Eigentlich hätt des eine Ausnahme sein sollen. Mehr net.«

Sie rieb sich die Hände warm. »Wirst schon wissen, warum du mitmachst. Hast den Schlüssel dabei?«

»Ich net«, verneinte er und lenkte den Wagen bergab. »Wirst alt, oder? Und du wolltest abgeholt werden. Ich find, des ist saugefährlich. Wenn uns jemand sieht, ist alles rum. Dann fliegen mir auf. Das ist es mir net wert.«

»Bis jetzt ist alles gut gegangen«, antwortete sie. »Mach dir nicht in die Hose. Lohnt sich doch jedes Mal, oder?«

Wäre es im Wagen etwas heller gewesen, dann hätte er ihr schiefes Lächeln erkennen können.

»Scheint ja zu funktionieren, der Trick mit dem Schlafmittel.« Er langte zum Beifahrersitz, wo seine Hand ergriffen und festgehalten wurde.

»Funktioniert immer, was ich mache.« Die Frau starrte grimmig durch die Scheibe.

»Woher weißt eigentlich, ob der dichthält, der alte Casanova?«, fragte er und zog seine Hand wieder zurück, weil der Wagen sich einer scharfen Kurve näherte. Die Stadt kam in Sicht.

»Muss er wohl. Ich weiß auch einiges von ihm. Vor allem das Finanzamt würde sich freuen, wenn ich den Mund aufmache«, erwiderte sie süffisant. »Wir machen es wie die letzten Male, gehen erst rein, wenn man uns nicht sieht. Mir liegt genauso viel wie dir dran, dass das nie rauskommt. Und ich habe echt was zu verlieren im Gegensatz zu dir.« Sie lachte heiser.

»War deine Idee, solltest du net vergessen«, fuhr er auf und blinkte an der Ampel vor dem unteren Tor in Mindelheim.

»Gefällt dir doch auch«, sagte sie. »Oder kriegst du jetzt auf einmal Gewissensbisse? Nach der langen Zeit? Vielleicht ist dir langweilig gewesen, was weiß ich. Hättest ja nicht mitmachen müssen.«

»Als hätt ich eine Wahl«, meinte er. »Du lässt einem doch keine. Ja. Mir war langweilig. Geb ich zu. Klappt des wirklich mit den Schlaftabletten?«

»Hundertprozentig«, war die bissige Antwort. »Die sind für ganz schwere Fälle. Und wirken immer, vor allem mit Alkohol. Kannst mir schon glauben. Oder würden wir ansonsten zusammen hier sitzen? Hier hab ich übrigens was für dich.« Sie warf ihm eine kleine, in Geschenkpapier verpackte Schachtel in den Schoß. »Gefällt dir das Handy noch? War nicht billig. Dich kann man doch genauso bestechen wie ein eitles Weibsbild. Da hast du noch nicht drüber nachgedacht, oder? Wie eine Elster bist du. Hauptsache, es glitzert.« Er antwortete nicht.

Offensichtlich waren die beiden am Ziel. Das Auto hielt an der dunkelsten Stelle auf dem Platz. Beide stiegen aus, während sie einen Schlüssel aus ihrer Umhängetasche zog.

»Des mach ich nimmer lang. Ist es mir net wert, Geschenk hin oder her«, knurrte er.

»Machst du es nicht, macht es ein anderer. Ist mir egal«, sagte sie schnippisch.

Dann betraten sie vorsichtig das große Haus. Niemand beobachtete sie. Zumindest dachten sie das.

Von der dunklen Wand des Nebengebäudes löste sich die schlanke Gestalt einer jungen Frau, deren Augen wütend funkelten.

## Freitagvormittag, Mindelheim

»So eine Sauerei«, fluchte Olga und tappte auf der Fußmatte der herrschaftlichen Villa hin und her, um den gröbsten Schneematsch zu beseitigen. Ihre Füße steckten in dunkelgrauen festen Gummistiefeln, über den Schaft ragten feuerrote Kniestrümpfe, die farblich zu dem grünen abgetragenen Daunenmantel ein interessantes Bild abgaben. Auf dem Kopf trug Olga eines der wenigen Stücke, die sie aus ihrer früheren Heimat gerettet hatte: eine weiße Nerzmütze, die wie ein Helm auf den dunklen, lockigen Haaren saß und ihr rundes Gesicht noch mehr betonte. Eigentlich sagte Olga »Sauärei«, denn sie kam aus dem Herzen von Kasachstan, aus einem kleinem Dorf mit großem Armutsfaktor. Die deutsche Sprache lernte sie seit einigen Jahren unter Zuhilfenahme von Frauenzeitschriften, eines Wörterbuchs und einer Vielzahl Krimis, die in den Öffentlich-Rechtlichen gesendet wurden. Einen Sprachkurs konnte sie sich nämlich nicht leisten.

Die pummelige Olga starrte auf ihr altersschwaches rotes Fahrrad, mit dem sie sich soeben bei Schneeregen den Berg emporgequält hatte, an der Mindelheimer Polizeiinspektion vorbei, immer geradeaus und nach oben. Bis sie endlich ihr Ziel erreicht hatte: eine Jahrhundertwende-Villa im besten Viertel von Mindelheim, einer schmucken Unterallgäuer Kleinstadt zwischen München und Memmingen, wo sie jetzt zu Hause war.

»Deitsches Wettär«, murrte Olga mit hartem Dialekt und schüttelte sich wie ein nasser Hund. Das war jetzt ein wenig ungerecht, denn in ihrem Dorf in Kasachstan war das Wetter auch nicht besser gewesen, aber Olga litt gelegentlich unter schlimmem Heimweh, denn sie vermisste ihre Verwandten und Freunde, die zurückgeblieben waren und Olga nur alles Gute gewünscht hatten, als sie sich auf den beschwerlichen Weg in ein besseres Leben gemacht hatte. Sie vermisste sogar den kleinen Friedhof an der Ortsgrenze, wo sie ab und zu mit ihren Eltern leise Zwiesprache gehalten hatte.

Aber nun war Olga hier, sogar schon seit etlichen Jahren, wenngleich die Zeit im Fluge dahingezogen war wie ein großer, flinker und auch gemeiner Vogel, den man nicht festhalten konnte, und sie war entschlossen, das Beste daraus zu machen. Ihr Leben war klein, ihr Einkommen auch. Nach einer gar nicht so langen Eingewöhnungsphase in Deutschland hatte Olga das kapitalistische System begriffen und sich kurzerhand auf den Weg zum Mindelheimer Rathaus begeben, um sich einen Gewerbeschein für ihre Firma ausstellen zu lassen, die genau eine Angestellte hatte: sie selbst.

Zu Hause betrachtete sie das ausgedruckte und bezahlte Stück Papier immer wieder ungläubig und stolz, denn sie war jetzt Unternehmerin. Das hieß: Sie *musste* etwas unternehmen, wusste aber nicht, was. Kunden hatte sie bisher keine, für eine Zeitungsanzeige fehlte ihr das nötige Kleingeld. Da Olga aber schon aus der alten Heimat wusste, dass reiche Leute wie Fettaugen oben auf der Kapusta schwimmen, und es mit Sicherheit Leute gab, die sich ihre Dienste leisten könnten, musste sie diese nur noch ausfindig machen. Vor allem im Reinigungsgewerbe gab es immer Bedarf. Olga war positiv gestimmt, denn das hier war ein tolles Land, in dem jeder alle Chancen hatte. Sie mussten nur ergriffen werden. Und genau das hatte sie vor.

Kurz drauf lernte Olga, während sie sich gerade bei Aldi im Gewerbegebiet nach einer halb angerissenen Packung Müsliriegel bückte, die jemand achtlos auf den Boden geworfen hatte, eine gut proportionierte, freundliche Dame Anfang fünfzig kennen. Und auf dem Weg von den Süßwaren bis zur Kasse angelte sich Olga ihre erste Kundin. Die freundliche Frau gab Olga ihre Visitenkarte mit der Bitte, gleich am nächsten Tag anzurufen, empfahl sie einigen ihrer Bekannten, und so kam es, dass Olga mit staunenden Augen durch unvorstellbar große Räume wandelte und Kristall polierte. Innerhalb kürzester Zeit verschaffte sie sich den Ruf, fleißig, untadelig und – billig zu sein, und das war besser als eine Litfaßsäule am Marienplatz mit dem wunderschönen Brunnen im Herzen der Innenstadt.

Nach vier Monaten besaß Olga eine in ihrer krakeligen Handschrift angelegte Kundenkartei, ein gebrauchtes, nur gelegentlich funktionierendes Mobiltelefon, zwei Aktenordner und zum ersten Mal in ihrem anstrengenden und schweren Leben massenhaft Hoffnung. Sie arbeitete unermüdlich, war immer pünktlich, immer höflich, klaute kein Silberbesteck, nein, im Gegenteil – sie brachte es zu neuem Glanz, und war bei ihren Arbeitgebern wegen all dieser Eigenschaften außerordentlich beliebt, weshalb ihr Kundenkreis zunehmend wuchs.

»Sie müssen das System ganz begreifen, liebe Olga«, sagte ihre Kundin Nummer eins, die Olga damals beim Einkaufen kennengelernt hatte. »Es bleibt zu wenig hängen. Wenn Sie die Steuererklärung machen müssen, brauchen Sie auch Ausgaben. Ich helf Ihnen gern, ich mache auch für meinen Mann die Buchhaltung.«

Olga hatte ungläubig genickt, denn mit einem Mal war ihr bewusst geworden, dass in Deutschland nur zwei Dinge sicher waren: der Tod und die Steuern, und die Steuern hatte sie komplett vergessen.

»Kann nichts ausgebän zum Absetzän, gnädigä Frau«, hatte sie ihrer Lieblingskundin erklärt. »Habä kein Geld, ich arbeitä hart, abär ist nicht viel.«

Die Dame hatte sie prüfend angesehen und kurzerhand Olgas Stundenlohn eigenmächtig und sehr anständig erhöht. Auch wenn es immer noch nicht ganz für den Führerschein und ein kleines Auto reichte, sie würde es schaffen, davon war Olga überzeugt.

So kam es also, dass Olga seit einigen Jahren mit Wohnungen und Häusern konfrontiert wurde, die sie staunend und ehrfürchtig durchschritt. So viel Platz hätte bei ihr zu Hause für ein ganzes Dorf gereicht, dachte sie manchmal, wenn sie nach einer wahrlich kilometerlangen Tour müde das Kabel des jeweiligen Hochleistungs-Staubsaugers zusammenrollte und sich die Putzhandschuhe von den roten, abgearbeiteten Fingern streifte.

Aber gleich, oder »glaich«, wie klein und unbedeutend dieses ihr neues Leben in »Daitschland« auch war, es schien Olga um Längen besser als alles, was sie hinter sich gelassen hatte. Die Deutschen waren freundlich und großzügig, nahmen sie mit offenen Armen auf, und sogar ein halbwegs anständiges, wenn

Designerküche knirschte Katzenstreu unter ihren Füßen, und einmal blieb sie mit der Sohle an etwas kleben, von dem sie gar nicht wissen wollte, was es war. Außerdem war es neblig in der Wohnung wie auf der Zugspitze im November. Frau Hausmann war Kettenraucherin und ließ überall ihre Aschenbrösel fallen, was die sieben Siamkatzen aber nicht zu stören schien, die ihr schnurrend um die Füße wuselten.

Olga hatte sich damals erlaubt, beim Verlassen der Wohnung ein klein wenig missbilligend den Kopf zu schütteln, und sich dann gefreut, dass ihre Brötchengeberin Frau Rothenfels zwar pedantisch, aber nicht ganz so schlampig war. Es konnte nämlich immer schlimmer kommen. Alte russische Weisheit.

Nun streifte Olga sicherheitshalber noch einmal ihre Füße an der Matte ab und stieg dann vorsichtig über die blitzblanke, knarzende Holztreppe in den ersten Stock, wo sie hinter der holzgetäfelten schweren Eichentür ihr täglich Brot erwarten würde. Wenigstens war es dort aufgeräumt.

Ach, das deitsche Wetter, dachte Olga noch einmal und erinnerte sich sehnsüchtig an die knisternden eiskalten Winter in ihrer Heimat, das Lodern des Ofenfeuers, wenn es gelungen war, Holz aufzutreiben, und das schöne Gefühl, im Warmen zu sitzen und nicht hinauszumüssen.

Sie steckte ihren Schlüssel ins Schloss, die Tür gab nach, und Olga blieb verdutzt stehen. Die Wohnungstür war nicht verschlossen, sondern nur angelehnt. Das wunderte Olga, denn Frau Rothenfels war eine sehr neurotische Persönlichkeit und hatte extra vor einigen Monaten ihre ganze Wohnung einbruchssicher machen lassen, weil man laut ihren Worten »niemandem mehr trauen konnte, vor allem nicht dieser Hure aus dem Erdgeschoss«.

Weitere Dinge auf der Verdächtigenliste von Frau Rothenfels waren die Regierung (alle, ohne Ausnahme), das Ehepaar in den besten Jahren in der Villa nebenan (Neureiche ohne Anstand) und die Polizei, denn »die schikanierte alle Anständigen und ließ die Verbrecher wieder laufen«.

Auf Olgas Gesicht zeigte sich ein Grinsen, bis ihr einfiel, dass genau das ihr demnächst vergehen würde, weil sie garantiert wieder irgendwo eine Fluse in der letzten Woche vergessen hatte. Vorsichtig drückte sie die polierte Messingklinke nach unten und betrat die geräumige Altbauwohnung.

»Guten Morgän!«, trällerte sie in das Halbdunkel der mit schweren Holzmöbeln vollgestellten Diele und tappte dann durch das Zwielicht so leise wie möglich in das Wohnzimmer, wo sie Frau Rothenfels zu finden hoffte. Wenngleich »hoffte« nicht das richtige Wort für Olgas Wünsche war.

Wie jedes Mal fühlte Olga sich beobachtet, als sie durch den düsteren Raum schlich, denn bei Frau Rothenfels, die nach Olgas Einschätzung nur minimal jünger war als die Bewohnerin im Erdgeschoss, war jeder verfügbare Quadratzentimeter mit Putten- und Engelfiguren vollgestellt und behängt. Sie lugten pausbäckig, aber gar nicht so nett von der Garderobe, lauerten über dem Dielenspiegel, kicherten aus schlecht gemalten Ölbildern auf sie herab, und sogar im Bad räkelten sie sich neben dem Klorollenhalter. Frau Rothenfels liebte Putten, Engel und überhaupt alles, das gern Staub fing.

Ist in Wohnzimmär, dachte Olga und öffnete leise die Palisandertür.

Doch anstatt wie erwartet ihre Brötchengeberin bei ihrem Morgenkaffee und der selektiven Lektüre der »Mindelheimer Zeitung« vorzufinden, wie sie eine Zigarette nach der anderen qualmte und missmutig die Stirn runzelte, sah sie nur den einsamen Massivholztisch. Davor stand das grüne Ungetüm von Sessel, ein halb leeres Glas Wein und ein übervoller Kristallaschenbecher. Sonst nichts. Keine Frau Rothenfels. Kein süffisantes »Guten Morgen, mein Kind, na, ist der Bus wieder zu spät gekommen? Oder hatte Ihr Fahrrad einen Platten, schon wieder?«. Gar nichts.

»Gnädigä Frau?« Olga hatte leiser gesprochen, als sie wollte, denn in ihrem Bauch machte sich ein ungutes Gefühl breit, das sie seit Kasachstan nicht mehr gespürt hatte. Es fühlte sich an, als würde jemand mit einem Gummihandschuh ihre Wirbelsäule entlangstreichen. Sie schauderte.

»Frau Rothenfäls? Sie wach?« Olga ging zu einem der großen

Fenster und riss schwungvoll den Vorhang aus moosgrünem Samt beiseite. Es herrschte immer noch Schneeregen dort draußen, und ihr graute vor der Fahrt zu ihrem nächsten Arbeitsplatz, an dem ihr jegliche Art von hocheffizienten Putzmitteln außer Essig verboten war.

Trotzdem besser als Frau Rothenfels. Alles war besser.

»Hat nicht ihrä Kippän weggetan. Sauerei«, flüsterte Olga leise und rief dann laut: »Hallo, gutän Morgän, Sie wach?«

Mit äußerster Vorsicht tappte sie wieder in die Diele, blickte sich einmal um, ignorierte ein paar besonders gehässig dreinblickende Putten und überprüfte dann jeden Raum. Die Küche sah unbenutzt aus. Im Bad war niemand. Die Schlafzimmertür öffnete sie nur einen kleinen Spalt, aber das Bett war leer, wenn auch zerwühlt. Blieb nur noch die Ankleide, ein großes helles Zimmer, in dem sich weiß lackierte Einbauschränke, Schubladen und Kleiderstangen befanden. Und Engel. Massenhaft Engel. Mit Lendenschurz und ohne.

Olga hatte, ehe sie diesen Raum das erste Mal betrat, nicht gewusst, dass ein einzelner Mensch so viele Klamotten besitzen konnte, und war eines Besseren belehrt worden. Dort waren die Vorhänge immer zugezogen, weil Frau Rothenfels Angst hatte, dass einige ihrer Kleider vergilben könnten. Es hätte zwar keine allzu große Rolle gespielt, weil sie das Haus so gut wie nie verließ, denn sie litt an Depressionen, Paranoia und therapieresistentem Weltschmerz, aber gelegentlich probierte sie das ein oder andere Stück an und schwelgte in vergangenem Glanz.

In der Mitte des Raumes befand sich eine waagrechte Stange, an der Frau Rothenfels' Schätze hingen: mottenzerfressene Pelzmäntel, karierte Winterjacken mit Fuchskragen, Abendkleider aus den siebziger Jahren mit massenhaft Pailletten und Spitze und mindestens zwanzig Hosenanzüge in Kurzgrößen, denn Frau Rothenfels maß höchstens einen Meter fünfzig und hatte große Angst, im Alter noch kleiner zu werden.

Olga schlich auf Zehenspitzen, soweit in ihren Gummistiefeln möglich, um die Kleiderstange herum.

Hättä Schuhä ausziehän sollän, dachte sie noch schuldbewusst, bis ihr klar wurde, dass sie niemals wieder von ihrer Chefin einen Anpfiff kassieren würde.

Frau Rothenfels lag auf dem Boden. Sie trug ein fliederfarbenes Nachthemd, das sicher auch Queen Victoria gefallen hätte. Es war bodenlang, mit gerüschten Ärmeln und spitzengesäumt. Und es war voller Blut.

Da war es vorbei mit dem unerschütterlichen russischen Stoizismus. Olga schrie aus Leibeskräften.

Dann zückte sie ihr neues Mobiltelefon. Und trotz des fürchterlichen Schrecks, den Olga gerade bekommen hatte, war sie in einem Winkel ihrer leidgeprüften russischen Seele stolz darauf, in formvollendetem Deutsch ins Telefon schreien zu können: »Hilfää, Polizei, Mord!«

## Freitagvormittag, Memmingen

»Sommer, Vollmer, ich habe da was, das in Ihr Spezialgebiet fällt. Und es ist kein Apfelkuchen.« Der Boss lehnte im Türrahmen und sah müde aus. In letzter Zeit hatte er sich wieder einige Nächte um die Ohren schlagen müssen, was ihn nicht gerade milder stimmte. Seine Pullover passten zu seiner Laune, er trug fast nur noch düsteres Schwarz, denn so etwas wie vorweihnachtlicher Friede wollte sich bei den naturgemäß ziemlich unsentimentalen Verbrechern einfach nicht einstellen.

Sissi hatte dem Boss ein Adventsgesteck vom Memminger Weihnachtsmarkt mitgebracht und auf seinem Schreibtisch deponiert, aber es musste innerhalb von vierundzwanzig Stunden einer weiteren Ansammlung von neuen Akten weichen und fristete jetzt auf dem Fensterbrett ein einsames Leben, ohne dass die schöne rote Kerze darauf auch nur ein einziges Mal angezündet worden war.

Im Polizeirevier in Memmingen am Schanzmeister wuselte und brummte es an diesem grauen Dezembermorgen wie in einem Bienenstock. Vereinzelt entdeckte man hier und dort einen Weihnachtsstern oder ein geschmücktes Tannenzweiglein, ansonsten ging alles seinen normalen Gang. Streifenbeamte und Zivilfahnder gaben sich die Klinke in die Hand, weil das Verbrechen niemals Pause macht. Auch in den einzelnen Büros wurde mit Hochdruck gearbeitet.

Sissi und Klaus, die gerade einen wichtigen Fall abgeschlossen hatten und nun zähneknirschend ihre Schreibtischarbeit erledigten, sahen wie auf Kommando auf.

»Verdacht auf ein Kapitaldelikt in Mindelheim. Das Opfer ist eine Frau Monika Rothenfels, sechsundfünfzig Jahre alt, alleinstehend. Kam vorhin rein. Die Spurensicherung ist schon unterwegs. Die treffen Sie dann vor Ort. Alles Weitere finden Sie auf dem Ausdruck.« Er hielt den beiden die Unterlagen entgegen.

Sissi stand auf und strahlte den Boss an. Er blinzelte nicht einmal, so übernächtigt war er.

Sissi beziehungsweise Elisabeth Sommer, eine hübsche dunkelhaarige Frau Ende dreißig mit ein paar Pfündchen zu viel an den richtigen Stellen, lächelte und sah beinahe erfreut aus.

»Und wir dachten schon, wir versauern hier, nicht wahr, Klaus? Sind schon unterwegs!«

Ihr Kollege Klaus Vollmer stand rasch auf und eilte zur Garderobe, um in seine Winterjacke zu schlüpfen.

»Vollmer, sagen Sie mal, haben Sie zugenommen?« Das kam vom Boss, einem schlanken, souverän wirkenden Mann Ende fünfzig, der sich gerade bemühte, seine Bemerkung mit einem Lächeln abzuschwächen, denn die Eitelkeit von Sissis Partner war auf dem Revier sprichwörtlich.

Klaus Vollmer, den es vor knapp zwei Jahren von Berlin nach Memmingen verschlagen hatte, weil er der Liebe wegen seine Versetzung ins Allgäu beantragt hatte, war kurz darauf von seiner üppigen Blondine verlassen worden und schlug sich seitdem tapfer durch das Memminger Nachtleben und Berge von Kässpätzle und Leberkässemmeln. Er jammerte zwar immer, dass er in der tiefsten Provinz nicht glücklich sei und es auch niemals werden würde, aber niemand nahm ihn mehr für voll, denn immerhin durfte er dort leben, wo andere Urlaub machten.

Jeder im Revier hatte sich an sein Genörgel über die bayerische Diaspora gewöhnt, wenngleich im Pausenraum gelegentliche Scharmützel nicht ausblieben, bei denen auch schon mal mit einer original bayerischen Watschen gedroht wurde, was aber nicht ernst gemeint war.

Klaus, ein Bild von einem Mann, dunkelhaarig, ständig irgendwie unrasiert, schlank und auf eine jungenhafte Art verwegen aussehend, war der Schwarm von mindestens fünfzig Prozent aller Beamtinnen im Revier. Sissi wurde oft beneidet, denn der Boss hatte seinerzeit beschlossen, dass Sissi, die Ruhige und Besonnene, mit dem quengeligen Preußen ein gutes Team abgeben würde. Und er hatte recht behalten. Wie immer eigentlich.

»Vollmer, Sie gucken wie ein Schwälble, wenn's blitzt, ist irgendwas? Probleme mit der Damenwelt?« Die Frage war mehr rhetorisch, denn der Boss wandte sich schon wieder ab und lief mit schnellen Schritten zurück in sein Büro, wo er sich seufzend über pinkfarbene Akten beugte, die einfach nicht weniger zu werden schienen.

»Was ist denn ein Schwälble?«, fragte Klaus halblaut.

Sissi sah ihn lächelnd an. »Die Schwalbe ist ein Singvogel, der sich von Fluginsekten ernährt. In der Schule nicht aufgepasst? Und ein Schwälble ist die Verniedlichung einer Schwalbe. Ich habe dir doch neulich wieder ein paar Worte beigebracht. Kannst du dir denn gar nix merken?«

»Und wieso blitzen? Ach, lass es. Der Boss ist schlecht drauf.«

»Na ja. Er hat den ganzen Kram am Hals und koordiniert alles. Ist nicht ganz einfach. Aber ich kann dich beruhigen, du bist immer noch der schönste Mann im Haus.« Dabei sah sie ihren Kollegen schelmisch an.

Ihr rundes Gesicht mit den braunen Augen verzog sich zu einem breiten Lächeln. Sissi war die Sorte Frau, die man auf den ersten Blick gern übersah, beim zweiten aber dachte: Mein lieber Schwan.

Alles an ihr wirkte frisch und natürlich, das lag zum Teil auch daran, dass sie kein Make-up nötig hatte, um gut auszusehen. Das Höchste der Gefühle war bei Sissi ein eingefärbter Fettstift für die Lippen. Sie hatte ein bezauberndes Lächeln, langes Haar, das sich lockig um ihr Gesicht ringelte, und war gut einen Kopf kleiner als ihr bei der Damenwelt sehr beliebter Kollege.

Klaus lachte. »Der schönste? Mindestens im ganzen Haus. Eher in ganz Memmingen, würde ich sagen. Aber ich wusste es: Sobald ich mal einen draufmache und wirklich etwas weniger geschlafen habe, brauche ich wieder alle meine Gehirnzellen.«

»Ach, lass mich nur machen«, sagte Sissi, während sie zum Auto schritten.

»Freu dich: Mindelheim. Eine Stadt. Sogar eine Kreisstadt. Da kannst du nicht so übers Landleben schimpfen, wie du es sonst immer tust.« Sie warf ihm einen kurzen Seitenblick zu.

»Ach Sissi«, beklagte sich Klaus. »Eine Allgäuer Kleinstadt. Das ist doch auch nur ein Dorf mal drei genommen. Die Strukturen sind dieselben. Ist ja wirklich ganz nett hier bei euch. Aber ehrlich: Urban ist was anderes. Mir fehlt immer noch Berlin. Die Großstadtluft. Die Kultur.«

»Ich wette mit dir, sobald du in Berlin bist, sehnst du dich nach hier zurück.« Sissi musterte ihn nachdenklich und schnallte sich an. »Wir machen süchtiger, als du denkst. Und wenn du dir mal eine hübsche Frau mit Hirn suchen würdest anstatt diese Tanzmäuschen, mit denen du dir die Nächte um die Ohren schlägst, dann könntest du hier sesshaft werden und eine Familie gründen. Meggie wäre für dich die Richtige gewesen. Schade, dass das nicht geklappt hat.«

»Ach Meggie«, antwortete Klaus. »Die habe ich neulich zufällig vor dem Kino in Memmingen getroffen. Fragte mich, ob ich mir den ›Bullen von Tölz‹ nicht mal ansehen möchte, der würde mir gefallen.«

»Na ja, ist ganz nett, und?«, wollte Sissi wissen.

Klaus sah sie ungläubig an. »Was sollte ich denn auf einer Viehausstellung? So weit habt ihr mich noch nicht assimiliert.«

Sissi kicherte. »Die besten Witze machst du immer, wenn du gar nicht kapierst, dass es welche sind. Jedenfalls werde ich dich demnächst zwangsverkuppeln.«

»Nur das nicht«, stöhnte Klaus und startete den Wagen. »Ich will heim. Dann könnt ihr eure Angelegenheiten wieder mit der Mistgabel regeln wie seit Jahrhunderten. Von wegen ›mia san mia‹.«

Sissi blieb stumm und vertiefte sich in den Bogen, den ihr der Boss gegeben hatte.

»Glaub mir, Mindelheim wird dir gefallen«, sagte sie dann. »Das ist eine hübsche kleine Stadt mit knapp fünfzehntausend Einwohnern, einer netten Kneipenszene und einer historischen Altstadt. Die haben sogar eine Burg. Wie kommt es eigentlich, dass du nun schon zwei Jahre hier lebst und immer noch so wenig vom Allgäu kennst?«

»Keine Zeit«, knurrte Klaus. »Ich habe den Hund. Ich habe ein Privatleben. Und meinen Urlaub …«

»… verbringst du im Ausland, anstatt dir unsere Sehenswürdigkeiten mal anzusehen. Womit ich auch unsere feschen Mädels meine, die alle nicht auf den Kopf gefallen sind.«

»Sissi …« Klaus rollte mit den Augen. »Ich ermittle mit dir nun schon zwei Jahre hier in der tiefsten Provinz.«

Er bekam einen Knuff in die Seite und grinste. »Ständig Misthaufen und Bauernhöfe und Hinterlader, Blasmusik, Vereine, in denen alle dichthalten, diese furchtbar vielen grauen Hüte und ein Misstrauen gegenüber den Polizeibehörden, dass sogar die Berliner darüber erstaunt wären. Da brauche ich im Urlaub was anderes. Und ganz ehrlich – ich bin froh, dass wir nicht schon wieder Richtung Legau müssen. Das ist eine der finsteren Ecken. Auch wenn du dort deine Heimstatt hast. Los jetzt.«

Sie fuhren auf der A96 Richtung Mindelheim. Klaus schaltete das Radio ein, und für kurze Zeit dudelte Helene Fischer, bis Sissi kurz entschlossen den Sender wechselte.

»Genug davon. Ich muss jetzt zu einer Leiche, die auch schon atemlos ist«, sagte sie süffisant. »Und ehrlich, ich kann jetzt keine Musik gebrauchen.«

»Sauer?«, fragte Klaus erstaunt. »Frau Vorzeige-Ehefrau mit dem Vorzeige-Ehemann? Sind da etwa Wolken am Horizont?«

Sissi schüttelte den Kopf. Ihre braunen Locken flogen um das pausbackige Gesicht. »Nicht wirklich. Mein bester Ehemann von allen ist nur seit Neustem drauf gekommen, dass es Zeit wird, sich etwas mehr ins Dorfleben einzubringen. Und weil mein Peter nie halbe Sachen macht«, sie verzog das Gesicht, »hat er sich gleichzeitig beim Schützenverein und beim Kegelverein angemeldet.«

Sissi schnaubte laut. »Zwei Abende in der Woche ist er unterwegs. Und heim kommt er meistens angeschickert. Er meint, das sei so Brauch, und er will sich da nicht heraushalten, weil das ein schlechtes Bild auf ihn werfen würde. Außerdem riecht er nach Parfüm, und nicht mal nach einem guten. Jetzt sind die wenigen Abende, die wir zusammen sein könnten, noch weniger geworden. Das stört mich nicht mal, aber dass er immer so übertreiben muss.« Sie blickte stur geradeaus.

»Ja, ein wenig neigt er schon zu Übertreibungen«, sagte Klaus bedächtig. »Wenn ich an die Marderjagd im letzten Jahr denke, als er sich sogar eine Armbrust besorgt hat, um das Vieh zu kriegen. Aber er wird's wieder aufgeben, so viel ist sicher.«

Endlich hatten sie die Autobahnabfahrt erreicht und näherten sich der Stadt. »Halte dich links, wir müssen den Berg hoch. Wäre auf der Bundesstraße einfacher gewesen, aber so siehst du noch was vom Ort. Dann hört das Gejammer über unser Landleben ja eventuell für eine Weile auf.« Sissi deutete auf die Mindelburg. »Sieh mal, wie schön. So was haben wir in Memmingen nicht.«

Klaus verzog das Gesicht. »Wohnt da noch einer?«

»Nö, soviel ich weiß, ist ein Verlag drin«, antwortete Sissi. »Aber das Gebäude ist gut erhalten. Da solltest du echt mal vorbeischauen mit einer deiner Liebschaften. Ein bisschen Kultur schadet ja bekanntlich nie.«

Sie fuhren auf der Bad Wörishofer Straße in Richtung Innenstadt, dann die Frundsbergstraße entlang, bogen an der Kreuzung links ab, an der Polizeidienststelle Mindelheim vorbei und dann bergauf in den Wald, wo die Straße allmählich schmaler wurde und nur vereinzelt hinter hohen Mauern wunderschöne Häuser zu sehen waren.

Als sie ihr Ziel erreichten, parkten bereits die Fahrzeuge von der Spurensicherung sowie ein Streifenwagen vor der Einfahrt der herrlichen Jugendstilvilla. Sogar jetzt, im grauen Licht des Dezembertages, bezeugten der schneeweiße Balkon, der gemauerte, von Efeu umrankte Erker und der gepflegte parkartige Garten einen Hauch von solidem Reichtum.

»Wow! Ich bin beeindruckt.« Klaus wies auf die Stuckarbeiten an der Außenwand. Vom Haus weg führte ein gepflasterter Weg zu einer schmiedeeisernen Bank unter einem großen Baum. Trotz des Tageslichtes war es im Schatten der ehrwürdigen alten Eichen düster. »Sogar ein Zierteich. Glaubst du, da sind Karpfen drin?«

»Wieso, hast du Hunger?«, fragte Sissi feixend. »Dein Bäuchlein ist immer noch nicht wieder verschwunden. Ich meine, du bist immer noch der Schönste hier im weiten Umkreis, aber wenn du weiterhin nur Allgäuer Fast Food in Form von Teigtaschen zu dir nimmst, dann siehst du einem anständigen Mannsbild bald ähnlicher, als dir lieb ist.«

Sissi wurde wieder ernst. »Lass uns mal reingehen und die von der Spurensicherung fragen, was los ist. Ich weiß nur, es handelt sich um eine Frau, sechsundfünfzig Jahre alt, alleinstehend. Wurde von ihrer Putzfrau gefunden, einer Olga Rimowa. Die ist jetzt noch da und wird gerade von den Kollegen von der Streife betreut.«

Sie grüßten den Polizeibeamten, der am Gartentor auf sie wartete, schritten über einen gepflasterten Weg aus Marmorsteinen zum Haus und betraten den Eingangsbereich, einen großen Vorraum, von dem aus eine Treppe aus dunklem Holz in den ersten Stock führte.

»Verblichener Glanz, so weit das Auge reicht«, flüsterte Klaus und sah sich um.

Der schwarz-weiß geflieste Boden hallte bei jedem ihrer Schritte. Aller verfügbarer Platz an den Wänden war mit antiken Bildern behangen, darunter einige Ölgemälde, die Sissi ein kleines Schaudern entlockten. Die Männer darauf blickten grimmig drein und die Damen etwas verkniffen.

»Kannst normal sprechen. Es wohnen nur zwei Parteien hier in der Villa. Eine Frau Hausmann im Erdgeschoss, und die Tote hat laut meinen Informationen im ersten Stock gelebt«, sagte Sissi und betrachtete bewundernd eine massive Eichenholztür mit Schnitzereien, die sich wie auf Kommando gerade einen Spalt weit öffnete.

Ein blonder Haarschopf erschien, der nicht so recht zu dem Gesicht passte, das darunter hervorlugte.

»Sind Sie von der Polizei?«, fragte die Dame unwirsch mit rauer Stimme. Sie war ungefähr Ende fünfzig, schlank und wirkte unausgeschlafen. Als sie Klaus sah, leuchteten ihre Augen auf, kurz darauf kehrte Misstrauen in ihre Miene zurück. In der Hand hielt sie eine Zigarettenspitze, führte sie an die Lippen und sog intensiv daran. Dann musste sie husten. Es klang dumpf und schaurig, wie ein Geräusch aus der Gruft.

»Ja, sind wir, sehr geehrte Frau … ähm?« Klaus hatte sich nach vorn geschoben und bedachte die Dame mit seinem unwiderstehlichen Lächeln.

»Hausmann. Helga Hausmann.« Die Frau begutachtete Klaus von oben bis unten. »Das Anbiedern können Sie sich schenken. Männer kommen bei mir gleich nach Darmspiegelung. Und was meinen Namen betrifft: Der ist das Einzige, das mir von meinem Ehemann geblieben ist. Von dem hab ich nur Ringe unter den Augen bekommen. Was machen Sie eigentlich hier?«

»Guten Tag, Frau Hausmann«, antwortete Klaus. »Wir sind von der Kriminalpolizei. Memmingen. K1. Sommer – das ist meine Kollegin«, er deutete kurz auf Sissi, die grüßend nickte, aber von Helga nicht beachtet wurde, »und meine Wenigkeit, Vollmer, Klaus. Sie wissen nicht, warum wir hier sind?«

Helga sah ihn erstaunt, aber nicht ohne Interesse an. »Hat man jetzt oben endlich einmal eingebrochen? Die hat das ja herausgefordert. Gibt ja, wenn sie denn mal aus dem Haus geht, ständig an, wie viel Schmuck sie hat und wie wertvoll der ist. Können Sie jeden fragen. Bescheidenheit ist noch nie ihre Stärke gewesen. Sonst ist sie stumm wie ein Fisch, aber das Geld lässt sie raushängen. Ich mach so was nicht. Ist eine Frage des Stils.«

»Sie weiß es nicht, Klaus.« Sissi stellte sich neben ihren Kollegen.

Helga betrachtete Sissi ablehnend. Von Nahem wirkte die Make-up-Schicht auf ihrem Gesicht wie eine Gummimaske. Unter massenhaft Puder und Rouge arbeiteten sich durch die angestrengte Mimik kleine Fältchen und Runzeln, die auch das teuerste Make-up nicht verbergen konnte.

»Ich muss Ihnen eine traurige Mitteilung machen«, sagte Sissi dann. »Die Dame über Ihnen ist einem Kapitalverbrechen zum Opfer gefallen.«

»Was?« Zum ersten Mal seit ihrer Begegnung wirkte Helga nicht gefasst und sarkastisch. »Also doch Einbruch? Ist sie verletzt?«

Sissi schüttelte verneinend den Kopf.

»Na, dann ist ja gut«, beruhigte sich Helga. »Die wird sich schon wieder einkriegen. War ja immer schon eine Dramenkönigin. Wieso erfahre ich das jetzt erst? Das hätte sie ja selbst zu mir sagen können. Aber ich bin ja nicht gut genug für sie, die redet seit Jahrzehnten kein Wort mit mir.«

»Seit Jahrzehnten?«, entfuhr es Klaus fassungslos.

Helga nickte. »Ist eine lange Geschichte. Wir wohnen schon Ewigkeiten zusammen, wissen Sie. Und Madame«, sie rollte mit den Augen und wies nach oben, »ist eine sehr nachtragende Person.«

»Gewesen«, rutschte es Klaus heraus. »Entschuldigung.«

»Gewesen«, wiederholte Helga, bis ihr der Sinn des Gesagten aufging. »Das soll heißen …?« Sie wurde leichenblass unter dem dicken Make-up.

»Ja. Leider«, antwortete Sissi an Klaus' Stelle. »Ich bin sicher, dass man bei Ihnen schon geklingelt oder geklopft hat. Wieso sind Sie noch nicht von den Kollegen vernommen worden?«

»Es hat mal geklopft, aber da war ich indisponiert«, erwiderte Helga schroff.

»Indisponiert?«, fragte Klaus.

»Wie nennt man denn einen Gang auf das stille Örtchen Ihrer Meinung nach? Waren Sie auf der Baumschule?« Sie trat aus der Tür zu Klaus und Sissi, die einen kurzen Blick in den Flur werfen konnten, in dem es wuselte und maunzte. Dann schloss sie die Tür bis auf einen kleinen Spalt.

»Wenn das einer ihrer Tricks ist«, Helga zeigte mit der Hand nach oben, »und Sie da mitmachen, dann garantiere ich Ihnen, dass Sie das büßen müssen. Das ist kein Scherz mehr.« Sie schnaufte empört. »Ich bin einiges gewöhnt von der da oben. Schickt mir säckeweise Krempel, den sie mit der Post bestellt. Aus dem Sexshop und so. Die glaubt, ich weiß nicht, dass sie das war. Aber das geht wirklich zu weit. Pietätlos ist das. Ich habe einen verdammt guten Rechtsanwalt. In Memmingen. Philipp Hammer. Der macht Sie fertig.«

»Frau Hausmann, wir machen keine Witze. Klaus, los.«

Beide holten aus ihren Winterjacken die Ausweise und hielten sie Helga direkt vor die Nase.

»Okay«, murmelte sie nach einer Weile. »Ich glaube Ihnen. Und jetzt … entschuldigen Sie mich bitte. Ich muss mal wohin. Bin indisponiert!« Das letzte Wort schrie sie beinahe, drehte sich abrupt um und verschwand in ihrer Wohnung. Die schwere Tür flog mit einem Knall ins Schloss.

»Na denn«, sagte Klaus leise. »Ich glaube nicht, dass die abhaut, bis wir wieder unten sind. Sah eher aus, als würde sie umkippen. Lass uns endlich hochgehen.«

Sie stiegen zusammen die knarrende Treppe in den ersten Stock hoch, wo sie von einem zweiten Streifenbeamten empfangen wurden. Die Kollegen von der Spurensicherung hatten sich in der Wohnung verteilt und gingen ihrer Arbeit nach. Aus einem Raum hörte man durch die geschlossene Tür gedämpftes Schluchzen, unterbrochen von kurzem Schnauben.

»Vorn links«, rief ihnen der Polizist zu. »Ankleideraum!«

Klaus und Sissi gingen wie ihnen geheißen und standen inmitten ihrer Kollegen von der Spurensicherung.

Die Tote lag in ihrem fliederfarbenen Nachthemd auf dem Boden. Um ihren Kopf herum hatte sich eine Blutlache gebildet. Sie war klein, blond und wirkte irgendwie erstaunt mit ihren ins Leere starrenden Augen.

»Was haben wir hier?«

»Ja, wenn Sie das nicht selber beantworten können«, antwortete Seibold. »Sieht ganz nach einem Todesfall aus, den Sie aufklären dürfen, weil wir nur fürs Grobe zuständig sind.« In seinem weißen Papieranzug machte er einen mürrischen Eindruck.

»Immer noch das Magengeschwür?«, fragte Sissi mitleidig. Seibold nickte. Klaus und Sissi beugten sich nach unten und betrachteten die tote Frau.

»Mann«, sagte Klaus dann. »Unglaublich. Wer bringt denn solche niedlichen kleinen Damen um?«

»Ist das eine ernst gemeinte Frage, oder machst du einen der Witze, die niemand versteht?« Sissi blickte sich im Zimmer um.

»Der Arzt war ja da und hat bestätigt, dass es sich um einen ungeklärten Todesfall mit möglicher Fremdeinwirkung handelt. Und wie kam er drauf?« Klaus sah sich um. »Sie kann doch auch einfach hingefallen sein.«

»Vielleicht deshalb.« Sissi zeigte auf eine Stelle an der Wand, wo ein Blutfleck den weißen Anstrich verunzierte. »Solltest wirklich mal wieder ausschlafen.«

»Hätte ich schon noch gemerkt. Also ein Schädelbruch?«

»Möglich wäre es, dem Loch nach zu urteilen, das sie im Kopf hat. Aber das müssen wir schon Heinzelmann von der Rechtsmedizin überlassen.«

»Wir haben nur noch auf Sie gewartet«, brummelte Seibold. »Sind ja fast fertig.«

Er deutete auf die Hände der Toten, die schon in Plastik verpackt waren, um eventuelle Spuren unter den Fingernägeln zu erhalten. »Haben Sie's bald?«

»Dauert nicht mehr lang«, sagte Sissi. »Irgendwas, das Sie uns schon vorab mitteilen können?«

Seibold schüttelte den Kopf. »Nichts Relevantes. Für die ganzen Fingerabdrücke brauchen wir noch eine Weile.« Er wies auf zwei Kolleginnen, die gerade Spuren sicherten.

»Die Wohnung ist voll davon. Ob sie vom Opfer stammen oder von jemand anderem, muss erst noch geklärt werden. Wissen Sie ja selbst. Mit Sicherheit können wir sagen, dass ihre Sachen durchwühlt worden sind. Da hat wohl jemand Bargeld gesucht oder Schmuck. Aber das ist nicht mein Job.«

Er tippte auf die Schubladen, die herausgerissen waren. Auf dem Boden in alle Richtungen verstreut lagen Strümpfe, Schlüpfer und BHs mit merkwürdigen Mustern.

»Unglaublich. Das ist echt wunderschön, oder nicht?« Sissi berührte mit ihrer behandschuhten Hand andächtig eine aufgerissene Schublade. »Alles Echtholz. Ich wünschte, ich hätte auch so was.«

»Todesursache? Was glaubst du?«, fragte Klaus, der sich gerade mit knackenden Gelenken aufrichtete.

»Schlag auf den Hinterkopf. Aber ich bin kein Gerichtsmediziner.« Sie blickte sich suchend um und ging vorsichtig um die Tote herum. »Sieht ganz so aus, als wäre sie an die Wand geschleudert worden, wenn ich die Spritzer und den Blutfleck richtig interpretiere. Die Kopfverletzung ist ziemlich groß.«

»Sie hat wohl den oder die Einbrecher überrascht, denke ich mal«, sagte Klaus. »Und sie ist nicht den Regeln der Polizei gefolgt: Statt auf keinen Fall den Helden zu spielen, hat sie nachgesehen. Daraufhin hat man sie umgebracht. Merkwürdig ist nur, dass bis auf die aufgezogenen Schubladen nichts auf einen Einbruch hindeutet. Die Tür unten ist völlig intakt, auch die zur Wohnung. Also hat sie entweder ihren Mörder hereingelassen oder …« Er neigte nachdenklich den Kopf.

»Gehen wir erst mal in die Küche«, entschied Sissi. »Da wartet auf uns die Zugehfrau der Toten, eine Olga Rimowa, und heult sich die Augen aus. Vielleicht weiß die Näheres. Und wir haben auch noch die liebreizende Dame aus dem Erdgeschoss. Die muss doch was gehört haben. Also los.«

Beide durchquerten die dämmrige Diele. »Können wir sie wegbringen lassen?«, rief ihnen Seibold hinterher.

Klaus bejahte.

Mitten in der großen Küche, die teuer und unbenutzt aussah, stand eine stämmige dunkelhaarige Frau Mitte vierzig, die sich ständig in ein großes Stofftaschentuch schnäuzte und Sissi und Klaus mit verheulten Augen ansah.

»Die sind ja wirklich überall.« Klaus wies verstohlen auf eine Putte, die sie von einer Wolke herab angrinste. Eine andere saß mit baumelnden Beinen oben auf dem Hängeschrank über dem Herd. Über dem Echtholz-Küchentisch hing ein Ölbild, das einen traurigen kleinen Engel zeigte, der versonnen auf die Holzplatte starrte. »Ist wohl ein besonders katholischer Haushalt, oder?«

»Nein, nur ein romantischer«, wisperte Sissi. »Glaub mir: Einen katholischen Haushalt würdest du erkennen, weil wir ja wöchentlich Teufelsaustreibungen machen. So hat man es dir doch in der Großstadt beigebracht, nicht wahr?«

Dann wandten sie sich der dunkelhaarigen, pummeligen Frau zu. »Frau Rimowa?«, fragte Klaus.

»So einä Katastrophä«, schnaubte Olga und blickte die beiden kummervoll an. »So einä gutä Frau.«

Das war jetzt nicht wirklich ernst gemeint, denn zu Lebzeiten war Olga mehr als einmal in Versuchung gewesen, die gute Frau Rothenfels einfach die Treppe runterzuschubsen. Aber nun …

»Sie sind Frau Rimowa, die Reinigungsfrau?« Sissi klopfte ihr freundlich auf die Schulter.

Olga zuckte daraufhin zusammen. »Ja«, kam als einzige Antwort. »Die gutä Frau, tott, ich kann äs nicht glaubän.« Noch ein Schnäuzer.

»Beruhigen Sie sich erst mal.« Klaus trat an Sissis Seite. »Es tut uns wirklich leid, dass wir Sie jetzt mit Fragen belästigen müssen, aber die ersten vierundzwanzig Stunden sind bei der Aufklärung eines Falles extrem wichtig.«

»Ich weiß«, sagte Olga voller Überzeugung und trat von einem Fuß auf den anderen. »Ich sehä Krimi gern in Fernsähn. Den Schweigär. Gutär Mann.«

Sissi und Klaus nickten verdattert.

»Sie haben die Tote gefunden?«, hakte Sissi nach. »Um wie viel Uhr war das genau?«

»Ich habä immär Arbeit ab neun Uhr.« Olga putzte sich die Nase. »Nix kommen zu spät, die Frau Rothenfäls sauär. Ich immär pünktlich.«

»Das glauben wir Ihnen gern«, antwortete Klaus. »Es war also um neun Uhr?«

»Nein, war nachhär. Ich habä gesucht Frau Rothenfäls. Nix gefundän.«

»Sie haben sie gesucht?«

Olga senkte traurig den Blick. »Ich war da neun Uhr wie immär Freitag. Und sonst Damä immär wach und schimpfän auf alläs, und heutä war so ruhig. Also ich suchän und findän …« Nach »findän«, fing Olga wieder an zu heulen.

»Jetzt setzen Sie sich doch bitte«, bat Klaus. »Können wir was für Sie tun?«

Olga sah ihn hoffnungsvoll an. »Ich würdä bittän, habän Sie Wodka für Kummär? Im Schrank in Wohnzimmär grossä Flaschä ist gutt. In Russland wir trinkän auf die Totän, ist auch gutt für die Lebendän.«

»Na ja, besser als Tabletten«, raunte Sissi und fügte hinzu: »Tut mir leid, Frau Rimowa, wir können Ihnen leider nichts aus dem Schrank anbieten. Das dürfen wir nicht. Aber wir könnten ihnen eventuell einen Kaffee besorgen?«

Olga schüttelte den Kopf. »Nix gut. Kaffää nervös.«

»Sie kommen also zu Frau Rothenfels zum Saubermachen, Frau Rimowa?«, fragte Sissi dann verständnisvoll.

»Langä schon. Frau immär zufriedän.«

»Ich dachte, Frau schimpfän?«, wandte Klaus boshaft ein. »Das haben Sie doch gerade gesagt.«

Sissi knuffte ihn in die Seite. »Unsensibler Kotzbrocken«, zischte sie leise.

Olga beobachtete die beiden genau. In ihrer alten Heimat waren auch Kleinigkeiten im Umgang mit der Polizei wichtig. Und was der Bauer gelernt hat, vergisst er nie. Die Frau schien wirklich nett zu sein, und sie war hübsch. Aber dieser Mann … Er war schlecht rasiert, sah trotzdem toll aus und erinnerte sie irgendwie an ihre erste große Liebe, Igor. Und Igor war ein übler Bursche gewesen. Olga traute keinem Mann, dem es zu viel Arbeit war, einmal am Tag vor dem Spiegel zu stehen und sich den Bart abzuschaben.

»Ja, Frau schimpfän viel. Über alläs. Und übär Frau untän. Ganz viel.« Olga klopfte verstohlen mit dem Fuß auf die Fliesen.

»Sie haben einen Schlüssel für die Wohnung? Und es gab insgesamt nur zwei?«, vergewisserte sich Sissi.

Olga nickte. »Großä Ehrä, weil nur zwei Schlüssäl da, sagt Frau Rothenfäls.« Sie schluchzte herzergreifend. »Frau Rothenfäls erzählt, dass sie hat Wohnung sichär gemacht. Ganz sichär.« Olga senkte die Stimme. »Für viel Gäld, sie sagän. Und alläs neu eingärichtät in Wohnzimmär und Schlafzimmär.«

»Sie meinen, die Wohnung ist von einem Fremden eingerichtet worden? Und das ganze Zeug ist neu?«, fragte Klaus ungläubig.

Olga nickte. »Wohntraum heißän Firma. Berühmtär Mann in Mindälhaim. Macht alles schönär, sodass es zu einäm passt.« Sie umfing mit einer Handbewegung die Kücheneinrichtung, wo über dem modernen Induktionsherd eine dicke Putte hing, an deren großer Zehe ein Topflappen befestigt war.

Klaus und Sissi sahen sich staunend um.

»Das hat also ein Innenarchitekt gemacht?« Sissi drehte sich ungläubig einmal um die eigene Achse.

»Vogelä ist nicht billig, Frau Rothänfels sagän, aber die Frau untän war auch bei Vogelä und drum sie missen …«

»Verstehe schon«, antwortete Sissi. »Wir werden Sie nächste Woche auch noch in Memmingen brauchen, um Ihre Aussage unterzeichnen zu lassen, da können Sie alles zu Protokoll geben, Frau Rimowa.« Sissi drehte sich zu Klaus um.

»Sie hat gäsagt, sie viel Gäld. Und schönä Sachen«, schniefte Olga im Hintergrund.

»Schöne Sachen?«, fragte Sissi.

»Hat großä Schachtäl aus Eisän«, schniefte Olga dann. »Mit Henkäl obän und sagän da Geschmeidääää.« Sie heulte wieder los.

Sissi und Klaus sahen sich an. Dann legte Sissi Olga beruhigend eine Hand auf den Arm. »Es handelt sich vermutlich um eine Schmuckkassette oder so etwas. Davon ist nichts zu sehen, also wurde die gestohlen. Sie haben uns sehr geholfen. Danke, Frau Rimowa.«

»Wenn ich mir die Wohnungstür ansehe, dann hat sie einiges ausgegeben, um alles einbruchssicher zu machen«, sagte Klaus. »Tja, und für die Einrichtung. Über Geschmack lässt sich ja bekanntlich nicht streiten.«

»Bin ich färtig?«, erkundigte sich Olga vorsichtig. Sie sehnte sich nach einem anständigen Wodka. Und sie würde ganz sicher kein Schnapsglas dafür hernehmen, sondern ein anständiges Wasserglas.

»Wissen Sie, wem das Haus gehört?«, wollte Klaus wissen.

Olga nickte. »Frau Rothänfäls sagän immär Frau untän und ihr selbär. Gehört Haus. Frau untän bösä. Frau unten viel Gäld. Abär Frau Rothänfäls auch reichä Frau gewesän, ich glaubä.« Sie schnaubte ein letztes Mal, dann bückte sie sich und zog ihre Kniestrümpfe im Gummstiefel glatt, die sich beim Laufen unter der Fußsohle zusammengerollt hatten. Ekelhaftes Gefühl.

»Und neilich«, Olgas Stimme war kaum noch ein Flüstern, »Frau Rothänfäls sagän, sie habän immär Angst, dass Frau untän ihr bösä Sachän tut. Dann sie lachän bösä und sagän, dass sie für dän Fall Vorkäh… Vorkäh…« Olga stockte kurz und sah Sissi hilfesuchend an.

»Sie meinen Vorkehrungen?«

Olga nickte dankbar. »Vorkährung getroffän hat. Sie sagän: ›Die wird sich umschauän‹, und lachän bösä.« Olga schaute Sissi und Klaus verschwörerisch an. »Immär Ärgär mit Frau untän. Und Frau Rothänfäls telefonierän und schreiän.«

»Schreien?«, fragte Klaus.

»Ich putzän Toilettä letztä Wochä, und Frau telefonierän laut und rufän: ›Ich will mein Geld habän.‹«

»Könnten Sie sich vorstellen, mit wem sie gesprochen hat?«

»Nein. *Njet.*« Olga sah die beiden an. »Bin ich färtig?«

Sissi bejahte. »Fürs Erste ja. Danke, Frau Rimowa. Wir melden uns bei Ihnen. Ihre Daten hat ja der Kollege Möller schon aufgenommen, oder?«

Olga nickte wieder. Im Nicken war sie großartig.

»Klaus, schau doch mal!« Sissi deutete auf einen großen grauen Behälter mit der Aufschrift »Kutsche – eine Frage des Geschmacks«.

»Ein Warmhaltebehälter!« Klaus öffnete den Deckel und sah hinein.

»Gnädigä Frau hat immär Essän bekommän aus Kneipä«, sagte Olga schniefend. »Sie hat nie gäkocht, ich glaubä, sie nix konntä.«

»Na ja, das ist kein Verbrechen«, meinte Sissi. »Nur manchmal unpraktisch. Frau Rimowa, wir sind fertig. Alles Gute Ihnen, bis bald!«

»Ich gehä weitär. Habä noch Kundschaft. Schlechtär Tag. Nix gut.« Olga schlurfte mit hängenden Schultern aus dem Raum.

»Da hat sie recht«, murmelte Sissi. »Komm, wir sehen uns noch mal um. Irgendwas ist hier oberfaul. Aber das ist …«

»… nur dein viel gerühmtes Bauchgefühl, nicht wahr?«, spöttelte Klaus.

»Schöne Wohnung. Ich mag Altbauten.« Sissi musterte mit einem kurzen Blick die stuckverzierten Decken. »Wenngleich die Einrichtung etwas gewöhnungsbedürftig ist. Ich hab's lieber etwas heller. Und die vielen Engelsfiguren. Frau Rothenfels scheint ein romantischer Mensch gewesen zu sein. Oder Herr Vögele, der Innenarchitekt, ist es.« Sie machte ein nachdenkliches Gesicht. »Ich finde es merkwürdig, dass so zielgerichtet gesucht wurde. Sieh mal, hier in der Diele und nirgendwo sonst ist irgendeine Schublade offen oder ein Schrank. Nur im Schlafzimmer und in der Ankleide. Safe hatte das Opfer ja anscheinend keinen.«

Jetzt standen beide vor der Wohnungstür. Olgas Schlüssel steckte immer noch von außen im Schloss.

»Ich bin kein Spezialist.« Klaus klopfte an die Tür. »Aber da ist eine Menge gemacht worden von wegen Einbruchssicherung. Glaubst du, die Frau hatte einen konkreten Grund für diese Maßnahmen?«

»Keine Ahnung. Hast doch gehört, sie hatte Angst, dass die Dame unten ihr was antut«, antwortete Sissi. »Lass uns noch mal die Wohnung inspizieren.«

Sie machten beide einen Schritt zur Seite, als Frau Rothenfels abtransportiert wurde.

»Schade. Ich bin sicher, sie hätte uns eine Menge erzählen können.« Klaus blickte der Trage bedauernd hinterher.

»Die Toten reden manchmal doch. Warten wir auf die Gerichtsmedizin«, sagte Sissi mit einem Seufzen in der Stimme.

»Das wird schwierig. Ich bin ziemlich sicher, dass wir keine relevanten Fingerabdrücke finden werden. Da scheint ein Profi am Werk gewesen zu sein. Oder mehrere. Am meisten irritiert mich das Fehlen von Schäden an der Tür und dass der Mörder offensichtlich ganz ohne Widerstand eindringen konnte.«

Beide sahen sich noch mal in der Wohnung um. Im Bad öffnete Klaus den Medizinschrank, der genau wie der Rest der Wohnung noch aus dem vorigen Jahrhundert zu stammen schien, aber mit allen Schikanen der Neuzeit versehen war.

»Frau Rothenfels scheint unter Schlaflosigkeit gelitten zu haben, wenn ich das Sammelsurium richtig deute.« Er strich über eine Ansammlung von Tablettenschachteln. »Das da ist ein Schlafmittel. Und hier was gegen Depressionen.« Er nahm eine Verpackung und drehte sich zu Sissi. »Wenn sie so eine genommen hat, dann wundert mich, dass sie überhaupt aufgewacht ist.«

Sissi reagierte nicht. Sie saß auf einem antiken Holzstuhl mit geschnitzter Lehne vor einem Sekretär und öffnete mit spitzen Fingern einen Aktenordner.

»Die Dame war recht ordentlich«, sagte sie dann. »Sie hat alles chronologisch geordnet. Rechnungen, Kaufbelege und hier ein paar ausgeschnittene Zeitungsreklamen für Sexspielzeug. Vielleicht stimmt das ja, was die Frau von unten behauptete, dass die Tote ihr immer anonym Sachen bestellt hat. Die Akten nehmen wir mit. Und hier ist noch ein Ordner. Unbeschriftet.

Soweit ich sehen kann, Kaufverträge, notarielle Beglaubigungen und Lieferscheine von einem Speiselokal. Diese Unterlagen sollen die Jungs gleich nach Memmingen zum Dollinger bringen. Dann kann der sofort anfangen. Außerdem scheinen die Vermögensverhältnisse hier mehr als interessant zu sein.«

Sissi klemmte sich den Aktenordner unter den Arm. »Und jetzt hopp nach unten. Dort wartet eine Dame auf dich. Zur Darmspiegelung.«

Klaus rollte mit den Augen. Sie stiegen die Treppe hinunter und klopften an die hölzerne Tür. Dahinter wurden Schritte laut.

»Cinderella, Schluss jetzt!«, hörten sie Helga schimpfen. »Benimm dich, wir bekommen Besuch.«

Die Tür öffnete sich und Helga, flankiert von einer ebenso misstrauisch blickenden Katze, stand im Rahmen, jetzt in einem bodenlangen schwarzen Samtkleid. Offensichtlich hatte sie sich umgezogen. In der Hand hielt sie die unvermeidliche Zigarettenspitze. Sie schwankte leicht, gab sich aber Mühe, es zu verbergen. Ihre Augen waren gerötet.

»Kommen Sie herein«, sagte sie und wedelte mit der Zigarette vor Sissis Gesicht herum, die einen Schritt zurücktrat und hustete. Klaus trat nach vorn und wurde von der Katze angefaucht. »Und Sie natürlich auch.« Das galt Sissi, die vorsichtig die dämmrige, von unzähligen Siamkatzen bevölkerte Diele betrat.

Es maunzte, gurrte und fauchte aus jeder Ecke, und Sissi zählte sieben Katzen, alle in Beige mit dunklen Gesichtsmasken und blauen Augen.

»Wie niedlich!« Sissi beugte sich hinunter, um ein besonders zutrauliches Tier zu streicheln.

»Bitte kommen Sie endlich!« Helga machte nun doch einen bedrückten Eindruck. Das ganze brüske Gebaren war von ihr abgefallen. Mit einem Mal sah sie genauso alt aus, wie sie war. »Folgen Sie mir bitte ins Wohnzimmer«, nuschelte Helga mit rauer Stimme und ging voraus.

»Wow«, entfuhr es Klaus, der sich gleich darauf erschrocken an den Mund fasste. Er starrte ungläubig auf das helle Zimmer. Auch Sissi traute ihren Augen nicht. Das Wohnzimmer wirkte, als wäre man mit einer Zeitmaschine in die siebziger Jahre gereist.

Alles war knallig, bunt und … rund. Es gab keine eckigen Formen, es gab keine dezenten Farben. Und als Krönung dieses innenarchitektonischen Alptraumes hatte Helga Hausmann, die innerhalb der letzten zwanzig Jahre einige metaphysische Ausflüge zum Kabbalismus, Taoismus und Buddhismus unternommen hatte, jede verfügbare freie Ecke in der ganzen Wohnung mit Gebetsfahnen, Mandalas und Bildern der Göttin Kali verziert, die mit ihren vielen blauen Armen und einem äußerst ungnädigen Gesichtsausdruck jeden Besucher anstarrte, der sich hier hereinverirrte.

Es war, als hätten Andy Warhol und der Dalai Lama gemeinsam und sturzbetrunken die untere Hälfte dieser herrlichen Villa eingerichtet.

»Zwick mich, die Tapete sieht aus wie das Testbild«, zischelte Sissi und versuchte vergeblich, den Blick von der Wandverkleidung abzuwenden, wo ihr knallige, dreißig Zentimeter große Kreise entgegensprangen, die in den Augen schmerzten.

»Ich habe es gern hell und luftig, ganz anders als Moni«, sagte Helga und nahm nochmals einen tiefen Zug von ihrer Zigarette. Auf dem Tisch stand eine halb volle Flasche Gin, daneben ein hohes Glas, in dem zur Auflockerung eine Zitronenscheibe dümpelte. Helga ergriff das Glas und nahm einen tiefen Schluck. Dann rülpste sie leise. »'tschuldigung. Hell. Harmonisch. Habe ich gern.«

»Das sieht man«, entgegnete Klaus und versuchte ein Lächeln, das nur halb gelang. »Sehr hell hier. Wirklich.«

»War nicht billig«, meinte Helga. »Hat der Vögele eingerichtet, von Wohntraum, sollten Sie mal hingehen. Der ist recht unkonventionell und verhilft jedem zu der Einrichtung, die genau zu einem passt. Möchte nur wissen, was er da oben gemacht hat. Die musste natürlich sofort bei ihm anrufen, nachdem er meine Wohnung verschönert hat.«

Helga blickte in Richtung Zimmerdecke. Ihr Gesichtsausdruck war nicht zu deuten. Sie wirkte einerseits wie jemand, der darum rang, die Fassung nicht zu verlieren, und andererseits total abgebrüht.

»Das habe ich ihr nicht gewünscht«, sagte sie dann. »Das

wünscht man niemandem.« Sie nahm einen weiteren Schluck aus ihrem Glas. »Gin Tonic. Viel Gin, wenig Tonic, kein Eis. So muss es sein. Geheimrezept. Hilft leider nicht gegen alles. Prost, Monika.«

Helga wurde vom Licht einer Stehlampe angestrahlt, die mehr einer Laserkanone aus einem Science-Fiction-Film ähnelte als einem Leuchtkörper. Das gelbliche Licht verfing sich in ihrem goldblond gefärbten Haar und verlieh ihr ein hexenhaftes Aussehen. »Möchten Sie auch was trinken?«, wandte sie sich an Klaus, der verlegen den Kopf schüttelte. »Ich brauche heute ausnahmsweise einmal etwas Stärkeres. Das hat mich doch recht mitgenommen.«

Sissi hatte sich derweil in einen quietschgrünen Clubsessel gequetscht und versuchte, sich nicht zu drehen, denn sobald sie einatmete, setzte sich der Stuhl in Bewegung. Es war ein vergebliches Unterfangen.

»Frau Hausmann, sind Sie die Hausbesitzerin?«, fragte Klaus. Gerade war eine der Katzen mit der anderen in Streit geraten, und beide balgten sich auf dem Boden. Haarknäuel flogen in alle Richtungen. Klaus blickte kurz auf seine dunkelblaue Hose und versuchte dann erfolglos, den fliegenden Haarbüscheln auszuweichen.

»Nicht ganz richtig«, antwortete Helga. »Das Anwesen hat uns beiden gemeinsam gehört, Monika und mir.«

»Frau Rothenfels war Mitbesitzerin?« Sissi versuchte, so wenig wie möglich von der grellen Einrichtung wahrzunehmen, und richtete ihren Blick konzentriert auf die Hausherrin.

Offensichtlich war sie einmal eine sehr schöne Frau gewesen und bemühte sich nun verbissen, diesen Status zu halten. Wenngleich ihre Methoden etwas fragwürdig schienen, wenn man die Flaschenbatterie über dem offenen Kamin und die Zigarettenspitze ins Auge fasste. Und das halb volle Ginglas auf dem Tisch.

»Ja, leider.« Helga setzte sich auf ein pinkfarbenes Sofa mit merkwürdigen Flecken. »Seit zweiunddreißig fürchterlichen Jahren, wenn Sie es genau wissen wollen. *Warum* wollen Sie das eigentlich wissen?«

»Na ja, Frau Hausmann.« Plötzlich begann sich der grüne Clubsessel, in den Sissi sich hineingequetscht hatte, nach links zu drehen. Anscheinend wurde er regelmäßig geölt. »Wir ermitteln in alle Richtungen. Frau Rothenfels wohnte also schon über ein Vierteljahrhundert bei Ihnen. Hatte sie Verwandte?«

Helga nahm eine maunzende Katze auf den Schoß und streichelte sie gedankenverloren. »Ja. Hatte sie.«

»Wohnen die hier in Mindelheim?«, fragte Klaus. Die Frau sah auf jeden Fall gesprächiger aus, als sie war.

»Ja.« Wieder ein Streicheln. Die Katze wurde unwillig und sprang fauchend auf den Boden.

»War Frau Rothenfels vermögend? Wissen Sie das?«

»Die hatte Geld wie Dreck«, kam es wie aus der Pistole geschossen. »Konnte sich alles ins Haus kommen lassen, was sie wollte. Sie ließ sich sogar täglich Essen aus einem teuren Speiselokal liefern. Kann ich nicht weiterempfehlen. Der Wirt ist ein Arschloch.«

»Ach ja?« Klaus wich der silbernen Kralle einer Katze aus, die sich gerade an seiner Wade zu schaffen machte.

»Wie war denn Ihr Verhältnis zu Frau Rothenfels? Sie haben es als schwierig beschrieben«, fragte Sissi. »Gab es Streitigkeiten oder vielleicht sogar Handgreiflichkeiten?«

»Junge Frau«, Helga sah die beiden streng an, »das habe ich nicht nötig, mich von zwei Jungspunden beleidigen zu lassen. Ich hätte der Monika nie was angetan. Und woher wollen Sie wissen, ob das nicht ein Unfall war? Die war doch ständig vollgedröhnt mit Tranquilizern und Kirschlikör. Sie hätte auch hinfallen können. Genug im Tran war sie ja. Und wie gesagt: Ich hätte ihr nie was getan. Gewollt schon, aber getan … Man erzählt viel, wenn man schlechte Laune hat oder gereizt wurde.«

»So?«, gab Klaus misstrauisch zurück. »Da haben wir heute aber schon etwas anderes gehört.«

»Mir egal, was Sie gehört haben. Wir sind öfter mal aneinandergeraten, obwohl wir noch nicht mal miteinander geredet haben, aber das rechtfertigt doch nicht …« Sie verstummte wieder.

»Sagen Sie mal …«, Sissi, war immer noch bemüht, sich nicht

mit dem Stuhl im Kreis zu drehen, »… haben Sie auch Ihre Wohnung einbruchssicher machen lassen? Immerhin liegt Ihre Wohnung im Erdgeschoss.«

Helga blickte Sissi verächtlich an. »Das hat sie doch nur wegen mir veranlasst. Die ist total durchgedreht. Hat geglaubt, dass ich ihr was antun würde, und deshalb dieses Remmidemmi gemacht. Weil wir beide hier nicht sein wollten. Möchte nicht wissen, wie viel das gekostet hat, all die Schlösser und Riegel und das ganze Zeugs. Und dann noch die Ankleide … Und sie hatte auch nicht vor, auszuziehen, falls Sie fragen wollen. Das wäre gar nicht gegangen, sonst …« Sie schüttelte missbilligend den Kopf.

»Sie kennen die Ankleide?«, fragte Sissi scheinheilig zurück.

Helga nickte. »Die Putze musste mir ein Foto von dem Zimmer in den Briefkasten stecken. Polaroid. Vielleicht dachte Monika, ich würde neidisch werden. Glauben Sie mir, die Frau war kein Engel. Hat ständig Sachen bestellt und an mich liefern lassen. Vom Sexshop! Ich sag Ihnen mal lieber nicht, was.« Sie verzog das Gesicht. »Pizzas und Taxis hat sie geordert, die Fahrer waren echt sauer, wenn ich gesagt habe, ich brauche nichts. Ihr Hobby war, mich fertigzumachen. Allerdings ist es in letzter Zeit etwas ruhiger geworden. Vielleicht hatte sie ein anderes Hassobjekt gefunden. Obwohl es mir schwerfällt, das zu glauben.«

»Frau Hausmann, ein wunderschönes Armband haben Sie da.« Klaus zeigte auf Helgas Handgelenk, wo ein schweres Schmuckstück aus dunkelblauen Steinen glitzerte.

Sie hob die Hand. »Saphire in Krappenfassung«, antwortete sie. »Erbstück mütterlicherseits.«

»Wirklich ein herrliches Stück. Haben Sie heute Nacht irgendetwas gehört?«, wollte Sissi wissen.

Helga verneinte und nahm noch einen Schluck Gin. »Nicht dass ich wüsste. War eine ruhige Nacht. Ich hab bis zweiundzwanzig Uhr ferngesehen, mir einen kleinen Absacker gegönnt«, sie deutete auf die Ginflasche, »und bin dann ins Bett gegangen.«

»Sie haben also gar nichts gehört. Und heute Morgen auch

nicht? Wenn ein Fremder ins Haus kommt, dann dürfte das nicht geräuschlos abgehen, oder?«

»Junger Mann …« Helga beugte sich vor und offenbarte dabei mehr, als Klaus' ästhetischer Feinsinn verkraften konnte. »Das hier ist kein Pressspan-Gelumpe aus dem Baumarkt. Alte Bausubstanz. Dicke Mauern, dicke Türen. Außerdem schlafe ich immer lange, denn meine Haut ist mir wichtig.« Sie zündete sich eine neue Zigarette an und fragte dann: »Wer hat das getan?«

»Das werden wir herausfinden, Frau Hausmann. Ist Ihnen in letzter Zeit jemand aufgefallen, oder haben Sie verdächtige Beobachtungen gemacht?«, bohrte Sissi weiter. »Irgendjemand, der nicht zu einem Lieferdienst gehört?«

»Nein. Nichts«, beharrte Helga resolut. »Das Essen hat sie täglich von der ›Kutsche‹ kommen lassen. Alles andere war ihr nicht gut genug. Und Kochen hat die nie gelernt. Von der ›Kutsche‹, dem teuersten Laden in Mindelheim. Weil es da ja so günstig ist.« Sie stieß verächtlich Rauch aus. »Die Apotheke hat Lehrmädchen geschickt, die kenne ich nicht. Außerdem kümmere ich mich nicht um anderer Leute Angelegenheiten. Damit bin ich die letzten vier«, sie korrigierte sich rasch, »zwanzig Jahre gut gefahren. Aber sollte mir noch etwas einfallen, dann melde ich mich bei Ihnen. Sagen Sie mal … Sie haben da diese Versiegelung hingemacht, also das Absperrband. Wie lange bleibt das dran?«

»Warum?«

»Ach, nur so.« Helga hustete wieder lange und rasselnd.

»Kann ich nicht sagen. Aber wir geben Ihnen Bescheid, Frau Hausmann. Wäre auch möglich, dass wir Sie nochmals aufsuchen müssen«, antwortete Sissi.

»Ich wollte vorhin wissen, ob Frau Rothenfels Verwandte hier hat, und Sie haben diese Frage bejaht«, sagte Klaus. »Sie sind uns aber eine richtige Auskunft schuldig geblieben.«

»Bin ich das?«, erwiderte sie. »Hatte ich vergessen. Ja, sie hat eine Verwandte. Eine Schwester. Die wohnt auch hier. In Mindelheim.«

»Sagen Sie uns auch, wo?« Sissi stemmte beide Beine fest auf den Boden, um nicht noch unabsichtlich eine Runde zu drehen. »Ich meine, wir können es ohnehin eruieren, aber –«

»Machen Sie sich nicht die Mühe.« Helga sah die beiden müde an und nahm nochmals einen tiefen Schluck aus dem Ginglas. Dann stellte sie es mit einem Knall auf den Tisch. »Die Schwester bin ich.«

## Freitagvormittag, Mindelheim

Sissi und Klaus standen fassungslos in dem riesigen gepflegten Garten und sahen einander an.

»Die große fette Katze hat gerade auf das rosafarbene Sofa gepinkelt«, flüsterte Klaus angeekelt.

Sissi schüttelte sich schaudernd. »Ich bin noch sprachlos, in etlichen Jahren Kripo hab ich so was noch nicht erlebt. Und ich möchte zu gern wissen, was diese beiden Schwestern zusammenhielt, dass sie sich so lange dieses Haus teilten, obwohl sie verfeindet waren. Außerdem irritierte mich das Ginglas ein bisschen. Himmel, es ist noch nicht mal Mittag.«

»Es ist ein Brauch von alters her: Wer Sorgen hat, hat auch Likör.« Klaus klang amüsiert.

»Zitierst du jetzt schon Wilhelm Busch?«, fragte Sissi. »Nach Likör sah das nicht aus, eher nach einem ausgewachsenen Alkoholproblem. Geht uns aber nichts an. Höchstens am Rande. Mich würde interessieren, wie viel dieses Armband wert war. Vermutlich könnte man einen Kleinwagen dafür kaufen … Jetzt müssen wir uns erst mal um die Nachbarn kümmern. Wo sind die nur? Gibt es hier überhaupt welche?«

Sissi trat zusammen mit Klaus durch die steinerne Pforte und blickte sich um. Die schmale asphaltierte Straße führte in zwei verschiedene Richtungen, und von Weitem konnte man ein großes Haus sehen, das inmitten eines Parks aus kahlen Bäumen stand.

»Noble Gegend hier. Sehr schön. Viel Platz«, murmelte Klaus. »Das ist wohl das Betätigungsfeld der russischen Putzfrau. Ich glaube nicht, dass hier jemand selbst seine Bude reinigt. Nur ich muss das immer machen.«

»Ich könnte ja sagen, schaff dir endlich eine Frau an, aber dafür sind wir nicht da«, sagte Sissi verschmitzt. »Die kurze Strecke können wir laufen. Los.«

Nach ungefähr zweihundert Metern kamen sie zur nächsten steinernen Pforte.

»Edel.« Klaus sah sich um. »Mit etwas Phantasie kann man sich noch die Pferdekutschen vorstellen, die hier vor der Tür gehalten haben. Scheint ein geschichtsträchtiges Örtchen zu sein, dieses Mindelheim. Vielleicht fahre ich doch mal an einem Sonntag hier rüber. Wer weiß?«

»Jetzt bist du ja da.« Sissi drückte einen Klingelknopf aus Messing. Kein Geräusch ertönte.

»Dorsch«, las Klaus laut. »Wie der Fisch?«

»Ja bitte?«, ertönte eine scharfe Stimme. »Olga? Wir sind doch erst morgen verabredet? Sie müssen endlich unsere Sprache lernen!«

»Nein, Entschuldigung, Elisabeth Sommer und Klaus Vollmer vom K1 in Memmingen«, antwortete Sissi. »Wir sind von der Kriminalpolizei und ermitteln wegen eines Kapitaldelikts. Würden Sie uns hereinlassen?«

Eine Weile blieb es stumm. Dann schepperte die Frauenstimme: »Das kann jeder behaupten. Was beweist mir, dass Sie wirklich von der Kripo sind und nicht zwei wahnsinnige Axtmörder? Oder drei?«

Klaus und Sissi sahen sich zweifelnd an.

»Bitte rufen Sie bei der Polizei Memmingen an«, sagte Sissi und gab an der Tür die Nummer durch. »Fragen Sie nach uns.«

Es blieb wieder eine Weile stumm, dann ertönte der Summer, und das große Gittertor öffnete sich langsam. Sissi und Klaus gingen hindurch und gelangten so in einen Garten mit parkartigen Ausmaßen.

»Hier herrscht die Paranoia«, murmelte Klaus leise, als sie auf die große metallene Eingangstür zuliefen.

Das Gebäude sah von außen beinahe aus wie eine Festung: Weiß lackierte Eisengitter versperrten die Sprossenfenster, und oberhalb des Eingangs surrte eine Videokamera und folgte ihren Bewegungen.

»Fehlt nur noch die Selbstschussanlage«, flüsterte Klaus.

Ihnen wurde von einer jungen Frau geöffnet, die zu einem schwarzen knielangen Kleid eine weiße Schürze trug und Sissi und Klaus angestrengt anlächelte.

»Frau Dorsch kommt sofort«, sagte sie und führte die beiden in eine Eingangshalle mit einschüchternden Dimensionen. Dann verschwand sie leise vor sich hingrummelnd in einem Nebenraum.

»Was hat sie gesagt?«, fragte Klaus.

»Ich glaube, so was wie ›Gott sei Dank, Wochenende‹«, raunte Sissi. »Aber ich kann's nicht beschwören.«

»Wahnsinn!« Klaus sah sich um. »Und ich muss mir an jedem Monatsende überlegen, ob ich mir noch ein Bier leisten kann. Wann gehen wir wieder mal in diesen ›Alpenblick‹ bei Legau? Moderate Preise, rückständige Musik, fast keine zahlenden Gäste. Da kann ich mich echt günstig besaufen, und das brauche ich gerade. Diese Memminger Frauen …« Er verstummte, weil Sissi ihn tadelnd ansah und zwei Finger auf ihren Mund legte.

Gerade war eine untersetzte kleine Frau Anfang fünfzig durch den Bogen getreten, der offensichtlich die Eingangshalle mit den Wohnräumen verband. Unter ihrem T-Shirt und der dunkelblauen knallengen Jeans zeichneten sich kleine Speckröllchen ab. Ein Tuch aus Pashmina war fest um die Schultern geschlungen. Sie machte einen griesgrämigen Eindruck.

»Dorsch. Elli Dorsch«, sagte die Frau und richtete wässrige blaue Augen auf die beiden Neuankömmlinge, wobei sie Klaus mit ganz besonderem Interesse betrachtete.

»Elisabeth Sommer. Das ist mein Kollege Klaus Vollmer vom K1 in Memmingen«, stellte sich Sissi vor. »Guten Tag, Frau Dorsch. Danke, dass Sie uns e…« Sie wollte eigentlich »empfangen« sagen, überlegte es sich dann aber doch anders. Immerhin war das 19. Jahrhundert lange vorbei. Zumindest in Kleinstädten. »Hereinlassen«, schloss sie den Satz.

Frau Dorsch nickte gnädig. »Ich weiß nicht, was Sie wollen, aber Sie sagten was von Kapitaldelikt. Wir sind anständige Geschäftsleute. Und unser Kapital steckt in der Firma und nicht in irgendwelchen Delikten. Aber gut, kommen Sie bitte mit.« Sie ging vor den beiden her in ein sehr großes Wohnzimmer.

Sissi hörte, wie Klaus die Luft anhielt. Auch sie musste sich zusammenreißen, um nicht allzu überrascht auszusehen.

»Ist Ihr Gatte Großwildjäger?«, fragte Sissi dann leise, total erschlagen von der archaischen Pracht, in die sie soeben eingetreten waren.

»Nein. Schreinermeister. Was gucken Sie denn so? Ethno ist jetzt ganz in.« Frau Dorsch wies auf einen fellüberzogenen Sessel, der aussah, als hätte man eine Kuh halbiert und dieser Hälfte Holzbeine angeschraubt.

An den Wänden hingen diverse riesige Geweihe und Schädel, die definitiv nicht aus der heimischen Fauna stammten. Vor dem offenen Kamin mit dem Glasschutz lag tatsächlich ein Zebrafell.

»Ist schon alt, das war ein Flohmarktfund«, sagte Frau Dorsch eisig. »Zumindest hat uns das der Innenarchitekt versichert. Vögele, von Wohntraum in Mindelheim. Kennen Sie den? Sollten Sie sich mal ansehen. Der richtet Ihnen die Wohnung ein, perfekt auf Sie zugeschnitten.« Ihr abschätziger Blick traf Sissi. »Wär ja dann bei Ihnen so was retromäßiges, fünfziger Jahre oder so. Da würden Sie gut reinpassen.«

Sissi sah die Frau fassungslos an.

»Sie sind doch der Typ, der am liebsten am Herd steht mit einer Schürze, oder nicht? Ich bin wirklich eine gute Menschenkennerin. Sehr emfaktisch.« Sie nahm auf einem Hocker Platz, der genau wie Klaus' und Sissis Stühle mit Fell überzogen war, und musterte die beiden neugierig, wobei ihr besonderes Augenmerk auf Klaus ruhte.

Der fühlte sich unbehaglich, und das war in der Nähe einer Frau eher selten. Frau Dorsch zog ihn mit ihren Blicken so direkt und unverschämt aus, dass man eine Sonnenbrille oder ein schweres Augenleiden gebraucht hätte, um das zu ignorieren.

»Emfaktisch. Aha. Frau Dorsch«, begann Sissi, »wir ermitteln in einem Mordfall in Ihrer Nähe und würden gern wissen, ob Sie irgendwelche Beobachtungen gemacht haben. Waren Sie gestern zu Hause?«

Frau Dorsch starrte Sissi an. Ihr Blick war nicht zu deuten. »Ich war zu Hause. Habe aber nichts gehört«, meinte sie dann nach einer kurzen Pause gnädig. »Wem ist denn was zugestoßen?«

»Eigentlich Ihrer unmittelbaren Nachbarin, Frau Rothenfels, wenn man bei diesen Dimensionen von ›unmittelbar‹ sprechen kann«, antwortete Klaus.

Frau Dorsch starrte die beiden groß an. »Die komischen Schwestern? Ehrlich? Welche denn? Die, die immer noch rumläuft, als wäre sie zwanzig, und ständig einen im Tee hat, oder die andere, die aussieht wie Bette Davis? Ach, Moment, Rothenfels. Das ist dann der Bette-Davis-Verschnitt. Ich hätte gedacht, es erwischt die untere zuerst. So wie die lebt …«

»Wieso, wie lebt die denn?« Klaus sah Frau Dorsch direkt in die Augen.

»Geht mich nichts an«, sagte diese abweisend. »Sie sind von der Kripo. Das müssen Sie schon selbst rausfinden. Aber dass die in den letzten Jahren keinen Tag mehr nüchtern war, haben Sie wohl auch gemerkt.«

»Sie wissen, warum die beiden Schwestern so verfeindet sind?«, fragte Sissi, die sich allmählich wie unsichtbar fühlte.

Frau Dorsch schien nur Augen für Klaus zu haben und musterte ihn begehrlich, als wäre er ein Braten und sie am Verhungern. »Hab's von meinem Mann gehört. Der ist ein alter Mindelheimer. Soweit ich weiß, geht das seit Jahrzehnten so. War wegen einem Mann.«

»Aha«, sagte Klaus. »Wegen eines Mannes.«

»Wollen Sie jetzt wissen, was da war, oder mir Deutsch beibringen?«, fuhr Frau Dorsch ihn giftig an. Sie mochte es nicht, wenn man sie kritisierte.

»Sprechen Sie weiter, bitte, Frau Dorsch«, bat Sissi. »Wir könnten das alles mit Sicherheit auch eruieren, aber das spart uns Zeit.«

Frau Dorsch nickte. »Die zwei Weiber haben noch nie in ihrem Leben eine Handbreit gearbeitet«, sagte sie abfällig und rutschte auf ihrem Kuhfellstuhl ein Stück nach hinten. Sissi wartete gespannt darauf, dass das Möbelstück sich aufbäumen und sie abwerfen würde.

»Warum nicht?«, fragte Klaus.

»Reicher Vater.« Das klang verächtlich. »Immer nur rumgesessen sind die. Sind beide bei den Englischen Fräulein in der Schule gewesen, und dann war Feierabend. Keine von denen hat was gelernt.«

»Tja, wenn sie nicht mussten.« Für diese Aussage erntete Klaus einen verachtungsvollen Blick.

»Waren alle zwei bloß immer unterwegs. Jeden Abend, hat mein Mann gesagt. Weil der nämlich auch immer unterwegs war.«

»Aha.« Klaus lächelte amüsiert. »Nachtleben in der Kleinstadt?«

»Sie wissen nicht viel über die Kleinstadt, gell, Herr …«

»Vollmer«, beeilte sich Klaus zu antworten. »Klaus Vollmer.«

»Herr Vollmer. Das ist jetzt alles über dreißig Jahre her. Hat damals schon Kneipen gegeben und ein paar Diskotheken, aber nicht viele. Der Dieter, mein Mann, sagt, man hat regelmäßig in einer Pilsbar angefangen und sich dann durchgearbeitet. Und in jeder Kneipe, wo man hingegangen ist, hat man den Rest von den anderen Nachtschwärmern getroffen. War nicht viel Auswahl. Die beiden Schwestern waren immer mittendrin. Ein Herz und eine Seele seien die gewesen. Bis zu dem Tag …«

»Ja?« Klaus war ganz Ohr. Auch Sissi beugte sich vor.

»Bis zu dem Tag, an dem sich alle zwei in denselben Kerl verknallt haben. Muss ein hübscher Mann gewesen sein. Angeblich hat er Geld gehabt, immer das Hemd ein bisschen offen und eine Goldkette drunter. Kennt man ja, oder?« Frau Dorsch beäugte Klaus aufdringlich.

Der wurde verlegen. Er besaß keine Goldkette. Nicht mal eine aus Bronze. »Also ich für meinen Teil kenne das nicht, gnädige Frau. Ich komme aus Berlin.«

»Aha«, sagte Frau Dorsch triumphierend. »Lauter Wilde mit Sturmhauben, die Autos anzünden. Das kenne ich aus dem Fernsehen. Da brauchen Sie sich nichts darauf einzubilden.«

»Sie haben sich also beide in denselben Mann verliebt. Das ist aber kein Grund, so lange nicht miteinander zu sprechen, oder?«, fragte Sissi, die von Frau Dorsch immer noch nicht beachtet wurde.

»Das nicht, aber der Mann hat das genossen, sagt der Dieter«, antwortete Frau Dorsch dann nach einer kurzen Pause. »Der fand das gut, dass zwei so hübsche Weibsbilder mit einem Haufen Geld hinter ihm her waren. Und er hat sich wohl Zeit gelassen. Einmal war er mit der Helga aus, einmal mit der Monika. Weggefahren ist er mit denen, nach Augsburg und

München. Weit weg von Mindelheim halt, damit es geheim bleibt.«

»Weil hier jeder jeden kennt«, nickte Klaus. »Oder?«

»Kann schon sein. Auf jeden Fall ist es dann irgendwann doch rausgekommen. Im Maxim.«

»Im Maxim?« Sissi war momentan dabei, den Faden zu verlieren, vor allem, weil sie sich von den vielen Schädeln an der Wand beobachtet fühlte.

»War eine Disco, sagt der Dieter. Da sind die zwei Weiber dann aufeinander los. Der Wirt hat die Polizei holen müssen, so doll haben die sich gerauft.«

»Weißt du, Sissi, das hört sich alles schwer nach Legau an«, feixte Klaus, ließ dabei aber Elli Dorsch nicht aus den Augen, denn diese machte den Eindruck, als wartete sie nur auf einen unbeobachteten Moment, um ihn zu reißen wie der Löwe die Gazelle an der Tränke. Unheimlich.

»Ein Vierteljahr später war dann die Hochzeit«, sagte Frau Dorsch.

»Und welche hat er genommen?«, wollte Klaus neugierig wissen.

»Keine von denen«, antwortete Frau Dorsch gehässig. »War ihm wohl zu stressig. Der muss noch eine Dritte gehabt haben, irgendwo auf Vorrat. Wenn Sie mehr wissen wollen, fragen Sie gelegentlich meinen Mann. Bin auch erst vor ein paar Jahren hierhergezogen. So einen Mief kenne ich nicht.« Sie schüttelte den Kopf.

»Und die beiden Damen haben dann bis zum heutigen Tage in dem Haus gewohnt?«, fragte Sissi.

»Die ältere hat einen aus Ulm geheiratet und ist weggezogen, aber die Ehe hat nicht lang gehalten, dann ist sie wieder heim. Die jüngere ist bei ihrem Vater geblieben.«

Frau Dorsch hob die Schultern. »Tja, und dann ist der Alte gestorben und hat in seinem Testament verfügt, dass die zwei im gleichen Haus wohnen müssen, sonst wär's an die Kirche gegangen. Das ganze Haus und das riesige Grundstück. Alles Millionen wert. Hat er gemacht, weil er wollte, dass sie sich wieder vertragen. Und weil keine es der Kirche gegönnt hat, sind sie halt beide im Haus geblieben. Die waren im Wechsel immer mal verreist und so, aber weggezogen sind die nie.«

»Wann war das?«, wollte Klaus wissen.

»Weiß ich nicht genau. Über dreißig Jahre?«, sagte Frau Dorsch. »Habe mit denen kaum Kontakt gehabt.«

»Wieso eigentlich nicht? Gibt es hier nicht so was wie gute Nachbarschaft?«

Frau Dorsch schnaufte missbilligend. »Wir wohnen gerade deshalb hier, weil wir keine Nachbarn wollen. Ich brauche das nicht, diese Gartenzaungespräche, wo man nie weiß, was man sagen soll. Die Helga treffe ich ab und zu auf dem Wochenmarkt am Samstag, auf dem Marienplatz oder beim Friseur. Tut ja immer noch so, als sei sie nicht älter als zwanzig. Braucht man bloß gucken, wie die rumläuft. Wenn sie läuft, also wenn sie laufen kann. Und Monika ist fast gar nicht mehr aus dem Haus gegangen. Zum Friseur in der Maximilianstraße schon, da hab ich sie mal gesehen. Hat immer so etepetete getan, als wäre sie was Besseres. Ganz auf große Dame gemacht. Die hat schon immer gesponnen. Mehr weiß ich auch nicht.«

»Wer war denn dieser Mann, um den sich die beiden Damen gestritten haben, gnädige Frau?«, erkundigte sich Klaus neugierig. »Hat Ihr Mann Ihnen das auch erzählt?«

»Nein. Nie. Hab ein paarmal nachgebohrt, weil der Dieter gesagt hat, dass der Typ immer noch in Mindelheim wohnt und selbstständig ist. Und dann muss ich den ja kennen. Aber der Dieter verrät's mir nicht. Und auch sonst verliert keiner ein Wort darüber. Als ob das damals ein Verbrechen gewesen wäre, die verrückten Weibsbilder abzuservieren.«

»Könnte es vielleicht Ihr eigener Mann gewesen sein, Frau Dorsch?« Klaus schaute ihr todesmutig in die Augen und bereute es umgehend. Mit einem Mal fühlte er sich wie das Zebra vor dem Kamin: erlegt.

»Mein Dieter war immer brav verheiratet.«

»Entschuldigung«, sagte Klaus. »War nur eine Frage.«

»Nicht mit mir übrigens«, erwiderte Frau Dorsch und bedachte Klaus mit einem undefinierbaren Blick. »War nur eine Antwort. Und das ist schon die ganze Geschichte. Der alte Rothenfels ist gestorben, und die beiden schrägen Weiber haben das Haus zu gleichen Teilen geerbt. Und seitdem reden die beiden … haben die beiden kein Wort mehr miteinander geredet.«

»Spannende Geschichte«, sagte Klaus.

»Finde ich auch.« Frau Dorsch grinste dreckig. »Vor allem, weil die Helga und die Monika ja nie in Mindelheim bleiben wollten. Darin waren sie sich einig.«

»Wissen Sie, wovon die Schwestern gelebt haben?«, fragte Klaus.

»Die hatten Geld ohne Ende. Brauereiaktien und so. Haben nie was arbeiten müssen. Nicht wie andere Leute.« Sie strich sich das Haar aus dem Gesicht und zupfte nervös an einem Rubinohrring in Kirschgröße.

»Interessant. Merkwürdig, aber interessant«, sagte Klaus. »Und Sie haben nichts gehört oder gesehen? Vielleicht in letzter Zeit mal ein verdächtiger Wagen ums Haus herum? Ist Ihnen da was aufgefallen?«

Frau Dorsch schüttelte den Kopf. »Nein. Hier ist es echt ruhig. Guter Mann, Sie sind in Mindelheim!«

»Frau Dorsch, wir danken Ihnen erst einmal für die Auskunft. Es war sehr aufschlussreich. Entschuldigen Sie bitte die Störung«, sagte Sissi.

Frau Dorsch bedachte sie mit einem gnädigen Blick. »Ich muss jetzt auch ins Geschäft, wissen Sie. Bin nur später als sonst dran und will noch eine Menge erledigen. Mein Mann ist schon voraus. Und meine zwei Trullas im Büro arbeiten nicht, wenn ich denen nicht auf die Finger schaue. So ist das halt mit Angestellten.« Sie schob stolz die Nase in die Höhe. »Sandrina! Bring mir den Mantel und die blauen Stiefel. Presto! Und führe die zwei Herrschaften hinaus. Ich habe nicht den ganzen Tag Zeit!«, brüllte sie dann plötzlich, so dass Sissi und Klaus zusammenzuckten. »Muss weg.« Frau Dorsch wirkte versöhnlich. »Tut mir leid. Das Geschäft geht halt immer vor.«

»Frau Dorsch, wenn Ihnen noch was einfällt, bitte melden Sie sich bei uns.« Sissi reichte ihr eine Visitenkarte, die Frau Dorsch achtlos entgegennahm und in eine hölzerne afrikanische Schale auf dem Glastisch warf, dessen Beine aus den Hörnern eines großen Tieres bestanden.

»Schon recht. Und Wiedersehn. Hat mich gefreut.«

»Mich nicht«, murmelte Klaus, als sie wieder draußen vor der Tür standen und durch den Schneeregen zum Auto stapften. »Liebe Güte. Diesen Innenarchitekten möchte ich wirklich gern mal kennenlernen, der aus einer Jugendstilvilla den Krüger-Nationalpark macht. Ich dachte, so was gibt es nur in New York.«

»Na, die haben hier bestimmt auch Sex in der City«, sagte Sissi lachend. »Ich glaube nicht, dass wir hier noch viel zur Tatnacht herausbekommen. Die Grundstücke liegen einfach zu weit auseinander. Aber die Geschichte mit dem Testament ist interessant. Vor allem, da eine Schwester tot ist, wird doch vermutlich alles an die übrig gebliebene Schwester fallen. Das wäre ein Motiv, oder?«

»Na ja, lassen wir Dollinger erst mal nachforschen, wie es tatsächlich mit den finanziellen Verhältnissen der Damen aussieht«, antwortete Klaus. »Geld vermehrt sich ja nicht wundertätig. Aus meinem eigenen Portemonnaie weiß ich, dass man nicht immer nur rausnehmen kann, man muss auch gelegentlich was reintun. Und wenn die beiden Damen nie gearbeitet haben …«

»Eine Schwester erbt alles«, wiederholte Sissi gedankenvoll.

»Ach, deine Theorie, dass man oft den Mörder im Verwandten- und Bekanntenkreis findet, schon wieder?«, fragte Klaus mit deutlicher Ironie in der Stimme. »Und dann noch deine drei wichtigsten Themen: Motiv, Mittel und Gelegenheit.«

»Na ja, Kollege«, sagte Sissi. »Vielleicht haben die zwei ausnahmsweise miteinander gesprochen, und der Streit ist eskaliert. Man kann nie wissen.«

»Meinst du?«, fragte Klaus zweifelnd, als er das Auto startete. »Die waren so verfeindet, ich glaube nicht, dass Monika Rothenfels ihre Schwester über die Schwelle gelassen hätte. Aber irgendwo müssen wir anfangen … Und ich sag's noch mal: lieber eine Kleinstadt als all die bisherigen Kuhdörfer. Vor allem von Legau bin ich erst mal kuriert.«

»Deine Lästerei wird dir schon noch vergehen«, sagte Sissi. »Am Ende ziehst du noch dorthin. Wirst schon sehen.«

»Im Leben nicht«, stöhnte Klaus. »Da möchte ich nicht – wie lästert Kollege Dollinger immer? – tot über dem Zaun hängen.«

»Lästermaul. Lass uns mal aufs Revier fahren. Auf dem Weg dahin kann ich telefonieren und den Dollinger gleich mal auf die Verbindungsdaten von Monika Rothenfels ansetzen. Gott sei Dank können wir uns bei der Dame wenigstens die Internetrecherche sparen«, seufzte Sissi. »Ich glaube nicht, dass sie einen Facebook-Account hatte. Obwohl – wissen kann man es nicht.«

## Freitagmittag, Legau

»Jetzt ist doch Wochenende. Endlich kommst mal mittags heim. Und jetzt sagst du, du musst nachher schon wieder weg? Und heut Abend auch? Ich glaub's einfach net. Und wo ist der riesige Kratzer her, da am Hals?« Christa Melzer saß im Schneidersitz auf dem Wohnzimmersofa und starrte ihren Ehemann finster an.

Es war dunkel im Zimmer, trotz des frühen Nachmittags. Draußen vor dem Fenster wirbelte der Wind von fleißigen Gärtnern übersehenes Herbstlaub durch die asphaltierte Straße und blies durch Fensterritzen. Dunkelgraue Wolken säumten den Horizont, und kein Mensch war draußen zu sehen.

Toni, der ihr gegenüber im Sessel saß, sah sie etwas hilflos an und suchte nach einer Antwort. Ihm fiel aber keine ein.

»Heut Nacht warst erst um halb zwei daheim. Hab auf die Uhr geschaut. So gut schlaf ich nimmer in letzter Zeit. Ich bin alleweil allein. Und ich hab heut den Wolfi angerufen und gesagt, dass ich die nächsten drei Tag net komm. Fühl mich krank. Wo warst gestern wirklich, Toni?« Trotz des beinahe drohenden Untertons sah Christa entzückend aus in ihrem roten Trainingsanzug mit den flauschigen Socken, dem BH in Übergröße, dem blonden Pferdeschwanz und dem fein geschwungenen Mund.

Alles an Christa war voll: der Büstenhalter, die Lippen und das Herz, nur leider das Gehirn nicht. Wenn nur der liebe Gott ein Einsehen gehabt und ihr noch einen Funken Intelligenz verliehen hätte, wie ihre Mutter immer jammerte.

»Heut ist es wichtig, Schatzi«, sagte Toni und funkelte sie an.

Eigentlich ging es ihm mit Christa ja gut. Sie war hübsch und nicht zu gescheit, sie war fleißig, hielt das kleine Haus in Ordnung, sie fragte normalerweise nicht allzu viel nach, und wenn doch, ließ sie sich schnell beschwichtigen. Er hätte es schlimmer treffen können, wenngleich diese Heirat …

Aber das waren Gedanken, die in einen Abgrund führten,

von dem sich Toni seit einiger Zeit fernhielt. Nicht über alles nachdenken war seine Devise.

Der liebe Gott hatte es mit Toni seinerzeit wirklich gut gemeint und ihm ein sehr gefälliges Äußeres verpasst, das ihm schon seit langer Zeit Zutritt zu nahezu jedem Schlüpfer im Landkreis verschafft hatte. Vielleicht … ja, vielleicht hätte aus ihm sogar irgendwann etwas Anständiges werden können, wenn nur die Frauen nicht gewesen wären. So viele davon und so wenig Zeit, das war Tonis Problem, an dem sich auch nach der Eheschließung nicht wirklich viel geändert hatte.

Toni war von Natur aus eitel bis ins Mark und stinkend faul. Da seine Bedürfnisse bei Weitem seine Fähigkeiten überstiegen, sowohl was Frauen als auch Konsumgüter betraf, hatte er sich bis zum heutigen Tage nicht auf einen anstrengenden und anständigen Lebenswandel festlegen können. Ein Gewissen war ein Luxus für richtig reiche Leute, und sein sexueller Appetit war im Umkreis legendär. Da er sich diesen Bezirk nur mit wenigen anderen Herren teilen musste, weil nun auch Florian Schütz, sein schärfster Konkurrent, nicht mehr unter den Lebenden weilte, hatte er immer genug um die Ohren.

Jetzt sah Toni seine aufmüpfige, in letzter Zeit immer unwillige und schläfrige Ehefrau vorwurfsvoll an. »Hab gestern Nacht eine Katz aufgehoben, die wollt über den Zaun springen, da wo ich aufpass. Gehört auch zur Arbeit. Des heilt bald wieder«, sagte er und fasste sich an den Hals, wo die Schramme dunkelrot leuchtete.

»Schatzele, jeder kommt heut Abend. Ist ja immerhin die Weihnachtsfeier. Ich bin ja bald wieder da. Der Helmut schimpft auch, weil er dahinmuss. Nach dem Essen hock ich noch ein bisserl mit den anderen rum, und dann komm ich wieder. Und morgen … vielleicht …« Toni machte eine kleine Pause und dachte nach, denn er hatte Verpflichtungen und kam allmählich in Terminstress.

»Immer vertröstest mich bloß«, schmollte Christa. Ihr kamen die Tränen. So hatte sie sich die Ehe nicht vorgestellt.

Welch ein Triumphgefühl bei der Hochzeit, zu der das halbe Dorf eingeladen war und die sie lange abbezahlt hatten. All die flotten Weibsbilder aus Legau waren neidisch gewesen, weil sie sich den feschen Toni geangelt hatte.

Das glaubte Christa wirklich, die in ihrem schlichten Herzen niemals darauf gekommen wäre, dass jemand wie Toni kein Geschenk Gottes an die Frauen war. Eigentlich waren sogar einige nur zu der Trauung in der Kirche erschienen, weil sie damit gerechnet hatten, dass entweder Braut oder Bräutigam vor dem Altar einen Rückzieher machen würde. Oder der alte Mooslechner, der Brautvater, dem Elend mit der Schrotflinte ein Ende bereiten würde, was aber glücklicherweise nicht geschehen war. Mit so einem handfesten Skandal wäre das ganze Dorf endlich wieder einmal für Monate mit Gesprächsstoff versorgt gewesen. Aber sowohl Christa als auch Toni hatten beide brav Ja gesagt, woran ein paar kräftige Fäuste nicht ganz unschuldig gewesen waren, und alle Gäste waren zwar am Ende der Hochzeit pappsatt, aber auch ein wenig frustriert nach Hause gegangen. Sogar die zünftige Schlägerei war ausgefallen.

Diese Hochzeit war eine Enttäuschung für alle Beteiligten gewesen, sogar für das Brautpaar, aber das ist eine andere Geschichte.

Sicher hatte der Toni seinerzeit eine Menge Weiberherzen in Legau und Umgebung erobert, und nicht nur die Herzen, wie hinter vorgehaltener Hand schon damals getuschelt wurde. Mit seinen blitzend blauen Augen, dem ansehnlichen Sixpack, der blonden Haartolle und seiner verwegenen und ein bisschen verruchten Ausstrahlung hatte er eine verdammte Ähnlichkeit mit dem jungen Robert Redford und das auch weidlich ausgenutzt. Ob die Anita vom Walter, die Marie vom Böhmer, die jetzt leider verstorben war, da die böse Frau vom Dr. Häfele sie am Tag ihrer Hochzeit abgeknallt hatte, der Toni hatte sie alle gehabt.

Christa als alteingesessene Legauerin wusste über die großen und kleinen Sünden aller Einwohner mindestens genauso gut Bescheid wie Erna Dobler, die zweibeinige Dorfzeitung. Nur von Tonis Sünden – vor allem von denen aus den letzten fünf Jahren seit ihrer Hochzeit – ahnte sie nichts. Und genau genommen wollte sie es auch nicht wissen. Schon mehr als einmal war sie vor Tonis Lederblazer gestanden, den er immer achtlos über den Stuhl im Schlafzimmer warf, und hatte mit sich gerungen, ob sie es wagen sollte, in die Taschen zu gucken. Mehr als einmal hatte sie sein Mobiltelefon in der Hand gehabt, und die Versuchung war groß gewesen, seine Nachrichten zu durchstöbern, aber sie wusste nicht, wie sie es anfangen sollte, denn sein Handy ließ sich nur mit Fingerabdruck oder dem richtigen Code entsperren. Es war das neueste Modell, und Toni hatte gesagt, er brauche es zum Arbeiten, hatte ihr aber nicht verraten, wie es bezahlt worden war. So verließ sich Christa einfach darauf, dass er sie nicht anlog, obwohl sie spürte, dass er schwindelte.

Manchmal war es besser, sich in Unwissenheit zu wiegen, als die harte Wahrheit akzeptieren zu müssen. Aber was Tonis Handy betraf – da war das letzte Wort noch nicht gesprochen. Christa wusste nämlich genau, dass Toni sich viele Dinge nicht so gut merken konnte. Irgendwo musste ein Zettel sein oder eine Notiz mit dem richtigen Code für das Telefon, denn die PIN von seiner Bankkarte vergaß er auch ständig und trug sie deshalb in seinem Geldbeutel mit sich herum.

Sie würde diesen Code finden. Dann würde sie auf das Telefon schauen. Und dann … Weiter dachte Christa nie, denn wenn es um Toni ging, ähnelte sie einem Menschen, der in einem abgedunkelten Zimmer mit verbundenen Augen und einem Kabel in der Hand die Steckdose sucht. Hätte Toni heute behauptet, draußen schneie es grün, Christa hätte ihm vermutlich auch das geglaubt. Toni war ihre ganze Welt, und alle Gedanken kreisten um ihn.

»Gehst halt heut später zu deiner Freundin«, unterbrach Toni ihre Gedanken. »Oder nimm doch eine Tablette und geh dann ins Bett. Schau, ich muss dahin. Das ist die Weihnachtsfeier. Und wenn ich net komm, ist der Dieter sauer.«

Christa wischte sich eine einzelne Träne aus ihrem Augenwinkel und beobachtete Toni.

»Wie sieht's aus, meine Schöne?«, griente er. »Hätt noch ein bisserl Zeit. Kommst mal her zu mir?« Er öffnete weit die Arme, und Christa stand auf und ließ sich hineinsinken. Als er den

Reißverschluss der roten Trainingsjacke aufzog, haute sie ihm auf die Finger, denn sie war traurig und beleidigt, wütend und hilflos.

Der würde schon noch merken, der Toni, dass sie nicht immer Ja und Amen sagte, und dann, dann würde sich vielleicht endlich etwas ändern.

Das Gesicht ihres Mannes sah sie dabei nicht.

## Freitagnachmittag, Mindelheim

»Bald Feierabend. Gott sei Dank«, sagte Martha und warf noch einen letzten Blick zu der großen Uhr über dem Eingang. »Ich möcht am liebsten gar nicht hingehen heut Abend.« Sie sah ihre Kollegin Doris an und deutete verstohlen auf das angrenzende Büro, in dem Elli Dorsch saß und lautstark telefonierte.

Das war an sich nichts Besonderes, weil die Chefin immer richtig laut telefonierte. Sie konnte nicht leise, genauso wenig wie höflich, freundlich oder hilfsbereit. Es war eine Gabe.

»Müssen wohl mitmachen«, flüsterte Doris. »Wenn wir nicht hingehen, ist die imstande und schmeißt uns raus. Und ich brauch den Job. Ist noch zu lang bis zur Rente. Aber die blöden Klamotten zieh ich nicht an. Ich schwör's dir.«

»Spinn dich aus, Doris. Die Firmenjacken hat sie extra machen lassen, des gilt auch für uns, nicht bloß für die Männer aus der Werkstatt. ›Wegen der Identifition‹«, äffte Martha die Chefin nach und lachte hämisch.

Elli war dafür bekannt, gern und willkürlich verballhornte Fremdwörter zu benutzen, die niemand verstand. Aber keiner traute sich, sie darauf hinzuweisen.

»Aber mir sind doch vom Büro«, brauste Doris entrüstet auf. »Bei der Werkstatt versteh ich des ja noch. Aber ich seh einfach scheußlich aus in dem Zeug. Blau steht mir gar nicht. Neue Ohrring hat sie. Die sind bestimmt echt. Wenigstens etwas.« Sie kicherte boshaft.

Beide Frauen saßen in einer Art verglastem Ausstellungsraum, der mit verschiedenen Arten von Türen und Bodenbelägen und allem, was aus Holz hergestellt werden konnte, dekoriert war.

»*Er* ist ja wirklich nett, aber sie ...« Doris verzog das Gesicht und zeigte wieder auf die Tür. »Ich kann mit der einfach nicht.« Sie beugte sich nach vorn und hauchte Martha ins Ohr: »Was die immer für ein Getue mit dem Helmut hat, diesem Aufschneider. Schlecht kann's einem dabei werden. Glaubst du, die hat was mit dem?«

»Weiß ich nicht«, antwortete Martha widerwillig. »Ich misch mich nicht in anderer Leute Angelegenheiten. Die macht doch mit jedem so vertraulich rum, der eine Hos anhat.« Sie tippte sich an die Stirn. »Ich denk, des ist eine Störung. Aber hast recht, komisch ist es schon. Die kommt doch mit niemandem aus. Ist merkwürdig, dass die grad mit dem Helmut so ein Fest hat. Und was will die überhaupt von dem? Der sieht doch nach gar nichts aus, so klein und dürr?«

Doris hob nur kurz die Schultern. »Weiß ich auch nicht. Aber Dieter ist ja auch nicht der Schönste. Des ist ja des Zeichen für die geistige Störung, sonst tät sie ja auf gut aussehende Männer stehen. Den Toni schreit sie alleweil an. Der ist viel hübscher. Der lasst sich des alles von ihr gefallen. Ich glaub, der nimmt die gar nicht ernst. Des müssen bloß mir, weil sie uns sonst fertigmacht. Oder rauswirft, wie die Dani. Dann steh ich auf der Straße. Aber heut Abend, was machst? Gehst hin?«

»Denk schon. Die Burggaststätte ist echt nett. Das Essen ist gut. Und gratis ist es heut auch. Außerdem: Die Alte killt uns, wenn mir wegbleiben.«

»Mahlzeit, die Damen!«

Die beiden fuhren auseinander. Helmut Zimmermann hatte gerade den Ausstellungsraum betreten und grinste die Frauen an. Die schwiegen betreten und wurden rot.

Helmut war ein kleiner, schmächtiger Mann Anfang vierzig mit schütterem dunkelbraunen Haar, einer ständig roten, hervorstechenden Nase, unscheinbaren Gesichtszügen und boshaft funkelnden Augen. Das einzig Bemerkenswerte an ihm war sein Ego in XXL, das er sich als Ausgleich für seine Hosen in Knabengröße zugelegt hatte. Über seinem ganzen jovialen Gebaren lag eine dicke Schicht überheblicher Firnis. Und nur Helmut wusste, wodurch diese gerechtfertigt sein mochte.

»Wie geht's meinen zwei Schönen? Ist der Chef da?« Helmut beugte sich über den Tresen, wofür er sich anständig strecken musste, und starrte Doris in den Ausschnitt ihres grünen Leinenkleides, die verlegen den Stoff zusammenraffte. »Alles am rechten Platz? Des ist ja wie Weihnachten, was du heut anhast, Doris. Respekt.« Er kniff anerkennend ein Auge zu.

»Helmut, grüß dich, bist spät dran heut zum Abrechnen. Hast ja eine verdammt lange Mittagspause gemacht. Siehst unausgeschlafen aus, alleweil noch«, sagte Martha süffisant aus ihrer Ecke. »Aber du und der Toni, ihr kriegts ja immer eine Extrawurst, gell? Möchte bloß mal wissen, was der Dieter für einen Narren an euch gefressen hat.«

»Der Chef weiß halt, dass mir seine besten Mitarbeiter sind.« Helmut schielte noch einmal lüstern in das jetzt zugeknöpfte Dekolleté.

»Ja klar«, kam Doris ihrer Kollegin zu Hilfe. »Weil man doch fürs Schreinern einen Hochschulabschluss braucht, gell? Ich versteh ja, dass der Toni bei den Frauen gut ankommt, aber was kannst denn du?« Sie fixierte Helmut spöttisch.

Der stellte sich aufrecht hin und erwiderte ihren Blick böse. »Dass ihr Weiber doch immer bloß aufs Äußere gehts. Muss net immer des Aussehen sein, Mädel«, sagte er dann. »Ich hab auch meine Qualitäten.«

»Ja, und schon wieder a neue Uhr«, meinte Martha naserümpfend. »Noch größer wie die letzte, gell?«

»Mei, Martha«, lachte Helmut. »Ich hab kein Weibsbild daheim, des ständig rumnörgelt so wie dein Alter. Kann mein ganzes Geld für mich ausgeben. Lass mich halt mal mit ihm reden, ich erklär ihm des dann schon, wie des funktioniert.«

»Ist nicht so witzig, wie du glaubst«, sagte Martha. »Wenn man in deinem Alter noch keine hat, ist des auch nicht grad ein gutes Zeichen. Vielleicht kommst ja bloß bei den Verheirateten gut an. Bei mir nicht, aber bei den anderen«, schloss sie geheimnisvoll und machte eine minimale Bewegung in Richtung der geschlossenen Bürotür.

»Nimmer lang«, sagte Helmut mehr zu sich selbst. »Nimmer lang.« Dann sah er Martha durchdringend an. »Du musst es ja wissen, weißt ja sonst auch alles.« Helmut drehte sich um und steuerte auf das Büro zu.

»Die freut sich«, rief Doris ihm hinterher. »Geh ruhig rein!« Helmut würdigte sie keines Blickes. »Der Chef ist nicht da«, wollte Doris ihm noch mit auf den Weg geben, aber da hatte sich die gepolsterte Tür schon wieder hinter ihm geschlossen.

»Komisch ist der heut. Und der Dieter ist wieder beim Ausmessen. Tät besser mal eine anständige Frau ausmessen und *die* da rauswerfen«, zischte Doris bissig. »Diese falsche Schlange. So eine gute Frau hat der Dieter gehabt. Und steigt mit dem Luder ins Bett. Möchte bloß wissen, was die besser können sollte als die Andrea. Aber wenigstens hat sie des neue Haus gekriegt, des der Dieter zum Vermieten gebaut hat. Geschieht ihm recht. Obwohl –«

»Pst. Sei leise jetzt«, sagte Martha. »Wenn sie was hört, ist der Teufel los. Die schikaniert uns schon genug.«

In diesem Moment öffnete sich mit einem melodischen Klingeln die Tür zum Ausstellungsraum erneut, und Toni Melzer trat ein. Er wischte sich eine Schneeflocke aus dem Gesicht und strahlte die beiden Frauen an.

»Mahlzeit, Mädels«, sagte er und baute sich vor dem Tresen auf. »Scheißwetter, oder?«

»Kannst gleich reingehen, dein Spezi ist schon drin bei der Chefin«, antwortete Doris. »Übrigens, hast dich schon wieder vertan. Ich hab im Internet nachgeschaut. Dein Fahrtenbuch stimmt hinten und vorn nicht, Toni.« Sie sah ihr Gegenüber aufmerksam an. »Nie sind das so viele Kilometer bis Babenhausen und zurück. Oder Westerheim. Da ist ja gar nichts richtig. Musst besser aufpassen. Du weißt ja …« Hinter der Tür war lautes Gelächter zu hören.

»Ja, mach ich«, murmelte Toni. »Möcht bloß meinen Stundenzettel noch abgeben. Damit du mir auch wieder Geld überweisen darfst.« Er lachte. »Weiß schon gar nimmer, wohin mit der Kohle, so verdammt gut wird hier gezahlt. Und übrigens«, er begutachtete Doris von oben bis unten, die unter seinem Blick zusammenschrumpfte und sich halb nackt fühlte, »wenn dir amal langweilig ist, du siehst nämlich ein bisserl unterfordert aus, geh ich mit dir was trinken, Süße.«

Toni zwinkerte vielsagend. »Und dann kriegst auch mal ein paar anständig gefahrene Kilometer auf deinen Tacho. Damit du mal was anderes kennenlernst als Schritttempo, Schneckle.« Aus seinem Grinsen war jetzt ein breites Lachen geworden.

Doris wurde feuerrot.

»So eine Figur wie deine, mein lieber Scholli, die sollt man net verschwenden.« Er sah Doris noch einmal tief in die Augen. »So. Dann geh ich jetzt mal.« Lächelnd tippte er mit dem Finger an die Krempe eines imaginären Hutes und schritt zur Bürotür, die er ohne zu klopfen öffnete. Für einen kurzen Moment verstummte drinnen die Unterhaltung.

»So ein Idiot«, zeterte Doris. »So ein gemeiner Typ. Mir ist, als hätt mir wer einen Kübel Schleim über den Kopf gegossen.« Sie schüttelte sich. »Der glaubt auch, er ist der Tollste, oder? Na ja, aussehen tut er nicht übel. Aber was hat der denn für einen Schrammen am Hals gehabt? Hast des gesehen?«, fragte sie und sah Martha an.

»Ich hoff, der ist von einer Katz und der kriegt die Tollwut, der arrogante Mistkerl. Der ist doch verheiratet, der Weiberheld. Und seine Frau soll eine ganz Hübsche sein, sagt der Helmut. Aber dann lacht er immer dreckig. Sind doch alle gleich. Und der Helmut hängt doch bloß mit dem Toni rum, weil er sonst keine abkriegt.« Martha prustete verächtlich aus.

»Die Weiber fliegen ja alle auf den Toni. Der Helmut ist wie die kleinen Vögel, die den Krokodilen das Essen aus den Zähnen picken. Ich mag den nicht. Überhaupt nicht. Wenn ich einmal Luft hol, dann hängt der mir quer unter der Nase, so mickrig ist der. Igitt.« Martha nahm wieder ihre Computermaus in die Hand und starrte auf den Bildschirm.

Durch die geschlossene Bürotür hörte man laute Stimmen, die ziemlich erregt klangen. Nur einmal konnten die beiden Damen am Empfangstresen die beiden Worte »immer unverschämter« aufschnappen, von einer weiblichen, nicht sehr angenehmen Stimme gerufen.

»Na toll, jetzt streiten sie wieder«, grummelte Martha. »Wenigstens lässt sie uns dann in Ruhe.«

Im Ausstellungsraum wurde es wieder still.

## Freitagnachmittag, Memmingen

»Mein Lieber!« Sissi stand an Dollingers Schreibtisch und strahlte ihn an.

»Auweia, Sissi, wenn du so kommst, dann ist was im Busch.« Hans Dollinger, ein etwas behäbiger Endfünfziger, blinzelte zu Sissi hoch, die ihn anstrahlte.

Sie hatte die beneidenswerte Fähigkeit, Sorgen nicht zu großen Raum in ihrem Leben zu geben, sich an das Positive zu halten, und schöpfte augenscheinlich zu Hause in ihrer Ehe neue Kraft.

Dollinger beneidete sie darum, denn er war auch verheiratet. Nur nicht ganz so gut. »Wie machst du des bloß, dass du immer so frisch ausschaust, obwohl du die schlimmen Sachen siehst?«

»Geht irgendwie«, sagte Sissi. »Es ist eine Arbeit, nicht grad wie jede andere auch, aber es ist eine Arbeit. Ich komm schon klar.«

»Denk ich mir auch. Und habt ihr was rausgefunden?«

Dollinger, der an seinem Schreibtisch inmitten von Aktenordnern und Papierbergen müde auf seinen Bildschirm starrte, wirkte wie ein Standbild. Seit Sissis Anruf war er damit beschäftigt gewesen, vorab Informationen zu besorgen, denn die ersten vierundzwanzig Stunden waren entscheidend, was die Aufklärung betraf. Arbeit über Arbeit. Und eine prima Ausrede, das Abendessen zu Hause zu versäumen, das aus irgendetwas Geschmacklosem, gewürzt mit Sticheleien, bestehen würde. Dollinger war also irgendwie dankbar.

»Wir fangen ja gerade erst an«, antwortete Sissi. »Waren eben beim Boss. Bisher haben wir leider keine Spur.«

»Horch mal, Sissi …« Dollinger rieb sich die geröteten Augen. »Ist euch vielleicht der Steinmeier aufgefallen? Der hat tatsächlich hier angerufen. Ist ja net das erste Mal, aber aufdringlich wie immer. Ob's was Neues gibt, hat er wissen wollen.«

»Und? Deine Antwort?«, fragte Sissi.

»›Wie immer gar nix‹, hab ich gesagt.« Dollinger grinste. »Der braucht dringend Schlagzeilen, sonst ist der weg vom Fenster, habe ich läuten gehört. Weil sich so viele über den beschwert haben. Und in Memmingen haben wir es ja grad ein bisschen ruhiger. Gott sei's gepriesen.«

»Ich werd die Augen offen halten, Hans«, sagte Sissi. »Nicht, dass der uns wieder in die Quere kommt. Der schreckt ja vor nichts zurück.«

Robert Steinmeier, seines Zeichens Reporter beim Tagblatt in Memmingen, war eine ganz besondere Sorte Mensch: unsympathisch, uncharmant, undiplomatisch und unbeliebt. Seinen Mangel an Charisma versuchte er durch besonders dreistes Verhalten auszugleichen.

Steinmeier war Misanthrop, das heißt, er mochte niemanden, er war klein, dick oder »gstumpet«, wie es im Allgäu heißt, beinahe kahlköpfig, Junggeselle aus Überzeugung und Mangel an Gelegenheiten, Kinder-, Tier- und Frauenhasser und ständig auf der Suche nach einer Story, die ihn endlich hochkatapultieren würde. Vielleicht nicht bis zum Pulitzerpreis, aber doch in Richtung Chefredakteur.

Steinmeier mischte sich in Dinge ein, die ihn nichts angingen, was ja für einen Reporter nicht unbedingt schlecht sein mochte, aber seine Methoden waren äußerst fragwürdig.

»Wenn man von der *Sonne* spricht«, murmelte Dollinger und deutete verstohlen hinter Sissis Rücken, die sich daraufhin umdrehte.

Hinter der Glastür ins Büro stand Robert Steinmeier mit seiner prägnanten Mütze mit den Ohrenklappen, die ihm das Aussehen eines erfolglosen Großwildjägers verlieh, und starrte mit seinen Schweinsäuglein auf den hübschen Rücken von Sissi.

»Wer hat den überhaupt reingelassen?« Sie öffnete schwungvoll die Tür. »Ah, der Herr Steinmeier. Guten Tag. Möchten Sie sich selbst stellen wegen irgendwas? Ich bin sicher, wir finden einen Grund, wenn wir lange genug suchen. Übrigens war ich heute in einer Wohnung, die gut zu Ihrem Outfit passen würde.«

Steinmeier musterte sie mit seinen Knopfaugen von oben bis unten und versuchte ein breites Grinsen, wobei er winzig kleine Mausezähnchen blitzen ließ.

»Frau Sommer, die schönste Kommissarin von ganz Schwaben. Grüß Sie Gott. Ich war gerade in der Nähe und –«

»Herr Steinmeier. Sie sind doch immer irgendwo in der Nähe, wo ich bin.« Sissi seufzte. »Ich weiß schon, dass ich nicht um Sie herumkomme, also, was gibt's bitte?«

Steinmeier schüttelte sich wie ein nasser Hund, und Sissi trat schnell zur Seite. »Frau Sommer, gut sehen Sie aus. Wie immer glücklich, ja? So mit der Ehe?«

»Sieht man mir das nicht an? Danke der Nachfrage. Was darf es denn heute sein? Sie wissen doch, dass wir eine Pressestelle haben, an die Sie sich jederzeit wenden können, oder?«

»Frau Sommer«, flötete Steinmeier, sah allerdings verschlagen drein. Das Schleimen bei Polizeibeamten gehörte zu seinem Job, da machte er sich nichts vor. Und die meisten fielen gelegentlich darauf rein. Denn reden konnte Steinmeier recht gut, vor allem wenn es darauf ankam. »Ich habe da was läuten gehört ...«, begann er.

»Wieso? Waren Sie in der Kirche? Ausnahmsweise?«, fragte Sissi zurück, die das ganze Spiel nicht ohne eine gewisse Bosheit mitmachte.

Steinmeier bedachte sie mit einem giftigen Blick. »Bei Ihnen riecht's aber wirklich gut!« Er schnüffelte in Richtung Kaffeeautomat.

Dollinger vergrub sich hastig in seine Akten, und Sissi tat, als hätte sie nichts gehört. Wenn man Steinmeier den kleinen Finger gab, riss er einem den Arm raus, das wusste auf dem Revier jeder. Nach dem Kaffee wäre vielleicht das Pausenbrot von Dollinger dran gewesen. Da war es das Beste, seine Anspielung zu ignorieren.

»Also, Herr Steinmeier. Sie haben was gehört. Was mich wundert, bei der Mütze. Die wirkt doch sicherlich wie ein Lärmschutz, oder? Zur Kalahari geht's dort lang.« Sissi zeigte belustigt erst nach draußen und dann auf Steinmeiers Kappe mit den Ohrenklappen.

»Mindelheim«, sagte Steinmeier. Jetzt klang er nahezu diabolisch. »Mord. Im besten Viertel. Na? Klingelt's jetzt bei Ihnen? Glauben Sie nicht, dass man das der Presse mitteilen müsste?«

Sissi sah Steinmeier streng an. »Wissen Sie nicht, Herr Steinmeier, dass Presse auch bedeutet, dass man sich die Informationen selbst besorgen muss? Ich kann ja gleich Ihre Artikel schreiben, oder der Kollege Dollinger. Dann haben Sie gar keine Arbeit mehr und können endlich ein paar größere Tiere als Spinnen töten. Angezogen sind Sie ja schon richtig.«

Steinmeier holte einen Moment Luft, überlegte es sich dann aber anders und lächelte fadenscheinig. »Liebe Frau Sommer, also, ich war zufällig in Mindelheim heute Vormittag. Ich mache da eine Reportage über den Mittelstand im Unterallgäu, da gehört auch Mindelheim dazu, und dann habe ich die Streifenwagen den Berg rauffahren sehen.«

»Aha, rein zufällig natürlich, Herr Steinmeier, oder?«, trieb ihn Sissi in die Enge. »Ich kann das prüfen lassen.«

»Können Sie gern«, sagte Steinmeier gehässig. Aber eigentlich war er sauer auf seinen Chefredakteur, der ihn kurz vor Weihnachten dazu verdonnert hatte, eine Reportage mit dem wohlklingenden Namen »Der Unterallgäuer Mittelstand – gar nicht mittelmäßig« zu schreiben, denn die besten Anzeigenkunden wollten auch eine Gegenleistung für ihre Werbeausgaben. »Ich war wirklich in Mindelheim, und na ja ...«

»Sie haben sich gedacht: Da sehe ich doch mal nach, was los ist. Könnte eine Schlagzeile abgeben, gell?«, erwiderte Sissi trocken. »Ich muss Sie enttäuschen, ich habe noch keinerlei Informationen für Sie. Wenden Sie sich bitte wie alle anderen an die Pressestelle. Wir ermitteln momentan in einem Kapitaldelikt. Sie verstehen das sicher, oder?«

In diesem Moment kam Klaus durch die Tür ins Büro. In einer Hand hielt er eine in Alufolie eingeschlagene Leberkäsesemmel und in der anderen eine Dose Cola. Als er Steinmeier sah, stutzte er für einen Moment.

»Wenn das nicht der Starreporter mit den unschlagbaren Headlines und einer inflationären Verwendung von Fragezeichen ist? Herr Steinmeier, was verschafft uns die Ehre?« Schwungvoll stellte Klaus sein Mittagessen ab und stellte sich zu Sissi.

»Herr Vollmer, der schönste Mann bei der Kripo«, sagte Steinmeier schmierig, merkte aber schnell, dass er mit seinem

Charme auch bei Klaus nicht gut ankam. »Vielleicht könnte ich Ihnen ja helfen. Sie wissen doch, ich habe ein untrügliches Gespür –«

»Sehen Sie mal, Sie haben da was am Fuß«, unterbrach ihn Klaus.

Steinmeier hielt erschrocken inne und sah an sich hinab. »Wo denn?« Er hob das rechte Bein und schüttelte es. »Bin ich in was reingetappt?«

»Na, da hängt doch das Fettnäpfchen vom letzten Mal.« Klaus deutete auf Steinmeiers Bein. »Das lässt sich offensichtlich nicht mehr entfernen. Muss unpraktisch sein beim Autofahren. Ist ja immerhin der Gasfuß.« Sissi und Dollinger verkniffen sich beide das Lachen.

»Witzig, Herr Vollmer. Wirklich witzig«, knurrte Steinmeier und stellte sein rechtes Bein wieder auf den Boden, als wäre es zerbrechlich.

Dann musterte er Klaus gehässig. Dieser Typ sah einfach verdammt gut aus, und Steinmeier fühlte sich neben ihm klein und hässlich. Das machte ihn nicht eben freundlicher. Er hätte gut zu Elli Dorsch gepasst.

»Gut. Ich sehe schon, da ist kein Umdenken bezüglich einer fruchtbaren Zusammenarbeit in Sicht«, sagte Steinmeier deshalb und drehte sich um, wobei er Sissi und Klaus seinen Rücken zeigte.

»Ich fürchte, nein«, antwortete Sissi. »Und wenn ich Sie wieder erwische, wie Sie uns reinpfuschen wie beim Fall Böhmer oder Bröckle, dann werde ich persönlich dafür sorgen, dass Sie eine Reportage aus erster Hand über die JVA in Memmingen schreiben. Als Insasse. Wegen Behinderung der Ermittlungen. Oder Vorhalten von Beweismitteln. Ich kenne Sie, Herr Steinmeier. Und ich kenne Ihren Opel. Klein und immer da, wo er nicht sein soll. Genau wie Sie. Denken Sie nicht mal dran.«

Steinmeier verkniff sich jeglichen Kommentar und verließ wortlos das Büro. Er versuchte, die Tür zuzuknallen, aber die ließ es nicht zu. Dann verschwand er.

Klaus und Sissi setzten sich an den Schreibtisch.

»Wer hat den eigentlich reingelassen? Das müssen wir mal

abstellen. Hans, jetzt wieder zu uns. Die Unterlagen, die ich dir vorab geschickt habe ...«, Sissi wies auf den Ordner, auf den Frau Rothenfels mit gestochen scharfer Handschrift »Rechnungen« geschrieben hatte. »Schon was gefunden? Was ist mit den Telefonverbindungen?«

»Sissi, die Frau ist grad mal ein paar Stunden tot«, stöhnte Dollinger. »Ich bin dran. Kann dir gleich sagen, dass sie so gut wie nie Anrufe bekommen hat, außer am Donnerstagabend um zweiundzwanzig Uhr fünfundvierzig. Mobilfunkvertrag auf ihren Namen existiert keiner, unglaublich, aber wahr. Keine Internetverbindung. Die hat nur telefoniert. Festnetz. War sozusagen ein digitaler Anachronismus. Sogar meine Schwiegermutter hat ein Handy.«

Dollinger sah auf das Papier in seiner Hand. »Soweit ich sehen kann, war es die Apotheke, ein Speiselokal in Mindelheim und eine Massagepraxis. Dann hab ich noch ein Taxiunternehmen, zwei Pizzalieferanten und sogar den katholischen Pfarrer, aber den bloß einmal. Da hab ich gleich nachgefragt, interessehalber. Hätte ja sein können, dass sie schwer krank war und ihre Sachen regeln wollte, oder? Aber die Dame hat angerufen und den Pfarrer zum Beichten bestellt. Für die Frau im Erdgeschoss. Der gute Mann ist immer noch sauer und meint, er sei kein Dienstleistungsunternehmen. Frau Rothenfels hat ihn als überbezahltes Bodenpersonal bezeichnet und wollte eine Serviceleistung für die Kirchensteuern. So hat sie sich ausgedrückt.«

Dollinger lachte breit. »Außerdem gab es vor zwei Wochen noch einen Anruf zu einem Hotel am Bodensee. Muss ich aber noch nachsehen, was da war. Die Rechnungen sortier ich grade durch. Bisher nur belangloses Zeug. Mir liegen auch etliche Lieferscheine vor von einem Lokal namens ›Kutsche‹, das Frau Rothenfels mit Essen beliefert hat, allerdings keinerlei Rechnungen. War die eigentlich dick?«

»Nein, eher schlank und zierlich«, sagte Sissi. »Eine richtige kleine, in die Jahre gekommene Elfe. Hatte vermutlich einen guten Stoffwechsel. Was ist mit den anderen Lieferanten? Wir lassen Klaus was essen, fangen mit dem Bericht an, und dann machen wir uns auf die Socken, um sie zu befragen. Informier mich bitte sofort, wenn was dazukommt, okay?«

»Ist recht, Sissi, mach ich.« Dollinger ächzte und haute in die Tasten.

»Ach ja, Hans?« Sissi stand vor Dollinger und lächelte ihn strahlend an. »Nächste Woche kommt eine Frau Olga Rimowa, die Reinigungskraft der Toten. Du nimmst ihre Aussage zu Protokoll. Die wird dir gefallen. Das Gleiche gilt für eine Frau Helga Hausmann, die behalten wir aber noch im Auge.«

Dollinger sah sie misstrauisch an. Das letzte Mal als Sissi so etwas zu ihm gesagt hatte, waren zwei boshaft-ehrbare Witwen samt einem räudigen Pudel namens »Schatzi« bei ihm aufgetaucht und hatten ihn den letzten Nerv gekostet. Legau halt …

Sissi sah seinen skeptischen Blick und tröstete ihn. »Du machst das immer prima, mein Lieber, brauchst gar nicht so zu schauen. Ich brauche auch noch einen kleinen Einblick in die Finanzen des Opfers. Kannst du vielleicht heute noch was rausfinden?« Dollinger hatte eine undurchschaubare Miene aufgesetzt, und Sissi sagte schnell: »Ja, ich weiß, dass Freitagmittag ist. Und kurz vor Weihnachten. Aber trotzdem muss ich wissen, ob es ein Testament gibt. Bestimmt findest du irgendwo die Anschrift ihres Vermögensverwalters.«

Sissi klopfte auf den nicht beschrifteten Ordner auf Dollingers Schreibtisch. »Wird interessant. Um die Finanzen von Frau Hausmann, der Schwester, müssen wir uns auch kümmern, weißt schon, Hans. Wir müssen los. Danke schön. Bist wirklich ein Schatz. Nur schade, dass deine Frau das nicht merkt.« Sie schnappte sich die Liste und ihre Jacke und folgte Klaus nach draußen, wo sie sich wieder ins Auto setzten.

»Diese Vielfahrerei«, jammerte Klaus. »Und ihr habt ja Straßen, die sind eher für Wagenrennen geeignet. Wir waren doch heute schon in Mindelheim, wieso jetzt noch mal?«

»Jetzt übertreib nicht immer so schamlos.« Sissi lachte. »Du siehst doch nur was von der Gegend, wenn du mit mir unterwegs bist. Aber ich weiß: Bei Tageslicht bist du nicht gern draußen. Weil Kerzenlicht und die Tranfunzeln in Diskotheken und Nachtbars deinem Teint schmeicheln. Fahr endlich los.«

Klaus schmunzelte und startete den Wagen. Als sie durch das in Dezembergrau getauchte Memmingen fuhren, konnte Klaus nicht umhin, eine Bemerkung zu machen. »Weißt du, echt eine nette Stadt, dieses Mindelheim. Ich glaube, ich werde mich mal schlaumachen, wie die Wohnungssituation hier so ist. Gefällt mir gut. Ist nicht so groß, da wäre ich an jeder Stelle gleich am Ortsrand, um meinen Hund auszuführen. Und nur zwanzig Minuten bis zum Revier, wenn's gut läuft auf der A 96.«

»Hast wohl in Memmingen schon alles abgegrast? Und ein paar Meter näher an Berlin wärst du dann auch, oder?«, sagte Sissi und grinste ihn schief an. »Ich denke, du wirst noch sehr lange hier im Allgäu sein. Und wenn ich selber dafür sorgen muss. Jetzt habe ich dich gerade so schön abgerichtet.«

»Hast du deinen Mann schon erreicht?«, fragte Klaus nach einer kurzen Pause scheinheilig.

»Nein.« Sissi runzelte die Stirn. »Aber das ist nicht so schlimm. Den werde ich schon noch zu fassen kriegen.«

»Und du bist gar nicht eifersüchtig?«, ließ Klaus nicht locker. »Immerhin ist Peter ein ansehnlicher Bursche, na ja, wenn man dünne Typen mit mausfarbenem Haar mag. Mein Opa nannte das immer ›Straßenköterblond‹.«

»Dir geb ich gleich Straßenköterblond«, kicherte Sissi. »Jetzt fahren wir erst mal zur Apotheke und zum Restaurant ›Kutsche‹. Pizzaservice und den restlichen Krempel lassen wir von den Kollegen abfragen. Das müssen wohl die Bestellungen gewesen sein, die Frau Rothenfels gemacht hat, um ihre Schwester in den Wahnsinn zu treiben. Mal sehen, was rauskommt. Und es wäre schön, den Fall vor Weihnachten aufzuklären. Bin noch nicht mal zum Plätzchenbacken gekommen.«

Als Klaus von der Autobahn abfuhr, dämmerte es bereits.

»Ich mag's nicht wirklich, wenn es so früh dunkel wird«, nörgelte Klaus. »Obwohl diese kleinen Orte dann einen gewissen Charme haben. Wohin zuerst?«

»Zum Restaurant«, sagte Sissi. »Die Apotheke machen wir später.«

Die »Kutsche« lag etwas außerhalb der Innenstadt am Rande eines Neubaugebietes in Richtung Krumbach und war ein denkmalgeschütztes großes Haus mit hellgelbem Anstrich, umgeben von einer geräumigen Terrasse und alten Kastanienbäumen, die ihre kahlen Arme in den Himmel reckten.

»Nett. Und so rustikal, wie das aussieht, ist es vermutlich teuer. Allmählich kenne ich mich mit euren Touristenfallen aus und erkenne eine, wenn ich sie sehe. Der Biergarten ist im Sommer bestimmt herrlich. Das muss man euch lassen, das könnt ihr«, sagte Klaus, während er einparkte. Der Parkplatz war voll mit Mittelklassewagen und Autos der gehobenen Preisklasse.

»Erstaunlich. Am Freitagnachmittag brummt der Laden. Scheint eine Goldgrube zu sein.« Sissi warf einen kurzen Blick auf die Speisekarte, die hinter Glas ausgehängt war. »Durchgehend warme Küche. Das erklärt vieles«, sagte sie dann. »Wir fragen nach dem Chef.«

Sie betraten die »Kutsche« und standen in einer geräumigen, im Landhausstil möblierten Diele, von der verschiedene Türen abgingen.

»Ich könnte schon noch einen Nachtisch vertragen«, beschwerte sich Klaus und rieb sich den Bauch. »Diese eine Semmel war nicht der Rede wert.«

»Du Heide, heut ist Freitag.« Sissi blickte ihren Kollegen strafend an. »Da isst man kein Fleisch als Katholik. Und auch keine Wurst.«

»Echt jetzt? Aber ich bin Atheist«, stöhnte Klaus. »Ich rieche doch Steak hier. Das *muss* Steak sein, so gut wie das duftet. Mann, mir tut es jetzt fast leid, dass ich den Leberkäse schon gegessen habe.«

»Später, mein Lieber«, sagte Sissi. »Erst die Arbeit, dann der Apfelstrudel. Komm mit – wir versuchen es in der Küche, okay?«

Sie folgten dem aromatischen Geruch und landeten schließlich an der Tür einer Großraumküche, in der etliche weiß gekleidete Personen herumwuselten, Pfannen schwenkten, mit Schöpfkellen hantierten und wild durcheinanderbrüllten.

»Liebe Güte, hier geht's ja zu«, sagte Klaus. »Und das *ist* Fleisch, ich kann's genau erkennen. Wann hört ihr Bayern mal auf, mich zu veräppeln?«

»Was wollen Sie? Die Gaststube ist da vorn!« Ein schlanker

Mann um die vierzig mit mürrischem Gesichtsausdruck, der eine weiße Schürze und eine Kochmütze trug, kam auf sie zu.

»Vollmer und Sommer vom K1 in Memmingen.« Sissi lächelte den schlecht gelaunten Mann freundlich an.

»Da müssen Sie mit dem Chef reden«, antwortete der Koch. »Der ist im Büro. Ich koche hier bloß. Was soll das überhaupt sein, K1? Gastronomiebedarf? Wir haben schon einen Lieferanten.«

»Nein, Kripo. Wir möchten wissen, wer bei Ihnen die bestellten Mahlzeiten ausliefert.« Klaus schnupperte in die Küche hinein, in der es wirklich verführerisch roch. »Was steht denn auf der Tageskarte?«

»Zander an Blattspinat. Kripo. Soso«, sagte der Koch patzig.

»Echt, Fisch?« Klaus schien enttäuscht.

»Welche Lieferungen meinen Sie? Essen?« Der Mann sah beide neugierig an. Sissi nickte. »Macht der Wolfgang persönlich. Wird jede Woche eingeteilt. So viele sind das nicht. Normalerweise die Küchenbolzen. Sind bloß zwei, die Mladenka und die Chrissi. Die ist aber heut nicht da und morgen auch nicht. Und die Maddi ist zurzeit in Bulgarien bei ihrer Mutter. Heut musste einer von den Azubis raus.«

Abrupt drehte er sich um und brüllte: »Scheiße, Jakob, ablöschen, hab ich gesagt, nicht absaufen lassen! So kann man doch keine anständige Sauce machen!« Er verschwand im Getümmel und ließ die beiden einfach stehen.

»Okay. Der Chef ist im Büro. Kann ja nicht weit weg sein«, murmelte Klaus. Vor einer Tür blieb er stehen. »Da steht's doch. Privat. Jede Wette.« Er klopfte und bekam keine Antwort. Aus der Küche drang ein lauter Schrei.

»Selber schuld!« Das war wieder die Stimme des schlecht gelaunten Kochs. »Müsstest allmählich wissen, wie heiß der Herd ist. Mach Wasser drauf.«

»Das ist ja wie Dantes Inferno«, mokierte sich Klaus. »Vermutlich schlachten die hinter dem Haus noch selbst. Hier bei euch wundert mich gar nichts mehr.«

»Was?« Plötzlich wurde die Tür mit einem Ruck geöffnet. Im Rahmen stand ein Mann um die sechzig mit vollem grauen

Haar, der sie beide musterte. Sein Blick blieb an Sissi hängen, dann verzog sich sein Gesicht zu einem wölfischen Grinsen. »Welch angenehme Überraschung, schöne Frau. Reservierungen macht die Margarete vorn am Tresen bitte. Aber wir sind in den nächsten sechs Wochen nahezu ausgebucht. Silvester geht ohnehin gar nix mehr. Tut mir leid. Sie haben sich mit der Tür vertan. Hier ist das Management.«

»Management. Aha.« Sissi war vorgetreten und zeigte ihren Ausweis. Klaus tat es ihr nach. »Sommer vom K1 in Memmingen.«

Der Mann schaute kurz auf die Ausweise und tat, als könne er sie entziffern. Dabei hielt er sie von sich weg, so weit es seine Arme zuließen. »Kripo. Aha. Toll. So schlecht kochen wir aber auch wieder nicht. Oder geht's um mein anderes Lokal? Da ist alles in Ordnung. Sorge ich persönlich dafür.«

Sissi war für einen Moment verwirrt. »Sind Sie hier der Chef?«

Er nickte. »Ich bin Wolfgang Haug, der Besitzer. Sagen Sie mal, was macht denn Ihr Kollege immer für Bewegungen mit der Nase?« Er deutete auf Klaus.

»Der hat nur Hunger«, winkte Sissi ab.

Haug schnaubte verächtlich. »Hätt nicht gedacht, dass Sie sooo schlecht bezahlt werden bei der Polizei. Soll ich Ihnen was bringen lassen?«

»Bitte nein«, antwortete Sissi. »Er ist nur total verfressen, hasst das Allgäu, aber unser Essen liebt er. Und wir sind im Dienst. Vielleicht später. Würden Sie uns bitte ein paar Auskünfte geben?«

»Kommen Sie rein. War nur grad am Telefon.« Wolfgang Haug führte sie in sein zweckmäßig eingerichtetes Büro und deutete auf zwei Besucherstühle vor seinem Schreibtisch. »Um was geht's?«

»Herr Haug, wir ermitteln in einem Kapitaldelikt«, sagte Sissi freundlich.

Wolfgang Haug war recht ansehnlich und hatte irgendwie Ähnlichkeit mit … Sissi kam einfach nicht drauf. Irgendeinem Schauspieler. Obwohl sein recht charmantes Lächeln gleichzeitig einem Zähnefletschen ähnelte.

»Kapitaldelikt? Hat das was mit meinem Lokal zu tun?«, fragte Haug verwundert.

Sissi schüttelte den Kopf. »Nicht ganz, Herr Haug, aber wir ermitteln in alle Richtungen. Kennen Sie eine Frau Monika Rothenfels?«

Haug zuckte mit keiner Wimper. »Der Name sagt mir was. Vage.« Er fasste sich ans Kinn und legte den Kopf in den Nacken. »Rothenfels, Rothenfels ...«

»Sie ist Kundin bei Ihnen gewesen.« Klaus schielte wehmütig zu der geschlossenen Bürotür, die keine Küchendüfte mehr durchließ.

»Rothenfels. Ja, jetzt kommt's.« Er drehte sich um und holte einen Aktenordner aus dem Regal.

»Kein PC?« Sissi musterte den leeren Schreibtisch.

»Doch«, sagte Wolfgang, »aber ich hab gern von allem eine Kopie, weil ich den Dingern nicht recht traue. Frau Rothenfels hatte bei uns das Abo. Jeden Mittag ein Drei-Gänge-Menü. Möchte wissen, wo die Frau das hingesteckt hat, so dünn, wie sie war. Und da war doch heute was mit der Lieferung ...« Er legte den Kopf schief, als würde er nachdenken.

»Dünn? Frau Rothenfels? Sie kennen ... kannten sie also doch? Wer hat ihr das Essen denn immer gebracht? Und was genau war mit der Lieferung?«, fragte Klaus interessiert.

Haug sah ihn scharf an. »Wissen Sie, ich bin schon lange hier. Und Mindelheim hat ein paar Einwohner mehr als Hinterpfuiteufel oder wo auch immer Sie herkommen. Wenn mir nicht auf Anhieb gleich zu jedem Namen das passende Gesicht einfällt, ist das wohl kein Verbrechen, oder?«

»Später, Herr Haug«, beschwichtigte Sissi. »Wir kommen gleich darauf zurück. Wie war das nun mit dem Ausliefern?«

Haug blickte sie zerstreut an. »Na, ausliefern tut immer, wer am meisten Zeit hat. Eigentlich nur die Küchenhilfen. Aber die sind grad nicht da. Ein familiärer Notfall und die andere hat angeblich Durchfall. Muss ich nachher anrufen, dass sie doch kommt. Wir sind keine Sozialstation. Aber bei Durchfall muss ich sie daheimlassen. Vorschrift.« Er seufzte.

»Heute ist der Flori raus und hat unsere Kunden beliefert.

Und … Moment …« Er wühlte in einem Stapel Papier auf seinem Schreibtisch. Obenauf lag ein handgeschmierter Zettel. »Da ist es ja. Rothenfels. Ist heute nicht zugestellt worden. Anscheinend hat niemand aufgemacht. Trotz Klingeln. Und«, Wolfgang studierte den Zettel, um die schiefe Schrift zu entziffern, »massenhaft Leute. Fragezeichen. Hm.« Er wedelte mit dem Zettel vor Sissis Gesicht herum. »Das mit ›massenhaft Leute‹ sehe ich grade erst, habe den Wisch vorhin nur überflogen. Und dass nicht zugestellt werden konnte: ärgerlich, aber nicht zu ändern. Mit der ist jeden Tag etwas anderes.«

»Herr Haug, ist Ihr Kundenstamm groß? Wenn ich mir Ihr Lokal so ansehe, gehören Sie zur oberen Preisklasse, nicht wahr?«, fragte Sissi mit einem entwaffnenden Lächeln.

Haug nickte stolz. »Wir beliefern etliche Abonnement-Kunden wegen unserer hochwertigen Speisenauswahl. Außerdem bin ich grad dabei, das Segment noch weiter aufzustocken. Mindelheim haben wir schon in der Tasche. Jetzt gehen wir noch einen Schritt weiter. Oder ein paar Kilometer. Es gibt genug solvente Kundschaft, die gern dafür bezahlt, sich nicht die Finger beim Kochen schmutzig machen zu müssen. Immerhin bieten wir kein Essen auf Rädern sondern richtig edle Mahlzeiten an. Wir haben immer eine Menge zu tun. Und seitdem wir noch das Gästehaus betreiben … Eigentlich muss ich noch jemanden einstellen. Ist schon ein Schlauch. Die Kundschaft ist auch nimmer, was sie mal war.«

»Haben wir gar nicht gesehen, dass Sie auch ein Hotel betreiben«, sagte Klaus.

»Wenn Sie hintenrum gehen«, antwortete Haug, »sehen Sie's schon. Die Rezeption ist auf der anderen Seite vom Gebäude. Fängt grad an, sich zu rechnen, das dauert ja immer eine Weile.« Dann sah er Sissi neugierig an. »Aber kommen wir doch mal zur Sache. Sie sind ja bestimmt nicht hier, weil Sie sich für mein Unternehmertalent interessieren. Was ist denn mit der Mo… Rothenfels?«

»Sie wurde ermordet.« Klaus konzentrierte sich auf den Gesichtsausdruck von Wolfgang, der urplötzlich die Farbe von fahlgrau zu käseweiß wechselte.

»Ermordet? Sie scherzen, oder? Das hier ist Mindelheim. Nicht München oder … New York.«

Sissi machte eine ernste Miene und nickte. »Ermordet, Herr Haug. Und Sie als Speisenlieferant oder Ihre Lieferkräfte könnten doch eine Beobachtung gemacht haben, oder? Die Tat geschah gestern Nacht. Also Donnerstag.«

Haug blätterte in seinem Ordner. Seine Finger zitterten leicht. »Jetzt versteh ich auch, warum die Lieferung nicht angenommen worden ist. Alles klar. Da seh ich's. Das war ein Gfrett.«

»Ein was?«, stutzte Klaus konsterniert.

»Ärger auf Schwäbisch, Kollege«, sagte Sissi.

Haug fuhr fort: »Frau Rothenfels hat vor einer Woche für dieses Wochenende telefonisch abbestellt, weil sie verreisen wollte.« Haugs Finger verweilte auf einer Linie in seiner Liste.

»Haben Sie denn nie Ruhetag?«, fragte Klaus.

»Mit Ruhetagen verdien ich kein Geld. Eine Unsitte. Bei uns kann man auch essen, wenn alles andere dicht ist. Und den ganzen Tag über. Keine Nachmittagsruhe. Rentiert sich. Ich hab auch an Heiligabend offen.«

»Frau Rothenfels hatte also das Essen abbestellt?«, wollte Sissi wissen.

»Ja«, bestätigte Haug. »Und Donnerstagspätnachmittag hat sie angerufen, dass sie doch nicht übers Wochenende wegfährt und ihr Essen so wie immer haben wollte.«

»Wie war sie denn so als Kundin?«, fragte Sissi.

Haug fixierte über ihren Kopf hinweg einen acht Jahre alten Playboy-Kalender an der Wand. »Schwierig«, antwortete er dann bedächtig. »Hat fast jeden Tag genörgelt. Entweder hat ein Petersiliensträußchen gefehlt, oder die Sauce war zu dünn oder zu dick, die Sahne auf dem Nachtisch ranzig. War immer irgendwas.«

»Und Sie hatten nur zwei Auslieferer, die Frau Rothenfels regelmäßig besucht haben?«

Er nickte. »Seit einem halben Jahr. Vorher waren es drei. Eine hat gekündigt. Ist halt richtige Arbeit in der Küche, die mag nicht jeder machen. Die Mladenka ist grad in Sofia, weil ihre Mutter krank ist. Und die Chrissi …«

Klaus horchte auf. »Chrissi? Haben Sie auch den vollen Namen?«

»Melzer. Christa. Nettes Ding. Bisschen schlicht, aber mein lieber Schwan …« Haug grinste anzüglich. »Hätt für sie auch ohne Weiteres einen Job in meiner Bar gehabt, da wär sie am richtigen Platz gewesen, aber die kannst ja nicht abkassieren lassen, kann sich nichts merken. Ich hab neulich zu ihr gesagt: Du bist wohl schon im geistigen Vorruhestand.« Er lächelte schief.

»Melzer. Soso.« Sissi wirkte erstaunt. »Das wird meinen Kollegen freuen. Wie kommen Sie auf die Frau als Küchenhilfe, ich meine – wie ist die bei Ihnen gelandet?«

Haug kniff die Augen zusammen und sah mehr denn je wie ein alter Wolf aus, der dem jungen Schaf verspricht, dass er nur spielen möchte. »War Zufall. Einer meiner Geschäftsfreunde ist der Chef von Chrissis Mann. Die kleine Dumpfbacke hat einen Job gebraucht, weil die beiden ihr Haus abzahlen müssen. Hab ihr eine Stelle hinter der Bar angeboten, aber da war ihr Ehemann dagegen. Der wollte nicht, dass man seine Alte anstarrt. Mei, so ist das halt im Gewerbe. Wär eh nichts geworden, weil die ja nicht rechnen kann.« Er rollte mit den Augen.

»Die Welt ist wirklich klein«, sagte Sissi nachdenklich. »Und du, mein Lieber«, sie wandte sich an Klaus, »wirst wohl noch was zum Wundern kriegen.« Dann fragte sie Haug: »Wer lieferte denn jetzt heute aus, nur interessehalber?«

»Wen ich am ehesten entbehren konnte. Also heut der Azubi. Zwei Stunden ist der fast schon unterwegs. Und wer das Essen bringt, muss auch den Warmhaltebehälter vom Vortag mitnehmen. Wieso?«

»Ach ja!« Sissi fasste sich mit der Hand an den Kopf. »Klar. Sie hat ja erzählt, dass sie nichts anderes bekommen hat und jetzt immer so weit fahren muss. Ich sollte mal besser zuhören … Ich kenne Frau Melzer. Wir sind Schulkameradinnen. Ist lange her.«

»Na, sooo lange auch nicht«, sagte Haug und sah Sissi bewundernd an.

Normalerweise legte er sein Augenmerk eher auf Körbchengrößen und Haarverlängerungen, aber diese junge Kommissarin wirkte so … frisch. Ja, frisch. Wie ein Bio-Salatkopf ohne Plastik drum herum. An so was war Wolfgang Haug nach Jahren im Gastronomiegewerbe nicht mehr gewöhnt, und so begutachtete er Sissi deshalb äußerst wohlwollend. Klaus ignorierte er, aber der kannte das schon. Casanovas, auch in die Jahre gekommene, mochten ihn einfach nicht. Man sah Wolfgang Haug zwar immer noch an, dass er einmal recht attraktiv gewesen war, aber die Betonung lag auf »war«. Nur Wolfgang Haug selbst hatte das leider noch nicht bemerkt. An dem Tag würde wahrscheinlich eine Welt für ihn zusammenbrechen.

»Sagen Sie mal, Herr Haug, wenn ich was fragen darf?«, fing Sissi an, die sich allmählich unter Haugs begehrlichem Blick etwas unbehaglich zu fühlen begann. Beinahe wie auf dem quietschgrünen Clubsessel von Frau Hausmann.

»Ja, Frau Kommissarin?« Haug sah Sissi dreist an.

»Sind Sie immer schon in Mindelheim? Ich meine, so ein richtiger Einheimischer?«

»Ja, warum?«, kam die Gegenfrage.

»Na ja, ich hab überlegt, ob Sie dann nicht doch die Damen vielleicht näher gekannt haben, Frau Rothenfels und Frau Hausmann. Ich könnte mir vorstellen, dass die in jungen Jahren ziemlich viel Staub aufgewirbelt haben. Die müssen beide recht hübsch gewesen sein, oder?«

Es war interessant, Haugs Gesicht zu beobachten. Aus dem wohlgefälligen Grinsen wurde urplötzlich Verschlossenheit. Er sah Sissi mit unverbindlicher Miene an. »Kann schon sein, dass man sich ab und zu getroffen hat, vielleicht im Maxim oder im Schickeria. Waren damals eine Menge hübscher Frauen unterwegs. Und es waren die Siebziger.«

»Verstehe«, sagte Sissi. »Ist einfach zu lange her. Da vergisst man schon was, nicht wahr?«

Haug nickte erleichtert. »Und jetzt muss ich *Sie* mal was fragen.« Er beugte sich über den Schreibtisch. Seine rot geäderten Augen ruhten aber nicht auf Sissis Gesicht, sondern ein bisschen weiter unten. Alte Gewohnheit. »Sie kennen die Frau Melzer schon länger, sagen Sie?«

»Wie gesagt, wir waren in der Schule zusammen.«

»War die immer schon so?«, fragte Haug dann vorsichtig.

»Wie denn?«, fragte Sissi zurück.

»Na so halt. So … ein bisschen schlicht. Ich würd sie am liebsten entlassen, eher heut als morgen. Die verfährt sich immer noch, fast täglich, sogar wenn sie schon zehnmal im gleichen Haushalt war.«

»Besorgen Sie ihr doch ein Navigationsgerät«, wandte Klaus ein.

»Hat sie doch.« Haug verzog sein Gesicht zu einer Grimasse. »Das ist ja das Schlimme. Also, war die schon immer so?«

»Schlicht. Hm. Das war sie, Herr Haug. Aber die Schule hat sie geschafft, den Führerschein und eine Ausbildung. Und zum Salatschneiden scheint es ja noch zu reichen«, sagte Sissi und erhob sich. »Vielen Dank für das Gespräch. Wir melden uns vielleicht noch mal.«

Sie gingen zur Tür. Haug berührte Klaus leicht am Arm. »Herr … äh, kann mir Ihren Namen nicht merken?«

Klaus drehte sich um. »Vollmer.«

»Ah ja, Herr Vollmer. Sie sehen aus wie ein Mann von Welt.« Haug setzte sein vertraulichstes Lächeln auf. »Wenn Sie mal Lust haben auf ein bisschen Zerstreuung, besuchen Sie uns doch in der ›Wunder-Bar‹. Draußen, im Gewerbegebiet.«

»Gibt's da auch so gutes Essen?«, erkundigte sich Klaus.

»Nein, nur Snacks. Aber was fürs Auge. Und hübsche Männer sind bei uns immer begehrt.« Wolfgang zwinkerte Klaus vertraulich zu. »Wir sind grade *der* angesagte Treffpunkt in Mindelheim. Donnerstagabend ist immer Ladies Night, und da rauschen die Damen in voller Takelage rein und möchten mir am liebsten meinen neuen Barkeeper vom Tresen pflücken, den brauch ich aber noch. Ich sehe keinen Ehering an Ihrem Finger, also was haben Sie zu verlieren?« Er drückte Klaus ein Streichholzbriefchen in die Hand, auf dem in Rot auf schwarzem Grund »Wunder-Bar« stand, darunter eine Telefonnummer.

»Tschüss, Herrschaften. Muss arbeiten. Von nix kommt nix.« Er schob Sissi und Klaus förmlich durch die Tür und schloss sie sofort wieder. Dann hob er den Hörer ab und drückte die Taste für eine eingespeicherte Nummer.

Klaus war im Flur stehen geblieben. »Na ja, ich nehme die Karte mal mit. Man weiß ja nie. Und in Memmingen kenne ich inzwischen alles. Kann nie schaden, mal neue Reviere auszuprobieren.«

Sissi schüttelte nur den Kopf.

Die Befragung in der Apotheke blieb erfolglos. Zwei gestresst wirkende junge Frauen in weißen Kitteln bestätigten, Frau Rothenfels in regelmäßigem Turnus Medikamente geliefert zu haben. Sie waren nie weiter als bis zur Wohnungstür gekommen. Auffälligkeiten gab es keine. Mehr wussten sie nicht zu sagen.

»Schade«, sagte Klaus, als die Schwungtür der Apotheke sie in die Dezemberkälte entlassen hatte. Er schlug seinen Jackenkragen hoch. »Das war nichts. Da fand ich diesen zwielichtigen Barbesitzer schon interessanter. Möchte wetten, dass der was zu verbergen hat.«

Die Dunkelheit war hereingebrochen, und aus etlichen Fenstern in der Umgebung leuchteten Rentiere und blinkender Weihnachtsschmuck. Rings um sie herrschte reges Treiben. Alle Leute waren dick eingemummt und hasteten an ihnen vorbei. Jeder schien es eilig zu haben.

»Ich mag diese Fälle kurz vor Weihnachten nicht«, grummelte Klaus. »Verderben einem einfach die Stimmung.«

»Ja, könntest recht haben«, pflichtete Sissi ihm bei. »Frau Rothenfels würde dir sicher zustimmen. Machen die alle ihre Weihnachtseinkäufe? Ich habe noch gar nichts für Peter.« Sie deutete auf ein paar Passanten, die an ihnen vorbeihasteten. »Sieh mal, als hätte ich es nicht gewusst, aber nicht den Kopf drehen bitte! Drei Uhr.«

Klaus schielte unmerklich in die angegebene Richtung. Auf den Parkplatz der »Kutsche« fuhr ganz langsam ein knallblauer Kleinwagen im ersten Gang und parkte ein. Dann verließ eine dicke kleine Gestalt das Fahrzeug.

»Ich will für ihn hoffen, dass er dort nur essen geht, obwohl ich es nicht wirklich glaube.« Sissi wirkte nachdenklich. »Und jetzt ab nach Legau. Ob es dir passt oder nicht. Oder möchtest du nach Sofia zu der anderen Küchenhilfe? Würde ich dir glatt zutrauen.«

»Unglaublich«, stöhnte Klaus. »Legau. Ich bin verflucht.« Dann startete er den Wagen und fädelte sich in den Feierabendverkehr ein.

In der »Kutsche« studierte Steinmeier die Speisekarte und schluckte mehrmals.

## Freitagabend, Legau

»Sissi? Was machst du denn bei mir?« Christa Melzer stand in der Tür des kleinen Einfamilienhauses und schaute die beiden Ermittler entgeistert an. Sie sah aus, als hätte sie geheult.

»Das frage ich mich manchmal auch, wieso wir immer wieder hier landen«, murmelte Klaus und betrachtete äußerst interessiert die hübsche blonde Frau in dem etwas zu knappen Trainingsanzug, die frierend von einem Bein auf das andere tippelte.

»Wer ist des?«, fragte Christa und betrachtete Klaus ohne Interesse.

»Christa, grüß dich erst mal«, sagte Sissi. »Das ist mein Kollege Klaus Vollmer vom K1 in Memmingen. Und ich bin dienstlich da. Nicht erschrecken. Weinst du grade?« Sie sah Christa prüfend an.

»Nein. Mir ist was ins Aug gekommen. Dienstlich? Ist es wegen dem Toni?« Christa wurde leichenblass.

»Nein, wegen dir. Dürfen wir reinkommen?« Sissi machte einen Schritt nach vorn.

Christa hielt ihnen die Tür auf, und sie betraten das aufgeräumte Haus. Überall roch es nach Putzmitteln. Im Wohnzimmer lief der Fernseher.

»Schön hast du das gemacht.« Sissi zeigte anerkennend auf ein selbst gebasteltes Weihnachtsgesteck auf dem Wohnzimmertisch.

Christa verzog den Mund zu einem kleinen Lächeln. »Bin oft allein daheim. Weißt ja.«

Sissi nickte. Dass Toni nicht alle seine schlechten Angewohnheiten nach dem Ringtausch in der Legauer Lehenbühlkirche abgelegt hatte, wusste jeder im Dorf. Die Katze lässt das Mausen einfach nicht. Toni Melzer erzählte jedem, den er traf, dass er eine offene Ehe führte – von der seine Frau allerdings nichts wusste. Er war recht umtriebig, aber niemand wäre auf den Gedanken gekommen, Christa mit Tonis Untaten zu konfrontieren, denn aus Eheangelegenheiten hält man sich am besten heraus.

Alter Allgäuer Brauch. Und darüber geredet wird grundsätzlich nur dann, wenn der Betroffene nicht dabei ist. Das ist einfacher für alle Beteiligten.

»Magst was trinken?«, bot Christa an. »Ich mach dir gern einen Kaffee. Und für ihn natürlich auch.« Sie deutete auf Klaus, der sich neugierig im Zimmer umsah. Nichts im Haus der Melzers wies auf große Reichtümer hin, die Einrichtung wirkte eher spartanisch.

»Wie geht's dir, Christa?«, wollte Sissi wissen.

»Könnt besser sein. Ich hab mich mal wieder übernommen. Weil ich so oft allein daheim bin. Der blöde Teleshoppingkanal mit den schönen Puppen.«

Sissi nickte verständnisvoll.

»Dann muss ich immer den Toni anbetteln. Der gibt mir dann wieder ein bissel was. In der ›Kutsche‹ wird net so gut gezahlt. Sagst mir jetzt, warum du da bist?«

»Du fährst doch unter anderem für dein Lokal das Essen aus, Christa, oder?«, fragte Sissi.

Christa wirkte missmutig. »Ich muss fast immer raus, weil die Mladenka bei sich daheim ist. In Russland. Und dann immer die blöden grauen Kisten. Sind schwer.«

»Ich dachte, deine Kollegin ist Bulgarin? Sofia liegt nicht in Russland, Christa. Aber da sind wir schon beim Thema«, sagte Sissi. »Kommst du in Mindelheim auch zur Frau Rothenfels?«

Christa überlegte einen Moment. »Russland, Bulgarien. Des kann doch kein Mensch auseinanderhalten. Da komm ich eh nie hin.«

Sissi unterdrückte ein Grinsen. »Ja, ich habe gehört, du hast ein paar Orientierungsschwierigkeiten. Was ist nun mit dieser Frau Rothenfels?«

Christa prustete laut Luft aus. »Die kleine biestige Frau, die nie Trinkgeld gibt. Ich hab auch nette Kunden, aber die ist eine von denen, die anrufen, wenn ich bloß fünf Minuten später komm, weißt. Oder ihr fällt ein, dass doch noch was fehlt. Und dann muss ich raus und ihr eine Extraflasche Wein bringen. Befehl vom Chef. Außerdem wohnt die so blöd. Auf dem doofen Berg fast ganz oben. Dieses Mindelheim ist echt kompliziert.

So viele Straßen.« Sie schüttelte den Kopf so ausdauernd, dass ihr Pferdeschwanz wippte.

Es sah entzückend aus. Allerdings wirkte Christa etwas verwirrt, und Klaus fragte sich, ob das ihrem Besuch geschuldet war oder ihr Normalzustand sein mochte.

»Wann warst denn das letzte Mal bei der Frau Rothenfels, Christa?«, wollte Sissi wissen.

»Gestern«, kam es wie aus der Pistole geschossen. »Hat mich wieder angepfurrt, weil ich angeblich zu spät war. Klar, die hat ja keine Zeit. Liegt den ganzen Tag auf der faulen Haut, telefoniert rum und nörgelt dann. Und die andere guckt immer bei der Tür raus, wenn man kommt, neugierig ohne Ende. Zwei komische Weibsbilder. Und warum kommst jetzt zu mir? So interessant ist das doch net, oder? Ich bin doch bloß der Küchendepp beim Haug. Sonst nix.«

»Na ja, Christa ...« Sissi beugte sich vor. »Frau Rothenfels wurde gestern in ihrer Wohnung umgebracht.«

»Hab ich schon gehört.« Christas Blick verlor sich an dem nackten Weihnachtsbaum in der Zimmerecke, der darauf wartete, geschmückt zu werden.

Klaus war fassungslos. »Wie das denn? Und wieso haben Sie das nicht gleich erwähnt? Sie lassen uns einfach drauflosreden?«

Christa sah ihn unschuldig an. »Sie ham mich ja net gefragt. Und woher ich des weiß: Der Wolfi hat mich vorher angerufen, ich mein, der Haug, der Chef. Ich soll arbeiten kommen, obwohl ich Durchfall hab. Weil der Lehrbub sich verbrannt hat am Herd. Und dann hat er mir erzählt, dass die Frau Rothenfels umgebracht worden ist. Vielleicht hat er gedacht, ich komm dann eher. Zu der wollt ich nämlich nie. Und er hat gemeint, dass ich bestimmt auch ausgequetscht werd von euch. Hab aber gedacht, ihr kommts ins Lokal.«

»Das ging ja fix«, sagte Klaus. »Hätte ich mir denken können. Kleinstadt und Dorf – kein Unterschied. Alles Allgäu.«

Christa beachtete ihn nicht. »Und wer war's? Wieso fragst mich?« Sie lehnte sich auf dem Sofa zurück und entblößte ihren ansehnlichen Ausschnitt, was ihr aber nicht bewusst zu sein schien.

»Es wäre möglich, dass du die letzte Person bist, die Frau Rothenfels noch lebendig gesehen hat. Mach mal die Jacke zu, nicht dass du dich verkühlst«, antwortete Sissi mit einem Seitenblick auf Klaus.

»Mei oh mei.« Christa war noch blasser geworden, raffte aber immerhin den Stoff über ihrem Busen etwas zusammen.

»Ist dir am Donnerstag irgendwas aufgefallen? War was anders? Kam dir Frau Rothenfels vielleicht zerstreut vor? Hatte sie Angst?«, fragte Sissi weiter.

Christa schüttelte den Kopf. »Na. Die net. So wie alleweil. Hat ja immer ausgesehen, als wär sie total daneben. Immer wenn ich von der gekommen bin, dann hab ich Depressionen gehabt. Die Frau hat wirklich nie gelächelt. Die andere, die von unten«, Christa holte Luft, und die Jacke ging wieder auf, »die hat immer gelacht. Ist oft in der Tür gestanden, wenn ich geklingelt hab. Ich glaub, die sauft. Geht mich nix an. Aber die Frau Rothenfels? Wie ist sie denn gestorben?«

»Sie hat vermutlich einen oder mehrere Einbrecher in ihrer Wohnung überrascht und ist dann zum Schweigen gebracht worden«, erwiderte Sissi trocken. »Und – das darf ich dir eigentlich gar nicht sagen – sie hat ihren Mörder entweder reingelassen oder … Sag, hast du die Wohnungstür zugemacht, als du am Donnerstag weg bist?«

Christa schwieg einen Moment. Es schien, als hätte sie gar nicht zugehört. »Die hat die Tür selber zugemacht«, sagte sie dann leise. »Zugeschlagen. Und dass sie sich über mich beschwert, hat sie geschrien. Wär net das erste Mal gewesen. Hat mir nix ausgemacht. Lieber arbeitslos. Ich will da eh nimmer hin. Hab mich heut krankgemeldet.«

»Wissen wir schon, Christa«, meinte Sissi. »Wenn's stimmt, dann gute Besserung. Musst dir halt was anderes suchen. Wo ist denn der Toni heute? Unterwegs?«

»Betriebsfeier.« Christa wirkte verdrossen. »Kann ich nix machen. Bin froh, dass er was schafft. Und der Toni ist net so gemein, wie ihr alle immer glaubts im Dorf. Der tut wirklich was. Jetzt arbeitet er noch im Objektschutz, die ganze Woch, fast jeden Tag, auf Abruf, in Mindelheim. In der Nacht!« Das klang wie eine Anklage. »Weil mir des Geld brauchen, weil der Papa –«

»Weiß schon, Christa«, sagte Sissi. »Von deinem Papa kriegst du kein Geld. Tut mir leid. Aber ihr scheint auch so klarzukommen.«

»Geht schon.« Christa sah sich gedankenverloren in dem spärlich möblierten Raum um. »Ich weiß zwar net, wo des ganze Geld bleibt, aber …«

»Objektschutz?«, wurde Klaus hellhörig. »Was macht Ihr Mann denn da?«

»Mei, weiß ich auch net genau«, antwortete Christa. »Passt halt auf Sachen auf. Oder auf Häuser. Ist net so gut bezahlt.«

»Verstehe«, murmelte Klaus. »Kleiner Nebenverdienst.«

»Sissi?« Christa hatte sich in ihrem Sessel aufgerichtet. Sie sah unglücklich aus. »Sagst es mir, wenn da was rauskommt mit der Frau? Ich meine, ich war ja jeden Tag da. Mögen hab ich die net besonders, aber des ist einfach furchtbar. Bin ich jetzt eigentlich verdächtig?«

»Nicht mehr als alle anderen auch«, beschwichtigte Sissi. »Wir melden uns wieder. Und wenn dir was einfällt: Du wohnst nur ein paar hundert Meter von mir entfernt. Kommst einfach vorbei, okay?«

Christa nickte abwesend. Sie hörte gar nicht mehr zu. Etwas schien sie sehr zu beschäftigen.

Klaus und Sissi verabschiedeten sich und traten vor die Tür. Der Wind war kalt geworden.

»Noch gar nicht so eisig wie letzten Winter um diese Zeit«, sagte Klaus. »Objektschutz, hm?«

»Ach Kollege, lass ihr doch ihren Luftballon. So wie ich ihren Mann kenne, hat seine nächtliche Abwesenheit wohl schon was mit Objekten zu tun, aber die sind wohl eher zweibeinig. Nur verbietet mir meine Ausbildung Spekulationen.«

»So dumm hat die aber gar nicht gewirkt.« Klaus startete das Auto, um Sissi nach Hause zu bringen.

»War keine Gelegenheit dazu.« Sissi schmunzelte. »Gib ihr eine Chance. Aber sie ist eine liebe Seele.«

»Na dann bis morgen. Schlaf gut.« Klaus gab Gas und verschwand in Richtung Hauptstraße.

Sissi winkte kurz und ging dann in ihr Haus.

»Peter?« Sie warf ihren Schlüsselbund achtlos auf den Küchentisch und sah sich um. Es roch verführerisch in der Küche, aber kein einziger Topf war zu sehen. Sissi schnupperte. Lasagne. Definitiv. Das war Peters Spezialrezept. Niemand konnte so wie er diese Köstlichkeit zaubern.

»Dein Essen ist in der Mikrowelle«, stand auf einem Zettel, der auf dem Herd drapiert war. Über das i, war ein kleines Herzchen gemalt. »Bin beim Schießen. Liebe dich!«

Das war alles. Ein blödes Post-it anstatt einem gemütlichen Freitagabend. Aber Gott sei Dank auch kein Fernsehkrimi, denn Sissi hatte genügend Krimis während ihrer Arbeit. Sie legte am Wochenende Wert darauf, abschalten zu können.

Aber ein kleines Gespräch mit ihrem Mann hätte Sissi gefreut. Immerhin war Freitag. Dass Peter doch immer so übertreiben musste. Sissi setzte sich zusammen mit der Auflaufform an den Tisch in der liebevoll eingerichteten Küche und nahm ein paar Bissen.

Dann fuhr sie ihr Notebook hoch, loggte sich in den Server der Dienststelle Memmingen ein und klickte sich durch lange Datenreihen. Dazwischen notierte sie sich manchmal etwas auf einem Blatt Papier. »Ist ja interessant«, murmelte sie vor sich hin. »Da kann einem das Essen fast vergehen.«

Sie holte ihre Aktentasche aus der Diele, entnahm die Unterlagen von Dollinger und studierte sie, während sie die immer noch lauwarme Lasagne löffelte. Die schmeckte wirklich herrlich.

## Freitagabend, Mindelheim

Oberhalb der Schwabenwiese in Mindelheim mit Blick auf die gesamte Stadt liegt seit dem 12. Jahrhundert in sechshundertsiebzig Metern Höhe, allen Stürmen und Regierungen trotzend, abgebrannt und teilweise wieder aufgebaut, die Mindelburg, eine historische Anlage, die vor allem durch den Ritter Georg von Frundsberg auch über die Stadtgrenzen hinaus bekannt ist. Der Mindelburg direkt angegliedert, neben dem jetzt leeren Burggraben, befindet sich die Burggaststätte, das frühere Torwächter- und spätere Kornmesserhaus, ein gemütliches Lokal mit gutbürgerlicher Küche, dessen Eingang direkt im Tor der sogenannten Vorburg liegt.

Viele fröhliche Feste wurden in diesem alten Gemäuer gefeiert, und die romantische kleine Terrasse hinter dem Lokal, umgeben von einer efeuumrankten Mauer, erfreut sich im Sommer großer Beliebtheit.

Heute allerdings, an diesem Freitagabend kurz vor Weihnachten, lag die Stimmung im heimelig eingerichteten Nebenzimmer der Burggaststätte in der Nähe des Gefrierpunktes. An dem großen Tisch, der aus mehreren kleineren, zusammengestellten, mit Adventsgestecken verzierten Tischen bestand, saßen elf Personen und starrten trübsinnig in ihre Gläser, die sie sich regelmäßig von einer flinken Bedienung nachfüllen ließen. An den Garderobenhaken an der Wand hingen elf dunkelblaue Jacken mit knallgelber Schrift. Es sah aus wie eine Nostalgieveranstaltung der Deutschen Bundespost, bis auf die deprimierten Gesichter der Anwesenden. So richtig schien sich niemand zu freuen, hier zu sein.

»Leute!« Dieter Dorsch stand auf und blickte in die Runde. Die gesamte Belegschaft der Schreinerei horchte wie auf Kommando auf. Aller Augen richteten sich auf den Firmeninhaber. Wenigstens etwas, das die eintönige Stimmung unterbrach. Und nach der Ansprache durfte man endlich essen, wie bei jeder Betriebsfeier. »Lasst mich mal ein paar Worte sagen.«

»Oh na, net schon wieder«, stöhnte Helmut laut, wofür er vom Chef einen strafenden Blick erntete. »Hast doch erst letztes Jahr eine Rede gehalten.«

»Jetzt sei mal ruhig!«, fuhr ihm Elli über den Mund. »Der Dieter ist der Chef, und wenn der Chef was sagen will, dann redet er, klar, oder? Von dir will keiner was hören! Und von dir übrigens auch nicht, gell, Toni?«

Toni zuckte mit keiner Wimper und trank einen Schluck von seiner Cola. Er sah nicht einmal auf. Helmut, der als Erster gemurrt hatte, verstummte und warf Elli, die ihm am Tisch schräg gegenübersaß, einen seltsamen Blick zu.

Jeder in der Firma wusste, dass Elli der eigentliche Boss im Laden war und die Hosen anhatte. Was durchaus auch wörtlich zu nehmen war, denn Elli verabscheute Röcke. Klein, dicklich und missmutig saß sie am Tisch und beobachtete alle Angestellten aus den Augenwinkeln.

Die Chefin der Firma Dorsch war vom Schicksal nicht gerade mit unübersehbaren Vorzügen begünstigt worden, im Gegenteil: Man musste schon genau schauen, um überhaupt einen zu entdecken. Von klein auf gehänselt wegen ihrer gedrungenen Statur, hervorquellenden Augen und einer Stimme, die im wütenden Diskant einer Kreissäge recht nahekam, war sie schon sehr früh zu der schnöden Erkenntnis gekommen, dass sie fehlenden Liebreiz nur durch bestimmtes Auftreten und ein gewisses Maß an Verstellung ersetzen konnte. Also hatte sie sich angewöhnt, klein, wie sie war, alle Männer von unten herauf hilflos anzublinzeln, als könnte sie kein Wässerchen trüben, und so einen harmlosen Eindruck zu erwecken. Allerdings fielen nur die wenigsten darauf herein. Aber Elli – diese durch und durch nüchterne Person – nahm sich notfalls mit sanftem Nachdruck, was sie wollte, denn in dieser Welt passt niemand auf einen auf, und wirklich einfach hatten es nur schöne Menschen, die von ihr inbrünstig gehasst wurden.

Ihren Mann Dieter hatte sie sich perfide und subtil nach allen Regeln der Kunst geangelt, nachdem der erste Ehemann vorzeitig verschlissen gewesen war. Manche Kerle halten einfach überhaupt nichts mehr aus. Also machte sie sich an Dieter heran, zwinkerte hilflos, so oft sie konnte, und schnappte sich diese bequeme Beute, denn er schien leicht zu beeinflussen und war total verknallt in sie, warum auch immer.

Dieter schwebte für eine kurze Zeit im siebten Himmel, tanzte auf rosafarbenen Wölkchen, kam in seiner Freizeit aus den Federn nicht mehr heraus und sah die Welt in ganz neuem, verklärtem Glanz, nur seine damalige Ehefrau Andrea vergaß er irgendwie im Getümmel um Ellis Gunst. Doch kleinere Kollateralschäden hatte Elli mit eingeplant, als sie beschloss, endlich aus den unteren Chargen der Lohnempfänger in die Riege der Grund- und Hausbesitzer aufzusteigen, wenn nötig, mit allen Mitteln. Wen störte da schon eine heulende Gattin? Mit dieser pragmatischen Einstellung richtete sie sich unmittelbar nach einer unerquicklichen Scheidung als Dieters nächste Ehefrau in Mindelheim ein und etablierte sich innerhalb kürzester Zeit in seinem Bekanntenkreis, als wäre sie schon immer da gewesen wie eine latente Herpes-Infektion, die bei geschwächtem Immunsystem Bläschen verursacht. Man gewöhnte sich an sie und ignorierte sie ansonsten, wenn möglich, was Elli aber nie aufgefallen war, denn sie interessierte sich nicht für andere Menschen.

Ihr Ziel war der Platz an der Seite eines angesehenen Geschäftsmannes gewesen, und da Elli stets im Rahmen ihrer Möglichkeiten blieb, denn sie war zwar gemein, aber nicht blöd, gab sie sich mit Dieter zufrieden, der den Preis für den »attraktivsten Mann der Welt« nie bekommen hätte, nicht einmal durch Bestechung.

Man musste seine Grenzen kennen. Es gab sicherlich viel schönere und auch reichere Männer als ihn, aber Elli kalkulierte ohne Illusionen. Der Mann hatte ein Geschäft, die Firma Dorsch war im gesamten Unterallgäu hoch angesehen und verfügte über einen guten Ruf. Sie hätte es schlimmer treffen können. Dabei blieb sie und lebte gut damit.

Dieter Dorsch, Anfang sechzig, war ein schlanker, großer Mann mit Stirnglatze, warmen braunen Augen, einer Hakennase und einem gewinnenden Lächeln, das bei allen Kunden, sogar bei den männlichen, gut ankam. Frauen interpretierten

Güte hinein, Männer Integrität, und Dieter machte anständige Umsätze, weil man ihm abkaufte, dass er ehrlich war und seine Möbel etwas taugten. Gelegentlich beschwerte er sich über seine Glatze, aber seine Freunde sagten dann immer: »Ein schönes Gesicht braucht Platz«, und lachten, derweil sie sich heimlich freuten, dass es bei ihnen noch nicht so weit war. Dieter mochte Kinder, Tiere und eigentlich alle Lebewesen, aber Elli war schon dabei, ihm diese Unsitte auszutreiben, denn sie duldete keine anderen Göttinnen neben sich.

Dabei war der gute Dieter zeit seines Lebens ein ehrlicher, anständiger Mensch gewesen, der für die Caritas spendete und half, wo er konnte. Er war anspruchslos bis ins Mark, denn er legte nicht so viel Wert auf Äußerlichkeiten – dafür hatte er gar keine Zeit, denn Handwerk hat nicht nur goldenen Boden, sondern auch eine harte, anstrengende Seite. Aber Dieter hätte es nicht anders haben wollen. Viele Jahre seines Lebens hatte er brav an der Seite seiner ersten Frau Andrea verbracht und war dann bei der so offensichtlichen Hilflosigkeit und Anbetung von Elli, die ihn sich vom Tresen der »Wunder-Bar« weggeschnappt hatte, in ungeahnte Höhen der Glückseligkeit geklettert. Und bald verdammt tief abgestürzt. Immer noch wunderte sich Dieter täglich, wohin die bezaubernde kleine Frau mit dem gewinnenden Lächeln, der angenehmen Stimme und der beflissenen Art verschwunden war. Mittlerweile schloss er nicht einmal mehr die Möglichkeit einer bösen oder geklonten Zwillingsschwester aus, die ihm nach der Hochzeit klammheimlich ins Bett gelegt worden war, und fügte sich ansonsten beinahe klaglos in sein Schicksal, denn als gestandener Mann wusste er mit erschreckender Klarheit, dass man immer auslöffeln muss, was man sich einbrockt. Bis zum bitteren Ende.

In letzter Zeit fühlte Dieter sich manchmal etwas müde und angeschlagen und fragte sich, ob er wirklich in seinem Alter noch so ein Temperamentbündel wie Elli gebraucht hatte. Aber er dachte es nur, er sprach es nie aus, denn Elli hatte eine kurze Zündschnur, und er bekam das meiste von ihren Wutanfällen ab, die sie sich bis kurz nach der Hochzeit aufgespart hatte. Er verschaffte ihr einen Posten im Büro seiner Schreinerei, und als erste Amtshandlung entließ sie gleich in den ersten vier Wochen drei Angestellte trotz Dieters ausdrücklichem Widerspruch und mobbte mit sanftem Nachdruck die zwei verbliebenen Bürokräfte so lange, bis die so eingeschüchtert waren, dass sie gar nichts mehr sagten.

Wenn man etwas von Dieter wollte, war es geschickt, sich mit Elli gutzustellen, denn sie schaffte eigentlich an.

Auch jetzt, im Nebenzimmer der Burggaststätte, hatte sie soeben wieder für Ruhe gesorgt, denn die Chefin war imstande, das kostenlose Abendessen wieder zu streichen, und dann wäre der Weg hier herauf umsonst gewesen. Das wollte nun wirklich keiner.

»Also Leut!« Dieter hatte gewartet, bis das Raunen am Tisch verstummt war. »War insgesamt kein so schlechtes Jahr.«

»Und warum hat's dann kein Weihnachtsgeld gegeben?«, kam es vom Ende des Tisches, wo Franz Hoffmann saß und sein Bierglas mit einem Ruck auf dem Tisch aufsetzte. »Wenn's doch kein so schlechtes Jahr war? Geschafft haben wir mehr als genug, nachdem die Elli den Fritz und den Rudolf entlassen hat.«

Am Tisch herrschte plötzlich eisiges Schweigen. Es gab Dinge, die sollte man nur denken, aber nicht aussprechen, denn heutzutage konnte jeder der Nächste sein.

Dieter erstarrte mit dem Weinglas in der Hand und sah unschlüssig in die Runde. Diese Portion Alkohol in homöopathischer Dosierung war ihm von seiner Gattin heute ausnahmsweise gewährt worden, damit er sich vor den anderen nicht blamierte. Normalerweise lebten Elli und Dieter Dorsch makrobiotisch, ayurvedisch und überhaupt so gesund, dass es schon gar keinen Spaß mehr machte, zumindest wenn man Dieters Gesichtsausdruck in letzter Zeit richtig interpretierte. Ab und zu beobachtete er seine Gesellen mit neidischem Gesicht bei der Brotzeit mit ihren Schinkenbroten, Leberkässemmeln und Pizzastücken, aber nur heimlich. Die Dorschs hatten nämlich sämtlichen ungesunden Genüssen abgeschworen, fuhren in halbjährlichem Turnus an den Bodensee zur Darmspülung, entgifteten sich alle drei Monate mit Fastenkuren und wollten überhaupt unbedingt ewig leben, wenngleich sich Dieter in letzter Zeit immer mehr verschloss, warum.

»Franz, du hast's jetzt bald beieinander, überspann den Bogen nicht«, zischte Elli über den Tisch, und Franz verstummte wieder, nicht ohne ihr einen giftigen Blick zuzuwerfen.

»Sei ruhig jetzt, Franz«, sagte auch Helmut und klopfte ihm auf die Schulter.

»Ist doch wahr«, knurrte Franz Hoffmann, den nur das Bier so mutig gemacht hatte. Er sah sich nach allen Seiten um, bekam aber nirgendwo Beistand und beschloss, es lieber gut sein zu lassen.

»Also Leut.« Dieter hatte beschlossen, den Einwurf zu übergehen. Da war er gut drin, vor allem seit seiner zweiten Hochzeit. »Dieses Jahr ist gar nicht so schlecht gewesen. Mir ham recht anständig Umsatz gemacht. Jetzt müssts ihr halt im neuen Jahr dann noch auf ein paar Schulungen, damit ihr diese Zertifikate kriegts, und dann können wir ausschwärmen. Mehr will ich gar nicht loswerden«, schloss er seine Ansprache und nahm erst mal einen Schluck von dem Wein, der ihm ausgesprochen gut schmeckte.

Die kleine Runde am Tisch fing zaghaft an zu klatschen, unter anderem auch deswegen, weil es Zeit fürs Abendessen war. Da musste man vorsichtig sein und es sich mit dem Chef nicht total verscherzen.

»Was ist denn das für eine Stimmung hier? Fast wie im Planiersaal vom Bundestag! Totenstille? Immerhin ist das eine Weihnachtsfeier. Ich will auch noch was sagen. Also, im neuen Jahr muss noch mehr gearbeitet werden, da könnt ihr euch gleich drauf einstellen.« Elli Dorsch hatte sich erhoben, sie reichte Dieter gerade mal bis zum Brustkorb, und übertönte mit ihrer lauten Stimme die paar zaghaften Klatscher. Alles verstummte wieder. »Wir haben dieses Jahr zu viele Krankmeldungen gehabt. Das geht nicht, dass man wegen einem Schnupfen daheimbleibt. Die Arbeit muss getan werden. Wir werden das jetzt zukünftig im Einzelfall prüfen.« Sie blickte streng in die Runde. »Und auch am Samstag muss mal geschafft werden. Wir sind nicht im Schlaraffenland. Wenn Aufträge da sind, müssen sie erledigt werden.«

»Du schon, du blöder Schragen«, wisperte Doris in ihr Weinglas. »Fahrst im Mercedes umeinander und lasst dich bloß im Büro blicken zum Schikanieren. Du bist doch im Schlaraffenland. Und –«

»Hast du was gesagt?«, fauchte Elli in Doris' Richtung. Zu ihren wenigen Vorzügen gehörte unter anderem ein exorbitant gutes Gehör.

»Was heißt denn im Einzelfall prüfen, Chefin?«, fragte Helmut gedehnt und nahm noch einen Schluck von seinem Bier. Er hatte sich vorgenommen, nach dem kostenlosen Abendessen zu verschwinden, spätestens wenn Elli beschloss, die Werbegeschenke der Lieferanten, also unzählige Zollstöcke, Flaschenöffner und mit riesigen Logos bedruckte Handtücher, großzügig an ihre Angestellten zu verschenken, weil sie diese selbst nicht gebrauchen konnte. So ein minderwertiges Handtuch wäre nicht in ihr edles Bad gelangt, denn Elli mochte teure Marken, und sie gab gern damit an. Helmut hatte keinerlei Bedarf an diesem Billigkram aus Fernost. Und er hatte ihn auch nicht nötig, da wo er hinwollte.

»Hausbesuch von der Frau Chefin persönlich? Kommst dann zum Fiebermessen?« Helmut sah Elli Dorsch anzüglich an.

»Der traut sich was«, flüsterte Doris Martha zu.

»Bild dir nicht so viel ein«, antwortete Elli für ihre Verhältnisse geradezu gnädig und versuchte sich sogar an einem Lächeln. »So schön bist du nicht. Wirst dann schon sehen, ob ich in der Tür stehe. Anlügen lassen wir uns nicht, gell, Dieter?« Ihr Mann nickte hilflos.

Elli beschloss nach einem kurzen Blick in die Runde, es nun gut sein zu lassen. Silvester nahte mit Riesenschritten, und sie wollte nicht ihr ganzes Pulver an einem Abend verschießen, denn sie brauchte noch etwas Bosheit für das neue Jahr.

»Lassen wir das, Helmut. Du bist ja kein Blaumacher. Brauchst dich nicht immer angesprochen zu fühlen. So, jetzt essen wir erst mal was. Ich wünsche allen einen guten Appetit. Was Wichtiges steht nicht mehr an, bis auf die Geschichte beim Dr. König. Da sind am Montag der Dieter und der Toni draußen beim Ausmessen. Und ab dem 23. Dezember haben wir dann Betriebsferien.

Am 14. Januar sperren wir wieder auf, und ich hoffe, ihr seid alle da. Und jetzt wünschen wir euch ein schönes Fest und bleibt gesund.« Sie setzte sich wieder. Niemand klatschte. Die Stille schien entsetzlich laut.

Dieter versuchte, seine Frau tröstend in den Arm zu nehmen, aber sie lehnte sich mit verdrossenem Gesicht an die Lehne der hölzernen Bank und kniff die Lippen zusammen. Helmut, der einzige Mensch, der in ihren Augen Gnade gefunden hatte, blinkerte sie einmal kurz vertraulich an. Elli schaute weg.

Die flinke Bedienung erschien, als hätte sie hinter der Tür gewartet, und nahm die Bestellungen für das Abendessen auf. Einige Zeit später hörte man nur noch das Klappern von Besteck und gedämpfte Kaugeräusche.

»Im Einzelfall prüfen …«, schmatzte Helmut zwischen zwei Bissen des wirklich vorzüglichen Schweinebratens. »Dich prüf ich auch. Weiß genug von dir.« Dann nahm er wieder einen kräftigen Schluck von seinem Bier. Helmut war es ziemlich egal, ob ihn jemand leiden konnte oder nicht. Er selbst hasste eh alle Menschen.

Die meisten bestellten nach dem Essen gleich noch einen anständigen Schnaps, weil der angeblich beim Verbrennen von tierischen Fetten hilfreich war, und prosteten einander zu.

Dann wurde ein bisschen gestänkert, und nach einer Weile erhob sich Elli und verteilte großzügig die Werbegeschenke der Lieferanten an Dankbare und Unwillige. Währenddessen wurde fleißig weitergefeiert und das Chefpaar geflissentlich ignoriert.

Helmut, der gerade von draußen zurückkam, setzte sich mit einem Ächzen wieder neben die beiden Bürodamen. Doris und Martha stupsten sich gegenseitig an.

»Ärger im Paradies, Helmut?«, fragte Doris und bereute die Frage umgehend wieder, denn der Typ war irgendwie unsympathisch, sehr leicht gereizt, schmierig, wenn auch meistens höflich. »Du machst ja ein Gesicht. Was kommst denn so narrisch wieder rein? Hast einen Geist gesehen? Oder hast nicht gefunden auf dem Klo, was du suchst? Musst näher rangehen.« Sie kicherte haltlos und verschluckte sich. Martha haute ihr auf den Rücken.

»Hab grad eine unangenehme Begegnung gehabt. Wird schon wieder«, brummte Helmut und verzog keine Miene. »Kannst ja das nächste Mal mit aufs Klo. Der Doktor hat gesagt, ich darf nix Schweres heben. Bedienung!«

Doris fing wieder an zu giggeln und nahm sicherheitshalber einen Schluck Wein. Dann wandte sie sich Martha zu und tuschelte mit dieser.

Am anderen Ende des Tisches, gleich neben Elli, saß Toni und schaufelte gleichmütig seinen Nachtisch in sich hinein. Er machte einen gelassenen Eindruck, nahm gelegentlich einen Schluck von seinem Getränk und beteiligte sich an keiner Unterhaltung, weder links noch rechts von ihm. Den Platz neben Elli hatte niemand besetzen wollen, und Toni hatte sich geopfert. Zumindest stellte er das so dar.

Einmal zuckte er kurz zusammen, als hätte ihn jemand gezwickt, überspielte aber alles mit einem Husten. Gelegentlich schaute er in die Runde, und jedes Mal wenn sein Blick sich mit dem von Helmut traf, machte dieser ein Handzeichen Richtung Ausgang und sah ihn dabei durchdringend an. Toni beschloss, es zu ignorieren. Um aufzustehen, hätte er sich aus der Bank drängeln müssen, die voll belegt war, und das schien ihm zu unbequem. Also blieb er sitzen und übersah den zwinkernden Helmut geflissentlich.

»Hab kein Bock, über gestern zu reden«, sagte Toni zu sich selbst. Niemand hörte es, nicht einmal Elli, die lauernd den Gesprächen am Tisch zu folgen versuchte.

Endlich hatten alle aufgegessen. Helmut war, weil Doris so gebettelt hatte, geblieben und unterhielt sich leise mit ihr. Ab und zu sahen sie gehässig auf Elli und steckten dann die Köpfe wieder zusammen. Immer wieder warf Helmut Toni einen auffordernden Blick zu, aber Toni schien ihn nicht wahrzunehmen. Gelegentlich glotzte er auf sein Mobiltelefon und tat, als würde ihn nichts interessieren. Helmut wurde immer wütender.

»Kommst amal mit raus? Dringend!«, rief er in Richtung Toni, als dieser wieder tat, als lausche er einer Unterhaltung neben ihm. Helmut stellte sich neben Toni und musterte ihn gehässig. »Muss mal kurz mit dir reden. Ist wichtig.«

»Jetzt net.« Toni nahm langsam einen Schluck von seiner Cola. »Hab kein Bock, jetzt aufzustehen. Nachher vielleicht.«

»Ach, leck mich doch, bin eh bald weg«, sagte Helmut halblaut und bewegte sich wieder an seinen Platz. Dort orderte er sich umgehend eine frische Halbe.

Ringsherum an den Tischen herrschten jetzt angeregte Gespräche, an denen sich beinahe alle beteiligten bis auf die beiden Chefs. Dieter versuchte immer noch, seine aufgebrachte Frau zu beruhigen.

»Wir hätten denen nicht auch noch die Getränke spendieren sollen. Jetzt schau doch mal, wie die uns armsaufen«, fauchte Elli und deutete mit dem Ellbogen auf Helmut, der schon das sechste Bier bestellt hatte. »Hinterher fährt der sturzbesoffen heim. Und der Eberhard säuft genauso mit. Das ist doch viel zu teuer. Wenn ich die Mistkerle nicht brauchen würde, würd ich die Polizei anrufen und denen mitteilen, dass da ein paar Schluckspechte von der Burg runterfahren. Die würden bestimmt gleich kommen. Sie haben es ja nicht weit, sind ja nur ein paar hundert Meter.«

»Ach, so teuer ist es nicht. Des ist schon noch drin«, versuchte Dieter es mit Argumenten. »Das Geschäft ist ja nicht schlecht gelaufen. Vor allem mit dem Innenausbau ham mir zugelegt. Und dann meine neue Idee mit den barrierefreien Bädern –«

»Halt doch endlich die Klappe mit deiner Idee«, fuhr Elli ihn gereizt an. Sie klang wie eine Kobra, der man auf den Schwanz getreten hatte.

»Jetzt mach doch amal ein anderes Gesicht.« Dieter bemühte sich angestrengt, so zu tun, als wäre alles in Ordnung. Das musste er in letzter Zeit oft, denn Elli war sehr häufig schlechter Laune, die sie dann auch noch an ihm ausließ. Meistens hatte sie auch Probleme mit Toni, und Dieter hatte die größten Bedenken, weil dieser es gewagt hatte, sich genau neben Elli zu setzen. Aber überraschenderweise hatte sie recht gelassen reagiert.

»Mei, ich bin schon wieder so müd.« Dieter wischte sich mit der Hand einen Tropfen von der nackten Stirn, über der sich sein schütterer Haarkranz in rasantem Tempo grau verfärbte, vor allem seit seiner zweiten Hochzeit. »Weiß gar nicht, was des immer ist. Könnt nur noch schlafen. Des ist erst seit einem

Vierteljahr oder so. Muss doch einmal zum Dr. Haunstetter, glaub ich.«

»Ach Schmarren, du bist bloß überanstrengt«, sagte Elli scharf. »Weil du so viel arbeiten musst. Wenn du gute Leute hättest, dann könntest auch einmal eine Pause einlegen.«

Dieter schüttelte den Kopf. »Die Leut sind schon recht. Vielleicht bin ich krank. Wer weiß. Des kann schnell gehen, weißt. Die Einschläg kommen näher. Lies mal die Todesanzeigen. Und die Geschichte mit der Dani …« Er sah Elli kummervoll an, aber die ging nicht darauf ein.

»Ach papperlapapp«, wies sie ihn zurecht. »Das war genau richtig, was ich gemacht habe. Muss ich jetzt wieder ausbaden, was du verbockt hast in den letzten Jahren? Solltest dich schämen. Davon will ich nix hören, klar?«

Dieter nippte an seinem Wein, der ihm aber gar nicht mehr schmeckte. Manchmal schämte er sich vor sich selbst, weil er sich so einschüchtern ließ. »Geh mer bald heim. Gegessen ist, getrunken ham s' auch genug. Und jeder hat eine Kleinigkeit gekriegt.«

»Vergiss nicht die schönen Jacken«, zischte Elli. »Die waren nicht billig. Und sind gute Werbung.«

»Na, vergess ich nicht.«

»Chef!«, rief da Franz Hoffmann vom anderen Ende des Tisches. »Mir streiten grad, wegen dem Waschbecken beim Reitmeier. Des war doch net unsere Schuld, dass des zu nah an der Tür war, oder? Ham die noch mal was gesagt?«

»'tschuldige, Schatzi!«, murmelte Dieter und erhob sich. »Dazu wollt ich ohnehin noch was sagen. Kann ich auch gleich heut machen.« Er schlängelte sich von seinem Platz weg.

»Muss ohnehin schnell aufs Klo.« Elli erhob sich gleichfalls.

Am Tisch herrschte mittlerweile gute Stimmung. Je mehr Gratiswein und Bier geflossen waren, umso lustiger wurde es. Auch Doris und Martha amüsierten sich mit dem neuen Gesellen und Reinhard, der immer die neusten Witze auf Lager hatte.

Kurz darauf stand Toni auf und verschwand in Richtung Toilette. Niemand achtete im allgemeinen Trubel auf ihn.

»Jetzt wart doch«, nuschelte Helmut und wollte aufstehen, um

Toni nachzulaufen, ließ sich aber wieder auf den Stuhl sinken, da ihm schwindelig wurde. »Dann net. Schreib ich eben eine Ansichtskarte.«

Irgendwann fing jemand an zu singen, was unweigerlich bei einer anständigen Feier passiert, wenn die Alkoholzufuhr ab einem gewissen Level nicht gedrosselt wird, und es stellte sich sogar eine Art aufgesetzte Fröhlichkeit ein. Es wurde tatsächlich noch ein fast netter Abend.

»Leut, ich geh noch mal eine paffen.« Helmut taumelte mit wankenden Schritten und deutlicher Schlagseite zur Tür des Nebenraumes. Dabei griff er sich seine Winterjacke mit dem Dorsch-Logo und warf sie über.

Keiner beachtete ihn. Der Alkoholspiegel war mittlerweile beträchtlich gestiegen, sogar die Mädels vom Büro hatten kräftig zugeschlagen, denn in einer Firma, wo sogar die Briefmarken rationiert waren, musste man jede Gelegenheit ausnutzen, mal etwas geschenkt zu kriegen, auch wenn es ein Hagelrausch war.

»Ah. Gute Allgäuer Luft. Werd ich vermissen.« Helmut zog sich den Kragen seiner Jacke enger an den Hals und schlingerte ziemlich schief aus dem Ausgang der Burggaststätte in Richtung Burghof. Er passierte das Benefiziatenhäuschen neben dem Burggraben, warf dem schönen alten Palais nur einen kurzen, schrägen und von acht Bier getrübten Blick zu und stellte sich dann neben den überdachten Brunnen, um sich eine Zigarette anzuzünden.

Sollt gar nimmer rauchen, dachte Helmut noch, als er hinter sich ein Geräusch registrierte. »Du machst mir nix kaputt!«, hörte er eine wütende Stimme flüstern, spürte plötzlich einen brennenden Schmerz im Rücken, und dann umfasste ihn Dunkelheit wie eine eiserne Zange.

Er wurde beinahe sofort bewusstlos und merkte nicht mehr, wie er kurze Zeit später von einer ächzenden Gestalt gepackt und über den Rand des Brunnens geschoben wurde.

## Samstagmorgen, Mindelheim

»Jetzt stell dich nicht so an!« Lydia König stapfte sauer neben ihrem Angetrauten in der eisig kalten Dezemberluft den mäßig steilen Weg zur Mindelburg hoch. Links von ihnen lag die braun gefrorene Schwabenwiese. Wo sich im Sommer fröhliche Menschen bei Open-Air-Konzerten vergnügten und heiteres Getümmel herrschte, lag jetzt alles in vorweihnachtlicher Stille und Dezemberkälte. Am Beginn des Fußweges, in der leise vor sich hin plätschernden Mindel, hatte Kurt eine kleine Scheibe Eis entdeckt. Es war kalt heute. Wirklich kalt. Am Rand der Schwabenwiese streckten einzelne verdorrte Schafgarben ihre erfrorenen Stängel in den Morgennebel.

Beim Aussteigen auf dem großen Parkplatz in der Nähe des Mindelheimer Freibades, aus dem den ganzen Sommer über fröhliches Jauchzen drang, hatte Kurt kurz nach links zum jetzt verlassenen Minigolfplatz geschielt. Die kleinen hölzernen Tische und Stühle am Krähennest, dem Lokal, in dem er im Sommer gern eine kühle Halbe trank, wenn er alte Freunde nach dem Baden traf, waren mit Reif bedeckt. Das Wassertretbad hinter den Fahrradständern, das einen schon an heißen Sommertagen nach Luft japsen ließ, würde noch kälter sein als sonst, und über allem waberte diese gedämpfte Stille. Kurt schauderte.

Über ihnen in der Luft hörte man das heisere Schreien Hunderter Krähen.

»Mir sind bestimmt die Einzigen in ganz Mindelheim, die heut schon auf sind!«, maulte er und machte einen unwilligen Schritt vor den anderen. Es war Samstagmorgen, und wie jeden Tag seit drei Monaten begab sich das Ehepaar auf seinen »Morgenlauf«, wie Lydia es nannte. Zu unchristlicher Zeit. »Bringt einen um, diese blöde Kälte«, keuchte Kurt und stieß mit dem Fuß einen großen Stein zur Seite, der ihn zum Stolpern gebracht hatte.

»Der Doktor hat gesagt, dass deine Arterien ausschauen wie

der Gotthardtunnel am Ferienanfang«, giftete Lydia zurück, die versuchte, mit ihren um einiges kürzeren Beinen Schritt zu halten. »Kannst ja so weitermachen wie vorher, und dann bin ich bald eine lustige Witwe. Aber in der Hölle, wo du garantiert landest, gibt's keinen Stammtisch, kein Café Lörcher, keine Sauna und keinen Lions Club. Sag ich dir gleich. Ich versteh einfach nicht, wie ein Arzt sich so hängen lassen kann. Ehrlich!«

Kurt wollte zu einer schlagkräftigen Erwiderung ansetzen, aber es fiel ihm, wie in den letzten dreißig Jahren, wieder einmal keine ein, darum schwieg er.

»Hast das doch alles studiert. Und musst doch wissen, dass des ungesund ist, die Rumfresserei, des Übergewicht!«, schimpfte Lydia weiter, ohne Luft zu holen.

Das wirklich Interessante an dieser Geschichte war, dass Lydia König, die Frau des bekanntesten Mindelheimer Zahnarztes, gar nicht so viel weniger wog als ihr Ehemann. Zu ihrer Ehrenrettung konnte sie allerdings anführen, dass sie immerhin wenigstens seit Jahren versuchte, ihr Gewicht in den Griff zu bekommen, wenngleich auch mit umstrittenen Methoden wie der »Pizza- oder Schokoladen-Diät« und anderen dubiosen Empfehlungen aus dem Internet. Im Gegensatz zu Kurt war Lydia nicht der Meinung, dass Älterwerden alles rechtfertigte, außerdem hatte sie im Verlauf der letzten Jahrzehnte den eisernen Entschluss gefasst, ihren Mann auf jeden Fall zu überleben, denn das war die beste Möglichkeit, ihm eins auszuwischen. Allerdings hatte das noch ein wenig Zeit, und darum hatte Lydia die von ihrem Mann so verhassten »Morgenläufe« angeregt. Und darum stapfte sie heute neben ihm her und versah ihn gelegentlich mit einer gemeinen Bemerkung, denn ihre Ehe war schon länger in dem Stadium angekommen, wo man sich nicht neckt, weil man sich liebt, sondern aus purer Bosheit und alter Gewohnheit.

»Du hast das studiert!«, wiederholte sie mit Nachdruck und warf ihm einen giftigen Seitenblick zu.

»Ich bin kein Internist«, versuchte Kurt sich zu rechtfertigen. »Bin Zahnarzt.«

»Wie ich dich kennengelernt hab, warst ja auch schon nicht ganz schlank.« Lydia betrachtete ihren Angetrauten missbilligend von der Seite. »›Des ist Veranlagung‹, hast immer gesagt, aber mir wissen beide, woher des kommt. Und der Charakter schlagt halt auch durch.«

»Und bei dir die Süßigkeiten?«, machte Kurt einen halbherzigen Ansatz zur Gegenwehr. Seine Lydia war wirklich keine Gazelle, und das machte sie täglich wütend und auch gelegentlich traurig. Dann aß sie eine Tafel Schokolade und fühlte sich ungefähr fünf Minuten lang besser.

Lydia war eine nicht allzu große Frau mit taillenlangem dunkelblonden Haar, einem erfrischend offenen Gesicht und seelenvollen Augen. Trotzdem durfte man sich von ihrer sanftmütigen Miene nicht täuschen lassen, denn in ihr steckten jede Menge Kampfgeist, ein gesunder Gerechtigkeitssinn und außerdem die buchhalterische Fähigkeit, offene Rechnungen zwischen ihr und ihrem Mann täglich auf eine Art mentale Wiedervorlage zu legen, auf dass er sie nie vergäße.

Gelegentlich verglich man sie mit der Schauspielerin Marianne Sägebrecht, was einerseits ein Kompliment war und andererseits … wollte Lydia nicht darüber nachdenken, denn es war sehr einfach, dreißig Kilo zuzunehmen, aber ab einem bestimmten Alter beinahe unmöglich, sie wieder runterzubekommen.

»Jedes Pfund geht durch den Mund«, sagte Lydias Mutter, eine zierliche ältere Dame, gern belehrend und strich über ihren immer noch flachen Bauch, während sie ihre Tochter strafend ansah. Aber Sprichwörter halfen nicht gegen den Heißhunger.

Gelegentlich kam Lydia sich vor wie ein falsch eingestelltes Fernsehbild, wenn sie in den Spiegel blickte, und fragte sich, wohin ihre Taille verschwunden sein mochte. Die Antwort fand sie nicht im Kühlschrank, suchte sie aber trotzdem beharrlich viel zu oft weiterhin dort und wurde dann immer wütender.

Das erste Mal, als sie vor über fünfundzwanzig Jahren mitbekommen hatte, dass ihr Kurt, der ansehnliche Dentist mit dem gewinnenden Lachen, einer Patientin nicht nur eine entzündete Zahnwurzel, sondern auch noch etwas anderes behandelte, hatte sie getobt und eine halbe Flasche Calvados getrunken, was sie bis zum heutigen Tage bereute, denn das Erwachen war fürchterlich. Kurt hatte damals Besserung gelobt, und Lydia hatte mit der Schokolade angefangen, mit der sie bis heute ein allzu inniges Verhältnis verband.

So war es weitergegangen. Mindelheim war eine kleine Stadt, und nichts ließ sich lange geheim halten, nicht einmal, wenn einer so diskret war wie Kurt mit seinen Affären. So kam es, dass Lydia nach dreißig Jahren Ehe eine stattliche Anzahl von immer größer werdenden Entschuldigungs-Pelzmänteln und Schokoladetafeln, beide im XXL-Format, in ihrem Schrank hortete. Sie wusste einfach nicht, wie sie ihrem Groll anders beikommen sollte. Die einzige Alternative wäre Alkohol gewesen, aber vom Saufen kriegte man Falten.

Auch Kurt war von der Zeit nicht unbehelligt geblieben, wenngleich er unter Zuhilfenahme einiger hübscher junger Patientinnen und sogar zweier Sprechstundenhilfen versucht hatte, die Erosion seines jugendlichen Schmelzes aufzuhalten. Um die Taille setzte sich zuerst ein Röllchen an, irgendwann wurden daraus zwei, die sich schließlich zusammentaten zu einer gigantischen Rolle. Das Doppelkinn wuchs mit dem Älterwerden wie die Vorurteile bei anderen Menschen, und irgendwann war Kurts Lächeln nicht mehr ganz so gewinnend wie mit Mitte dreißig, sondern etwas gequält, weil es in der Masse von Gesicht unterzugehen drohte.

Außerdem waren beide im Laufe ihrer Ehe irgendwie faul geworden, und Diäten waren unbequem. Scheidungen auch. Es war nicht mehr so wichtig, jedem zu gefallen. Als Zahnarzt hatte er immer sein Auskommen. Kurt bekam in seiner Praxis täglich mehr als genug zu tun, und Lydia, die ihm immer noch die Bücher führte und auch regelmäßig in der Praxis vorbeischaute, arbeitete mit, sobald es nötig war.

Nun waren die beiden also unterwegs und liefen den Weg zur Mindelburg hinauf, der an der Schwabenwiese entlangführt. Kurt kannte diesen Weg, und er hasste ihn, aber der Golfclub plante eine Reise nach Lanzarote, und wenn Kurt auch nur den Hauch einer Chance bekommen wollte, mitfahren zu dürfen, dann musste er sich mit Lydia gutstellen. Am Ende würde sie noch darauf bestehen, mitzukommen, und das, wo Kurt

»Meeresfrüchte« ganz anders definierte als sie, denn sie meinte Muscheln und er die Früchtchen. Dann doch lieber die Quälerei am Samstagmorgen, um sie zu besänftigen.

Kurt ächzte. Einer der Vorteile des Älterwerdens ist das Wissen, dass alles vorbeigeht, sogar die schlimmen Sachen. Bald wäre er wieder in seinem schönen Haus mit dem bequemen Sofa. Zu Hause. Im Warmen. Wo übrigens auch nichts Gutes auf ihn wartete, denn seitdem Kurt das unerquickliche Gespräch mit ihrer beider Hausarzt geführt hatte, war das Wasser auf Lydias Mühlen gewesen und Kurt wurde auf das selbige gesetzt. Dabei war ihm doch ein anständiges Weißbier viel lieber.

Lydia, die seit vielen Jahren hartnäckig ein Dienstmädchen verweigerte und nur ihre geliebte Putzhilfe akzeptierte, weil sie am liebsten alles selbst machte, kochte seit dem Arztgespräch natriumarm, kalorienarm, kohlehydratarm und ein bisschen lieblos. Ihr schmeckte dieses Essen auch nicht, aber wie jede anständige Ehefrau wäre sie lieber tot umgefallen, als das vor ihrem Mann zuzugeben.

Kurt machte einen tiefen Schnaufer und wünschte sich ein Luftgewehr, um wenigstens eine der überlästigen Krähen, die sich elegant über ihn hinwegsetzten und ihn seiner Meinung nach höhnisch anzwinkerten, abzuknallen. Diät und Spazierengehen zu unchristlicher Zeit. Das war kein Leben mehr, weshalb Kurt seinen Stammtisch, der sich aus alteingesessenen Mindelheimer Geschäftsleuten zusammensetzte, noch mehr herbeisehnte als sonst.

Im Lörcher gab es nämlich leckere Sahnetorten, und Kurt hatte allmählich ein regelrechtes Kohlehydrat- und Fettdefizit, das er am Kuchenbuffet im Café schleunigst auszugleichen gedachte, sobald sich die Gelegenheit ergab.

Abgenommen hatte er im Übrigen noch kein Gramm, was Lydia sehr verwunderte, ihn aber gar nicht, denn Kurt war nicht nur in seinem Beruf der Beste, sondern auch im Tricksen und Tarnen. Außerdem gab es in Mindelheim genügend kulinarische Ausweichmöglichkeiten, notfalls sogar in der »Kutsche«, wenngleich auch teuer bezahlt. Kurt seufzte.

»Bloß weil du glaubst, du müsstest auf einmal klapperdürr

sein, muss ich das mitmachen«, nörgelte er und stapfte etwas schneller voran. »Und überhaupt, so ein Blödsinn. Die Burg rauflaufen. Und vorher mit dem Auto zum Parkplatz. Als ob des nix kostet.«

»Jetzt halt die Bappen, Kurt. Des ist nun mal so ziemlich der einzige anständige Berg um Mindelheim herum. Freilig können wir auch von daheim aus laufen, aber der Effekt!« Lydia blieb stehen, unterdrückte ein Röcheln und sah ihn durchdringend an. »Ich mein's bloß gut mit dir. Des sind jetzt ein Haufen Kalorien, die mir verbrauchen. Und dann hab ich uns ein tolles Frühstück vorbereitet. Weizengrassaft. Und einen Eiweißdrink. Und Melonenschnitze. Die kosten grad ein Vermögen!«

Kurt stöhnte nur und lief weiter. Gott sei Dank. Die Silhouette der Mindelburg schien schon in Reichweite. Noch mal ein Vierteljahr würde er diesen Stress nicht durchhalten, das wusste er. Wenn sich Lydia einmal zu etwas entschlossen hatte, war sie nicht mehr davon abzubringen.

»Was trödelst denn jetzt so umeinander? Komm, hurtig. Hast wohl zu kurze Füß, meine Süße, oder?« Kurt blickte fies über seine Schulter zu seiner wütenden Frau, die sich bemühte, mit ihm Schritt zu halten. Nach über dreißig Jahren Ehe war er mittlerweile beinahe angstfrei. Er fürchtete sich viel mehr vor dem Verlust seiner Würde, wenn noch mehr von seinem Stammtisch mitbekommen würden, wie er sich von seiner Frau drangsalieren ließ. Die lachten ihn jetzt schon aus.

»Mir sind gleich da. Dann drehen wir eine Runde über den Burghof. Und dann geht's wieder nach unten«, hustete Lydia, die auf den letzten zwanzig Metern ihren Konfektionswunsch von 42 auf 44 umdefiniert hatte, denn zum Ziel einer Diät gehörte auch, sich *erreichbare* Ziele zu setzen und keinen Utopien nachzuhängen.

Blöde Schokolade, blöde Erdnusslocken, dachte sie kurz. Dann holte sie auf und blieb an der Seite ihres Mannes. Sie betraten durch einen Torbogen mit einer vergitterten Tür den Burghof. Ihr Atem verdampfte in kleinen weißen Wölkchen und vermischte sich mit der frischen Dezemberluft. Schweigend liefen sie nach links zur Aussichtsplattform, warfen einen kurzen

Blick auf das morgendliche Mindelheim, das allmählich aus seinem Dornröschenschlaf zu erwachen schien, und joggten dann wieder Richtung Torbogen, als Lydia plötzlich stehen blieb.

»Diese Saububen, diese nixigen«, wetterte sie und deutete nach links auf den überdachten Brunnen im Burghof. »Treffen sich da heroben zum Saufen und schmeißen dann ihren Abfall einfach in den Brunnen rein. Und des kurz vor Weihnachten! Guck, da liegt sogar ein Schuh.« Sie lief ein paar Meter, schaute in den Brunnen und fing an zu kreischen.

Dieses Weib macht mich noch wahnsinnig mit ihrem Ordnungsfimmel, dachte Kurt stöhnend und sah seiner Frau über die Schulter. Dann kreischte er auch. Aber nur kurz.

## Samstagmorgen, Legau

»Echt jetzt? Am Samstagmorgen?«, stöhnte Sissi, als sie durch das schrille Klingeln ihres Mobiltelefons geweckt wurde und schlaftrunken auf ihren Wecker blinzelte. Dann langte sie nach rechts und ertastete eine liegende Gestalt. Gut. Ihr Ehemann war da. An ihrer Seite, wo er hingehörte.

»Peter?«, flüsterte sie in die Dunkelheit, weil normalerweise unmittelbar nachdem ihr Telefon geklingelt hatte, immer eine unwirsche Bemerkung ihres Mannes über Störungen zur nachtschlafenden Zeit und die unchristlichen Arbeitsbedingungen bei der Kripo kommen musste. Aber er lag einfach still und schnarchend da.

»Ja Chef?«, fragte sie leise ins Telefon und richtete sich auf. Während sie dem Boss lauschte, tastete sie im Dunkeln nach ihrer Jeans und dem Pullover, die sie am Vorabend achtlos auf den Boden hatte gleiten lassen, und machte sich auf den Weg nach draußen. »Verstehe. Okay. Bin bereit. Aber das hätt's nicht gebraucht«, nuschelte sie ins Telefon.

Kaum hatte sie ihren ersten Espresso getrunken und sich fahrig die Zähne geputzt, läutete es auch schon an der Haustür. Als sie öffnete, stand Klaus mit einem strahlenden Lächeln vor ihr.

»Warst du überhaupt schon im Bett?« Sissi sah ihren Kollegen missmutig an.

»Liebe Frau Sommer, wonach sieht es denn aus?«, erwiderte er und trat schwungvoll ein. »Hast du einen Kaffee für mich, oder wird dein Mann dann gleich wieder eifersüchtig?«

»Sei mir nicht böse, so schön bist du heute auch nicht.« Sissi deutete auf Klaus, der wirklich etwas zerknittert aussah. Ganz offensichtlich hatte er auch nicht lange geschlafen und sich wieder in Memmingen amüsiert, trotz seines ständigen Gejammers über die schrecklich karge Auswahl an Szenekneipen.

»Weißt du, wie schön die Adventszeit in Berlin ist? Nicht so trostlos wie hier. Ich hatte heute Nacht eine Bekanntschaft, die trug nicht mal rote, weihnachtliche Unterwäsche«, antwortete Klaus lächelnd.

Sissi ignorierte die Frage, so wie jeder auf der Wache es tat, wenn er wieder über das langweilige und archaische Allgäu jammerte. Man hatte sich allmählich an sein Geschimpfe gewöhnt, ließ ihn lamentieren, verarschte ihn gelegentlich ein wenig, aber nur so viel, wie es polizeilich erlaubt war, und ignorierte ansonsten seine Sticheleien, die sich allmählich abnutzten.

»Peter schläft noch«, sagte sie stattdessen. »Gestern war er beim Schützenverein. Der spinnt doch echt. Hat nicht mal gehört, wie der Boss angerufen hat. Wir müssen, du glaubst es nicht, schon wieder nach Mindelheim. Und wenn ich es richtig verstanden habe, dürfen wir gleich zur größten Sehenswürdigkeit des Ortes: zur Burg. Die hast du gestern aus der Ferne bewundert. Jetzt trink deinen Kaffee aus und fahr schneller als sonst. Ich hätte heute eigentlich frei. Das ist einfach nur gemein. Ich sehe meinen Mann überhaupt nicht mehr. Und ich will endlich backen!«

»Das mit Mindelheim weiß ich schon, und backen kannst du noch das ganze Jahr. Machst du ja auch. Du bist maßgeblich an meinem Bäuchlein beteiligt«, konterte Klaus und stürzte seinen Kaffee in einem Zug hinunter. Gleich darauf schrie er auf.

»Unglaublich!«, schimpfte Sissi. »Bist du tatsächlich im realen Leben so unvorsichtig? Mann, der Kaffee kommt gebrüht aus der Maschine. Jetzt hast du dir die Zunge verbrannt, oder?«

»Nicht nur die Zunge«, nuschelte Klaus und stöhnte. Dann stellte er die Tasse mit einem Knall auf den Tisch und erhob sich. »Avanti, meine Liebe. Wir haben einen neuen Fall.«

»Noch einen«, stöhnte Sissi und folgte ihm auf dem Weg nach draußen.

»Sauwetter«, ereiferte sich Klaus und zeigte durch die Windschutzscheibe auf den Eisregen. »Die wenigen Male, wo ich vor Urzeiten im Urlaub hier war, hat es mir besser gefallen. Euer Wetter ist echt schäbig.«

Sissi lachte. »Dollingers Cordhose ist schäbig. Aber weißt du, was merkwürdig ist? Erst die Tote in der Villa und jetzt eine

Leiche im Burghof. Ich mag gar nicht glauben, dass das ein Zufall ist. Mindelheim ist eine kleine Kreisstadt, keine Hochburg des Verbrechens.«

»Ach, ich bin beinahe dankbar«, antwortete Klaus. »Und richtig froh, wenn ich mal keinen Traktor sehen muss. Diese Ermittlungen im ländlichen Raum zehren schon an den Nerven eines eingefleischten Stadtmenschen.«

»Aber man bringt euch nicht bei, dass Kaffee heiß ist«, sagte Sissi. »So toll kann's da auch nicht sein.«

»Was muss ich denn über Mindelheim wissen, was wichtig wäre?«, fragte Klaus.

»Wir machen zwangsläufig eine kleine Stadtrundfahrt, dann lernst du alles gleich mal kennen«, sagte Sissi. »Ich kenne mich hier ja auch nicht so toll aus, weil ich aus Legau komme, aber Peter und ich waren schon auf dem Frundsbergfest. Ich habe dir doch gestern schon davon erzählt, oder?« Sissi kam nahezu ins Schwärmen. »Es ist wie ein Ausflug ins Mittelalter. Die haben Lagerfeuer in der Altstadt, einen Umzug, bei dem beinahe die ganze Stadt verkleidet mitläuft, man kann Armbrust schießen und sich aus der Hand lesen lassen. Es gibt Festzüge, einen Bauernmarkt, Lagerleben, Festspiele, Theaterstücke, Konzerte, ja sogar Schlachten werden nachgestellt. Das macht man für das Andenken an Georg von Frundsberg, den Vater der Landsknechte. Peter interessiert Geschichte sehr, darum weiß ich das alles. Allein wegen der Kostüme und der antiquierten Waffen ist das alles eine tolle Sache. Solltest du dir echt mal ansehen.«

»Im Moment will ich nur mein Bett sehen.«

Sissi vertiefte sich auf der Fahrt in eine E-Mail vom Boss auf ihrem Mobiltelefon. Da fast kein Verkehr zu dieser frühen Morgenstunde herrschte, hatten sie nach knapp fünfundzwanzig Minuten den Parkplatz der Burggaststätte erreicht. Ein einzelnes dunkelblaues Auto mit Mindelheimer Kennzeichen stand darauf. Über die Windschutzscheibe verteilten sich Spuren von Katzenpfoten. Ansonsten war alles leer. »Durch das Tor durch, Kollege«, sagte sie, als Klaus vor dem großen alten gemauerten Tor bremste, dessen hölzerne Tür weit offen stand.

»Wenn du meinst.« Er stellte den Wagen neben den ehemaligen Stallungen ab. Beide stiegen aus.

»Die paar Meter laufen wir. Ist sonst ein bisschen eng, da vorn steht das Fahrzeug der Spurensicherung.« Sissi sah sich prüfend um. Kein Geräusch war zu hören, nur das heisere Krächzen der Krähen. »Wieso ist die Spurensicherung eigentlich immer vor uns da? Kennen die eine Abkürzung?«

Gerade erhob sich ein Schwarm der schwarzen Vögel, die überall zu sein schienen, flatternd von einem abgestorbenen Baum. Klaus schreckte zusammen. »Mann, sind hier viele Krähen. Ist ja wie in einem Hitchcock-Film.«

»Peter hat da mal in der Zeitung gelesen, dass manche Leute Mindelheim als ›Hauptstadt der Krähen‹ bezeichnen und dass man vermutet, es hätte etwas mit dem Meeresspiegel zu tun, weil die Vögel angeblich eine gewisse Höhe vorziehen«, sagte Sissi. »Musst du selbst nachsehen. Man versucht, das etwas einzudämmen, aber die Tiere fühlen sich hier offensichtlich wohl.« Sie zeigte auf den Schwarm, der nun wie eine dunkle Wolke über ihnen kreiste.

»Beeindruckend.« Klaus drehte sich einmal kurz. »Von den Aasgeiern hier abgesehen, die ich ein bisschen unheimlich finde, herrlicher Blick. Hübsche Stadt. Und diese Burg ist einfach … charmant. Mir gefällt's.«

»Hier kannst du nicht wohnen, Klaus«, sagte Sissi. »Ist schon besetzt. Und die Heizkosten würden dich vermutlich umbringen. Aber ich freue mich, dass wir hier Dinge haben, die du magst. Dann hörst du vielleicht mal auf zu klagen.«

Sie schritten am Benefiziatenhaus vorbei. Der Burgvorhof wirkte belebt. Sissi erfasste mit scharfem Blick bis auf zwei völlig Fremde keine Unbeteiligten.

Sie winkte Seibold von der Spurensicherung zu und wandte sich an Klaus. »Zwei Spaziergänger haben den Toten gefunden. Heute Morgen um sechs Uhr dreißig, als sie ihren Morgenlauf gemacht haben.«

»Morgenlauf?«, fragte Klaus nuschelnd, der sich immer wieder an den Mund fasste, und schüttelte dann den Kopf.

»Es gibt Leute, die sich in der Frühe an der frischen Luft bewegen«, antwortete Sissi spitzbübisch. »Aber ich weiß, um diese Zeit kommst du ja erst aus der Disco. Lass uns mal schauen, was uns erwartet.«

Unter dem Torbogen des Palais, an einer wunderschönen geschnitzten Balustrade aus dunklem Holz, standen zwei Personen: eine untersetzte Frau Anfang fünfzig mit langem dunkelblonden Haar und ein korpulenter Mann im gleichen Alter, die sich eisern anschwiegen und in verschiedene Richtungen starrten.

»Das sind unsere Zeugen«, wisperte Sissi. »Halte dich zurück. Immerhin hast du dir heute schon die Zunge verbrannt. Lass mich reden.« Dann trat sie an den Brunnen.

»Nein. Echt jetzt? Helmut?« Sie starrte fassungslos in die runde Öffnung.

Der Tote lag im Brunnen, war jedoch nicht weit gefallen. Knapp einen Meter unter der Mauerkante war ein eisernes Gitter angebracht, über dem ein Schild prangte: »Bitte keine Gegenstände in den Brunnen werfen.«

»Aber hallo«, sagte Klaus. »Da hat wohl jemand das Schild nicht gelesen. Was ist überhaupt mit dir? Kennst du den Mann etwa?«

Ehe Sissi reagieren konnte, wurden sie gestört.

»Morgen, Sommer, Vollmer.« Seibold gesellte sich zu ihnen. »Wird Zeit, dass ihr kommt. Habt ihr die Pferdekutsche genommen? Euer Weg ist doch der gleiche wie unserer?«

»Ach Seibold, immer noch so brummig«, lächelte Sissi. »So lange sind Sie doch noch gar nicht da, oder?«

Seibold schüttelte grinsend den Kopf.

Einer der beiden Streifenbeamten gesellte sich zu ihnen. »Frau Sommer vom K1 in Memmingen?«

»Wir kennen uns doch von gestern aus der Villa Rothenfels, oder?«, fragte Sissi ihn. »Haben Sie auch das Glückslos gezogen und dürfen am Wochenende arbeiten?«

Der Beamte nickte. »Heute Morgen um sechs Uhr achtunddreißig kam ein Notruf von diesen beiden Herrschaften da«, er wies mit dem Kinn auf das Ehepaar König, das mit verbissenen Gesichtern unter der Balustrade stand, »dass sie den Toten gefunden haben. Sie machen nämlich täglich einen Spaziergang hierherauf.« Der Beamte schaute skeptisch drein, als fände er die ganze Idee äußerst schwachsinnig. »Weil sie beide abnehmen wollen. Oder weil die Frau will, dass ihr Mann abnimmt. Müssen Sie selber rausfinden.«

»Danke, Herr Möller. Den Rest machen wir allein. Finde ich gut, dass hier alles so reibungslos abläuft. Viel Lob kriegen Sie ja vermutlich auch nicht von den Ansässigen.«

Möller sah sie grimmig an. »Ist nicht viel anders als bei Ihnen drüben, Frau Sommer. Wir sind der Feind. Wir machen Geschwindigkeits- und Alkoholkontrollen.«

»Das ist ja wirklich unglaublich.« Sissi musterte überrascht den Toten auf dem Brunnengitter.

Der kleine, schmächtige Mann mit lockigem dunklen Haar lag gekrümmt und mit geschlossenen Augen und kalkweißem Gesicht auf dem eisernen Gitter. Über seinen Kopf war eine Kapuze gezogen.

»Unbekannter oder doch nicht so unbekannter Mann Anfang bis Mitte vierzig«, sagte Seibold mit einem Blick auf Sissi. »Wir wussten, dass Sie unterwegs sind, also haben wir gewartet. Sollte jetzt aber schnell gehen, wärmer wird es nämlich nicht mehr. Und mir ist kalt.«

Klaus und Sissi gingen um den Brunnen herum. »Nein, unbekannt nicht wirklich. Mann, ist diese Welt vielleicht klein.« Sissi wirkte immer noch verblüfft.

»Vielleicht lässt du mich an deiner Weisheit teilhaben, liebste Kollegin«, murmelte Klaus und trat an Sissis Seite, während er den Toten betrachtete. »Reingefallen ist der nicht.«

»Wie auch, der Brunnen ist doch knapp eins zwanzig hoch. Der Tote sollte hier beseitigt werden, vermute ich mal. Todesursache?« Sie sah fragend zu Seibold, der gerade seine Utensilien auspackte. Die Kollegen waren schon mit dem Absperrband zugange.

»Der Arzt sagte nichts Genaues. Hat nur den Exitus bestätigt. Das hier war anscheinend sein erstes Mordopfer. Der hat gezittert, und wohl war ihm nicht. Wenn wir uns diesen Herrn mal ansehen da im Brunnen: Von vorn sieht man nichts. Der Kopf scheint heil zu sein. Wir haben die Kapuze noch nicht abgenommen. Wollten auf euch warten. Muss also was am Rücken sein, mutmaße ich mal«, sagte Seibold.

»So lange wird der hier noch nicht liegen«, meinte Sissi und sah sich um. »Ich denke mal, dass der Platz ziemlich frequentiert wird. Immerhin ist hier ein Verlag ansässig. Und gestern war Freitag. Also können wir ausschließen, dass er gestern tagsüber schon im Brunnen lag wie eine zerknüllte Zigarettenschachtel. Da hätte ihn einer der Angestellten gesehen. Gehen wir von heute Nacht aus.«

»Sie können schon näher ran.« Seibold machte sich missmutig daran, die Hände des Toten einzupacken, um Spuren zu sichern. »Auf dem Pflaster um den Brunnen herum finden wir eh nix. Kann ich Ihnen gleich sagen. Aber wer das gemacht hat, hat nicht mitgedacht.« Er deutete auf einen großen Lichtschalter am Außenrand des Brunnens, den man betätigen konnte, um nach unten in die schwarze Tiefe unter dem Gitter zu blicken. Dann drückte er darauf. Helles Licht fiel in den Schacht.

Klaus las beeindruckt die Inschrift oberhalb der Brunnenöffnung: »Neunundzwanzig Meter. Nicht schlecht. Das ist wirklich ganz schön tief. Wer ist das denn nun?«, wandte er sich an Sissi.

»Na dann, danke, Seibold«, sagte Sissi, ohne zu antworten. »Holen Sie den Armen mal vorsichtig heraus. Aber was sage ich Ihnen. Dürfen wir bitten?«

Seibold winkte zwei Kollegen, die herantraten und vorsichtig den Toten von dem Gitter weg über den Brunnenrand hoben und auf die Trage legten. Im Hintergrund krächzten die Krähen.

»Da haben wir es ja«, rief Klaus. Er hatte sich während der Aktion gebückt und versucht, aus dieser Perspektive auf den Rücken der Gestalt zu blicken, und zeigte auf die blaue Winterjacke mit der gelben Aufschrift auf der Rückseite. Zwischen den Schulterblättern des Mannes war ein dunkler, ungefähr fünf Zentimeter großer roter Fleck zu erkennen.

»Messer oder ein anderer spitzer Gegenstand. Sehr wahrscheinlich eine Mistgabel. Eine Hellebarde oder ein Morgenstern wird's wohl nicht gewesen sein.« Niemand lachte. »Und wenn das die Arbeitskleidung ist, dann haben wir schon den ersten wichtigen Hinweis. Der Aufschrift nach arbeitet der Mann bei ›Dorsch, Holzideen‹.«

»Möglich«, antwortete Sissi. »Siehst du irgendwo eine Tatwaffe?«

»Liegt eventuell im Brunnen«, sagte Klaus. »Würde ich jedenfalls so machen. Wenngleich ich nicht kapiere, dass man eine Leiche auf einem Gitter deponiert. Da hätte man ihn doch gleich am Tatort liegen lassen können.«

»Vermutlich wusste der Mörder nicht, dass innen dieses Gitter angebracht ist. Guck mal, Seibold hat doch vorhin den Lichtschalter gedrückt. Es muss extra eingeschaltet werden. Wahrscheinlich war es im Moment der Tat dunkel. Wenn das nun ein Ortsfremder war, der geglaubt hat, er entsorgt die Leiche auf diese Weise? Vielleicht hat der Mörder nur gelesen: neunundzwanzig Meter Brunnentiefe, und gedacht: wieder ein Problem weniger?«

»Sissi, manchmal bist du schon sarkastisch. Also – Tatwaffe nicht auffindbar. Sie durchsuchen bitte auch die Umgebung.« Klaus wandte sich an Seibold, der missmutig nickte. »Genügend Personal ist ja da. Und es könnte sein, dass Sie auch in den Brunnen müssen, so leid es mir tut.« Seibolds Gesichtsausdruck war nicht zu deuten, aber Klaus konnte sich sein Teil denken. Der Schacht war wirklich schmal, tief und dunkel. »Keine leichte Aufgabe.«

Seibold trat zu seinen Leuten und gab ein paar Anweisungen. »Schaun mer mal«, sagte er dann zu Klaus. »Schwieriges Gelände.«

Klaus nickte. »Kann man diese schrecklich nette Familie dort drüben nicht wegbringen?« Er schaute verstohlen auf das Ehepaar König, das neugierig die Szenerie beobachtete.

»Ich würde sie lieber sofort befragen«, beharrte Sissi. »Jeder noch so kleine Eindruck ist wichtig. Und alles ist noch frisch.«

»Können wir?«, fragte Seibold nochmals und deutete auf den Toten. »Ist kalt. Und der wacht nicht wieder auf.«

Doch genau das tat er.

## Samstagmorgen, Legau

»Was guckst denn schon wieder so?«, pfurrte Toni Christa an.

»Weil ich nix seh, wenn ich die Augen zuhab«, schnappte Christa. »Schauen darf ich doch noch, oder?«

Toni sah seine Frau erstaunt an. Sie wirkte unkonzentriert und fahrig. Und frech, wenn nicht aggressiv. So kannte er sie gar nicht.

»Da freut man sich schon aufs Heimkommen, aber wenn man dann so angeguckt wird, vergeht es einem wirklich.« Nachdem er das losgeworden war, lehnte sich Toni auf seinem Stuhl zurück und spielte wieder mit dem Mobiltelefon.

»Ich mach so einfach net weiter«, flüsterte Christa tonlos und starrte Toni an, der am Küchentisch saß und sie nicht mehr beachtete. Um ihre Augen lagen tiefe Schatten, als hätte sie die ganze Nacht nicht geschlafen und obendrein auch noch geweint.

Auf dem Tisch stapelte sich das Frühstücksgeschirr um einen liebevoll dekorierten Adventskranz, an dem schon die vierte Kerze brannte. Ein halb aufgegessenes Brötchen lag mit der Marmeladenunterseite auf dem Teller. Toni passte einfach nie beim Essen auf.

»Was hast gesagt?« Toni starrte zerstreut auf das Display. Dann tippte er die Wiederwahl, und als nichts passierte, ließ er das Telefon sinken. Für ihn war die Angelegenheit erst einmal erledigt. Aber es war typisch für Christa, dass sie weiter darauf herumritt.

»Leg endlich mal des Handy weg. Wer ist denn jetzt um die Uhrzeit so wichtig?«, fragte sie misstrauisch. »Und wieso hast du überhaupt so ein teures Ding gebraucht? Mir können uns eigentlich gar nix leisten. Und du haust das Geld einfach raus für so einen Krampf. Für deine Sachen hast du immer was übrig. Komisch. Für des elektrische Gelump und für die Wirtschaft.« Sie hielt kurz inne und fuhr dann fort: »Der Lukas hat dich neulich in Kempten getroffen. Und die Claudia vom Service hat erzählt, du warst bei uns in der ›Kutsche‹ zum Essen. Mit dem Helmut. Und du hast zehn Euro Trinkgeld gegeben. Und nicht mal in die Küche geschaut, wo ich steh und vielleicht sogar den Salat für dich gemacht hab!«

Christa sah Toni geradewegs in die Augen. Ihr Blick war eindringlich und verzweifelt. »Ich mach so nimmer weiter, hab ich gesagt. Und bald ist Weihnachten. Ich hab so eine Angst. Du musst wirklich langsam gescheit werden, sonst ist alles hin!«

»Da schwätzt ja die Richtige. Frag amal den Helmut, wer von uns spinnt! Was ist denn jetzt schon wieder?« Toni stöhnte. »Kannst mich net einmal in Ruh lassen, bloß einmal? Ich schaff die ganze Woche wie ein Blöder, und wenn ich mal freihab, dann kommst du daher. Und ich weiß, dass bald Weihnachten ist. Wie könnt ich des vergessen. Bin ziemlich sicher, dass mich deine Familie fragt, was du von mir kriegst.«

»Toni, ehrlich jetzt.« Christa beugte sich über den Tisch. Leider hatte sie vergessen, den Reißverschluss ihres Trainingsanzuges richtig zu schließen. »Alleweil bist weg. Beim Arbeiten. Sagst du.«

»Na ja, alleweil net«, grinste Toni lüstern und stierte Christa auf den Busen. »Oder ist des auch Arbeit? Komm her, du Hübsche, in letzter Zeit hast dich ja ziemlich rargemacht. Gar nimmer sind mir zamm, alleweil bist bloß noch müd.« Er zog Christa vom Stuhl hoch auf seinen Schoß, die es sich widerwillig gefallen ließ und das Gesicht vor Schmerz verzog, als sie sich setzte.

»Hör doch auf«, murmelte sie. »Des macht auch net alles wieder gut. Hab lügen müssen, damit ich heut noch daheimbleiben kann. Weil nämlich am Wochenende am meisten los ist in der ›Kutsche‹. Der Wolfi hat gestern schon angerufen, dass er mich braucht. Ich mag net gern schwindeln. Du machst des aber die ganze Zeit. Eine Kundin von mir ist tot. Und die Kripo war gestern hier. Bei mir!«

Für kurze Zeit flackerte etwas in Tonis Gesicht auf, das Christa nicht genau definieren konnte. »Schau mal einer an«, sagte er ganz langsam. »Kripo. Soso. Wieso bei dir?«

»Weil eine Kundschaft von mir tot ist, du Depp«, antwortete sie. »Weil ich zu der immer Essen hingefahren hab. Und der Chef mault rum, ich soll wieder arbeiten kommen. Der ist stinksauer!«

»Ach so.« Toni wirkte erleichtert. »Brauchst dir nix denken, ist ganz normal, dass die rumfragen. Und der Haug soll sich net so aufführen. Tut, als sei er was Besseres. Bloß weil sie neue Stühl drin ham und sämtliche Preise um zehn Euro erhöht. Die nutzen dich doch auch aus. Und dann seine Fremdenzimmer, seine schäbigen. Der hat doch da net viel investiert. Net amal eine Minibar haben die. Des ist und bleibt ein Provinzladen. Und ist mir wurscht, wer von deiner Kundschaft abkratzt. Wieso meinst denn immer, des interessiert mich?«

»Sollt's vielleicht.« Christas Antwort war nicht mehr als ein Hauch.

»Ha?« Toni schien ehrlich überrascht, und für einen Moment kam Christa ins Wanken. Dann nahm er wieder sein Mobiltelefon und starrte unentschlossen darauf.

»Hör endlich auf!«, rief Christa und haute mit der Faust auf den Tisch, dass die Steinguttasse schepperte und umfiel. Kalter Kaffee ergoss sich über die Weihnachtstischdecke mit den Rentieren. Toni sah erschrocken und ungläubig auf. Eine dicke Träne kullerte über Christas Wange und verlor sich im Kragen ihres schlampigen Hausanzugs.

»Muss Montag wieder da rein«, lamentierte Christa fahrig. »Ich hass des. Ich mag den Job net. Und alleweil schaut mich der Chef an, als ob er mich fressen möcht. Der ist so schmierig, der Kerl.«

»Tät dem so passen«, murrte Toni. »Des glaub ich sofort. Was hast denn heut bloß? Brauchst doch nicht sauer sein wegen gestern Nacht. Ich hab dir doch gesagt, dass mir Weihnachtsfeier ham und's später wird. Oder?«

Christa sah ihm in die Augen. »Ja. Hast du. Mehr als einmal. Eigentlich sagst des immer. Weil du denkst, dass ich blöd bin, gell?«

Toni schüttelte instinktiv den Kopf. Seine Ehe folgte genauen Vorgaben und Richtlinien, die nicht von ihm gesetzt worden waren. Und Toni, der seit dem Tod von Florian Schütz mittlerweile schönste Mann in Legau, legte größten Wert auf die Unversehrtheit seines Körpers. Und vor allem auf die seines Gesichts.

»Was ist denn?«, fragte er deshalb sanfter, als er wollte, obwohl die Wut schon wieder in ihm hochzusteigen drohte. Die Christa würde er schon wieder besänftigen können. Nur heulen … heulen tat sie wirklich selten.

»Ich mag dich so, Toni«, hauchte sie. »Mehr, als du weißt. Ist dir doch eh wurscht. Hätt auf den Papa hören sollen. Montag muss ich wieder arbeiten gehen, der Wolfi ist stinksauer. Hab gedacht, mir machen heut was oder mir reden mal miteinander. Dringend reden müssen mir zwei. Du … du musst aufhören.« Christa ließ nicht locker.

»Mit was denn?« Toni dämmerte allmählich, dass er seine Frau vielleicht nicht unterschätzen sollte, denn wie auch ein blindes Huhn gelegentlich ein Korn fand, so würde Christa ihm unweigerlich auf die Schliche kommen, wenn er sich weiter so unvorsichtig verhielt. Andererseits würde der Helmut immer dichthalten, denn sie waren Freunde auf Lebenszeit. Auf Gedeih und Verderb einander ausgeliefert. Aber der Helmut war immer noch sauer wegen Donnerstag …

»Schatzele«, fing Toni an und warf seinen geballten Charme in die Waagschale.

»Hör mir auf mit Schatzele«, fuhr ihn Christa an.

»Was ist dir denn über die Leber gelaufen?«

»Wo kommen die Halsketten her, die du anhast, dieses teure Zeug? Des neue Goldarmband? Des neue Handy? Wo ist denn des Geld her, was du mir ab und zu gibst, Toni? Ist des alles vom Nachtdienst?«

»Ja, was sonst?« Toni nickte verblüfft. »Hab dir doch gesagt, dass ich des schwarz mach. Sonst hab ich bloß noch mehr Abzüge. Der Schäuble braucht auch net alles wissen, oder?« Er wieherte.

»Toni, du meinst, du brauchst mich alleweil nur anlachen, und alles ist gut, oder?« Christa verzog keine Miene. Erste feine Linien zeigten sich in ihrem runden Gesicht, vor allem um die Augen. Sie sah zehn Jahre älter aus als sonst.

»Was hast denn?«, fragte Toni nochmals.

»Nix hab ich«, antwortete Christa heftig. »Ich hätt bloß nie gedacht, dass ich mich so täuschen kann. Alle ham s' gesagt, ich soll mir des gut überlegen mit dir.«

»Hättest halt auf sie gehört«, wurde Toni heftig. »Deine tollen Freundinnen, die du alleweil anrufst. Möchte net wissen, wie du mich schlechtmachst.«

»Die Wahrheit ist net schlechtmachen«, verteidigte sich Christa. »Brauchst dich nicht wundern, dass ich keine Lust mehr hab auf dich. Und von deiner Lacherei und der Knutscherei und vom Sex wird gar nix wieder gut. Gar nix. Alles zu spät. Nix wird mehr gut.«

»Aber schon eine ganze Menge, oder?«, flüsterte Toni und küsste sie in den Nacken.

»Lass mir mei Ruh«, sagte Christa schroff. »Heut net. Mir geht's schlecht. Saumäßig schlecht.«

»Heut net, gestern net, letzte Woch net. Kenn ich schon.« Toni hörte gar nicht richtig hin. Er war in Gedanken schon wieder auf dem Weg. Der Helmut ging nicht ans Telefon. Das war merkwürdig.

»Und wenn du heut schon wieder einfach verschwindest, dann fahr ich zur Mama … Toni! Behandel mich doch net so. Sonst geh ich weg. Du weißt gar net, was ich alles für dich mach. Ehrlich. Die Mama meint … Herrgott, mir wohnen im Dorf. Jeder kennt jeden. Und die Leut schauen mich komisch an und außerdem –«

»Ach, lass mir doch mei Ruh mit deiner Mutter«, knurrte Toni unwillig. »Alleweil kommst mit deiner Verwandtschaft daher. Da kann's einem schon vergehen. Halt lieber die Klappe und komm her.« Er umarmte sie. Sie ließ es widerwillig geschehen und verzog den Mund, aber nicht vor Entzücken, sondern vor Schmerz.

»Na, jetzt net. Schluss ist jetzt mit der Lügerei. Ich weiß genau, dass du net ehrlich bist.«

»Bild dir net immer Schwachheiten ein«, sagte Toni widerwillig. Christa ging ihm allmählich auf die Nerven, und er spürte eine Welle des altbekannten Zorns hochschwappen, der ihm in den letzten Jahrzehnten viel Ärger eingebracht hatte. »Mir müssen bloß deshalb so sparen, weil deine Eltern mich net leiden können.«

»Sparen, ja.« Christa sah ihn grimmig an. »Sparen muss bloß

ich. Du haust des Geld raus, wenn du mit dem Helmut unterwegs bist. Und mit andere Weiber. Hast alleweil tolle Klamotten an.«

»Immerhin hab ich dich geheiratet, oder?« Toni verschwieg geflissentlich, dass diese Hochzeit nur auf sanften Nachdruck ihrer drei wirklich kräftig gebauten Brüder und ihres wütenden Vaters zustande gekommen war.

Er erinnerte sich noch, als wäre es gestern gewesen, wie er mit der Christa nach ein paar vergnügten Wochen Schluss gemacht hätte, denn ein Dorf weiter lachte schon der nächste Dirndl-Ausschnitt, das Leben war kurz, und der Helmut hatte begonnen, ihn als Pantoffelheld aufzuziehen. Also hatte er sich vor Christa aufgebaut, ihr in einfachen Worten erklärt, dass sie zu gut für ihn war, und sie dann heulend von dannen ziehen lassen.

Leider war sie aber nur nach Hause auf den Mooslechnerhof gelaufen, wo gerade ihre Brüder und Eltern beim Abendessen saßen, hatte sich schluchzend auf die hölzerne Essbank in der Küche geworfen und so schauderhaft geweint, dass ihrem Vater das Rauchfleisch im Hals stecken geblieben war.

Am nächsten Abend, als Toni gerade nach ein paar vergnüglichen Runden im »Alpenblick« bezahlt hatte und sich mit seiner neuesten Errungenschaft, einer kichernden Dunkelhaarigen aus Altusried, auf die Socken und in seine vergammelte Junggesellenbude machen wollte, warteten vor der Tür ein paar wirklich wütende Burschen auf ihn.

Die Dunkelhaarige wurde mit schroffen Worten gebeten, ihr Glück und etwas Entspannung woanders zu suchen, und verschwand schreckensbleich, denn die Männer, die ihren neuen Aufriss umringten, hatten schon begonnen, sich die Hemdsärmel hochzukrempeln, und das ist im Allgäu nie ein gutes Zeichen.

Toni bekam die Prügel seines Lebens, und das, obwohl er selbst gut austeilte und auch einiges einstecken konnte. Nachdem sie mit ihm fertig waren, trat Christas Vater, der schweigend alles mitangesehen hatte, vor ihn und warf ihm einen Hundert-Euro-Schein vor die Füße.

»Da, kannst zum Doktor gehen und deinen Zahn richten lassen. Hat der Schorsch ein bisserl zu fest zugelangt.« Noch ein Schein folgte, diesmal ein Fünfziger. »Und da, da gehst morgen zum Gabler in Legau und kaufst einen anständigen Blumenstrauß. Und glaub's: Ich frag nach, ob du auch alles für die Blumen ausgegeben hast. Den bringst meinem Mädel. Ich kenn dich jetzt, seitdem dich deine Mutter übers Taufbecken gehoben hat.«

Der alte Mooslechner, ein hagerer, groß gewachsener Mann mit kantigen Gesichtszügen, blickte Toni, der sich gerade das Blut von der Oberlippe wischte, beinahe mitleidig an. »Hab mir schon gedacht, dass nix Gescheites aus dir werden kann. Warst schon als Kind ein Tunichtgut. Aber mein Mädel ist mir heilig. Ist net die Hellste, drum ist s' auf so einen Deppen wie dich reingefallen. Und sie hängt an dir, und wollen tut sie dich. Mir können's ihr einfach net ausreden. Also gehst mit deine Blumen morgen Nachmittag zu uns und sagst, dass dir des leidtut. Und dann –«

»Einen Scheiß mach ich«, hatte Toni damals gerufen, die vier harten Kerle trotzig angeschaut und versucht, sich aufzurichten, hatte sich aber gleich wieder eine Watschen eingefangen, dass es ihn zurück auf den Boden haute. Im Übrigen war es drinnen im »Alpenblick« verdächtig still, und er konnte genau sehen, wie Sebastian Lauterbach, der ewige Loser, sich schadenfroh an die schmutzige Scheibe drückte und von drinnen auf ihn herabgrinste.

Der alte Mooslechner blieb von Tonis Widerspruch unbeeindruckt. »Du gehst zu meinem Mädel und machst, dass es wieder froh ist. Den Hof kriegts net, aber ein Grundstück ham mir in Legau, wo man drauf bauen kann. Und wenn sie wieder lacht, und ich rat dir, dass du glaubwürdig daherkommst«, sagte Christas Vater, der es normalerweise nicht gewohnt war, so viele Worte zu machen »dann, aber bloß dann, kriegst net noch einmal des Maul voll. Und, wenn mein Mädel unbedingt heiraten will, dann heiratest sie auch. Gut find ich's net.«

»Geh, Papa, des ist doch jetzt übertrieben. Was sollen mir denn mit so einem in der Familie?«, fragte Georg, von seinen

Brüdern Schorsch genannt, der bei der Ankündigung, den schlimmsten Schläger und Weiberhelden im Dorf nach Florian Schütz zukünftig in der Familie zu haben, blass geworden war.

»Halt's Maul, Schorsch«, sagte der Alte. »Ich weiß schon, was gut ist und was net. Und das Mädel hat sich einfach auf den versteift. Da kann man nix machen. Ich kenn meine Tochter. Die lasst nimmer locker. Also, Toni«, Christas Vater ging ächzend in die Knie und blickte Toni ins linke Auge, das gerade zuzuschwellen begann, »sei alleweil nett zu der Christa. Ich will sehen, dass se glücklich ist und sich freut. Wenn des Mädel zu mir kommt, und hat sie auch bloß einen Schnupfen oder ist traurig, weil du net anständig zu ihr warst, dann kannst dich auf was gefasst machen, davon erholst dich net so gut wie von der Tracht Prügel von heut. Ham mir uns verstanden?«

Toni nickte und blickte die Mooslechners grimmig und hasserfüllt an. Er verlor nicht gern.

»Und Finger weg von der Anita und den anderen Weibsbildern in Legau und Umgebung. Ich hör viel, wenn der Tag lang ist. Dann kriegst Besuch. Von mir und meine Buben. Und mir wollen dann keinen Kaffee mit dir trinken. Klar?«

Toni schluckte.

Und so und nicht anders war es gekommen, dass aus einem dorfbekannten Schlingel und Rabauken beinahe so etwas wie ein anständiger Ehemann geworden war. Aus purer Angst. Der alte Mooslechner verstand sich auf Argumente, wenngleich er seine eigenen einen Tag lang mit Eiswürfeln kühlen musste.

Anfangs hatte Toni die Geschichte noch nicht ernst genommen. Eine Tracht Prügel konnte er vertragen, und er nahm sich vor, dieser schrecklich netten Familie einfach aus dem Weg zu gehen. Aber das erwies sich als kompliziertes Unterfangen, denn die Mooslechners waren buchstäblich überall. Und sie hatten ihre Informanten. Nach ungemütlichen vier Tagen, in deren Verlauf Toni immer paranoider geworden war, hatte er klein beigegeben und sich eingeredet, es gäbe Schlimmeres, als mit einer der drei Sexbomben von Legau verheiratet zu sein, auch wenn sie nicht die Hellste war.

Tja, und nun saß er hier in einem nicht abbezahlten Haus

mit Schwiegereltern, die ihn am liebsten in der Iller versenkt hätten, mit einem Haufen Schulden und einer nörgelnden Frau und mit …

Toni schüttelte den Kopf, als könnt er damit die quälenden Gedanken vertreiben.

»Toni …«, Christa verstummte. »Ich hab …«

So wie Christa ihn ansah, wurde Toni ganz merkwürdig ums Herz. Sie war blass und ernst, und für einen Moment sah sie sogar aus, als könnte sie weiter als bis drei zählen. Vielleicht sogar bis vier.

»Was hast? Schon wieder eingekauft? Ich schmeiß den Scheiß-Fernseher jetzt endgültig aus dem Fenster«, sagte er. »Mir ham kein Geld, und du kaufst diese ganzen überflüssigen Puppen, bloß weil so eine gelackte Tussi mit Föhnfrisur im Fernsehen erzählt, du kannst ohne des Zeug net leben, des ist doch –«

»Na, Toni«, sagte Christa. »Ich … ich weiß was von dir. Und bin net ganz blöd.«

Echt jetzt nicht?, wollte Toni sagen, aber wie jeder gut dressierte Ehemann sah er sofort vor seinem geistigen Auge den alten Mooslechner und seine Söhne. Und alle vier hatten einen Waffenschein. »Was denn?«, grunzte er deshalb unwirsch in einem Ton, von dem er dachte, dass er sich den gerade noch erlauben konnte.

»Willst es mir net selber sagen? Muss immer erst was Schlimmes passieren? Wann kapierst es endlich, dass ich keinen Witz mach? Wo bist du in der Donnerstagnacht gewesen? Ha?«, fragte Christa.

Toni sah sie überrascht an. Sein mieses Gefühl wurde immer stärker. Und Christa sah mit einem Mal gar nicht mehr niedlich aus.

## Samstagvormittag, Mindelheim

»Das glaub ich jetzt einfach nicht.« Fassungslos starrte Sissi auf die Leiche, die gerade angefangen hatte, sich zu bewegen, und versuchte zu blinzeln. Dabei gab sie ein schauriges Röcheln von sich.

»Schau mal, der ist gar nicht hinüber. Hättest du als Arzt auch sehen können.« Lydia König gab ihrem Mann einen festen Knuff in die Schulter.

»Ich kenn mich bloß mit Zähnen aus«, schnaubte Kurt, der gerade damit beschäftigt gewesen war, die hübsche dunkelhaarige Kommissarin vom K1 anzuhimmeln, und nun unsanft aus seinen Träumen und alten Gewohnheiten geweckt worden war.

»Der lebt noch, holen Sie ganz schnell einen Arzt oder ...« Klaus schien genauso verblüfft wie Sissi und Seibold. Der zückte sein Mobiltelefon und ließ es dann wieder sinken

»Blödsinn, jetzt noch jemanden hierherzuholen, der muss sofort ins Krankenhaus«, sagte Sissi resolut. »Ist völlig egal, womit der transportiert wird. Immerhin ist dieser Mann Opfer und Zeuge in einer Person. Und seien Sie bitte vorsichtig beim Transport. Er scheint schwer verletzt zu sein, wir wollen nicht noch was kaputt machen, ja?«

»Was, wenn er nicht transportfähig ist?«, fragte Klaus ängstlich und schaute wie alle anderen geschockt auf den Scheintoten.

»Das riskieren wir«, antwortete Sissi. »Wenn wir jetzt wieder auf den Notarzt warten, ist die Gefahr genauso groß.«

»Aber ... innere Blutungen?« Klaus blieb hartnäckig.

»Der hat eine Nacht auf dem Brunnengitter überlebt. Und ich kenne den, Klaus. *Das* schafft der auch noch.« Sissi blieb ungerührt und gab der Spurensicherung ein Handzeichen.

Seibold nickte, winkte zwei Kollegen, und mit allergrößter Vorsicht hoben sie die Trage mit dem stöhnenden Helmut hoch und schoben sie ins Auto.

»Moment noch!«, rief Sissi und fasste vorsichtig in die Brusttasche der dunkelblauen Winterjacke. Dort zog sie die Geldbörse und einen dicken Schlüsselbund heraus. Aus der nächsten Tasche hangelte sie ein Mobiltelefon. »Bringen wir nach Sicherung der Beweismittel und Aufnahme der Personalien später ins Krankenhaus. Vielleicht.«

»Hallo, verstehen Sie mich, können Sie mich hören?«, fragte Seibold.

Der Verletzte, jetzt nicht mehr Tote, reagierte nicht, sondern ächzte nur leise.

»Der kann Ihnen nicht sagen, wer er ist, aber Frau Sommer kennt ihn ja offensichtlich«, sagte Seibold dann. »Rufen Sie mich an.« Dann fuhren sie davon.

Sissi nickte Möller zu, der genauso ungläubig wie alle anderen das Geschehen verfolgt hatte, und trat zu dem Ehepaar König, das schon wieder begonnen hatte, sich anzugiften.

»Solltest dich schämen«, hatte Lydia gezischt. »So schön ist die auch wieder nicht. Die hat Übergewicht, find ich.«

Nicht so viel wie du, hätte Kurt am liebsten gerufen, ließ es aber dann bleiben, denn das hätte vermutlich eine Reduzierung der Melonenschnitze, die auf ihn warteten, bedeutet. Oder eine neue Sorte Diät, an die das Wort »arm« angehängt werden konnte. Er war sicher, Lydia würde eine finden.

»Frau König, Herr König«, wandte sich Sissi an die beiden. »Tut mir leid, dass Sie das mitansehen mussten.«

»Ist doch kein Problem«, parierte Lydia trocken. »Ich bin dreißig Jahre verheiratet, da hab ich schon ganz andere Sachen mitangesehen. Können Sie mir glauben.« Sie blickte ihren Mann giftig von der Seite an, der zusammenzuckte.

»Ich würde Ihnen gern sofort ein paar Fragen stellen, solange die Erinnerung noch frisch ist«, sagte Sissi freundlich.

Kurt blinzelte ihnen vertraulich zu. »Da brauchen Sie keine Angst zu haben. Meine Frau vergisst nie was. Die kann Ihnen noch ganz genau sagen, was ich am 14. April 1992 um dreizehn Uhr fünfundvierzig falsch gemacht hab, gell, Mausi?«

Lydia starrte verbissen auf den jetzt wieder leeren Brunnen und verkniff sich einen Kommentar, denn ganz so unrecht hatte ihr Mann nicht.

»Sie haben also den T...«, Sissi korrigierte sich, »den Verletzten gegen sechs Uhr dreißig gefunden, weil Sie täglich einen Spaziergang hierherauf machen?«

»Mir laufen jeden Tag da hoch. Weil mein Mann nämlich Übergewicht hat und verstopfte Adern.«

Der sollte man den Mund mal verstopfen, dachte Kurt, sprach es aber nicht aus.

»Ich hoffe, Sie haben Erfolg.« Sissi sah immer noch müde aus. »Ist Ihnen sonst noch etwas aufgefallen, das für uns wichtig sein könnte? Haben Sie jemanden bemerkt? Ist Ihnen jemand begegnet?«

»Ist doch keiner außer uns so blöd, in der Früh schon den Berg raufzurennen«, antwortete Kurt bissig. »Gell, Mausi?«

»Sie haben also niemanden getroffen. Haben Sie sich den Mann genau angesehen? Hat er vielleicht noch geatmet oder ein anderes Lebenszeichen von sich gegeben?«

»Na. Nix«, sagte Lydia. »Der hat so was von hinüber ausgeschaut. Und ich hab ja nicht immer ein Thermometer oder ein Stethoskop dabei. Tot hat der ausgeschaut. Einfach bloß mausetot. Und mein Mann, der Zahnarzt«, Lydia fauchte das Wort mehr, als dass sie es aussprach, »hat auch nix gemerkt.«

»Danke, Frau König«, sagte Sissi. »Sie haben uns schon weitergeholfen. Wir brauchen dann noch Ihre Aussage. Wäre schön, wenn Sie aufs Revier kommen könnten, am besten nach Memmingen. Mindelheim ginge auch, aber vielleicht möchten Sie ja mal einkaufen gehen. Am besten melden Sie sich bei dem Kollegen Hans Dollinger, der wird Ihre Aussage aufnehmen. Für Sie ist die Sache dann erledigt.«

»Ja aber wer ist denn der Kerl jetzt? Des ist doch eine Jacke vom Dorsch, oder?«, fragte Kurt fassungslos. Er war unterzuckert und überfordert und sehnte sich nach seiner schönen warmen Küche, einem Stück Torte und seiner Ruhe. Andererseits war Samstag. Da hätte er heute beim Frühschoppen im Café Lörcher ganz schön was zu berichten.

Als hätte sie seine Gedanken gelesen, blickte ihn Sissi freundlich an. »Frau König, Herr König, da wir in diesem Fall ermitteln, müssen wir Sie auffordern, über diese Angelegenheit

Stillschweigen zu bewahren. Auch Verwandten oder Freunden gegenüber …«

»… sogar, wenn Ihnen das beinahe unmöglich scheint.« Klaus strahlte Lydia an, die allmählich ihre Zurückhaltung vergaß und zurückstrahlte.

»Nicht amal meiner Mama darf ich was sagen?«, fragte sie dann. »Ich meine, das war doch jetzt a Schock, und wie soll ich denn –«

»Sonst bist auch nicht so leicht geschockt. Hast selber gesagt«, maulte Kurt. »Der größte Schock für dich ist doch, dass du mal deine Klappe halten sollst. Wenn d' des öfter tätest, dann hättest ja auch kein Übergewicht.« Lydia starrte ihn boshaft an und holte gerade Luft für eine Erwiderung, als Sissi und Klaus beschlossen, dass es besser wäre, sich zu verabschieden, ehe die Luft zu dünn wurde.

»Sollen wir Sie nach Hause bringen oder den Kollegen von der Streife fragen?«, bot Klaus halbherzig an.

»Na, wir laufen«, beschloss Kurt. »Jetzt ist es auch schon wurscht. Unser Auto steht unten am Tennisplatz.«

Und die Kalorien hol ich mir heut zurück. Aber das sprach er nicht aus, das dachte er nur, wenngleich auch nur vorsichtig, denn seine Frau konnte Gedanken lesen.

## Samstagvormittag, Memmingen

»Puh, das war jetzt mal was.« Sissi hängte ihre schwere schwarze Winterjacke auf den Haken in der Diele des K1 in Memmingen. Der Tag war, obwohl kaum möglich, noch trüber geworden. Draußen vor den Fenstern drängte graues Zwielicht herein, das vom flackernden Schein der Neonlampen nur notdürftig verdrängt werden konnte.

»Hatten wir nicht noch vor zwei Tagen geglaubt, wir kommen nicht mehr raus, und alle Verbrecher sind eingeschlafen?« Klaus grinste Sissi an.

Sie stimmte ihm mit einem Kopfnicken zu. »Ich bin immer noch müde. Das Fahrzeug auf dem Parkplatz der Burggaststätte ist übrigens auf Helmut Zimmermann zugelassen. So viel konnten wir schon in Erfahrung bringen. Schon was Neues vom Krankenhaus in Mindelheim? Und gibt es einen Kaffee?«

»Ich bringe dir welchen«, rief Klaus eifrig, weil genau in diesem Moment der Boss im Türrahmen auftauchte.

»Sommer, das ging ja schnell. Sind Sie tiefgeflogen?« Er versuchte zu lächeln, brachte aber nur ein schiefes Grinsen zustande. »Das Wichtigste haben Sie mir am Telefon ja schon mitgeteilt. So was hatten wir auch noch nicht, muss ich sagen«, murmelte er dann. »Aber kurz zu gestern: Wie sieht's mit der Sache in der Villa aus?«

»Chef, wir sind dran«, antwortete Sissi. »Die Dame im Erdgeschoss hat angeblich nichts gehört, was ich aber auch glaubhaft finde, denn sie war, sagen wir mal, etwas neben der Kappe.« Sissi zuckte mit den Achseln. »Niemand hat was gesehen oder gehört. Es ist wie verhext. Nun gut – die Nachbarn wohnen ja auch eine Ecke weiter weg. Ist eine schöne, ruhige Wohngegend. Merkwürdig ist nur, dass die beiden Fälle, also der Einbruch und der Mordversuch, gar nicht so weit auseinanderliegen. Aber das kann auch ein Zufall sein. Wenn man Mindelheim aus der Vogelperspektive betrachtet und dann von der Burg zur Villa eine Linie zieht –«

»Versuchen Sie gerade, einen Zusammenhang zwischen dem Einbruch mit Mord und dem Mordversuch auf der Burg herzustellen, Sommer? Schon wieder der Bauch? Sie sehen eher aus, als ob Sie ein Bett bräuchten. Und ein wenig abgenommen haben Sie auch. Essen Sie mal was.« Der Boss machte eine unwillige Bewegung. »Ich habe da noch ein Stück Kuchen von meiner Frau. Selbst gebacken. Vielleicht helfen Ihnen ein paar Kalorien wieder auf die Beine.«

Sissi klappte den Mund zu, den sie vor Erstaunen weit geöffnet hatte.

»Jetzt gucken Sie nicht so, ich bin ja kein Unmensch«, sagte der Boss. »Können Sie ruhig essen. Sie haben es nötiger als ich. Was gibt's zu dem Burgopfer zu sagen?« Er setzte sich halb auf die Schreibtischkante und blinzelte müde.

»Tja, Chef, da das Leben voller aufregender Zufälle steckt, an die ich nicht glaube«, Sissi blickte dem Boss geradeheraus ins Gesicht, »ist das Opfer auf der Mindelburg ein alter Bekannter von mir. Na ja, kein richtig guter Bekannter, eher dorfbekannt, wenn Sie wissen, was ich meine.«

»Legau. Das Dorf im Unterallgäu, aus dem Sie kommen.« Der Boss nickte wieder. »Manchmal glaube ich, irgendwer dort oben«, er deutete auf die Zimmerdecke, »hat es auf mich abgesehen. Schon ein ganz besonderer Fleck, Sommer.«

»Oh, es wird noch interessanter«, sagte Sissi. »Denn auch die Geschichte mit dem Einbruch in der Villa hat einen Bezug zu Legau, wenn auch nur einen kleinen. Wir waren gestern bei der Küchenkraft, die Frau Rothenfels mit Essen beliefert hat: Christa, eine Schulfreundin von mir, aus der Grundschule. Und aus Legau. Klaus glaubt übrigens auch, dass das Universum was gegen ihn hat.« Sie lachte laut.

Der Boss versuchte es ebenfalls, aber es klappte nicht. Sein Gesicht war zu müde.

Sissi hob eine schwarze rindslederne Geldbörse hoch. »Das Opfer auf der Mindelburg heißt Helmut Zimmermann, zweiundvierzig Jahre alt. Und offensichtlich sehr liquide.« Sie öffnete das Portemonnaie, woraufhin etliche Hundert-Euro-Scheine sichtbar wurden.

»Mein lieber Schwan. Was ist dieser Mann von Beruf?«, fragte der Boss.

Sissi blätterte in den Scheinen. »Schreiner, offiziell. Manchmal arbeitet er nichts, nö, meistens. Hat nicht den besten Ruf.«

Der Boss tippte auf die Geldbörse. »Sie haben das dem Mann weggenommen? Gehört der Schlüsselbund auch dazu?«

»Ich habe ihm die Sachen vor dem Abtransport in die Notaufnahme abgeknöpft. Aus ermittlungstechnischen Gründen, Chef«, sagte Sissi. »Später fahren wir ins Krankenhaus und bringen sie ihm. Oder das meiste davon. Fragen konnten wir den Mann nicht, er war halb bewusstlos. Das Mobiltelefon möchte ich mir ansehen. Und die Schlüssel –«

»Sommer, Sommer …« Der Boss sah Sissi eindringlich an. »Hundert Prozent Aufklärungsquote sind kein Persilschein. Was gibt's noch zu berichten?«

»Das Opfer, also Helmut Zimmermann, arbeitet bei der Schreinerei Dorsch in Mindelheim. Das steht zumindest auf der Jacke, die er trug, was wiederum ein wahnwitziger Zufall ist, denn bei der Chefin der Firma Dorsch waren wir gestern. Die Herrschaften wohnen in unmittelbarer Nähe zur Rothenfels-Villa.«

»Ach ja?« Zum ersten Mal schien im Gesicht vom Boss etwas aufzuwachen. Er blickte Sissi gespannt an. »Ich glaube auch nicht an Zufälle, Sommer. Davon aber später mehr. Was ist mit diesem Zimmermann? Der als Schreiner arbeitet, was schon per se grotesk ist«, brummelte er.

»Wohnt immer noch bei seiner Mutter«, sagte Sissi. »Nette, anständige Frau. Er selbst pflegt einen lockeren Lebensstil. Über den hat das Landeskriminalamt sicher etwas vorliegen, da wette ich mit Ihnen. Als junger Mann war er mal an einem Autodiebstahl beteiligt, zusammen mit seinem besten Freund. Ich vermute schon lange, dass er und sein Kumpan Toni Melzer Dreck am Stecken haben, aber solange ich nicht dazukomme, wie sie gerade Rentnerinnen ausrauben …«

»Kommt das auch von Dollinger?«, wollte der Boss wissen.

Sissi schüttelte den Kopf. »Nö, von mir. Ich kenne das Opfer schon mein Leben lang.«

»Ach ja. Hätte mich auch gewundert, wenn es anders gewesen wäre«, seufzte der Boss. »Und wie kommt der Mann auf den Burghof?«

»Wissen wir nicht. Im Lokal war um die frühe Uhrzeit noch keiner, der Verlag arbeitet heute nicht. Ist ja bald Weihnachten. Sein Auto stand auf dem Parkplatz vor der Gaststätte. Wir kümmern uns nachher drum. Eventuell gab es eine Betriebsfeier. Würde ja zur Jahreszeit passen.«

»Gut, Sommer.« Der Boss stand mit einer ruckartigen Bewegung auf. »Der Mord in Mindelheim? Sie sind dran?«

»Machen wir auch weiter, Boss«, sagte Sissi. »Ist schon etwas vertrackt, wissen Sie. Zwei Fälle gleichzeitig.«

»Na ja, wenn Sie schon dort sind. Sie kriegen das schon hin. Gibt es sonst Neuigkeiten?« Sissi verneinte. »Tut mir leid, Sommer, ich weiß, Sie haben sich ihren Weihnachtsurlaub mehr als verdient, aber Sie wissen ja selbst.«

»Blöde Grippewelle, ja«, nickte Sissi. »Der Einzige, der nie krank wird, ist Kollege Dollinger.«

»Schwiegermütter stärken das Immunsystem.« Der Boss lachte. »Sonst noch was?«

»Chef, ich fahre mit Klaus wieder nach Mindelheim. Wir haben heute volles Programm. Eventuell ist der Patient ja auch bis dahin stabil und kann verhört werden.«

»Machen Sie mal«, nickte der Boss gnädig, holte aus seinem Büro ein akkurat in Folie eingewickeltes Stück Nusskuchen und legte es auf Sissis Schreibtisch. »Hier. Sie brauchen jetzt was. Und in zwanzig Minuten ist Besprechung im Aufenthaltsraum. Bringen Sie den schönen Vollmer mit. Wir haben viel zu bereden.«

»Ist denn der Bericht aus der Gerichtsmedizin schon da?«, fragte Sissi zurück. »Frau Rothenfels, die Dame aus der Villa?«

Der Boss nickte. »Nichts Weltbewegendes. Ich habe Ihnen bereits alles per E-Mail zukommen lassen, den Rest erfahren Sie später im Briefing.« Er drehte sich um und verließ wortlos das Büro.

»Ist er weg? Gott sei Dank.« Klaus kam herein und stellte schwungvoll zwei dampfende Kaffeebecher auf den Tisch.

»Samstags ist er immer besonders gut gelaunt. Da halte ich mich lieber von ihm fern.«

»Na, dann habe ich eine gute Nachricht für dich.« Sissi biss herzhaft in den saftigen Nusskuchen und unterdrückte ihr Lachen.

## Samstagvormittag, Mindelheim

»Was hast denn heut, Kurti? Abgenommen jedenfalls nicht.« Herbert Rauhfelder lehnte sich zurück und lachte laut.

Ein paar ältere Damen, die gerade geziert ihre Tortenstückchen zum Mund balancierten, hielten pikiert inne und sahen zu dem großen Tisch am Fenster des Café Lörcher, wo der Unternehmerstammtisch sich wie jeden Samstagvormittag zum verspäteten Frühstück/Tortenessen/Biertrinken getroffen hatte. So war es seit Jahrzehnten, und so würde es immer sein. Zumindest, solange es das Café gab. Man bricht so schwer mit alten Gewohnheiten.

Vor langer Zeit waren die am Tisch versammelten Herren in legeren Strickpullovern über kostspieligen Hemden allesamt fesche junge Männer mit besten Zukunftsaussichten gewesen. Nun, ihre Aussichten waren immer noch rosig, nur mit dem Wort »Zukunft« musste man ab einem gewissen Alter vorsichtig jonglieren. Alle waren sie in die Jahre gekommen, aber der Austausch untereinander verhalf einem nicht nur zu besten geschäftlichen Beziehungen, sondern diente auch dazu, der strengen Kuratel der altgedienten Ehefrauen einmal zu entkommen, wenn auch nur kurz.

Einiges war an den Herren am Stammtisch vorübergezogen: der saure Regen, die Ölkrise, das Waldsterben, Schulterpolster in Anzugjacken, Serien wie »Baywatch« und »Die Schwarzwaldklinik«, unfähige und noch schlimmere Regierungen, ja, sogar der Jahrtausendwechsel. Aber am Samstagvormittag im Café Lörcher herrschte Beständigkeit, als fänden all die Veränderungen nur draußen vor dem Fenster statt.

Diese stattlichen Männer in den allerbesten Jahren trugen die gleichen Polohemden wie früher, nur halt einige Nummern größer, waren mehr oder weniger in Ehren ergraut und verwahrten mittlerweile ihre Lesebrillen in der Brusttasche anstatt zusammengefalteter Geldscheine und hastig auf Bierdeckel gekritzelter Telefonnummern.

Herbert Rauhfelder, der in jungen Jahren eine Menge Mädels mit seinen knallengen Jeans und unverschämten Anmachsprüchen reihenweise verwirrt, verärgert und manchmal auch verführt hatte, war mittlerweile von schwarzen Lackschuhen mit Absatz auf dezente Armani-Slipper umgestiegen und betrat eine Disco nur noch unter Androhung eines Zwangsgeldes. Auch die anderen am Tisch versammelten Herren hatten ihre aufreibenden Jugendsünden zum größten Teil abgestreift wie eine Bedienung beim Oktoberfest ihr verschwitztes Dirndl nach Feierabend, aber ansonsten hatte sich nicht viel geändert.

Hätte man die Herrschaften, die da laut lachend am Fenstertisch saßen, gefragt, wie sie sich fühlten, dann hätten alle unisono beteuert, dass es schön war, wenn in dieser unruhigen Welt manche Dinge Bestand hatten, und dass das Café, in dem sie sich seit Ewigkeiten trafen, wie eine ruhige Insel im mahlenden Strom der Gezeiten schien, in dem der liebe Gott einfach so die Uhr angehalten hatte.

Und so saßen die Herren heute, an diesem Samstag, wie in den Jahrzehnten davor in der gedämpft plüschigen Atmosphäre im Café Lörcher, als könne man hier drinnen die vorbeiströmende Zeit, diesen reißenden Fluss, einfach ausschließen. Als gäbe es keine globalen Kriege, keine Rezessionen, keine ausfallenden Haare und keine Probleme mit den Zähnen.

Herbert war der Chef eines angesehenen Schuhhauses in der Stadt und daher immer von den Knien abwärts der bestgekleidete Mann am Tisch. Er liebte Budapester und handgenähte Slipper, die heimlichen Zigarren auf dem Spazierweg am Katharinenberg nahe der Polizeistation und seine drei Töchter, die er leider viel zu selten zu Gesicht bekam, denn die Mädchen waren ausgeschwärmt und lange erwachsen. Jetzt betrachtete er Kurt König, der missmutig vor einer äußerst appetitlichen Schokoladentorte saß und sie anstarrte.

»Was hast denn heut? Schon wieder beim Doktor gewesen? Hat dir die Lydia die Hölle heißgemacht?« Herbert gluckste schadenfroh, denn er war dürr wie ein Gespenst und konnte essen, so viel er wollte. Allerdings hasste Herbert Süßes ohnehin. Ihm war ein anständiges Schnitzel lieber.

»Lass mir meine Ruh«, knurrte Kurt. »Kann nicht drüber reden. Hab Sprechverbot.«

»Hätt nicht gedacht, dass die Lydia so weit geht«, stichelte Herbert. »Essverbot hätt ja schon gereicht. Kocht s' immer noch kalorienarm? Weil, man sieht ja gar nix bei dir.«

»Fängst gleich eine. Und wenn du so weitermachst, kauf ich meine Schuh in Zukunft woanders«, sagte Kurt prompt.

»Von dem einen Paar, des du dir bei mir alle fünf Jahr holst, wird's Kraut auch nicht fett«, antwortete Herbert gelassen und nahm einen Schluck von seinem Pils. »Ich verdien an deiner Frau mehr Geld. Ist meine beste Kundin.«

Lydia König war tatsächlich Herberts beste Kundin, aus dem einfachen Grund, dass man für Schuhe nie zu dick sein konnte. Gleich, wie die neue Hose kniff und spannte, eine Stunde beim Rauhfelder auf einem weichen Sessel, umgeben von geöffneten Kartons, raschelndem Seidenpapier und dem Geruch nach edlem gegerbten Leder entschädigte für vieles. Lydia besaß mehr Schuhe als Imelda Marcos, zumindest behauptete das ihr Mann. Außerdem hatte Kurt ihr befohlen, Schuhe nur beim Herbert zu kaufen, weil bekanntlich eine Hand die andere wäscht, auch wenn sie noch so klein und zierlich sein sollte.

Dieses Prinzip findet man überall, nicht nur in Dörfern oder der Kleinstadt. Die Freunde von Herbert kauften ihre Schuhe bei ihm im Laden. Wenn Herbert einen neuen Tisch brauchte, dann ging er zu Dieter Dorsch und ließ sich dort einen anfertigen. Dieter wiederum brauchte regelmäßig Arbeitsschuhe für seine Schreiner oder eine Wurzelbehandlung von Kurt. Alfons Neuberger verkaufte jedem das zum Image passende Auto, und Wolfgang Haug lieferte Snacks für sämtliche Partys. Es war das perfekte kaufmännische Perpetuum mobile und seit Ewigkeiten in Betrieb.

Herbert grinste noch einmal. Sticheleien über Ehefrauen gehörten einfach dazu, denn die Tage, als die Herren die Mindelheimer Discoszene gestürmt hatten, waren lange her. Herberts eigene Frau Beate war eine Seele von einem Menschen, zumindest glaubte Herbert das, denn sie war nie zu Hause, und er sah sie recht selten. Im Moment befand sie sich in Florenz mit ihren

Betschwestern – so nannte Herbert das Damenkränzchen seiner Frau, machte aber immer das Kreuzzeichen aus Dankbarkeit, dass es die Damen überhaupt gab, denn sonst wäre Beate jeden Tag zu Hause gewesen, und das hätte der Herbert nicht ertragen.

Wenn es nach ihm gegangen wäre, hätten die Damen hinfahren können, wohin sie wollten, seinetwegen auch auf die Golanhöhen. Aus den Augen, aus dem Sinn. Es war sehr angenehm, so allein daheim. Sehr angenehm und sehr ruhig. Und mit der Lydia vom Kurt war nicht gut Kirschen essen, meinte sogar die Beate, und die musste es wissen. Das kam halt davon, wenn man so weit unter seinem Stand heiratete, dachte Herbert. Außerdem feilschte sie mit Herbert persönlich um jedes Paar Schuhe wie auf einem orientalischen Basar.

»Ja, Kurti, bist wirklich komisch heut«, sagte jetzt auch Alfons, der Inhaber eines renommierten Autohauses. Er war untersetzt, kahlköpfig, hatte ein feuerrotes Gesicht und wirkte stets wie kurz vor dem Schlaganfall, war aber, wie es im Allgäu heißt, »bumperlgesund«.

»Deine Alte wieder? Lass dir doch nicht alles vorschreiben. Kauf ihr einen Pelzmantel. Muss halt ein größeres Viech sein, nicht grad ein Ozelot, weil sie ist ja nicht die Schlankste.« Alfons lachte wiehernd und verschluckte sich beinahe an seinem Rührei.

»Wann kommst denn endlich mal in meine Praxis und lasst dir den krummen Zahn richten? Wenn d' noch länger wartest, fällt der von allein raus.« Kurt sah Alfons boshaft an.

»Denk nicht dran, brrr …«, schüttelte sich Alfons. »Sei mir nicht bös, aber deine Sprechstundenhilfen, da denkt man, man kommt ins Gruselkabinett. Wie kann man sich denn freiwillig so was anstellen?«

»Für Einstellungen ist die Lydia zuständig.« Kurt klang kleinlaut.

Die Personalpolitik in der Praxis Dr. König wurde seit Jahrzehnten von Lydia mit eiserner Hand gemanagt, denn Kurts Frau hatte aus den ersten Jahren ihrer Ehe viel gelernt. Sie engagierte nur noch Helferinnen mit Übergewicht und/oder Überbiss, damit ihr Ehemann nicht mehr in Versuchung käme.

»Ja, aber was darfst denn nicht sagen?«, bohrte Alfons neugierig nach. »Übrigens hab ich den Dieter gestern getroffen, dem hat die Elli erzählt, dass jemand umgebracht worden ist. In Mindelheim. Bei euch in der Nähe, Kurti!«

»Ist nicht wahr!«, rief Herbert und stellte sein Glas mit einem Knall auf den hölzernen Tisch.

Wieder wurden sie mit bösen Blicken bedacht, denn so ein Benehmen passte nicht zu der vorherrschenden gedämpften Atmosphäre.

»Woher weißt denn du des jetzt schon wieder?«, fragte Kurt erstaunt. »Ist doch grad erst passiert.«

»Wenn du mit ›grad erst‹ gestern meinst, hast recht«, antwortete Alfons. »Gell, Wolfgang?« Das war an Wolfgang Haug gerichtet, den Wirt der »Kutsche«, der sich zu der Bemerkung noch gar nicht geäußert hatte, entgegen seinen sonstigen Gewohnheiten, denn er hatte die Klappe normalerweise immer offen. Er war laut, lärmend, und über alle Maßen selbstverliebt. Jetzt schwieg er seit geraumer Zeit. Es war beinahe unheimlich.

»Wartets halt ab, was in der Zeitung steht«, murrte Kurt und nahm fast ein wenig widerwillig den ersten Bissen von seiner Torte. Sie schmeckte nicht so gut wie sonst. Das alles hatte ihm doch ein wenig auf den Magen geschlagen. Und er war etwas aufgewühlt.

»In der Zeitung?«, hakte Alfons nach. »Hast wen umgebracht? So schlimm ist doch die Lydia auch wieder nicht.« Alfons war seit drei Jahren äußerst glücklich in dritter Ehe mit einer Dame aus Thailand verheiratet, die sich standhaft weigerte, die deutsche Sprache mehr als rudimentär zu erlernen, und deshalb die meisten von Alfons Boshaftigkeiten nicht verstand und als gottgegeben hinnahm. Es war sozusagen eine Win-win-Situation.

»Leut, lassts doch den Mann in Ruh!«, mischte sich jetzt Wolfgang Haug ein. Er hatte heute einen guten Tag und sah aus wie George Clooney nach einer missglückten Schönheitsoperation, wenn man die Augen zukniff und schnell hintereinander drei Bier trank. Jetzt blinzelte er träge in die Runde, denn die Nacht in der »Wunder-Bar« war wieder zu lang gewesen. »Wenn er was sagen will, wird er's schon sagen.« Er stupste Kurt gönnerhaft am Arm und wandte sich an die anderen. »Jedenfalls waren die auch bei mir. Wo ist denn der Dieter heut?« Er sah sich suchend um.

»Wer? Was ist denn eigentlich los?«, maulte Kurt irritiert. Er hatte sich auf den Stammtisch gefreut, aber all das verwirrte ihn nur.

»Die Kripo. Waren gestern bei mir«, tat Wolfgang geheimnisvoll. »Eine recht hübsche Beamtin, bisserl mehr auf den Rippen, aber ich glaub, die hat Feuer. Und so ein Schönling. Wenn ich so was mal hinter die Bar kriegen könnt, den würden mir die Weiber aus den Händen reißen.«

»Die Kripo?«, fragte Alfons. »Weshalb denn?«

»Beim Dorsch waren sie auch, die Info kommt von der Elli.« Wolfgang nahm einen Schluck Kaffee.

»Die Elli? Wo hast du die denn getroffen?«, wollte Herbert wissen, bekam aber keine Antwort.

»Moni«, sagte Wolfgang stattdessen. »Rothenfels. Stell dir vor. In ihrer Wohnung.«

»Hä?«, fragte Kurt. »Die Moni? Du meinst …?«

»Genau die.« Wolfgang wurde leiser.

»Irgendwer hat die aus dem Weg geräumt. Und ich bin nicht sicher, ob die Helga nicht ihre Finger im Spiel hat. Wenn ich an damals denk …«

Für einen Moment war es still am Tisch, als die Herren ihre jugendlichen Jahre an sich vorüberziehen ließen. Den Streit damals im Maxim, einem Tanzlokal in der Kaufbeurer Straße, in dem sich vor Urzeiten halb Mindelheim getroffen hatte, würde keiner der Anwesenden vergessen. Es war einfach zu interessant, zu aufregend und … zu unangenehm gewesen.

»Aber Wolfi«, durchbrach Kurt nach einem kurzen Moment das Schweigen, »du bist doch am Donnerstag bei der Moni gewesen? Hab dich doch gesehen. Hast mir ja sogar noch gewinkt, weißt nimmer?«

»Du spinnst!«, fuhr Wolfgang auf.

»Tu ich nicht«, antwortete Kurt gelassen. »Ich hab doch dein Auto erkannt. Die Lydia hat mich aus dem Wintergarten geschmissen, hat gesagt, der Qualm verklebt die Scheiben. Ich wollt bloß eine Zigarre rauchen. Bin ich raus, erst in den Garten, dann auf die Straße. Und ein paar Meter gelaufen. Die macht mich fertig, dieses Weib. Und ich weiß doch, dass des dein BMW war. Ist ja nicht zu übersehen, so feuerrot, oder?«

»Mmh, wenn ich drüber nachdenke, könnte schon sein. Hatte was mit der Moni zu besprechen. Was Geschäftliches«, sagte Wolfgang nachdrücklich.

»Aha.« Herbert klang interessiert. »Was Geschäftliches. Soso.«

»Tu net so blöd, Herbi. Ich hab nix gemacht. Schau ich aus wie ein Triebtäter?«, fragte Wolfgang aufbrausend.

»Bisserl schon«, entfuhr es Alfons. »Die langen Haar, die hat man schon lang nicht mehr. Und jetzt Schluss, Leut. Wenn der Wolfi behauptet, der hat nix damit zu tun, dann glaub ich ihm des. Mir kennen den jetzt schon … mein Gott, mag gar net drüber nachdenken.«

Eine kleine Weile schwiegen alle betreten. Sie kannten sich wirklich schon sehr lange.

»Mir sind miteinander alt geworden. Und wenn einer von uns sagt, dass er nix gemacht hat, dann hat er nix gemacht. Basta«, wiederholte jetzt auch Herbert, der in Wolfgang einen guten Kunden verlieren würde, denn Wolfgang war mehr als eitel. Er kaufte mehr Schuhe bei Herbert als alle Frauen in Mindelheim zusammen, gab monatlich ein Vermögen für Hautpflegeprodukte aus und färbte sich regelmäßig die Haare, was er aber nie öffentlich zugegeben hätte. Damit war er in allerbester Gesellschaft, bis in die höchsten politischen Kreise.

»Die Sache mit der Moni und der Helga ist lange her. Reden wir nicht mehr drüber. Und über den andern Schmarrn auch nicht«, murmelte Herbert nach ein paar Sekunden. Alle atmeten erleichtert auf. »Und die Moni ist jetzt … ich hab die selten gesehen, die ist ja nicht mehr viel aus dem Haus gegangen. Weiß nicht, wo die ihre Schuh gekauft hat, bei mir auf jeden Fall nicht.«

»Wo die ihr Auto hergehabt hat, weiß ich auch nicht. Bei mir war die auch nie. Ja und, wer war's? Wer hat sie auf dem Gewissen?«, begann Alfons nach einer kurzen Pause. »Weiß man schon was? Und wieso kommen die zu dir, Wolfi? Wissen die, dass du da gewesen bist?«

»Ham ihr bloß das Essen jeden Tag geliefert.« Wolfgang rührte in seinem Cappuccino. »Die prüfen jetzt halt alle Lieferanten. Bin ich auch dabei. Alles andere interessiert nicht. Da brauch ich nix zugeben, hab ja nix gemacht. Trotzdem – schade um die Moni. War mal ein tolles Weibsbild. Weißt noch, dieses Kleid, was sie mal angehabt hat? Mit der Spitze und ganz kurz? Und dann …«

Wieder wurde es für einen Moment still am Tisch. Einen wirklich hübschen Busen vergisst ein Mann niemals.

»Ja, die Helga war aber auch nicht ohne«, sagte Kurt dann süffisant, der sich ein wenig ärgerte, dass ihn niemand mehr weiter ausfragte, obwohl seine Neuigkeit mindestens genauso aufregend war wie die von Wolfgang.

»Musst du ja wissen«, stichelte Herbert.

»Du schon auch«, giftete Kurt zurück. »Fragen mir sie doch mal, an wen sie sich noch erinnert.«

»Jetzt hört auf«, mischte Wolfgang sich ein. »Die erinnert sich doch an gar nix mehr. Würde mich wundern, wenn die in den letzten Jahren mal nüchtern gewesen wär. Und das mit der Moni wird schon noch rauskommen. Des war bestimmt eine Bande aus dem Ausland oder so. Liest man ja immer wieder.«

»Kann sein«, antwortete Herbert bedächtig. »Deine Frau ist ja auch schon wieder weg. Wahrscheinlich Schönheitsoperation, gell? Wär ja net die erste.«

»Mir wurscht«, nuschelte Wolfgang. »Ich mag's ruhig.«

Wolfgang, der von seinem Vater ein vor sich hin kränkelndes Speiserestaurant geerbt und daraus zum Erstaunen aller ein gediegenes Speiselokal mit Cateringservice und einem florierenden Gästehaus gemacht hatte, sah nicht das geringste Problem darin, dass seine Frau ihre Problemzonen behandeln ließ. Bei einem Auto ersetzte man ja auch die unbrauchbaren Teile und schraubte neue hinein. Er war da pragmatisch, verbrachte seine Zeit entweder in der »Kutsche« oder in der »Wunder-Bar« und amüsierte sich auf seine Weise.

»Kost alles Geld«, sagte Herbert gedehnt. »Hast ja offensichtlich jetzt genug davon. War wohl nicht immer so, oder? Wieso hast denn sonst vor ein paar Jahren gefragt, ob mir dir was borgen? Hast uns doch alle angepumpt, oder?«

Wolfgang würdigte ihn keines Blickes. Über Erfolge spricht man gern, über schlechte Zeiten eher weniger. Und die Geschichte mit dem Donnerstag war einfach zu heikel. Schon ein winziges Gerücht konnte einen in der Kleinstadt Kopf und Kragen kosten. Niemand wusste das besser als er.

»Mann, mir sind schon ein Haufen.« Kurt nahm noch mal einen Bissen von der Torte. Sie schmeckte mit jeder Sekunde besser. »Unsere Weiber sind so was von krätzig. Wieso ham mir nicht genauer hinschauen können?«

»Mich kannst rausnehmen«, winkte Alfons ab. »Mir geht's gut. Meine Malee macht alles richtig. Sogar eine Schweinshaxe kann s' schon braten. Hab ich ihr beigebracht. Und im Urlaub fliegen wir zu ihrer Mutter nach Thailand und bringen der ein paar Glasperlen.« Er lachte schallend.

»Dir wird 's Lachen auch noch vergehen, Alfons«, sagte Kurt grantig.

Alfons blieb stumm und dachte über eine schlagfertige Antwort nach, als sich die schwere Glastür öffnete. »Ah schau her, der Dieter! Lässt dich auch mal sehen!« Alfons grüßte Dieter Dorsch, der unschlüssig im Türrahmen stehen geblieben war.

»Hallo. Wollt nur kurz reinschauen zu euch. Kann nicht lang bleiben.« Dieter näherte sich vorsichtig dem Tisch, als wäre der Boden unter ihm vermint.

»Hast heut noch keine Erlaubnis gekriegt, oder bist wieder auf Botengang für die Elli?«, fragte Kurt anklagend. »Du armer Hund. Wie hast dich bloß so vergucken können.«

»Du musst grad reden, hast auch nicht grad den Sechser im Lotto gezogen«, erwiderte Dieter patzig und quetschte sich neben Alfons auf die gepolsterte Sitzbank.

»Wie war die Weihnachtsfeier gestern? Ham s' dich wieder hergesoffen?«, wurde er von Herbert bemitleidet.

Er war Geschäftsmann und deshalb sehr darauf bedacht, dass sich Einnahmen- und Ausgabenseite nicht zu sehr die Waage hielten, denn man konnte nur Geld beiseiteschaffen, das man nicht ausgab. Hatte mal ein sehr kluger Mann gesagt.

»Ist schon gegangen, obwohl die Elli geschimpft hat«, meinte Dieter.

»Die Elli hat geschimpft? Ist ja ganz was Neues.« Herbert rollte mit den Augen. »Wegen dem Weihnachtsgeld?«

»Gestrichen.« Dieter war kaum zu verstehen, so leise sprach er es aus. »Mir sind noch nicht so richtig wieder auf der sicheren Seite. Die Scheidung … der Unterhalt für die Andrea … die Elli hat einen Haufen Geld für die Werbung rausgehaut und … mag halt schöne Sachen. Na ja, und des Haus hat s' auch komplett neu einrichten lassen vom Vögele, weil sie des Zeug nicht wollte, des die Andrea da reingestellt hat. Sie hat gesagt: ›Das atmet den Geist deiner Exfrau.‹« Dieter schloss kurz die Augen. »So als wär die Andi gestorben und würd nicht in einem schönen neuen Haus wohnen auf Lebenszeit und auf meine Kosten.«

»Jaja, die Weiber sind teuer«, seufzte Herbert. »Des mit der Moni weißt ja schon von deiner Frau, oder? Aber was anderes: Der Kurti verbirgt was vor uns. Mir sollen auf die Zeitung warten. Und dabei ist es erst halb elfe am Vormittag.«

»Ehrlich?« Zum ersten Mal, seitdem er sich beinahe widerwillig an den Tisch gesetzt hatte, wirkte Dieter interessiert.

Das Elend anderer Leute bewirkte bei ihm meist, dass er sich ein klein wenig besser fühlte. Denn gut ging es ihm schon lange nicht mehr. Und wieder einmal, wie so oft in den letzten Monaten, war er müde, aber er verdrängte den Gedanken schnell wieder. Es gab viel zu viel zu tun. Momentan überstiegen die Ausgaben die Einnahmen. Mehr Geld musste her, egal, wie. Denn auch wenn er schon das meiste aufgegeben hatte, die Schreinerei auf gar keinen Fall. Dieter verzog das Gesicht.

»Weißt, Dieter, ich kann dich gut leiden.« Wolfgang Haug sah einem Wolf heute ähnlicher als je zuvor. »Ich sag dir, du musst mal auf den Tisch hauen bei dir daheim. Die Elli –«

»Was ist mit der Elli?« Dieter klang beinahe ängstlich.

»Ich meine bloß«, wand sich Wolfgang. »Solltest ihr nicht so viel Auslauf geben. Die erzählt dir nicht alles und … Herrgott, Dieter, ich kenn dich jetzt mein ganzes Leben. Bist immer so fleißig und anständig gewesen. Schau deiner Alten auf die Finger. Mehr sag ich nicht.«

»Depp«, konterte Dieter. »Als ob sich die Frauen heutzutag

was sagen lassen täten. Und was weißt du denn, was ich nicht weiß?« Er blickte Wolfgang feindselig an.

Der verkroch sich in seinen Pullover. »Nix. Nix weiß ich.« Es klang verlogen.

»Was ist denn jetzt mit dir, Kurti?«, fragte Dieter dann. »Muss bald wieder weg. Mach's Maul auf, bitte.« Er flehte regelrecht.

»Darf nix rauslassen«, jammerte Kurt und betrachtete trübsinnig seinen leeren Kuchenteller.

Doch die flinke Bedienung mit dem freundlichen Lächeln stand schon an seinem Tisch und blinkerte ihn diensteifrig an. »Noch a Stück, Herr Dr. König? Wie immer?«

Kurt nickte und gab sich geschlagen. Nach all der Aufregung brauchte er etwas Zucker. Eine Leiche. Die keine war. Mit einem Messerstich. Auf der Mindelburg. Wenn man schon nicht mal mehr in Mindelheim sicher war, wo sollte man dann noch hin? »Ich sag's euch, wenn ihr versprecht, dass ihr alle das Maul haltet«, sagte er dann. »Also, des war so …« Alle anderen Gespräche am Tisch verstummten.

## Samstagmittag, Mindelheim

»Immär das Gleichä.« Olga Rimowa stopfte mit geübten Griffen das aufgeschüttelte Kopfkissen in einen frischen Bezug. Zwar war heute Samstag, aber solchen Luxus wie freie Wochenenden konnte sich Olga als frischgebackene Reinigungsunternehmerin nicht leisten. Sonderschichten an Samstagen waren ihr tägliches Brot. Elli Dorsch legte großen Wert darauf, anwesend zu sein, wenn Olga kam, denn sie traute keinem, und schon gar nicht jemandem aus einem anderen Land. Da könnte ja jeder kommen.

»Immär das Gleichä«, brummte Olga wieder und schaute sich kurz im Schlafzimmer der Dorschs um. Dummerweise war sie heute wieder nicht allein, als würde die Dame des Hauses riechen, dass Olga seit Langem geplant hatte, bei ihrem ersten Alleingang in dieser Villa den Whirlpool neben dem Wintergarten auszuprobieren. Notfalls ohne alles, aber mit Gummistiefeln an den Füßen, damit sie leichter flüchten könnte, sollte wider Erwarten jemand überraschend zurückkommen. Es war wie verhext. Elli ließ sie einfach nicht aus den Augen.

Die Nachttischchen links und rechts neben dem Massivholzbett hatte sie abgewischt und dann stirnrunzelnd ein großes Glas mit einem Rest Bier in die Küche im Erdgeschoss geschleppt.

In Olgas Heimatdorf war es nicht ungewöhnlich, sich das Einschlafen mittels Hochprozentigem zu erleichtern, aber Bier … das konnte doch nicht funktionieren, sosehr Olga auch gelegentlich eine gut eingeschenkte Halbe zu schätzen wusste, vorzugsweise in einem der ansprechenden Lokale in der Mindelheimer Innenstadt. Wenn sie mal Zeit hatte, was so gut wie nie vorkam. Oder Geld. Das war noch seltener. Und der arme dünne Hausherr, der immer aussah, als käme er gerade aus einem sibirischen Arbeitslager, der ständig ein Gesicht zog wie ein Cockerspaniel mit Verstopfung, musste Bier zum Einschlafen trinken. Damit hätte Olga nie gerechnet, denn ihre anderen Kunden bevorzugten Tabletten. Andererseits – beruhigend und einschläfernd wirkte die Hausherrin wahrlich nicht auf Olga, eher das genaue Gegenteil. Darum brauchte dieser Mensch vermutlich eine kleine alkoholische Hilfe. Vielleicht sollte der arme dünne Mann besser in ein anderes Schlafzimmer ziehen. Oder in ein anderes Land …

Olga schalt sich einen Moment selbst – auf Russisch – ob ihrer subversiven Gedanken und blickte kurz auf ihre zerkratzte Armbanduhr. In ungefähr zwei Stunden wäre sie fertig und würde von Elli wieder den genau abgezählten Betrag, notfalls unter Zuhilfenahme einer in der Küche befindlichen Kleingelddose mit der Aufschrift »Schwarzgeld« (ein Scherzartikel aus dem Möbelhaus), erhalten und dafür in ihrer krakeligen Handschrift eine Quittung unterschreiben. Elli hatte nichts zu verschenken. Ganz und gar nicht – die war offensichtlich der Meinung, ihr dienen zu dürfen sei Lohn genug, dachte Olga deprimiert.

Nur noch das Badezimmer und die Wäsche, dann wäre sie fertig und konnte nach Hause radeln. Wenigstens ging es die ersten zehn Minuten immer schön bergab.

Olga lüftete den Deckel der Truhe aus Massivholz, um die Wäsche in die Waschküche zu bringen. Während sie das Bad putzte, könnte sie noch eine Maschine mit Dreißig-Grad-Wäsche laufen lassen und diese dann in den Trockner stecken. Sie arbeitete so effizient wie möglich, obwohl sie nach Stunden bezahlt wurde. Aber der Haushalt der Dorschs war der einzige auf ihrer gesamten Route, bei dem Olga nicht so sehr aufs Geld achtete, sondern vielmehr bemüht war, schnellstmöglich wieder fertig zu sein.

Sie fühlte sich hier nicht sonderlich wohl, denn die Dame des Hauses war beinahe so pingelig wie ihre arme verstorbene Kundin, Frau Rothenfels. Und dazu viel bissiger. In den ersten Wochen ihrer Tätigkeit hatte Olga geglaubt, dass der hagere Mann mit der Stirnglatze und dem bezaubernden Lächeln und die kleine Frau mit den wässrigen Augen schon Jahrzehnte verheiratet seien, bis Lydia König, ihre Lieblingskundin, ihr erzählte, dass die beiden sich erst vor einigen Jahren das Jawort gegeben hatten. Olgas Weltbild war daraufhin gehörig ins Wanken gekommen, denn obwohl sie vieles in dieser schwierigen deutschen Sprache noch nicht verstand, war ihr sehr wohl der grimmige Tonfall aufgefallen, in dem ihre Brötchengeberin, Frau Dorsch, mit ihrem Angetrauten redete.

Gerade vorhin hatte sie ihn zur Apotheke geschickt, damit er dort noch schnell etwas für sie besorgte, und Olga hatte wieder einmal mit Verwunderung festgestellt, dass Elli sogar zu ihr, der armen Olga, freundlicher war als zu ihrem eigenen Ehemann. In Russland gab es ein gutes Wort für solche Frauen, das Olga sich aber verbot zu denken, da es sowohl ein Schimpfwort als auch einen Fluch beinhaltete.

»Nix gutä Frau«, murmelte sie deshalb ersatzhalber sehr leise. Reiche Leute hatten eben ihre Macken, und Olga freute sich viel zu sehr darauf, heute nach Hause zu kommen, denn sie würde noch mit dem Zug nach Bad Wörishofen zu einer alten Freundin fahren, mit ihr etwas essen und trinken und ihr die Geschichte von gestern berichten. Manchmal hatte sie Heimweh, dann wollte sie ein wenig Russisch sprechen und an ihr früheres Zuhause denken.

Und morgen … ja, morgen würde sie ihren ersten deutschen Christbaum schmücken, denn sie besaß dieses Jahr eine kleine, mickrige Fichte und freute sich darauf, dieses jämmerliche Bäumchen an ihrem einzigen freien Tag in aller Ruhe mit ausgemusterten Kugeln von Lydia König zu bestücken. Anschließend würde sie ihr fertiges Werk bewundern und sich einen anständigen Wodka hinter die Binde gießen. Den hätte sie am liebsten sofort getrunken, denn eigentlich brauchte sie nach einem halben Tag bei den Dorschs immer einen Schnaps. Mindestens einen.

Heute war Olga beinahe in Ohnmacht gefallen und tierisch erschrocken, als sie nichts ahnend, dienstbereit und eilfertig wie immer das Wohnzimmer der Villa Dorsch betreten hatte. Diese reichen Leute … Allein schon auf diesen Schreck wäre ein anständiges Glas mit etwas Hochprozentigem fällig gewesen, aber Olga verbot sich während ihrer Arbeit hartnäckig irgendwelche Laster, das hätte ihrem Ruf geschadet.

»Toll, gute Frau, oder? Das ist ein Aikätscher«, hatte Elli hochnäsig gesagt und auf das blendende knallbunte Ding gedeutet. »Das kennen Sie nicht, gell? Ist jetzt modern. Ich weiß ja nicht, ob es da, wo Sie herkommen, überhaupt so was wie Weihnachten gibt?« Sie hatte Olga fragend angesehen, die nur fassungslos genickt hatte. »Aha. Aber so was kennen Sie nicht, oder?« Elli hatte selbstgefällig auf ihre neueste Anschaffung hingewiesen.

»Nain, gnädigä Frau«, hatte Olga leise geantwortet. »So was kännän wir nicht.«

»Habe ich mir schon gedacht. Husch, husch, meine Liebe, Ihre Zeit ist mein Geld!« Damit war Elli verschwunden und hatte Olga allein mit diesem … Ding gelassen. Es sah aus, als würde es Putzfrauen fressen. Olga nahm sich vor, diesem … Ding aus dem Wege zu gehen. Aikätscher hin oder her. Was auch immer das sein sollte.

Sie schüttelte gerade die Stoffhosen im Wäschekorb aus, weil viele ihrer Kunden immer wieder einmal etwas in den Hosentaschen vergaßen: zusammengeknüllte Tempotaschentücher, Streichholzbriefchen, Münzen und noch merkwürdigere Dinge. In einer Tasche spürte sie einen sperrigen Gegenstand. Olga griff hinein und holte einen Schlüssel, an dem ein Metallschild befestigt war, heraus. Darauf stand in geschwungener Gravur: »vier«.

Olga überlegte kurz, wo hier im Hause die »Nummer vier« wohl sein konnte, da sie aber ihr Geld definitiv von »Nummer eins« bekam, steckte sie den Schlüssel in die Gesäßtasche ihrer Jeans und beschloss, ihn später beim Abkassieren abzugeben. Dann drehte sie die dunkelblaue Stoffhose auf links und packte sie in den Wäschekorb.

Ein Stockwerk weiter unten herrschte ungute Stimmung.

»Der kann was erleben.« Elli saß, eingehüllt in eine Stola mit eingewebten Lurexfäden, auf dem Sofa aus Büffelleder und starrte missmutig auf einen besonders fies aussehenden Tierschädel, der sie anzugrinsen schien.

Draußen vor dem Fenster in dem großzügig angelegten Garten herrschte diffuses Zwielicht. Keine einzige Lampe brannte im Wohnzimmer der Familie Dorsch. Auf dem offenen Kamin stand etwas verloren neben der Büste eines obskuren afrikanischen Fruchtbarkeitsgottes, der verbissen dreinsah, ein gusseisernes Gebilde, auf dem vier verschieden große Wachskerzen jungfräulich unangezündet Adventsstimmung verbreiten sollten. Es war das Neueste in Sachen Dekoration, hatte die Hausherrin sich sagen lassen.

Elli warf einen vorsichtigen Blick auf den Platz neben dem Kamin, und sogar sie schauderte kurz. Aber wirklich nur kurz.

»Weihnachten ist total out, Frau Dorsch. All dieses rührselige grüne Zeugs, das einem die Wohnung verschmutzt und übel riecht. Der Kitsch. Diese merkwürdigen Figuren, Räuchermännchen, Tannengirlanden. Igitt. Niemand macht das heute mehr. Understatement, das ist es heutzutage. Understatement und dafür ein einziger Eyecatcher, der aussagt, was und wie Sie fühlen! Das muss knallen!«, hatte Jakob Vögele am Telefon erklärt.

Elli zog ihn stets zurate, wenn sie innenarchitektonische Fragen hatte, auch wenn sich diese nur auf solch vernachlässigbare Dinge wie die Farbe einer Mitteldecke in der Küche oder antiquierte bourgeoise Feiertage wie Weihnachten bezogen. Denn Jakob Vögele kannte sich aus. Immerhin hatte er aus dieser altbackenen, von Dieter und Elli bewohnten Provinzklitsche mit Vollholz-Schrankwand und Velourssofa etwas gezaubert, mit dem man sich auch beim Empfang des amerikanischen Präsidenten nicht blamieren würde, oder? Elli warf einen kurzen Blick auf den Fruchtbarkeitsgott.

»Eyecatcher? Was ist das?«, hatte sie gefragt, obwohl sie sich in diesem Moment total blöd vorkam vor diesem Gott von einem Innenarchitekten, der nie anders als in existenzialistisches Schwarz gekleidet seine Kunden besuchte und dessen herablassende Statements stets klangen, als trüge er eine goldene Wäscheklammer auf der Nase. Zusammen mit einer riesigen schwarzen Hornbrille und üppig wallendem nussbraun gefärbten Haar machte Jakob Vögele den Eindruck eines Menschen, der als Künstler in deutlich höheren Sphären schwebte als Otto Normalverbraucher und der sich nur widerwillig in die Niederungen gutbürgerlicher deutscher Wohnzimmer begab. Genau das war auch seine Absicht gewesen, als er sich dieses Image zulegte, denn er kam eigentlich aus Breitenbrunn und hatte nie eine Universität von innen gesehen, dafür aber beste Beziehungen zu lokalen Größen, die sich gern exzentrisch gaben.

»Na, ein Aaaaaikätschär eben, ein Blickfang, gnädige Frau«, hatte er gesäuselt. »Nehmen Sie einfach ein Element, aber nur eines, und platzieren Sie es an exponierter Stelle. Das ist jetzt so en vogue.«

Es hatte geklungen wie »aaaaain Elemääääänt«, denn Jakob Vögele gab sich gern ein wenig französisch, was bei den weiblichen Kunden gut ankam, und absolut allwissend. Das schüchterte seine zahlungskräftigen Kunden meistens so ein, dass sie ihn schalten und walten ließen, wie er wollte.

»Ja und was für einen Blickfang?«, hatte Elli ratlos gefragt.

»Also, gerade sind amerikaaaanische Bäume voll im Trend, Liebes«, hatte Jakob Vögele gesäuselt. »Verstehen Sie? Mehr von allem, viel mehr, zu viel von allem. Total angesagt in Äl Äääh, wissen Sie? Da war ich neulich.«

Alle in Mindelheim wussten, dass Jakob Vögele neulich drei Wochen in Los Angeles gewesen war, weil er es jedem erzählte, der ihm begegnete. Es machte immer einen guten Eindruck, über die neuesten Trends bei den Reichen und Schönen in den USA zu schwafeln, denn auch hier wollten alle reich und schön sein. Oder zumindest reich.

»Lassen Sie mir die Auftragsbestätigung per Fax zukommen, dann wird das gute Stück bis zum Wochenende geliefert. Sie müssen gar nichts tun. Der kommt dann auch direkt aus Äl Äh, den lasse ich für Sie einfliegen«, hatte Vögele geflötet.

Elli war sprachlos, aber willig gewesen, und so kam es, dass im Wohnzimmer der Dorschs seit heute Morgen ein über drei Meter hoher, künstlicher schneeweißer Kunststoff-Weihnachtsbaum stand, der bis in die letzte Ritze mit Plastikkugeln, Plastiklametta, Plastiksternen und Plastikengeln behängt war. Das Ding war wie ein Verkehrsunfall – Elli konnte einfach nicht die Augen davon abwenden, und Dieter war vor Schreck beinahe in Ohnmacht gefallen, als er müde heruntergetappt war, um sein karges Frühstück in der Küche einzunehmen, denn Sandrina, die Haushaltshilfe, hatte am Wochenende frei, und Elli kochte so gut wie nie, außer mal vor Wut.

Vielleicht ist er doch ein bisschen groß, dachte Elli und fixierte eine große, grün schillernde Kugel, in der sich das Nachmittagslicht spiegelte, als das Festnetztelefon klingelte.

»Toll. Nicht einmal Samstag hat man seine Ruhe«, murrte sie, rutschte mehr, als dass sie aufstand, von ihrem Büffelledersofa, denn der Bezug war äußerst straff gespannt, und schlurfte zu dem Beistelltisch aus Balsaholz, der eigentlich einen geschnitzten Elefanten darstellen sollte und ständig umkippte, sobald man etwas darauf platzieren wollte.

»Ja?«, meldete sie sich missmutig. Als sie hörte, wer am anderen Ende war, wurde ihr Gesicht immer länger. »Der ist nicht da«, sagte sie und wollte schon wieder auflegen, als sie einen Brocken aufschnappte und den Hörer fester ans Ohr presste. Ihr Gesicht wurde bleich.

»Bilde dir doch keine solchen Schwachheiten ein. Mir egal, was du am Donnerstag gesehen hast!« Sie funkelte das Telefon böse an, als könne der Anrufer sie durch den Hörer sehen. »Dann hör einmal auf mit den Drogen. Was? So wie du daherkommst, sind da einwandfrei Drogen im Spiel. Kein Mensch, der was auf sich hält, zieht sich so an.« Dann lauschte sie wieder.

»Das kannst du ja probieren. Müsstest ja bemerkt haben, dass ich den größeren Einfluss habe als du. Immer noch nichts gelernt aus der Vergangenheit?« Sie grinste böse, bis ihr wieder einfiel, dass es nichts brachte.

»Ich sage dir nur eins«, Elli wurde gefährlich leise, »wenn du auch nur eine einzige blöde Bemerkung fallen lässt, dann kannst du mal schauen, wie es ist, ganz ohne Hilfe klarzukommen. Und glaub nicht, dass ich das nicht kann. Du dummes Stück. Fehlt nur noch, dass du Geld verlangst. Dir traue ich alles zu. Mir? So blöd kannst du nicht sein. Du hast dir was eingebildet. Ich warne dich. Zum allerletzten Mal!«

Dann drückte sie den Aus-Knopf und warf den Hörer voller Wut durchs Zimmer. Er traf den sündhaft teuren Weihnachtsbaum, der kurz ins Wanken geriet, aber nicht umfiel. Vögele lieferte nämlich Qualitätsprodukte. Eine große pinkfarbene Kugel fiel herab und kullerte über die hellgrauen Granitfliesen, ehe sie vor dem Zebrakopf zur Ruhe kam.

»Blödes Miststück!«, schrie Elli außer sich und gab der Kugel einen Tritt, dass sie laut kullernd unter der Massivholz-Anrichte an der Wand unterhalb des Ölgemäldes verschwand, auf dem ein Elefant in den Sonnenuntergang trottete.

Oben war Olga erschrocken stehen geblieben. In einer Hand den Putzlappen, in der anderen den Eimer. Dann trat sie geräuschlos wieder ins Bad und schrubbte die Toilette weiter. Viel zu putzen gab es nicht. Den Schlüssel mit dem Metallschild hatte sie völlig vergessen.

## Samstagmittag, Mindelheim

»Ich fass es nicht, Leute.« Alfons bestellte bei der flinken Bedienung mit einer Andeutung seines Zeigefingers noch einen Glühwein. Er musste dazu nicht einmal etwas sagen, denn nach all den Jahren kannte man seine Gewohnheiten. »In unserer Stadt. In der Burg. Im Brunnen! Des glaubt man einfach nicht. Und dazu die Sache mit der Moni … Mir wird schlecht.«

»Glaub's ruhig«, murrte Kurt. »Und erzähl es bloß gleich jedem weiter, weil ich dich ja gebeten hab, des nicht zu tun, du Waschweib.«

»Wem soll ich's denn sagen?«, meinte Alfons. »Meine Frau versteht doch kein Deutsch.«

»Wird schon wissen, warum«, sagte Kurt und erntete einen schrägen Blick von seinem Gegenüber.

»Wer war's denn jetzt?«, fragte Alfons dann neugierig. »Und weshalb?«

»Woher soll ich denn des wissen?«, giftete Kurt zurück. »Ich hab bloß die Schuhe über den Brunnenrand schauen sehen. Grausam hat des ausgeschaut, wie der da drin gelegen ist. Als hätt ihn jemand zusammengefaltet. Brauch ich so schnell nimmer.«

»Hat die Lydia jetzt einen Schock?«, interessierte sich Herbert, der das Unglück anderer Leute immer recht erquickend fand, weil es ihn von seinem eigenen Leben ablenkte.

»Die doch nicht«, wehrte Kurt ab. »Die kann schon was vertragen.«

»Muss sie auch, so wie du zugenommen hast«, warf Alfons schäbig grinsend ein.

Kurt winkte würdevoll ab. »Ich tu ja was dagegen. Die Lydia jagt mich morgens immer auf die Burg rauf und wieder runter. Da verbrenn ich genug Kalorien.«

»Und was ham die von der Kripo gesagt? Mei, hab gar nicht gewusst, dass mir so was überhaupt ham. Kripo. Ich kenn ja bloß den Tatort.« Alfons ließ sich nicht abwimmeln.

»Die kommt aus Memmingen«, antwortete Kurt. »Hat einen

Schönling dabeigehabt, der passt gar nicht zu ihr. So ein Großer, unrasiert, hat ein bisserl schlampig ausgesehen. Unglaublich, was jetzt schon alles in den Staatsdienst darf. Früher war des anders. Da hat man nicht jeden genommen.«

Seine Kameraden pflichteten ihm bei. Irgendwie hatten sie vergessen, dass sie früher auch junge Männer gewesen waren, mit schlanken Taillen, schmalen Hüften und einer Menge bunter Träume, die sich nach und nach in der Realität aufgelöst hatten wie ein Hefewürfel in lauwarmer Milch. Geblieben war nur eine mit den Jahren patinierte Selbstgerechtigkeit, gepaart mit gelegentlichen Anfällen von nostalgischer Gefühlsduselei. Dann erinnerte man sich an alte Zeiten, wischte aber die Gedanken gleich wieder weg wie eine lästige Bremse im Mindelheimer Freibad. Denn das Leben ging weiter. Jede Sekunde. Geschäftsleute können sich keine Sentimentalitäten leisten. Einen Augenblick herrschte Schweigen am Tisch.

»Musst noch mal hin zur Polizei?«, fragte Alfons dann neugierig.

»Denk nicht. Höchstens die Lydia. Mir ham unsere Personalien dagelassen. War ja alles erledigt. Ich hab den ja nicht abgestochen, sondern bloß gefunden«, sagte Kurt. Allmählich regten ihn seine alten Geschäftskollegen so auf, dass er sich sogar nach seinem Haus sehnte. Und nach seiner Frau. Ein ganz schlechtes Zeichen.

»Leute, ich muss heim. Das gibt wieder einen Anschiss.« Herbert erhob sich schwerfällig und winkte der freundlichen Bedienung. »Jetzt sitzen wir schon wieder fünf Stunden. Hätt zusammen mit dem Dieter gehen sollen. Der arme Depp der, steht heut in der Werkstatt und arbeitet.«

»Blödsinn. Hab den neulich Richtung Nassenbeuren fahren gesehen. Mir wissen alle, wer da wohnt. Der ist nie im Leben in der Werkstatt«, brummte Kurt. »Und wieso musst du heim, Herbi? Deine Frau ist doch gar nicht da. Die guckt doch alte Schinken an in Italien, hab ich gedacht?«

»Ja, aber anrufen tut sie. Jeden Tag«, erwiderte Herbert unglücklich. »Und die hört, ob ich daheim bin, kannst aber glauben. Die hat Ohren wie ein Luchs.« Alle wieherten.

»Schad, dass der Dieter schon weg ist«, wandte sich Kurt zu den anderen. »Der hat wirklich gar nix mehr zu sagen daheim. Ist eine Schande, wie das Weib den unterm Pantoffel hält.«

»Ich versteh gar nicht, wieso der Dieter seine Weibsbilder überhaupt ausgewechselt hat«, sagte Alfons. »So übel war die Andrea nicht. Ein anständiges Mädel. Und proper. Ich hab sie neulich im V-Markt getroffen. Sieht gut aus für ihr Alter. Da wär er besser beraten gewesen. Die Elli ist kleiner und dicker, und die Augen …« Er schüttelte sich demonstrativ. »Hab immer des Gefühl, mich schaut ein Karpfen an. Dazu noch die Stimme. Es ist mir ein Rätsel. Aber die muss auch ihre Qualitäten haben, sonst hätt er das nicht gemacht, denk ich.« Er sah seine Kumpane vielsagend an. Alle wieherten hinterhältig.

»Leute, die Elli ist … also, ich versteh ja schon was von den Frauen …«, mischte sich Wolfgang ein, der vor einiger Zeit wieder in nachdenkliches Schweigen verfallen war.

»Klar, hast ja auch genug von denen durch«, sagte Kurt bissig. »Wieso bist eigentlich noch nicht in deinem Lokal? Lauft schon alles von allein?«

»Lieber Dr. König«, dozierte Wolfgang hochnäsig. »Wenn du alles richtig machst im Leben, dann brauchst in unserem Alter bloß noch ein einziges Werkzeug.«

»Ah ja?«, fragte Kurt genervt.

»Ja.« Wolfgang hob seinen Zeigefinger in die Höhe. »Den da.« Er wedelte mit dem Finger hin und her. »Und mit dem sagst … du machst jetzt das und du das … Verstehst?«

»Was ist denn mit der Elli?«, bohrte Alfons, der vorhin den Unterton in Wolfgangs Stimme richtig interpretiert hatte.

»Nix.« Wolfgangs Miene wurde undurchdringlich. »Nix, was ich euch erzählen könnt. Ich tät's gern. Aber das tu ich dem Dieter nicht an. Ihr seids solche Waschweiber. Der Kurt hat ja auch nicht dichtgehalten und uns gleich alles von der Burg ausgeplaudert, obwohl's ihm die Polizei verboten hat. Euch kann man nix anvertrauen. Aber ganz was anderes. Einer von euch muss … sollt mir einen Gefallen tun. Ist kein besonders großer.«

»Ach ehrlich, Wolfi?« Alfons nippte an seinem Pils. »Der letzte Gefallen, um den du gebeten hast, der war ganz schön groß. Ein paar hunderttausend groß sogar.« Er lachte überheblich.

Wolfgang sah ihn bissig an. »Hast ihn ja auch nicht gemacht. Keiner von euch.« Er sah anklagend in die Runde.

»Was für einen Gefallen?«, fragte nun Kurt und sah Wolfgang neugierig an.

»Ach, bloß jemand was fragen. Oder was ausrichten«, entgegnete Wolfgang widerwillig. »Nix Besonderes.«

»Wem denn?«, bohrte Kurt nach.

»Wenn ich mir überleg ... du wärst eigentlich grad richtig«, antwortete Wolfgang stattdessen. »Sag ich dir gleich nachher. Und wegen dem Dieter und der Elli ... ich will wirklich. Aber es geht halt nicht.«

»Interessant. Sehr interessant«, sagte Alfons. »Na ja, kann den Dieter auch gut leiden.«

»Der hätt doch auch andere kriegen können«, pflichtete Kurt ihm bei. »Gut, wenig Haar hat er, aber schöne Zähne, find ich als Experte. Meint die Lydia auch. Und die mault sonst immer.«

»Die mault doch an allem rum«, entgegnete Alfons. »Hättest halt wie ich eine anspruchslose Frau genommen, eine ganz normale –«

Kurt fiel ihm ins Wort. »So anspruchslos wie deine, die kein Wort Deutsch versteht? Und zu blöd zum Lernen ist die garantiert nicht. Die mag bloß nicht.«

»Hast doch keine Ahnung von Weibern, Kurt«, lästerte Wolfgang.

Kurt fixierte ihn bissig. »Kümmer du dich lieber mal um deinen Laden. Hab gehört, die zwei großen ›G‹ sind schon wieder bei dir gewesen. Letzte Woche.«

Die großen »G« waren eine Spezialabkürzung innerhalb der Gruppe für »Gewerbeaufsicht« und »Gerichtsvollzieher«, denn komplett ausgesprochen klangen sie sehr unschön, wie die Herren fanden, wenngleich zwar die meisten nur mit dem ersten großen »G«, der Gewerbeaufsicht, so ihre Erfahrungen hatten. Aber das genügte schon, denn deutsche Behörden konnten einen aufrechten Mittelständler ohne Weiteres in den Wahnsinn treiben.

Wolfgang wand sich ein wenig und verlor kurz die Farbe. Aber wirklich nur kurz. Für alles andere war er einfach zu abgebrüht.

Seit Jahrzehnten war er innerhalb des Stammtischs immer der mit den größten Autos, der größten Klappe und – ja – den größten Schulden gewesen. Eine Zeit lang hatte er sogar einen Leibwächter beschäftigt, denn Wolfgangs Vorliebe für bereits vergebene Frauen hatte ihn das ein oder andere Mal in ungemütliche Situationen gebracht. Leider hatte Wolfi dann entgegen den Regeln der Vernunft auch die rothaarige Freundin seines Bodyguards angebaggert, womit das Arbeitsverhältnis umgehend beendigt gewesen war. Schwamm drüber, wie es am Stammtisch hieß.

»Mit meinem Laden ist alles in Ordnung«, erwiderte Wolfgang jetzt schroff. »Könnts aufhören zu spekulieren. Wenn ich des sag, dann passt des, klar? Und Kurti – ich hab zwei neue Bedienungen eingestellt. Da musst mal kommen. Beantragst halt Ausgang bei deiner Regierung.« Er lachte dreckig. »Die können auf ihrem Busen zwei Halbe transportieren. Noch keine dreißig. Ganz nette Dinger. Alle zwei blond.«

Herbert, der gerade dabei war, sich in seinen Kammgarnmantel zu quälen, wurde aufmerksam und war beinahe in Versuchung, sich wieder zu setzen, aber die Aussicht auf den Anruf seiner Ehefrau aus Florenz hielt ihn davon ab. Er würde in ein paar Tagen wieder über alles informiert werden, da war er sich sicher. Auf dem Weg zum Parkplatz am »Forum« grübelte er intensiv über die Geschichte mit der Mindelburg nach. Da waren sie auch schon lang nicht mehr gewesen, obwohl das Essen äußerst anständig und die Terrasse gemütlich war. Warum eigentlich nicht? Als er seinen Wagen startete, hatte er die Geschichte mit dem Brunnen schon fast wieder vergessen.

Drinnen rüsteten sich die Herren zum Aufbruch. »Pack mer's!«, sagte Wolfgang und erhob sich. »Du weißt Bescheid, oder?« Der Angesprochene nickte.

»Du horch amal.« Alfons zupfte ihn am Ärmel. »Des mit der Elli … was du da weißt und was mir nicht wissen, des interessiert mich wirklich.«

»Kann schon sein«, sagte Wolfgang, und sein Gesicht verschloss sich. »Von mir hörst nix. Ich bin diskret.«

»Ich krieg's schon noch raus. Es kommt immer alles raus«, grinste Alfons.

Und das stimmte.

## Samstagnachmittag, Memmingen

»Dollinger, Sie sehen aus, als wäre Ihnen ein Hubwagen über den Fuß gefahren.« Der Boss sah Dollinger aus zusammengekniffenen Augen an. »Fehlt Ihnen was?«

Dollinger schüttelte den Kopf, denn er hatte hier im Revier alles, was er brauchte. Sogar eine Tüte mit Weihnachtsplätzchen war ihm von einer anonymen, wohlwollenden Seele auf den Schreibtisch gestellt worden. Außerdem war die Frage vom Boss rein rhetorisch.

Draußen vor den Scheiben tobte der Wochenendverkehr, da das Polizeipräsidium Memmingen direkt an einer viel befahrenen Kreuzung lag. Der Boss warf einen kurzen Blick durch die Scheibe und runzelte die Stirn. »Wo wollen die bloß alle hin«, murmelte er, bekam aber keine Antwort. Draußen überlegte der Schnee gerade, ob er sich in Eis verwandeln sollte, und klopfte leise prasselnd an die Scheiben. Es klang wie Tausende kleiner Nadeln. Im Raum war es düster.

»Wir machen hier keine Séance«, sagte der Boss. »Licht an!«

Jemand sprang auf und drückte auf den Schalter. Der ganze Raum wurde taghell vom Neonlicht erleuchtet.

»Starten wir mit dem Fall Rothenfels in Mindelheim. Wer fängt an?«

Dollinger stand auf, als wäre er in der Schule und müsste ein Gedicht vortragen. Er räusperte sich verlegen und begann: »Monika Rothenfels, sechsundfünfzig Jahre alt, geboren am …« Dann sah er den Gesichtsausdruck vom Boss und verhaspelte sich.

»Wissen wir schon. Spulen Sie mal vor, ich habe nicht den ganzen Tag Zeit so wie Sie.« Der Boss klang etwas ungehalten. Auch er hatte noch kein Weihnachtsgeschenk für seine Frau … zu viel zu tun.

»Ist recht, Chef«, erwiderte Dollinger dann kleinlaut. Irgendwie war es auf dem Revier beinahe wie bei ihm zu Hause. Zu sagen hatte er da auch nichts.

»Also … laut Bericht von der Gerichtsmedizin starb die Tote nicht –«

»Tote sterben nicht, die sind tot«, unterbrach ihn der Boss.

»Ja, Chef«, bestätigte Dollinger gehorsam. Das konnte ja lustig werden. »Der Tod wurde durch eine Fraktur des Dens axis verursacht, da durch die Fraktur auch die Me… Medulla oblongata durchtrennt wurde.«

»Himmel, sagen Sie Heinzelmann gelegentlich, dass er Deutsch schreiben soll für uns Minderbemittelte. Das macht der doch mit Absicht«, knurrte der Boss.

»Mach ich«, stammelte Dollinger. »Also … die Frau hat sich das Genick gebrochen. Ich meine, ihr wurde das Genick gebrochen. Aufgrund der Hämatome an beiden Schultern geht der Heinzelmann davon aus, dass sie gepackt und an die Wand geworfen wurde. Dabei hat sie sich die schwere Schädelverletzung zugezogen. Durch den unglücklichen Sturz auf den Boden ist dann die Fraktur passiert. Todeszeitpunkt seiner Schätzung zufolge kurz vor Mitternacht.«

»Sagen Sie mal, rasieren Sie sich überhaupt noch?«, fragte der Boss unvermittelt und sah Dollinger direkt aufs Kinn.

Dieser schluckte. Seit Neuestem wohnte seine geehrte Frau Schwiegermutter im Souterrain seines netten kleinen Einfamilienhauses, deshalb verbrachte er mittlerweile wesentlich mehr Zeit auf dem Revier als zu Hause. Jeder wusste das.

»Genug gescherzt. Der Blutfleck an der Wand?«, fragte der Boss.

»Wie gesagt, sie wurde an die Wand geschleudert«, wiederholte Dollinger. »Die Wahrscheinlichkeit …« Er verstummte wieder, denn das Wort »Wahrscheinlichkeit« ging beim Boss überhaupt nicht. »Sie prallte von der Wand ab und fiel zu Boden, was die Ursache für die Wirbelsäulenfraktur war. Sehr wahrscheinl…« Wieder das falsche Wort. »Sie war aber laut Heinzelmann schon bewusstlos, ehe sie auf dem Boden aufschlug, dafür hat der Aufprall an der Wand gesorgt. Fremde DNA oder Abwehrspuren konnten nicht gefunden werden. Auch die in der Wohnung gesicherten Fingerabdrücke brachten kein Ergebnis.«

»Weiter«, polterte der Boss. Niemand sprach ein Wort. Man hörte nur geschäftiges Rascheln.

»Unauffälliger Mageninhalt. Kleinere, unwesentliche Rückstände von Barbituraten wurden nachgewiesen. Sie hat der Laboranalyse nach mindestens eine Schlaftablette genommen. Erstaunlich, dass sie trotzdem mitten in der Nacht aufgewacht ist. Sie war übrigens laut Heinzelmann bis auf eine Raucherlunge in überraschend guter Verfassung. Er behauptet, die hätte ohne Weiteres hundert Jahre alt werden können.«

»Das hätte aber ihrer Schwester wohl gar nicht gepasst«, sagte Sissi laut. »Die hat sich schon erkundigt, wann wir das Absperrband wegmachen, und plant irgendwas. Hans, irgendwelche Hinweise auf die finanzielle Situation der beiden Damen?«

Dollinger wühlte in seinen Papieren. »Ja. Noch nicht allzu viel, ich muss auch erst noch mit dem Dr. Lindemann sprechen, das war der Vermögensverwalter der beiden Schwestern. Das hab ich immerhin schon rausgefunden. Ist Samstag, weißt ...« Er wischte sich wieder mit dem Küchentuch über die Stirn.

»Ich hab hier einige Briefe von dem Vermögensverwalter. Die ham eine Eigentumswohnung nach der anderen verkauft, weil: Viel Geld war nicht mehr da. Die beiden Damen haben immer recht gut gelebt, nie gearbeitet und beim Platzen dieser New-Economy-Blase im Jahr 2000 einen Haufen Geld verloren. Haben mit ihren Aktien aufs falsche Pferd gesetzt. Aber sie kriegen ... kriegten beide immer noch aus dem Vermögen ihres Vaters eine anständige monatliche Auszahlung. Arbeiten haben die nie gemusst. Bloß war halt absehbar, dass ihnen in einiger Zukunft das Geld ausgeht. Oder dass sie mit sehr viel weniger auskommen müssen als vorher. Zwei Eigentumswohnungen in Dresden sind noch übrig. Spekulationsobjekte, da kommt aber auch nicht viel rein. Aber das Haus, diese Villa, in der die woh... gewohnt haben«, verdammt, schon wieder so ein schwieriger Satz, Dollinger schluckte, »ist eine Menge wert. Allein das Grundstück. Sind ja ein paar tausend Quadratmeter in bester Wohnlage. Parkartig angelegter Garten. Die Villa dazu. Da wären Millionen drin. Soll ich die Schwester auch checken?« Dollinger atmete hörbar ein. Er hasste diese Besprechungen.

»Kann nicht schaden«, sagte Sissi. »Sonst noch was?«

»Die zwei Ordner von dir waren schon ergiebig«, antwortete Dollinger. »Aber nix Privates. Kein Hinweis auf Freundschaften oder Bekanntschaften. Scheint recht einsam gewesen zu sein, die Dame.«

»Sachen gibt's«, sagte der Boss. »Lebt in wirklich guten Verhältnissen, kann aber nichts damit anfangen. Da sieht man mal, dass nicht alles Gold ist, was glänzt.«

»Und nichts Digitales, gar nichts?«, fragte Sissi.

Dollinger hob die Schultern. »Ist ganz komisch, wenn man mal keinen Computer zu prüfen hat oder einen Account in den sozialen Netzwerken. Die Frau war aber dafür analog sehr akkurat, beinah wie ein Buchhalter. Ich habe massenhaft Rechnungen von der Apotheke, die ihre Medikamente geliefert hat, und Lieferscheine von einem Speiselokal, der ›Kutsche‹ in Mindelheim. Wenn ich es richtig überschaue, geht das seit Jahren.« Dollinger wischte sich wieder die Stirn.

»Nur Lieferscheine?«, hakte Sissi hellhörig nach.

Dollinger nickte. »Viel Geld hat die net ausgegeben. Bloß die Wohnung hat sie vor einem Jahr umbauen lassen. Und die Einbruchssicherung anbringen. War ganz schön teuer. Die Rechnung hab ich hier vorliegen. Montag früh weiß ich viel mehr, wenn ich den Vermögensverwalter erreicht hab. Wäre aber vielleicht besser, wenn den jemand aufsucht. Hoffentlich ist der nicht im Weihnachtsurlaub. Aber … die Einbruchssicherung war net so teuer wie der Umbau vom Schreiner.«

Dollinger nahm sich vor, von solcherart Renovierungen zu Hause nie etwas zu erwähnen. Er wollte seine Frau und deren Mutter nicht noch auf dumme Gedanken bringen.

»Hans …« Sissi war aufgestanden und ignorierte den erstaunten Blick vom Boss. »Dass es finanziell mit den Damen bergab gegangen ist, hab ich begriffen. Aber wie sieht's mit den Kontenabfragen aus?«

Dollinger verdrehte die Augen. »Auf dem Sparkassenkonto zweitausendzweihundertvierundneunzig Euro. Ich hab regelmäßige Zahlungseingänge über dreitausend Euro im Monat. Aber«, er grinste breit, »bis vor einem Jahr war's das Doppelte.

Haben nicht schlecht gelebt, die zwei. Die Abhebungen waren nur kleinere Beträge.«

»Was ist mit Versicherungsunterlagen? Hausrat oder so?«, fragte Sissi.

»Nix, Sissi.« Dollinger prüfte seine Unterlagen. »Keine Hausratversicherung. Keine Haftpflicht, kein Rechtsschutz. So was war in dem Ordner nicht drin.«

»Also war sie unterversichert«, sagte der Boss. »Das ist jetzt nicht mehr ihr größtes Problem.«

»Na ja, Chef, wir hätten prüfen können, ob sie was besonders versichert hat, Schmuck etwa. Aber da muss ja was gewesen sein, oder? Die Putzfrau, Frau Rimowa, spricht von einer ›Metallschachtel‹ mit Griff, vermutlich eine Schmuckkassette. Da wir aber nichts gefunden haben, ist die gestohlen worden. Alles was sie sich geleistet hat, war eigentlich der Umbau, wenn ich den Kollegen Dollinger richtig verstanden habe, oder Hans?« Sissi blickte Dollinger fragend an.

»Ja, und das komische Seminar«, antwortete der. »In dem Ordner hab ich auch noch eine Buchungsbestätigung gesehen. Die hat im Reisebüro ein Seminar gebucht. In Lindau. Irgendwas mit Matrix-Transformation.«

»Ich möchte gar nicht wissen, was das ist«, grummelte der Boss. »Sonst noch was Wichtiges?«

»Ja, Chef, also der Umbau … und die Innenausstattung, dieser Vögele, der war ja richtig teuer.«

»*Das* haben wir gesehen«, bestätigte Sissi schmunzelnd. »In dem Interieur hätte sich auch unser seliger König Ludwig wohlgefühlt. Aber mit ›Umbauten‹ meinst du bestimmt ihre Ankleide, oder?«

Dollinger nickte. »War kein billiger Spaß. Zwanzigtausend Euro für ein paar Schränke, wenngleich auch aus Vollholz, und ein paar Schubladen sind schon nicht günstig.«

Im gleichen Moment fiel Dollinger sein Umbau ein, der dazu gedient hatte, es seiner Schwiegermutter wohnlich zu machen, und er verstummte vor Schreck. Was würde wohl seiner Frau und deren Mutter noch einfallen, um ihn zu quälen? Gerade neulich hatte er verdächtig oft das Wort »Sauna« gehört, und bei der Vorstellung, dort schwitzend zu sitzen, während ihn seine Schwiegermutter mit ihren unbestechlichen Vogelaugen musterte, veranlasste ihn zu dem Vorsatz, noch mehr zu arbeiten als vorher. Gern auch gratis. Ihm entrang sich ein kurzer Seufzer, den aber niemand bemerkte.

»Also, das wäre dann erst mal alles, oder?«, fragte Sissi.

Dollinger nickte. »Ist doch schon gar nicht schlecht für des bisschen Zeit, des ich hatte, oder?«

»Fleißkärtchen gefällig?«, bot ihm der Boss gefährlich leise an. Dollinger wurde blass. »Also, fassen wir zusammen«, sagte der Boss: »Mageninhalt unauffällig. Nur zwei ständige Lieferanten. Eingehende Anrufe?« Er sah Dollinger scharf an.

»Bloß einen am Tattag«, stammelte dieser.

»Konntest du den schon zuordnen?«, fragte Sissi.

»Dauert noch ein bisserl, meine Hübsche.« Sissi lächelte geschmeichelt. »Unterdrückte Nummer. Sie hat aber wohl geschlafen und ist net rangegangen.«

»Vielleicht wollte bloß jemand wissen, ob sie allein ist«, sagte Klaus aus dem Hintergrund. Der Boss sah sich suchend um. »Das machen die doch oft so. Sie kontrollieren, ob Licht brennt. Oder sie klingeln oder rufen an. Wenn sich dann niemand meldet, gehen die davon aus, dass die Bude leer ist, und brechen ein. Wir warnen doch genau vor solchen Szenarien und empfehlen den Leuten, dass die Nachbarn bei ihnen das Licht an- und ausschalten und den Briefkasten leeren sollten.«

»Sieh an, sieh an, die Stimme aus dem Untergrund.« Der Boss starrte in die Richtung, aus der Klaus gesprochen hatte. »So publikumsscheu sind Sie doch sonst auch nicht?«

Klaus sah verlegen drein. Er blieb heute lieber im Verborgenen.

»Belassen wir es dabei, dass sie geschlafen hat«, beschwichtigte Sissi.

»Ach Sissi, Entschuldigung«, sagte Dollinger. »Da steht ja auch, dass sie eins Komma eins Promille hatte.«

»Noch ein Fleißkärtchen, Dollinger?«, fragte der Boss. »Also, fassen wir zusammen. Die Tote starb durch äußere Gewalteinwirkung an einer Fraktur der Halswirbelsäule. Sie war angetrunken, hatte ein Schlafmittel eingenommen, wurde an die Wand geschleudert und ist an den Folgen des Sturzes verstorben. Interessante Geschichte.«

Der Boss hustete laut und fuhr fort: »Wie mir Sommer und Vollmer mitgeteilt haben, sind die beiden Damen in dem Haus Geschwister gewesen, die seit Jahrzehnten nicht miteinander gesprochen haben, weil eine der anderen in ihrer beider Jugend den Mann ausgespannt hat. Erbt jetzt die übrig gebliebene Schwester alles?«

Dollinger schüttelte den Kopf. »Hab mich ein bisserl schlau gemacht. Schwestern kriegen normalerweise nichts. Oder nicht viel. Klingt komisch, ist aber so.«

»Man lernt nicht aus. Testament? Irgendein Vermächtnis?«, wollte der Boss wissen.

»Vermögensverwalter. Montag, Chef«, sagte Sissi. »Außerdem hat uns eine Nachbarin erzählt, dass der Vater der beiden Frauen Hausmann und Rothenfels testamentarisch verfügt hat, dass die herrliche Villa samt Nachlass an die Kirche geht, falls die beiden dort nicht zusammen wohnen. »Das nennt sich – ich hab nachgesehen: ›Letztwillige Verfügung mit Auflage‹. Tja, und die Auflage war, dass die beiden sich vertragen sollten. Der Vater hatte es damals bestimmt gut gemeint.«

»Gut gemeint ist nicht gut gemacht«, sagte der Boss. Er drehte noch einen Kreis auf dem blitzblanken Linoleum.

»Gut, belassen wir es fürs Erste dabei. Ist schon gar nicht schlecht.« Er sah seine Mitarbeiter an. »Nun aber noch zu der Beinahe-Leiche auf der Mindelburg.«

Ein leises Stöhnen war zu vernehmen, und Klaus sah ganz unauffällig aus dem Fenster.

## Samstagmittag, Mindelheim

»Aha, der Herr Dorsch. Auch schon wieder da?« Elli stand, fester denn je in ihre Stola gehüllt, vor ihrem Ehemann, der sich allergrößte Mühe gab, nicht unter den Teppich zu kriechen. Wenn Elli wütend war, wuchs kein Gras mehr.

Dieter suchte nach Worten beziehungsweise nach einer Ausrede, denn er hatte heute außer dem Besuch im Café Lörcher noch etwas anderes Verbotenes getan. Elli würde sehr, sehr böse werden, wenn sie davon erführe.

Andererseits – ihm gingen die Worte von Wolfgang nicht aus dem Kopf. Wolfi, der nicht nur in seiner »Kutsche« immer Augen und Ohren offen hatte, hörte wahrscheinlich auch in der »Wunder-Bar« Dinge, die er für sich behielt. Es beschäftigte Dieter sehr, aber im Moment überlegte er nur, wie er dieser unschönen Situation außer durch Selbstmord wieder entkommen könnte. Und dann noch die Geschichte, die Kurt ausgeplappert hatte. Von dem Fund im Brunnen der Mindelburg. Der Kurt hatte einwandfrei die Jacke mit dem »Dorsch«-Logo erkannt, die Elli für alle Mitarbeiter hatte anfertigen lassen. In Dieter rumorte es wild, aber er wusste nicht, wie er anfangen sollte. Seine Frau war offensichtlich schon wütend genug.

Sie stemmte beide Arme in die Hüften und starrte Dieter durchdringend an. Im Einschüchtern war sie große Klasse, denn Dieter brauchte ihrer Meinung nach eine harte Hand. Sonst kam der nur auf dumme Ideen. Im tiefsten Winkel ihres Herzens wusste Elli ganz genau, dass es sehr wohl Männer gab, die zu gut für sie waren. Sogar ihre eigene Mutter hatte den armen Dieter einen Tag vor der Hochzeit tatsächlich gefragt: »Willst du dir das nicht noch mal überlegen?« Vor ihrer Tochter! Seit diesem Tag hatte Elli ihre Mutter niemals wieder angerufen. Die sollte doch in Krumbach versauern in ihrem Altenheim.

»Hab deine Sachen besorgt, Schatzi«, antwortete Dieter mit zitternder Stimme und schämte sich vor sich selbst, weil er schon wieder dabei war, klein beizugeben. Diese Frau kostete ihn das letzte Hemd und den letzten Nerv. »Und als ich zum Parkplatz gelaufen bin am Forum, weil's in der Stadt fast nie einen gibt, hab ich bloß ins Fenster reingeguckt beim Lörcher, und da waren der Herbert und … der Kurti hat was Wichtiges –«

Elli fiel ihm ins Wort. »Brauchst gar nicht weiterreden. Deine sauberen Freunde wieder, gell? Der Herbert, der Kurt, der Alfons, der Wolfi, dieser halbseidene Geschäftsmann. Seid ihr wieder über mich hergezogen? Des macht ihr doch besonders gern. Brauchst nicht meinen, dass ich das nicht weiß.«

»Stimmt doch gar nicht, Schatzi«, stammelte Dieter betreten und fragte sich zum wiederholten Mal, ob er verwanzt war. Diese Frau wusste wirklich alles. Und er bereute wie seit Tag drei nach der Hochzeit wieder einmal den Moment, als er beim Wolfi in der »Wunder-Bar« gedacht hatte: Ist die aber süß, als eine kleine, pummelige Blondine in den nicht mehr allerbesten Jahren ihn hinter dem Tresen, über den sie kaum sehen konnte, weil sie so winzig war, angelacht hatte und ihm mit großen Augen signalisiert hatte, dass er absolut der Größte sei.

Viel war seitdem passiert, und wenn jemand dem Dieter angeboten hätte, sein gesamtes Vermögen für eine tatsächlich funktionierende Zeitmaschine zu opfern, dann wäre er der Erste gewesen, der einsteigen und sich zehn Jahre zurückwählen würde. In die Vor-Elli-Zeit. Aber bis dahin sprang er eben über die Stöckchen, die seine zweite Frau ihm hinhielt, und machte anschließend brav Männchen, denn nichts ist schwerer, als einen selbst gemachten Fehler zuzugeben, vor allem ohne Ehevertrag. Und lieber sollte Elli glauben, dass er sich im Café Lörcher vertratscht hatte, als herauszubekommen, dass er heute bei seiner Exfrau gewesen war. Das hätte so schreckliche Konsequenzen zur Folge, dass Dieter sich diese nicht einmal vorzustellen wagte. Immerhin war doch in ein paar Tagen Weihnachten.

»Wir ziehen nicht über dich her. Das würd doch keiner machen. Mögen dich doch alle. Die finden dich toll«, stammelte Dieter deshalb. Schon wieder eine Lüge. Aber er nahm sich vor, demnächst zum Beichten zu gehen. Außerdem war es eine Notlüge, und die zählten nicht wirklich, wie er als Katholik wusste. »Heut morgen ist wer im Brunnen von der Mindelburg gefunden worden«, sagte Dieter dann. Irgendwie musste er diesen höllischen Kreislauf unterbrechen.

»Interessiert mich nicht«, brummte Elli, horchte aber dann doch auf. »Moment, Mindelburg? Wir waren doch gestern oben?«

»Ja«, sagte Dieter. »Der Kurti war heut Morgen zufällig da, spazieren, mit der Lydia. Die ham ihn gefunden und die Polizei angerufen. Der Kurti erzählt, der Mann im Brunnen hat eine Jacke von uns angehabt.«

»Einer von uns?« Elli stutzte einen Moment. Ihr Gesichtsausdruck veränderte sich von wütend zu erschrocken. Sie sah ihren Mann durchdringend an. »Wer war's? Dann hat die Rumsitzerei im Lörcher wenigstens mal was gebracht. Also?«

»Hab ich vergessen zu fragen«, antwortete Dieter zerknirscht. »Ich hab's einfach vergessen. War so erschrocken. Hab schon im Krankenhaus angerufen, aber die sagen nix. Dürfen nicht.«

»Unglaublich«, murmelte Elli.

Erst jetzt fiel Dieter auf, dass seine Frau wirklich die Farbe gewechselt hatte. Für einen Moment glaubte er, sehen zu können, dass Elli so was wie … Angst hatte. Was Dieter sich einfach nicht vorstellen konnte. Die fürchtete sich doch vor nichts außer dem Älterwerden.

»Unglaublich«, wiederholte Elli und schien ihren Ehemann vergessen zu haben. Dieter wollte das ausnutzen und sich ins Klo schleichen, wo er häufig längere Zeit verbrachte, denn da ließ ihn seine Frau in Ruhe, aber sie schien sich wieder gefangen zu haben und starrte ihn funkelnd an. »Das kommt schon noch raus«, sagte sie. »Und – wo warst du jetzt wirklich?«

In diesem Moment klingelte es an der Haustür.

»Mist. Die Sandrina hat heut frei. Geh und mach auf«, befahl Elli.

Dieter, heilfroh über diese Rettung in letzter Sekunde, ging eilig in den geräumigen Vorraum und öffnete die Tür. Draußen stand ein kleiner, untersetzter Mann mit einer äußerst merkwürdigen Mütze auf dem Kopf und sah ihn unschuldig an.

»Wie sind Sie hier reingekommen?«, fragte Dieter erstaunt. »Ist doch alles zu.«

»Nicht wirklich, Herr … Dorsch, richtig?« Die kleine Gestalt versuchte sich an einem Lächeln. »Das Tor war offen, also nur angelehnt. Das große Tor mein ich.«

Dieter zuckte zusammen, denn er hatte offensichtlich versäumt, bei der Einfahrt in sein Grundstück die Pforte zu schließen. Das wäre Wasser auf Ellis Mühlen, die seit Ewigkeiten ein elektrisches Tor forderte.

»Was wollen Sie? Ach, kommen Sie rein, ist eh egal.« Dieter öffnete die Haustür sperrangelweit.

Was sollte passieren? Und sogar wenn dieser dicke Mann mit den funkelnden Schweinsäuglein ein Serienmörder sein sollte, auch schon einerlei. Alles, wirklich alles war besser als das hochnotpeinliche Verhör, dem er ansonsten ausgesetzt wäre.

»Steinmeier, Robert Steinmeier vom Tagblatt in Memmingen«, sagte der kleine, dicke Mann und betrat die riesige Diele im Dorsch-Haus. Unter dem Torbogen in Richtung Wohnzimmer stand Elli und musterte den Fremden mit giftigen Blicken, denn sie hatte sich gerade warmgeredet und hasste es, wenn sie unterbrochen wurde.

»Himmel, ich hab gar nicht gewusst, dass es in Mindelheim solche schönen Frauen gibt!«, entfuhr es Robert Steinmeier, dem geborenen Schauspieler. »Sie sind bestimmt Frau Dorsch, oder?«

»Stimmt«, antwortete Elli zu Dieters Erstaunen gnädig, ja sogar mehr als gnädig. »Kommen Sie rein. Möchten Sie was trinken?«

Die Tür schloss sich hinter Steinmeier, der auf dem Weg in das Kuhfell-Wohnzimmer sichtlich beeindruckt die Einrichtung musterte und sich nach einem kurzen Schock wieder fing, als er am Christbaum vorbeimusste. Dieter sprach ein Dankgebet und tappte hinter den beiden her.

»'s ist nämlich so …«, begann Steinmeier.

## Samstagmittag, Memmingen

»Was haben wir von dem Mordversuch auf der Mindelburg?« Der Boss hatte wieder angefangen, seine Kreise auf dem Linoleum zu ziehen wie ein Tiger im Käfig, und musterte Dollinger scharf.

»Soll ich vorlesen, Chef?«, fragte Dollinger, der den zweiten Stapel Papiere herausgesucht hatte.

»Danke, nein. Ich bin mit den wichtigsten Einzelheiten vertraut. Sommer, Vollmer – nette Geschichte. Sie werden zu einem Kapitaldelikt gerufen, einem toten Mann, der in einem Brunnen liegt, der einem historischen Baudenkmal zugeordnet wird. Als Sie den Toten untersuchen wollen, wird er lebendig. Nicht so richtig lebendig, aber immerhin.«

»Chef, das war mehr als komisch«, sagte Sissi tapfer. »Sogar ich bin erschrocken, und mich haut so schnell nichts um.«

»Kann ich bestätigen«, kam es von Klaus, der sich traute, wieder etwas zu sagen. Er wollte sich lieber im Hintergrund halten, denn in der Tasche seiner Strickjacke steckte eine Salamisemmel und roch wirklich verführerisch. Mit Gurke.

»Und die beiden Zeugen haben das Aufwachen und alles andere mitangesehen?«, erkundigte sich der Boss und ignorierte Klaus. Weil er genau wusste, dass Vollmer sich gelegentlich bei den Besprechungen davor drückte, in der ersten Reihe zu sitzen. Er aß vermutlich gerade irgendetwas und glaubte, keiner würde es bemerken. Der Boss seufzte, aber nur so, dass es niemand hören konnte. Immerhin hatte er einen Ruf zu verlieren.

Sissi bejahte. »Ich wollte die beiden gleich fragen, da die ersten Eindrücke immer am wichtigsten sind. Sie machten aber nicht den Eindruck, als wären sie arg erschüttert. Die Dame meinte, sie sei dreißig Jahre verheiratet und hätte schon Schlimmeres erlebt. Kommt dir bekannt vor, oder?« Sie strahlte Dollinger an. »Interessanterweise wohnen die beiden in der Nähe des Hauses von Frau Rothenfels, also auf dem noblen Hügel. Der Mann ist Zahnarzt.«

Der Boss wandte sich an Dollinger. »Sie haben mit dem behandelnden Arzt in Mindelheim telefoniert. Was hat denn nun der gute Mann?«

Dollinger kramte mit fahrigen Fingern in dem Papierstapel auf seinem Schoß herum. Dann setzte er umständlich seine Lesebrille wieder auf – das billigste Modell, denn in seinem Haushalt galten jetzt andere Spielregeln. Und seine Regierung trug Bundfaltenröcke mit Gummibund. Es waren harte Zeiten.

»Also, ich hab mit dem Dr. Nimmerlein telefoniert. Sehr angenehmer Mensch. Unser Opfer Helmut Zimmermann hat mehr als Glück gehabt, sagt der Doktor. Die Tatwaffe ist schräg eingedrungen und hat den sogenannten Media… Medi…« Dollinger räusperte sich und las das ganze Wort in Gedanken und dann richtig laut vor: »… Mediastinalraum getroffen, zwischen Speise- und Luftröhre. Dadurch, dass das Opfer so bes… betrunken war, waren seine Gefäße geweitet, er ist ganz schnell bewusstlos geworden. Die paar Hämatome am Rücken hat er der Tatsache zu verdanken, dass er in den Brunnen bugsiert worden ist. Ich vermute …« In diesem Moment verstummte Dollinger wieder. Das war ein Wort, das der Boss genauso wenig leiden konnte wie »wahrscheinlich«. Er fing noch mal von vorn an. »Der Täter wusste wohl nicht, dass der Brunnen nach unten vergittert ist, um Unfälle zu vermeiden.«

»Hans, das ist schon wichtig«, mischte sich Sissi ein. »Die meisten Mindelheimer würden das im Normalfall wissen. Davon gehe ich aus. So gut wie jeder war von denen doch bestimmt einmal in der Burg und hat in den Brunnen geschaut. Es gibt ja sogar einen Lichtschalter. Aber es muss jemand schon arg blöd sein, wenn er einen Menschen in einen Brunnen wirft und dann nicht merkt, dass er keinen Aufprall hört. Oder total in Panik –«

»Weiter im Text, wir haben was aufzuklären«, wurde sie vom Boss unterbrochen.

»Ja, Chef«, sagte Dollinger brav. »Der Herr Zimmermann wies bei seiner Erstuntersuchung einen Blutalkoholgehalt von eins Komma neun Promille auf.«

»Allmächtiger«, kam es von Klaus, der gerade wieder seine Semmel befingert hatte. Er kam beinahe um vor Hunger.

»Der Doktor sagt, ihn hat es fast umgehauen. Zimmermann hatte eine Fahne bis zum Marienplatz in Mindelheim.« Dollinger grinste.

»Der hinzugezogene Arzt hat aber doch den Tod bescheinigt? Wie kommt das?«, hakte der Boss nach.

»Es war nicht so kalt wie sonst oft im Dezember«, sagte Dollinger. »Und das Opfer war recht warm angezogen. Der Arzt war sozusagen ganz frisch, sein erstes Mordopfer. Auch der Nimmerlein bestätigt: Das kann schon passieren, wenn sich Herzschlag und Atmung dermaßen verlangsamen. Wann genau der Angriff erfolgt ist, wissen wir ja noch nicht, aber er scheint nicht so lange dort gelegen zu haben. Trotzdem ist die Körpertemperatur zwar drastisch abgesunken, aber die Temperatur ist nicht unter null Grad gefallen, deshalb waren alle Stoffwechselfunktionen nur drastisch verlangsamt. Und die typischen, hundertprozentigen Todeszeichen wie Leichenflecken zum Beispiel hätte der Arzt nicht sehen können wegen der Kleidung. Leichenstarre tritt erst nach einer gewissen Zeit ein, dass das Opfer nicht starr war, hat also den Arzt nicht irritiert. Die fehlende Pupillenreaktion kam von der Alkoholdosierung. Da kann sich ein Doktor schon mal vertun. Bestätigt auch der Arzt vom Krankenhaus.«

Sissi war aufgestanden. »Fassen wir zusammen: Durch die Kälte reduzierten sich die Lebensfunktionen auf ein Minimum. Der Verletzte war stark unterkühlt, aber er wird wieder gesund?«

Dollinger nickte. »Der dürfte laut Herrn Dr. Nimmerlein demnächst vernehmungsfähig sein. Hat eine Rossnatur.«

»Also gut, die Zeit rast«, sagte der Boss. »Sommer, Sie fahren später noch ins Krankenhaus und vernehmen den Scheintoten, wenn er dazu fähig ist.« Sissi nickte. »Bringen Sie ihm dann auch die konfiszierten Gegenstände mit?« Der Boss fixierte Sissi mit seinen müden Augen.

Sissi streckte den Rücken durch. »Nö, Chef. Noch nicht.«

»Ich würde gern fragen, warum, aber wissen Sie was? Ich lasse es«, antwortete der Boss langsam.

»Danke, Chef. Würden Sie mir mal Ihren Schlüsselbund zeigen? Und du vielleicht, Hans? Wenn du deinen überhaupt noch nutzt?«

Die beiden schauten sie verständnislos an. Dann ging der Boss mit schnellen Schritten in sein Büro und kam mit einem Anhänger in Form eines Herzens aus Leder zurück. »Ist von meiner Frau. Keine blöden Bemerkungen«, knurrte er.

»Und du, Hans? Oder einer von den Kollegen?«

Mit einem Mal streckten sich Sissi Hände entgegen, und jede hielt einen Schlüsselbund.

»Sehen Sie, Chef«, sagte Sissi und nahm aufs Geratewohl zwei davon, »... vier. Und da fünf. Drei. Und Sie?«

Der Boss sah überrascht auf seine Hand. »Vier«, murmelte er. »Was sagt uns das jetzt?«

»Chef, kann ich noch nicht erklären. Aber bitte vertrauen Sie mir. Ich kann Ihnen nur so viel sagen, dass ich den ... äh, Beinahe-Toten ... schon sehr lange kenne, na, sagen wir mal, viel über ihn weiß. Und einundzwanzig Schlüssel an einem Schlüsselbund, ich meine ... das ist für den Verwalter von Schloss Neuschwanstein wahrscheinlich wenig, aber für Helmut Zimmerman ziemlich viel. Ich weiß nämlich, wo der wohnt.«

»Der arbeitet doch vermutlich in einer Schreinerei, oder?«, fragte der Boss. »Wäre möglich, dass das Schlüssel für die Werkstatt sind.«

Sissi schüttelte den Kopf. »Chef, die meisten sind Sicherheitsschlüssel, und ich hab –«

»Warten Sie, lassen Sie mich raten«, sagte der Boss. »Ihr Bauchgefühl, gell?«

»Nennen Sie es, wie Sie wollen. Ich weiß, dass da was faul ist, Chef.«

»Und das Telefon dieses Zimmermann? Herrgott noch eins, jetzt muss ich schon zwei Fälle gleichzeitig besprechen, das ist so ein Durcheinander«, schimpfte der Boss.

»Ich bin dran, Chef«, stotterte Dollinger. »Sobald ich kann. Notfalls arbeite ich die Nacht durch. Der Akku hat net so gut durchgehalten wie der Mann selber. Und die PIN kennen wir net. Das Ding ist schon in der IT. Und egal, wie lange des dauert ...«

»Hans, ich muss unbedingt noch eine Funkzellenabfrage kriegen von dem Mobiltelefon von Zimmermann«, sagte Sissi und wurde vom Boss erstaunt angesehen.

»Wieso, Sommer? Wo der von Freitag auf Samstag war, wissen wir doch, oder? Er lag in einem Brunnen. Nein, auf einem Brunnen.«

»Na ja, Chef«, antwortete Sissi todesmutig. »Ich strecke meine Fühler lieber in alle Richtungen aus. Außerdem ist das ja schon beinahe Routine, oder? Ich bräuchte ein Bewegungsmuster von der letzten Woche. Wo war das Opfer am Tag zuvor? Oder zwei Tage vor der Tat? Könnte Aufschluss geben über den Mordversuch. Das kriegen Sie doch durch, oder?«

»Na gut.« Der Boss nickte. »Aber bringen Sie den Krempel dem Verletzten dann wieder mit.«

»Mach ich, Chef.« Sissi wandte sich an Dollinger. »Hans, du rufst mich dann an, gell? Wenigstens die Einbuchungen von den letzten sieben Tagen, ja?«

»Vollmer, Sie brauchen sich nicht vor mir zu verstecken. Ich kann Sie sehen.«

Klaus, der sich seit den letzten Bemerkungen vom Boss über seinen Drei-Tage-Bart bei Besprechungen gern hinter Kollegen mit breitem Rücken verschanzte, sah verdutzt drein, denn eigentlich glaubte er sich gut getarnt.

»Ach, mir doch egal«, winkte der Boss ab. »Hier macht ohnehin jeder, was er will. Sommer, ich habe noch eine gute Nachricht für Sie. Von Seibold. Anscheinend wurde ein Schraubenzieher, offensichtlich die Tatwaffe, nach dem Angriff auf Zimmermann von der Aussichtsplattform geworfen, er vermutet, durch eine Schießscharte. Die Kollegen haben sie im Dreck unterhalb einer Ausbuchtung gefunden. Da hat sich jemand nicht viel Mühe gemacht. Entweder Panik oder Dummheit. Ein Foto finden Sie in Ihren Unterlagen.«

»Immer noch besser, als wenn wir den Brunnen hätten untersuchen müssen, Chef«, entgegnete Sissi tapfer. »Fingerabdrücke?«

»Sie kriegen Bescheid, sobald das Ding aus dem Labor kommt. Also in ein paar Stunden. Ich habe ein wenig Druck gemacht. Die werden demnächst meutern«, sagte der Boss. »Aber ist doch schon ein Lichtblick, oder? Teilen Sie sich Ihre Leute ein, ich stelle Ihnen acht Stück ab.«

Leises Gemurmel wurde hörbar, das aber verstummte, als der Boss seinen Blick hob. Es gab Dinge, über die man besser nicht nörgelte. Auch wenn bald Weihnachten war.

»Herrschaften«, begann der Boss und ließ seinen Blick über die kleine Versammlung schweifen. »Auch ich feiere Weihnachten und habe mich auf ruhige Feiertage gefreut. Nun haben wir aber die Sonderkommission eingerichtet und werden alles dransetzen, die Fälle schnellstmöglich aufzuklären. Dann entlassen wir Sie in die wohlverdienten Ferien. Bis auf Neumann und Schubert, die Dienst haben.« Im Zimmer wurde es etwas ruhiger.

»Vielleicht kommt uns ja mal das Glück zu Hilfe«, wagte Klaus zu sagen, die eine Hand an seiner Semmel, die er in seiner Tasche versteckt hielt. Die Salami wurde allmählich warm, und die Butter begann sich durch die Wolle zu arbeiten. Es war ein ekelhaftes Gefühl. »Ich denke, wir müssen unbedingt diese Frau Hausmann nochmals überprüfen.«

»Ein wenig überprüfen würde Ihrem Spiegelbild auch nicht schaden«, sagte der Boss und blickte den Kollegen Perlach scharf an, der zur Seite rückte und das unrasierte, erschrockene Gesicht von Klaus freigab. »Bleiben da nicht die ganzen Fusseln hängen? Oder wirkt das wirklich so gut auf die Damen?« Klaus blickte verlegen zu Boden. Irgendjemand kicherte. »Gut, das wäre erst mal alles. Sommer, Vollmer, Sie haben für den Fall im Brunnen ja nun die Tatwaffe.«

»Das ist ja schon etwas«, meinte Sissi. »Wenngleich ich es immer noch komisch finde. Zwei Fälle. In Mindelheim. Innerhalb vierundzwanzig Stunden.«

»Auch ein Fleißkärtchen, Sommer?«, fragte der Boss und bleckte seine tadellosen Zähne.

Sissi schüttelte den Kopf, dass ihre braunen Locken flogen. »Danke, Chef, ich krieg ja massenhaft Gehalt.« Sie lächelte spitzbübisch.

»Also, Sommer, Vollmer, dann mal los.« Der Boss machte eine wedelnde Handbewegung. »Schon wieder mal Samstag, und Ihr Wochenende geht flöten, aber das wussten Sie ja alles, ehe Sie sich beim Kommissariat beworben haben, oder?«

## Samstagnachmittag, Mindelheim

»Sie schon wieder?« Das klang ungehalten.

Helga trug heute Violett in Form eines bodenlangen Kleides, mit dem sie sicher auch bei einem Empfang am Hofe Heinrichs VIII. eine gute Figur gemacht hätte. Violett war die Farbe der Mystiker und des Religiösen, zumindest hatte Helga das so im Internet irgendwann einmal gelesen. Ihr Gesicht wirkte noch verschlossener als am Vortag. Sie schwankte unmerklich, gab sich aber Mühe, gerade zu stehen. Außerdem war das schwere Kleid einen Tick zu lang. In der Hand hielt sie die unvermeidliche Zigarettenspitze.

»Frau Hausmann, ich melde mich wieder bei Ihnen wie vereinbart. Da werden wir uns einig.« Ein seriös gekleideter Mann Mitte dreißig schob sich an Helga vorbei ins Freie. Unter dem Arm trug er eine Aktentasche. »Guten Tag«, grüßte er noch kurz die beiden Beamten und verschwand im Schneegestöber.

»Sie hatten Besuch, Frau Hausmann? Kondolenz?« Sissi sah dem Fremden nach, bis er durch die steinerne Gartenpforte verschwand.

»Ja.« Unwilliges Nicken.

»Dürfen wir erfahren, wer das nun wirklich war?«, fragte Klaus, bekam aber nur einen abschätzigen, etwas getrübten Blick.

»Womit werden Sie sich einig?«, bohrte Sissi und ließ Helga nicht aus den Augen.

»Geht Sie nichts an. Immer diese Impertinenz«, murmelte diese und lehnte sich an die Wand. Sie sah erschöpft aus.

»Solange der Tod Ihrer Schwester nicht geklärt ist, geht uns so ziemlich alles etwas an, gnädige Frau«, sagte Klaus. »Wir müssen Sie auch noch bitten, Ihre Aussage in Memmingen zu Protokoll zu geben, und wir brauchen Ihre Fingerabdrücke. Zur Sicherheit. Wer war das nun?«

Helga verzog das Gesicht. »Der Makler«, nuschelte sie widerwillig. »Nur ein Makler. Von der Firma Wannewitz. Ich werde hier wegziehen.«

»Na, da haben Sie ja keine Zeit verloren. Glauben Sie nicht, dass diese Aktion etwas verfrüht ist und eventuell ein schlechtes Licht auf Sie wirft? Sie haben nämlich für die Tatnacht kein Alibi. Und Katzen werden vor Gericht generell nicht als Zeugen anerkannt.«

Helga sah ihn wütend an. »Verfrüht? Ich habe in diesem Kaff gezwungenermaßen zu viele Jahrzehnte meines Lebens verbracht. Und falls Sie es noch nicht bemerkt haben – ich werde nicht jünger.«

»Werden wir alle nicht, Frau Hausmann«, antwortete Sissi. »Tut mir wirklich leid, aber wir haben noch ein paar Fragen an Sie. Außerdem müssen wir den Tatort nochmals besichtigen. Wir stören Sie nicht allzu lange.«

»Ja, es geht schnell, gnädige Frau.« Klaus schaltete sein Tausend-Megawatt-Lächeln ein, was von Helga wohlwollend zur Kenntnis genommen wurde. Sie liebte nämlich gute Manieren. Bei anderen. Darum nickte sie unmerklich.

»Na gut, kommen Sie rein.« Sie öffnete die Tür. »Das Absperrband ist immer noch nicht weg. Wie lange dauert das? Der Typ versichert mir: Immobilien sind gerade sehr gefragt, und eigentlich könnte ich schon nächste Woche die ersten Besichtigungen laufen lassen. Aber mit dem Band geht das nicht.« Sie machte ein paar Schritte, tappte versehentlich auf den Saum ihres Kleides und kam ins Straucheln. Klaus fing sie geistesgegenwärtig auf. Dafür erntete er einen undankbaren Blick.

»Wir arbeiten mit Hochdruck an der Angelegenheit, Frau Hausmann, außerdem sind Sie doch in Trauer, oder nicht?«, sagte Sissi scheinheilig. »Und wir müssen ohnehin noch einmal hoch, um uns genauer in der Wohnung umzusehen. Sie bekommen Bescheid. Macht es Ihnen denn gar nichts aus, dass Ihre Schwester verstorben ist?«

»Hören Sie mal gut zu, Kindchen!« Helga starrte Sissi an. »Sie mischen sich da in Sachen ein, von denen Sie keine Ahnung haben. Meine Schwester hat *mich* schon vor Jahrzehnten quasi für tot erklärt. Sie hat in all der Zeit kein einziges Wort mit mir gewechselt. Wir trafen uns ungefähr alle sechs Monate zufällig mal im Eingangsbereich und sind aneinander vorbei wie feindliche Generäle. Das war's dann.« Sie pustete sich eine Haarsträhne aus der Stirn. »Ich habe zu wildfremden Menschen wesentlich intensivere Beziehungen gehabt als zu diesem störrischen, nachtragenden Weibsbild. Wegen so was Blödem. Gelegentlich hätte ich schon eine Versöhnung versucht, aber da war bei Moni nichts zu machen. Sie hat mich gehasst. Immer schon. Weil ich klüger und schöner war.«

»Wäre es unverschämt, Sie zu fragen, um welchen Ausrutscher es sich damals handelte?«, fragte Sissi, obwohl sie es schon wusste.

»Ja«, war die knappe Antwort.

»Ich wollte Ihnen nicht zu nahe treten«, sagte Sissi. »Trotzdem herzliches Beileid. Wir arbeiten wirklich mit Hochdruck an der Angelegenheit.«

»Allzu schnell sind Sie ja nicht.« Helga beugte sich hinunter, um eine ihrer sieben Katzen zu streicheln, die alle um sie herumgurrten.

»Haben Sie in letzter Zeit eigentlich Anrufe bekommen, die Sie nicht zuordnen können?«, fragte Klaus dann. »Wir haben Gründe für unsere Fragen.«

»Jetzt, wo Sie es sagen.« Helga wollte an einer blond gefärbten Strähne zupfen, verfehlte sie aber knapp. Ihre Hände glitten ins Leere. »Am Donnerstag, glaube ich. War aber niemand dran. Aufgelegt. Habe ich mir nichts dabei gedacht. Vermutlich verwählt, denke ich mal. Oder Monika. Die war ja immer für eine unliebsame Überraschung gut. Sieht man ja jetzt auch wieder.«

Helga schritt mit äußerster Vorsicht und durchgedrücktem Rücken stocksteif vor den beiden Ermittlern her und hielt den Saum ihres Kleides krampfhaft hoch, um nicht wieder zu stolpern.

»Frau Hausmann«, begann Sissi wieder, »wir haben von dem Testament Ihres Vaters erfahren. Also, dass Sie gezwungen waren, mit Ihrer Schwester in diesem Haus wohnen zu bleiben, weil das Vermögen sonst an die Kirche gegangen wäre. Wie geht es denn jetzt weiter?«

Helga drehte sich mit einer Geschwindigkeit um, die Sissi und Klaus überraschte. Dabei kam sie ins Trudeln und musste sich an der Wand abstützen.

»Das Schmuckstück hier haben wir ja schon beim letzten Mal

bewundert«, sagte Klaus und deutete auf Helgas Handgelenk, an dem wieder das Saphirarmband glitzerte, dass es eine Freude war. »Gibt es dazu eigentlich ein Gegenstück?«

Helga nickte unwillig. »Eine Halskette. Viel größer und viel mehr wert. Die hat Monika sich gekrallt, damals.« Sie betrachtete sinnierend ihr Handgelenk.

Klaus fragte sich insgeheim, ob sie dort ein oder zwei Armbänder glitzern sah, denn ihr Blick wirkte etwas unentschlossen.

»Sie hat sie nie getragen«, sagte Helga dann langsam. »War viel zu teuer und wertvoll. Heutzutage kann man sich ja nicht mehr gut anziehen, wird einem doch alles auf der Straße abgenommen.«

»In Mogadischu vielleicht«, antwortete Sissi. »Aber Mindelheim ist eine Kleinstadt in Bayern. Ich denke, Sie können hier Ihr Armband unbedenklich tragen.«

Helga nickte träge. Sie schien Mühe zu haben, einen klaren Gedanken zu fassen.

»Wissen Sie, wo Ihre Schwester die Halskette aufbewahrt hat?« Klaus sah Helga durchdringend an.

»Oben vermutlich. In ihrem Wolkenkuckucksheim«, sagte sie dann gehässig. »Ich weiß es nicht. Ich weiß es einfach nicht. Hab das Ding seit Jahrzehnten nicht mehr gesehen. Ist ja nicht so was wie der Hope-Diamant gewesen. Und sie war nicht Liz Taylor, auch wenn sie das manchmal geglaubt hat.«

»Na gut, aber fangen wir noch mal an«, blieb Sissi beharrlich. »Sie mussten hier in diesem Haus wohnen, weil sonst alles die Kirche bekommen hätte?«

»Anscheinend hab ich mich getäuscht, und Sie sind doch schnell«, sagte Helga bedächtig. »Die Auflage im Testament war, dass meine Schwester und ich das Haus gemeinsam bewohnen müssen, sonst wäre alles an die Diözese Augsburg gegangen. Die hat's ja so nötig.« Sie machte eine kurze Pause. »Durch den Tod meiner Schwester ist dies hinfällig geworden. Ich werde das noch mit dem Notar abklären.«

»Aha. Sie können jetzt also über dieses herrliche Anwesen frei verfügen?«, hakte Klaus nach.

»Sobald ich eine anständige Sterbeurkunde habe, ja«, antwortete Helga.

»Haben Sie vielleicht finanzielle Probleme?« Sissi machte eine umfassende Handbewegung. »Ich meine, das muss doch einiges kosten – das Haus, der Garten, oder pflegen Sie den selbst?«

»Ich sehe, Sie haben Ihre Hausaufgaben gemacht.« Helga setzte sich langsam auf das pinkfarbene Sofa.

Auf dem weiß lackierten runden Tisch mit den dünnen silbernen Metallbeinen stand wieder das obligatorische Glas mit der durchsichtigen Flüssigkeit, daneben eine Flasche Tonic-Wasser. Sie nahm einen tiefen Schluck, wischte sich den Mund, sah beide Ermittler von unten herauf an und sagte dann: »Sie wissen doch ohnehin schon alles. Ja. Stimmt. Wir haben im März 2000 eine Menge Geld verloren. Sind schlecht beraten gewesen. Und nicht einmal da hat diese dumme Kuh mit mir gesprochen. Wir waren sogar getrennt beim Vermögensverwalter. Die hatte doch ein Rad ab.«

»Wie lange reichen denn Ihre Mittel noch?«, fragte Klaus ganz direkt und fixierte den Scheitel von Helga, weil er andernfalls gezwungen gewesen wäre, die Tapete anzustarren.

Helga sah ihn böse an. »Das geht Sie überhaupt nichts an. Sie haben doch bestimmt die allerbesten Kontakte. Und ich lasse mich von Ihnen nicht schwach anreden, Goldjunge, klar?«

»Ich bin nicht Ihr Goldjunge«, entgegnete Klaus ruhig. »Und ich möchte es auch nicht sein.«

Helga blieb stumm und nahm noch einmal geziert einen kleinen Schluck. Dann sog sie an ihrer Zigarettenspitze, hustete schaurig und lehnte sich zurück. »Wissen Sie, ich habe auch Rechte«, sagte sie dann etwas verwaschen. »Das hier ist nicht Guantanamo. Oder wollen Sie mich jetzt foltern?«

»Frau Hausmann, bei allem gebotenen Respekt«, antwortete Klaus. »Ich denke, das tun Sie schon selbst.«

Sie sah ihn entgeistert an. Bis allerdings Klaus' Worte im gesamten Kontext durch die Gin-Schwaden in ihrem Hirn gedrungen waren, dauerte es einen kleinen Moment. Dann versuchte sie einen wütenden Blick, brachte aber nur ein Blinzeln zustande.

»Bitte seien Sie nicht böse«, bat Sissi charmant, »aber das klingt schon ein wenig merkwürdig. Sie haben finanzielle Probleme und wissen nicht, wie Sie ihren Lebensstandard weiter absichern sollen. Das Haus ist, solange es von Ihnen beiden bewohnt wird, unverkäuflich. Also …« Sissi machte eine kurze Pause.

»Mein Vater war merkwürdig, aber herzensgut«, sagte Helga dann leise. »Sein größter Wunsch war, dass sich ›seine Mädchen‹ wieder vertragen. Hat nicht geklappt. Aber wir haben das durchgezogen. Jetzt ist sie …« Für einen kurzen Moment stockte sie, fing sich aber schnell wieder.

»Frau Hausmann, bekam Ihre Schwester Besuch?« Sissi sah ihr ohne Blinzeln in die geröteten Augen.

»Nein. Hatte sie nicht. Die konnte niemanden leiden, und niemand konnte sie leiden. Außer der russischen Putzfrau fällt mir keiner ein.« Sie schüttelte leicht den Kopf. »Wissen Sie vielleicht mehr als ich? Obwohl, ich meine …«

»Ja?« Klaus wurde allmählich ungeduldig. Das Gespräch mit dieser Dame war, als versuchte man, in der Badewanne ein ins Wasser gefallenes Stück glitschige Seife zu fangen.

»Ich meine … ich hätte … nein. Da war nichts. Fällt mir einfach nicht mehr ein«, murmelte Helga. »Oder haben Sie ein paar Informationen mehr?«

»Das können und dürfen wir Ihnen nicht beantworten, gnädige Frau. Wenn es interessant wird, werden wir uns mit Ihnen in Verbindung setzen«, sagte Sissi und lächelte.

»Was dürfen Sie denn überhaupt?«, fragte Helga bissig. »Sperren mir hier das Haus ab, bringen eine Menge Dreck herein und verscheuchen den einzigen Menschen, der hier ab und zu noch sauber gemacht hat, diese dicke Russin mit dem schäbigen Wintermantel, die so säuft.«

Klaus und Sissi sahen sich an und verkniffen sich beide ein Grinsen.

»Frau Rimowa kommt nicht mehr? War sie denn nicht auch Ihre Reinigungsfrau?«, fragte Sissi.

»Kindchen«, Helga hustete und machte eine allumfassende Handbewegung, »ich brauche keine Putze. Ich erledige das selbst.« Sie musste aufstoßen. Es wirkte nicht sehr damenhaft.

Die beiden schauten sich um, und ihrer beider Blick blieb beinahe gleichzeitig an einer gigantischen, von Staub bedeckten

Spinnwebe hängen, die sich zwischen dem Durchgang vom Wohnzimmer zur Küche befand und so gar nicht zu all dem Quietschgrün und Knallpink der Einrichtung passte. Die Erzeugerin dieses Netzes war vermutlich schon seit Jahren vermodert, denn das Netz wirkte genauso alt wie Helga. Eher älter.

Sissi konnte einen knappen Blick in die Küche werfen, wo sich ungewaschenes Geschirr stapelte. Über den Boden des gesamten Wohnzimmers waren kleine Krümel aus Katzenstreu verteilt.

»Gucken Sie nicht so pikiert, junge Dame«, sagte Helga bissig. »Das Leben besteht nicht nur aus Saubermachen. Es gibt auch schöne Dinge im Hier und Jetzt. Für die muss man sich Zeit nehmen, finden Sie nicht? Und für solche Dienstleistungen gebe ich kein Geld aus.« Sie nahm wieder einen Schluck. Sissi nickte ergeben.

»Wäre es möglich, dass Ihre finanzielle Lage prekärer ist, als Sie zugeben?«, hakte Klaus nach und ließ sie nicht aus den Augen.

»Finden Sie es heraus«, war die harsche Antwort. »Und jetzt muss ich mal kurz weg. Sie entschuldigen bitte.« Sie stand schwankend auf.

»Sie müssen weg? Doch hoffentlich nicht mit dem Auto?«, fragte Klaus entgeistert, aber Helga schien nicht zu hören und steuerte durch die Diele auf eine Tür zu, die sie mit einem Knall hinter sich schloss.

»Vermutlich das, was sie ›indisponiert‹ nennt. Weißt du was, lass uns nach oben gehen. Ich denke nicht, dass die Dame heute noch spazieren fährt. Vielleicht schauen wir nachher noch mal vorbei.« Sissi packte Klaus am Ärmel und zog ihn nach draußen.

»Das war unschön.« Klaus atmete laut aus. »Gott sei Dank ist der Tag schon fast vorbei.«

»Für uns nicht«, sagte Sissi, als sie die schwere Eichentür zu Monika Rothenfels Wohnung und das zerstörte Polizeisiegel sahen.

## Samstagnachmittag, Mindelheim

»Frau Dorsch, ich habe mir schon gedacht, dass Sie von auswärts sind«, schleimte Robert Steinmeier, der schnell bemerkt hatte, dass sein besonderer Charme ausnahmsweise einmal verfing. »Solche Schönheiten sind mir hier in der Stadt noch nicht aufgefallen. Sie haben so was Exotisches.«

Dieter, der sich widerwillig neben seine Frau auf das Sofa gequetscht hatte, wäre beinahe auf den Boden gefallen.

Er war mit Elli verheiratet. Er war – auf eine merkwürdige Art und Weise – von dieser Frau abhängig. Er betete den Boden an, auf dem sie ging, und den Sandrina und Olga regelmäßig putzen mussten, denn Elli fand, das sei keine Arbeit für sie. Aber schön? Dieter wusste ganz genau, wie seine Freunde im Café Lörcher über Elli redeten. Und »exotisch« traf es höchstens, wenn man damit einen Kugelfisch meinte. Aber er war immer noch äußerst dankbar für die Unterbrechung. Reporter hin oder her.

»Sie wissen ja bestimmt von dem Fall nebenan, oder, gnädige Frau?« Steinmeier nahm einen Schluck von seinem Glühwein und zuckte zurück. Gerade hatte er unabsichtlich auf den Christbaum geschaut, der in der Ecke vor sich hin glitzerte, und sich beinahe auf die Zunge gebissen.

»Woher kommen Sie denn?«, fragte Elli und sah Steinmeier lauernd an.

»Memmingen«, antwortete der und fixierte sicherheitshalber einen Antilopenschädel, der über dem modernen Adventsgesteck aus Eisen hing.

»Ach drum. Hier hat niemand so viel Geschmack«, sagte Elli und lehnte sich zufrieden zurück. »Sie sind also wegen der Rothenfels da, oder?«

»Elli, dürfen mir des einfach so jemand alles sagen?«, wandte Dieter jetzt vorsichtig ein und erntete einen giftigen Blick.

So niederträchtig und resolut seine Frau auch sein mochte, sie hatte eine Achillesferse – ihre Eitelkeit. Und Steinmeier hatte das ganz richtig erkannt.

»Komische Weiber«, sagte Elli lauernd. »Könnt Ihnen da eine Geschichte erzählen, wenn Sie wollen.«

»Und ob ich will, gnädige Frau«, versicherte Steinmeier scheinheilig. »Übrigens – wundervolle Wohnung haben Sie. So geschmackvoll eingerichtet, ganz wunderbar. Exquisit!« Er wedelte mit seinen kleinen Fingern und achtete dabei darauf, nicht wieder auf das schneeweiße Ungetüm mit den bombastischen Kugeln zu gucken, sonst würden ihm die Augen platzen.

»Was kriegen wir denn dafür?«, fragte Elli geradeheraus und richtete sich auf.

»Kriegen?«, wiederholte Steinmeier entgeistert, der in Gedanken schon zu Hause an seinem Laptop saß und eine riesige Schlagzeile verfasste. Sie würde zwar ein paar Fragezeichen enthalten, aber groß würde sie sein. Sehr groß. Und er könnte sie heute Abend noch schreiben und per E-Mail an die Redaktion schicken.

»Ja, was ist denn für uns so drin?« Elli ließ Steinmeier nicht aus den Augen. »Vielleicht eine Erwähnung unserer Schreinerei? Dass wir bloß Luxusumbauten machen und so? Dass wir tadellose Arbeit leisten? Was für eine Auflage hat denn Ihr Blättchen? Sie glauben doch nicht, dass Sie diese Geschichte gratis bekommen? Aber vielleicht ... wer weiß ... wenn wir zwei uns einig werden?«

»Elli, ist das wirklich eine gute Idee?«, fragte Dieter schüchtern, dem das alles über den Kopf wuchs.

Er verstand überhaupt nichts mehr. Erst die Geschichte mit der Monika und dann, was der Kurt erzählt hatte. Über den Fund im Brunnen der Mindelburg. Er war total eingeschüchtert. Rings um ihn her schien alles in die Brüche zu gehen. Fassaden bröckelten. Leute waren nicht, was sie zu sein vorgaben. Und nun saß da seine Frau und verhandelte mit dem kleinen, dicken Typen über Informationen wie Mata Hari höchstpersönlich?

»Ich könnte da was einflechten«, sagte Steinmeier lässig, der auch dem Teufel seine Seele versprochen hätte, um mal wieder eine Schlagzeile zu landen. Die letzte war beinahe ein Jahr her, als er zufällig an einer Verhaftung vorbeigestolpert war und ein paar eindrucksvolle Bilder hatte knipsen können. »Vielleicht die

Erwähnung, dass es da eine Firma gibt, die herrliche Umbauten macht zu moderaten Preisen, und eine Andeutung von Ihrem Namen?«

»Und das würden Sie tatsächlich?« Elli beugte sich nach vorn und musterte Steinmeier scharf. »Weil wenn Sie es nämlich nicht tun, wissen Sie, dann rauschen wir beide zusammen. Können Sie mir schon glauben.«

Da war sich Steinmeier ganz sicher.

»Ich habe da noch was Besseres für Sie. Einen Leichenfund im Brunnen der Mindelburg. Na, ist das was?« Sie beugte sich noch weiter vor und fiel beinahe von der Couch. Das Leder war aber wirklich straff gespannt.

Steinmeier nickte nur. Er war ganz Ohr.

## Samstagnachmittag, Mindelheim

»Sieh mal her! Unglaublich. Das Siegel ist kaputt.« Sissi betrachtete die schwere Eichentür zu Monika Rothenfels' Wohnung.

»Stimmt. Da drängt sich mir die Frage auf, wer sich hier Zugang verschafft hat, und alsbald die Antwort.« Klaus deutete nach unten.

Sissi nickte. »Wir kümmern uns darum. Die haut nicht ab. Hat die überhaupt noch einen Führerschein? Muss Dollinger mal checken. Also auf ein Neues. Ins Krankenhaus müssen wir auch noch. Danach nach Hause. Ich bin echt geschafft. Normalerweise kann ich nicht simultan an zwei Fällen arbeiten, aber der hier ist knifflig und spannend.«

»Wie bist du eigentlich zur Polizei gekommen?«, fragte Klaus, der das Siegel musterte und dann vorsichtig die Tür öffnete. Olgas Schlüssel steckte immer noch.

»Ich kann analytisch denken«, sagte Sissi. »Und die Arbeit interessiert mich sehr. Wir haben den abwechslungsreichsten Job der Welt, denke ich. Und mit meinem Kollegen bin ich auch zufrieden. Hätte schlimmer kommen können.«

»Schlimmer als ich?« Sie standen in der dunklen Diele. Klaus suchte den Lichtschalter und erschrak. »Jesus! Diese Dinger machen mich ganz nervös.« Er zeigte auf eine Putte, die neben dem Lichtschalter hing und ihn im trüben Licht der Energiesparlampe gehässig anstarrte. »Ich würde diesen Vögele wirklich gern mal kennenlernen.«

Sie betraten die Ankleide.

»Haben wir eigentlich eine Aufstellung, was alles gestohlen wurde? Es weiß niemand genau, was die Frau hatte. Schmuck, Bargeld und so weiter. Wir haben bisher nur von dieser ominösen Saphirkette erfahren. Wenn sie so schön ist wie das Armband von Frau Hausmann …« Sissi starrte auf die offenen Schubladen. »Ihr Geld ging allmählich zur Neige. Die einzige Anschaffung war in den letzten Jahren dieses herrliche Stück Wohnkultur.« Sissi betrachtete noch einmal zärtlich die Einbauschränke und die Stange, an der die räudigen Persianer hingen.

»Einbrecher wissen normalerweise recht gut, wo Wertsachen zu finden sind«, sagte Klaus. »Die Leute verstecken ihr Zeug im Gefrierfach oder beim Gemüse im Vorratsraum, sie legen Geldscheine zwischen Buchseiten oder in DVD-Hüllen, aber das wissen die Kriminellen auch alles. Was mich hier an diesem Fall erstaunt, ist eher die Tatsache, dass jemand während der Tat in der Wohnung war, denn die Typen lassen sich nicht gern stören. Ist eher unüblich.«

»Frau Rothenfels hat das Telefon nicht gehört, als der Kontrollanruf kam. Die Wohnung war dunkel. Der oder die Täter fühlten sich sicher«, meinte Sissi.

»Und die Schnapsdrossel von unten?«, fragte Klaus. »Es wohnen zwei Personen im Haus. Wieso brechen sie nur oben ein und unten nicht? Wieso verlassen sie sich drauf, dass unten niemand mitkriegt, wenn eingebrochen wird? Mmh? Das stinkt doch alles zum Himmel. Da kannte jemand die Gegebenheiten.«

Sissi hatte gar nicht richtig zugehört. Sie wühlte mit übergestreiften Einweghandschuhen im Sekretär. »Immer noch nichts. Aber ich musste die Wohnung einfach sehen. Manchmal hilft es, den Tatort noch mal aufzusuchen.«

»Sissi, sieh mal.« Klaus zeigte auf einen dicken Engel, der neben unzähligen gerahmten Fotos an einer hellgelb gestrichenen Wand hing. »Hier, die nackte Stelle. Man sieht nur die Umrisse vom Rahmen. Wow – war das mal ein helles Gelb. Dieses Nikotin ist echt schädlich für Wandfarben.«

»Stimmt, ein Bild fehlt.« Sissi betrachtete die Wand eingehend. »Glaubst du, das ist dieser ominöse Kerl, wegen dem die sich gestritten haben?« Sie tippte auf ein Foto im Format zehn mal dreizehn, das in einem goldverzierten Holzrahmen hing.

»Recht ansehnlicher Bursche, wenngleich ich das Auto etwas übertrieben finde.«

Auf dem Bild sah man eine junge Monika Rothenfels mit langem blonden Haar, die an der Seite eines verwegen dreinschauenden Mannes mit riesiger Sonnenbrille neben einer Corvette stand und die Hand winkend erhoben hatte.

»Sie sieht glücklich aus«, sagte Klaus. »Ich kenn den Mann, mir fällt nur nicht ein, wo ich den schon mal gesehen habe.«

»Mir kommt das Gesicht auch bekannt vor.« Sissi musterte das Foto eindringlich. »Ich bin dem begegnet, und das ist noch keine achtundvierzig Stunden her. Mist. Dass man sich doch so verändern muss, wenn man älter wird. Na ja, ist lange her. Nur eine rührende Geschichte. Wir müssen nachher ins Krankenhaus. Komm schon.« Sie sah sich noch einmal in der Ankleide um. »Die Kollegen von der Spurensicherung haben recht. Nirgends ein Hinweis darauf, dass Gewalt angewendet wurde, an keinem Fenster. An keiner Tür. Wann war noch mal der Todeszeitpunkt?«

»Gegen Mitternacht laut Heinzelmann«, sagte Klaus. »Das ist schon deshalb logisch, weil die Einbrecher bestimmt sichergehen wollten, dass sie nicht überrascht werden. Und um diese Zeit schläft ja beinahe jeder schon. Bis auf deinen Ehemann.« Er grinste diabolisch.

»Ach lass mir meine Ruh«, antwortete Sissi unwillig. »Bin neulich schon von der Erna Dobler, unserer örtlichen Brieftaube, scheinheilig angesprochen worden, warum mein Mann jetzt gar nicht mehr daheim ist, und ob ich nicht ausreichend koche oder putze.« Sie schüttelte den Kopf und sah missmutig drein. »Als ob es am Kochen läge. Peter liebt meine Kuchen und meinen Braten.«

»Ich bin sicher, du siehst das alles etwas falsch, meine Liebe«, beruhigte sie Klaus. »Wenn ich jemals einen absolut treuen Ehemann kennenlernen durfte, dann deinen. Der betet dich doch an und sieht gar keine anderen Frauen außer dir.«

»Wenn du meinst«, sagte Sissi verstimmt. Sie würde sich Peter demnächst vorknöpfen müssen. Lächelnd und souverän. Und gelassen. Sobald dieser vertrackte Fall gelöst war.

Sie stiegen nach unten und klopften noch einmal bei Helga. Schwere Schritte näherten sich der Tür.

»Sie beide? Waren Sie nicht heute schon mal hier?« Helga wirkte verwirrt.

»Frau Hausmann, sind Sie oben gewesen und haben das Siegel der Polizei zerstört?«, fragte Sissi unverblümt. »Für diesen Fall müssen wir Ihnen sagen, dass –«

»Ach, lassen Sie mir doch meine Ruhe«, knurrte Helga. »Ich habe nichts Schlimmes getan. Das hier ist jetzt mein Haus. Meins ganz allein.«

Sissi fixierte Helga durchdringend. »Was wollten Sie dort oben? Haben Sie die Saphirhalskette gesucht?«

»Sie reden Blödsinn, aber wirklich«, sagte Helga und schritt voraus in das Wohnzimmer mit den quietschgrünen Sesseln. Einmal stolperte sie über eine Katze, die kreischend davonlief.

»Sie waren also nochmals am Tatort?«, ließ Klaus nicht locker.

»Ich war in der ehemaligen Wohnung meiner ehemaligen Schwester. Ist jetzt mein Haus, wissen Sie«, sagte Helga und starrte Klaus herausfordernd an.

»Sie haben also das Polizeisiegel entfernt und sich an einen Tatort begeben? Wissen Sie, was das für Konsequenzen hat?«, fragte Sissi entgeistert.

»Konsequenzen …«, murmelte Helga. »Erzählen Sie junge Fünfziger-Jahre-Hausfrau mir nichts von Konsequenzen. Mir doch egal. Ich wollte nur –«

»Was haben Sie denn da bitte gemacht?«, wollte Klaus wissen.

»Sag ich nicht.« Helga sog an ihrer Zigarettenspitze.

»Müssen wir einen Durchsuchungsbeschluss beantragen?«, fragte Sissi Helga fordernd.

Die kniff die Augen zusammen. »Machen Sie nur. Sie hören dann von meinem Anwalt, nur damit das klar ist. Ich habe nichts gestohlen.« Sie nahm wieder einen gewaltigen Schluck aus ihrem Glas.

Klaus öffnete den Mund, um ihr zu antworten, wurde aber von Sissi sacht am Arm genommen. »Lass gut sein, wir gehen«, wisperte sie. Beide verließen, von maunzenden Katzen umringt, leise die Wohnung.

»Auf Nimmerwiedersehen!«, rief Helga ihnen nach.

Draußen vor der Tür blieben beide kurz stehen. Die Nacht war schon länger hereingebrochen. Wieder hatte Schneetreiben eingesetzt. Es war dunkel in dem gepflegten, parkartigen Garten. Nur aus den Fenstern im Erdgeschoss drang Licht.

»Da kümmern wir uns später darum«, flüsterte Sissi. »Dieser

Fall macht mich ein wenig betroffen. Und traurig. Ich kann nicht mal genau sagen, warum.«

»Mich auch«, sagte Klaus. Dann öffnete er die Wagentür und ließ sie einsteigen. Sissi war im Begriff, sich anzuschnallen, als eine große Gestalt sich der Gartenpforte der Villa Rothenfels näherte, einen Moment unschlüssig stehen blieb und dann hineinging.

»Ja, da schau her«, raunte Klaus und zögerte mit dem Anlassen des Motors. »Besuch zu später Stunde. Wer das wohl sein mag?«

»Erstens ist es nicht spät«, flüsterte Sissi, »nur dunkel, und zweitens möchte ich zu gern wissen, wer jetzt einen Kondolenzbesuch macht. Der muss mutig sein. Die Dame ist angeschickert. Moment mal.«

»Was?«, fragte Klaus.

»Na, nachsehen.« Sissi schwang sich aus dem Auto und schlich in den Garten.

Das Wohnzimmerfenster von Helga war hell erleuchtet. Drinnen saß ein großer, beleibter Mann und blickte verlegen auf das Häufchen Elend neben ihm auf dem Sofa. Es war Kurt König. Er sah hilflos aus, vor allem, weil Helga sich wie eine Ertrinkende an ihn klammerte. An der Schulter seines Wollmantels machte sich gerade eine Katze mit ausgefahrenen Krallen zu schaffen.

»Entwarnung. Nicht unser halbseidener Barbesitzer.« Sissi ließ sich auf den Beifahrersitz fallen. »Ab ins Krankenhaus. Das ist der Zahnarzt von heute Morgen, der mit der Gattin, die so gern glauben möchte, dass du auf vollschlanke Frauen stehst. Und ich glaube nicht, dass das für den Fall relevant ist, der macht einen nachbarschaftlichen Besuch. Sah recht unbeholfen aus.«

»An diesem Fall ist alles relevant«, sagte Klaus. »Auch Kleinigkeiten sind für uns wichtig.«

Da hatte er recht.

## Samstagnachmittag, Legau

»Eins, zwei, drei, vier. Nix. Des geht so net. Mist!« Christa saß mit kalten Fingern im Kinderzimmer, das leider noch nicht seiner Verwendung zugeführt worden war. Stattdessen lagerte dort jeglicher Krempel aus Tonis Wohnung, seine alten Werkzeugkoffer, Teile von auseinandergenommenen Stereoanlagen und alles, von dem er glaubte, er könnte es irgendwann noch einmal gebrauchen. Dieses Zimmer betrat Christa recht selten, denn die hellgrün gestrichenen Wände erinnerten sie immer daran, dass sie dort eigentlich von einem lachenden kleinen Gesicht begrüßt werden sollte.

Im Wohnzimmer lag Toni auf der Couch und schlief. Nach dem aufreibenden Streit von heute Vormittag war er mit ihr widerwillig nach Memmingen in den Illerpark gefahren, wo man das Nötigste besorgt hatte, und dann wieder längere Zeit im Expert-Markt vor den riesigen Fernsehern stehen geblieben, mit glänzenden Augen wie ein kleines Kind.

»Mir können uns so was net leisten«, hatte sie versucht, ihn aus der Abteilung wegzuziehen, aber Toni hatte sich nur losgerissen und gesagt: »Lass des nur meine Sorge sein.«

Christa seufzte. Der Toni. Wie ein Zehnjähriger. Alles haben, was er sah. Danach hatte Christa schnell etwas in der Küche zusammengerührt, von dem Toni zwar nicht begeistert war, das er aber gegessen hatte, und als sie sich aufs Sofa an ihn kuscheln wollte und vielleicht endlich mit ihm reden, weil es überfällig war, mehr als überfällig, hatte er sie von sich geschoben und Müdigkeit vorgeschützt.

In Wirklichkeit war er nur sauer. Weil er eigentlich schon wieder wegwollte. Irgendwohin, wie er sagte. Und heute Abend würde er auch nicht da sein. Sein Nebenjob als Wachmann. Da hatte Christa, die zwar ein bisschen schlicht, aber nicht ganz dumm war, mit ihren Eltern gedroht, heulend natürlich, und Toni war widerwillig im Haus geblieben.

»Lass mer mei Ruh«, hatte er genuschelt, seine Jacke vor dem

Sofa auf den Boden geworfen und war dann beinahe unmittelbar darauf in tiefen Schlaf versunken. Vor dem Einschlafen hatte er noch gemurmelt: »'tschuldiung, bin so müd. Net böse sein. Will vorschlafen wegen heut Nacht, da muss ich ja wieder raus.«

Christa hatte ihn eine Weile beobachtet und dann seine Jacke genommen und auf den Haken im Flur gehängt, der schon genauso wackelte wie ihre Ehe. Und da war sie auf den Gedanken gekommen, sich das Handy zu schnappen, das sie in der Brusttasche gespürt hatte. Sie musste jetzt endlich wissen, ob der Helmut mit seinen Andeutungen recht gehabt hatte. Toni schlief öfter »auf Vorrat«, er konnte, wie so viele Männer zum Frust ihrer jeweiligen Frauen, einen innerlichen Knopf drücken und pennte dann selig und süß. Das war einfach nur gemein.

Christa starrte mit brennenden Augen auf das Mobiltelefon in ihrer Hand. Nur einen kurzen Moment hatte sie gezögert, denn der Toni würde furchtbar wütend sein, wenn er bemerkte, dass sie ihm nachschnüffelte. Aber der Wolfi Haug war auf sie wütend, weil sie sich krankgemeldet hatte, und der Azubi aus der Küche, weil er ihre Lieferfahrten machen musste. Ihre Mutter war auf sie wütend, weil sie den Toni geheiratet hatte. Der Helmut … Wäre sie vorgestern nur nicht zu ihm ins Auto eingestiegen. Und zu guter Letzt war Christa wütend auf sich selbst, weil sie für den Toni alles täte, obwohl eine innere Stimme sie warnte, dass das vielleicht nicht ganz richtig war.

Nun saß sie also im eisig kalten, ungeheizten Kinderzimmer, in dem sich auch allerlei Restbestände aus ihrem »Mädelezimmer« im Mooslechnerhof stapelten, in schöner Eintracht neben Tonis Gerümpel. »So geht des net. Ich muss den Zettel finden«, hauchte Christa.

Der Toni schrieb sich viel auf, denn ein gutes Zahlengedächtnis gehörte nicht zu seinen hervorstechendsten Eigenschaften. Er konnte sich auch nie merken, dass sie bei der Sparkasse in Legau wieder im Minus waren, behauptete er, denn es sei so schwierig, Soll und Haben auseinanderzuhalten. Christa hielt das für eine Lüge, aber für eine lässliche.

»Was willst denn? Es reicht doch immer?«, sagte Toni und

lachte sie an. Irgendwie stimmte das sogar, denn Geld hatte er immer in der Tasche. Von seinem Nebenjob.

Beim Aufstehen verzog sie wieder das Gesicht. Sie musste zum Arzt, wenn alles andere in Ordnung war. Vorher nicht. Dann schlich sie, so leise sie konnte, nochmals zu Tonis Jacke am Haken in der Diele und griff vorsichtig in die Seitentasche. Da war er, der Geldbeutel. Auf Zehenspitzen tappte sie wieder in das kalte Zimmer und verharrte zögernd.

Christa war sich nicht sicher, wie der Toni reagieren würde, wenn er herausbekäme, dass sie jetzt auch noch in seinem Geldbeutel schnüffelte, aber ihr war mittlerweile so ziemlich alles gleichgültig. Oft schon war ihr Mann vor ihr gestanden mit geballter Faust und hatte dann in letzter Sekunde einen Rückzieher gemacht. Er mochte es nicht, wenn sie ihn ausspionierte, wie er es nannte. Manchmal wurde er auch gemein, wie zum Beispiel vor zwei Wochen, als sie ihn wieder gefragt hatte, wo denn das Geld von seiner Wachmanntätigkeit war.

»Das Denken kannst mir überlassen«, hatte er spöttisch geantwortet. »Rechnen kannst ja ohnehin net. Und Nachdenken auch net. Bin der Mann im Haus. Des reicht.« In solchen Situationen drehte sich Christa stets um und schlich gedemütigt aus dem Zimmer.

Aber jetzt war das Maß voll. Mit zittrigen Fingern öffnete sie die Börse. Wie sie vermutet hatte, steckte im Fach der EC-Karte auch ein kleiner gelber Zettel mit der PIN. Sie blätterte fassungslos durch die Geldscheine. »So viel«, entfuhr es ihr, als sie das kleine Vermögen betrachtete. Und sie musste in der »Kutsche« arbeiten. Sauerei. Vorsichtig zog sie mit spitzen Fingern den kleinen gelben Post-it heraus und entfaltete ihn. »Des muss sie sein. Ich will's jetzt wissen.«

Sie lauschte wieder ängstlich nach draußen, aber es war nur Tonis Schnarchen zu hören. Typisch. Wenn er mal Zeit hatte, schlief er. Zum ersten Mal dämmerte es Christa, dass die Hochzeit keine allzu gute Idee gewesen sein könnte, denn Toni hatte etwas widerwillig gewirkt vor dem Altar und sich immer misstrauisch nach ihrem geliebten Papa umgesehen. Aber jetzt gab es kein Zurück mehr.

Christa war wirklich ein schlichtes Gemüt. Sie hatte so lange an den Weihnachtsmann und den Osterhasen geglaubt, wie es eben ging und gerade noch gesellschaftlich verträglich gewesen war. Und jetzt glaubte sie eben an Toni. Mit jeder Faser ihres einfachen Herzens. Auch wenn das sonst niemand tat. Aber ihr Glaube hatte in letzter Zeit arge Risse bekommen. Nur darum saß sie jetzt hier und starrte mit brennenden Augen auf das Handy ihres Ehemannes.

Sie tippte die vierstellige Nummer vom Zettel ein, und der Bildschirm leuchtete auf. So ein schönes Handy. Ihr eigenes gab immer mal wieder den Geist auf, weil das Geld für ein neues einfach nie reichte. Dafür besaß Christa aber, um der Wahrheit die Ehre zu geben, ihre ansehnliche Sammlung von Künstlerpuppen, alle käuflich erworben über den Teleshoppingkanal, die sie von den altersschwachen Regalen im Kinderzimmer unschuldig anlächelten, wenn auch auf eine leblose und gruselige Art und Weise. An manchen Abenden, wenn Christa wieder einmal schlaflos im Bett lag und sich wünschte, sie hätte den Andreas genommen anstatt Toni, bildete sie sich ein, leise Geräusche zu hören. Dann stellte sie sich schaudernd vor, wie all diese niedlichen Puppen in ihren rüschenverzierten Kleidchen mit den gestickten Hauben auf den Kunststoffköpfen nachts zum Leben erwachten. Sie würden leise wispernd und gemein kichernd auf ihren winzig kleinen Beinchen durch das Zimmer trippeln, und diese Babypuppe, die ein wenig größer war als alle anderen, würde die Tür öffnen, sodass die gruselige kleine Prozession im Schlafzimmer an ihrem Bett stehen würde und dann … In solchen Nächten stand Christa auf und nahm eine Tablette. Dann versperrte sie von außen die Tür zum Kinderzimmer, denn man konnte ja nie wissen.

»Des muss aufhören«, wisperte Christa wieder, meinte aber nicht den Angriff der Killerpuppen. »Da ist bestimmt nix. Er ist doch alleweil ein guter Mensch gewesen. Leut können sich bessern. Und der Helmut hat gelogen.« Andererseits … sie hatte früher schon Schauermärchen gehört von Toni. Und dass er sich mehr als einmal nicht sehr gentlemanlike verhalten hatte, wenn es drum ging, eine Beziehung zu beenden, die ihm lästig war.

Dass er grob und fies war. Ein Schläger. Ihr gegenüber allerdings war er immer anständig gewesen. Beinahe. Aber Christa hatte das Gefühl, dass das immer erst im letzten Moment passierte, ehe er überkochte. Als ob ihm was einfiele. Und nach der Geschichte, die ihr der Helmut erzählt hatte …

Christa war ein herzensguter Mensch. Sie trug Igel über die Straße, und obwohl sie aus einer Landwirtschaft kam, hatte sie ein Problem damit, dass man Tieren Namen gab und sie dann aufaß. Nur die Abgründe der menschlichen Seele blieben ihr verschlossen, denn wenn das normale Gehirn ein Labyrinth mit unzähligen Kreuzungen und verschlungenen Pfaden ist, so handelte es sich bei dem von Christa um eine überschaubare Freizeitanlage mit genau einer Attraktion: Toni. Er war sozusagen der virtuelle Mittelpunkt in ihrem Hirn, das Riesenrad, die Achterbahn, die einzige Sensation, und sie wollte jeden Tag darauf fahren, bis ihr schlecht war. Nun allerdings stand dieses Riesenrad seit geraumer Zeit still, und wenn es sich mal bewegte, dann im Schneckentempo. Aber sie würde was tun. Sie würde das jetzt ändern.

Sodale. Woll mer doch mal sehen, dachte Christa und tippte auf »Nachrichten«. Eine kleine, verzweifelte Stimme in ihrem Inneren warnte: Willst du das wirklich?, aber Christa hörte nicht darauf. Das tat sie nie.

Sie verzog schmerzverzerrt das Gesicht. Dann wurde sie blass. Und immer blasser. Hektisch wischte sie auf dem Display herum und fing an zu lesen. Ihre Wangen waren feuerrot vor Entrüstung. Und Angst.

## Samstagnachmittag, Mindelheim

»Ich bin schon wieder so müd.« Dieter Dorsch saß zusammen mit seiner Frau im Kalahari-Wohnzimmer und versuchte, nicht den Weihnachtsbaum von der Firma Vögele anzusehen, denn das hätte ihm den Rest gegeben. Nach dem unerfreulichen Auftritt von heute Nachmittag und dem sich in die Länge ziehenden Gespräch mit dem schleimigen Reporter hatte Elli sich immerhin so weit beruhigt, dass beide zusammen in der knallroten, nach neuesten ästhetischen und funktionalen Gesichtspunkten eingerichteten Designerküche eine kleine Brotzeit einnehmen konnten.

Nun lief der Fernseher. Zwar wären beide heute Abend zur Weihnachtsfeier von Herbert Rauhfelder eingeladen gewesen, der immer ein Mordsgewese machte, wenn er mal was ausgab. Zu diesem Zweck hatte er sich extra im Weberhaus eingemietet für diesen Abend, einem wohlbeleumdeten Speiselokal in Mindelheim am Hungerbach, direkt am unteren Tor. Aber Elli hatte keine Lust, wie sie sagte, sich »in Schale« zu werfen, und darum musste auch der Dieter daheimbleiben, denn er durfte nur unter Strafe allein raus. Und unter allerschärfster Bewachung.

»Hast schon wieder eine neue Kette?«, fragte Dieter vorsichtig, denn solche Bemerkungen waren das Gleiche, wie mit verbundenen Augen auf einem Minenfeld herumzutappen. Man konnte nie wissen.

»Ja, und?«, gab Elli gleichgültig zurück und fasste sich an den Hals. »Gönnst mir keine Freude oder was? Bin ich nur zum Arbeiten da?«

Darauf hätte Dieter eine astreine Antwort gewusst, aber die steckte in seinem Hals und traute sich nicht raus, zusammen mit den Tausenden anderen der letzten Jahre.

»War bloß«, stammelte Dieter, »weil mir doch noch nicht so … die neue Einrichtung vom Vögele, und jetzt kommen dann wieder die ganzen Versicherungen …« Und wie die letzten Male verstummte er wieder. Elli hörte offensichtlich nicht zu. Das tat sie nie.

Elli verfolgte weiter missgünstig die Sendung, in der ein paar Bikini-Models um den ersten Preis bei irgendeiner Schönheitskonkurrenz rangelten. Im knappen Badeanzug. Und im Schlamm. Elli schnappte sich die Fernbedienung und schaltete kurzerhand um. »So was bringt dich bloß auf blöde Gedanken. Brauchst nicht meinen, dass du bei so einer Chancen hättest«, sagte sie mürrisch und nahm einen Schluck von ihrem Wein, der auf einem schmutzfarbenen Lederlappen stand, den Jakob Vögele als original afrikanischen Untersetzer verkauft hatte.

»Bin ohnehin so fertig.« Dieter wischte sich wieder die Stirn. »Ich trink noch mein Bier aus und leg mich hin.«

»Wenn du meinst.« Elli musterte ihn von der Seite.

Ein Mobiltelefon klingelte. »Ist deins«, sagte Dieter. »Ich hab meines im Auto liegen gelassen, glaub ich.«

Elli tappte in die Küche und fand ihr Telefon auf dem Hochglanztisch. Dieter hatte schon wieder seinen Teller nicht weggeräumt. Anonymer Anrufer. Mmh. Missmutig nahm sie das Gespräch an. »Dorsch, hallo«, meldete sie sich widerwillig. Sie hörte nur ein Klicken. Aufgelegt.

»Alles Idioten«, fluchte sie. Dann schielte sie kurz in das Wohnzimmer, wobei ihr Blick als Allererstes auf den bombastischen Weihnachtsbaum fiel. Für einen Moment schreckte sogar sie zurück. Eventuell war dieser Vögele ja doch nicht so geschmackssicher, wie alle dachten.

Genervt tappte Elli zurück und setzte sich wieder zu Dieter auf die straff bespannte Couch. Sie stierte auf den Fußboden und fischte eine Brotkrume unter dem Sofa hervor. »Die wird auch immer schlampiger, diese komische Olga.« Mit spitzen Fingern legte sie das Ministückchen auf dem afrikanischen Lederlappen ab. »Wieso ist denn der heute gekommen, dieser fette kleine Reporter? Ich meine – wir wissen offiziell ja noch gar nichts von dieser Geschichte mit der Rothenfels, aber der kleine Dicke hat schon Wind gekriegt? Hast du wieder was ausgeplaudert?«

Dieter sah sie fragend an. »Ausgeplaudert? Hast doch du, Elli. Ich hab gar nix gesagt. Wer war denn dran?«, fragte er dann, bekam aber keine Antwort. Er hatte auch keine erwartet.

»Also, was hast du wieder rumerzählt?« Elli durchbohrte Dieter mit ihren Blicken.

»Elli-Schatzi«, versuchte Dieter sie zu beruhigen. »Ich hab das doch selber erst heut Vormittag gehört vom Kurti. Der hat den doch gefunden, mit der Lydia, beim Spazierengehen. Wem hätt ich was sagen sollen? Und ich Hammel hab vergessen zu fragen, wem der Mann im Brunnen ähnlich gesehen hat. War so erschrocken.«

»Meinetwegen«, murmelte Elli launig. »Jeder ist zu ersetzen. Wird schon noch rauskommen. Die Kripo war ja gestern Vormittag schon da. Wegen den Rothenfels-Weibsbildern. Die wollten wissen, warum die zwei Schwestern so zerstritten waren. Ja, und dann habe ich ihnen die Geschichte zum Besten gegeben von diesem Kerl, in den die sich damals verknallt haben. Du hast mir bis heute nicht gesagt, wer das war. Und wenn ich das dem Reporter heute anvertraut habe, ist das nicht schlimm, das käme sowieso raus. Die haben doch alle was zu verbergen, diese Provinzler. Aber ich möchte einfach gern wissen, wer der Kerl war, um den die zwei verrückten Weiber sich gestritten haben.«

»Na ja …«, wand sich Dieter und nahm noch einen Schluck von seinem Bier, weil sich allmählich die nötige Schwere einstellte, die ihm helfen würde, in einen tiefen, traumlosen Schlaf zu versinken, den er so nötig hatte. »Ist doch heut nimmer wichtig, Schatzi. So lang her. Und die alten Geschichten, ich mein, die sind doch nimmer interessant. Bloß, was heut ist, oder?«

Verdammt, er hatte versehentlich auf den monströsen Christbaum geschaut, und das Bild hatte sich in seine Netzhaut eingebrannt. Dieter vermisste irgendwie die Weihnachten vergangener Tage. Im ganzen Haus hatte es nach Plätzchen gerochen und nach Zimt und Glühwein. Jedes Zimmer war geschmückt mit selbst gemachten Gestecken und Girlanden. Und den Weihnachtsschmuck hatte die Andrea liebevoll über viele Jahre zusammengekauft, immer wieder einzelne Stücke, auf verschiedene Weihnachtsmärkte bis nach Freiburg war sie gefahren. Überhaupt war sie gut im Handarbeiten gewesen. Sie hatte sogar noch – Dieter wagte es gar nicht, diesen ungeheuerlichen Gedanken weiterzudenken – Socken gestopft. Dieters Socken. Weil er so gern selbst gestrickte trug, die hielten im Winter viel wärmer als das Plastikzeugs und rochen auch nicht gleich so schlimm.

»Wenn's aber doch wichtig ist?«, bohrte Elli nach.

»Was ist denn mit der Olga? Hast doch vorher was gesagt?«, fragte Dieter ausweichend.

Er mochte die kleine, untersetzte Russin gern, die ihn immer warmherzig anstrahlte. Außerdem konnte Lydia diese Frau auch gut leiden, und die Lydia war absolut unbestechlich. Biestig und krätzig, aber unbestechlich. Die hatte eine gute Menschenkenntnis und den Kurti auch irgendwie wieder auf den Pfad der Tugend geholt.

»Schlampig wird die«, murrte Elli. »Und verräumt Sachen, die sie nix angehen. Heut hat sie gewaschen und die Taschen ausgeräumt. Nichts finde ich mehr. Alles weg. Hast du vielleicht die Handynummer von der?«

Dieter schüttelte den Kopf. Er kümmerte sich nicht um personelle Angelegenheiten – dazu hatte er einfach zu viel zu tun.

»Ach ja«, Elli stand auf, nahm noch einen Schluck von ihrem Rotwein, musterte liebevoll, aber auch ein wenig vorsichtig den Christbaum und ging nach nebenan in die Küche, »ich hab die Nummer ja bei mir im Handy eingespeichert. Möchte wissen, wo die meine Sachen hingetan hat. Ich meine, die kann doch nicht so einfach Taschen leeren und das Zeug dann irgendwohin ablegen? Bin wirklich froh, dass ich der kein Trinkgeld gegeben habe oder Weihnachtsgeld. Die ist teuer genug.«

»Wenn du meinst«, brummelte Dieter, und für einen klitzekleinen Augenblick schweiften seine Gedanken ab in die siebziger Jahre, verweilten ein wenig bei den Rothenfels-Schwestern, die beide absolut heiße Feger gewesen waren, blieben an seinem damaligen Spiegelbild hängen (volles dunkles Haar, gute Figur, immer ein wenig schüchtern, was ihm auch ins Gesicht geschrieben gewesen war) und kehrten dann in die Gegenwart zurück, als er Ellis Kreischen gewahr wurde, das aus der Küche bis ins Wohnzimmer drang.

»Was hast denn, Schatzi?«, rief Dieter eifrig und sprang auf, um nach drüben zu laufen.

»Nichts. Gar nichts«, sagte Elli kühl. »Nichts, was dich interessieren könnte. Glaub mir einfach.« In der Hand hielt sie ihr Mobiltelefon. Ihr Gesicht war verzerrt und schneeweiß vor Wut.

## Samstagnachmittag, Mindelheim

»Sie sind die beiden Herrschaften von der Kripo? Ich hatte ja angerufen, dass der Patient wach ist.« Der Stationsarzt sah Sissi und Klaus unbeeindruckt an. Er war höchstens vierzig, wirkte, als hätte er seit Nächten nicht mehr geschlafen, und seine Haare waren durcheinander. Es schien ihm egal zu sein.

»Sind wir«, sagte Sissi. »Elisabeth Sommer und Klaus Vollmer vom K1 in Memmingen.« Beide zückten ihre Ausweise. »Dort drin?« Sissi wies auf die Tür des Krankenzimmers, vor der ein Beamter der Polizeiinspektion Mindelheim saß und in der Zeitung las.

»War ein wenig schwierig, wir sind voll belegt.« Der Arzt wischte sich müde über die roten Augen hinter der dicken Brille. »Aber wir konnten ihn tatsächlich schon aus der Intensivstation verlegen und haben ihm ein Einzelzimmer verschafft. Er ist so weit stabil. Kann noch keine Bäume ausreißen, aber es geht ihm zumindest so gut, dass er mich tatsächlich nach einer Zigarette gefragt hat. Und nach einem Telefon.« Der Arzt schüttelte ungläubig den Kopf. »Ich fasse es nicht. Bekommt einen Stich ins Mediastinum, verbringt Stunden auf einem Gitter über einem Brunnenschacht, und seine erste Frage, als er aufwacht, ist die nach dem Raucherbereich. Ich hätte ihm die Krebsstation zeigen sollen.«

Sissi lächelte. »Nach einem Telefon? Interessant. Herr Zimmermann steht bestimmt noch unter Schock. Ist er denn überhaupt schon nüchtern?«, wollte sie wissen.

Der Arzt nickte. »Wir haben ihm Transfusionen gelegt, mittlerweile dürfte er so gut durchgespült sein wie der Ärmelkanal. Aber sorgen Sie bitte dafür, dass es nicht zu lange dauert. Eine innere Verletzung wie seine in einem solch empfindlichen Bereich, wo Luft- und Speiseröhre zusammenlaufen, darf nicht unterschätzt werden. Wir werden ihn auf jeden Fall noch eine Weile überwachen müssen. Außerdem hat er gerade Besuch. Und jetzt entschuldigen Sie mich bitte. Genau wie das Verbrechen schläft auch der Tod nicht. Ich habe zu tun.« Der Arzt nickte noch einmal zum Abschied und verschwand mit wehendem Kittel um eine Ecke.

»Er hat Besuch?«, fragte Sissi.

»Die alte Frau hab ich reingelassen«, sagte der Kollege von der Streife, der vor Helmuts Krankenzimmer wachte. »War heut schon mal jemand da und wollt zu ihm rein. Der muss echt beliebt sein.«

»Ehrlich? Wer war das?«, fragte Klaus erstaunt.

Der Beamte sah ihn an und schüttelte den Kopf. »Niemand, den ich kenn oder der vielleicht auf der Fahndungsliste steht. Ich hab auch keine Anweisung gehabt, mir die Namen aufzuschreiben. Hätt ich sollen?«

»Schon gut, Kollege«, antwortete Sissi. »Beschreiben Sie einfach mal.«

»Ein Mann. Klein. Älter. Dick. Rotzfrech. Sonst ist mir nix Ungewöhnliches aufgefallen. Hab ihm deutlich gemacht, dass er morgen noch mal nachfragen soll und dass ich niemanden reinlassen darf. Ist wütend wieder abgezogen.«

»Das ist immerhin etwas. Und wir können uns schon denken, wer das war«, meinte Klaus. »Danke. Wir gehen jetzt rein. Bitte lassen Sie weiterhin niemanden zu ihm. Und wer ist die alte Frau?«

»Schauen Sie ruhig selber. Hab mir gedacht, das passt schon«, sagte der Beamte grinsend.

Sissi klopfte an die Tür, aber niemand reagierte. Dann drückte sie die Klinke vorsichtig herunter, und gemeinsam betraten sie das Krankenzimmer.

Helmut lag, an etliche Schläuche angeschlossen, im Bett. Über seinem Kopf blinkte ein Monitor, der leise Piepgeräusche von sich gab. An seinem Bett saß unbeweglich eine Frau Mitte siebzig. Sie trug einen langen dunkelblauen Wintermantel, der schon bessere Tage gesehen hatte, und ein grünes Kopftuch. Ihr Gesicht war gerötet, und sie sah missmutig auf die Gestalt im Bett herab.

»Frau Zimmermann? Sie hier?« Sissi trat vor und reichte ihr die Hand.

»Elisabeth, grüß dich. Hätt ich mir ja denken können, dass du auftauchst. Wo mein Helmut ist, ist der Ärger nicht weit und Polizei vor der Tür. Im Krankenhaus!« Sie deutete auf ihren Sohn, der versuchte, die Augen zu öffnen. »Der Doktor sagt, der wird wieder.« Sie senkte ihre Stimme. »Jesses, was hat er denn jetzt wieder angestellt? Er nuschelt immer bloß rum, aber ich versteh gar net, was er meint.«

Mathilde Zimmermann, Mutter von Helmut und seit dem Tod ihres Mannes seit Jahrzehnten alleinerziehend, denn bei ihrem Sohn hörten die Arbeit und der Ärger nie auf, blickte Sissi hilfesuchend an. Sie war Kummer gewöhnt, denn Helmut war schon öfter erkennungsdienstlich behandelt worden. Nix als Ärger mit dem Bub, und Mathilde fragte sich seit mindestens zwanzig Jahren, ob der Bub nicht mehr Ohrfeigen und weniger Taschengeld gebraucht hätte.

»Frau Zimmermann, im Moment ermitteln wir nicht gegen Ihren Sohn, er ist nämlich das Opfer«, sagte Sissi. »Hat mein Onkel Sie besucht und Ihnen alles erklärt, worum ich ihn gebeten hatte?«

Mathilde nickte. Sissis Onkel war Pfarrer in Legau, und zwar mit Leidenschaft. Gelegentlich übernahm er kleinere Aufgaben in seiner Tätigkeit als Seelsorger und half seiner Nichte damit.

»Ich hoffe, Sie sind nicht zu sehr erschrocken. Man hat den Helmut niedergestochen. Und wir müssen herausfinden, wer das war.«

»Alleweil bloß Ärger mit dem Buben«, sagte Mathilde verdrossen. »Nix als Ärger. War bestimmt eine Rauferei. Der streitet doch mit jedem, der ihn schief anschaut. Und ausziehen tut der auch net. Angeblich kann er mich nicht allein lassen. Aber ich komm schon zurecht. Ich denk, des passt dem ganz gut, dass der mit mir eine Gratisputzfrau hat. Ist sowieso nie daheim. Alleweil auf der Ransch. Oder im Urlaub.«

»Ransch?«, fragte Klaus verblüfft. »Haben Sie einen Bauernhof?«

»›Unterwegs‹ heißt das, mein Lieber. Lern endlich Schwäbisch«, antwortete Sissi ihm. »Wie sind Sie überhaupt hergekommen?«

»Die Ilse Scharnagel hat mich gefahren, aus Maria Steinbach«, brummte Mathilde.

Ältere Damen in Legau und Umgebung waren gut vernetzt, denn ein Führerschein war ab einem gewissen Alter als alternatives Zahlungsmittel Gold wert, wenn man in einem Dorf ohne Taxiunternehmen wohnte. Ilse würde diese Dienstleistung als Guthaben auf der sogenannten »Gefälligkeitsbank« verbuchen und es irgendwann von Mathilde einfordern. So lief das seit Ewigkeiten.

Sissi nickte. »Frau Zimmermann, wir müssten den Helmut jetzt allein befragen. Die Besuchszeit ist doch bestimmt auch vorbei, oder?«

»Net amal was zum Essen hat's gegeben«, beschwerte sich Mathilde.

»Ja, weil er bestimmt noch nichts schlucken kann, Frau Zimmermann«, kam Klaus Sissi zu Hilfe. »Der Stich ging in den Bereich, wo auch die Speiseröhre liegt.«

»Wer redet denn vom Helmut?«, pfurrte Mathilde bissig. »Ich hab auch Hunger. Sitz seit drei Stunden da. Na, geh ich halt. Ich komm morgen wieder. Und aufräumen brauch ich net. Bei mir ist immer sauber, du Rotzaff. Hast gehört?«, rief sie dann sehr viel lauter.

Helmut zuckte kurz zusammen, machte aber ansonsten keinen Muckser.

»Wegen mir kannst ihn ruhig einsperren, Elisabeth«, sagte Mathilde abschließend, ehe sie den Raum verließ. »Dann weiß ich wenigstens immer, wo er ist. Komm die meiste Zeit vor Sorgen halb um. Und der Ruf ist eh schon hin. Wie geht's deinem Mann? Oft weg, gell?« Mathilde nickte kurz, verließ dann ohne ein weiteres Wort den Raum und ließ die verdutzte Sissi stehen.

»Helmut?«, fragte Sissi, als die Tür sich geschlossen hatte. Der Kranke sah sie aus halb geöffneten Augen an und rührte sich ansonsten nicht. Seine Gesichtsfarbe war immerhin seit seinem Fund heute Morgen um zwei Nuancen rosiger geworden.

Im Zimmer war es dämmrig. Nur eine kleine Lampe am Krankenbett brannte. Klaus betätigte den Lichtschalter. Flackerndes Neonlicht erhellte den Raum.

»Helmut Zimmermann, Vollmer und Sommer vom K1 in Memmingen. Ich bin's, die Elisabeth. Aus Legau. Kennst mich. Wir sind von der Kripo. Kannst du mich verstehen?« Sissi beugte sich über den Verletzten und sah ihm geradewegs ins Gesicht.

Dieser nickte vorsichtig. Jede Bewegung schien ihm Schmerzen zu verursachen.

»Wir haben ein paar Fragen an dich. Die kannst du uns beantworten, oder?«

Wieder ein Nicken.

»Haben Sie gesehen, wer Ihnen das angetan hat?«, fragte Klaus und betrachtete derweil interessiert den Beutel mit der Infusionsflüssigkeit, die offensichtlich für Helmuts wesentlich bessere Gesichtsfarbe verantwortlich war.

So was könnte ihm auch nicht schaden, wenn er nach einer anstrengenden Nacht in Memmingen auf dem Revier erschien und wieder zwei verschiedene Socken trug. Er sollte sich den Namen des Medikaments aufschreiben. Vielleicht gab es davon Trinkampullen.

»Na. Nix gesehen«, kam es aus trockenen Lippen. Helmut versuchte, sich die Lippen zu befeuchten.

Sissi nahm eines der Wattestäbchen vom Beistelltisch, hielt es unter den Wasserhahn und strich Helmut damit über die Lippen. »Besser?«

Wieder ein Nicken.

Klaus beobachtete Helmut genau. »Wissen Sie noch die Uhrzeit? Um wie viel Uhr waren Sie in diesem Burghof? Und wieso?«

»Weihnachtsfeier«, krächzte Helmut. »Zigarette.«

»Ist wirklich schön, wie zäh du bist«, sagte Sissi, »aber Zigarette habe ich keine für dich. Ich rauche nicht. Und mein Kollege auch nicht.«

»Zigarette«, wiederholte Helmut. »Wollt eine rauchen. Draußen. Drin verboten.«

»Ah so. Bist also zum Rauchen raus. Um wie viel Uhr war das?«

»Weiß nimmer. Bier. Zu viel.«

»Zu viel Bier gibt's doch bei euch gar nicht«, zischelte Klaus.

»Hat mir Dollinger erklärt. Man trinkt doch immer nur zwei. Das erste und das letzte.«

Sissi gab ihm einen Rippenstoß und setzte die Befragung fort. »Ungefähr?«, fragte sie dann das blasse Gesicht.

»Nach einse«, stammelte Helmut. »Wollt früher gehen, aber war dann doch noch nett.«

»Verstehe«, sagte Sissi. »Weihnachtsfeier vom Dorsch. Weil du da arbeitest.«

»Ja. Firma«, flüsterte Helmut heiser. »Nicht amal Weihnachtsgeld. Bloß a paar Werbehandtücher und Feuerzeuge. Und Abendessen. Und Bier.«

»Verstehe«, nickte Sissi. »Wer ist noch zum Rauchen raus? Warst du allein?«

Helmut versuchte, den Kopf zu schütteln. »Bier. Weiß net. Keine Anzeige. Gar nix.«

»Was, keine Anzeige?« Sissi seufzte innerlich. Das war wirklich ermüdend.

»Mir egal«, antwortete Helmut. »Schon erledigt. Ich werd wieder. Doktor. Will niemand anzeigen.«

»Tja, tut mir leid«, blieb Sissi eisern. »Das geht nicht. Da müssen wir ermitteln, ob dir das passt oder nicht. War der Toni schon da? Der vermisst dich doch bestimmt schon?«

Helmut bewegte den Kopf. Auch das schien ihm Probleme zu bereiten.

»Also von vorn: Wo bist du gestanden bei dem Angriff? Weißt du das noch?« Sissi blieb hartnäckig.

»Paar Meter. Burghof.« Helmut musste husten und verzog schmerzverzerrt das Gesicht.

»Sissi, ich glaube, das reicht.« Klaus zupfte seine Kollegin sacht am Ärmel. »Wir kommen besser morgen noch mal her. Nüchtern ist der Herr Zimmermann jetzt zwar mit Sicherheit, aber er hat noch einen Schock und ist offensichtlich nicht ganz bei sich.«

Sissi nickte. »Ich komme wieder, Helmut. Also Weihnachtsfeier vom Dorsch.«

»Scheißdreck«, hauchte Helmut und krümmte sich vor Schmerzen. »Schreinerei. Saftladen.«

»Danke.« Sissi lächelte. »Wie gesagt: Wir kommen wieder. Aber ich muss mir noch was ausleihen, das haben wir heute Morgen ganz vergessen.« Sie öffnete den schmalen Schrank, in dem die Kleidung von Zimmermann, unter anderem auch die blutbefleckte Jacke, an einem Bügel hing, und klemmte sie sich unter den Arm. »Kriegst es bald wieder. Beweismittel.«

Sie achteten nicht auf den stöhnenden Protest des Patienten und verließen das Zimmer.

»Oh Engel der Barmherzigen«, spottete Klaus »Wir kommen wieder. Hört sich ja fast an wie im ›Terminator‹. Der Kerl ist doch das Opfer. Aber wir haben tatsächlich heute in dem Getümmel die Jacke vergessen.«

»Er hatte sie ja noch an, Klaus«, antwortete Sissi. »Die Spurensicherung wird sich freuen. Hast du nicht gesehen? Am Klettverschluss der Kapuze waren so komische Flusen. Die lassen wir untersuchen. Er braucht das Ding gerade eh nicht. Und, Klaus: Der Helmut ist noch nie irgendwo Opfer gewesen. Falls du glaubst, ich habe Vorbehalte oder Vorurteile, lies bei Gelegenheit sein Vorstrafenregister.«

»Wieso?«

»Der hat alles durch: schwere Körperverletzung, versuchter Raub, Beleidigung, Versicherungsbetrug, Sachbeschädigung. Na ja, hauptsächlich Körperverletzung. Den Führerschein hat er schon mehrere Male abgegeben, in immer kürzeren Intervallen. Und beim letzten Mal ist er dann mit dem eigenen Auto zur MPU gefahren und dabei zufällig in eine Polizeikontrolle geraten. So viel Dreistigkeit muss man erst mal aufbringen. Du hast keine Ahnung, mit wem wir es da zu tun haben. Da steckt mehr dahinter. Ich kenne ihn einfach zu gut. Vielleicht ist er der Frau Zimmermann als Baby vom Wickeltisch gefallen, aber mit dem Helmut gab's schon immer Ärger. Dem geht man besser aus dem Weg. Ich würde auch gern mal wissen, wieso er ein Telefon verlangt hat. Wen wollte er denn so dringend anrufen?«

»Legau. Immer wieder Legau«, murrte Klaus. »Interessant ist auch, dass er keine Ermittlungen möchte. Hast recht, der hat was zu verbergen. Vielleicht weiß er sogar, wer es war?«

»Kann gut sein«, sagte Sissi. »Und vergiss nicht, wir arbeiten grade simultan an zwei Fällen. Und mein Bauch bestätigt mir, dass beide etwas miteinander zu tun haben. Wir fahren jetzt nach Hause und treffen uns morgen früh. Die Burg schaffe ich nicht mehr. Jetzt ist Abend, da haben die sicherlich massig zu tun. Holst du mich ab?«

»Ja«, antwortete Klaus gedehnt. »Soeben habe ich beschlossen, heute noch auszugehen. Ich liefere dich bei deinem Auto am Revier ab und stürze mich dann ins Nachtleben. Immerhin habe ich gestern vom Besitzer der ›Kutsche‹ einen heißen Tipp bekommen. Also werde ich gleichzeitig recherchieren und auf den Putz hauen.«

»Wenn du meinst.« Sissi sah ihn nachdenklich an. »Komm aber bitte nicht unausgeschlafen. Ich glaube nicht wirklich, dass du in der Kneipe von Wolfgang Haug zu überraschenden Ermittlungsergebnissen kommst, aber des Menschen Wille ist sein Himmelreich. Mir wäre die Fahrerei nach Mindelheim zu viel.«

»Ich werde pünktlich sein, egal, wie«, sagte Klaus zuversichtlich. »Mal sehen, was sich so ergibt.«

Und das war eine ganze Menge.

## Samstagabend, Legau

»Liebling!« Peter Sommer erwartete Sissi an der Tür und empfing sie mit einem Lächeln. »Schön, dass du da bist. Ich habe dich vermisst.«

»Peter. Sehen wir uns mal wieder?«, fragte Sissi spitz. »Kommt in letzter Zeit nicht mehr allzu oft vor, oder?«

»Ach Schatz.« Peter lachte. Er war hoch aufgeschossen, mit ständig zerzaustem Haar und einem treuherzigen Gesichtsausdruck. Meistens saß seine Brille etwas schief auf der Nase, was ihm einen leicht zerstreuten Ausdruck verlieh. »Ich tue das nur für dich.«

»Was? Schießen lernen?« Sissi klang verstimmt. »Du weißt doch, was ich davon halte. Wegen mir musst du das nicht.«

»Warte nur ab«, raunte er geheimnisvoll.

»Weißt du, mein Lieber …« Sissi warf ihre Winterjacke achtlos auf den Küchenstuhl und setzte sich einfach drauf. »Normalerweise hätte ich – wenn ich das wollte – gleich herausgefunden, welchen Aktivitäten du nachgehst. Aber derzeit sind meine Kapazitäten gebunden. Und ehrlich – ich bin viel zu müde, um dir hinterherzuschnüffeln.«

»Schatz.« Peter baute sich vor ihr auf. »Ich sage nur so viel: Vertrau mir. Bitte.«

»Wenn ich nur einen Fünfer kriegen würde für jedes Mal, wo ich das in einem schlechten Film gehört habe«, murmelte Sissi. »Gibt's was zu essen?«

Peter nickte. »Hab dir einen Auflauf gemacht. Und dann köpfen wir eine Flasche von unserem guten Wein, den wir unseren Gästen nie anbieten. Du hattest übrigens Besuch.«

»Ach ja? Erna Dobler mit den Neuigkeiten des Monats? Brauch ich grade nicht.«

»Nein unsere Beinahe-Nachbarin Christa war da.« Peter grinste breit. »Die mit dem großen –«

»Weiß schon, brauchst nicht weiterzureden«, meinte Sissi lachend. »Was wollte sie denn?«

»Keine Ahnung«, sagte Peter. »Sie hat ausgesehen, als ob sie gleich heult. Deutete an, sie müsste mit dir sprechen. Dringend. Hat wohl irgendwas mit ihrem Mann zu tun.«

»Das wird ja immer interessanter«, antwortete Sissi. »Vielleicht rufe ich sie nachher noch an. Aber ich wollte morgen ohnehin bei ihr vorbeischauen. Lass uns bitte schnell was essen, ich sterbe vor Hunger.«

»Dein Wunsch ist mir Befehl.« Peter stand auf. »Hast du dir mehr als verdient.«

Sissi beobachtete ihn misstrauisch, als er gut gelaunt die Kasserolle vom Herd nahm und dabei ein Liedchen pfiff.

## Samstagabend, Legau

»Mist, verdammter!«, rief Toni und drehte die Taschen seiner Winterjacke nach außen. Ein zerknülltes Taschentuch fiel heraus und landete auf dem Laminat.

Christa bückte sich und hob es auf. »Ich mein, du solltest sowieso daheimbleiben«, grummelte sie und trug das Taschentuch in den Abfalleimer. Dabei gab sie ihm einen Tritt, dass es laut schepperte.

»Mir ham was zum Reden. Brauchst net meinen, dass du dich immer drücken kannst. Herrgott, Toni, es ist wichtig!«

»Wo warst denn vorhin, als ich aufgewacht bin?«, fragte Toni giftig zurück und griff noch einmal in die Brusttasche der Jacke. Nichts.

»Weg«, pampte Christa trotzig und setzte sich aufs Sofa. »Bei einer Freundin.«

»Hast du irgendwas angelangt?« Toni baute sich vor ihr auf.

»Was denn?«, tat sie betont arglos. »Weiß net, was du meinst.«

Toni blickte auf das vertraute Gesicht und war mit einem Mal müde. Das alles war schon sehr anstrengend. Für einen kurzen Moment dachte er daran, zu Hause zu bleiben, sich vor den Fernseher zu setzen und eine Halbe zu trinken. So wie andere Leute. Eventuell war sein Leben doch zu aufreibend. Und alles wurde immer gefährlicher. Komisch – früher hatte er solche Gedanken nie gehabt.

»Mein Handy ist weg«, sagte er dann und beobachtete Christa ganz genau.

»Dein Handy?«

Wieder dieser unschuldige Blick. Toni hätte manchmal schwören können, dass dahinter nichts war. Vermutlich würden diese Augen leuchten, wenn er Christa eine Taschenlampe an die Ohren hielt. Trotz Mobiltelefonsuche musste er grinsen.

Christa interpretierte die Geste falsch und rutschte zu ihm herüber. »Toni, mir müssen wirklich mal schwätzen. Bitte! Ist alles ganz furchtbar!«

»Schon wieder wegen Donnerstag? Ich hab dir doch gesagt, ich war beim Arbeiten«, winkte dieser ab und stand wieder auf. Dann ging er in die Küche und zog wahllos irgendwelche Schubladen auf. »Zefix, des muss doch irgendwo sein. Gibt's doch gar net.«

Christa versuchte, sich auf den Spielfilm zu konzentrieren, der gerade lief. Etwas mit einem englischen Lord und einem armen Dienstmädchen. Und die ältliche Haushälterin war so gemein. »Toni, was Schlimmes. Du hast doch …« Christa wusste nicht, wie sie es anfangen sollte. Wenn sie ihren Mann wütend machte, dann war gleich alles vorbei wegen seines Jähzorns.

»Ein andermal. Ich muss weg, Schatzel. Wenn mein Handy rauskommt, rufst mich … ach, bin ich blöd. Geht ja net. Bis später.« Toni blieb jetzt im Türrahmen stehen und schaute Christa misstrauisch an. Dann schnappte er sich seine Jacke und küsste sie auf die Wange.

»Bloß auf die Backe? Krieg ich jetzt net amal mehr ein richtiges Bussi?« Christa sah fassungslos aus, als würde sie gleich wieder heulen. »Aber … kannst doch net weg, wenn dein Telefon verschwunden ist!«

»Wird auch so gehen«, sagte Toni. »Einmal passt des schon. Schlaf gut. Gell?«

»Ja, aber wenn jetzt jemand anruft? Oder was Wichtiges ist? Und du kriegst es gar net mit?« Christa war aufgestanden. »Und ehrlich, Toni, ich find, du solltest mit der Nachtarbeit aufhören. Ganz. Mir können auch weggehen, wenn du magst. Irgendwo anders hin. Nach Amerika? Da ist net so viel Polizei.«

Christa hatte nur eine vage Vorstellung von den Vereinigten Staaten, in denen Mickey Mouse, Hamburger, große Autos und riesige Knarren eine übergeordnete Rolle spielten. Aber es war weit genug weg von allem, das ihren Mann hinderte, mit ihr zusammen zu sein. Sie würden ein kleines Holzhaus bewohnen, vielleicht mit einer Veranda und einem Garten. Geld verdienen konnte man überall. Und dann wären sie glücklich und zufrieden in dem Land, wo all die herrlichen Filme und Serien herkamen. Niemand würde nach ihrer Vorgeschichte fragen oder nach irgendwelchen Leichen im Keller. Niemand.

Für einen Moment war Christa abwesend, fing sich aber schnell wieder, als sie Tonis entsetztes Gesicht sah.

»Aufhören? Amerika?« Toni versuchte, seinen Unwillen mit einem Lachen zu überspielen. »Spinnst jetzt komplett? Und die Raten für den Scheiß-Fernseher? Und fürs Haus? Ha? Weggehen?«

»Du hast alleweil a Geld, Toni«, antwortete Christa tonlos. »Tonnenweis Geld. Bloß ich hab keins. Ich muss in der ›Kutsche‹ schaffen.«

»Na ja, besser als anschaffen«, lachte Toni und merkte im selben Moment, dass er zu weit gegangen war. Aber Christa hatte das üble Wortspiel ohnehin nicht verstanden.

»Der Helmut hat mir die Stelle besorgt, und der ist net mein Ehemann, sondern bloß widerlich«, sagte sie. »Da gibt es nix anzuschaffen.«

»Ich hau ab, Schatzel.« Toni drehte sich um und verschwand in der Diele, wo er mit einem kurzen Blick im Schein der trüben Glühbirne sein Spiegelbild in dem zerkratzten Spiegel wohlgefällig musterte. »Wart net auf mich.«

»Na, mach ich net.« Christa starrte blicklos auf den Bildschirm, wo der junge verwitwete Lord gerade mit wehendem Haar durch ein finsteres Hochmoor ritt. Sie hörte, wie die Haustür zugeschlagen wurde.

Dann ging sie langsam in die Küche, entnahm dem Mülleimer die Tüte und trug sie nach draußen. Dass ihre rosaroten Hausschuhe dabei in dem matschigen Schneeregen nass wurden, störte sie nicht. Sie stopfte die zugeknotete grüne Mülltüte in die Tonne und haute den Deckel zu. »Jetzt klingel mal schön«, flüsterte sie. »Du Mistding.«

Als sie wieder zurückkam, küsste der junge verwitwete Lord gerade das arme, in Wirklichkeit steinreiche Hausmädchen. Da musste sie doch wieder anfangen zu weinen.

## Samstagabend, Mindelheim

»Ich bin die Marion. Hallo!« Die äußerst attraktive Blondine im tief ausgeschnittenen, hautengen Kleid und mit waffenscheinpflichtigen Stiletto-Pumps an den Füßen stellte sich in Positur und lächelte, wobei sie zwei Reihen perfekter Zähne sehen ließ.

»Hallo, schöne Frau.« Klaus betrachtete die hübsche Frau interessiert.

»Sind Sie öfter da?«, fragte sie ihn und musterte ihn eindringlich von oben bis unten.

Klaus schüttelte den Kopf. »Nein. Und Sie? Meine Hochachtung für Ihr Schuhwerk – immerhin ist es draußen wirklich glatt. Ich mag mutige Frauen. Was ist mit *Ihnen*? Sind Sie öfter hier?«

»Ziemlich oft«, sagte die Blondine und strahlte ihn an. »Ist ja sonst nicht viel los in dieser Stadt. Was macht so ein hübscher Mann ganz allein in einem solchen Etablissement? Oder ist das zu plump?«

»Marion, so wie Sie aussehen, können Sie zu mir meinetwegen sagen, was Sie wollen«, antwortete Klaus und schaute sich unauffällig um.

Die »Wunder-Bar«, so hatte er nach einem Studium der Getränkekarte festgestellt, hieß vermutlich so, weil man sein blaues Wunder erlebte, wenn die Rechnung präsentiert wurde. Wolfgang Haug hatte keinerlei Skrupel, für sein »Tanzlokal für Leute ab vierzig« gesalzene Preise zu verlangen. Das schien aber niemanden von einem Besuch abzuhalten, denn der Laden war brechend voll.

Die Einrichtung bestand aus einer interessanten Mischung aus Wintergarten und Sadomaso-Studio und war ganz sicher das Werk des Innenarchitekten Vögele. Klaus hatte noch nie im Leben so eine groteske Kombination aus Korbmöbeln, Kunstblumen, nackter Felswand und Fackeln gesehen. In kleinen, nur halbherzig ausgeleuchteten Nischen drängelten sich gepflegte jüngere und ältere Semester. Überhaupt war es relativ dunkel, was aber den Gästen zu gefallen schien. Kerzen- oder Fackellicht schmeichelt eben jedem Teint.

»Darf ich?« Die hübsche Blondine setzte sich auf den Barhocker neben Klaus und machte es sich auf dem schwarzen Glattleder bequem. Ihr glitzerndes Kleid rutschte nach oben, aber ganz offensichtlich hatte sie nichts zu verbergen.

Klaus bestellte bei dem attraktiven, südländisch aussehenden Barkeeper einen alkoholfreien Cocktail.

»Mir bringst bitte einen Cosmopolitan, Marco, danke.« Die Frau bedachte Marco mit einem strahlenden Blick und schlug die Beine übereinander. Sie schienen endlos.

Klaus lächelte, und die Frau lächelte zurück. Es sah alles nach einem angenehmen Abend aus. Bis die Tür sich öffnete und Elli Dorsch ausspuckte, die am Eingang stand und sich hastig im Lokal umblickte. Offensichtlich fand sie nicht, was sie suchte. Dann ging sie mit raschen, zielstrebigen Schritten auf die Bar zu.

»Ach du lieber Gott. Sie schon wieder«, sagte sie, als sie Klaus erkannte, und vertrieb die attraktive Blondine mit einem einzigen finsteren Blick, die sich hastig ihr Glas schnappte und ans andere Ende der Bar stolzierte, wo sie sich eingehend mit dem hübschen Barkeeper beschäftigte.

Klaus seufzte. »Frau Dorsch. Ein unerwartetes Vergnügen. Guten Abend. Guter Auftritt. Fast wie Don Vito Corleone aus ›Der Pate‹. Suchen Sie Ihren Mann oder das kurze Vergnügen?«

»Was ich suche, geht Sie gar nix an«, antwortete Frau Dorsch missvergnügt und sah sich noch einmal um.

»Hübsch, Frau Dorsch. Wenngleich auch nicht der passende Aufzug für ein Tanzlokal.« Klaus begutachtete Frau Dorsch, unter deren pflaumenblauem Mantel man einen weinroten Hosenanzug mit Samtkragen erkennen konnte, der ihr schon vor zwei Jahren nicht mehr gepasst hatte. Der Blazer verrutschte und gab für einen Moment schwarze Spitze frei.

»Wieder was, das Sie nichts angeht«, knurrte Frau Dorsch.

»Kommt Ihr Mann noch nach, Frau Dorsch? Wissen Sie, ich hätte da noch ein paar wirklich wichtige Fragen wegen eines neuen Falles. Sollen wir es gleich hier erledigen oder doch besser zu Ihnen nach Hause kommen? Sie wirken irgendwie gehetzt.«

»Von mir aus können Sie zehn Mal am Tag vorbeikommen. Jetzt habe ich keine Zeit«, sagte Frau Dorsch barsch, drehte sich um und verließ das Lokal wieder, ohne auf Wiedersehen zu sagen.

War doch eine gute Idee, hierherzukommen, dachte Klaus, schnappte sich sein Glas und verzog sich an einen kleinen Tisch in der Nähe der Toilette, von wo aus er den ganzen Raum überblicken konnte. Den Barkeeper wollte er sich später auch noch vorknöpfen, aber momentan schien der recht beschäftigt.

Am Tisch vor ihm saß eine Horde kichernder junger Frauen. Es herrschte eine angenehm entspannte Atmosphäre. Im Hintergrund lief leise Jazzmusik, und Klaus wippte den Takt mit dem Fuß mit. Dann bestellte er sich noch einen alkoholfreien Cocktail und schmiedete gerade Pläne zur Rückeroberung des verlorenen Terrains bei der Dame namens Marion.

In diesem Moment betrat Wolfgang Haug in einem dunklen Zweireiher das Lokal. Er grüßte jovial nach allen Seiten und sah in seinem Anzug aus wie ein … Klaus fiel es einfach nicht ein, wem Haug ähnlich sah. Irgendeine amerikanische Serie mit einem Krankenhaus. Und ein Zeitungsartikel in einem Boulevardblatt, eine Hochzeit oder so. Er sah aus wie … Es war zum Verrücktwerden.

Haug entdeckte ihn und kam mit ausgestreckten Armen auf ihn zu. »Ja, da schau her. Der gut aussehende Mann von der Kripo in Memmingen.« Er schüttelte Klaus die Hand. Sein Händedruck war fest, aber feucht. »Wieso sitzen Sie hier allein? Normalerweise müssten die sich doch schon alle auf Sie gestürzt haben?« Haug versuchte sich an einem herzlichen Lächeln und sah sich im Lokal um. »Moment bitte!«

Dann trat er hinter die Theke, wobei er einfach den Barkeeper beiseiteschob. »Ah, die Marion. Hallo, schöne Frau. Ich hätte hier was für dich.« Er grinste anzüglich und deutete mit einem Augenzwinkern auf Klaus.

»Wär das nicht was für Sie?«, sagte Haug, als er wieder bei Klaus am Tisch saß.

»Herr Haug, die Dame und ich haben uns schon vorgestellt«, sagte Klaus gelassen. »Aber nachdem eine andere Dame Ihr Etablissement betreten hat, verabschiedete sie sich leider.«

»Kann ich mir vorstellen«, lachte Haug breit, »dass die sich um Sie schlagen. Also, wenn ich eine Frau wäre ...« Er beendete den Satz nicht.

»Elfriede Dorsch. Sagt Ihnen das was?«, fragte Klaus. »Ich meine, das hier ist eine Kleinstadt. Und wenn ich den Ausführungen meiner Kollegin Glauben schenken kann, kennt hier jeder jeden. Also kennen Sie sich der Logik zufolge, nicht wahr?«

Haug nickte verhalten. »Ist die Frau von einem Freund von mir. Die zweite Frau. Klar kenne ich die. Wer nicht?« Er schnaubte.

»Frau Dorsch hat sich hier nur kurz umgesehen und das Lokal gleich wieder verlassen. Wen könnte sie denn gesucht haben? Ich frage das, weil sie so ungehalten schien«, ließ Klaus nicht locker.

Haug wand sich. »Vielleicht den Dieter, ihren Mann. Da sieht man nicht rein, wissen Sie, in die Ehegeschichten. Keine Ahnung. Hab sie nicht getroffen.« Man merkte genau, dass er log.

»Sie wissen also nichts darüber?«, versuchte es Klaus noch einmal.

Haug schüttelte den Kopf, dass seine schütteren grauen Haare in alle Richtungen flogen. »Ich misch mich nicht in Eheangelegenheiten. Marco, mach mal andere Musik, das ist ja grauenhaft«, raunzte er dann den Barkeeper an, der gehorsam zur Musikanlage ging und die Playlist wechselte. Kurz darauf ertönte Siebziger-Jahre-Discomusik. »Ach, das waren noch Zeiten«, schwärmte Wolfgang und schlenkerte mit Armen und Beinen, als hätte ihn jemand an eine Steckdose angeschlossen. »Die Bee Gees, Baccara, das war noch Musik!«

»Ich war nicht dabei«, sagte Klaus. »Da kann ich nicht mitreden, war wohl eher Ihre Ära. Aber sehen Sie mal, vielleicht erfahren wir es ja jetzt?« Er zeigte auf die Eingangstür.

Elli Dorsch war wieder eingetreten, sah sich noch einmal in alle Richtungen um und steuerte dann auf die Bar zu. Haug sprang auf und nahm sie in Empfang, indem er sie am Arm fasste und ans Ende der Theke zog.

Ein erregter Wortwechsel entstand, in dessen Verlauf beide heftig miteinander tuschelten. Dann sah Frau Dorsch kurz zu Haug hoch. Ihr Blick war nicht zu deuten. Sie drehte sich auf dem Absatz um und verschwand.

»Na, wissen Sie jetzt vielleicht mehr?«, fragte Klaus, als Haug wieder auf ihn zukam.

Dieser wirkte verärgert. »Nicht mehr als Sie auch«, antwortete er. »Frau Dorsch … äh … hat was verloren und ist jetzt auf der Suche. Sie erkundigte sich, ob es vielleicht bei mir wiederaufgetaucht ist. Das war alles.«

»Was oder wen hat sie denn verloren?«, wollte Klaus interessiert wissen.

Haug tat, als hätte er nichts gehört. »Sagen Sie mal, sind Sie noch im Dienst? Weil, wär mir ja neu, dass Beamte am Samstagabend arbeiten. Kann ich Ihnen einen Drink spendieren? Und der Marion gleich mit?«

»Nein danke, ich habe«, winkte Klaus ab und lächelte sein strahlendstes Lächeln in Richtung der Blondine. »Ich denke, es genügt jetzt erst einmal. Wenden wir uns dem Vergnügen zu.«

»So ist es recht«, sagte Haug fröhlich. »Das Leben ist kurz.« Dann genehmigte er sich einen Whiskey on the rocks.

Elli Dorsch stand draußen auf dem Parkplatz im Gewerbegebiet und starrte auf das hell erleuchtete Neonschild mit der Aufschrift »Wunder-Bar«, das in geschmackvollem Rot davon kündete, dass man sich hier amüsieren konnte. Wenn man dazu fähig war. Ein eisiger Wind wehte über den Platz, und sie fröstelte. Sie blickte sich suchend um, schaute in alle Himmelsrichtungen, entdeckte aber nicht, was sie zu sehen gehofft hatte. Dann stieg sie mit müden Schritten in ihren Mercedes und fuhr mit verkniffenem Gesicht davon.

Aus dem Schatten neben der Gaststätte löste sich eine dunkle, schlanke Gestalt und sah ihr wütend nach.

Eine halbe Stunde war vergangen. Klaus hatte sich gerade wieder mit Blicken der attraktiven Blondine angenähert, denn dieser Abend sollte nicht ganz umsonst gewesen sein. Er hob sein Glas in die Höhe, und sie prostete ihm immerhin zu. Das war kein schlechtes Zeichen.

In diesem Moment öffnete sich wieder die schwere Eingangstür, und Toni Melzer trat ein. Er hatte den Kragen seiner Jacke hochgeschlagen. Zügig steuerte er auf den großen Tresen zu, wo er von Marco, dem Barkeeper, mit einem Kopfnicken begrüßt wurde.

»Servus«, rief Toni, entdeckte kurz darauf Wolfgang und nickte auch ihm zu. Dieser erwiderte den Gruß nachlässig, beinahe peinlich berührt und ging zu ihm. Er sagte ein paar Sätze. Toni schüttelte den Kopf und deutete auf sein Ohr.

Klaus beobachtete interessiert, wie Toni sich an den Tresen setzte. Es schien sein Stammplatz zu sein.

»Bring mir ein Pils«, bestellte Toni bei Marco und stützte beide Ellbogen auf die Theke. »Hab heut a schlechte Nacht. Irgendwie. Scheiß-Handys.« Marco nickte nur und zapfte ein Pils, das er vor Toni abstellte.

Eine junge, sehr attraktive Frau Anfang zwanzig betrat das Lokal. Sie trug enge Jeans, dazu hohe Stiefel, einen schenkellangen Pullover und darüber eine Jacke in Übergröße, die sie mit einem karierten Schal kombiniert hatte. Ihr dunkles Haar war verwuschelt und voller Schneeflocken. Für eine Minute blieb sie im Eingang stehen und schüttelte sich, dann lief sie auf die Bar zu und setzte sich ohne zu fragen neben Toni, der soeben den ersten Schluck von seinem Pils genommen hatte.

»Ja, da schau her«, strahlte dieser. »Wo kommst du denn her? Wirst ja mit jedem Mal schöner, wenn ich dich sehe. Hast Ferien?«

»Geht dich nix an, Melzer. Mir ham uns genau zweimal getroffen, und du denkst, mir wären per Du«, sagte die junge Frau unwirsch und bestellte sich einen Espresso.

Wolfgang, der sie verdutzt anstarrte, würdigte sie keines Blickes.

»Du glaubst auch, dass alle Weiber blöd sind und auf dich abfahren, oder?«, fragte die junge Frau dann bissig und musterte Toni von der Seite. »Und du glaubst, dass ich nie was sagen werd, aus irgendwelchen doofen Gründen? Verlass dich nicht drauf, du mieser Kerl.«

»Herr im Himmel, was hast nur immer gegen mich?«, wehrte sich Toni und betrachtete sie äußerst wohlwollend. »Ich hab net die geringste Ahnung, von was du redest. Und was machst du überhaupt hier? Wenn ich noch amal so jung wär wie du, dann würd ich in der Großstadt sein. München oder so. Wieso versauerst denn hier in Mindelheim? Kein Geld? Weil … ah, verstehe.« Er grinste dreckig.

»Geht dich auch nix an«, sagte die junge Frau. »Hab dich abgepasst. Bist ja nicht schwer zu finden gewesen. Wo solltest auch sonst sein am Samstagabend, gell? Bei deiner Frau vielleicht? Was glaubt die denn, wenn du immer weg bist? Sogar am Wochenende? So blöd kann doch gar keine sein. Also, raus damit. Wohin geht's denn heut Nacht noch?« Sie schlug die langen Beine übereinander und wirkte trotz der klobigen schwarzen Stiefel reizend, aber auch irgendwie wütend.

Toni sah sich vorsichtig um, ob irgendwo ein Bekannter zu sehen war, entdeckte aber niemanden, den er kannte. An ein paar Tischen saßen Paare, die so taten, als unterhielten sie sich, und ein Ende der Theke war mittlerweile von einem lärmenden Junggesellenabschied besetzt, wo es nur darum ging, wer in welcher Zeit wie viele Jägermeister zwitschern konnte. Hinten in der Ecke unterhielten sich zwei in Ehren ergraute Männer bei einem Glas Cognac.

»Brauchst keine Angst ham«, sagte die junge Frau verächtlich. »Keiner da, der dich verpfeifen könnt. Außer mir.«

Toni fixierte sie und suchte in ihrer Miene nach Anzeichen von Entgegenkommen. Er war es einfach nicht gewöhnt, dass er so behandelt wurde. So normal. Als wäre er nicht viel attraktiver als die meisten anderen. »Ja, und was willst jetzt von mir?«, fragte er. »Ich hab auch kein Geld, des ich dir geben könnt. Musst schon bei deinen Alten holen. Ich muss selber schauen, wo ich bleib.«

»Melzer, ich sag dir mal was.« Die junge Frau beugte sich vor und starrte ihm ins Gesicht, dass diesem ungemütlich zumute wurde. »Ich schau mir des nicht mehr an. Ich halt nicht mehr mein Maul, klar? Entweder des hört endlich auf, oder ich plaudere alles aus. Ich halt bisher nur die Klappe, weil ich …

weil's verdammt schwer ist, jemand ans Messer zu liefern. Aber nicht mehr lange. Jeden Tag wird's mir mehr egal, wie des dann weitergeht. Oder was die Konsequenzen sind. Schlimmer geht's wirklich nimmer. Da gibst mir doch recht, oder? Ich hab euch am Donnerstag beobachtet. Und wie gesagt, blöd bin ich nicht.«

»Immerhin bist du an der Uni. Was studierst? Informatik? Da darf man net blöd sein«, entgegnete Toni. »Und noch mal: Es tut mir leid. Ich bin da reingerutscht. Eigentlich wollt ich alles net, aber manchmal muss man halt … Ich brauch's eben. Bin auch nur ein Mensch mit Bedürfnissen.«

»Ach hör auf mit deinen scheinheiligen Entschuldigungen«, sagte die junge Frau unwirsch. »Du findest schneller eine Ausrede als eine Maus ein Loch. Und ganz ehrlich, du alter Schönling«, sie beugte sich noch ein Stück vor, »um dich geht's gar nicht. Ausnahmsweise. Du hast, würd ich mal sagen, genug eigene Sorgen, oder?« Sie lächelte grimmig. »Also, Montag. Des ist übermorgen. Bis dahin machst reinen Tisch. Oder ich sorg dafür. Ich deck alles auf. Wirklich alles. Es reicht jetzt allmählich. So was von gewissenlos und kaltschnäuzig wie du und …« Sie verzog abfällig den Mund. »Traurig, wenn man so was nötig hat.«

Toni spürte schon wieder die altbekannte Wut in sich hochsteigen. Er musterte sie böse. »Wenn mir schon bei Beleidigungen sind … Wie kommst du denn eigentlich daher? Glaubst du, dass des schön ist? Die Stiefel? Siehst aus wie ein Fallschirmspringer. Oder so eine Nazitussi. Fehlt bloß noch eine Tätowierung. Männer haben es lieber, wenn das Mädel einen Rock anzieht. Kannst dir hinter deine hübschen Ohren schreiben. Vielleicht kriegst dann auch einen ab und brauchst dich nicht in anderer Leute Sachen mischen.«

Die junge Frau erwiderte seinen Blick ungerührt und trank ihren Espresso aus. Dann stand sie auf. »Kannst mich mal mit deinem chauvinistischen Scheiß. Ich brauch diesen frauenfeindlichen Krampf nicht mitmachen. Alleweil Farbe ins Gesicht und Strümpfe, am besten noch halterlose, und hohe Hacken und an kurzen Rock, damit ich mir den Hintern abfrier, gell? Und dann land ich wie deine Alte bei so einem wie dir, der glaubt, dass er so toll ist? Vergelt's Gott, nein danke. Dann lieber zehn Jahr nix zu Weihnachten. Und jetzt tschüss. Schau, dass du deinen Hintern zu deiner Frau schwingst. Montag. Denk dran. Letzter Termin.«

Sie nickte ihm zu und verschwand aufrecht, gertenschlank und erkennbar aufgebracht durch die große Metalltür nach draußen. Mehrere Augenpaare beobachteten sie. Die junge Frau hatte sich nicht genau umgesehen, als sie das Lokal betreten hatte, sonst wären ihr die beiden älteren Herren in einer Nische aufgefallen, die sie die ganze Zeit nicht aus den Augen gelassen hatten.

»Leck mich«, murmelte Alfons Neuberger und stupste Herbert Rauhfelder an. »Des glaub ich jetzt einfach nicht. Du hast es auch gesehen, oder?«

Herbert nickte. »Die hat sich rausgewachsen. Und jetzt … bis auf die Klamotten. Sieht greußlich aus. Wieso müssen sich die jungen Dinger so verunstalten. Wer ist denn der Kerl? Sieht ja nicht übel aus, würd meiner Malee auch gefallen. Aber der ist doch doppelt so alt wie die?«

»Ich hab den schon gesehen«, sagte Alfons dann. »Die Visage ist mir irgendwie bekannt. Ich komm schon noch drauf. Vielleicht hat der bei mir a Auto gekauft?«

»Und was macht die Elli heut hier? Oder hast du den Dieter gesehen?«, fragte Herbert und sah sich vorsichtig um. »Kann mir jetzt halb denken, was der Wolfi gemeint hat, dass der Dieter auf sie aufpassen soll. Ist die auf der Jagd gewesen?«

»Mir sind nicht die Aufpasser von fremden Frauen. Und Gott sei Dank überhaupt nicht ihr Beuteschema.« Alfons lachte laut. »Geht uns nix an. Prost jetzt. Wenn mer schon mal Ausgang ham, alter Knochen!« Er hob sein Glas und nahm einen Schluck.

Klaus hatte die Szene interessiert, aber ahnungslos beobachtet und rutschte mit jedem seiner Blicke geistig schon ein wenig näher an die atemberaubende Blondine, die tatsächlich an seinen Tisch kam und ihr bezauberndes Lächeln und noch einiges andere sehen ließ. Es war spät am Abend, und die Chancen auf einen Aufriss sanken proportional zur verstreichenden Zeit bis Lokalschluss. Alte Kneipengängerweisheit.

»Nett, dass Sie es sich anders überlegt haben«, sagte Klaus und sah der Blondine tief in die meergrünen Augen.

»Oh … Sie sollten erst mal wissen, woran ich jetzt gerade denke«, antwortete diese. »Cheers.«

Über Mindelheim, der schlafenden Stadt mit den vielen kleinen und größeren Geheimnissen, stand kalt, unnahbar und furchtbar weit entfernt ein großer bleicher Mond, leuchtete in dunkle Gassen und tauchte das Westernacher Tor in mysteriöses Licht. Die Maximilianstraße schien wie ausgestorben, allein der übergroße Christbaum ragte neben dem Marienbrunnen wie ein Mahnmal in die kalte Luft. Fast überall waren die Lichter erloschen. Gelegentlich fuhr ein Auto langsam durch die Innenstadt, vielleicht auf der Suche nach einem Lokal, das noch geöffnet war. Zwei Katzen strichen über den Kirchplatz und jagten vor der Gruftkapelle eine Maus, deren verängstigtes Quieken um Kirchenasyl aber ungehört erlosch. Ein gemeiner Ostwind trieb alte Blätter vor sich her. An der Stadtmauer neben dem Hungerturm wurden die Schatten länger, und für einen Moment konnte man sich vorstellen, dass gleich der Nachtwächter mit seiner Laterne vorbeikäme, denn wieder hatte die Stunde geschlagen.

Oben auf der Mindelburg regte sich nichts. Still und ruhig lag das alte Gebäude und bewachte die Stadt wie schon seit Jahrhunderten.

In der herrlichen alten Rothenfels-Villa saß Helga im ehemaligen Wohnzimmer ihrer Schwester und starrte blicklos vor sich hin. In der Hand hielt sie das obligatorische Glas. Sie prostete einer besonders dreist grinsenden Putte an der Wand lautlos zu, nahm einen Schluck und zündete sich die nächste Zigarette an.

Olga Rimowa schaltete den Fernseher aus und wünschte sich zum hundertsten Mal seit ihrer Ankunft in Deutschland einen großen Flachbildschirm und eine kleine Fernbedienung. Dann schlüpfte sie in ihr altes, weites Nachthemd, betete kurz und schlief innerhalb von Sekundenbruchteilen ein.

Lydia König hatte wieder eine neue vielversprechende Diät im Internet entdeckt und malte sich beim Zähneputzen vor dem Zubettgehen in leuchtenden Farben ihre neue Garderobe in Größe 42 aus.

Robert Steinmeier saß mit zusammengekniffenen Augen in seiner Junggesellenbude am Laptop und haute in die Tasten. Sein Artikel, der »Mindelheim, eine Mords-Stadt?« heißen sollte und sich aus Anspielungen, Doppeldeutigkeiten und Mutmaßungen zusammensetzte, war beinahe fertig. Zufrieden sah er auf sein Machwerk und beschloss, es am nächsten Tag zu vollenden. Für heute hatte er die Schnauze voll.

Elli Dorsch lag missmutig im Bett, konnte sich aber nicht aufs Lesen ihres Horror-Romans konzentrieren, dazu war sie einfach zu wütend. Neben ihr schnarchte Dieter laut und selig. Ab und zu warf sie einen missgünstigen Blick auf die rechte Bettseite und verzog ihr Gesicht. Irgendwann knipste sie das Licht aus und lag stundenlang wach, während der blasse Mondschein durch ihr Schlafzimmer wanderte.

Und die Stadt schlief weiter.

## Sonntagmorgen, Memmingen

»Sommer!« Der Boss musterte Sissi mit wachen Augen und einem angedeuteten Lächeln. »Wo ist denn Ihre bärtige andere Hälfte?«

»Holt Kaffee, Chef«, sagte Sissi.

»Dollinger ist nur noch am Jammern.« Der Boss setzte sich auf Sissis Schreibtischkante und nahm mit zwei Fingern vorsichtig ein paar Blätter, die sie gerade frisch ausgedruckt hatte. »Haben Sie gestern den Armen noch hier festgenagelt?«

»Ja, Chef. Aber er hat es bestimmt ausgehalten, da bin ich sicher. Er macht seit einem Jahr nicht mehr den Eindruck, als würde er noch zu Hause wohnen. Ich glaube, der hat hier irgendwo im Keller ein Bett versteckt.«

»Das vermuten wir alle«, sagte der Boss. »Haben Sie die Auswertung der Spurensicherung schon gelesen?«

Sissi bejahte. »Gleich zwei Abdruckmuster auf der Tatwaffe im Fall Zimmermann. Das hat mich überrascht. Dollinger muss sie mit der Datenbank vom Landeskriminalamt abgleichen, und zwar möglichst schnell. Dass in der Villa Rothenfels keine relevanten Abdrücke gefunden werden, dachte ich mir schon. Wer auch immer da eingebrochen ist, hat keine Spuren hinterlassen.«

»Und weiter?«, fragte der Boss und zupfte einen Fussel von seinem fröhlichen Weihnachtspullover in Aschgrau.

»Chef, heute ist erst Sonntag. Wir fahren gleich wieder nach Mindelheim. Außerdem brauchen wir die Angestelltenliste der Firma Dorsch und werden die Dame des Hauses deshalb persönlich aufsuchen. Und ehrlich, Chef«, sie blinzelte, »da freue ich mich nicht unbedingt drauf. Die Frau ist in etwa so sympathisch wie Lucrezia Borgia. Danach fahren wir noch zur Mindelburg, das Personal befragen. Sind wir gestern einfach nicht mehr dazu gekommen. Ins Krankenhaus müssen wir auch. Wenn in der Datenbank vom LKA was gefunden wird, muss ich das sofort wissen.«

»Wird dann umgehend erledigt.« Der Boss nickte. »Mein

lieber Schwan, da haben Sie sich ja einiges vorgenommen. Übrigens freuen sich die Richter immer ganz besonders, wenn man sie sonntags anruft. Wollte ich nur mal anmerken.«

»Das glaube ich gern«, antwortete Sissi, »aber die Sache eilt. Und Sie wissen ja, ich vermute …«

»… dass die beiden Fälle zusammenhängen. Ich mache mir da auch schon so meine Gedanken«, murmelte der Boss.

»Dollinger hat sich die Internetpräsenz der Firma Dorsch angeschaut«, sagte Sissi. »Die hatten tatsächlich ihre Weihnachtsfeier am Samstag. Stand da unter ›Neuigkeiten‹. Es arbeiten insgesamt elf Personen in der Firma. Unter der Rubrik ›Unser Team‹ haben wir Fotos aller Angestellten gefunden. Sie glauben nicht, wen ich da entdeckt habe: einen alten Spezi vom Brunnenopfer Helmut Zimmermann namens Toni Melzer, der offensichtlich auch dort arbeitet. Die Welt ist sehr klein. Vier der Angestellten kommen aus Buchloe und Kaufbeuren. Unglaublich, wie weit man mittlerweile zur Arbeit fahren muss.«

»Es gibt Leute, die sitzen jeden Tag eine Stunde im Zug nach München wegen ihrem Job«, belehrte sie der Boss. »Da sehen Sie mal, wie gut Sie es haben. Ich schicke Müller und Neumann los. Das sind erfahrene Leute. Sie müssen ihnen nur noch genaue Instruktionen geben. Was sonst?«

»Wie gesagt: noch mal ins Krankenhaus, Chef«, antwortete Sissi. »Dieser Helmut –«

»Der Mann aus dem Brunnen?«, fragte der Boss, und Sissi nickte.

»Ja, der Mann aus dem Brunnen. Müsste heute so weit in Ordnung sein, hoffe ich zumindest. Dann kann ich ihn verhören. Gestern war er noch nicht ganz auf der Höhe. Irgendwas muss er gehört und/oder gesehen haben. Man wird nicht einfach so erstochen. Nicht in Mindelheim. Also werde ich ihn mir vornehmen.«

Sissi ließ einen Kugelschreiber von einer Hand in die andere wandern. »Die Jacke von ihm habe ich gestern als Beweismittel gesichert. Ist schon im Labor wegen der Faserspuren am Klettverschluss, die waren nicht zu übersehen. Auf dem Rückweg nehme ich den Kollegen Vollmer noch mit nach Legau, denn einer der Schreiner von der Firma Dorsch wohnt dort, dieser Toni Melzer. Interessanterweise arbeitet die Frau von Melzer in dem Lokal, das die tote Frau Rothenfels beliefert hat. Außerdem ergibt sich hoffentlich noch was in der Burggaststätte. Könnte sein, dass jemandem was aufgefallen ist.« Sie machte einen abgrundtiefen Seufzer.

»Ja, wird ein langer Sonntag, Sommer«, sagte der Boss trocken. »Dafür genehmige ich Ihren Urlaubsantrag im Juli. Ungern, aber ich tue es.«

»Echt jetzt, Chef?« Sissi strahlte. »Weil ich wirklich gern –«

»Zum Hochzeitstag mit Ihrem Mann. Nach Barcelona. Weiß ich. Haben Sie mir schon dreimal erzählt. Ich bin noch nicht so alt, dass ich alles vergesse.«

»War nicht so gemeint, Chef«, sagte Sissi. Eigentlich wäre sie dem Boss am liebsten um den Hals gefallen, ließ es aber bleiben. Sie war eine kluge Frau.

»Wo ist denn jetzt Vollmer?«, fragte der Boss und blickte sich suchend um.

In diesem Moment kam Klaus durch die Tür und grüßte höflich. Er hielt zwei dampfende Becher mit Kaffee in den Händen.

»Sie sind ja ein Ausbund an Pünktlichkeit«, knurrte der Boss. »Na ja, wenigstens tragen Sie heute gleichfarbige Socken. Sommer, Sie sollten dem Kollegen mal eine Ihrer Freundinnen vorstellen. Er geht mir hier in Memmingen allmählich an die Damenwelt verloren. Vollmer, Sie haben sich anscheinend gut eingelebt. Oder eingelegt.«

Klaus wurde etwas blass um die Nase. Memmingen war keine allzu große Stadt, und gewisse Dinge sprachen sich nun mal schnell herum.

»Avanti«, wurde er von Sissi gerettet, die ihn am Ärmel packte und durch die Tür zog.

»Schreibarbeit nicht vergessen! Und geben Sie mir telefonisch Bescheid!«, rief ihnen der Boss noch nach, dann schloss sich die Tür.

»Das war in letzter Sekunde«, atmete Klaus auf. »Irgendwie hat er mich auf dem falschen Fuß erwischt.«

Sie fuhren die Allgäuer Straße entlang zur Autobahnauffahrt. Memmingen schien an diesem frühen Dezember-Sonntagmorgen wie ausgestorben. Der bleigraue Himmel verstärkte den trostlosen Eindruck. Ein paar einzelne Schneeflocken waren das einzige Zeichen dafür, dass der Winter Einzug gehalten hatte. Alles wirkte trüb und verschlafen.

»In Berlin wäre hier jetzt mehr los«, nörgelte Klaus. »Nicht so wie hier, wo die Bürgersteige hochgeklappt werden.«

»Ja, überlebende Schnapsleichen vom Vorabend, die in die Straßenbahn spucken«, antwortete Sissi belustigt. »Du gibst nie auf, oder?«

»Nicht in diesem Leben«, sagte Klaus. »Ich will nach Berlin. Hier ist alles Provinz, egal, wie viele Fackeln die sich an irgendwelche Wände hängen.«

»Fackeln?« Sissi wurde neugierig. »Bist du wieder aus gewesen gestern?«

»Ja, das hatte ich doch angekündigt. Ich war in Wolfgang Haugs ›Wunder-Bar‹.«

»Du bist tatsächlich ohne mich los?«, vergewisserte sich Sissi entgeistert.

»Nur kein Neid, meine liebe Kollegin.« Klaus klang gut gelaunt. »Erstens war ich in meiner sogenannten Freizeit da. Ich wollte mir das Etablissement mal ansehen. Ist ja nicht verboten. Die Fahrerei stört mich nicht. Und den Abend mit deinem Mann hattest du dir redlich verdient. Wir haben grade wirklich einen Mordsstress.«

»Und, wie war es da?«, fragte Sissi, während Klaus auf die Autobahn fuhr.

»Aufschlussreich«, tat Klaus geheimnisvoll.

»Jemanden kennengelernt?«

»Schon, aber ich bin da an eine Frau geraten, die hat mich kuriert.« Dann berichtete er von seinen Beobachtungen vom letzten Abend. Sissi lauschte interessiert.

»Elli Dorsch sucht etwas oder jemanden. Hört sich nicht wirklich aufregend an«, meinte sie dann.

»Sissi, da steckt mehr dahinter, als du denkst«, sagte Klaus. »Und du hast nicht gesehen, wie wütend die war. Vor allem:

Was macht die ganz allein mitten in der Nacht in einer Bar? Die Dame ist doch verheiratet. Man könnte Angst kriegen vor den Frauen hier, ehrlich.«

»Jetzt hör aber auf.« Sissi prustete los. »Die Allgäuer Mädels haben Köpfchen, sind fleißig und bodenständig und …«

»… wollen in erster Linie heiraten. Und dann endet man vielleicht bei so einer«, brummte Klaus. »Wirst du nicht mehr erleben, dass ich mich auf ein solches Abenteuer einlasse. Ich kenne genau *eine* gute Ehe. Und das ist deine.«

»Echt?«, fragte Sissi ungläubig. »Wir werden auf dem Rückweg von unserer Ochsentour heute nach Legau fahren und Toni Melzer aufsuchen, einen Kollegen und Saufkumpan von Zimmermann. Toni ist mit Christa verheiratet, die wiederum Essen an Frau Rothenfels ausgeliefert hat. Klingeln da nicht alle Alarmglocken bei dir? Dieser Toni war mit Sicherheit auf der Weihnachtsfeier – so was ist ja immer eine Pflichtveranstaltung. Seine Frau Christa besucht mich gelegentlich, um sich über ihren Mann auszuweinen, aber das kann ich ihm nicht vorwerfen. Und sie wollte ihn unbedingt heiraten. Hat damals keiner verstanden.«

»Von wegen auf der Alm gibt es keine Sünde.« Klaus lachte. »Als es mich nach Memmingen verschlagen hat, dachte ich, dass ich hier eine ruhige Kugel schieben könnte. Weit gefehlt. Ihr bringt euch genauso gegenseitig um wie in der Großstadt. Ist kein großer Unterschied.«

Sissi nickte. »Leider. Halten wir uns einfach an die Fakten: Wir haben einen Einbruch mit einem Todesfall. Wir haben einen Todesfall, der keiner ist. Und beide in einer Kleinstadt.«

»Wieso? Passiert dort nie etwas?«, fragte Klaus.

»Doch, aber innerhalb von vierundzwanzig Stunden zwei solcher Fälle sind etwas merkwürdig. Wird knifflig. Dem Zimmermann bringe ich heute seine Geldbörse mit. Das Mobiltelefon und die Schlüssel brauche ich noch. Der kann mit dem Zeug ohnehin nichts anfangen.«

Sissis Handy klingelte. »Hans? Ehrlich? Du bist wirklich der Beste.« Sie grinste. »Weiß ich doch, also lass hören. Was Relevantes dabei?« Sie lauschte einen kurzen Moment. »Aha. Siehst du, war doch gar nicht so schwer, oder? Das ist der Hammer. Ich besorge das Vergleichsmuster. Heute noch, mein Lieber. Also tschüss, Hans!« Sie beendete das Gespräch und sah Klaus vergnügt an.

»Was gibt es denn am Sonntagmorgen schon zu grinsen?«, wollte Klaus wissen.

»Wir sind ganz dicht dran«, sagte Sissi. »Ist zwar alles noch ein wenig verworren, aber glaube mir: dicht dran. Ein Fingerabdruckmuster vom Schraubenzieher haben wir identifiziert. Du kriegst die E-Mail auch, wird dich überraschen. Und die Funkzellenabfrage dauert noch ein paar Stunden. Aber heute geben wir erst mal Zimmermann sein Portemonnaie zurück.« Sissi klopfte auf ihre Jackentasche.

»Was hältst du denn von der Geschichte? Mal ehrlich?«, fragte Klaus.

Sissi antwortete wie aus der Pistole geschossen: »Wenn jemand wie aus dem Nichts bei einer Betriebsfeier niedergestochen wird, dann war entweder der Boss mit der Arbeitsleistung unzufrieden«, sie kicherte über ihren Witz, »oder was anderes ist oberfaul. Ohne Grund passiert so etwas nicht. Und wenn uns das Opfer keinen Grund liefert und nach eigener Aussage weder Feinde hat noch eine Anzeige erstatten möchte, dann werde ich mehr als misstrauisch. Du kennst ihn nicht so gut wie ich. Wenn ich also rausfinde, wo der Typ in den letzten Tagen gewesen ist, wäre das sehr aufschlussreich. Schau mal, Mindelheim am Sonntag!« Sie zeigte auf die Burg.

»Mann, das ist wirklich charmant!« Klaus sah kurz aus dem Fenster. »Dieses alte Gemäuer ist wirklich romantisch. Ich finde es toll, wenn man so was erhält.«

»Ja, und Mindelheim hat eine sehr interessante Geschichte. Hängt mit dem Ritter Georg von Frundsberg zusammen, dem König der Landsknechte«, sagte Sissi. »Komm einfach das nächste Mal mit aufs Frundsbergfest, du wirst Augen machen. Und sobald es dunkel ist und du genügend getrunken hast, kannst du für ein paar Sekunden glauben, du wärest im Mittelalter.«

»Da brauche ich nur durch Legau zu laufen.« Klaus lachte laut auf. »Dort habe ich das Gefühl durchgehend.«

Sissi schubste ihn belustigt.

»Wirklich nett, dieses Städtchen«, entfuhr es Klaus. »Vielleicht ziehe ich hierher. Ich suche ja schon länger was Größeres. Muss doch mal im Internet schauen, vielleicht werde ich fündig.«

Sissi drohte ihm mit dem Finger. »Du, die Mindelheimer brauchen dringend *noch* einen Schönling. Und dann wirst du älter und kriegst Falten wie dieser Wolfang Haug und glaubst immer noch, dass keine Frau dir widerstehen kann. Traurig, so was, findest du nicht?«

Sie parkten vor dem Mindelheimer Krankenhaus, einem zweckmäßigen Komplex in der Bad Wörishofer Straße, und gingen hinein.

»Ich mag keine Krankenhäuser«, maulte Klaus. »Sind trostlos. Dieser Bau ist heute nicht schöner als gestern.«

»Du auch nicht. Außerdem ist das nur dein Kater«, antwortete Sissi. »Das Nachtleben auf dem Land deprimiert dich, du Großstadtpflanze.«

Vor dem Zimmer saß derselbe Polizist wie am Vortag. Er grüßte kurz und vertiefte sich wieder in die Lektüre der Sonntagszeitung.

»Irgendwas Auffälliges?«, erkundigte sich Klaus bei dem Beamten.

»Ich hab nur von einer der Schwestern erfahren, dass sich der Patient ein Mobiltelefon borgen wollte. Und er hat einen Telefonanschluss verlangt. Scheint dringend zu sein. Die Schwester war entrüstet und hat gesagt, sie verleiht nicht einfach ihr Telefon.«

»Scheint tatsächlich wichtig zu sein«, entgegnete Sissi. »Da müssen wir doch mal nachhaken. Danke.«

Sie betraten das Zimmer, und der Polizist nahm wieder seine Zeitung vor das Gesicht, als hätte das Gespräch nicht stattgefunden.

»Geht es dir heute schon besser?«, fragte Sissi nach dem Eintreten, schnappte sich einen Stuhl und setzte sich neben das Bett.

Helmut nickte. Seine Gesichtsfarbe war um Längen besser als am Tag zuvor, aber er hing immer noch an etlichen Schläuchen.

»Erinnern Sie sich jetzt wieder an den Vorfall?« Das kam von Klaus, der sich neben Sissi gestellt hatte.

Keine Reaktion.

»Helmut«, fing Sissi wieder an. »Du warst auf der Weihnachtsfeier und bist raus zum Rauchen, das haben wir doch gestern besprochen?«

»Sind ja alle am Gehen gewesen.« Helmut klang zögernd. »Die Feier war vorbei. Und weil ich im Auto net rauch, hab ich gedacht, ich qualm draußen noch eine Letzte. Wo ist denn mein Handy?« Er sah die beiden Ermittler misstrauisch an. »Gar nix mehr da, sagt die Schwester. Keine Jacke, kein Geld, keine Schlüssel, alles weg.«

»Haben wir als Beweismittel gesichert, Helmut. Du müsstest allmählich wissen, wie so was abläuft, oder?«, meinte Sissi. »Wir haben erfahren, dass du unbedingt ein Telefon brauchst. Tja, wenn wir das gewusst hätten.« Sie grinste vielsagend. »Wen musst du denn so dringend anrufen? Hm? Deinen Geldbeutel habe ich dabei.« Sie legte die Geldbörse auf das Beistelltischchen. »Das Telefon kriegst du morgen wieder. Und hier sind deine Schlüssel.« Sissi klapperte mit dem Bund. »Wiegt mindestens ein Pfund, Helmut. Wieso so viele? Bist du jetzt unter die Hausverwalter gegangen?«

Helmut rührte sich nicht, sondern starrte an die Decke.

»Ich würde an deiner Stelle sofort antworten. Weil ich jeden Tag komme, bis ich rausgekriegt habe, was da vorgefallen ist. Kannst dich gleich drauf einstellen.« Sissi sah ihn unnachgiebig an.

»Des dürfts ihr gar net«, erboste sich Helmut, sank aber gleich wieder ermattet in sein Bett. »Ihr könnts mir net einfach meine Sachen wegnehmen. Des ist ein Eingriff in meine Persönlichkeitsrechte.«

»Dürfen wir schon«, sagte Sissi. »Haben wir auch gemacht. Aber keine Sorge, ich hab's heute bloß vergessen mitzunehmen, ist Sonntag, und ich komm grad vom Revier mit dem Kollegen. Bis morgen früh ist alles wieder da. Da du ja überlebt hast, brauchen wir den Krempel nicht. Also, wen wolltest du denn so dringend anrufen?«

Helmut starrte zur Zimmerdecke. »Die Mama. Hab was vergessen. Geht euch nix an.«

»Deine Mama war doch gestern hier?«, bohrte Sissi weiter. »Was hast du denn vergessen?«

Helmut blieb stumm.

Klaus beobachtete Helmut amüsiert, der tat, als ginge ihn alles nichts an. »Wir müssen Sie heute noch mal fragen, Herr Zimmermann: Haben Sie was gehört oder gesehen?«

Helmut verneinte wieder. »Niemand. Ich hab auch nix gehört. Ist ein bisserl ein Wind gegangen. Ich wollt eigentlich noch zu der Ausbuchtung laufen, wo die Kanone steht, und auf Mindelheim runterschauen. Und als ich am Brunnen vorbei bin …«

Sissi nickte verständnisvoll. »Hast ein riesiges Glück gehabt. Hättest auch tot sein können. Wer kann dich denn so wenig leiden, dass er versucht, dich umzubringen? Blöde Frage, gell?«

Klaus betrachtete Zimmermann belustigt.

»Dein Kollege lacht mich aus«, flüsterte Helmut. »Gibt nix zum Lachen. Niemand will mir was tun. Des war bestimmt ein Versehen. Ich bin ein anständiger Bürger. Bloß weil ich net so gut ausschau wie der Toni, glauben immer alle, der ist der Gute und ich der Böse. Den solltets ihr euch einmal genau anschauen. Könnt ihn ja mal fragen, wo er am Donnerstagabend war. Und dass ihr mich seit Jahren auf dem Kieker habts, weiß des ganze Dorf. Bloß weil man gern lebt, ist man kein Verbrecher, klar?«

»Das musst schon uns überlassen, Helmut. Das Gesetz definiert die Verbrecher. Wir fangen sie ein. Woher kommt denn diese Kehrtwende jetzt auf einmal, dass du dem Toni was anhängen willst? Ihr seid doch die besten Freunde?«, fragte Sissi eindringlich.

»Immer bloß auf mir rumhacken. Da seids ihr komplett falsch«, entgegnete Helmut bissig. »Andere ham mehr Dreck am Stecken. Außerdem hab ich doch gesagt, dass ich net will, dass ihr was macht«, versuchte er es noch mal. »Ist doch nix passiert.«

»Helmut …« Sissi richtete sich auf, beugte sich über das

Bett und sah ihm in die blutunterlaufenen Augen. »Mein Gott, du hast tatsächlich immer noch eine Fahne.« Sie rückte angewidert ein wenig ab. »Es interessiert nicht, was du willst. Wir müssen ermitteln. Ich find's wirklich interessant, dass du jetzt, wo du endlich eine ehrliche Arbeit angenommen hast, abgestochen wirst und nicht vorher. Und der Toni arbeitet auch beim Dorsch, habe ich heute erfahren. Da sind ja die Richtigen beieinander.«

»Du …« Helmut versuchte zu rebellieren, war aber zu schwach.

»Spar's dir für später«, sagte Sissi und stand auf. »Von wegen ist nix passiert. Man hat dir einen Schraubenzieher in den Rücken gerammt, dich in einen Brunnen geschmissen, und wenn das Gitter nicht gewesen wär, dann wärst du neunundzwanzig Meter runtergefallen und tot. Mausetot. Was vielleicht für deine Mutter ein Segen wäre, weil sie die Sorge um dich vom Hals hätte, aber für uns alles viel schwieriger machen würde. Bist du mit dem Toni jetzt doch einmal ins Streiten gekommen? Ihr steckt doch seit Jahrzehnten immer zusammen. Hat's Ärger gegeben im Paradies, und jetzt versuchst du, deinen Freund zu decken? Ist doch möglich, oder?«

Helmut sah Sissi voller abgrundtiefem Hass an. Die blieb unbeeindruckt. »Der Toni«, nuschelte er, »ist auch kein Unschuldslamm. Aber wieso sollt der mir was tun? Ist mein bester Freund. Alleweil schon. Der hat bloß in letzter Zeit einen Haufen Scheiß gebaut.«

»Hast mit dem Toni vielleicht krumme Geschäfte gemacht, und da seid ihr aneinandergeraten?« Sissi ließ Helmut nicht aus den Augen.

»Kann ich mir net vorstellen, dass mich jemand dick hat, und der Toni schon gar net«, murmelte Helmut. »Ich hab mit niemand Streit. Mit gar niemand.«

Sissi nickte wieder. Sie glaubte kein Wort.

»Welcher Tag ist heut?«, fragte Helmut dann ganz verwirrt.

»Sonntag, wieso? Musst du irgendwohin?«, wollte Sissi wissen.

»Aha. Sonntag. Na. Nirgendswo. Niemand. Bin ganz allein.«

Das klang wie aus einem Peter-Rosegger-Roman, und Sissi verkniff sich ein Grinsen.

»Keine Freundin? Keine Ehefrau?« Dabei wusste sie ganz genau, mit wem sie es zu tun hatte.

Wer kannte nicht das gemeine Duo Helmut und Toni, die zwar harmlose Namen, aber oftmals sehr üble Absichten mit sich herumtrugen. Seit nunmehr über zwei Jahrzehnten war in Legau und Umgebung bekannt, dass man sich mit den beiden besser nicht anlegte, sofern man im Besitz eigener Zähne bleiben wollte. Und der Helmut war schon mehr als einmal aus dem »Mohren« geflogen oder von der Polizei abgeführt worden, weil er gern mit Maßkrügen warf, die Bedienung oder auch die Wirtin anpöbelte und mit seiner Meinung, wie bescheuert sie auch immer sein mochte, nicht hinter dem Berg hielt. Sein Kumpel Toni, Ehemann von Christa, der armen, gutmütigen und naiven Seele, stand ihm da in nichts nach.

Das ganze Dorf fragte sich schon seit Längerem, wie die beiden ihren Lebenswandel finanzierten, denn allein vom Arbeiten wird man nicht reich, das ist ein geflügelter Spruch auf dem Lande.

»Sag mal, du bist doch mit dem Peter verheiratet, oder?«, nuschelte Helmut auf einmal heimtückisch. Egal, wie krank er war, egal, was er gerade durchgemacht hatte, seine Bosheit war echt, angeboren und eingewachsen wie ein schiefer Zehennagel.

Sissi nickte. »Wieso fragst du? Den kennst du nicht.«

Helmut sah sie verschlagen an. »Er kennt *mich* net, ich ihn aber schon«, brummelte er gehässig. »Weiß doch jeder in Legau, dass du bei der Kripo bist und dein Mann alleweil allein daheim hockt. Hast du grad net andere Sorgen, als mein Telefon und meine Schlüssel zu klauen?«

Sissi hatte es für eine Sekunde die Sprache verschlagen, aber sie fing sich schnell wieder. »Mein Privatleben tut im Moment gar nichts zur Sache«, antwortete sie eiskalt. »Wir haben hier eine Ermittlung laufen wegen versuchtem Mord. Was anderes interessiert mich nicht. Auch deine Spekulationen über meine Ehe nicht.«

»Was ist denn *er* überhaupt für einer? Dein Lehrling?« Helmut zeigte mit einem nikotinvergilbten Finger auf Klaus.

»Das ist mein Kollege Klaus Vollmer vom K1 in Memmingen.« Sissi verzog keine Miene.

»Na, egal«, nuschelte Helmut. »Ich möchte einfach niemand anzeigen. Weil ich ja gar net weiß, wer es gewesen ist.«

»Tut mir leid, Herr Zimmermann.« Klaus musterte ihn ernst. »Das ist nicht möglich. In Ihrem Fall handelt es sich um ein Kapitaldelikt, und da überwiegt das öffentliche Interesse.«

»Wieso öffentliches Interesse?«, fragte Helmut. »Mich interessiert's net. Ich bin doch die Hauptperson. Und die Öffentlichkeit ist mir wurscht.«

»Wissen wir alle«, bestätigte Sissi.

»Das kann ich im Moment leider nicht mit Ihnen diskutieren«, blieb Klaus hart. »Ich denke, wir sind fürs Erste hier fertig. Komm, Sissi. Der Herr Zimmermann muss gesund werden. So schnell wie möglich, denke ich.«

»Ich will hier raus«, jammerte Helmut und drehte den Kopf zur Seite. »Brauch des net, dass sich jemand in mein Leben einmischt.«

»Weißt du was, Helmut? *Das* glaube ich dir aufs Wort«, sagte Sissi und verließ mit einem kurzen Kopfnicken zusammen mit Klaus das Krankenzimmer.

Hinter ihnen stöhnte Helmut noch: »Hey – meine Schlüssel!«, aber Sissi ignorierte ihn ganz einfach.

Auf dem Weg zum Auto stampfte sie einmal wütend mit dem Fuß auf.

»Was ist, liebe Kollegin? Du bist doch Unverschämtheiten gewöhnt. Lebst ja schon dein ganzes Leben lang auf dem Land. Und dieses Exemplar dort oben«, Klaus deutete mit dem Finger auf das Krankenhaus, »bietet dir doch einen repräsentativen Querschnitt einer gescheiterten Existenz: Bosheit, Gemeinheit, Verschlagenheit. Alles in einer Person. Ich finde, der gehört als Schaustück ausgestopft.«

Sissi sah ihn an. Sie wirkte ernst. »Weißt du, jedes Dorf hat einen oder zwei solcher Kandidaten. Haben immer, wirklich immer, irgendwelche halbseidenen Geschäfte am Laufen. Verwickeln sich immer in Widersprüche. Schaffen es irgendwie nie, mit ehrlicher Arbeit durchs Leben zu kommen, weil sie entweder zu faul oder zu dumm oder beides sind. Der Helmut und der Toni sind mir schon seit vielen Jahren bekannt. Und niemand hat damals verstanden, dass die Christa ausgerechnet ihn genommen hat. Na ja, sie war ja eigentlich auch auf den Florian scharf ...« Sissi verstummte.

»Du meinst den gut aussehenden Platzhirsch, der so schnöde von der Frau des Legauer Arztes gemeuchelt wurde?«, fragte Klaus.

Sissi nickte. »Die Christa hat damals Toni gewählt, obwohl sie genau gewusst hat, dass er eigentlich nicht sonderlich viel taugt. Und ich gebe selten ein Urteil über den Charakter eines Menschen ab, das weißt du.« Sissi blieb nachdenklich stehen. »Er hat zwar seine Schreinerausbildung gemacht, weil sein Vater ihn damals jeden Tag dorthin geprügelt hat, denn der alte Melzer hielt viel von dem Spruch: ›Wenn du deinen Sohn liebst, spare nicht mit der Rute‹, aber als Toni fertig war, hat er sich mit Gelegenheitsarbeiten über Wasser gehalten. Die ganze Zeit. Bloß, die Christa ... die ist dem ›Amiga‹-Syndrom erlegen.«

»Amiga?«, fragte Klaus amüsiert.

»Aber meiner ist ganz anders«, sagte Sissi und grinste. »Dass wir Frauen doch immer so dumm sind und glauben, Männer ändern sich. Dabei weiß eigentlich jeder außer Tonis Ehefrau, wie diese Ehe zustande gekommen ist. Christas Vater hat ihn sich vorgeknöpft und ihm nahegelegt, nett zu Christa zu sein. Weil Toni es übertrieben hat. Aber er zieht immer noch mit dem Helmut durch die Kneipen.«

Sie seufzte. »Im ›Alpenblick‹ gab's mehr als eine Schlägerei, die der Helmut angefangen hat, und Toni hat immer kräftig mitgemischt. Außerdem ist er dem holden Geschlecht immer noch nicht abgeneigt. Du glaubst doch nicht im Ernst, dass der im Objektschutz arbeitet, wie er seiner Frau erzählt hat?«

»Auch nichts Neues unter der Sonne«, antwortete Klaus. Sie waren am Auto angelangt.

»Fahr los.« Sissi ließ sich in den Sitz fallen. »Jedenfalls waren alle im Dorf mehr als erstaunt, dass unsere beiden hoffnungsvollen Nachwuchsschläger tatsächlich angefangen haben, eine feste Arbeit anzunehmen. Es wusste nur keiner, wo. Der Helmut und der Toni haben immer alles gemeinsam gemacht, sogar arbeitslos waren sie zu zweit.« Sissi lachte laut. »Und trotzdem hat man die beiden immer wieder mit anderen tollen Autos durchs Dorf kurven sehen. Sie haben nicht überaus auffällig gelebt, aber für jemand, der mit Arbeitslosengeld klarkommen muss, war das alles ein wenig zu viel. Immer schon. Und die Christa hat ihre Stelle verloren, weil ihr Friseursalon dichtgemacht hat. Mehr kann ich dazu nicht sagen. Aber dass ich mich von Helmut so blöd anreden lassen muss, ist wirklich das Letzte. Ich bin immer noch sauer.«

»Du hast ja gut gekontert«, sagte Klaus dann. »Bin stolz auf dich.«

Sissi lächelte ihn dankbar an. »Weihnachten und kein einziges Plätzchen im Schrank. Mist.«

»Wo geht's überhaupt hin?«, fragte Klaus nach zwei Minuten. »Bin ich noch richtig?«

Sie fuhren gerade die Bad Wörishofer Straße entlang in Richtung Innenstadt. Während Klaus den Wagen ruhig durch den überschaubaren Sonntagsverkehr steuerte, warf er gelegentlich einen Blick nach links oder rechts.

»Wirklich niedlich. Eine Kleinstadt, wie sie im Buche steht.«

»Ja, aber wie wir sehen, ist auch hier was los. Fahr doch bitte durch die Stadt. Jetzt an der Ampel links«, bat Sissi ihn. Sie steuerten durch das obere Tor in die Innenstadt.

»Schön, obwohl alles etwas vereinsamt wirkt.«

»Du bist nur zur falschen Zeit hier. Solltest mal im Sommer kommen«, meinte Sissi.

Dann fuhren sie im Schritttempo an den gepflegten Häusern vorbei. Links und rechts der Straße war die Weihnachtsbeleuchtung aufgebaut. Die Straßen schienen beinahe leer. Aufwendig renovierte Häuserfassaden an der Maximilianstraße leuchteten durch das graue Winterwetter um die Wette.

»Wo sind denn die alle hin? Kommen die erst nachts raus?«, fragte Klaus und sah suchend durch die Windschutzscheibe. »Und nun? Fahren wir noch mal zum Tatort?«

Sissi schüttelte den Kopf. »Guck mal rechts, am Rathaus: Das ist der Ritter Georg von Frundsberg. Nett, oder? Genug vom Sightseeing. Jetzt müssen wir zur Burggastätte. Sind schon einen Tag hintendran. Vielleicht kriegen wir da was raus.« Sie passierten den Marienbrunnen und durchfuhren dann kurz darauf das untere Tor. »So und jetzt immer rauf.« Sissi deutete nach rechts: »Da sind übrigens unsere Kollegen von der Polizei Mindelheim. Schande über dich, dass du das nicht weißt.«

Klaus verzog scherzhaft betroffen das Gesicht und lenkte den Wagen den Berg hinauf.

»Ich fasse es nicht«, sagte Sissi und starrte durch die Windschutzscheibe auf den Parkplatz der Burggaststätte. Die gesamte Stellfläche war proppenvoll. Autos blockierten sogar den Zufahrtsweg. »Gut, dann fahr durch das Tor«, dirigierte sie Klaus. »Du weißt ja, da ist noch eine Parkfläche.«

Klaus fuhr vorsichtig durch das mittelalterliche Tor. Fehlanzeige. Auch hier war kein einziger Quadratmeter mehr frei. »Scheint, dass nicht nur auf dem Lande die Buschtrommeln funktionieren«, spottete Klaus. »Ich wette, das sind nicht alles Gäste des Restaurants. Die wollen den Tatort besichtigen.«

Dass sich jedes Gerücht kurz nach seinem Entstehen exponentiell verbreitet, ist auch einer klugen Kriminalkommissarin bekannt. Sissi wusste, sie bräuchte gar nicht nach der undichten Stelle suchen. Es gab einfach zu viele. »Gut. Stell dich draußen einfach quer vor irgendeinen Wagen«, befahl sie.

»Ehrlich?«, fragte Klaus erstaunt.

Sissi nickte. »Wir sind von der Polizei. Irgendeinen Vorteil muss das ja mal haben.«

Dann stiegen sie aus und betraten durch eine getönte Glastür die Burggaststätte, deren Eingang sich direkt im Torbogen befand. Wie Sissi schon vorhergesehen hatte, hielt sich hier drinnen der Andrang in Grenzen. In der urgemütlich eingerichteten Gaststube saßen fünf Leute um einen großen Tisch herum und brüteten in ihr Vormittagsbier. Eine in ein fesches Dirndl gekleidete Bedienung kam mit freundlichem Lächeln auf sie zu.

»Grüß Gott«, sagte Sissi. »Wir sind vom Kriminaldauerdienst

in Memmingen und ermitteln wegen eines Kapitaldeliktes von Freitagnacht. Können Sie mir sagen, ob Sie an diesem Tag Dienst hatten?«

Die Frau nickte. Sie war Ende fünfzig und trug das graublonde Haar zu einem lockeren Knoten gefasst am Hinterkopf. »Das hatte ich. Wollen Sie vielleicht was essen?«, erkundigte sie sich dann geschäftstüchtig.

Klaus freute sich. »Immer gern. Wir setzen uns erst einmal. Und vielleicht können wir dann den Inhaber sprechen.«

»Der hilft Ihnen auch net weiter.« Die Bedienung lachte. »Ist schon eine Woche krank wegen Grippe. Sie müssen mit mir vorliebnehmen.«

Die Bedienung huschte eilfertig weg und brachte ihnen dann in Leder gebundene Speisekarten. »Zum Trinken?« Klaus und Sissi bestellten.

»Möchte nicht wissen, wie voll es heute um den Brunnen herum ist«, sagte Sissi. »Sollen wir noch eine Runde drehen?«

»Erst essen«, bat Klaus.

Als das Essen kam, setzte sich die Frau zu ihnen. »Ich heiß Margit Dürner.« Sie reichte Sissi und Klaus die Hand, nachdem sie die Teller abgestellt hatte. »Was wollen S' denn wissen? Ist wegen dem Toten, gell?«

»Wie ich sehe, weiß das mittlerweile die ganze Stadt.« Sissi nahm eine Gabel von dem dampfenden Braten. Dabei verzog sie vor Wonne das Gesicht. »Beinahe so gut wie der von meiner Oma.«

»Ich geb's weiter«, bedankte sich Margit. »Und außerdem weiß des wirklich schon jeder – Mindelheim ist net München. Es reicht, wenn des einer mitkriegt. Des geht dann von einem zum anderen.«

»Ist mir bekannt, wie das läuft.« Sissi aß mit Genuss. »Sie haben am Freitag bedient bei der Weihnachtsfeier der Firma Dorsch?«

Margit nickte und knetete ihr Geschirrtuch, das sie locker über dem Unterarm trug, mit den Händen.

»Sie brauchen keine Angst zu haben. Wir sperren keine unschuldigen Bedienungen ein«, sagte Klaus, dem es offensichtlich auch hervorragend schmeckte.

»Ich hab keine Angst. Ist bloß … ist eben eine Kleinstadt. Und wenn man net amal mehr da durch die Straßen laufen kann, ohne dass man halb totgeschlagen wird …«

»Wie kommen Sie denn drauf?«, hakte Sissi nach. »Totgeschlagen? Was bitte schön haben Sie denn gehört?«

»Ach, nix Genaues«, sagte Margit. »Im Brunnen ist eine Leiche gelegen, hat es geheißen. Am Samstagfrüh. Und dass man net weiß, wer des gewesen ist. Oh mei.«

»Ganz so schlimm war es nicht«, entgegnete Sissi. »Aber beinahe. Sie haben also bedient am Freitag?«

»Elf Leut. Alle ham gegessen und getrunken. Na ja, mehr getrunken als gegessen. Obwohl der Fisch wirklich gut gewesen ist. Aber der muss ja auch schwimmen.« Margit lachte.

Sissi lachte mit. »Haben Sie vielleicht einen Streit miterleben können? Oder gab es Meinungsverschiedenheiten?«

»Wieso? Meinen Sie, des war jemand vom Dorsch? Mein Neffe macht da grad eine Schreinerlehre«, sagte Margit entsetzt. »Net dass da noch Mörder rumlaufen. Aber das glaub ich net. Des war ein Fremder. Garantiert. Aus Mindelheim macht des keiner. Und vom Dorsch schon gar net. Der guckt doch immer so genau, wen er einstellt.«

»Kennen Sie die etwa alle persönlich?«, fragte Klaus entgeistert.

Margit schüttelte den Kopf. »Net alle. Aber viele. Und mir sind so froh, dass der Kilian die Lehrstelle gekriegt hat. Aber der Dieter ist noch ein Netter.«

»Den kennen Sie auch? Den Chef?«, fragte Klaus wieder.

»Bloß vom Sehen. Der gibt sich mit uns net ab. Hat ja Geld«, antwortete Margit. »Aber seine Exfrau, die kenn ich. Die geht jetzt gar nimmer aus dem Haus. Des hat ihr zugesetzt, dass sich der Dieter einfach eine andere genommen hat.«

»Der Herr Dorsch hat sich umorientiert?«, nuschelte Sissi mit vollem Mund.

»Nach fünfundzwanzig Jahr Ehe, mei, was ham die alles durchgemacht, und wie fleißig hat die Andrea geschafft, da kommt er auf einmal mit dieser Giftkrott …«

»Womit?«, fragte Klaus und schob sich den letzten Happen seines Essens in den Mund.

»Sie meint eine Kröte, eine giftige. Kauf dir endlich ein Schwäbisch-Wörterbuch, du Preuße.« Sissi lächelte und wandte sich an Margit. »Reden Sie weiter!«

»Da kommt der mit dieser …« Margit suchte offensichtlich nach dem richtigen Wort, fand aber keines, das der Schändlichkeit von Elli Dorsch auch nur annähernd gerecht geworden wäre. »Ja. Mit dieser Frau daher, die wo nix hat und nix kann. Mir ham alle überlegt, was an der so besonders ist, was die Andrea net hat. Weil die schaut net gut aus, niemand kann sie leiden, und die schwätzt so komisch.«

»Inwiefern?« Sissi hatte ganz allmählich das Gefühl, in einem kleinen Holzboot zu sitzen, das sich immer mehr vom Kern des Themas entfernte. Schaukelnd.

»Immer so viel mit Fremdwörter. Aber die passen net so recht«, sagte Margit. »Egal. Geht uns nix an.«

»Da haben Sie recht«, pflichtete Klaus amüsiert bei.

»Also, die waren alle da«, fing Margit wieder von vorn an, sah sich aber vorsichtshalber im Gastraum um, ob noch jemand etwas bräuchte. Sie war eine gute Bedienung. »Getrunken ham s' gewaltig. Aber die Schreiner können schon saufen, wissen Sie.«

Sissi signalisierte ihre Zustimmung durch ein Kopfnicken.

»Da fliegen manchmal die Fäuste. Ist ja auch normal. So viel Mannsbilder auf einem Haufen …« Margit machte eine kurze Pause. »Aber auf der Feier war nix. Ich bin ziemlich am Anfang mal reingekommen, da hat der Dieter grad eine Rede gehalten, dass des Geschäft zwar anständig gelaufen ist, aber dass man noch viel mehr arbeiten muss im neuen Jahr und so. Und einer von denen hat sich beschwert, dass es kein Weihnachtsgeld gegeben hat. Aber mehr Streit hab ich sonst net mitbekommen. Ist eigentlich dann immer lustiger geworden, je länger die gehockt sind. Ich hab einen Wein nach dem anderen aufmachen müssen. Und Bier natürlich auch. Die ham ihren Chef ganz schön hergesoffen. Bloß die Chefin …« Margit machte eine bedeutungsvolle Pause.

»Ja?« Klaus war versucht, mit der Faust auf den Tisch zu hauen. Er konnte sich nicht an die Zähigkeit gewöhnen, mit der hier ermittelt werden musste. Diese Allgäuer Sturschädel würde er niemals ganz verstehen. Vor allem nicht die weiblichen.

Margit sah ihn irritiert an. »Ich sag Ihnen ja alles, was ich weiß, was regen S' Ihnen denn so auf? Die Chefin hat halt fast den ganzen Abend lang ein Gesicht gemacht. Als würd sie alles anwidern. Die Feier, die Angestellten. Hat fast nix gesagt. Waren alle froh drum. Ich hab ein bisserl was aufgeschnappt, als zwei von den Bürodamen aufs Klo sind. Im Gang. Die ham sich erst umgeschaut und dann getuschelt, so ganz gehässig. Und da hab ich gehört …«

»Was?« Klaus schrie es fast. Er war es satt. Er hatte zusammen mit Sissi zwei Fälle gleichzeitig zu lösen. Er verstand diesen Dialekt immer noch nicht wirklich. Und dieser Frau musste man alle relevanten Würmer aus der Nase ziehen. Die plauderte wirklich nur aus, was niemanden interessierte.

»Die eine, die war ein bisserl jünger.« Margit musterte Klaus erstaunt. »Noch a Pils?«

»Ich hatte doch noch gar keins«, stotterte Klaus düpiert.

»Grad drum«, antwortete Margit grinsend.

Klaus schüttelte den Kopf, musste aber lachen.

»Die andere war dann vermutlich älter«, sagte Sissi trocken.

»Ja. Ich hab bloß gehört, wie die eine zur anderen gesagt hat: ›Wenn des der Dieter mal rauskriegt, der lauft Amok‹, und die andere hat gelacht und gezischelt: ›Wieso, der traut sich doch net amal laut husten bei dem Drachen. Der lauft nirgendwohin.‹ Mehr war's net.«

»Okay«, sagte Sissi gedehnt. Noch ein Geheimnis.

»Kann es nicht doch sein, dass Sie irgendwen gesehen haben?«, blieb Klaus hartnäckig. »Jemanden, der nicht zur Weihnachtsfeier der Firma Dorsch gehört hat?«

Margit überlegte einen Moment. »Ich weiß net, ich war fürs Nebenzimmer zuständig. Einmal hab ich gedacht – aber das war bestimmt eine Täuschung, weil, die Gaststube war ja auch voll …«

»Na und?«, fragte Sissi.

»Könnt auch jemand aus der Gaststube gewesen sein.« Margit

überlegte einen Moment. »Ich muss ja immer über den Gang ins Nebenzimmer. Hat ausgeschaut, als ob jemand vor der großen Eingangstür steht. Wissen S', die aus Glas.« Sissi nickte und Margit fuhr fort: »Hab aber niemand erkannt. Bloß einen Schatten. Dunkel.«

»Sie haben also doch jemanden gesehen?«

Margit schüttelte den Kopf. »Kann auch einer gewesen sein, der bloß beim Rauchen war. Ich weiß es einfach net. Bei uns geht's seit dem Rauchverbot alleweil rein und raus, wissen Sie.«

»Ja, war es denn ein Mann oder eine Frau?«, wollte Klaus ungeduldig wissen.

»Schlagen S' mich. Keine Ahnung. Möchte nix beschwören. Nachts sind alle Katzen grau, oder?« Sie sah Klaus schelmisch an.

»Sagen Sie mal, Frau Dürner, sind die Leute vom Dorsch eigentlich alle zusammen aufgebrochen?«, fragte Sissi dann.

Margit nickte. »Wer noch geblieben wär, hätt ja dann selber zahlen müssen. Des macht man doch net auf der Weihnachtsfeier. War wie im Bienenstock, wie die alle ihre Jacken geholt ham. So dunkelblaue Dinger, hinten gelbe Schrift drauf. Trinkgeld ham mir auch keins gekriegt. Die Frau vom Dieter hat gesagt, mir sollen ihr die Rechnung geben. War total sauer. Dabei sind mir gar net so teuer.« Margit rollte mit den Augen.

Klaus heuchelte Bedauern. »Wann sind Sie denn nach Hause?«

»Hab noch beim Spülen geholfen. Und dann bin ich auch heim. Abgerechnet hab ich noch kurz. War nach zwei Uhr morgens. Ich hab mein Auto im Innenhof stehen gehabt. Da war kein anderes mehr. Aber da ist der dann schon im Brunnen gelegen?« Sissi nickte. Margit sah erschrocken aus. »Mei, vielleicht hätt ich helfen können. Wenn ich's bloß gewusst hätt.«

»Machen Sie sich keine Vorwürfe«, beruhigte sie Sissi. »Den hätten Sie da gar nicht rausbekommen.«

»Wieso hat den überhaupt jemand in den Brunnen geschmissen?«, fragte Margit. »Der fallt doch net tief. Ist doch des Gitter drin.«

»Genau das müssen wir herausfinden«, sagte Sissi. »Vielen Dank.« Dann zahlten beide und gingen.

Sie ließen eine ratlose Margit zurück. »Na, des war richtig.« Sie drapierte das zerknitterte Geschirrtuch über dem Unterarm. »Geht mich absolut nix an.« Dann machte sie sich hurtig an die Arbeit. Essen wartete darauf, hungrigen Gästen serviert zu werden. Und alles andere war privat.

## Sonntagmittag, Mindelheim

»Du hältst mich für blöd, oder?« Elli, die heute zur Feier des Tages in eine giftgrüne Stola gewickelt war, stand vor ihrem Mann und funkelte ihn böse an.

»Wieso? Warum sollt ich?« Dieter hatte beizeiten gelernt, auf die meisten von Ellis Fragen mit einer Gegenfrage zu antworten. Das verschaffte ihm die paar nötigen Sekunden Zeit, um sich eine Notlüge oder Ausrede zurechtzulegen. Nicht immer, aber manchmal.

Das Mittagessen war gerade vorbei. Elli hatte ausnahmsweise selbst gekocht, und Dieter kaute immer noch daran, hatte sich aber während des Essens nicht getraut, seinen Teller wegzuschieben, denn das hätte strengste Sanktionen nach sich gezogen.

»Frag nicht so bescheuert. Und stell dich nicht dumm«, bedachte ihn Elli mit eiskaltem Blick. »Ich weiß genau, dass du schon wieder mit deiner Exfrau telefoniert hast. Glaubst du, das krieg ich nicht raus?«

Dieter zuckte zusammen, aber nur innerlich. Diese Frau beschäftigte entweder einen Privatdetektiv, oder sie hatte übersinnliche Fähigkeiten.

Wenn Dieter über sich selbst nachdachte, so war er sich mit schöner Regelmäßigkeit sicher, der unglücklichste Mann in ganz Mindelheim zu sein. Ganz bestimmt wurde niemand außer ihm so schikaniert. Damit konnte er sogar recht haben.

»Wenn du dein Handy immer so rumliegen lässt, musst davon ausgehen, dass ich nachschaue«, sagte Elli und starrte ihn missmutig an. Das Wichtige an einer guten Ehe war, sein Opfer keine einzige Sekunde aus dem Würgegriff zu lassen. Dieter musste immer wissen, wer der Chef war.

»Dann hast du's aus dem Auto geholt? Aber dass du mich so … Hab mich bloß erkundigt, wie es den Mädeln geht«, murmelte Dieter. »Ich seh meine Töchter gar nimmer, weil …« Er verschluckte, was ihm auf der Zunge lag. Sanktionen.

»Die verwöhnten Fratzen«, fauchte Elli. »Haben dir alles aus der Tasche gezogen. Sollen sich einen suchen und heiraten. Habe ich ja auch gemacht.«

Schon wieder wäre Dieter die passende Erwiderung eingefallen, aber er unterdrückte sie. Sanktionen.

»Wird Zeit, dass des endlich aufhört mit dem Unterhalt«, begann Elli von Neuem. »Das Geld ist im Geschäft besser angelegt. Ich will im neuen Jahr mehr in die Werbung gehen. Hab da schon eine Agentur gefunden, die arbeiten grade an einem Angebot für uns.«

»Aber mir inserieren doch in der Zeitung?«, warf Dieter unglücklich ein. »Aufträge sind genug da, ich hab nur nicht genug Leut zum Abarbeiten. Und es müsst mehr im Büro gemacht werden. Grad die Angeb–«

»Kannst dir abschminken«, fuhr ihm Elli ins Wort. »Dass ich für dich die Tippse mach. Vielleicht sollt ich noch im kurzen Röckchen Kaffee kochen? Des wär doch was, oder?«

Wieder einmal fragte sich Dieter, was Herbert und Alfons wohl sagen würden, wenn sie mitbekämen, wie Elli mit ihm umsprang. Aber von denen war keine Hilfe zu erwarten. Sie würden ihn nur auslachen. »Ich mein bloß«, haspelte Dieter, »die Angebote … Und mir wissen immer noch nicht, wer von unseren Leut da im Brunnen gelegen ist. Ich hab heut angerufen, und sie ham bloß gemeint, da kommt jemand vorbei. Nirgends erfährt man was.«

»Schon gut, mach keinen solchen Wind. Vielleicht ist es ja gar keiner von uns. Und wir müssen eh jemand einstellen im neuen Jahr. Außerdem können die Doris und die Martha mal ihren Hintern hochkriegen und für ihr Geld tatsächlich arbeiten. Kosten tun sie schon genug«, sagte Elli schnippisch, die täglich allerhöchstens einmal in die Schreinerei rauschte, mit hocherhobenem Kopf durch den Ausstellungsraum schritt, ihre beiden weiblichen Angestellten mit herablassenden Blicken bedachte, sich dann im Büro verschanzte und telefonierte.

»Elli, du …« Dieter wurde todesmutig.

Er liebte seine Schreinerei, die er von seinem Vater übernommen hatte. Er liebte die Arbeit, den Geruch von frischem Holz, das Hochgefühl, wenn ein schwieriger Auftrag erledigt war, er mochte seine Kunden, aber das liebe Geld und der Bürokram kosteten ihn den letzten Nerv.

»Elli, das Büro … bist ja angestellt, ganz offiziell, weißt. Und wenn jetzt amal jemand vom Finanzamt kommt, und du schaffst gar nicht, weil du in Wörishofen bist in der Therme oder im Café Engel oder …«

»Ach, darauf läuft es raus?« Elli stemmte wieder beide Hände in die Hüften. »Da hättest ja bei deiner Exfrau bleiben können. Die hat dir ja treu und brav geholfen. Das Büro hat sie gemacht, den Haushalt auch. Und zum Dank hast du sie beschissen.«

»Ja, mit dir«, entgegnete Dieter leise.

»Selber schuld.« Elli grinste selbstgefällig. »Bist erwachsen. Hast gewusst, was du tust. Merk dir einfach, dass ich dich im Auge hab. Immer. Ich kriege alles mit, was du machst. Und weil wir schon dabei sind, ich möchte, dass du wen kündigst.«

»Was?« Dieter schluckte. Elli hatte dafür gesorgt, dass dieses Jahr schon zwei Schreiner entlassen worden waren. Von Elli für zu alt befunden.

»Die braucht man nicht mehr mitziehen«, hatte sie gesagt. »Werden jetzt nur krank und kosten bloß Geld. Und dann wird man sie gar nicht mehr los.« Dann war die Dani dran gewesen. Das hatte Dieter am meisten wehgetan.

»Kündigen. Welchen Teil von dem Wort verstehst du denn nicht? Oder hörst du schlecht? Ich mach bloß, was gut fürs Geschäft ist.«

Einmal mehr hätte sich Dieter am liebsten in den Hintern gebissen, weil er vor der Hochzeit mit Elli nicht auf Wolfgang und Alfons gehört hatte, die ihm beide zu einem Ehevertrag geraten hatten. Wie konnte er nur so blöd und blind gewesen sein? Es fiel ihm einfach nicht mehr ein.

»Wen soll ich denn noch rausschmeißen, kann doch niemand mehr entbehren, Elli. Fehlt doch einer jetzt in der Schreinerei, der wo im Brunnen gelegen ist. Mir wissen bloß noch nicht, wer, aber ich brauch jeden Mann. Laut dem Kurti war des eine Jacke von uns, die der Kerl im Brunnen angehabt hat. Und die Martha und die Doris brauch ich auch. Die sind gut am Telefon, und die Martha macht ja die Buchhaltung.«

»Papperlapapp. Hab nix vom Büro gesagt.« Elli kniff die Augen zusammen. »Obwohl ich mich nächstes Jahr da auch mal drum kümmern werde. Da muss man einiges umorganisieren. Und du weißt, dass ich das kann, oder?«

Elli war verdammt gut darin, eine gestellte Frage gleich mit der dazugehörigen Antwort zu versehen, was garantierte, dass der Widerspruch so minimal wie möglich ausfiel.

»Ja, Elli«, murmelte Dieter gehorsam. »Aber wer soll denn weg? Ich brauch die Schreiner alle. Der Dr. Haunstetter hat eine neue Küch bestellt im Januar. Fliegt mit seiner Frau weg, und wir bauen die ein. In einer Woch müssen mir komplett fertig sein. Das schaff ich nicht –«

»Den Melzer. Schmeiß den raus«, unterbrach ihn Elli. »Der taugt nix. Hat neulich das Waschbecken falsch vermessen, sodass die Kundschaft nimmer richtig ihre Badtür aufgebracht hat.«

»Ja, weil er Schreiner ist und kein Klempner und weil des Maß falsch war. War nicht dem Toni seine Schuld«, antwortete Dieter. »Ist ein recht anständiger Handwerker, was ich bisher gesehen hab. Und immer höflich zu mir. Ich weiß auch nicht, warum du den alleweil so anschreist. Der tut doch gar nix. Zum Helmut bist viel netter. Des versteht keiner. Ich mag den nicht so sehr. Und wirklich, der Toni, des Maß war –«

»Das Maß war nicht falsch, das Maß ist voll. Der kann nix«, schimpfte Elli wieder. »Und anlangen tut der mich immer so … Herrgott noch mal, Dieter, der will mich anbaggern. Flüstert mir immer Sauereien ins Ohr.«

»Kann ich gar nicht glauben«, sagte Dieter, der Elli fassungslos anstarrte.

Die rosarote, überdimensionale Brille, die er kurz vor seiner Hochzeit getragen hatte, war längst in alle Teile zerbrochen, so wie seine Wünsche. Er hatte nur noch die Schreinerei und die Hoffnung, die Geschichte mit seinen Kindern irgendwie hinzubiegen, die Elli alle auf den Tod nicht ausstehen konnten.

»Der fasst mich an.« Elli war die Empörung in Person. »Wem glaubst jetzt? Mir oder deinem Gefühl? Wenn ich dir das sage, stimmt das. Der Kerl muss weg«, sagte Elli. »Kündigst ihm zum 31. Januar. Ohne Angabe von Gründen. Diesem Sausack.«

»Schaun mer mal. Wieso machst du des nicht?«, fragte Dieter, dem das Herz in die Hose rutschte. »Hast doch bei den anderen auch gemacht. Und bei der Dani ...« Dieter schluckte.

»Hast denn du überhaupt kein Rückgrat mehr, Dieter?«, Elli musterte ihren Mann eiskalt und unergründlich. »Du bist doch der Chef. Und ich kann nicht alles für dich erledigen. So was von feig. Möchte bloß wissen, was ich an dir mal gefunden hab.«

Dieter schlug die Augen nieder, damit Elli die Wut darin nicht sehen konnte.

In diesem Moment klingelte es an der Tür.

## Sonntagmittag, Mindelheim

»Wer sind Sie und was wollen Sie? Wie sind Sie überhaupt bis zur Tür gekommen?«, fragte Helga langsam, die stinksauer an der Eingangstür der Rothenfels-Villa lehnte und den zudringlichen Menschen, der es wagte, am Sonntagmittag zu stören, angewidert musterte.

Der Mann war vom Alter her schlecht zu schätzen, hatte kleine, listig funkelnde Schweinsäuglein und trug eine dunkelbraune Pelzkappe, die ihn noch gedrungener wirken ließ, als er ohnehin schon war.

»Ich bin Robert Steinmeier vom Memminger Tagblatt«, sagte er höflich.

»Ja, und?« Niemand in Mindelheim konnte so viel Verachtung in diese zwei einfachen Worte legen wie Helga, außer vielleicht Elli Dorsch, die hatte das allerdings jahrelang geübt.

»Ich bin zufällig in der Nähe und wollte fragen …«, setzte Steinmeier an, als ihm auch schon die Tür vor der Nase zugeschlagen wurde.

Nun war das nicht das erste Mal, dass Steinmeier so etwas passierte. Er hatte schon Schlimmeres mitgemacht. Bei den meisten Leuten kam er einfach nicht gut an.

»So was aber auch. Wen haben wir denn hier?«, ertönte plötzlich hinter ihm eine allzu bekannte Stimme.

Steinmeier drehte sich um. »Ach, der schöne Herr Vollmer und die hübsche Kommissarin. Grüß Sie Gott, beide«, tat Steinmeier scheinheilig.

»Herr Steinmeier, das Süßholzraspeln funktioniert bei mir nicht. Ich habe Ihnen doch gesagt: Ich kenne Ihr Fahrzeug«, antwortete Sissi trocken. »Eigentlich wollten wir gar nicht hierher, aber Sie haben ja so bescheuert geparkt, dass wir um Ihren Wagen herumfahren mussten. Was machen Sie denn hier? Welchen Teil von ›Mischen Sie sich nicht in unsere Ermittlungen ein‹ haben Sie denn nicht verstanden?«

»Ja, was suchen Sie hier?« Klaus versperrte Steinmeier den Weg.

»Ich –«, begann Steinmeier, wurde aber von Klaus unterbrochen.

»Hier wohnt Frau Hausmann. Sind Sie mit ihr verwandt?«

Steinmeier schüttelte sein kahl werdendes Haupt. Das hier hatte schon arge Ähnlichkeit mit einem Verhör. Vielleicht musste er sich mal wieder beim Boss der beiden beschweren. Da kam zwar nie etwas dabei heraus, aber wenigstens hätte er seinem Ärger Luft gemacht. Und er wusste bis heute immer noch nicht, wer ihm vor zwei Jahren die Reifen genau vor der Haustür abmontiert hatte.

»Sie sind also nicht mit Frau Hausmann verwandt. So eine Überraschung.« Klaus klang gelassen. Sissi stand neben ihm und sah Steinmeier finster an.

»Die Weihnachtsfeier. Der Tote im Brunnen … der Mord in diesem Haus«, fing Steinmeier wieder an und erntete einen herablassenden Blick.

»Siehst du, Kollege«, wandte sich Sissi an Klaus. »Der weiß auch nicht alles. Wenngleich ich schon wieder erstaunt bin über die Sache mit dem Brunnen. Sie kommen ganz schön rum, guter Mann.«

»Was?«, fragte Steinmeier entgeistert. »Was weiß ich nicht?«

»Massenhaft schlimme Sachen, Herr Steinmeier. Massenhaft«, entgegnete Sissi. »Und Sie werden auch noch eine weitere Weile im Dunkeln tappen müssen. Weil wir gerade am Ermitteln sind und es nicht so gern haben, wenn uns die Zeitung da querschießt.«

»Pressefreiheit«, war das Einzige, das Steinmeier noch herausbrachte.

»Sie sind ja frei«, sagte Klaus. »Sie können gehen, wohin Sie wollen. Vielleicht könnte das ein Ort sein, an dem wir Ihnen heute nicht mehr begegnen. Schöne Winterreifen haben Sie übrigens. Sind die neu?«

Steinmeier schnappte nach Luft. »Wissen Sie, meine Herrschaften«, versuchte er dann so würdevoll wie möglich zu bleiben, »Sie sind auch nicht so gescheit, wie Sie denken. Ich weiß zum Beispiel was, das Sie nicht wissen.«

Das war so dumm, dass sich Steinmeier am liebsten selbst geohrfeigt hätte, denn ein guter Reporter gab nicht einfach einen Wissensvorsprung, sei er auch noch so klein, preis. Die Strafe folgte auf dem Fuße.

»Vorhalten von Beweismitteln. Klaus, hast du die Handschellen dabei? Mir reicht es nämlich jetzt«, sagte Sissi mit todernstem Gesicht und baute sich vor Steinmeier auf, der sich wieder einmal, wie schon die letzten Jahre, wunderte, wie schnell bei dieser Kommissarin aus Liebenswürdigkeit und verbindlichen Umgangsformen plötzlich eisige Kompetenz wurde.

»Haben Sie uns was mitzuteilen?«, fragte nun auch Klaus.

»Bisschen weiter vorn«, nuschelte Steinmeier und ging ein paar Schritte vorwärts, aus dem Blickwinkel der Fenster verschwindend.

»So geheimnisvoll?«, grinste Sissi und folgte ihm.

»Ich hab zumindest rausbekommen, dass die Tote, Monika Rothenfels, nicht einfach bloß reklamiert hat in der ›Kutsche‹«, sagte Steinmeier dann, als sie in sicherer Entfernung vom Gartentor standen. »Und dass der Haug finanzielle Probleme hat. Nicht zu knapp übrigens. Der zahlt alle Rechnungen erst mit Verspätung. Neuanschaffungen werden vertagt. Und jetzt? Was springt denn für mich raus?«

»Rausspringen? Sie springen gleich aus dem Garten raus wie ein Reh«, entgegnete Sissi scharf. »Für den Fall, dass Sie es noch nicht bemerkt haben, Herr Steinmeier, meine Geduld mit Ihren Sperenzchen ist allmählich erschöpft. Also spucken Sie alles aus. Und zwar presto. Ich hab hier zwei Fälle zu lösen, es ist kurz vor Weihnachten. Ich hab noch kein einziges Vanillekipferl gemacht, und mein Wochenende ist im Eimer. Machen Sie mich also nicht wahnsinnig. Oder wütend. Das wollen Sie nicht, glauben Sie mir bitte. Also, was war mit Frau Rothenfels?«

»Die hat zwar wirklich oft in der ›Kutsche‹ angerufen, aber ob das Reklamationen waren, ist fraglich«, nuschelte Steinmeier. »Weil ...«, er verzog geheimnisvoll das Gesicht, »sie sich immer hat durchstellen lassen. Zum Haug persönlich. Und der nimmt normalerweise nicht jeden Anruf an. So viel ist sicher. Die hat immer den ›Wolfgang‹ verlangt und nie ›Herrn Haug‹. Weiß ich von den Angestellten. Also kannten die sich ziemlich gut, oder nicht?«

»Ah, ja«, meinte Klaus und fixierte Steinmeier. »Hilft uns jetzt nicht wirklich weiter, weil das kein Beweis ist. Für gar nichts. Aber mich würden Ihre Argumente interessieren, mit denen Sie diese Info ergattert haben. Lassen Sie doch mal hören.«

Steinmeier griff in die Tasche seiner maisgelben Winterjacke und holte sein fleckiges altes Portemonnaie heraus, dem er zwei Zwanzig-Euro-Scheine entnahm. Er wedelte damit vor Klaus' Gesicht herum. »Wirkt immer. Und jetzt … gehe ich raus. Oder springe. Wiedersehen.« Er drehte sich um und verschwand leise vor sich hin schimpfend durch die Gartenpforte.

»Der muss über das Mäuerchen gestiegen sein«, sagte Sissi. »Ich glaube nicht, dass die trauernde Schwester ihn einfach so reingelassen hat. Wir sollten den wirklich mal einfach einsperren. Aber jetzt lass uns gehen. Wir müssen ein Haus weiter. Obwohl ich hier noch nicht wirklich fertig bin.«

»Wieso nicht?«, fragte Klaus.

»Weil ich mein Experiment erst machen werde, wenn ich die Funkzellenabfrage habe«, antwortete Sissi. »Steinmeier hat Frau Hausmann aufgeweckt oder aufgeschreckt. Obwohl sie sich immer anzieht, als würde sie tagsüber schlafend im Schrank hängen. Ich finde sie ein wenig gruselig. Und mir persönlich wäre lieber, sie bekommt nichts mit.«

Sie verließen das Rothenfels-Grundstück und gingen schweigend an ihrem Fahrzeug vorbei durch die stille, schmale Straße, bis sie vor dem Anwesen der Dorschs standen.

»Wirklich, ein sehr schönes Haus.« Klaus sah an der Fassade hoch. »Alte Jugendstilvilla. Ich mag die Dinger. All der Stuck und die hohen Räume. Und echtes Parkett. Die Einrichtung ist gewöhnungsbedürftig, aber die Bausubstanz …«

»Muss man beheizen können. Und das Parkett bohnern«, sagte Sissi. »Ich find's bei mir gemütlicher.« Sie drückte den Klingelknopf und machte sich auf eine Diskussion gefasst.

Die vergitterte Tür öffnete sich unmittelbar darauf lautlos. Niemand beschuldigte sie, ein Axtmörder zu sein. Niemand wollte wissen, wer sie waren und was sie hier suchten. Sissi und Klaus schauten sich erstaunt an und beschritten den gepflasterten Weg, bis sie vor der großen Eingangstür standen. Hinter der Tür hörte man schwere Schritte. Dieter Dorsch öffnete und blickte die beiden Beamten fragend an. Er sah beinahe aus, als hätte er geweint.

»Herr Dorsch?«, fragte Sissi. Dieter nickte. »Wir sind Klaus Vollmer und Elisabeth Sommer von der Kriminalpolizei in Memmingen. Dürfen wir eintreten? Wir waren zwar Freitag schon mal hier, hatten aber nur Ihre Frau angetroffen. Und es hat sich was Neues ergeben.«

»Was?« Dieter wirkte, als ob er sich unter Wasser befände und erst allmählich nach oben tauchen würde. »Kripo?« Er wurde leichenblass und zitterte am ganzen Körper.

»Hier unsere Legitimation. Ihre Frau kennt uns schon. Haben Sie uns erwartet? Macht fast den Eindruck. Stören wir beim Mittagessen?« Sissi zog ihren Ausweis aus der Jackentasche und hielt ihn Dieter vor die Nase, Klaus tat das Gleiche.

Dieter starrte einen Moment auf die Dokumente und hielt dann die Tür auf. »Was ist denn los? Meine Frau hat mir erzählt, dass Sie am Freitag hier waren wegen der Mo... Rothenfels von nebenan. Aber wir haben ja nix gehört.«

»Stimmt«, sagte Sissi. »Waren wir. Aber da ist noch etwas.«

Dieter schien nicht zu hören, sondern lief wie schlafwandelnd durch den Torbogen in das geräumige Wohnzimmer mit dem Ethnoschick und setzte sich auf ein mit Rindsleder überzogenes Sofa, das von groben Lederstreifen zusammengehalten wurde.

»Schauen Sie nicht nach rechts«, warnte Dieter dann leise. »Ich mach's auch nicht.« Er deutete verstohlen auf den monströsen, alles überragenden Christbaum.

»Zu spät.« Klaus schluckte. »Viel zu spät.«

»Interessanter Baum. Kann der sich drehen? Oder spielt er Musik? Schön haben Sie es hier.« Sissi hoffte, Dieter mit einem Kompliment irgendwie aus seiner Erstarrung aufwecken zu können. »Ist Ihre Frau zufällig auch zu sprechen?«

»Zufällig ja«, entgegnete eine Stimme in dem Falsett, an das sich beide noch gut erinnerten. Elli stand unter dem Bogen, in ihre Stola gewickelt, und sah schlecht gelaunt aus.

»Frau Dorsch«, sagte Klaus süffisant. »Welche Überraschung.«

Elli musterte ihn unwillig. »Was gibt's denn noch? Sie wissen schon, dass heute Sonntag ist und anständige Leute ihre Ruhe wollen, oder haben Sie uns was mitzuteilen?« Damit trat sie näher und setzte sich neben ihren Mann, der instinktiv versuchte, abzurücken.

»Tut uns leid«, begann Klaus nochmals. »Wir ermitteln wegen eines Kapitaldeliktes. Und wenn Ihnen bezüglich des Einbruches in der Villa nebenan schon etwas eingefallen ist …«

»Alles wie vorher«, sagte Elli ungnädig. »Ich hab nix gehört. Der Dieter auch nicht. Gell, Dieter?«

Der nickte und starrte auf seine Fingernägel. Sie sahen aus, als hätten Mäuse daran genagt, denn Dieter war seit einigen Jahren immer nervös. Und er hatte eine vage Ahnung, woran das liegen konnte.

»Sie hatten Freitagnacht Ihre Weihnachtsfeier auf der Mindelburg?«, fragte Sissi dann scheinheilig. »Wann sind Sie denn gegangen?«

Elli dachte nach. »So gegen eins. Aber weiß ich nicht genau. Ich habe ja meinen Mann heimfahren müssen«, antwortete sie biestig.

»Und der Herr Zimmermann war auch da?«, erkundigte sich Klaus.

»Der Helmut? Ja, warum?«, wollte Elli wissen.

»Der Zimmermann ist es, Elli«, wandte Dieter ein, erntete aber nur einen bösen Blick.

»Wie ist denn dieser Mann in Ihrer Firma gelandet?«, fragte Klaus.

»War eine Initiativbewerbung. Mir hatten nicht inseriert, haben aber dringend Leut gebraucht und waren froh drum. Die Auftragslage ist wirklich gut. Und da nimmt man halt, was man kriegt. Mit guten Schreinern kann man hierzulande nicht die Straßen pflastern. Hab mich gefreut, dass die sich gemeldet haben. Die kriegen auch fürs Herfahren Kilometergeld und einen Firmenwagen, weil, wenn die mal schaffen, schaffen sie gut. Und der Toni –«

»Der ausgeschämte Mistkerl«, fiel ihm Elli ins Wort und funkelte Dieter gehässig an. »Der taugt doch gar nix, wirklich gar nix.«

»Toni Melzer? Was ist denn mit dem?«, hakte Sissi nach.

Dieter überlegte, wie er es am besten in Worte fassen konnte. »Na ja. Der Toni ist einfach ein … sagen wir, fesches Mannsbild. Und manchmal, wenn dann die kommen, also … grad die Damen … wenn ich den Toni mit zum Beratungsgespräch dazunehm, dann …«

»Ich kann's mir schon denken«, sagte Sissi trocken. »Sex sells.«

»Was?«

»Das heißt, dass man mit Busen oder einem netten Gesicht alles verkaufen kann«, zischte Elli.

»Wie lange sind die beiden denn schon bei Ihnen«, fragte Klaus.

Dieter überlegte nicht lange. »Knapp eineinhalb Jahr ist des jetzt her. Der Helmut ist ja nicht der Schnellste, aber der kennt einen Haufen Leute. Und schaffen …«

»… tun sie. Haben wir verstanden«, sagte Sissi.

»Hat der Helmut am Freitag mit jemandem Streit gehabt?« Klaus beobachtete das Ehepaar Dorsch genau.

Elli und Dieter taten beide, als würden sie nachdenken, und schüttelten dann ihre Köpfe.

»Ein bisserl sauer waren alle, weil es dieses Jahr kein Weihnachtsgeld gibt«, meinte Dieter bedauernd. »Aber mein Steuerberater hat drauf bestanden, dass des einfach nicht drin ist. Mir ham so viel Geld gebraucht dieses Jahr für die Werbung.« Elli nickte bestätigend. An ihrem rechten Handgelenk blitzte ein Diamantarmband.

»Also kein Streit. Sie sind doch zusammen weg, oder? Ist Ihnen auch nichts aufgefallen?«

»Na. Jetzt sagen Sie doch, was ist mit dem Helmut?«, fragte Dieter.

»Herr Zimmermann wurde in der Nacht von Freitag auf Samstag auf dem Hof der Mindelburg niedergestochen, aber ich habe so das Gefühl, das wissen Sie schon. Wundern würde es mich nicht«, sagte Sissi.

»Unglaublich.« Das kam von Elli. »Der Zimmermann also. So was.«

Dieter sah hilflos von seiner Frau zu den beiden Beamten. »Er ist aber nicht tot, gell? Weil er doch im Krankenhaus liegt ... Und ja, ham mir gehört«, sagte er dann mit leiser Stimme.

»Nein, Herr Zimmermann hatte Glück im Unglück. Man hat ihn niedergestochen und schwer verletzt. Und dann hat man ihn in den Brunnen geworfen. Aber er lebt und befindet sich auf dem Weg der Besserung. Nur denke ich, dass Sie auch das schon wissen, nicht wahr?«

»Wieso denn in den Brunnen? Der fällt da doch nicht tief. Ist ja ein Gitter drin. Verdammt – dann ist der die nächste Zeit also krank. So ein Mist«, dachte Dieter laut. »Wo krieg ich jetzt schnell einen Ersatzmann her?«

Erst jetzt fiel ihm wieder ein, dass jemand zuhörte. »'tschuldigung, bin Geschäftsmann. Wir ham eine riesige Küche zum Einbauen bei einem Arztehepaar. Und wenn mir da nicht termingerecht fertig werden, dann macht mir der Mann die Hölle heiß. Weil die nämlich auf die Malediven fliegen und uns den Schlüssel dalassen. Die möchten mit dem Dreck nix zu tun ham. Und wenn mir fertig sind, dann kommt die Putzfrau von meiner Frau und macht schnell sauber. Gehört alles zum Service.«

»Das Geschäft scheint sich zu lohnen.« Klaus wies auf den offenen Kamin.

»Ihre Kunden überlassen Ihnen einfach die Wohnung und verreisen? Das ist ein gehöriger Vertrauensvorschuss, nicht wahr? Ihnen scheint es finanziell gut zu gehen.« Sissi sah sich bestätigend im Raum um.

»›Wer hart arbeitet, soll auch anständig leben‹, sagt meine Frau immer.« Dieter blickte zu Elli, die Klaus nicht aus den Augen ließ. »Kommt der Helmut bald wieder?«

»Über die Verweildauer von Herrn Zimmermann im Krankenhaus können wir Ihnen leider keine Auskunft geben.« Sissi beobachtete mit stillem Vergnügen Elli, wie diese Klaus anhimmelte. »Das wissen wir nicht. Aber wir müssen aufklären, wer diesen Herrn erstochen oder es versucht hat.«

»Wissen wir doch nicht«, sagte Elli trotzig. »Der Helmut ist ein lockerer Vogel, aber recht sympathisch. Der andere ... na ja. Maulheld eben«, schloss sie gehässig.

»Sagen Sie mal, Frau Dorsch«, fragte Klaus. »Wo waren Sie denn gestern Abend?«

»Hä?« Elli blinzelte Klaus träge an. »Daheim. Wieso? Was geht Sie das überhaupt an?«

»Ach Frau Dorsch«, sagte Klaus spöttisch. »Ich wollte nur wissen, wie Sie sich herauswinden. Wenn ich mit mir selbst gewettet hätte, hätte ich gewonnen.«

»Ja, mir sind miteinander ins Bett«, bestätigte nun auch Dieter. »Die Elli liest immer noch ein bisserl auf ihrem Lesegerät. Ich schlaf ja alleweil gleich ein. Wieso fragen S' denn?« Er sah nicht aus, als ob eine ehrliche Antwort ihn glücklich machen würde.

»Nur so, gell, Kollege? Gut jetzt.« Sissi stand auf. »Nun bitten wir Sie noch um Auskunft, wer alles in Ihrer Firma beschäftigt ist. Wir müssen jeden Einzelnen befragen. Wäre ja möglich, dass vielleicht doch jemand etwas mitbekommen hat.«

»Ich gebe Ihnen eine Liste.« Auch Elli erhob sich. »Wär mir sehr recht, wenn Sie heute die Leute befragen und nicht morgen kommen und alle vom Arbeiten abhalten.«

»Wir versuchen natürlich, Ihren Wünschen entgegenzukommen, Frau Dorsch«, sagte Klaus höflich. »Aber wenn wir nicht alle antreffen … Haben Sie nun eine Mitarbeiterliste?«

»Kommen Sie. Ich gehe ins Büro mit Ihnen. Können Sie gleich mitnehmen.« Sie winkte Klaus. Aber es war in Wirklichkeit ein Fingerschnippen. Klaus blickte Sissi beinahe hilfesuchend an und folgte Elli dann in eines der hinteren Zimmer.

Dieter blieb mit Sissi sitzen. »Tut mir leid, habe Ihnen gar nix zum Trinken angeboten«, entschuldigte sich Dieter. »Das gehört sich eigentlich, aber …«

»Wir dürfen ohnehin nicht, danke schön«, lehnte Sissi ab. »Sind ja im Dienst. Und wir haben Sie immerhin bei Ihrer Sonntagsruhe gestört.«

»Sonntagsruhe …«, wiederholte Dieter gedehnt. Offenbar kam ihm das Wort nicht bekannt vor. Beide schwiegen eine Minute.

»Dauert bestimmt nicht lang«, sagte Dieter dann, der die Stille anscheinend unerträglich fand.

»Ist das Ihre erste Ehe, Herr Dorsch?«, fragte Sissi scheinheilig.

Dieter schüttelte den Kopf. »Na, die Elli ist meine zweite Frau. Ist ja heut schon völlig normal, dass man sich ab einem gewissen Alter noch mal neu orientiert, oder?«

»Das weiß ich nicht, Herr Dorsch, ich befinde mich ja immer noch in Phase eins.« Sissi lächelte entwaffnend. »Und Ihr Geschäft läuft gut?«

»Müssen Sie des jetzt wissen? Was hat des denn mit dem Helmut zu tun?« Dieter blickte verständnislos drein.

»Nur zwischenmenschliches Interesse, Herr Dorsch. Lassen wir das«, antwortete Sissi. Dann schwiegen beide wieder.

Als Sissi glaubte, die Stille im Zimmer könnte nicht mehr drückender werden, und schon so weit war, freiwillig mehr als einen Blick auf den monströsen Weihnachtsbaum zu werfen, kam Elli mit Klaus im Schlepptau zurück. Der trug einen Bogen Papier in der Hand und wirkte sichtlich verstört.

»Vielen Dank, Frau Dorsch, Herr Dorsch.« Sissi erhob sich. »Dann sind wir fürs Erste fertig. Wir wünschen Ihnen noch einen schönen Sonntag, nicht wahr, Klaus?«

»Aber sogar einen ganz wunderschönen«, sagte Klaus, der immer noch verdattert dastand. »Wiedersehen.«

Die beiden gingen hinaus. Sissi wartete, bis sie das große Tor erreicht hatten, und wollte gerade ansetzen, Klaus zu befragen, als eine junge, dunkelhaarige, hübsche Frau an ihnen vorbeistürmte.

»Nicht zumachen!«, rief sie und witschte durch den offenen Spalt, rannte zur Haustür und klingelte dort, während sie gleichzeitig an die Tür hämmerte.

»Wer ist das denn?«, fragte Sissi neugierig und blieb stehen.

»Lass mich rein, du Miststück!«, rief die junge Frau. »Lass mich sofort rein. Du hast kein Recht!«

Drinnen im Haus blieb es still. Die Frau schlug weiter aus voller Kraft an das Türblatt, das sich schließlich einen Spaltbreit öffnete. Dieters Gesicht tauchte auf. Es wirkte verzweifelt. Sein Blick streifte Sissi und Klaus. Schließlich öffnete er die Haustür und ließ die junge Frau ins Innere.

Sissi beobachtete das Schauspiel interessiert. »Wie schon meine Oma immer meinte: ›Unter jedem Dach ein Ach.‹ Wer ist wohl die junge Dame? Eine Leiche im Keller der Dorschs? Oder eine von vielen? In diesem Haus wirkt keiner wirklich glücklich. Und der Sonntagsfrieden scheint nachhaltig gestört zu sein. Hast du schon mal so einen Christbaum gesehen?«

Klaus wirkte nachdenklich. »Ich kenne die junge Frau. Die war gestern in der ›Wunder-Bar‹. Zusammen mit einem blonden Mann.«

»Na ja, die Stadt ist nicht allzu groß«, antwortete Sissi. »Vielleicht bekommen wir am Rande noch mit, was es mit der Dame auf sich hat. Aber jetzt sag mir mal, was mit dir los ist. Du wirkst wirklich etwas aus der Fassung gebracht.«

Klaus verzog das Gesicht. »Sissi, ich bin ja nun auch nicht mehr der Jüngste …«

»Siehst aber so aus«, sagte seine Kollegin spitzbübisch. »Frisch und rank wie am ersten Tag in deiner Jugend Maienblüte.«

»Sag mal, lernt ihr das geschwollene Reden in der Dorfschule?«, fragte Klaus zurück. »Deine Komplimente waren auch schon einmal besser. Also, ich hab so was wirklich noch nie erlebt. Die Frau hat mich belästigt.«

»Die Frau hat *was*?« Sissi sah Klaus entgeistert an. »Du weißt schon, dass das eine schwere Anschuldigung ist, oder?«

Klaus nickte. »Schon gut. Nicht mal in den belebtesten Vierteln von Berlin ist mir so was passiert. Diese Frau …« Er verzog wieder das Gesicht.

»Was hat sie denn getan?«, wollte Sissi neugierig wissen.

»Ich wollte sie eigentlich noch mal auf gestern Abend und ihren Auftritt in der ›Wunder-Bar‹ ansprechen«, sagte Klaus. »Vor ihrem Mann wäre es ungünstig gewesen. Ich bin ja kein Unmensch. Habe nur auf den richtigen Moment gewartet. Sie hat derweil die Arbeitszeitenliste aufgerufen. Die führen tatsächlich noch mit Excel Buch, musst du wissen. Und sie saß am PC und winkte mir, näher zu kommen, ich habe mich neben sie an den Schreibtisch gestellt, und da fasst die mir an den … Ich glaub's einfach nicht.«

»*Das* Körperteil kenn ich gar nicht«, grinste Sissi. »Vorn oder hinten?«

»Na hinten, da, wo der Rücken seinen schönen Namen verliert«, antwortete Klaus mürrisch. »Aber nicht zufällig. Die hat das absichtlich getan. Und dann hat sie meine Hand genommen und über den Handrücken gestreichelt und gesagt: ›So musste ich früher nur bei meinem Mann machen, als wir uns kennengelernt haben, und der ist durchgedreht.‹«

»Und was hast du gemacht?«, fragte Sissi.

»Ich bin auch durchgedreht, habe die Hand weggezogen und meinen Hintern ebenfalls. Was glaubst du denn?«, rief Klaus entrüstet. »Die Frau ist ja wie eine geladene Granate. Herrgott noch mal.«

»Respekt! Ein echter bajuwarischer Fluch!«, sagte Sissi. »Du lernst es also doch noch. Möchtest du dich beschweren?«

»Was würde das bringen?«, brummte Klaus mürrisch. »Aussage gegen Aussage. Da unsere Ermittlungen gerade laufen, wäre das kontraproduktiv. Aber ehrlich, Sissi, in deren Nähe gehe ich nicht mehr.«

»Dass du ein hübscher Mann bist, sieht auch ein Blinder mit dem Krückstock«, antwortete Sissi. »Aber ich gebe zu, das ist schon extrem aufdringlich. Und dieser Dieter Dorsch ist erstens nicht der attraktivste Mann auf dem Planeten und zweitens offensichtlich ein wenig schüchtern und dazu noch total unter dem Pantoffel seiner Frau. Du musst auf die Frau doch wirken wie warmer Regen.«

»Sissi, sieh mal da. Das sieht nicht nach Freizeitsport aus.« Klaus deutete auf die Straße, wo sich gerade eine untersetzte Gestalt in einem abgewetzten Mantel mit dem Fahrrad hochquälte. Sie trug grüne Gummistiefel mit roten Kniestrümpfen und dazu eine weiße Pelzmütze, die nach hinten verrutscht war. Ihr Gesicht war feuerrot.

»Ist das nicht Frau Rimowa?«, fragte Sissi und beobachtete amüsiert, wie Olga mit aller Kraft in die Pedale trat, um das letzte Stückchen der Steigung zu schaffen. Dann stieg sie ab und wischte sich eine dunkle Locke aus der verschwitzten Stirn.

»Guten Tag, Frau Rimowa!«, rief Sissi. »Was machen Sie denn am Sonntag hier? Sie sind ja bestimmt fleißig, aber heute doch nicht, oder?«

Olga Rimowa, die nicht auf den Fahrbahnrand oder eventuelle

Hindernisse, sondern nur auf ihren eigenen heißen Atem geachtet hatte und jetzt die beiden Ermittler überrascht ansah, strahlte über das ganze Gesicht und schob ihr Fahrrad zum Auto der beiden.

»Frau von Polizaai«, sagte sie gedehnt. »Und där Häär von Kripo. Gutän Tag. Sie arbeitän heutä?«

»Na, Sie ja offensichtlich auch.« Klaus erwiderte freundlich ihren fragenden Blick. »Ziemlich anstrengend, den Berg herauf, oder?«

Olga nickte und holte Luft. »Spätästäns in nein Monatä ich habän Gäld für Fihrerschain.«

»Da drücken wir Ihnen aber die Daumen, Frau Rimowa«, lächelte Sissi. »Was tun Sie denn hier?«

»Ach, ich bin selbär schuld«, murmelte Olga und fasste in die Tasche ihres unförmigen Mantels. »Habä gästärn gäputzt bei gnädigä Frau Dorsch und vergässän das hier.« Sie zog einen Schlüssel heraus und zeigte ihn den beiden.

»Nummer vier«, sagte Klaus. »Sind die Zimmer im Haus der Familie Dorsch nummeriert? Mir wäre nichts aufgefallen?«

Sissi schüttelte den Kopf. »Nicht dass ich wüsste. Woher ist denn der Schlüssel?«, fragte sie Olga.

»Ich lärän immär Taschän vor Waschän, wissän Sie. Und da war Schlüssäl.«

»Taschen? Schlüssel?« Sissi wurde hellhörig. »Ich habe bei diesen beiden Fällen echt ein Problem mit Schlüsseln, Klaus.«

»Ja, Taschä von gnädigä Frau«, sagte Olga. »Hosä schmutzig, untän an Saum. Ganz versaut, und ich waschä, weil Jersey. Und Frau hat angärufän bei mir, ich sollän bringän Schlüssäl, nix wartän bis Montag. Sie verstähän? Wolltä, dass ich gästärn kommä, abär da war ich in Bad Wörishofän mit Zug bei Fraindin. Drum ich kommän heutä.«

»Mach mal ein Foto, Klaus«, befahl Sissi. »Olga, können wir den kurz haben, bitte?« Olga nickte, und Klaus knipste den Schlüssel mit seinem Mobiltelefon. »Frau Dorsch wollte also den Schlüssel zurück von Ihnen? Und das hatte nicht bis Montag Zeit?«, wiederholte sie dann aufmerksam.

Olga nickte wieder. »Jetzt ich bringän Schlüssäl, und dann alles gutt.«

Sissi schüttelte den Kopf. »Glaub ich jetzt eher weniger. Liebe Frau Rimowa, werfen Sie das Ding doch einfach in den Briefkasten und sagen Sie dann der Frau Dorsch telefonisch Bescheid. Ich würde an Ihrer Stelle jetzt da nicht reingehen.«

Olga sah sie verständnislos an, dann leuchteten ihre Augen auf. »Sie meinän, wegän Baum?«

»*Das* wäre auch ein Grund«, nickte Klaus lachend. »Der ist sogar noch besser. Nein, die Dorschs haben gerade Besuch bekommen, und da würden Sie wohl nur zwischen die Fronten geraten. Wo putzen Sie denn noch überall? Sind das alles Ihre Kunden?« Er machte eine weitläufige Handbewegung.

»Beinahä allä hier«, sagte Olga. »Brauchä immär halbän Tag. So großä Häusär, wissän Sie. Jedän Tag anderä Villa.«

»Sie sind sehr fleißig, Frau Rimowa«, lächelte Sissi. »Wir drücken Ihnen die Daumen, dass Sie bald das Geld für Ihren Führerschein zusammenhaben. Ist ja ein Unding mit dem Fahrrad hier rauf. Und klingeln Sie da jetzt nicht. Das rät Ihnen die Polizei, okay?«

Olga strahlte die beiden an. »Okääh. Sie gutä Leutä. Arbeitän Sonntag für Rächt und Gäsätz. Ich kommä bald zu Ihnän.«

»Na dann, schönen Tag noch.« Sissi stieg zusammen mit Klaus wieder in den Wagen.

Olga verweilte kurz vor der geschlossenen Pforte der Dorschs und warf dann wie geheißen den Schlüssel einfach in den Briefschlitz. Dann stieg sie wieder auf ihr klappriges Fahrrad und fuhr winkend fort.

»Niedlich mit ihren Gummistiefeln. Die können doch nicht warm sein. Wohin jetzt, nach diesem Lehrstück an zwischenmenschlichen Absurditäten?« Klaus blickte Sissi fragend an.

Während Klaus die inzwischen mäßig belebte Stadt durchfuhr, wählte Sissi eine Nummer.

»Nun, da uns Frau Dorsch explizit gebeten hat, ihre Angestellten heute zu vernehmen, da sie diese morgen wieder herumschikanieren möchte, werden wir natürlich morgen in der Firma auftauchen. Also ab auf die Autobahn. Einsam und immer unterwegs.« Sissi lachte schelmisch.

»Hab ich mir doch gedacht, mein lieber Hans«, sagte sie dann, als am anderen Ende der Leitung abgenommen wurde. »Bist wieder unabkömmlich, oder? Aber das ist gut. Weil wir nämlich hier was Kniffliges an der Backe haben.« Man hörte ein paar Jammerlaute, und Sissi grinste.

»Bitte sei doch so gut und hol dir mal alle Informationen, die du kriegen kannst über die Firma Dieter Dorsch in Mindelheim. Schreinerei und Innenausbau. Ich möchte gern wissen, wann der Herr geschieden wurde und wie viel es ihn gekostet hat. Ich will wissen, ob er Geld braucht.« Das Gejammer wurde lauter.

»Nein, ehrlich jetzt? Die Abdrücke auf dem Schraubenzieher? Waren in der Datenbank? Aber nur einer von den zwei verschiedenen? Da kümmern wir uns drum. Und das andere kriegst du hin. Schöne Grüße an deine Frau Gemahlin, wenn du heut Abend heimkommst.« Sie legte auf.

»Dieter Dorsch? Das ist jetzt nicht dein Ernst, oder?« Klaus bremste das Fahrzeug an der roten Ampel vor dem unteren Tor ab und sah seine Kollegin fragend an.

»Es sind die Schlüssel«, sagte Sissi. »Ich kriege allmählich eine Manie. Wenn dieser Dorsch pleite ist … der hat zu den Wohnungen von reichen Leuten Zugang. Was wäre, wenn er, um Geld zu beschaffen, seine Kunden bestiehlt? Wir haben doch schon alles gesehen in unserem Job, und gleich, wie nett jemand ist, jeder ist fähig, ein Verbrechen zu begehen. Es beschäftigt mich.«

»Alles schön und gut, aber du verzettelst dich.« Klaus gab langsam Gas, als die Ampel auf Grün schaltete. Sie durchfuhren das untere Tor. Das Weberhaus direkt neben dem Hungerbach war hell erleuchtet und strahlte eine einladende Wärme aus.

Sissi deutete nach links. »Sieh mal – das hier ist die Jesuitenkirche. Eigentlich heißt die anders, aber da kennt sich Peter besser aus. Solltest du mal reingehen. Die haben echte Reliquien.«

»Was zum Teufel soll das sein?«, erkundigte sich Klaus.

Er erntete einen strafenden Blick. »Na Schädel, von Märtyrern.«

»Ach, Sissi, mich interessieren mehr die Schädel von hübschen jungen Frauen. Mit Haaren dran und dem, was darunter ist.« Klaus lachte, warf aber einen kurzen Blick nach links. Als sie am Marienplatz vorbeikamen, wurde es allmählich dunkel, und die Weihnachtsbeleuchtung schaltete sich ein.

»Herrjeh, ist das hübsch«, murmelte Klaus. »Vielleicht ziehe ich wirklich hierher. Wenn schon Landleben, dann mit ein wenig Stadt drum herum. Und so weit zum Fahren wäre das auch nicht. Die müssten mir nur versprechen, dass ich keinen einzigen Traktor sehen muss.«

Sissi lachte. »Sag mal, Klaus«, fragte Sissi nach ein paar Sekunden, »diese blauen Jacken mit dem Firmenlogo. Die Bedienung in der Burg hat doch gesagt, alle beim Dorsch mussten so eine tragen. Könnte dieser Angriff denn auch eine Verwechslung gewesen sein? Dass gar nicht Helmut Zimmermann gemeint war, sondern meinetwegen Elli Dorsch? Dann bin ich nämlich auf der falschen Fährte.«

»Möglich ist alles.« Klaus dachte kurz nach. »So wie ich die Dame kennengelernt habe, hat sie mit Sicherheit einige Feinde. Ein Motiv ließe sich da schnell ausmachen. Das Mittel haben wir gefunden, den Schraubenzieher. Die Gelegenheit war auch da. Nur: Da müsste ja jemand stundenlang gewartet haben, bis das Opfer vorbeigekommen ist. Ich glaube nicht an eine Verwechslung. Kommt mir weit hergeholt vor. Wie heißt das eigentlich, wenn man erstochen wird und nicht tot ist?«

»Niedergestochen«, antwortete Sissi trocken. »Du scheinst echt immer noch verwirrt zu sein. Ab nach Legau jetzt. Ich muss einer Bekannten einen Überraschungsbesuch abstatten. Und du kommst mit. Rechts zur Autobahn bitte. Der Tag ist noch nicht zu Ende.«

Klaus sah sie schräg von der Seite an. »Warum immer ich?«, quengelte er. Dann fädelten sie sich ein.

»Du bist zu schön für diese Welt. Und gib Gas!«

## Sonntagabend, Mindelheim

»Heut bist du davongekommen.« Lydia stand streng vor ihrem Mann. Er saß gerade vor dem Fernseher und sah Sport. »Des hilft was, anderen Leut zuschauen, wenn sie rumrennen«, sagte sie dann. »Musst schon selber machen. Heut hast eine Pause gehabt, wegen der Sache gestern. Aber morgen geht's wieder hoch. Der Berg ruft.«

»Ich hör nix!« Kurt ächzte und schob sich schnell noch ein paar Kartoffelchips in den Mund. Im tiefsten Winkel seines Herzens spürte er, dass seine Frau recht hatte. »Wärst mit in den Golfclub eingetreten«, grummelte er dann halblaut. »Ist auch Bewegung.«

»Des ist nix für mich. Zum hundertvierzigsten Mal«, schimpfte Lydia harsch. »Golfclub. Australienreise mit der Schickeria von Mindelheim. Und vielleicht noch eine Wohltätigkeitsveranstaltung. Des hast vorher gewusst, dass ich mit so was nix anfangen kann. Alleweil schon.«

»Ja, alleweil schon. Dreißig Jahr.«

Während Kurt das Wort »dreißig« aussprach, erschrak er über diese ungeheure Zahl. Niemand sollte so lange mit einem Menschen zusammen sein, dachte er kurz. Dann sah er an sich hinunter, wobei ihm sein allzu stattlicher Bauch etwas im Weg war, und für einen kurzen Moment flackerte etwas wie Selbsterkenntnis auf, verflog jedoch sofort wieder.

»Hättest des ja wenigstens ausprobieren können, Golfspielen. Ich gehör halt nun mal dazu«, meinte er dann, wohlwissend, dass jedes Wort diesbezüglich an Lydia verschwendet war. Sie war nun mal armer Leute Kind und hatte arme Ansichten, wie er das immer nannte.

»Ich helf lieber im Kleinen«, antwortete Lydia. »Und ich red nicht viel drum herum. So wie du.«

»Stimmt doch gar nicht«, beharrte Kurt, wusste es aber besser.

»Alleweil hör ich bloß: Wenn das die Leut erfahren. Was wohl die Leut sagen«, tadelte Lydia. »Seit mir uns kennen, erzählst du nix anderes. Die sind mir so was von wurscht, deine sogenannten Leut.«

»Wieso willst dann abnehmen?«, fragte Kurt biestig. Volltreffer. Versenkt.

Aber Lydia stieß sofort wieder vor. »Mir zwei fahren nach Teneriffa. Ich lern Spanisch. Du nimmst ab. Ich will mich mit dir nicht blamieren am Strand, nicht dass jemand Greenpeace anruft, wenn du mit der Badehose daherkommst.«

»Vielleicht sterb ich ja vorher«, sagte Kurt irgendwie hoffnungsvoll.

»Des werd ich verhindern«, fuhr ihm Lydia in die Parade. »Brauchst nicht meinen, dass du abhauen kannst.«

Den Eindruck hatte Kurt auch. Aus manchen Ehen gab es kein Entrinnen. Vor allem nicht bei Gütergemeinschaft.

»Wohin bist denn gestern Abend noch verschwunden?« Lydia baute sich vor ihm auf und musterte ihn eindringlich.

»Bloß mal ein paar Meter gelaufen«, brummte der. »Hab frische Luft gebraucht. Da herinnen ist es immer so stickig. Und der riesige Baum nimmt mir die ganze Luft.«

Er wies anklagend auf eine ausladende Nordmanntanne, die, von Lydia schon liebevoll geschmückt, ihre dicht benadelten Arme ins Zimmer ausbreitete. Der ganze Raum roch aromatisch nach Harz. Dunkelrote und silberne Kugeln funkelten mit dem Lametta um die Wette.

Lydia war etwas beleidigt. »Der Baum stinkt, ja klar. Nicht deine Zigarren, die du alleweil heimlich im Wintergarten rauchst. Herrgott, du glaubst immer noch, dass ich dumm bin. Und lass den Baum in Ruh. Der ist schön wie immer. Bloß du bist nimmer so schön wie früher, und es wär an der Zeit, dass du des mal einsiehst. Wenn ich dir auf irgendwelche Weibergeschichten komm, dann kannst was erleben. Du kennst mich. Ich mach keine Witze. Also, wo bist denn hin gestern?«

»Himmel, Weib«, verteidigte sich Kurt. »Du machst mich wahnsinnig. So lang sind mir jetzt verheiratet, und du bist immer noch eifersüchtig. Hast denn gar kein Vertrauen zu mir?« Er sah sie von unten herauf an.

»Wo?« Das klang nicht nach Nachgeben.

»War bloß kurz bei der Helga.« Kurt griff nochmals in die Tüte und stopfte sich eine Handvoll Chips in den Mund. Dass es nicht gesund war, wusste er selbst. So viel war im Medizinstudium schon hängen geblieben.

»Bei welcher Helga? Der Hausmann etwa?«, rief Lydia ungläubig. »Ganz abgesehen davon, dass ich nicht glaub, dass die dich überhaupt erkannt hat. Um die Uhrzeit sicher nicht. Ich hab die in den letzten Jahren nie anders als in Schlangenlinien laufen gesehen. Was war da los?«

Jetzt befand sich Kurt endgültig in der Defensive. »Nix. Hab bloß dem Wolfi einen Gefallen getan. Sollt was sagen, weil die Moni … ach, es geht um Geld. Viel Geld. Des war alles. Hat sich aber nicht rentiert. Die war ziemlich daneben. Hat gar nicht gewusst, wovon ich rede. Und geheult hat sie auch.«

»Glaub ich sofort«, nickte Lydia. »Da schwätzen wir zwei jetzt drüber. Über den Gefallen. Was hast du bei der Helga wirklich wollen? War des schon alles?«

Kurt wurde unbehaglich zumute. Lydia konnte richtig inquisitorisch sein. Sie hatte sich vor ihm aufgebaut und ließ ihn nicht aus den Augen. Diese Frau hatte einen eingebauten Lügendetektor.

Er wand sich noch ein bisschen, dann gab er nach. »Der Wolfi …«, stotterte Kurt, »ist am Donnerstag bei der Moni gewesen. So um achte. Hat er selber gesagt. Hab ihn auch gesehen, auf der Straße. Als ich beim Rauchen war.« Er sah trotzig auf den herrlichen Christbaum und fühlte sich für einen kleinen Moment hilflos.

»Der Wolfi? War bei der Monika? Donnerstag? War des nicht, als man sie umgebracht hat?«, fragte Lydia fassungslos zurück.

Kurt nickte. »Ich sollt bloß mit der Helga reden. Der Wolfi hat aus Versehen am Donnerstag erst bei der Helga geklingelt, und die hat ihm die Tür aufgemacht. Und ich sollt der Helga sagen, dass sie den Wolfi nicht gesehen hat.«

»Na, die Arbeit hätt er sich sparen können«, murmelte Lydia. »Als ob man dieser Schnapsdrossel das Vergessen eintrichtern müsst. Soso. Der Haug.«

»Lass den Wolfi, Lydia«, muckte Kurt auf. »Der ist in Ordnung.«

»Jaja. Weiberheld der. Und jetzt kommt noch Lügen dazu.« Lydia musterte ihn streng. »Und du machst mit, dass du dich nicht schämst. Des musst du der Polizei sagen. Des ist wichtig.«

»Ach geh«, winkte Kurt ab. »Gar nicht. Der Wolfi tut keiner Fliege was zuleide.«

»Na ja, Prügel hat der früher mehr als genug gekriegt, im Austeilen ist er nicht so gut«, stimmte Lydia ihm zu. »Ich schlaf jetzt drüber. Und morgen früh überleg ich mir, was ich mach.«

»Du machst nix«, versuchte Kurti die Wogen zu glätten. »Mir müssen zammhalten. Wenn mir nimmer zammhalten, wer dann?«

»Morgen entscheid ich mich«, blieb Lydia resolut. »Aber als Allererstes geht's wieder auf die Burg.«

»Wieso?«, gab Kurt patzig zurück. »Reicht's dir noch nicht von dem alten Gemäuer? Immerhin ham mir da den Kerl gefunden.«

»Der lebt ja noch«, wurde Lydia schnippisch. »Und vielleicht finden mir noch mal einen. Ich schau ab morgen jeden Tag im Brunnen nach. Könnt ja mal einer drin liegen, der nicht so faul ist wie du und mit mir mal radelt oder zum Badminton geht. Und nicht so viel lügt.«

Kurt rülpste heimlich und sah Lydia schuldbewusst an. Antwort wusste er keine. So lief das meistens.

»Also ausgemacht«, sagte Lydia. »Um sechs geht's los. Und mir müssen schnell laufen, weil die Olga zum Fensterputzen kommt und um zehne der Dieter zum Ausmessen. Obwohl ich find, das braucht's nicht wirklich. Ich hätt lieber ein Nähzimmer gehabt. Oder einen Fitnessraum?« Sie sah Kurt boshaft an.

»Lydia.« Er erhob sich schwerfällig von dem bequemen Sofa und dachte mit Grausen daran, dass morgen wieder ein Arbeitstag war. Zähne, Zähne und noch mal Zähne. Er hätte Psychologie studieren sollen, wie ihm sein Vater geraten hatte. Da brauchte man niemandem in den Mund zu fassen. »Lydia, Mausi«, begann er. »Ich hab nicht geschimpft, als du neulich diese Kommode von Ikea gekauft hast.«

»Was hättest denn schimpfen sollen?«, sagte Lydia erstaunt.

»Weil mir …« Kurt überlegte kurz. »Wir sind Geschäftsleute. Weißt.«

»Ja, und?«, fragte Lydia und stemmte die Hände in die Hüften.

»Und des ist einfach so, weißt schon, eine Hand wascht die andere. Ich kauf dem Dieter was ab, und wenn er eine Krone braucht, dann kommt er zu mir. Und wenn ich wen weiß, der einen Umbau braucht oder einen edlen Tisch, dann schick ich ihn zum Dieter. Und der schickt seine Leut zu mir. Privatpatienten«, raunte er bedeutungsvoll.

»Und wenn ich meinen Geburtstag feiere, muss das Zeug der Wolfi bringen, der Teuerste in ganz Mindelheim. Ist ja ganz was Neues«, sagte Lydia herausfordernd. »Nagt der Dieter jetzt so am Hungertuch, dass ich mir das Zimmer umbauen lassen muss? Soll er seiner Alten doch mal angewöhnen, dass sie weniger Geld zum Fenster raushaut. Seitdem der mit der verheiratet ist, zieht er bloß noch ein Gesicht. Und sie sieht man ständig beim Einkaufen. Oder im Café. Aber nicht in Mindelheim, brauchst nicht meinen. Die fahrt schon nach München in die teuren Läden. Dabei sieht s' in allem aus wie eine Presswurst. Da hilft auch der ganze teure Schmuck nicht, den die immer mit sich rumschleppt. Und des sag ich der jetzt auch amal. So wie die mich immer angafft.«

Weiberkram, dachte Kurt. Da mischte er sich nicht ein. Dass doch Frauen nicht imstande waren, miteinander auszukommen. Gut, Elli war nicht sehr beliebt bei den Mindelheimer Damen, was an Ellis Verhalten lag. Sie rauschte mit eisiger Herablassung in jede Veranstaltung, und obwohl sie zu jedem katzenfreundlich war, merkte man doch die Absicht dahinter und war verstimmt. Sie war … nun ja, sie war nicht echt. Und Frauen merkten so was eher als Männer.

»Jetzt ist schon wurscht.« Kurt hoffte, das Gespräch damit beenden zu können.

»Wennst meinst«, sagte Lydia schnippisch, drehte sich um und verschwand.

Das würde kein lustiger Abend werden. Missmutig folgte Kurt ihr in die Küche.

## Sonntagabend, Legau

»Sissi? Du? Schon wieder?« Christa stand kreideweiß in der Tür des schlichten Einfamilienhauses.

»Hallo, Christa«, grüßte Sissi freundlich. »Klaus Vollmer kennst du ja noch. Und wir sind dienstlich da. Schon wieder. Könntest du uns reinlassen?«

»Um Himmels willen, was ist passiert? Was willst?«, stammelte Christa und sah aus, als würde sie gleich umkippen.

»Wir wollten Toni sprechen«, sagte Sissi. »Ist er bei dir?«

»Noch net«, antwortete Christa. »Er hat heut noch wohin müssen, alles nach seinem Telefon abklappern, aber zum Abendessen ist er wieder zurück. Der ist aber stinkig. Muss vielleicht später noch mal fort. Weiß ich net.« Sie schien durch Sissi hindurchzusehen und wirkte fahrig.

»Stinkig?«, fragte Sissi.

Christa nickte. »Hat sein Handy verloren, weißt. Des teure. Und er hat's schon überall gesucht, aber des ist nimmer rausgekommen.«

»Aber Christa«, beruhigte sie Sissi. »Das Haus verliert doch nichts. Wird schon wiederauftauchen. Sonst muss er sich halt ein anderes besorgen.« Sie sah kurz auf ihre Armbanduhr und dann zu Klaus. Der nickte. »Wenn du erlaubst, würden wir gern kurz reinkommen. Kann ja nicht mehr lange dauern«, sagte Sissi dann. »Um sechs esst ihr, gell? Wie immer. Und ist ja schon halb. Ich kann jetzt nicht noch zwischendurch woandershin. Und – Christa, ich hab noch eine Bitte.«

»Wenn ich dir mal was helfen kann, gern.« Christa sah aus, als hätte sie nicht zugehört. »Was gibt's denn?«

»Du weißt ja, dass der Peter grade nicht so oft da ist«, sagte Sissi. »Und bei uns tropft der Wasserhahn im Bad. Ich möchte das gern selber reparieren, so was soll man ja nicht verschlampen. Hättest du eine Rohrzange oder eine normale Zange, die du mir borgen könntest? Ich bring sie auch bald wieder. Ist mir grade eingefallen.«

»Da muss ich nachgucken.« Christa sah ratlos drein. »So was macht bei uns immer der Toni. Aber der hat genug Werkzeug rumliegen im Kind… in dem Zimmer halt. Wart bitte an Moment.« Sie drehte sich um und verschwand humpelnd hinter einer Tür.

Klaus und Sissi sahen sich in der spärlich ausgeleuchteten Diele um.

»Was machst du da?«, flüsterte Klaus, denn Sissi stand vor dem Garderobenhaken und machte sich an den dort hängenden Kleidungsstücken zu schaffen.

»Erkennst du diese Farbe nicht? Sieh genau hin. Pst!«, flüsterte die zurück und versenkte die Hand in ihrer Jackentasche. Klaus hörte Plastik rascheln.

»Ist des so eine?« Christa war zurückgekommen und hielt in der Hand eine orangefarbene Rohrzange. »Ich kenn mich net so damit aus.«

»Genau, danke, Christa, das ist lieb von dir. So bald wie möglich bekommst du sie zurück, okay? Moment, ich bringe sie bloß gleich raus und lege sie auf den Sitz, sonst vergesse ich sie noch.« Sissi verschwand kurz nach draußen, und Klaus verbrachte ungemütliche dreißig Sekunden in der düsteren Diele, von Christa argwöhnisch betrachtet. Deshalb guckte er in den verschrammten Spiegel. Ihm gefiel, was er sah.

»So. Noch mal danke. Dürfen wir jetzt in die gute Stube?« Sissi war wieder hereingekommen.

»Schon gut. Was ist denn überhaupt los?« Christa führte beide in das Wohnzimmer, wo sie auf dem schmalen, hell bezogenen Polstersofa Platz nahmen. Christa setzte sich und verzog das Gesicht. Sie hatte offensichtlich Schmerzen.

»Christa, sag mal ganz ehrlich«, Sissi beugte sich nach vorn und musterte ihr Gegenüber, »ist der Toni gut zu dir? Ich meine nicht die Sachen, die du mir schon erzählt hast. Oder das Fremdgehen. Da kann und darf ich mich nicht einmischen. Aber … tut er dir weh? Du hast doch Schmerzen?«

Christa wurde noch ein wenig bleicher. Auf ihren Wangen zeichneten sich hektische Flecken ab. »Na, Sissi. Macht er net. Manchmal denk ich mir, er ist kurz davor. Dann kneift der die

Augen zusammen und schiebt das Kinn vor, und die Faust ballt er auch ab und zu. Aber er hat mich net angelangt.«

»Du würdest es mir sagen, wenn es so wäre?« Sissi ließ Christa nicht aus den Augen.

»Die Arbeit ist net einfach in der ›Kutsche‹«, sagte diese ausweichend. »Anstrengend. Und ständig muss ich mit den blöden Behältern, wo des Essen drin ist, in der Gegend rumfahren. Die sind verdammt schwer. Rein ins Auto, raus aus dem Auto. Ich würd so gern wieder als Frisöse schaffen, weißt. Aber ich krieg nix. Und Mindelheim ist so weit weg. Mein Auto ist ständig kaputt, ich hab sogar schon ein paarmal beim Helmut mitfahren müssen, weil der Toni später angefangen hat. Dem Toni sein Auto darf ich net nehmen, obwohl der ein Firmenauto hat. Und ich hass des, beim Helmut mitzufahren. Der Papa gibt mir kein Geld, weil jetzt angeblich der Toni zuständig ist. Lauft irgendwie alles net so gut. Gestern war ich bei dir. Da hätt ich dir was sagen wollen.« Sie sah Sissi vorwurfsvoll an.

»Ich musste arbeiten und bin später heimgekommen«, beschwichtigte Sissi sie. »Du weißt, was ich arbeite, oder? Und deshalb sind wir ja auch da. Was wolltest du denn von mir?«

Christa fixierte einen Punkt hinter Sissi an der Wand. »Nix. Schon wieder rum ums Eck. Denk ich. Gibt für alles die richtige Zeit. Jetzt ist es zu spät.« Sie holte tief Luft. »Weshalb kommst heut? Sag, dass es nix mit dem Toni ist.«

»Wieso denn? Was soll denn mit ihm sein?«, fragte Sissi zurück. »Willst du mir nicht doch was beichten?«

Christa schüttelte vehement den Kopf.

»Wir kommen wegen dem Helmut«, sagte Sissi. »Auf der Weihnachtsfeier vom Dorsch hat es ein Unglück gegeben, und jetzt müssen wir halt alle befragen, die dabei waren, auch den Toni. Der arbeitet ja beim Dorsch.« Sie beobachtete Christa genau.

»Unglück. Mit dem Helmut«, wiederholte Christa halblaut. »Ist net schad um den. Der hetzt den Toni alleweil auf. Der Kerl, der windige, taugt gar nix. Mein Toni wär so anständig, wenn der Helmut net … Auweia, mir ist schon wieder ganz anders.« Sie wurde grün im Gesicht.

»Ich würd es dir gern sagen, wenn der Toni dabei ist«, antwortete Sissi. »Brauchst dir jetzt keine Gedanken machen. Du siehst schrecklich aus.«

»Du hast gut reden, Sissi«, schnaubte Christa. »Der Toni ist stinksauer wegen seinem Handy und heut Mittag einfach rausgerannt und weggefahren. Ich muss morgen wieder in den Saftladen, obwohl ich net mag. Was willst denn von meinem Mann, der hat mit dem ganzen Zeug nix zu tun.«

»Und wo ist der Toni dann hin, bloß interessehalber?« Sissi blieb hartnäckig.

Klaus betrachtete derweil interessiert die hübsche Frau, die ihre Beine unter dem Sessel angezogen hatte und sehr verletzlich wirkte. Christa war aber wirklich zum Anbeißen in ihrem dunkelblauen Minikleid, auch wenn sie dazu nur Schlappen trug.

»Er hat bloß gesagt, dass er wegmuss. Mehr weiß ich net«, rang sich Christa zu einer Antwort durch. »Der erzählt mir net viel. Ist net oft da. Willst mir net sagen, was los ist?«

In diesem Moment hörte man ein Auto vorfahren.

Christa richtete sich auf und zuckte zusammen. »Der Toni!«, rief sie und lief so schnell sie konnte nach draußen.

»Hat er ihr auch Apportieren beigebracht?«, fragte Klaus spöttisch und zeigte auf die offene Wohnzimmertür.

Von draußen hörte man eine laute Männerstimme. »Mir zwei müssen uns erst mal unterhalten, Fräulein. Ich frag jetzt zum letzten Mal! Kontrollierst du mich etwa? Hast du mein …« Christa entgegnete irgendetwas, und die Stimme verstummte.

Dann trat Toni ins Wohnzimmer. »Ja, da schau her. Die schöne Kommissarin. Mir ham uns auch schon ewig nicht mehr gesehen. Könnt nicht sagen, dass mir des leidtut.«

Toni hatte trotz der ausführlichen Bitten von Christa die Schuhe nicht ausgezogen. Sie waren voller nassem Schnee. Er stand breitbeinig mitten in seinem Wohnzimmer und starrte Sissi und Klaus an.

»Toni, zieh doch die Schuh aus!«, jammerte Christa, aber er ignorierte sie.

»Hallo, Toni«, sagte Sissi ruhig. »Mir tut es auch nicht leid. Das beruht auf Gegenseitigkeit.«

»Ihr verstehts keinen Spaß, ihr Bullen«, knurrte Toni. »Geben Sie dir jetzt immer ein Unterwäschemodel mit, damit du schneller Informationen rauskriegst? Hilft bei mir net.« Er musterte Klaus von oben bis unten, der den Blick gelassen erwiderte. »Die Dame ist besetzt, da geht frei nix.« Er wies auf Christa, die zerknirscht und äußerst vorsichtig auf die Knie ging mit einem Lappen in der Hand. Sie wischte das Laminat und beseitigte die nassen Spuren.

»Mein Name ist Vollmer. Ich bin der Kollege von Frau Sommer, Herr Melzer«, antwortete Klaus ruhig. »Aber ich freue mich, dass ich Ihnen gefalle. Sie kommen mir irgendwie bekannt vor. Haben wir uns nicht schon mal gesehen in letzter Zeit, vielleicht in Mindelheim?«, fragte er dann.

Toni stockte einen Moment, dann verzog er den Mund zu einem schiefen Lächeln. Man sah ihm förmlich an, wie es in ihm arbeitete. Offensichtlich war Klaus ihm am Vorabend nicht aufgefallen.

Sissi betrachtete interessiert die beiden Männer. Jeder von ihnen war auf seine Weise höllisch attraktiv. Der eine blond, der andere dunkelhaarig. Während Klaus etwas Verwegenes anhaftete, das durch seinen Drei-Tage-Bart zur Geltung kam, wirkte Toni eher wie ein Bruder von Robert Redford oder Brad Pitt. Hätte man beiden Schnauzbärte angeklebt, wären sie ohne Weiteres als Butch Cassidy und Sundance Kid durchgegangen. Es fehlten nur noch Pistolen und Hüte.

»Toni, du bist doch bei der Firma Dorsch beschäftigt«, unterbrach Sissi das stumme Duell.

Toni nickte und setzte sich auf den Sessel gegenüber der Couch. »Schatzi, bringst mir ein Pils?« Er zwinkerte Christa zu. »Und mach mir doch schnell a Wurstbrot, ich verhunger fast. Aber eins mit einer kleinen Gurke drauf, gell?«

Christa strahlte glücklich und huschte in die Küche. Trotzdem wirkte sie leicht verängstigt.

»Tür zu! Ich mag's net, wenn ich dich arbeiten seh!«, rief Toni lachend, aber seine Augen blieben ernst. »Ja, ich bin beim Dorsch. Und auch sonst muss ich viel schaffen. Wird manchmal später. Und – Elisabeth«, Toni beugte sich ein wenig vor und taxierte Sissi von oben bis unten, die seinen Blick ungerührt erwiderte, »musst net alles glauben, was die Christa schwätzt. Die versteht viel falsch.«

Er versuchte, souverän zu wirken, doch man merkte ihm an, dass er sich nicht ganz wohl in seiner Haut fühlte. Aber Toni war ein genialer Lügner und Betrüger. Einer der besten. Er überspielte seine Unsicherheit mit einem breiten Grinsen.

»Wieso?«, fragte Sissi scheinheilig. »Die Christa hat nichts erzählt.«

Toni schüttelte den Kopf. Er sah trotzig aus. Aber gut. »Geht des auch etwas leiser?«, flüsterte er dann.

Sissi verneinte.

»Ich bin halt weg ab und zu. Nix Schlimmes«, sagte Toni.

»Objektschutz? Haben wir gehört.« Sissi sah ihn unschuldig an. »Welches Objekt denn, kann man da was erfahren? Blond, braun, rot? Sternzeichen?«

Man merkte genau, wie es in Tonis Gehirn arbeitete. »Ist des jetzt wichtig? Ich würd lieber wissen, weshalb ihr da seids, du und dein hübscher Freund.« Er musterte sie gehässig.

»Also, mich würde schon interessieren, wo du abends so bist. Und wo du den wüsten Kratzer am Hals herhast«, sagte Sissi boshaft. »Aber ich bin sicher, im Laufe der Ermittlungen kommt das raus. Brauchst also nichts zu sagen, Toni, was dich jetzt belasten würde. Oder deine Ehe. Und heute? Wo warst du da?«

»Ich hab wen gesucht«, brummte Toni mürrisch. »Sonst nix. Blöd ohne Handy.«

»Herr Melzer«, fing Klaus noch mal an. »Sie waren am Freitag auf der Weihnachtsfeier der Firma Dorsch, so weit richtig?«

Toni nickte.

»Wann sind Sie denn gegangen?«

»Weiß ich nimmer so genau. War nach einse. Bis zwölfe war Pflicht. Hat ja erst um achte angefangen. Und die El… Chefin hat gemeint, dass man schon vier Stunden zusammensitzt.«

»Aha«, sagte Sissi. »Also nach ein Uhr. Sind alle gleichzeitig gegangen oder jeder für sich allein?«

»Dann hat sie verkündet, jetzt sei es spät, und sie müsst schlafen, und dann sind mir alle aufgestanden. Hab net auf jeden

Einzelnen aufgepasst. So toll war's auch wieder net«, meinte Toni. »Da muss man net länger sitzen als notwendig. Obwohl ich in der Burg immer recht gern bin. Essen ist gut.«

»Kennst dich in Mindelheim aus? Du arbeitest da ja schon über ein Jahr. Da sieht man schon was von der Stadt. Hast du die Burg schon besichtigt?« Sissi klang so harmlos, dass sogar Toni sein angeborenes Misstrauen vor der Polizei vergaß.

»Na. Fahr meistens von der Autobahn runter ins Gewerbegebiet zur Schreinerei«, antwortete er. »In die Stadt komm ich höchstens, wenn ich mir eine Brotzeit hol. Aber da geh ich eigentlich bloß zum Metzger. Essen gehen wir net so oft. Muss des Haus noch abzahlen.« Er deutete auf das Wohnzimmer. »Weil man ja hier nix ist, wenn man nix hat, glaubt meine Frau.«

»So, Schatzi.« Das war Christa, die gerade mit einem großen Teller, auf dem ein liebevoll dekoriertes Wurstbrot lag, aus der Küche kam. »Wie du's magst. Mit einer Gurke. Ich hab dir extra noch ein Ei draufgelegt. Bier bring ich gleich.« Sie verschwand wieder.

»Nette Frau haben Sie.« Dafür erntete Klaus einen bösen Blick von Toni.

»Weiß ich schon. Die ist besetzt. Hab ich doch gesagt, oder?«

»Hat es Streit gegeben?«, fragte Sissi, während Toni einen Bissen von seinem Wurstbrot nahm.

»Wann?«

»Na, bei der Feier. War da alles normal?«

Toni nickte und schluckte einen Bissen. »Wieso Streit? Willst mir jetzt vielleicht sagen, um was es geht? Warum hockst du hier auf meiner Couch? Wenn du wissen willst, was mir zum Essen gehabt ham, dann frag halt in der Burg nach. Oder die Chefin.«

»Hast du grade Ärger mit deinem besten Freund, dem Helmut? Kann ja mal vorkommen, oder?« Sissi beobachtete Toni, der versuchte, einen unbefangenen Eindruck zu machen.

»Was soll des heißen? Wieso tust so komisch?«, knurrte Toni und stellte den Teller mit dem angebissenen Brot auf den Tisch, dass es krachte. »Frag ich dich, wieso du mit so einem Schönling durch die Lande ziehst? Also? Was jetzt? Spuck's aus!«

»Helmut Zimmermann wurde in der Nacht von Freitag auf

Samstag im Hof der Mindelburg niedergestochen und dann in den Brunnen geworfen. Darum sind wir hier, Herr Melzer.« Klaus klang eisig. »Können Sie uns vielleicht hierzu etwas sagen?«

»Ha?« Toni riss die Augen auf. »Der Helmut? Echt jetzt? Von wem?«

»Wir dachten, Sie könnten uns da vielleicht weiterhelfen«, antwortete Klaus.

Toni sah ihn wütend an. »Soll des eine Beschuldigung sein?«

»Nein, nur eine Frage im Rahmen unsrer Ermittlungen«, meinte Klaus gelassen.

»Der Helmut …«

In diesem Moment kam Christa wieder mit einer Flasche Pils und einem Glas und stellte beides vor Toni. Dann setzte sie sich auf die Sessellehne und legte einen Arm um dessen Schultern.

»Ist was?«, fragte sie, als sie das eisige Schweigen im Raum bemerkte.

»Der Helmut ist abgestochen worden«, murmelte Toni, schenkte sich das Glas halb voll und stürzte den Inhalt in einem Zug hinunter.

»Abgestochen«, wiederholte Christa tonlos. »Die Sissi hat gesagt, es war ein Unfall. Wer macht denn so was?«

Das war eine rhetorische Frage, denn allein in Legau und Umgebung gab es genügend Personen, die Helmut und auch Toni die Pest an den Hals wünschten, wenn nicht mehr, und das schon ziemlich lange. Allein die Schadenersatzforderungen von Josef Schwinninger, dem Wirt vom »Alpenblick«, waren nach mindestens siebzehn von den beiden angezettelten Schlägereien immens.

»Wir ermitteln gerade.« Sissi ließ Toni nicht aus den Augen. »Das wissen wir noch nicht. Aber es könnte ja sein, dass dein Mann vielleicht weiß, ob der Helmut mit jemand Streit hatte. In der Firma. Oder privat. Wär schon wichtig.«

»Schatzi, du weißt doch von so was nix, oder? Jetzt sag doch was. Sissi! Der Toni hat gar nix damit zu tun! Des musst du einfach glauben!« Christa zerrte Toni am Ärmel, der sich von ihr losriss.

»Ihr verarschts mich doch, oder?«, sagte er an Sissi gewandt und schaute sie wütend an.

»Wieso sollten wir«, fragte Sissi verblüfft zurück.

»Weil … ach lass mich doch in Ruh«, knurrte er dann. »Des glaub ich net. Muss wer anders sein.«

»Glauben Sie es ruhig«, antwortete Klaus. »Aber Herr Zimmermann hatte Glück im Unglück und wurde rechtzeitig gefunden. Er wird schon bald wieder auf den Beinen sein. Trotzdem ermittelt die Staatsanwaltschaft. Immerhin handelt es sich um ein Kapitaldelikt.«

Toni schüttelte wie benommen den Kopf. »Drum ist der net ans Handy gegangen. Jetzt wird mir alles klar. Aber ich hab ja kein Telefon mehr!«, brüllte er plötzlich und sah Christa wütend an. »Und ich kann mir schon denken, warum!«

»Toni«, stammelte Christa. »Ich weiß es doch net, wo dein Handy ist. Wirst es schon verloren ham, irgendwo.«

»Schmarren«, rief der wütend, ohne auf Sissi und Klaus zu achten. »Hab's heut überall gesucht. Des ist nirgends, auch im Auto ist es net. Und nirgendwo anders.«

Plötzlich änderte sich sein Gesichtsausdruck und wurde freundlicher, denn es war vielleicht nicht so klug, Christa vor zwei Kripobeamten zusammenzustauchen. Der Hellste war Toni nicht, aber gerissen. Er lächelte seine Frau um Verzeihung heischend an. »Du, Schatzi, lass mir doch ein Bad ein, bitte. Sei so lieb. Bin immer noch total durchgefroren. Wenn ich mich aufgewärmt hab, kannst dazukommen. Wird schön. Weil ich denk, wir sind hier fertig, oder Sissi?«

Sissi nickte und stand auf. »Das war jetzt nicht sehr ergiebig. Aber wir sehen uns noch mal, Toni, versprochen.«

»Ich würd an deiner Stelle erst mal gucken, ob mein Mann daheim ist«, schlug Toni boshaft vor. »Da kannst deine Kenntnisse von der Kripo mal richtig einsetzen.«

Sissi beachtete ihn nicht und ging mit Klaus zur Tür.

»Gleich lass ich dir ein Bad ein, Schatz!«, rief Christa und begleitete Sissi zur Wohnungstür. »Brauchst net bös sein«, flüsterte sie. »Der meint's net so. Ist bloß grantig, wegen seinem Handy. Ist bald wieder gut, gell, Sissi?«

»Ja. Klar«, antwortete diese trocken. »Ruf wieder an, Christa. Und pass auf dich auf.«

»Pfiat di, Sissi. Ich meld mich mal. Vielleicht«, stammelte Christa verhuscht. »Tut mir leid. Bis bald.« Dann schloss sie die Tür.

Klaus und Sissi standen eine Weile in der kalten Luft vor ihrem Auto.

»Sogar dieser Typ hat auf deinen Mann angespielt«, sagte Klaus dann. »Macht das so bei euch im Dorf die Runde, wenn der mal nicht zu Hause ist? Soll ich dich nach Hause begleiten und mit dir nach Spuren suchen in deinem trauten Heim? Aber ich vergaß – du musst ja noch ein Rohr reparieren.« Er lachte. »Und eine Fusselbürste suchen. Klärst du mich noch auf? Oder muss ich wieder warten, bis alle anderen es auch wissen?«

»Och, ich habe nur Spuren gesichert. Berechtigte Personen.« Sissi sprach sehr leise.

»Verstehe.« Klaus musterte sie anerkennend. »Mann, bist du gerissen. Berechtigte Personen.«

»Ja. Manchmal macht man es besser heimlich. Und nein – du musst nicht mit mir ins Haus. Lassen wir es für heute gut sein. Wir treffen uns morgen früh auf der Wache. Bis dahin dürfte Dollinger ein paar Informationen haben. Sei doch bitte so lieb und gib die beiden Sachen auf deinem Heimweg im Revier ab. Ich rufe von zu Hause aus gleich an. Muss es eilig machen.« Sie gab Klaus eine große Tüte und einen kleinen Plastikbeutel.

Er sah kurz hinein und verzog das Gesicht. »Manchmal wundere ich mich über dich, meine Liebe.«

»Ist besser als ärgern. Los jetzt.«

Klaus startete den Wagen. »Hör mal, Sissi, vorhin konnte ich ja nichts sagen: Ich habe diesen Melzer gestern Nacht in Mindelheim in der ›Wunder-Bar‹ gesehen. Gegen dreiundzwanzig Uhr. Er sprach mit der jungen Frau, die heute ins Anwesen der Dorschs gestürmt ist. Und jetzt sag mir, dass all das Zufall ist. Ich glaube es nicht.«

»Und das fällt dir jetzt erst ein? Wann wolltest du mir das denn mitteilen? Also hat Toni sich gestern Nacht in Mindelheim aufgehalten«, sagte Sissi fassungslos. »Die Stimmung im Hause Melzer scheint ohnehin schon auf dem Nullpunkt zu sein. Vielleicht war es besser so. Lass uns abbrechen. Es bringt nichts, wenn wir uns die Nacht um die Ohren schlagen.«

»Und wann machen wir weiter mit dem Rothenfels-Fall? Du scheinst jetzt bei dieser Familie Dorsch Blut geleckt zu haben, und die Leiche in der Villa ist zweitrangig?«, fragte Klaus.

»Nein, mein Lieber«, antwortete Sissi. »Wir arbeiten jetzt seit zwei Jahren zusammen und haben heute und gestern eine Menge in Erfahrung bringen können. Wir machen hier stinknormale kriminalistische Arbeit, auch wenn die Leute durch Fernsehkrimis etwas verwirrt sind und glauben, dass wir ständig mit quietschenden Reifen hinter Verdächtigen herjagen und mit gezogener Dienstwaffe im Anschlag auf die Verbrecher lauern. Das wirkliche Leben ist nun mal ganz anders.«

»Was ist denn mit Christa und Toni?« Klaus sah Sissi neugierig an. »Rein optisch sind die beiden ja ein schönes Paar. Wenngleich sie auch leicht daneben wirkt und er ein bisschen provokativ.«

»Ach, die alte Geschichte«, murmelte Sissi. »Christa und ich waren zusammen in der Grundschule. Sie ist ein herzensguter Mensch, nur allzu naiv und leichtgläubig. Und auf einem Musikfest hat sie dann mit dem Toni angebändelt. Einfach nur aus Wut, weil ihr damaliger Verlobter ihren Geburtstag vergessen hatte. Das war alles. Und ehe wir's uns alle versahen, haben die beiden geheiratet.«

»Dieser Toni scheint aber auch nicht der zu sein, für den er sich ausgibt, oder?«, fragte Klaus und lenkte den Wagen in die ruhige kleine Seitenstraße, wo das schmucke Einfamilienhaus der Sommers lag. »Da hätte ich dich wahrlich nicht hinfahren müssen, das geht leicht zu Fuß.«

»Weiß ich«, sagte Sissi. »Danke. Der Toni ist ein ganz anderes Kaliber. Ihm und dem Helmut ging man schon in der Schule besser aus dem Weg. Ich bin dann nach Memmingen ins Gymnasium und hab nicht mehr so viel mitbekommen, aber ich hab immer wieder was gehört. Sie haben mit Schulhofraufereien angefangen und nie mit den Schlägereien aufgehört. Dazwischen immer wieder krumme Geschäfte mit Auto-Ersatzteilen und angeblich fingierten Unfällen, wo sie die Versicherungen abkassiert haben, vielleicht auch Schlimmeres, aber das konnte nicht bewiesen werden.«

Sissi strich sich eine Haarsträhne aus der Stirn. »Wohlgemerkt: Dorfgerüchte. Es stand ja nie in einer Zeitung. Oder sagen wir mal so: Bei der Kripo habe ich nichts davon mitbekommen. Fakt ist, dass die beiden Herren zwar eine Ausbildung absolviert, aber die meiste Zeit nicht in ihrem Beruf gearbeitet haben. Keiner wusste genau, womit sie sich über Wasser hielten, aber sie schafften es, und zwar erstaunlich gut. Jedes Dorf hat so einen, über den man hinter vorgehaltener Hand spricht. So einer, der immer wieder mal verschwindet, dann rätselt man, ob er sich im Gefängnis oder auf den Malediven aufhält, denn auch beim Hofgang kann man braun werden. Einer, der immer Geld hat, obwohl ihn nie jemand arbeiten sieht. Aber wenn man ihn in der Kneipe trifft, grüßt man ihn und kümmert sich ansonsten um seine eigenen Sachen.«

»Ist ja interessant«, antwortete Klaus. »Wieder was Neues. Seitdem ich hier bin, komme ich mir vor wie in einem dieser Regionalkrimis, die der Boss so gern liest. Und dann freue ich mich, dass wir mal nicht im Dorf ermitteln, und lande wieder in Legau. Wir sind da.«

Das Haus von Peter und Sissi war dunkel, kein Licht brannte. Im Garten stand ein dezent beleuchteter, zwei Meter hoher Weihnachtsbaum und schimmerte in das Dunkel.

»Jetzt muss ich endlich was essen. Ich habe solchen Hunger.«

Sissi grinste. »Ich könnte dir nur einen Kaffee anbieten, aber für heute haben wir genug geleistet. Den Boss rufe ich nachher noch an. Der wird sich freuen. Schönen Abend dir und Harro und …?« Sie sah Klaus fragend an, der nur verneinend den Kopf schüttelte.

»Keine Frauen heute. Ich bin immer noch müde. Dieses Nachtleben macht einen fertig. Immerhin habe ich seit gestern die Telefonnummer einer Dame namens Marion, die aussieht, als würde sie nichts anbrennen lassen. Wenn ich also frieren sollte, dann melde ich mich bei der.«

»Demnächst werde ich dich verkuppeln«, sagte Sissi. »Wenn du nicht spurst. Ich habe da noch ein paar nette Schulfreundinnen …«

»Ach ja?« Klaus zog die Augenbraue hoch. »Wenn die in dem Alter noch nicht verheiratet sind, kann ja was nicht mit ihnen stimmen, oder?«

»Endlich haben wir dich assimiliert«, lachte Sissi. »Du hörst dich an wie Erna Dobler.«

»Wo ist denn dein Holder nun heute?«, fragte Klaus und schaute Sissi müde an. Er hatte heute keine Lust mehr zum Ausgehen.

»Kegeln«, gab Sissi missmutig Auskunft. »Behauptet er. Und neulich hab ich Erna Dobler beim Friseur Reisacher getroffen.«

»Ich erinnere mich.« Klaus schüttelte sich. »Das ist die, die mit dem Besen zum Einkaufen fliegt, oder?«

Sissi nickte. »Sie hat mich in die Wange gekniffen, wie man es mit Siebenjährigen macht, mich eindringlich angesehen und gemeint: ›Armes Ding. Bloß noch arbeiten. Weißt, ein Mann, der braucht auch mal was anderes. Der möchte seine Frau auch gelegentlich sehen.‹ Und dann hat sie total überheblich gekichert. Ihre Freundlichkeit war noch beängstigender als alles andere. Die will mich doch in die Irre führen! Das ganze Dorf scheint was zu wissen, was ich nicht weiß.«

»Und dann ist Erna Dobler auf ihren Hexenbesen gestiegen und weggeflogen? Würde ich ihr zutrauen.«

»Sie ist ja nicht die Einzige«, sagte Sissi nachdenklich. »Wenn ich es mir überlege, so schauen mich etliche Leute in den letzten drei Wochen komisch an. Die grinsen. Als ob sie ein Geheimnis vor mir haben.«

»Sissi …« Klaus sah sie amüsiert an. »Der Peter ist der anständigste, anspruchsloseste Mann, den ich kenne. Der liebt dich abgöttisch. Ich schwöre, wenn ich jemals eine Frau finde, die mich so anbetet wie dein Mann dich, dann heirate ich auf der Stelle.«

»Vorsicht.« Sissi zwinkerte ihm zu. »Ich könnte dich beim Wort nehmen. Na ja. Irgendwas geht da vor. Alle wissen was, nur ich nicht. Und das macht mich wahnsinnig. Immerhin bin ich bei der Kripo und die nicht.«

»Was willst du tun? Ihn beschatten?«, fragte Klaus. »Wir haben grade andere Sorgen. Jetzt aber husch ins Körbchen. Ich gebe die Sachen noch im Revier ab.«

Sissi winkte noch einmal lächelnd und ging dann ins Haus. Es war leer. Natürlich.

## Sonntagabend, Legau

»Wolltest net baden, Toni?« Christa stand im Türrahmen des Badezimmers und sah ihn fragend an. Hinter ihr lief gerade die Wanne voll. »Hab dir alles hergerichtet. Weil du ja sagst, dich friert's. Ich wasch dir nachher auch den Rücken, wenn du magst. Und dann müssen wir reden. Dringend.«

»Komm amal her.« Toni fasste sie grob an der Hand und zog sie mit sich ins Wohnzimmer. Dort schubste er sie auf das Sofa.

»Aua, Toni, spinnst jetzt?« Christa sah entsetzt zu ihm auf. Da war er wieder, dieser Zorn, den er nur mit Mühe unterdrückte.

»Hast du gestern«, Toni beugte sich über sie und sah ihr kalt in die Augen, »mein Handy geklaut?«

»Weiß net, was du meinst, Toni.« Christa richtete sich auf und sah ihm frech ins Gesicht. »Du spinnst!«

»Kannst mir's ruhig sagen, Schatzele.« Toni hatte beschlossen, einen anderen Ton anzuschlagen. Immerhin waren da noch die Mooslechners und ihre Fäuste. Und die vier Waffenscheine.

»Seit wann ist es denn weg, Toni?«, fragte Christa unschuldig.

»Seit gestern. Am Freitag war ich auf der Burg. Und gestern im Illerkauf hat mich der Dieter noch angerufen, dass es ja auch klappt mit Montag bei dem Zahnarzt. Also Samstag. Und am Samstagnacht war's schon weg.«

»Dann liegt's bestimmt im Auto«, sagte Christa. »Musst halt noch mal suchen.«

»Sag amal.« Toni wurde wieder wütend. »Bloß weil diese Tussi von der Kripo mit dir befreundet ist, brauchst net meinen, dass du ausgeschämt sein kannst.« Er machte eine kurze Pause. »Ich weiß, dass du einen Dachschaden hast, gleich, ob des dein Vater abstreitet. Du bist doch net ganz sauber. Und dann noch so über meinen Freund herziehen vor dieser Kripotussi. Der Helmut ist in Ordnung.«

»Hab bloß die Wahrheit erzählt«, rief Christa. »Und der Helmut ist einfach bloß ein ganz gemeiner Hund. Freund, pah. A richtiger Freund benimmt sich net so. Der stachelt dich auf, der ist überhaupt an allem schuld! Du bist so dumm! Und zäh wie ein Kakerlak ist der auch. Und genauso eklig.«

»Da reden wir zwei noch drüber, Fräulein. Kannst mir aber glauben.« Er funkelte sie wütend an. »Wieso glaubst du eigentlich, dass ich blöd bin?«

»Ist ganz einfach, Toni«, sagte Christa leise. »Hast alles falsch gemacht. Des einzig Gescheite, was du jemals getan hast, war mich zu heiraten.«

»Na, des war die größte Dummheit überhaupt.« Toni wurde richtig sauer.

Christa sah ihn wütend und verletzt an. »Mir zwei hätten echt was werden können. Aber du lügst die ganze Zeit. Warst am Donnerstag net daheim in der Nacht. Und ich will wissen, wie die Firma heißt, wo du nachts drauf aufpassen musst. Wenn du da am Donnerstag warst, dann kann mir des ja auch einer von denen bestätigen, oder? Sagst mir net? Hab ich mir schon gedacht. Aber … die Geschichte in der Villa, die Kundschaft vom Wolfi, wo wer umgebracht worden ist, des warst du, oder?« Nun war es endlich ausgesprochen. Christa sah Toni fragend an. Ihr Gesicht war kalkweiß.

»Spinnst du jetzt komplett?«, fragte Toni. »Wie kommst denn auf so was?«

»Die Frau ist tot. Du warst net daheim«, sagte Christa tonlos. »Du hast den Kratzer am Hals. Und der Helmut hat mir am Mittwoch was ausgespuckt von dir. Vorbei ist's mit der Schauspielerei, Toni. Alles kaputt.«

Sie stand auf und wankte müde zur Badtür. Dann ging sie hinein und schlug die Tür hinter sich zu. Man hörte ihr Schluchzen bis ins Wohnzimmer, wo Toni auf den ausgeschalteten Fernseher starrte.

## Sonntagabend, Mindelheim

»So schän«, murmelte Olga Rimowa und betrachtete freudestrahlend ihren fertig geschmückten Weihnachtsbaum, ein dünnes kleines Ding mit ausgefransten Zweigen. Olga hatte extra bis zum letzten Moment gewartet, weil eine Kundin ihr verraten hatte, dass die Bäume kurz vor Weihnachten am billigsten waren.

Nun stand die magere kleine Fichte herausgeputzt neben dem Fernseher auf einem kleinen Beistelltisch. Lydia König war äußerst großzügig gewesen und hatte bei sich zu Hause gründlich »ausgemistet«. Wunderschöne, filigrane, mit Hunderten Glitzersternchen verzierte Glaskugeln mischten sich mit zierlichen, beinahe durchscheinenden kleinen Engeln, die winzige Posaunen hielten und deren Flügel aus echten Federn bestanden. Es war ein schöner Baum, zumindest für jemanden, der nicht allzu verwöhnt war, und das traf auf Olga einwandfrei zu.

»Noch Kerzän«, sagte Olga entschlossen und holte die Klemmen für die echten Wachskerzen aus einer alten Pappschachtel. Gerade als sie die erste befestigen wollte, läutete es an ihrer Wohnungstür.

Olga warf einen kurzen Blick auf ihre alte Armbanduhr und stutzte. Besuch war keiner angekündigt, und sie hatte sich auf den Sonntagskrimi und ein anständiges Gläschen Wodka gefreut. Dieser stand auch schon bereit auf dem Tisch, daneben ein zerkratztes Whiskeyglas mit einem Sprung. Daraus zu trinken klappte aber einwandfrei, denn die durchsichtige Flüssigkeit hielt sich ohnehin nie so lange im Glas, dass sie Zeit hatte, durch den Sprung zu sickern.

Olga tappte zur Wohnungstür und öffnete sie. Sie wohnte im Erdgeschoss, genau in der Mitte zwischen Landratsamt und Bahnhof. Draußen stand ein kleiner, dicker Mann mit einer Pelzmütze, für die er in Russland vermutlich geohrfeigt worden wäre, denn er sah einfach nur lächerlich damit aus. Und schlecht gelaunt.

»Sie wünschän?«, fragte Olga ungnädig, die sich zur Feier des Tages in einen alten blauen Trainingsanzug gequält hatte, der vom vielen Waschen schon fadenscheinig und außerdem seit der letzten Sechzig-Grad-Wäsche eine Nummer zu klein geworden war.

»Gnädige Frau, mein Name ist Robert Steinmeier. Ich komme vom Memminger Tagblatt und wollte fragen, ob Sie fünf Minuten für mich Zeit hätten, denn ich würde Ihnen gern einige Fragen stellen zu den deutsch-russischen Beziehungen.«

»Sonntagabänd?« Olga musterte Steinmeier von oben bis unten. Er wirkte miesepetrig und verlogen. Und obwohl Olga nur vier Klassen der Grundschule besucht hatte, ehe der Busverkehr von ihrem kleinen Dorf zum nächsten Ort endgültig eingestellt worden war, glaubte sie diese Geschichte nicht ganz. Aber wenn er nicht schwindelte? Wollte tatsächlich jemand wissen, was sie, Olga Rimowa, von irgendetwas hielt? Oder meinte er vielleicht ganz andere Beziehungen?

Für einen kurzen Moment überwog der Ärger, dann gewann die Neugierde. »Kommän Sie. Abär nur ein paar Minutän. Krimi gäht bald an.«

Sie drehte sich um, und Steinmeier tappte hinter ihr her durch eine dunkle Diele (Olga sparte Strom – das hatte sie in Deutschland nicht einmal wirklich lernen müssen, sondern kannte es schon aus ihrer Heimat). Olga ließ Steinmeier dann in ihr spartanisch eingerichtetes Wohnzimmer, wo der Röhrenfernseher leise lief.

»Nett haben Sie es hier«, heuchelte Steinmeier und sah sich um. »Wirklich nett. Ich darf mich doch setzen?«

»Meinätwegän«, gab Olga nach und nahm auf der kleinen Klappcouch Platz, die ihr gleichzeitig auch als Bett diente. »Trinkän?« Sie hob die Wodkaflasche.

Steinmeier schüttelte den Kopf, erkannte aber als ausgebuffter Reporter, dass er sich mit einer Absage jegliche Sympathie, falls überhaupt vorhanden, verscherzen würde. »Ein Gläschen, Gnädigste. Kann ja nichts schaden. Ich bin mit dem Auto hier, wissen Sie?«

Olga holte ein zweites zerschrammtes Wasserglas und füllte es zur Hälfte mit Wodka. Dann schenkte sie sich selbst fünf Finger breit ein. *»Nasdarovje«*, sagte sie und hob ihr Glas. Steinmeier tat es ihr nach.

»Frau Rimowa«, er blickte sie fragend an, »Sie haben sich doch hier schon prima zurechtgefunden in Deutschland, nicht wahr? Immerhin haben Sie ja sogar schon ein Reinigungsunternehmen, wie ich gehört habe?«

Er versuchte einen Schluck und erschrak. Es schmeckte fast wie eine Mischung aus Flugzeugbenzin und Spiritus. Steinmeier trank normalerweise keinen Tropfen, denn als Reporter, besonders als einer auf dem absteigenden Ast, musste er ständig hellwach sein, was ab einem gewissen Blutalkoholspiegel einfach nicht mehr möglich war. Aber um der Story willen war er sogar zu einer Vergiftung bereit. Immerhin hatte er am Vortag Elli Dorsch besucht, die Steinmeier so eingeschüchtert hatte, dass er den ganzen restlichen Tag bei jedem Geräusch zusammengezuckt war. Diese Stimme … und dieser Christbaum … Steinmeier schüttelte sich unwillkürlich.

»Frierän Sie?« Olga wunderte sich, dass jemandem mit solchen Klamotten kalt sein konnte. Der Mann wirkte, als sei er unterwegs nach Sibirien, und so eisig war das vorweihnachtliche Mindelheim nun wirklich nicht.

»Nein«, schleimte Steinmeier. »Aber Sie als Unternehmerin …« Steinmeier ließ noch einmal kurz die Schweinsäuglein schweifen und streifte die sparsame Einrichtung mit einem funkelnden Blick.

»Untärnehmär? Wär sagt das?«, fragte Olga misstrauisch und schielte mit einem Auge auf den Fernseher. In Kürze würde ihr Krimi beginnen. Bis dahin musste der Fremde wieder verschwunden sein. Aber es sah nicht danach aus, denn der hatte begonnen, seine Jacke aufzuknöpfen. Sie seufzte.

»Ihre nette Auftraggeberin, Frau Dorsch«, beantwortete Steinmeier die Frage. »Die durfte ich vor Kurzem besuchen.«

»Frau Dorsch?« Bei Olga klingelten alle Alarmglocken. Elli Dorsch war ja vieles: gemein, einschüchternd, geizig bis ins Mark, aber nett? Mmh.

»Da war ich wegen einer anderen Geschichte, über den Allgäuer Mittelstand. Sie wissen, Mittelstand?« Steinmeier bereute seine Frage beinahe umgehend, denn Olga sah nicht aus, als wisse sie, wovon er spreche. Egal. Deshalb war er nicht hier. »Die deutsch-russischen Beziehungen«, begann er deshalb noch einmal. »Wie fühlen Sie sich denn so hier in Deutschland? Mussten sie sich arg umstellen? Wie viele deutsche Freunde haben Sie denn? Zählen auch Ihre Auftraggeber dazu?«

Über diese Frage musste Olga erst einmal nachdenken. Und wenn sie nachdenken musste, dann half nur ein anständiges Gläschen Wodka. *»Nasdarovje«*, wiederholte sie deswegen und hob wieder ihr Glas.

Steinmeier erhob das seine auch, wenn auch zögernd.

»Trinkän anständig, sonst grosse Bäleidigung«, sagte Olga resolut und nahm einen tiefen Schluck.

Auch Steinmeier trank. Er fühlte, wie sich der Schnaps seinen Weg durch die Speiseröhre bahnte und sich dann in seinem Magen ausbreitete. Von dort aus schien er Löcher in alle vier Himmelsrichtungen zu fressen.

»Warum so blass, schmeckän Ihnän nicht?«, fragte Olga besorgt? »Nehmän gleich noch mal, ist nur Übung, wissän Sie. Magän muss sich erst dran gewöhnän. Prosst!« Noch ein Schluck.

»Die Arbeitgeber. Die zählen auch dazu.« Steinmeier stieß leise auf. Er hätte vielleicht vorher doch etwas essen sollen. Aber die Mindelburg war so voll gewesen, dass man ihn gebeten hatte, zu warten oder später wiederzukommen. Drum hatte Steinmeier sich gedacht, er würde kurz bei Olga vorbeischauen und sie ein bisschen ausfragen, denn Putzfrauen hörten alles, wirklich alles. Und sie sahen alles, denn niemand kam in einem fremden Haus so mit intimen Dingen in Berührung wie sie, vor allem mit Schmutz und Dreck. Und Steinmeier war definitiv auf der Suche nach Schmutz und Dreck aller Art, den er aufschreiben, verwursten und dann in einem reißerischen Artikel weiterverbreiten konnte. Die Leute wollten nun einmal schlimme Sachen lesen. Gute Nachrichten verkauften sich nicht. Also würde er das Glas im wahrsten Sinne des Wortes austrinken bis zur bitteren Neige, denn er hatte viele Fragen. Er musste einfach wissen, wie es im Haushalt der Frau Rothenfels gewesen war. Hatte sie einen

Liebhaber gehabt? Oder mehrere? Exotische Tiere wie Schlangen oder Vogelspinnen? Ein ausgefallenes Hobby wie Satanismus oder Volksmusik? Könnte er etwas in Erfahrung bringen, das diese doofe Kommissarin nicht wusste? Welch ein Genuss wäre das.

Also war er auf die jetzt wörtlich zu nehmende Schnapsidee gekommen, sich an die Putzfrau zu wenden, die er am Vortag nicht erreicht hatte. Und was sollte die am Sonntagabend schon groß vorhaben? Er musste nur aufpassen, dass diese Sommer …

Für einen kurzen Moment erschien vor seinem geistigen Auge Sissis strenges Gesicht und ein paar Handschellen, aber nach einem weiteren Schluck Wodka war diese Vision verschwunden. Alles ganz einfach. Diese gutmütige Frau vor ihm musste er nur um seinen kleinen, dicken Wurstfinger wickeln und dann ein bisschen aushorchen. Wo war das Problem?

»Wie ist es denn immer so, wenn Sie sauber machen gehen, gerade in wohlhabenden Haushalten, Frau Rimowa? So wie bei den Dorschs oder bei Rothenfels? Sind die normal oder eher ein bisschen sonderbar? Wie fühlen Sie sich da, sprechen Sie mit den Leuten?« Treffer. Unbemerkter Treffer. »Wie kommen Sie mit dem zur Schau gestellten Reichtum zurecht? Glauben Sie, dass so eine Tätigkeit wie die Ihre die deutsch-russischen Beziehungen verändern kann? Ich meine, so was funktioniert ja nicht nur ganz oben, sondern auch ganz …«

Unten, hatte er sagen wollen, aber sich dann eines Besseren besonnen. Die Frau war vielleicht etwas naiv, schien aber nicht auf den Kopf gefallen. Und die würde eine Beleidigung erkennen, wenn sie eine hörte.

»Interässant«, sagte Olga. »Vielä Dingä sehän. Wissän Sie.«

»Ach ja?«, fragte Steinmeier und beugte sich interessiert vor. »Welche Dinge? Und wie wirken die sich auf die deutsch-russischen Beziehungen aus?«

»Ich könntä Ihnen sagän …«, Olga lehnte sich, genau wie Steinmeier, vor. Dann fixierte sie ihn mit ihren dunklen, warmen Augen, wurde aber von der Titelmelodie des »Tatort« abgelenkt. »Nix redän jetzt.« Sie ließ sich ins Polster der Couch zurückfallen. »Jetzt ich sehä Krimi. Dann redän. Oder morgän. Ich arbeitä hart, wissän Sie. Und ich habä värdient Krimi.«

Steinmeier glotzte auf die Mattscheibe und wankte innerlich. Dann entschloss er sich. Es musste ja nicht alles immer so schiefgehen wie im letzten Jahr bei Ilse Scharnagel, der rüstigen Witwe aus Maria Steinbach, als er besoffen auf dem Sofa eingeschlafen war, oder?

»Wenn ich darf … Hätten Sie was dagegen, wenn wir uns den zusammen anschauen? Ich bin ein absolut anständiger Mensch. Sie haben von mir nichts zu befürchten. Und anschließend könnten wir unsere Unterhaltung zu Ende bringen, ja?«

Olga sah ihn prüfend von oben bis unten an. Dann grinste sie. In ihrem Heimatdorf war sie schon mit ganz anderen Dingen konfrontiert worden als mit kleinen, dicken Reportern. Steinmeier könnte sie zur Not ungespitzt in den Boden hauen. Angst hatte sie vor ihm gar keine.

»Dann gutt«, sagte sie entschlossen. »Bleibän. Abär trinkän.«

Steinmeier verkrampfte sich, als sein Glas wieder mit einem leisen Gluckern nachgefüllt wurde, und starrte ängstlich auf die durchsichtige Flüssigkeit. »Na denn, Prost!« Er nahm einen tiefen Schluck. Alles für den Journalismus. Diese Frau musste eine Leber aus Gusseisen besitzen.

Auf der Mattscheibe fiel gerade das erste Opfer tot um.

## Sonntagabend, Mindelheim

»Furchtbar war des heut.« Dieter vermied jeglichen Blick auf den Weihnachtsbaum, von dem er das Gefühl hatte, er würde vielleicht plötzlich anfangen, sich wie verrückt zu drehen, und unter infernalischem Gekreische all den glitzernden Plastikkram abwerfen. Am liebsten hätte Dieter dieses Teil im Kamin entsorgt, aber das brannte ja bestimmt nicht einmal richtig. Die Geschäftsbeziehung mit dem Vögele musste man abstellen. Kostete ein Vermögen.

»Ja, kann man wohl sagen«, antwortete seine Frau und nahm ungerührt einen Schluck von ihrem Rotwein. »Das einzig Angenehme am ganzen Wochenende war gestern dieser Mann von der Zeitung. Der wusste sich wenigstens zu benehmen. Von heute will ich nicht reden. Unangenehm. Peinlich. Aber der Reporter … feiner Mensch. Und so intelligent.«

»Find ich nicht.« Dieter brannte eigentlich etwas ganz anderes auf der Zunge. Ihm war elend zumute über alle Maßen. »Der Reporter war bloß neugierig. Des sind die immer. Sogar die Helga hat ihn rausgeworfen, hat er selber gesagt. Und heut, können wir nicht mal heute schwätzen?«

Elli reagierte gar nicht. Ihrer Meinung nach war alles erledigt.

»Heut Nachmittag w–«

»Schluss jetzt, Dieter!«, unterbrach ihn Elli. »Kein Wort mehr drüber, klar? Ein andermal. Ich brauch diese Ruhe vor dem Sturm, morgen früh geht es wieder los. Weißt du eigentlich, wie viel ich arbeite? Den ganzen Tag? Und dazu muss ich ständig repräsentieren. Ich bin immerhin die Visitenkarte der Firma Dorsch. Oder glaubst du was anderes?« Sie blickte Dieter durchdringend an, der wieder zusammenzuckte. »Gut jetzt. Halt endlich die Klappe.«

Aber Dieter gab nicht auf. »Elli, schau mal …« Er kramte in seiner Jackentasche und zog einen Gegenstand heraus. »Der ist von der ›Kutsche‹.« Er hielt den Schlüssel mit dem Metallschild und der Nummer vier in der Hand. »War heut in unserem Briefkasten.«

»Hä?« Elli wurde für einen Moment blass, fing sich aber sofort wieder.

Beide saßen im schummrig erleuchteten Wohnzimmer auf der straff bespannten Couch, bei der man ständig das Gefühl hatte, sie versuche, einen abzuwerfen. Dieter musste sich Mühe geben, nicht auf den Boden zu rutschen. Im schummrigen Zwielicht ergaben die schlecht ausgeleuchteten Antilopenschädel zusammen mit dem überdimensionalen Weihnachtsbaum ein schauriges Gesamtbild ab. Frank Sinatra sang im Hintergrund etwas von Weihnachten. Er tat sich schwer, denn niemand im Raum war auf Frieden eingestellt.

»Wo kommt der Schlüssel denn her?«, fragte Elli mürrisch und tat, als würde es sie nicht interessieren.

»Die Olga hat angerufen. Vorhin«, sagte Dieter leise. »Hat gemeint, sie hat von dir den Anruf gekriegt, dass du den Schlüssel unbedingt brauchst und sie den vorbeibringen soll. Und dass sie hochgeradelt ist und die Polizei vor der Tür gestanden ist. Die haben ihr geraten, sie soll ihn lieber in den Briefkasten schmeißen. Sie bittet dich, du sollst nicht sauer sein, dass sie ihn dir nicht persönlich gegeben hat wie bestellt. Der Schlüssel ist doch von der ›Kutsche‹, oder?«

»Wie kommst du da drauf? Gib mal her!« Elli riss Dieter den Schlüssel aus der Hand und tat, als würde sie ihn ganz genau betrachten. »Sagt mir gar nichts.«

»Als mir geheiratet ham, da ham mir deine Verwandtschaft in der ›Kutsche‹ untergebracht. Vierundzwanzig Personen. Hat ein Vermögen gekostet. Und ich hab die Schlüssel damals von der Doris abholen lassen, dass mir sie an alle verteilen können. Mir ham ja alle Zimmer vom Wolfi belegt gehabt. Und die Schlüssel ham alle so ausgesehen. Des weiß ich ganz sicher. Deine Cousine hat Nummer sieben gehabt. Sie hat behauptet, des ist ihre Glückszahl.« Dieter bot einen jämmerlichen Anblick, während er das aussprach und immer noch hoffte, dass das Grauen in seinem Kopf durch etwas Harmloses ersetzt werden könnte. Das hier war wie Malen nach Zahlen, ein Feld füllte sich, dann das nächste. Und er war sich ganz sicher: Das fertige Bild würde ihm nicht gefallen.

»Wolfi … ›Kutsche‹ …«, murmelte Elli. »Ich weiß auch nicht, wo der herkommt. Ah! Jetzt erinnere ich mich wieder! Den hab ich neulich gefunden. Hab gedacht, der gehört doch dem Wolfi. Und den hätte ich ihm zurückgegeben. Wird dir wohl aus der Tasche gefallen sein.« Sie sah Dieter gehässig an. »Wirst wohl allmählich vergesslich, oder? Mit wem bist du denn in der ›Kutsche‹ gewesen?«

Elli war eine wahre Meisterin in der Disziplin, an sie gerichtete Vorwürfe in einen Bumerang zu verwandeln. Das funktionierte meistens, nur hatte sie sich dieses Mal verrechnet.

Dieter wurde noch blasser, nur seine braunen Augen glühten. Und Elli war sich nicht sicher, ob das die übliche Unterwürfigkeit oder die erste Andeutung einer Revolte war.

»Hast dich doch gestern beschwert, dass die Olga immer alles verräumt? Schon vergessen? Ich bin mit niemand da gewesen. Du tobst doch wie blöd, wenn ich bloß mal mit dem Wolfi und dem Herbert ins Lörcher will. Ich bin anständig. Des weißt du ganz genau. Und Elli …« Weil ohnehin schon alles egal war, setzte er noch einen drauf. »Ich bin immer so müd. Seit ein paar Monat, weißt. Hast mich ja immer ausgelacht.«

»Ja, weil es auch zum Lachen ist.« Elli musterte ihn mit Adleraugen. Man durfte doch wirklich keinen Moment die Zügel locker lassen. »Du bist nicht müde, nur erschöpft vom Arbeiten. Wenn erst mal ein neuer Schreiner da ist, ein besserer als der Melzer, wird das alles werden.«

»Ich hab heut geschaut, Elli«, wagte Dieter sich aus der Deckung. »Hast mich ja gestern früh wieder zur Apotheke geschickt. Hast gesagt, du brauchst die Schlaftabletten. Aber ich seh dich nie eine nehmen. Und jetzt fehlen schon wieder zwei. Wann hast die genommen?« Er sah Elli fast bittend an. So ungefähr musste es sich anfühlen, wenn man im Treibsand steckte und unterzugehen drohte.

»Muss ich dir beichten, wenn ich Tabletten schlucke?«, kreischte Elli. »Möchtest mich überwachen oder wie? Du spinnst doch komplett. Musst mal auf Kur oder so. Das ist echt unglaublich!«

»Unglaublich. Ja«, flüsterte Dieter. »Des stimmt wirklich. Seit

Monaten bin ich so müd, ich fall ins Bett und schlaf. Und morgens wach ich auf, als hätt mir jemand die Knochen zerhauen. Weißt, und da hab ich 'dacht, ich mach heut ein Experiment.«

Er stand auf und trug sein Gutenachtbier in die Küche. Dann blickte er sich kurz zu Elli um, die ihn entgeistert ansah, und schüttete es in den Abfluss. »Elli, weißt«, Dieter wischte sich den Schweiß von der Stirn, »wenn ich heut Nacht net schlafen kann, des riskier ich. Und wenn ich nie mehr schlafen kann, des riskier ich auch. Jetzt schau mer mal, ob ich wieder ins Bett fall und nix mehr mitkrieg.«

Elli antwortete nicht. Sie war zum ersten Mal in ihrer Ehe sprachlos.

## Sonntagabend, Mindelheim

»Das hättä ich nicht gädacht!« Olga stellte ihr Wodkaglas mit einem Schwung auf den Tisch, dass es schepperte.

Steinmeier, der zwischenzeitlich kurz eingedöst war, schreckte hoch. »Was?«, murmelte er verschlafen.

»Wieso Mördär diesär Mann? Frau värdächtig!« Olga war entrüstet. Außerdem hatte sie gehofft, bezüglich einiger Kraftausdrücke der Kommissare von Steinmeier Auskunft zu erhalten, aber der hatte etwas geistesabwesend gewirkt. Die Deutschen waren zwar liebenswürdig und hilfsbereit, aber trinken konnten die nicht. »Sie midä«, sagte sie. »Sie jetzt gehän. Ich morgän hartär Tag. Vielä Fenstär putzän.«

»Gnädige Frau«, nuschelte Steinmeier. »Entschuldigung. Ich war wohl kurz weggetreten.« Er musterte sein Glas, das gerade noch leer gewesen zu sein schien, zumindest hatte er nicht mehr als einen Fingerbreit von der durchsichtigen Flüssigkeit entdecken können. Jetzt war es wie durch Geisterhand erneut aufgefüllt. Steinmeier richtete sich auf und rieb sich die Augen.

»Russischä Beziehungän«, erinnerte ihn Olga und strahlte. »Morgän ich hartär Tag. Schnell noch fragän, dann gehän. *Nasdarovje.*« Sie forderte Steinmeier mit einem Augenblinzeln zum Schlucken auf.

»Na denn«, näselte der und nippte vorsichtig an der Flüssigkeit. Schmeckte schon gar nicht mehr so sehr wie Kerosin. Eher … weich und angenehm. »Wo war ich denn stehen geblieben?«, fragte Steinmeier. Er hatte wahrlich Mühe, die Augen aufzuhalten.

»Arbeit«, sagte Olga. »Sie glaubän, ich bei reichän Leutän gut für Beziehungän, sagän Sie.«

»Ach ja«, stammelte Steinmeier. »Diese Frau Rosenwels.« Irgendwie hatte er den Faden verloren. Der war vermutlich weggeschwommen, in ungefähr vierhundert Milliliter reinsten russischen Wodkas, und jetzt unterwegs ins Mittelmeer. Oder in den Aralsee. Steinmeier musste grinsen.

»Frau Rothänfels? Reichä totä Damä?« Jetzt wurde Olga misstrauisch. Für eine kurze Zeit hatte sie sich beinahe so etwas wie gefreut, Gesellschaft zu haben, denn sie war viel allein. Und man lernte am besten eine fremde, sehr schwierige Sprache, wenn man mit den Einheimischen redete. Aber dieser Steinmeier sprach nicht viel. Dabei hatte er behauptet, er sei Reporter. »Wieso Sie wollän wissän?«

»Weiß ich nicht mehr«, stammelte er. »Ich hab's vergessen.«

»Dann wohl bessär gehän. Sie habän gesehän Krimi. Ich habä Ihnän angebotän bestän Wodka. Ist gutt für Värständigung«, beharrte Olga resolut.

»Denkichauch«, nuschelte Steinmeier und wankte durch die finstere Diele zur Wohnungstür. Ausgänge fand er mittlerweile nach Jahrzehnten als unbeliebter Gast von ganz allein.

»Gutä Nacht.« Olga schob ihn vor die Tür und schloss sie geräuschlos. Sie wollte niemanden wecken. Immerhin wohnten noch andere Menschen in diesem Haus. Dann ging sie ohne einen weiteren Gedanken an Steinmeier zum Zähneputzen.

»Oh weia.« Steinmeier stand draußen und starrte in den Himmel. Vereinzelt fielen Schneeflocken. Eine traf ihn genau auf die Nase, und er versuchte, sie abzulecken. Seine Zunge war zu kurz. »Wo ist denn bloß mein Auto?«

In dieser Nacht, als der geheimnisvolle Mond nur gelegentlich hinter einer Wolke hervorschaute und alte und neue Plätze der hübschen Kleinstadt in sein eisiges Licht tauchte, schliefen nicht alle den Schlaf der Gerechten.

Oben auf der Mindelburg leuchtete gespenstisch die Silhouette des Brunnens und warf einen langen Schatten in den Hof. Die Schwabenwiese lag geisterhaft still neben der Mindel, und das Rascheln der umliegenden Bäume hörte sich für nervöse Gemüter vielleicht an wie Rauschen und Wispern. In der Maximilianstraße war die Weihnachtsbeleuchtung ausgegangen. Nur der Marienbrunnen strahlte noch im Licht. Kein Mensch war auf der Straße unterwegs.

Der Mond beleuchtete sie alle: die hingeduckten Häuser an der Stadtmauer, die kleinen Innengärten mit den Komposttonnen und den Hollywoodschaukeln, den jetzt verlassenen Kinderspielplatz am Hungerturm, auf dem sich eine Schaukel wie von unsichtbarer Hand angestoßen bewegte. Und Robert Steinmeier, der mit weinerlich verzogenem Gesicht in Richtung Krankenhaus schwankte.

Er sah sich nach allen Seiten um und fand: nichts. Darum tappte er einfach drauflos. Und weil Gott mit den Narren und Betrunkenen dieser Welt ist, entdeckte er seinen Wagen tatsächlich einige hundert Meter weiter vorn auf dem jetzt leeren Parkplatz des Landratsamts Unterallgäu. Er hatte ihn dort abgestellt für den Fall, dass die beiden Kommissare vom K1 zufällig bei Olga vorbeischauen würden. Nur zur Sicherheit.

Den Autoschlüssel fieselte er relativ schnell aus seiner Jackentasche. Mit dem Zündschloss war es schon schwieriger, aber nach einigen peinlichen Minuten konnte er endlich den Wagen starten und rollte im ersten Gang auf die Straße. Er kam ziemlich genau hundert Meter weit.

»Guten Abend«, sagte eine sonore Stimme, und ein Polizist öffnete die Fahrertür. »Alkoholkontrolle. Führerschein und Fahrzeugschein bitte.«

Es war genau in diesem Augenblick, dass Elli widerwillig selbst eine Schlaftablette schluckte, um dem traurig-fragenden Blick ihres Mannes zu entkommen.

Im gleichen Moment haute Wolfang Haug vor Wut mit der geballten Faust auf die Theke und schrie zum Erstaunen etlicher Gäste der »Wunder-Bar« grundlos seinen Barkeeper an. Er hatte nämlich Sorgen.

Helga saß auf ihrem pinkfarbenen Sofa, in der einen Hand ein Glas Gin Tonic, in der anderen eine Zigarette, und betrachtete schluchzend, wenn auch etwas verschwommen, ein holzgerahmtes Foto in ihrem Schoß. Zwei junge blonde Frauen hielten einander umarmt und lachten strahlend in die Kamera. Sie sahen glücklich aus.

Sissi wurde kurz wach, als Peter das Schlafzimmer betrat und über einen ihrer Hausschuhe stolperte. Dann schlief sie sofort wieder ein.

Lydia und ihr Mann hingegen schlummerten, nach einer

abendfüllenden Debatte über die Kluft zwischen Bürgerpflicht und freundschaftlicher Loyalität, eng in ihre Decken eingewickelt tief und fest vor sich hin so wie in all den Jahrzehnten zuvor.

In Legau lauschte Christa Tonis regelmäßigen Atemzügen und weinte sich in einen unruhigen, von Alpträumen geprägten Schlaf.

Steinmeier wurde von zwei höflichen Beamten zu einem Streifenwagen geleitet. Kurze Zeit später gab er eine Blutprobe und seinen Führerschein ab. Leider war auf dem Revier niemand an seiner Recherche bezüglich der deutsch-russischen Beziehungen und dem signifikanten Zusammenhang mit Wodka interessiert.

Und der Mond wanderte weiter.

## Montagmorgen, Mindelheim

»Gutän Morgän!« Olga stand in der Tür der Villa in frisch geputzten Gummistiefeln, über deren Rand wieder die roten Kniestrümpfe ragten, und strahlte Lydia an. Kundin Nummer eins besuchte sie besonders gern, denn seit dem Tag bei Aldi im Gewerbegebiet von Mindelheim, als Lydia König ihre erste Auftraggeberin geworden war, freute sie sich stets die ganze Woche auf diesen Termin. Sie war so gern bei Lydia, denn die hatte immer ein gutes Wort und einen Cappuccino für sie, gab anständig Trinkgeld und packte auch selbst jedes Mal mit an. Olga wünschte sich mehr Kunden wie diese. Den merkwürdigen Besuch vom Sonntagabend hatte sie schon wieder vergessen.

»Hallo, Frau Rimowa. Pünktlich wie immer«, sagte Lydia lächelnd und ging voraus in die elegante Küche im Landhausstil mit dem Herdblock in der Mitte, über dem allerlei blitzendes Gerät hing.

Olga tappte hinter ihr her und nahm sich im Laufen die Pelzmütze vom Kopf, in der einzelne Schneeflocken sich gerade auflösten. »Sie so saubär, gnädigä Frau. Sie brauchän niemand zum Putzän.« Olga schaute sich wie jedes Mal ehrfürchtig in der blitzblanken Küche um.

»Frau Rimowa, wo Sie recht haben, haben Sie recht«, antwortete Lydia und winkte ihr, sich mit ihr an den Eichentisch unter dem weiß gerahmten Fenster zu setzen, das einen Blick auf den gepflegten Garten mit der weiträumigen Terrasse freigab. »Aber mein Mann will es so. Als Arzt kann er sich angeblich nicht erlauben, dass seine Frau selbst putzt. Das könnt ja jemand sehen.« Sie verzog das Gesicht.

Lydia war in einem kleinbürgerlichen Haushalt aufgewachsen und beizeiten mit allen Pflichten des Lebens vertraut gemacht worden. So ganz zu Hause fühlte sie sich nach Jahrzehnten immer noch nicht in ihrer Rolle, denn sie packte lieber selbst an, als es anderen zu überlassen. Wer ihre Unterhaltungen mit ihrem Mann mitangehört hatte und jetzt diese völlig verwandelte freundliche und warmherzige Frau betrachtete, die Olga gegenübersaß, hätte geglaubt, es handele sich um zwei verschiedene Menschen.

»Heute wie immär und Fenstär?«, fragte Olga. »Habä schwerä Wochä gehabt, wissän Sie. Und war Samstag bei Familiä Dorsch.«

Lydia schüttelte mitleidig wissend den Kopf. Sie hatte den größten Respekt vor allen, die ihr Geld mit solch harter Arbeit verdienten. Und die Arbeit bei Elli konnte nur anstrengend sein.

»Frau näbenan tott«, sagte Olga leise. Außer ihrer Freundin in Bad Wörishofen hatte sie nicht allzu viele Bekannte in Deutschland, und der fülligen Lydia mit den seelenvollen Augen und dem goldenen Herzen konnte sie sich vielleicht anvertrauen, denn ein Gespräch nach Russland war zu teuer.

»Tot? Ach ja, Sie meinen bestimmt die Geschichte mit den Rothenfels-Schwestern«, wiederholte Lydia. Vielleicht würde sie Olga bitten, ihr Russisch beizubringen. Wäre doch mal was. Und die gute Frau könnte sich was dazuverdienen. »Jaja, Olga, die Frau Rothenfels ist leider tot.«

»Armä Frau«, murmelte Olga. »Reichä armä Frau. In Wohnung. Ganz allain. Gleich drübän!« Sie deutete nach rechts, und Lydia folgte automatisch ihrer Handbewegung. »Alles wäg. Einbrechär kommän und tötten Frau. Nix gut. Und das in Deutschäland!«

Wenngleich Olga auch in einem Umfeld von Kriminalität und latenter Gewalt großgeworden war, hatte sie doch gehofft, in ihrer neuen Heimat in einer Oase des Friedens gelandet zu sein, und war durch die Geschichte mit Frau Rothenfels unsanft auf den Boden der Tatsachen zurückgeholt worden. Dieser Vorfall belastete die deutsch-russischen Beziehungen in ihrer Seele über alle Maßen. Denn wenn sie hier in den eigenen vier Wänden schon niedergeknüppelt werden konnte, dann hätte sie auch in Kasachstan bleiben können, dachte sie.

Außerdem wohnten die Königs nicht allzu weit entfernt von der Rothenfels-Villa. Was, wenn der oder die Täter wiederkamen? Irgendwann würden Olga dann die Kunden ausgehen, und sie hatte sich daran gewöhnt, den Luxus wenigstens zu bestaunen, wenn sie ihn schon nicht besitzen konnte. Und demnächst … so bald wie möglich würde sie sich einmal in den Whirlpool dieser schrecklichen kleinen Frau mit der unangenehmen Stimme setzen. In der Villa weiter vorn. Wo die Frau mit dem unglücklichen dünnen Mann wohnte. Wenn sie allein war. Darauf freute sie sich schon seit Monaten. Nur war bisher keine Gelegenheit dazu gewesen, denn Elli Dorsch passte auf wie ein Schießhund.

»Gell, die Frau Rothenfels war auch eine Kundin von Ihnen, die habe ich Ihnen ja besorgt?«, hakte Lydia nach.

Sie war neugierig geworden. Mindelheim war eine idyllische Kleinstadt und nicht Berlin oder Moskau. Es gab etliche Sehenswürdigkeiten, viele Feste und gesellschaftliche Umtriebe, aber so gut wie keine Kriminalität. Vielleicht könnte sie auch, anstatt Russisch von der armen Olga zu lernen, einen Krimi schreiben. Genug Stoff gab es mittlerweile dafür. Dann hätte sie endlich wieder was zu tun. Sie beugte sich über den Tisch. »Können Sie noch mehr erzählen? Ich weiß nämlich auch was Neues.«

Olga fing an zu reden. Lydia hörte aufmerksam zu und wurde immer blasser. Zusammen mit der Geschichte vom Samstag im Burghof war das alles mehr als merkwürdig.

»Da reden wir später noch mal drüber. Jetzt machen wir erst einmal die Fenster«, sagte Lydia dann resolut, als Olga geendet hatte. »Nachher kommt die Firma Dorsch zum Ausmessen. Da möchte ich alles sauber haben. Und sie kümmern sich um den Wintergarten. Ich werde Ihnen auch wieder eine neue Kundin bringen. Machen Sie sich keine Gedanken, Olga. Sie kommen zurecht. Dafür werde ich sorgen.«

Als Olga Lydia in die braunen Augen sah, wurde ihr warm ums Herz.

## Montagmorgen, Memmingen

»Na, Hans, was hast du alles für mich?« Sissi stand vor Dollinger und strahlte ihn an. »Klaus hat doch gestern noch was von mir reingebracht, oder? Ist die Auswertung der Fasern schon da? Der Vergleich der Fingerabdrücke? Die Funkzellenabfrage? Weißt du, die Zeit drängt wirklich. Ist mir egal, ob sie mosern im Labor. Muss sein. Mach das bitte möglich. Und sie sollen unbedingt die Daten mit denen, die sie schon haben, abgleichen. Ich brauche es nur noch schriftlich.«

Dollinger rieb sich müde die Augen. Jetzt sah er auf Sissi, die vor ihm stand wie eine Sommerbrise und ihn anlächelte.

»Herrgott, kannst du schnell reden, wenn's drauf ankommt. Ja, Vollmer war da und hat die Sachen abgegeben. Ich ruf gleich an und frag nach. Aber erst amal: Guten Morgen, Sissi«, sagte er dann ungerührt.

Heute war er wieder der Erste im Büro gewesen und gedachte als Letzter zu verschwinden. Weihnachten würde auch irgendwie vorbeigehen. So wie alles. »Na dann.« Er holte von dem Ablagekörbchen auf seinem Schreibtisch einen Packen Papier. »Du magst es ja lieber immer ausgedruckt, drum hab ich es gleich gemacht. Kannst dir raussuchen, was wichtig ist.«

Sissi nickte und nahm die Blätter, als auch schon Klaus das Büro betrat. Er wirkte ausgeschlafen. »Müssen wir gleich los?«, fragte er, ehe er seine Jacke an den Haken hängte. »Ich wünschte, wir hätten auch so eine Vorzimmerdame wie der Chef von James Bond. Das würde mir das Betreten dieses Büros erheblich erleichtern.«

»Du siehst zu viel fern.« Sissi hörte gar nicht hin und studierte die Ausdrucke von Dollinger, während sie sich setzte. »So. Als ob ich es nicht geahnt hätte. Dieter Dorsch war in erster Ehe mit Andrea Dorsch, geborene Kreuzer verheiratet. Bei der Scheidung wurde das gemeinsam erwirtschaftete Vermögen aufgeteilt. Die erste Frau Dorsch hat ihre Anteile an der GmbH zum Kauf freigestellt, und ihr Mann musste sich ziemlich verschulden, um sie übernehmen zu können. Seine neue Frau brachte nichts mit in die Ehe außer ihrem gewinnenden Lächeln und ein paar zupackenden Händen, stimmt's, Klaus?«

Sie schielte zu Klaus, der wenig begeistert dreinschaute. »Klaus ist gestern begrapscht worden, Hans«, plauderte Sissi aus. »Von einer Dame.«

»Und wo ist des Problem?«, fragte Dollinger entgeistert, den schon ewig niemand mehr begrapscht hatte. Außer an seinem Portemonnaie war bei ihm zu Hause niemand wirklich an ihm interessiert. Dabei hatte er einige begrapschenswerte Rundungen zu bieten, wie zum Beispiel diese »Stauung am mittleren Ring«, wie seine Schwiegermutter immer halb scherzhaft bemerkte.

»Ach lass mich, Hans«, winkte Klaus missmutig ab. »Verstehst du nicht.«

»Unser Kollege wirkt einfach auf Jung und Alt«, sagte Sissi. »Er hat eine solch animalische Ausstrahlung, dass eine unserer Befragten beinahe über ihn hergefallen wäre.« Dann las sie weiter. »Die finanzielle Lage dürfte bei den Dorschs durchaus angespannt sein, wenn ich diese Zahlen richtig interpretiere. Und die Dame des Hauses ist behängt wie ein Christbaum. Brrr … da fällt mir dieses Ungetüm wieder ein.«

»Sag amal, Sissi«, fragte Dollinger neugierig. »Wieso widmest du diesem Dorsch denn so viel Aufmerksamkeit? Der ist doch bloß der Chef von dem Unternehmen.«

»Ach, weißt du, Hans, du kennst mich doch«, sagte Sissi lächelnd. »Ich denke immer vom Ende her. Erst sammle ich Informationen wie ein Eichhörnchen, dann breite ich sie alle aus, gehe jeder noch so kleinen Spur nach, und wenn ich ein schlüssiges Bild habe, bilde ich mir ein Urteil. Klappt immer.«

Sissi legte den Kopf in den Nacken und gähnte ausgiebig. »Der Dorsch gehört zum Rand meines Bildes, weil ich denke, wir sind da etwas Größerem auf der Spur. Und ich will wissen, ob er dran beteiligt sein könnte. Geld scheint er ja zu brauchen. Seine Frau trägt nur das Teuerste. Allein die Rubinohrringe, die sie neulich an den Ohren hatte, sind ein Vermögen wert. Das kostet. Und er sieht nicht aus, als könne er ihr einen Wunsch abschlagen. Im Grunde weiß ich schon eine ganze Menge. Ich habe viele Fakten, ich muss sie nur noch richtig zusammensetzen.«

»Weißt eine Menge. Kann man wohl sagen«, bestätigte Dollinger wohlwollend und ärgerte sich zum hundertsten Male, dass ihm seinerzeit keine solch adrette und tüchtige junge Frau über den Weg gelaufen war. Die hätte er vom Fleck weg geheiratet.

»Hast du auch die Vorstrafenregister von Helmut Zimmermann und Toni Melzer dabei?« Sissi wühlte in den Unterlagen.

»Ah, da haben wir es ja. Mmh … einiges weiß ich ja schon vom Dorfklatsch. Obwohl von irgendwelchen Verurteilungen nie was bekannt geworden ist. Der Zimmermann hat ja auch eine beachtliche Akte.« Sissi wedelte mit ein paar Papieren Klaus vor der Nase herum. »Und jetzt gehe ich mal ein Stockwerk weiter zum Einbruchsdezernat. Mich interessiert da was brennend.«

»Weißt ja, wo du mich findest.« Klaus starrte abwesend in seinen Computer.

»Was machst du denn da?«, fragte Sissi neugierig und schielte Klaus über die Schulter.

»Schau mal, was ich entdeckt habe. Das ist die Seite eines Immobilienanbieters. Unglaublich, oder?«

»Die hat ja keine Zeit verloren. Und sieh mal: Die Fotos sind im Sommer aufgenommen worden, also schon älter. Offensichtlich ist sie schon länger mit dem Verkauf des Hauses beschäftigt. Der Makler war am Samstag auch bei ihr. Mann, die muss es nötig haben.«

Auf dem Bildschirm sah man Bilder der Rothenfels-Villa. Kletterrosen rankten sich um das Erkerfenster, Sonnenlicht spiegelte sich in einer Scheibe im Erdgeschoss. Ein Idyll wie aus dem Bilderbuch.

»Das glaub ich nicht.« Sissi betrachtete erstaunt das Computerdisplay. »Die Schwester ist genau zwei Tage tot, und sie bietet schon das Haus an. Sind auch Fotos vom ersten Stock drin?«

Klaus schüttelte den Kopf. »›Bilder auf Nachfrage‹, steht da. Ich wollte nur nachsehen, wie der Wohnungsmarkt in Mindelheim derzeit ist«, sagte Klaus. »Und da stoße ich auf diese Anzeige. War ganz vorn.«

In diesem Moment klingelte das Telefon. Dollinger ging ran. Er sprach eine Weile und machte sich Notizen. »Das ging besser, als ich dachte«, strahlte er und stellte sich zu Klaus und Sissi.

»Sag mal, wechselst du auch gelegentlich deine Wäsche, Hans?« Klaus zupfte an Dollingers kariertem Flanellhemd mit den Lederflicken an den Ellbogen. »Das steht doch schon von allein, oder?«

Dollinger nickte betreten. »Ich weiß, tut mir leid, bin grad net viel daheim. Und bald ist Weihnachten.« Er sah unglücklich drein, denn er freute sich nicht wie alle anderen auf Heiligabend. »Rat amal, mit wem ich gesprochen hab?«, fragte er dann.

Sissi lächelte ihn entschuldigend an. »Mach's kurz, Kollege, wir müssen gleich raus, sobald ich wieder unten bin.«

»Das war der Dr. Lindemann, Vermögensverwalter von den Rothenfels-Schwestern. Ihr könnt nachher gleich rüberfahren. Der wartet auf euch.«

»Da schau her«, sagte Sissi. »Passt ja prima. Wird ein bisschen eng heute, aber das kriegen wir hin.«

»Vollmer?« Klaus nahm den Hörer ab, denn sein Telefon auf dem Schreibtisch hatte geläutet. »Oho«, sagte er gedehnt und sah Sissi bedeutungsvoll an. »Das ist erstaunlich. Danke. Das hilft uns wirklich weiter.« Er legte auf und drehte sich auf seinem Stuhl um. »Sissi, du glaubst es nicht, die Auswertung der Fingerabdrücke ist schon da. Die Faserspuren brauchen noch ein wenig. Sie verlangen übrigens einen Kuchen für die Show-Einlage, wie sie sagen.« Er grinste. »Fax kommt sofort. Was den Rothenfels-Fall betrifft, müssen wir auf die Funkzellenabfrage warten. Kann aber nicht mehr lange dauern.«

»Danke, Klaus«, antwortete Sissi. »Dieser Fall Rothenfels … macht mich ein klein wenig betroffen. Ich bin sicher, es geht wieder mal um Geld. Wenn es doch nicht immer Geld wäre.«

Klaus widersprach. »Sei gerecht, wir haben auch Morde aus anderen niederen Beweggründen: Eifersucht, enttäuschte Liebe, Rachsucht. Aber hast recht, ein paar Wildererfälle wären mal nicht übel. Jetzt bin ich im Allgäu und bearbeite die gleichen Delikte wie in der Großstadt. Mal einen anständigen Wildschütz verhaften, der mit geschwärztem Gesicht durch die Wälder schleicht und Rehe abknallt, das wäre was. Oder wenigstens eine Verfolgungsjagd mit quietschenden Reifen.«

»Hättest dich halt umschulen lassen sollen«, meinte Dollinger schmunzelnd. »Wärst bestimmt ein fescher Jäger gewesen. Aber ohne dein Navi kommst du ja nirgendwohin. Von wegen Wald. Von wegen Verfolgungsjagd.« Er lachte schallend.

»Leute, ich bin bald wieder da«, sagte Sissi.

»Wart mal!«, rief Dollinger. »Ich hab noch was für dich! Hier! Der Abgleich der Fingerabdrücke wie versprochen.« Er reichte Sissi einen Bogen aus dem Faxgerät.

»Na so was, Kollege, guck dir das mal an.« Sie gab das Papier Klaus.

»Ich bin verblüfft«, murmelte er. »Und du bist mir manchmal unheimlich.«

»Nein, nur eine Menschenkennerin.« Sissi wirkte bedrückt. »Aber wir warten die Faserprobe ab. Ich will ganz sichergehen.«

»Sissi, ich ruf dich an, sobald was durch ist«, sagte Dollinger. »Bist die Erste, die was erfährt.«

»Ach, Hans«, seufzte Sissi. »Ohne dich könnten wir nicht halb so effizient arbeiten. Ehrlich. Hast Großartiges geleistet in den letzten Tagen.«

Dollinger strahlte. »Wenigstens jemand, der des so sieht«, brummelte er und vergrub sich in seine Akten, um seine Rührung zu verbergen.

»So, Klaus. Heute fahren wir zum Notar, zur Firma Dorsch und noch kurz bei der Rothenfels-Villa vorbei. Außerdem haben wir noch eine Verabredung im Mindelheimer Krankenhaus. Wenn ich zurück bin, geht's sofort los.« Sie reichte ihm die Unterlagen.

»Verdammt.« Klaus studierte die Auswertung der Fingerabdrücke. »Man lernt doch nie aus, oder?«

»Eigentlich passt alles zusammen wie die Faust aufs Auge.« Sissi verschwand mit einem Lächeln. Klaus und Dollinger blickten ihr entgeistert nach.

## Montagvormittag, Mindelheim

»Olga, machen wir erst mal die Fenster im Wintergarten.« Lydia König richtete sich mit knackenden Gelenken auf. Der Spaziergang zur Mindelburg heute Morgen hatte nicht viel genützt. Sie fühlte sich immer noch … na ja, etwas zu dick. Aber das würde noch werden. Und sie würde den Kurt mitschleifen bis zum bitteren Ende.

Des hätt ich mir in die Eheringe eingravieren lassen sollen, dachte Lydia. *Bis zum bitteren Ende.* Und dabei waren wir beide mal so fesch.

»Ist rächt, gnädigä Frau.« Olga schleppte eifrig die Alu-Trittleiter in den geräumigen Wintergarten der Villa. In der gleichen Sekunde klingelte es an der Tür.

»Mist«, sagte Lydia. »Olga, seien Sie doch so nett und fangen Sie schon mal an. Ich hab die Handwerker vergessen, die wollen das Zimmer ausmessen. Ich komm dann nach und helf Ihnen.«

»Schon gutt«, rief Olga, die schon den Lappen in der Hand hatte und die erste von gefühlten fünfhundert Scheiben abwischte. Es würde ein langer Tag werden. Und die Sonne schien direkt auf die Fenster. Was »nix gutt« war, laut Olgas Meinung. Auch in Deutschland verdiente man sein Geld nicht im Schlaf.

Wieso lass ich mich nur immer breitschlagen, dachte Lydia und öffnete entnervt die Tür. Wieder Dreck im Haus. Kosten tut es auch eine Menge. Ein Kompromiss nach dem anderen.

Zwei Männer standen draußen, beide mit dunkelblauen Jacken und hochgezogenen Kapuzen.

»Morgen, Lydia«, strahlte Dieter. Er war vom lieben Gott wahrlich nicht mit Attraktivität bedacht worden, aber wenn er seinen Mund zu einem Lächeln verzog, war es, als ginge die Sonne auf, so viel Warmherzigkeit, Güte und Freundlichkeit lagen darin. Lydia dachte oft darüber nach, weshalb Dieter trotz seiner herzlichen Ausstrahlung so bescheuert gewesen war und einen Drachen wie Elli geheiratet hatte. Aber Dieter sah heute irgendwie anders aus. Noch trauriger. Er tat Lydia leid.

Neben ihm stand ein äußerst attraktiver Mann und lächelte breit. »Ich bin der Toni, grüß Gott.« Er streckte seine Hand in Lydias Richtung, die diese ignorierte.

»Toni, wer?«, fragte sie.

»Toni Melzer, gnädige Frau.« Er ließ die ausgestreckte Hand verdattert sinken.

»Lydia, das ist mein Gesell, der Toni«, sagte Dieter. »Guter Schreiner. Du weißt ja, bei so schwierigen räumlichen Verhältnissen sind mir oft zu zweit, weil ich mich sonst vielleicht vertue.«

»Auch gut«, murmelte Lydia. »Hätt ich auch selber können, weißt. Und des Zimmer ... Ich brauch eigentlich keinen Raum zum Umziehen. So viel Gewand hab ich nicht.«

»Ja, aber wenn er fertig ist, kannst Kleider einkaufen.« Dieter strahlte. »Und kriegst einen guten Preis von mir. Ist doch klar.«

»Ich kapier schon, wie's funktioniert«, brummte Lydia. »Und du lasst deine Zähne beim Kurti richten. Weißt schon, dass du in Tschechien viel weniger zahlen tätest?«

Dieter sah sie verdutzt an. Lydia war manchmal wirklich merkwürdig.

»Jetzt gehen wir erst mal in den ersten Stock«, meinte Lydia. »Dann reden mir noch mal.«

In diesem Moment kam Olga mit einem Eimer voll schmutzig braunen Wassers durch den Eingangsbereich auf dem Weg in die Küche, um frisches Wasser zu holen. Sie entdeckte Dieter und Toni und stutzte kurz. Dann lief sie weiter.

»Stören mir grad?«, fragte Dieter.

»Bin bloß am Fensterputzen«, antwortete Lydia knurrig. »Hab immer was zu tun.«

»Aber ihr habt ja ... Des ist die Frau ...« Dieter fasste sich an den Kopf. »Kann mir die Namen einfach nicht merken. Die kommt doch zu uns auch, oder? Wieso grüßt die nicht?«

»Nix gegen die Olga«, sagte Lydia. »Vielleicht hat sie es einfach bloß übersehen. Geh mer jetzt?«

Dann stiegen sie die Eichenholztreppe in den ersten Stock, während Toni bei jedem Schritt andächtig seine Blicke schweifen ließ und aus seiner Begeisterung kein Hehl machte.

Lydia beobachtete ihn misstrauisch und wandte sich dann an Dieter. »Hab einen von deinen Leuten gefunden«, sagte sie. »Ist im Brunnen gelegen in der Mindelburg. Hab gar nicht gewusst, dass die Elli erlaubt, dass deine Leut so viel saufen? Der schafft doch bei euch, oder? Hat eine blaue Jacke angehabt. Und wo sie ihn rausgelupft ham aus dem Brunnen, hab ich das Logo erkannt.«

Dieter stockte einen Moment. »Ja, Katastrophe, muss ich den anderen heute noch sagen, dass der Helmut verunglückt ist am Freitag. Der fehlt uns. Im Januar geht's ja wieder weiter.«

»Verunglückt?« Lydia sah Dieter groß an, während sie auf der Empore zu dem Zimmer schritten, das Kurt zur zukünftigen Ankleide bestimmt hatte. »Der hat ein Messer oder was anderes ins Kreuz gekriegt. Was war denn da los? Unter einem Unfall stell ich mir was anderes vor.«

»Wissen mir auch nicht, was da passiert ist«, sagte Dieter unglücklich. »Der Ärger hört nicht auf. Die Dani steht schon wieder vor der Tür mit ihrem blöden Schild, und die Elli ist auf hundertachtzig. Seit gestern eigentlich schon.« Den wahren Grund verschwieg er tunlichst. »Die Kripo war da und fragt umeinander. Ich hab noch kein einziges Weihnachtsgeschenk. Und einen Haufen Arbeit ham mir auch, gell, Toni?«

Toni, der sich an der Unterhaltung mit keinem Wort beteiligt hatte, obwohl ihn am Vorabend die Kripo befragt hatte, musterte nur begeistert weiter Haus und Einrichtung.

Lydia mochte ihn immer weniger.

## Montagvormittag, Mindelheim

»Ehrlich nett, ich muss es wieder sagen«, murmelte Klaus, während sie durch Schneegestöber die Bahnhofstraße entlangfuhren. »Ich glaube, ich zieh hierher.«

»Na denn«, lachte Sissi. »Parke bitte gleich dort, wir sind schon da. Vielleicht erfahren wir noch etwas Relevantes.« Sie gingen auf ein großes Gebäude zu. »Notariat Dr. Lindemann«, stand da auf einem großen Messingschild.

Im Empfangsraum wurden sie von einer üppigen Dunkelhaarigen in einem eng anliegenden Kostüm begrüßt, die gerade Tannenzweige in einer silbernen Vase neu arrangierte. »Kommen Sie doch herein. Man erwartet Sie schon.« Sie schenkte Klaus ein bezauberndes Lächeln. »Bestimmt sind Sie die Herrschaften von der Kripo, oder? Soll ich Kaffee bringen?«

Die beiden lehnten dankend ab und betraten das Sprechzimmer des Notars durch eine dick mit Leder gepolsterte Tür. Lindemann war ein großer, schlanker Mann mit schneeweißem Bürstenschnitt und einem gestutzten Vollbart, über dem wache blaue Augen funkelten. Sissi schätzte ihn auf Ende sechzig. Er trug einen tadellos sitzenden Anzug im Gegenwert eines guten Gebrauchtwagens und empfing sie mit einer einladenden Handbewegung.

»Sommer und Vollmer von der Kripo in Memmingen, guten Tag, Herr Dr. Lindemann«, sagte Sissi.

Sie wurde mit einem formvollendeten Handkuss begrüßt. »Welch eine Augenweide«, strahlte Lindemann. »So beginnt mein vorletzter Arbeitstag schon ganz anders. Ich freue mich, Sie empfangen zu dürfen, junge Frau. Und natürlich Ihren Kollegen. Hat man Ihnen etwas zu trinken angeboten? Dass ich das bei Ihnen nicht mache, verstehen Sie schon?«, wandte er sich mit einem Zwinkern zu Klaus.

Dieser nickte amüsiert. »Danke, wir möchten nichts. Können wir gleich zur Sache kommen?«, fragte er und nahm zusammen mit Sissi Platz auf zwei dick gepolsterten dunkelbraunen Lederstühlen.

Sissi sah sich in dem distinguierten Sprechzimmer um. Deckenhohe Mahagoniregale, gefüllt mit ledergebundenen Büchern, bedeckten jeden Quadratzentimeter Wand. Auf dem geschnitzten Schreibtisch verbreitete eine eingeschaltete Lampe aus buntem Glas warmes Licht. Alles hier atmete Tradition und Solidität.

»Gefällt Ihnen, was Sie sehen?«, schmunzelte Lindemann, der Sissi beobachtet hatte.

»Sehr«, antwortete diese. »Ich wundere mich nur, dass Sie noch keinen Besuch vom neuen Shootingstar der Innenarchitekten-Szene bekommen haben: Herrn Vögele. Wir durften im Rahmen unserer Ermittlungen ein paar Wohnungen bewundern, die er … nun ja … verschönert hat.« Sie grinste breit.

Lindemann auch. »Ach ja, der Vögele. Raffinierter Bursche«, sagte er dann. »Hat es richtig angestellt. Ein paar gestreute Halbwahrheiten über seine Bekanntschaften mit Promis, affektiertes Verhalten und eine nicht zu überbietende Arroganz gegenüber allem Althergebrachten. Das hat ihm viele Kunden eingebracht. Und wenn einer von denen sich den Vögele leistet, meinen die anderen, sie müssten nachziehen. Ich hatte damals ein langes Gespräch mit Helga und Monika, weil er nämlich für seine Dienstleistung«, Lindemann machte eine wohldosierte Pause, »ein horrendes Honorar verlangte, aber sie ließen es sich nicht ausreden. Das Ergebnis haben Sie ja gesehen.«

»Womit wir schon beim Thema wären«, sagte Sissi. »Sie sind der Vermögensverwalter der beiden Damen.«

»Ich kannte sogar schon deren Vater. Die beiden Schwestern waren jung und äußerst begehrt. Etwas umtriebig, aber durchaus auch wählerisch. Ich kenne sie schon mein ganzes Leben lang. Bis zu dieser unseligen Geschichte.« Er seufzte. »Aber diesen unversöhnlichen Groll der beiden aufeinander, den habe ich nie verstanden.«

»Weil Sie keine Frau sind, Herr Doktor.« Sissi lächelte entwaffnend. »Es sind schon Kriege wegen weniger angefangen worden. Lassen Sie uns doch mal zu den Vermögensverhältnissen kommen. Wie sieht es denn da aus?«

»Wenn Sie möchten, mache ich Ihnen gern eine Aufstellung«,

bot Lindemann an. »Was Sie aber bestimmt interessieren wird, ist, dass Monika mit einer Einlage von fünfhunderttausend Euro an einem Lokal in Mindelheim als stille Teilhaberin beteiligt war.«

»Wow«, entfuhr es Klaus.

»Den Vertrag habe ich selbst aufgesetzt«, sagte Lindemann. »Ich wollte es ihr damals ausreden, aber sie hörte nicht auf mich. Und jetzt hätte sie das Geld wirklich gebrauchen können. Sie wollte es sich auch zurückholen.«

»Ist ja spannend«, hakte Sissi nach. »Welches Lokal meinen Sie denn?«

»Na, die ›Kutsche‹ in Mindelheim«, antwortete Lindemann. »Ich will Ihnen nichts Falsches sagen. Genau weiß ich nicht, wie es dazu gekommen ist. So freigiebig war Monika eigentlich nie. Mir ist damals zu Ohren gekommen, vor einigen Jahren«, er beugte sich über den Schreibtisch und sah Sissi vertraulich an, »dass Herr Haug überall herumgebettelt hat. Das hier ist eine kleine Stadt. Hübsch, aber klein. Die Bank hatte ihm keinen weiteren Kredit gegeben, als er das Gästehaus anbauen wollte. Seine Geschäftsfreunde haben alle dichtgemacht.«

»Geschäftsfreunde?«, fragte Klaus, der die Bücherreihen interessiert betrachtete.

»Ach wissen Sie«, holte Lindemann vergnügt aus. »Hier kennt jeder jeden, und die Leute, die vor Jahrzehnten miteinander um die Häuser gezogen sind, haben auch heute noch Kontakt und helfen sich gegenseitig. Nur wollte niemand investieren. Bei Geld hört eben jede Freundschaft auf. Und so hat Haug sich entschlossen, eine Zeitungsanzeige aufzugeben, um Investoren zu suchen. Anonym.«

Er lachte. »In Mindelheim. Er wusste wohl nicht mehr weiter. Und so ist er dann in seiner Not mit Monika in Kontakt getreten. Sie hat beschlossen, fünfhunderttausend Euro zu investieren. Damals war das noch kein Problem. Die Schwestern hatten zwar Geld verloren, aber es sah nicht so übel aus. Ich habe ihr geraten, vertraglich zu verankern, dass sie nicht an Verlusten beteiligt wird, und das hat sie getan. Die Beweggründe von Monika sind mir nicht bekannt.« Er hob die Schultern.

»Ich hatte sie damals gewarnt, weil Teilhaberschaften sich auch ungünstig entwickeln können. Im schlimmsten Fall droht der Totalverlust der Investition. Und wie die Spatzen von den Dächern pfeifen, hat Herr Haug sich – wieder einmal – übernommen. Der Laden läuft zwar wirklich gut, aber er knabbert noch an den mageren Jahren und kommt mit seinem Kapitaldienst nicht hinterher. Ich habe Monika deshalb empfohlen, die Einlage aus der Firma zu ziehen. Der Haug zahlte ja so gut wie keine Gewinnbeteiligung, er hat Monika nur gratis mit Essen beliefert, was sie auch weidlich ausnutzte. Wie erwähnt: Ich hatte sie gewarnt. Aber Monika hat damals beschlossen, das ohne meine Hilfe zu erledigen.«

»Interessant, darum haben wir von der ›Kutsche‹ nur Lieferscheine gefunden und keinerlei Rechnungen«, sagte Klaus. »Wie sieht es mit Frau Hausmann aus? Kennen Sie vielleicht den Wortlaut des Testamentes? Mussten die wirklich zusammen wohnen bleiben?«

»Junger Mann, natürlich kenne ich ihn«, antwortete Lindemann heiter. »Mein Vater hatte es damals aufgesetzt. Er fand die Idee nicht schlecht, um die beiden zerstrittenen Mädchen wieder zu versöhnen, aber es hat leider nicht funktioniert. Im Testament war auch vorgesehen, dass diese Auflage erhalten bleibt, wenn eine der beiden heiratet. Und beim Tod einer der beiden sollte das Vermögen dann komplett an die überlebende Schwester fallen. Im Nachhinein entpuppte sich das als eine Schnapsidee. Statt sich zu versöhnen, drifteten die beiden noch mehr auseinander. Monika zog sich im Laufe der Jahre total zurück und wurde immer sonderlicher. Und Helga …«, er stockte.

»Haben wir schon mitbekommen«, sagte Sissi. »Sie mag Gin recht gern, oder?«

»Nicht nur den Gin«, seufzte Lindemann. »Alles, was Promille hat. Oder Prozent. Sie hatte immer schon eine … na, sagen wir mal … lockere Einstellung Genussgiften gegenüber.« Er verschränkte die Hände hinter dem Kopf. »Aber sie trinkt nicht immer so viel. Was all die Jahre wesentlich mehr gekostet hat, waren ihre Ausflüge ins Esoterische. Channelingkurse auf Malta, Yoga in New York, die hat das Geld nur so rausgehauen.

Immer auf der Suche, ich weiß nicht, wonach.« Er machte eine Pause.

»Ja, und wie geht es denn nun weiter?«, fragte Klaus. »Monika Rothenfels ist tot. Also fällt das Vermögen an ihre Schwester Helga, oder?«

»Im Normalfall schon«, antwortete Lindemann. »Aber …«

»Herr Dr. Lindemann«, Sissi wurde ernst, »ich mag gute Geschichten, aber wir haben einen Mord aufzuklären. Bitte, spannen Sie uns nicht länger auf die Folter.«

Lindemann sah sie amüsiert an. »Monika war am Mittwoch letzter Woche bei mir«, sagte er dann. »Sie befürchtete, dass ihre Schwester ihr etwas antun würde, und ließ sich das nicht ausreden. Die zunehmende Verschlechterung ihrer finanziellen Situation war ihr sehr wohl bekannt und auch, dass Helga im Falle ihres Todes das ganze Vermögen erben würde. Sie hatte höllische Angst vor ihrer eigenen Schwester und meinte, sie traue ihr alles zu, auch einen Mord.«

»Ehrlich jetzt?«, entfuhr es Klaus.

Lindemann nickte. »Sie bestand darauf, eine letztwillige Verfügung zu verfassen. Und es musste schnell gehen. Wir haben es hinbekommen. Wenngleich ich nicht verstehe …«

»Was?« Sissi sah ihn ungeduldig an.

»Na ja, wissen Sie«, Lindemann räusperte sich, »sie sagte zu mir: ›Es kann ja sein, dass ich euch alle überlebe‹, dabei hat sie nicht gelächelt. ›Aber für den Fall, dass nicht, werde ich dem intriganten Luder noch eins reinwürgen.‹ Ich habe sie entgeistert angesehen. Diesen jahrzehntealten Groll habe ich nie verstanden.«

»Ach, so was verfestigt sich«, bekräftigte Sissi. »Wenn man nicht darüber spricht, dann wird dieser Firnis immer härter.«

»Vielleicht haben Sie recht«, nickte Lindemann. »Monikas Testament war ihre späte, ach was, letzte Rache an Helga. Sie wollte ihr eins auswischen, und es ist ihr gelungen. Monika gehörte genau die Hälfte des Anwesens und des gesamten Aktienvermögens, und das ist immer noch recht ansehnlich. Sie konnte ohne Weiteres über ihren Anteil verfügen. Genau das hat sie getan.«

»Aha«, war alles, was Sissi herausbrachte. »Und was genau hat sie getan?«

»Das wird Sie jetzt aus den Socken hauen«, sagte Lindemann ganz ungalant.

Und das tat es tatsächlich.

## Montagvormittag, Mindelheim

»Spinnst du?« Lydia baute sich vor Dieter auf und stemmte die Arme in die Hüften. »Für a bisserl Holz und ein paar Stangen? Glaubst du, mir ham einen Geldscheißer?«

»Ja, Lydia, des ist echte Handwerkerarbeit.« Dieter klappte verlegen seinen Zollstock zusammen. »Des kostet halt was. Vollholz, nicht Furnier, hat der Kurt gesagt. Weil sonst kannst es auch vom Discounter holen, dann hast halt deinen Pressspan, der hebt aber nicht lang. Und mir machen genau, was du willst, ist doch auch sein Geld wert, oder?«

»Was ich will? Dass alles so bleibt, wie es ist. Ich brauch das nicht«, murrte Lydia. »Der hat doch einen Vogel, der Kurt. Ihr immer mit eurer Vetterleswirtschaft. Und mit dem Eine-Hand-wäscht-die-Andere. Da zahl ich doch drauf.«

»Zahlt doch der Kurt.« Dieter zeigte wieder sein strahlendes Lächeln. »Wo ist eigentlich der Toni?«

»Wahnsinn.« Toni stand am Eingang des Wintergartens und beschattete seine Augen mit der rechten Hand, weil die Sonne in einem solch niedrigen Winkel einfiel, dass er in dem Gewirr von Palmen und Korbmöbeln nichts sehen konnte.

»Wie läuft's denn so?« Damit war Olga gemeint, die auf einer Trittleiter stand und gerade eine Glasscheibe kopfüber putzte, während sie leise auf Russisch fluchte.

Olga antwortete nicht. Sie war beschäftigt.

»Sprechen Sie Deutsch?«, rief Toni und beobachtete Olga. Er war es gewohnt, dass Frauen bei seinem Anblick versuchten, ihm zu gefallen und verlegen kicherten. Man kann halt nicht aus seiner Haut.

»Schwärä Arbeit. Sie versuchän«, war das Einzige, das aus Olgas Mund zu hören war, während sie verbissen mit etwas Spülwasser und Spiritus gegen die Schlieren ankämpfte, die Kurts Zigarren im Laufe der letzten Monate auf den Scheiben hinterlassen hatten.

»Ich hab auch schwerä Arbeit«, spottete Toni und trat einen Schritt näher. »Mit Holz, du verstehen?«

Olga ließ ihren Lappen sinken und sah Toni direkt in die Augen. In ihrem Gesicht war keine Milde. »Was machän Sie hier? Missän drobän bei gnädigä Frau sein. Wieso hier?«, fragte sie.

»War nur auf der Toilette.« Toni schenkte ihr sein Tausend-Kilowatt-Lächeln, das aber bei Olga wirkungslos blieb.

Sie blieb auf der obersten Stufe der Trittleiter stehen, den Lappen in der Hand, als wäre sie bereit, jederzeit damit zuzuschlagen. »Obän ist auch Toilettä«, sagte sie dann und taxierte Toni. »Wieso untän? Ist doch weitär Wäg.«

»Aha, hab mich vertan. Muss jetzt wieder.« Mit einem Mal war es mit der Jovialität vorbei. Toni war nicht blöd, er merkte, wenn sein Charme nicht verfing. Das kam selten vor, aber es kam vor.

Dieses Haus war das schönste, das er seit seiner Anstellung bei Dieter Dorsch gesehen hatte. Allein im Wohnzimmer stapelten sich Schätze. Kurt König liebte moderne Maler, edle Teppiche und Antiquitäten.

Toni warf noch einen letzten Blick auf einen dreihundert Jahre alten Walnuss-Sekretär und betrat dann wieder das Zimmer, wo er von Lydia skeptisch beäugt wurde.

»Wo warst denn?«, wurde er von Dieter empfangen.

»Klo«, war die einsilbige Antwort. Lydia war noch eine, bei der seine Ausstrahlung nicht wirkte. In Toni breitete sich die Sorge aus, dass er alt wurde. Oder älter. Es gefiel ihm gar nicht.

»Mir sind fertig, Dieter«, sagte Lydia kurz angebunden. »Schickst halt dein Angebot zum Kurt. Ich weiß ja jetzt, was es kosten soll.«

»Muss er's dann vom Taschengeld zahlen?«, fragte Toni frech und erntete einen verwunderten Blick von Dieter und einen fassungslosen von Lydia.

»Toni … ehrlich … mir hauen jetzt ab.« Dieter packte ihn am Ärmel und zog ihn ins Treppenhaus. Dann verließen sie die Villa.

»Der glaubt auch, wunder wie schön er ist«, schimpfte Lydia und schnappte sich einen Eimer.

## Montagvormittag, Mindelheim

»Danke, Hans. Du kriegst was von mir. Das hast du verdient.« Sissi beendete das Gespräch und wandte sich Klaus zu.

»Wir haben jetzt die Funkzellenabfrage beziehungsweise die Auswertung. Moment.« Sie hielt ihm ihr Mobiltelefon hin. »Kam per E-Mail von Hans, sieh nur.«

»Beim Fahren kann ich nicht lesen«, murrte der und steuerte an den Fahrbahnrand. Dann griff er sich das Handy. »Wow. Ich bin erstaunt, aber nicht wirklich überrascht. Besorgen wir uns einen Haftbefehl. Presto.«

»Hat Hans schon angeleiert. Durchsuchungsbeschlüsse auch, das machen die Kollegen, weil wir keine Zeit haben«, antwortete Sissi. »Die bringen uns die Haftbefehle vorbei, dann können wir loslegen. Jetzt fehlen nur noch die Faserspuren.«

»Dann sind wir tatsächlich vor Weihnachten fertig, wie du prophezeit hast«, frohlockte Klaus. »Mann, sind wir gut.«

»Wir schon. Aber diese Welt ist schlechter, als man annehmen könnte«, sagte Sissi. »Da vorn muss es sein, stopp!«

»Was für ein grauenhaftes Schmuddelwetter«, jammerte Klaus, als sie vor dem Hauptgebäude der Firma Dorsch in Mindelheim anhielten. »Meine Wildlederstiefel sind hinüber.«

»Du eitler Gecke«, antwortete Sissi. »Zieh dir anständige Schuhe an wie wir alle. Du musst nicht immer der Modischste sein. Und jetzt bin ich mal gespannt, was uns erwartet.«

»Was sagst du zu der Rothenfels-Geschichte?«, fragte Klaus. »Jetzt hast du deinen Beweis. Handys lügen nicht. Und ich bin sicher, dass die Hausdurchsuchungen was liefern. Bist du schockiert?«

»Nicht so sehr, wie du denkst«, beschied ihn Sissi knapp, während sie auf den Haupteingang der Firma Dorsch zuliefen.

Das Bürogebäude war an die Schreinerei-Werkstätten angegliedert und bestand aus einem quadratischen, rundum verglasten Hauptbau. Durch die blitzblank geputzten Scheiben konnte man schwere Massivholztüren und Tische erkennen.

»Schau mal, die kennen wir doch auch, oder?« Sissi deutete verstohlen auf den Eingang des Bürogebäudes.

Vor der großen Glastür stand die junge Frau mit den kurzen schwarzen Haaren, die am Vortag in das Haus der Dorschs gestürmt war, und sah den beiden Ermittlern grimmig entgegen. Sie trug ein kleines handgemachtes Schild, das an einer Holzlatte befestigt war. Auf dem Schild stand: »Ausbeuterbetrieb!«

»Guten Morgen«, sagte Sissi freundlich. »Haben wir uns nicht gestern schon getroffen? Sie waren doch bei der Familie Dorsch, am Nachmittag. Gehe ich recht in der Annahme?«

Die junge Frau nickte widerwillig. Sie trug eine enge schwarze Jacke, dunkle Jeans und klobige Stiefel. Um ihren Hals prangte ein Palästinenserschal.

»Und in der ›Wunder-Bar‹ waren Sie auch?« Das war Klaus, der sie sehr interessiert musterte.

Wieder ein Nicken. »Spionieren Sie mir etwa nach?«, fragte sie dann ungehalten.

»Nein, tun wir nicht«, antwortete Sissi lächelnd. »Nur scheinen Sie immer da aufzutauchen, wo wir uns gerade aufhalten. Und ganz ehrlich – wir würden schon gern wissen, was Sie mit Toni Melzer zu tun haben. Scheint ja nicht ganz Ihre Kragenweite zu sein, oder?«

»Erstens«, die junge Frau rümpfte die Nase, »geht Sie des nix an, was ich mach. In der Nacht nicht und am Tag nicht, oder? Und zweitens … der Melzer … nein.« Sie schüttelte wieder den Kopf. »Ist privat.«

»Und die Demonstration hier?« Sissi deutete auf das Schild.

»Ich üb hier nur mein Recht auf freie Meinungsäußerung aus«, sagte die junge Frau grimmig, wobei ihr Blick sich nicht einmal aufhellte, als er an Klaus hängen blieb.

»Sind Sie bei den Linken?«, fragte er dann so höflich, wie er konnte. »Von wegen Bonzen und so?«

Die Frau nickte wieder, aber es sah ein bisschen unecht aus. »Dieser Sklavereibetrieb geht mit Menschen um wie mit Mastvieh.« Sie spuckte die Worte förmlich aus. »Hire and fire, also einstellen und kündigen, wann es gerade passt. Von wegen Betriebsrat oder Kündigungsschutz. War gestern.«

»So gut Englisch können wir noch.« Sissi blickte sie belustigt an. »Wieso haben Sie sich für Ihre Aktion gerade dieses Unternehmen ausgesucht? Warum stehen Sie nicht woanders? In Mindelheim gibt es doch viele Firmen, bei denen Sie für die Rechte der Arbeitnehmer eintreten könnten, oder?«

»Weil das hier der schlimmste ist«, meinte sie und schaute Sissi herausfordernd an.

Sie war wirklich ausgesprochen hübsch, mit durchdringenden blauen Augen und einem schmalen, aber reizvollen Mund, und wirkte auf eine ganz eigene, filigrane Art und Weise wie die junge Audrey Hepburn, nur ohne Lidstrich. Das wird mal eine Schönheit, dachte Sissi. Wenn sie nur die Springerstiefel ausziehen würde.

»Lassen Sie uns bitte durch?«, bat Klaus höflich, denn die Frau versperrte ihnen den Eingang und machte keine Anstalten, beiseitezugehen.

»Kaufen Sie nichts da drin«, entgegnete diese nur heftig. »Mit jedem Euro, den Sie da drinnen ausgeben, unterstützen Sie den menschenverachtenden Turbokapitalismus und das Ausbeutertum. Das wollen Sie doch nicht wirklich. Gehen Sie lieber zu Ikea!« Sie wedelte mit dem Plakat vor den beiden herum, dass eine Kante gefährlich nahe an Klaus' Gesicht vorbeisauste. Er wich hastig aus.

»Ich würde jetzt so gern mit Ihnen eine Diskussion über den Globalismus und gern auch Konzernverflechtungen bei Möbelgiganten beginnen …« Sissi versuchte, sich das Grinsen zu verkneifen. »Aber wir sind hier nicht, um zu kaufen, sondern um zu arbeiten.« Sie zog ihren Ausweis aus der Jackentasche und zeigte ihn der jungen Frau, deren Miene sich aufhellte.

»Kripo? Sperren Sie das Mistviech endlich ein?«, fragte sie. »Recht so. Die treibt alle in den Ruin.«

»Ich weiß nicht recht, von wem Sie sprechen, aber wir ermitteln hier nur. Wir sperren niemanden ein, noch nicht, da muss ich Sie enttäuschen«, sagte Klaus.

»Schad. Aber ein Anfang ist gemacht. Ich werd's ja in der Zeitung lesen. Und wenn ich Ihnen helfen kann, jederzeit!« Sie trat beiseite, hielt aber ihr Schild immer noch hoch.

»Bestimmt melden wir uns dann bei Ihnen, danke.« Sissi entdeckte aus den Augenwinkeln ein Taxi, das gerade ein paar Meter weiter vorn gewendet hatte und nun wieder im Schritttempo an der Einfahrt zur Firma Dorsch vorbeifuhr. Am Lenkrad konnte man einen großen dunkelhaarigen Mann entdecken. Hinten im Fond versuchte offensichtlich jemand, sich zu ducken. Es half aber nichts. Steinmeier war viel zu dick, um unsichtbar zu werden.

»Also, wir gehen jetzt da rein. Weil wir müssen«, sagte Klaus. »Schönes Demonstrieren noch.«

Die beiden betraten den Ausstellungsraum. Am Ende des weitläufigen Raumes saßen hinter einem Tresen aus Hellholz zwei Frauen, die erschraken, denn sie hatten die ganze Zeit die Köpfe zusammengesteckt und getuschelt.

»Guten Morgen«, grüßte Sissi laut und schritt auf den Tresen zu. »Wir sind die Kommissare Vollmer und Sommer vom K1 in Memmingen und haben ein paar Fragen.«

»K1?« Doris stand auf und sah die beiden Eindringlinge neugierig an. »Ist das eine neue Abteilung von der Gewerbeaufsicht? Weil, die anderen kennen mir alle.«

Sissi lachte. »Nein, K1 bedeutet, wir kommen von der Kriminalpolizei.«

»Hast des gehört, Martha?«, fragte Doris und drehte sich um.

»Kripo. Ich hab's doch gewusst, dass so was mal passiert. Kommen Sie jetzt auch schon bei Ehebruch?«

Klaus und Sissi sahen die beiden entgeistert an. »Es geht um einen Mordversuch, meine Damen. Würden Sie mir Ihre Namen sagen?«

»Ja, klar«, antwortete die Jüngere. »Ich bin die Doris, und des ist die Martha.« Sie wies auf ihre Kollegin, die verheulte Augen hatte.

»Allergie?«, zwinkerte Sissi mitfühlend, aber Martha wischte sich eine Träne aus dem Augenwinkel und zeigte auf eine geschlossene Bürotür.

»So kann man's auch nennen«, murmelte sie. »Nö. Ellergie. Ich weiß nicht, was die gegen mich hat.«

»Aha, verstehe«, nickte Sissi. »Sagen Sie mal, Sie waren doch auch auf der Weihnachtsfeier am Freitag, oder?«

Beide nickten und sahen sich an.

»Und? Wie war es?«

»Na ja, ist schon gegangen. Mir wollten alle nicht hin, weil uns der Chef das Weihnachtsgeld gestrichen hat. Dafür ist sie«, Martha wies auf die geschlossene Bürotür, »ja letzte Woch mit einem nagelneuen Auto dahergekommen. Mir wissen schon, wo unser Geld ist. Und dann sind mir aber doch gegangen, weil mir gedacht ham, lieber ein Essen gratis und ein paar Wein als gar nix.«

»Gab es irgendwelche Auffälligkeiten bei der Feier? Hatte jemand Streit?«, fragte Sissi.

Beide schüttelten unisono die Köpfe.

»Was für ein Mordversuch? Hat jemand … ach na, schad«, sagte Martha dann, deren Augen jetzt trocken waren. »Kann ja nicht sein. Die hat mich ja heut schon zusammengeschissen. Obwohl – es war ja bloß ein Versuch, sagen Sie. Hat wohl nicht geklappt, oder?« Sie sah Sissi fragend an, und auf ihrer Stirn stand riesengroß das Wort »leider«.

»Es geht nicht um Frau Dorsch«, sprang Klaus ein. »Es geht um Helmut Zimmermann. Kennen Sie den?«

»Ja klar kennen mir den«, stammelte Martha ungläubig. »Der Helmut? Echt jetzt? Des kann ich nicht glauben. Ist zwar nicht der tollste Mensch auf der Welt, aber wer sollt den umbringen und warum? Er lebt? Wie geht's ihm denn?«

»Recht akzeptabel«, antwortete Sissi. »Ihnen ist also kein Streit aufgefallen?«

»Na. Der Helmut ist mal von draußen gekommen und hat ganz aggressiv geschaut. Oder durcheinander, als ob er einen Geist gesehen hätt. Sonst nix. Also ehrlich«, empörte sich Martha. »Die Chefin hätt uns ja heut einen Ton sagen können. Zum Zusammenscheißen hat sie auch Zeit gehabt. Nein, uns ist nix aufgefallen. War eigentlich ganz nett bis auf die Ansprache vom Chef. Echt furchtbar, der kann nicht gut reden. Aber die lässt ihn ja eh nicht zu Wort kommen. Hat man ja wieder gesehen und gehört, aber …« Sie machte eine Pause.

»Aber?«, hakte Klaus nach. Auch er war neugierig geworden.

»Na ja, na, das ist intern«, sagte Martha. »Kann ich nicht

drüber sprechen. Ist ja auch bloß eine Spekulation. Und mit so was verdienen Sie ihr Geld nicht, oder?«

»Ich bin durchaus an Spekulationen interessiert«, lächelte Sissi. »Und an guten Kuchenrezepten. Aber das ist eine andere Geschichte. Was wollten Sie denn sagen?«

»Na ja, gehört eigentlich gar nicht hierher.« Martha wurde leiser. Dann winkte sie Sissi und Klaus zu sich und beugte sich über den Tresen, bis ihr Busen auf dem Holz lag. Klaus grinste breit, und Sissi gab ihm einen Stupser.

»Die El... Chefin und der Helmut«, wisperte Martha. »Mir glauben, da ist was im Busch. Weil die immer so geheimnisvoll tun. Vielleicht ham die was miteinander. Aber mir ham nix gesagt, gell, Doris? Und eigentlich kann's ja gar nicht sein, weil der Helmut wirklich keine Schönheit ist. Na ja, ist die ja auch nicht.«

»Was meinen Sie denn mit ›geheimnisvoll tun‹?«, fragte Klaus nach.

Martha beugte sich noch weiter nach vorn.

»Sie zünden sich gleich die Bluse an«, warnte Sissi, denn Marthas Oberweite war in gefährliche Reichweite der brennenden Kerze am Adventsgesteck geraten. »Ist das überhaupt erlaubt? Offenes Feuer?«

»'tschuldigung.« Martha hauchte die Kerze aus und stellte sich aufrecht hin. »Die ... der Helmut geht immer hin und flüstert ihr was ins Ohr. Dann gackert die wie eine Henne.«

»Das hört sich jetzt nicht verboten an«, meinte Klaus. »Als Beweis für Ehebruch ist das eher ein wenig mager. Und Sie sagen ja selbst, dass Herr Zimmermann nicht gerade der schönste Mann ist. Außerdem haben wir mit Fremdgehen nichts zu tun. Auch wenn das vielleicht Ihren Gerechtigkeitssinn stört, verboten ist es nicht.«

»Schon recht«, antwortete Martha gedehnt, während Doris eifrig nickte. »Aber trotzdem: Sie sind ja schon ein anderes Kaliber als der Helmut. Passen Sie bloß auf. Die lasst nix anbrennen.«

Sissi lachte lauthals. »Danke, meine Damen. Wenn Ihnen noch was zu Freitag einfällt, dann melden Sie sich bitte. Polizei

Memmingen. Verlangen Sie einfach Frau Sommer oder Herrn Vollmer, sollen wir es aufschreiben?«

»Net nötig«, sagte Martha. »So was kann ich mir merken. Auch wenn die da drin des nicht glaubt. Aber wegen vorhin … von uns wissen Sie gar nix, gell?«

»Ist klar.« Sissi seufzte innerlich. »Sonst noch was?«

»Gar nix. Mir wissen nix«, stotterte Martha enttäuscht. Zu gern hätte sie erlebt, dass ein Sonderkommando den blitzblanken Ausstellungsraum gestürmt und Elli in Handschellen abgeführt hätte. Wegen Gemeinheit. Aber das war kein strafbarer Tatbestand. Leider.

»Tja, dann gehen wir jetzt in die Werkstatt«, sagte Klaus. »Sind heute alle Angestellten hier?«

»Moment amal.« Martha schaute auf ihren Computerbildschirm. »Na, der Toni ist mit dem Chef beim Ausmessen wegen einer Ankleide.«

»Ankleide?«, hakte Sissi nach.

»Ja«, nickte Martha. »Geht gut mit den begehbaren Schränken und so. Des wird jetzt wieder modern. So wie in Amerika. Weil's einfach unpraktisch ist, wenn man sein Zeug überall reinquetschen muss so wie ich in einer großen Schachtel unterm Bett oder im Dachboden. Und barrierefreie Bäder. Oder Luxusküchen. Die gehen auch gut. Da hat der Chef vor einiger Zeit den richtigen Riecher gehabt. Obwohl der Helmut immer behauptet, des sei seine Idee gewesen. Aber bloß bei den Reichen, wissen Sie. Die geben einfach den Schlüssel ab und verschwinden eine Woche auf die Malediven, und wenn s' wiederkommen, ist alles erledigt. Möchte ich auch mal ham.« Das klang anklagend.

»Wie viele Schreiner hat denn Ihre Firma?«, fragte Klaus.

Martha zählte unter Zuhilfenahme ihrer Hand auf: »Der Dieter, der Helmut, der Toni, der Franz, der Florian, der Julian und der Martin … des sind alle.«

»Donnerwetter«, sagte Klaus. »Das sind schon eine ganze Menge. Wir haben schon im Internet gesehen, dass Ihre Stammbelegschaft nicht gerade klein ist.«

»Wir waren noch mehr, aber die Chefin hat dieses Jahr zwei

rausgeworfen«, antwortete Doris. »Weil s' zu alt waren. Hat sie nicht gesagt, aber gedacht. War nicht in Ordnung. Grad der Heinz, der kriegt nix anderes mehr, der ist achtundfünfzig.«

Sissi bemühte sich um einen betretenen Gesichtsausdruck. »Na ja, ich sage nicht, dass die freie Marktwirtschaft perfekt ist. Wir müssen in die Werkstatt, gehen aber außen herum. Sagen Sie mal: Wer ist denn diese hübsche junge Dame mit dem Schild vor der Tür, die so einen wütenden Eindruck macht?«

»Ach des, des ist die Dani«, sagte Doris. »Die macht des immer wieder mal. Hat grad Semesterferien.«

»Dani und wie noch?«, fragte Klaus.

»Na, Dorsch.« Doris grinste breit. »Dem Dieter seine Tochter aus erster Ehe.«

## Montagvormittag, Mindelheim

»Olga, kommen Sie, ich mach uns Kaffee!« Lydia ließ entnervt das Fensterleder sinken und machte sich an den Abstieg. Sie nahm sich vor, erst wieder mit dem Essen anzufangen, wenn sie beim Besteigen der Trittleiter keine Angst mehr haben würde, dass diese unter ihrem Gewicht nachgab und sie auf den Boden kullerte. Nicht mal wegen ihr selbst, aber die Doppelverglasung für den Wintergarten kostete ein Vermögen.

»Sie missän nicht kochän für mich, gnädigä Frau«, antwortete Olga und putzte weiter wie ein kleiner russischer Roboter. »Ich kann kochän für uns.«

»Mach ich gern. Dafür haben wir ja den Automaten vom Luxmann gekauft, der sich dafür die Zähne von meinem Mann richten lässt. Und ich darf nirgendwo anders hingehen.« Lydia tappte in die Küche, während sie einen großen Eimer voll schmutzigen Wassers mit sich schleppte.

Kurze Zeit später ertönte das Mahlwerk des blinkenden Automaten, und Lydia rief Olga zu sich an den großen Tisch am Fenster.

Während sie auf den kahlen Garten blickten, wo die großen, alten Bäume allmählich im Schneegestöber verschwanden, tranken die beiden ihren Kaffee.

»Gnädigä Frau«, Olga setzte die Tasse ab, »muss heutä frühär weg. Muss Zug nehmän nach Mämmingän zur Polizai.«

»Sie müssen zur Polizei? Ach, wegen der Geschichte mit der armen Rothenfels«, meinte Lydia. »Ich soll da auch hin. Eigentlich mit meinem Mann, aber der hat eh fast nix gesehen. Wissen Sie was? Sie brauchen nicht den Zug zu nehmen, Sie fahren mit mir. Ich habe bis auf die blöden Fenster heute nix vorgehabt. Dann können wir beide unsere Aussage machen.«

»Armä Frau«, sagte Olga bedauernd. »War bestimmt großär Schock totär Mann in Brunnän.«

»Nicht so arg, Olga«, sagte Lydia beschwichtigend. »Der war ja gar nicht tot, der Mann. Der ist wieder aufgewacht. Das hat mich nicht geschockt, das passiert nur beim Blick auf die Waage.« Sie seufzte.

»Ich kennä Mann«, sagte Olga gedehnt.

»Welchen denn? Den im Brunnen?«, fragte Lydia entgeistert.

Olga schüttelte den Kopf. »Blondär, schönär. Kennä den Mann. War bei Frau Rothenfäls. Drei Männär da, und blondär Mann immer schauän so komisch. Und einmal ich kommän in Zimmär, wo Frau Rothänfels Sachän hat, und diesär Mann Finger in Schubladä. Ich leisä raus aus Zimmär, nix gesehän Mann.«

»Sie meinen den von vorhin?«, vergewisserte sich Lydia sicherheitshalber. »Den, der von sich so überzeugt ist?«

Olga nickte.

»Jetzt reicht's. Da stinkt was zum Himmel«, rief Lydia resolut. »Mir fahren jetzt sofort nach Memmingen. Und drüben zahl ich Ihnen einen Kaffee. In einem guten Café. Schluss ist mit Putzen.«

Beide standen auf.

»Dankä«, strahlte Olga. »Sie sind nääätt.«

»Da sagt mein Mann ganz was anderes«, meinte Lydia und schnappte sich ihren Autoschlüssel.

## Montagvormittag, Mindelheim

Klaus und Sissi standen in der Werkstatt, umringt von einem Kreis von Männern, und befragten diese zu Freitagnacht.

Die vorherrschende Aussage der Anwesenden schien zu sein, dass sie sich bemüht hatten, so viel wie möglich zu trinken, um den Verlust ihrer Weihnachtsgratifikation wettzumachen. Zwei hatten sich deshalb extra von ihren Frauen abholen lassen. Erinnern konnte sich keiner genau, wann Helmut den Raum verlassen hatte oder ob er mit jemandem in Streit geraten war.

»So übel ist der Helmut nicht«, erzählte Florian. »Hat ein bisserl eine freche Gosch und trinkt gern a Bier, aber er hilft mit. Und macht immer Witze. Geht schon. Ich denk, so dick hat den keiner. Vielleicht war's ein Serienmörder, der in Deutschland rumfahrt?«

»Und der klappert dann Burgen ab und wartet auf seine Opfer? Mei, bist du blöd«, antwortete sein Kollege und haute dem Sprecher auf die Schulter.

»Was ist denn hier los?«, ertönte plötzlich eine schneidende Stimme. Elli war aufgetaucht und funkelte Sissi und Klaus wütend an. »Ich hab Ihnen doch gesagt, dass Sie das bei denen daheim machen sollen und die nicht von der Arbeit abhalten. Franz, was ist mit dem Tisch für die Familie Weiß? Weiter bist du noch nicht gekommen?« Elli fixierte einen halb fertiggestellten Tisch mit massiven Beinen, der mitten in der Werkstatt stand. »Mit Rumstehen verdient man kein Geld. Husch, husch, an die Arbeit.« Sie machte eine Handbewegung, und in die Männergruppe kam Bewegung.

»Gnädige Frau, guten Tag.« Sissi deutete ein Kopfnicken an. »Tut uns ausgesprochen leid, dass wir Sie hier belästigen. Wir halten Ihre Leute nicht allzu lange auf, okay?«

Elli nickte ungnädig.

»Draußen vor Ihrem Laden findet übrigens gerade eine Demonstration statt.« Klaus wies mit dem Kinn nach draußen. Alle Köpfe drehten sich in die gleiche Richtung.

»Was? Die? Schon wieder?«, kreischte Elli, drehte sich auf dem Absatz um und verschwand durch die Ausgangstür. Während sie lief, wickelte sie sich fester in ihre Stola.

»Die hat den Fetzen doch bloß an, weil sie denkt, man sieht dann des Fett net«, flüsterte einer, und alle wieherten los.

»Frau Dorsch ist nicht sehr beliebt bei Ihnen, oder?«, fragte Klaus. »Ist zumindest mein Eindruck.«

Verlegenes Gestammel wurde laut.

»Net so wirklich.« Das kam von dem Schreiner namens Franz. »Wer ihr net passt vom Gesicht her, der fliegt raus. Selber kommt s' einmal oder zweimal die Woch ins Geschäft und macht ein Riesen-Remmidemmi. Hat keine Ahnung vom Schreinern oder von Büroarbeit, meint die Martha, aber weiß alles besser. Und der Dieter wird allmählich verrückt. Die lasst den dann net arbeiten.« An dieser Stelle verstummte er plötzlich.

»Ich kann mir schon denken, wie es weitergeht«, sagte Klaus. »Wir waren ja so weit fertig. Ihnen ist wirklich gar nichts aufgefallen bei der Weihnachtsfeier?«

Alle schüttelten die Köpfe.

»Der Franz hat halt mal den Chef blöd angeredet wegen dem Weihnachtsgeld und dem Heinz, weil man den rausgeworfen hat, bloß weil er bald sechzig ist. War aber alles. Kann man den Helmut besuchen?«, fragte Florian dann, sah aber nicht aus, als ob es ein Herzenswunsch wäre.

»Derzeit nicht«, verneinte Sissi. »Wir gehen jetzt. Aber machen Sie sich keine Mühe, wir finden schon hinaus.«

Beide gingen zu der Tür, die Büro und Werkstatt verband, und schlüpften leise durch. Schon von Weitem hörten sie aufgebrachte Stimmen.

»Verschwind jetzt endlich von meinem Grundstück, du verzogene Göre!« Das war Elli, zweifelsohne. Ihre Stimme unterschied sich im Augenblick kein Jota von einer kleinen Kreissäge mit Kolbenfresser.

»Ist nicht dein Grundstück, gehört meinem Papa, du Glücksritterin«, fauchte Dani zurück. »Kommst da reingeschneit und beißt alle raus, die dir nicht passen. Ich hab meine Arbeit einwandfrei gemacht, bis du gekommen bist. Dabei kannst nicht amal richtig

Deutsch, du dumme Schnalle. Und ich muss jetzt in den Semesterferien kellnern gehen wegen dir. Dabei hab ich in zwei Stunden im Büro mehr zustande gebracht als du in einem ganzen Jahr.«

»Pass bloß auf, was du sagst, Dani«, zischte Elli gefährlich.

Klaus und Sissi traten einen Schritt näher an das Fenster.

»Ich bin noch nicht fertig mit dir.«

»Glaubst du, ich fürcht dich?«, konterte Dani süffisant. »Du denkst, ich muss mit meinem eigenen Vater einen Termin ausmachen? Über dich? Oder dich fragen, wenn ich den besuchen will, so wie gestern? Träum weiter, du fette kleine Nuss. Was willst du mir denn antun? Rausgeworfen hast mich ja schon. Mein Vater hat ja gar kein Rückgrat mehr, dass der sich von dir so schikanieren lasst. Möchte bloß wissen, was der an dir findet. Rein äußerlich kann's ja nicht sein.«

Sie musterte Elli von oben bis unten. »Und jetzt sag ich dir mal was …« Dani wurde leiser. »Ich kenn deine Nebenbeschäftigung. Bin dir ein paarmal nachgefahren. Du schreckst echt vor gar nix zurück, oder? Und ich hab gehofft, dass du mal erwischt wirst. Aber die Dummen ham halt Glück. Dann sorg *ich* eben dafür, dass was passiert. Kannst dich drauf einstellen. Im Namen der ausgleichenden Gerechtigkeit.«

»Verschwind jetzt, oder ich ruf die Polizei«, drohte Elli.

»Die sind doch schon da.« Dani lachte hämisch und zeigte mit dem Finger in Richtung Werkstatt. »Hab gehofft, die nehmen dich mit. Aber was nicht ist, kann ja noch werden, oder?«

Elli war einen kurzen Moment still ob dieser Unverschämtheit. »Weißt du was?«, sagte sie dann bedrohlich leise. »'s Geschäft geht nicht so gut, dass wir dich weiter unterstützen können, du verzogenes Balg. Wenn ich noch einen Ton von dir höre oder du deine ungewaschenen Füße noch einmal auf diesen Grund und Boden setzt, dann sorg ich dafür dass der D… dein Vater dir den Unterhalt streicht. Dann kannst bedienen gehen, bis die Hölle zufriert.«

»Du glaubst, du kannst mich für ewig vom Papa fernhalten, und du meinst, du bist so gescheit«, höhnte Dani. »Wollen wir doch mal sehen, wer fliegt. Du oder ich.«

»Willst du mich etwa einschüchtern?« Elli wurde noch leiser.

Dani sah Elli direkt in die Augen. »Ich versprech's dir. Ich krieg dich dran. Ich weiß was, von dem du nicht möchtest, dass es jemand erfährt. Und ich werd dafür sorgen, dass es rauskommt. Da solltest immer dran denken. Ich wart nur noch auf die beste Gelegenheit. Vielleicht setz ich es auch ins Internet. Damit kennst du dich eh nicht aus, dafür müsst man ja das Alphabet lernen.«

Elli drehte sich wortlos um, stapfte auf die Tür zu und öffnete sie. Als sie Klaus und Sissi entdeckte, funkelte sie die beiden wütend an. »Haben Sie etwa gelauscht?«

»Frau Dorsch, das war nicht nötig«, antwortete Sissi. »Dafür waren Sie zu laut. Ein aufschlussreiches Gespräch. Sagen Sie mal …«

»Ich hab nicht den ganzen Tag Zeit, gute Frau«, wollte Elli das Gespräch beenden.

»Dauert nicht mehr lange. Uns ist aufgefallen, dass alle Ihre Angestellten die gleichen Jacken tragen. Hängen ja in der Garderobe. Haben Sie auch so eine?«

»Ja, hab ich. Die waren meine Idee. Identifion ist alles in unserer Branche. Wenn man Holz irgendwo sieht, muss man das mit der Firma Dorsch identifieren.«

»›Identifieren‹, verstehe«, sagte Sissi. »Aber haben Sie mal dran gedacht, dass der Anschlag auf Herrn Zimmermann auch Ihnen gegolten haben könnte? Gibt es jemanden, der vielleicht Interesse daran haben könnte, Ihnen was anzutun?«

Elli war für einen Moment grau geworden, fing sich aber sofort wieder. »Blödes Herumspekulieren, für so was sind Sie in der Polizeischule gewesen? Ich hab zu allen meinen Angestellten ein gutes Verhältnis. Wir sind wie eine Familie. Können Sie jeden fragen. Mit so was beschäftige ich mich gar nicht.«

»Gut, Frau Dorsch. War nur eine Frage. Wir haben alles, was wir brauchen, und entschuldigen uns, Ihre Zeit in Anspruch genommen zu haben. Gestatten Sie?«

Beide traten an der wütenden Elli vorbei ins Freie. Die Tür flog hinter ihnen unsanft ins Schloss. Trotzdem hörte man noch: »Marthaaaa, komm amal gleich her zu mir. Soll des ein Angebot sein?«

Klaus schüttelte sich. »So viel zu Frauenpower. Liebe Güte. Ich glaube, unter dieser Dame ist nicht leicht arbeiten.«

»Kann ich mir gut vorstellen«, sagte Sissi. »Lass uns noch ein paar Worte mit dieser Dani Dorsch sprechen, ich habe das Gefühl, die weiß mehr, als sie zugibt. Und vielleicht kann sie uns tatsächlich helfen.«

Sie beschleunigten ihre Schritte, denn Dani hatte es eilig und lief schnurstracks auf einen Kleinwagen mit Mindelheimer Kennzeichen zu.

»Hast du gesehen? Der zieht immer noch seine Kreise.« Sissi sah verstohlen auf Steinmeier, der mit Sicherheit schon zum zwanzigsten Male im Fond des Taxis an der Einfahrt zur Schreinerei Dorsch vorbeifuhr und nach den beiden Ermittlern schielte.

»Ach, soll er doch reingehen. Die hat heute genau die richtige Laune. Es sei ihm gegönnt«, meinte Klaus.

»Warten Sie doch bitte!«, rief Sissi.

Dani blieb stehen und sah die beiden misstrauisch an. »Wirklich schad. Ich hatt gehofft, Sie würden die mitnehmen. Wär mein Weihnachtswunsch gewesen.«

»Tut mir leid, rein gefälligkeitshalber verhaften wir niemanden. Und was Ihre Stiefmutter betrifft, müssen Sie wohl eine Nummer ziehen«, lächelte Sissi. »Mein Kollege hier«, sie nickte zu Klaus, »hat Sie Samstagnacht in der ›Wunder-Bar‹ gesehen. Zusammen mit Toni Melzer. Würden Sie uns jetzt sagen, was Sie mit ihm zu besprechen hatten?«

Danis Gesicht verschloss sich von einem Moment auf den anderen. »Ham Sie doch vorher schon gefragt. Ist immer noch Privatsache«, murmelte sie. »Hat nichts mit Ihnen zu tun oder wonach Sie suchen.«

»Sie wissen doch gar nicht, wonach wir suchen. Ich möchte das gern selbst entscheiden«, sagte Sissi, bekam aber keine Antwort.

»Sie sind also die Tochter von Dieter Dorsch.« Klaus' Augen ruhten wohlwollend auf der attraktiven jungen Frau, deren gesamtes Outfit auf Revolution abgestimmt zu sein schien. »Haben Sie wirklich so ein Problem mit dem Kapitalismus?«

Dani lachte. »Naaa«, gluckste sie. »Ich spare grad auf eine Handtasche von Prada. Weil ich schöne Sachen mag. Aber es ist eine legitime Möglichkeit, der fetten kleinen Nuss auf die Nerven zu gehen. Die hat mich rausgeschmissen. Hab dem Papa immer im Geschäft geholfen, schon lang. Immer in den Semesterferien. Ich bin ja mit der Schreinerei groß geworden.«

Dani kickte einen Stein, der auf dem Boden lag, wütend weg. »Und dann kommt die daher, hat nix, kann nix, bloß eine große Klappe hat die. Und weil sie alles wegbeißt, was ihr nicht passt, bin ich drangekommen. Die hat den Papa richtig separiert von seiner Familie. Die Mama ist immer noch traurig. Ich bin die Einzige, die ihr nix durchgehen lässt, der blöden Kuh.«

»Verstehe«, sagte Sissi. »Das ist Ihre Art von Protest.«

»Nicht nur«, antwortete Dani. »Ich bin da auf was gestoßen.«

»Und auf was?«, fragte Klaus, der seine Augen nicht von dem frischen, offenen Gesicht abwenden konnte.

»Möcht ich nicht sagen. Saumäßig privat.«

»Na gut, dann glauben wir das auch noch«, seufzte Sissi. »Sagen Sie mal, Sie haben uns vorhin angeboten, uns zu helfen. Nun, wir könnten Ihre Hilfe brauchen. Allerdings müsste es schnell gehen. Und … ja, ich könnte mir diese Auskünfte auch offiziell holen, aber ich möchte noch kein Aufsehen erregen, und ich habe es wirklich eilig. Glauben Sie, Sie kriegen Zugang zu Daten innerhalb der Firma?«

»Die Doris und die Martha können mich gut leiden. Die kommen mit der blöden Kuh auch nicht klar. Klar krieg ich Zugang. Was brauchen Sie denn?«

»Ist ganz einfach«, sagte Sissi. »Ich erkläre es Ihnen. Und – es wäre wirklich eilig.«

Daniela hörte aufmerksam zu, nickte und zückte dann ihr Mobiltelefon.

## Montagmittag, Memmingen

»Mein Name ist Hausmann. Ich soll mich hier melden.« Die Stimme klang unwillig, und Dollinger sah von seinem Computerbildschirm auf. Im Türrahmen stand eine blonde Dame und begutachtete ihn von oben bis unten.

»Hausmann?«, fragte er. »Helga Hausmann?«

Sie nickte und sah Dollinger mit eisiger Herablassung an.

»Moment, Frau Hausmann … ah, jetzt weiß ich es wieder. Sie sind hier zur Abgabe Ihrer Aussage, gell? Wer hat Sie denn reingelassen?«

»So ein Typ mit Uniformmütze und -jacke. Müssen Sie doch wissen. Ist ja Ihr Laden. Oder glauben Sie, ich sitze hier ständig, so wie Sie?«, sagte Helga mürrisch. »Haben Sie wenigstens einen Raucherbereich?«

Dollinger schüttelte den Kopf.

Helga trug, dem Anlass angemessen, einen bodenlangen dunkelbraunen Ledermantel mit Biberkragen, der ihr ein martialisches Aussehen verlieh. »Kein Raucherbereich. Hätte ich mir denken können. Aber wenn ich Sie so ansehe: einen Imbiss haben Sie ja offensichtlich im Haus. Toll.« Ihr Blick fiel auf die ansehnliche Rundung Dollingers, die von Kollegen gelegentlich scherzhaft »Weißbierspoiler« genannt wurde.

Dollinger zog instinktiv den Bauch ein und atmete durch. »Dauert nicht so lange«, antwortete er dann ruhig. »Nehmen Sie doch bitte Platz.«

»Wo? Auf dem Boden?« Helga blickte sich ungnädig um. Dollinger wies auf einen Bürostuhl in der Ecke. »Na und jetzt? Gleich ein Foto für die Verbrecherkartei? Mit Schildchen um den Hals? Dass Sie doch immer die Falschen verhaften.«

»Wir verhaften ja niemanden«, beschwichtigte Dollinger. »Ist nur eine Formsache.«

»Und wegen so was muss ich bis nach Memmingen?«, fragte Helga bissig zurück. Sie hatte nicht gefrühstückt. Keinen Tropfen. Und sie war sauer. Erben war ein schwieriges Geschäft.

»Haben Sie vielleicht was zu trinken für mich?«, nörgelte sie dann. »Wenn ich schon extra hierhergefahren bin?«

»Womit sind Sie denn gefahren?«, erkundigte sich Dollinger, der sich an Sissis Erzählungen erinnerte.

»Mit meinem Porsche«, antwortete Helga stolz.

»Porsche?« Ein wenig Neid klang aus Dollingers Stimme.

Sie nickte. »Ist schon ein bisschen älter, läuft aber wie eine Hexe.«

Na, dann passt's ja, dachte Dollinger.

»Wieso fragen Sie?« Helga musterte Dollinger argwöhnisch. »Gefällt Ihnen was nicht an meinem Wagen?«

»Nein, gnädige Frau, alles bestens. Passt zu Ihnen«, entgegnete dieser politisch korrekt. Nach fünfunddreißig Jahren Ehe hatte er einen sechsten Sinn für richtige Antworten entwickelt. »Soll ich Ihnen einen Kaffee bringen lassen?«

»Nein danke. Ich will jetzt unterschreiben.«

»Ja, was denn?«

»Mein Geständnis, Sie Koryphäe«, knurrte Helga biestig.

»Ihr Geständnis?«

»Ja, was sonst.« Sie schüttelte ihren Kopf. Die langen blonden Haare flogen in ihr Gesicht, und für einen Moment sah sie wirklich aus wie eine Hexe. »Ich habe meine Schwester umgebracht, damit ich endlich an das Haus rankomme, es verkaufen und aus diesem Provinznest abhauen kann. Jetzt hole ich mir ihren im Garten vergrabenen Schatz und haue ab nach Paraguay.« Sie funkelte Dollinger boshaft an.

»Ehrlich?«, entfuhr es Dollinger.

»Nein. Natürlich nicht. Suchen Sie sich gefälligst selber den Mörder«, antwortete sie verächtlich. »Hätte Ihnen so gepasst, gell? Dass hier einfach die Leute reinspazieren und ihr Geständnis ablegen, dann brauchen Sie gar nichts mehr zu tun.« Sie sah sich hochnäsig im Zimmer um, und ihr Blick blieb an einem zur Hälfte geleerten Plätzchenteller hängen. »Na, da haben wir es ja«, sagte sie.

»Was denn?«, fragte Dollinger, der wieder einmal nichts mitbekam und sich nur wünschte, dass all das bald vorüberginge.

»Ihr Problem«, pampte Helga. »Essen.«

»Ich hab mit dem Essen kein Problem«, wand sich Dollinger.

»Glaube ich Ihnen sofort«, war die Antwort. »Bloß mit dem Nichtessen, nicht wahr? Und Sie haben hier vielleicht eine Unordnung …« Sie klopfte auf Dollingers Schreibtisch. »Hier sollte mal einer aufräumen. Finden Sie überhaupt noch was?«

»Bis jetzt hab ich noch alles gefunden.« Dollinger atmete schwer aus. »Möchten Sie Ihrer Aussage noch etwas hinzufügen?« Doch ein Geständnis vielleicht? Aber er dachte es nur. Sicherheitshalber.

In diesem Moment klingelte sein Telefon. Gott sei Dank. »Gut. Schickts die zwei rauf«, sagte er und lehnte sich zurück. Alles, was diesen Dialog unterbrach, konnte nur gut für ihn sein.

## Montagmittag, Mindelheim

»Heute könnten wir doch was essen, Sissi, oder?« Klaus sah auf den Eingang der »Kutsche«.

»Keine Zeit, mein Lieber«, antwortete Sissi. »Ist auch gleich erledigt. Jetzt reiß dich mal am Riemen oder hol dir irgendwo eine Semmel.«

»An manchen Tagen benimmst du dich wie eine Ehefrau«, schimpfte Klaus und tappte hinter Sissi her, wobei er die ganze Zeit ängstlich auf den Boden starrte. »Die Schneeränder krieg ich nie wieder aus dem Wildleder raus«, meinte er dann und hob seinen rechten Fuß.

»Denk an Steinmeier. Besser Schneeränder als ein Fettnäpfchen«, sagte Sissi. »Wir müssen hintenherum.«

»Und wieso machen wir das?«

»Weil wir, wenn wir sagen, wir ermitteln in alle Richtungen, nicht nur be-, sondern auch entlastende Spuren suchen, mein Lieber. Unser Puzzle ist fast komplett. Und jetzt hol mal dein Telefon raus und ruf das Foto mit dem Schlüssel auf.«

Sie gingen um das Gebäude herum und passierten eine gemauerte Feuerstelle.

»Mann, grillen tut der im Sommer offenbar auch noch. Ich kann schon die Wurst riechen«, quengelte Klaus, als er mit Sissi auf das Schild »Zimmer – frei« zulief.

Sie betraten eine geräumige Halle mit gefliestem Boden, schweren Ledermöbeln und dunkelblauen Vorhängen. Alles machte einen äußerst gediegenen Eindruck. In der Mitte auf dem blank polierten Boden stand sogar ein Flügel.

»Wow.« Klaus war beeindruckt. »Das macht ganz schön was her.«

»Da spielt nie einer drauf. Der sieht bloß gut aus, genau wie Sie«, ertönte eine helle Stimme von der Rezeption. »Hallo, ich bin die Maria. Was kann ich für Sie tun?«

Eine junge rothaarige Frau stand auf und begrüßte die beiden mit einem strahlenden Lächeln. Sie hatte schneeweiße Haut und riesige grüne Augen. Klaus betrachtete sie wie einen fleischgewordenen Traum.

Dafür bekam er von Sissi einen Rippenstoß. »Konzentrier dich«, flüsterte sie und wandte sich dann an Maria. »Das ist ja mal nett. Normalerweise freut man sich nicht so, uns zu sehen. Ist Herr Haug auch hier?«

Maria nickte und ließ Klaus nicht aus den Augen. »Drüben, im Lokal«, sagte sie dann. »Brauchen Sie was von ihm? Oder möchten Sie ein Zimmer mieten?«

»Weder noch.« Klaus legte seinen geballten Charme in die Waagschale. »Wir möchten nur Ihre Schlüssel sehen, das ist alles.«

»Wie bitte?« Maria schien verwirrt. Sie war Mitte zwanzig, hatte ein bezauberndes sommersprossiges Gesicht und war gertenschlank.

»Hier.« Klaus hielt ihr sein Mobiltelefon hin und zeigte ihr das Foto des Schlüssels, den Olga Rimowa am Vortag mühevoll den Katharinenberg hochgeradelt hatte. »Ist das einer von Ihren?«

»Was?« Sie schaute ihn ratlos an.

»Ist das einer von Ihren Schlüsseln?«, fragte Sissi und deutete auf die Wand hinter dem Tresen, wo die Zimmerschlüssel aufgereiht waren.

Maria betrachtete kurz das Brett. »Ja, denke schon. Nummer vier?« Dann klapperte sie auf der Computertastatur. »Ist nicht belegt zurzeit. Moment, das ist … wird nie belegt. Komisch. Würden Sie mir sagen …«

»Ach, Entschuldigung«, bedachte sie Klaus mit dem breitesten Grinsen, das er zustande brachte. »Sie haben uns so verwirrt.«

»Dich vielleicht«, sagte Sissi trocken. »Sommer und Vollmer von der Kriminalpolizei Memmingen. Hier bitte.« Sie hielt Maria ihren Ausweis hin, die diesen ausgiebig studierte.

»Wow, so was sieht man ja bloß im Fernsehen normalerweise. Ich hab noch nie mit der Polizei zu tun gehabt.«

»Was nicht ist, kann ja noch werden«, antwortete Sissi voller Ironie, aber Maria sah sie nur verständnislos an. »Wann war denn das Zimmer Nummer vier das letzte Mal belegt?«, fragte Sissi dann.

»Schon ewig nicht mehr, wenn ich das richtig sehe. Da ist ein Vermerk, dass es nicht vergeben werden darf. Ich versteh das nicht richtig. Ist aber das erste Mal, dass ich das bemerke.« Maria wirkte ratlos.

»Ist dieser Schlüssel mit der Nummer vier am Brett hinter Ihnen?« Sissi wurde allmählich ungeduldig.

Maria drehte sich um. »Ja, ist da. Den hat der Chef vorhin aufgehängt. Wieso?«

Sissi bemühte sich um Gelassenheit. »Das ist intern. Und merkwürdig. Aber herzlichen Dank. Sie haben uns schon sehr geholfen. Dies ist also definitiv ein Schlüssel von Ihnen, richtig?«

»Klar, ich komm ja vom Fach. Hab vorher in Oberstaufen gearbeitet. Und Schlüssel nimmt heutzutage fast keiner mehr. Die meisten Hotels haben jetzt Magnetkarten.«

»Verstehe«, antwortete Sissi. »Danke schön. Sollte ich mal ein Bett brauchen, melde ich mich bei Ihnen. Und ich bin sicher, mein Kollege macht das schon früher. Weil er schon ewig das Frundsbergfest besuchen möchte. Ist ja immer eine Sensation hier.«

Maria nickte begeistert. Dann sah sie Klaus mit einem verzückten Augenaufschlag an. »Wo Sie mich finden, wissen Sie ja«, säuselte sie. Klaus bejahte selig. »Bin donnerstags immer in der ›Wunder-Bar‹!«, schrie sie ihm nach. »Da ist Ladies Night.«

»Auch das hätte ich mir denken können«, raunte Sissi. Dann verschwanden sie nach draußen.

»Jag mich jetzt bitte nicht da rein«, bat Klaus. »Ich hab echt Hunger. Normalerweise essen wir immer was, wenn wir ermitteln, und jetzt reicht angeblich die Zeit nicht.«

»Klaus.« Sissi blieb stehen und sah ihn ernst an. »Wir sind ganz dicht dran. Ehrlich. Ich brauche nur noch eine Bestätigung aus Memmingen. Und wir haben doch drüber gesprochen, dass wir das auf unsere Weise erledigen. Außerdem ist bald Weihnachten. Bitte, bitte, hol dir irgendwo eine Semmel. Wir haben echt keine Zeit. Beim nächsten Mal wieder, okay?«

Klaus stimmte bedauernd zu, und sie betraten den Landhausflur der »Kutsche«. Aus der geräumigen Gaststube hörte man gedämpftes Stimmengewirr.

»Der Laden scheint zu laufen«, sagte Klaus. »Schon wieder fast voll. Der Mann hat einen guten Riecher.«

»Sie schon wieder?«, fragte Wolfgang, als die beiden an seiner Bürotür standen. Er öffnete die Tür weit und bat sie nach drinnen. »Waren wir nicht fertig?«

»Ach wissen Sie, fertig ist man in unserem Beruf eigentlich nie.« Sissi setzte sich unaufgefordert in einen der beiden Ledersessel.

Wolfgang sah sie wieder äußerst wohlgefällig von oben bis unten an. Aber er wirkte unkonzentriert, als würde ihm etwas auf die Nerven gehen. »Kommen Sie vorbei, sooft Sie wollen«, murmelte er. »Ich hab schon Schlimmeres gesehen. Sie erinnern mich an jemanden. Ist lange her.«

»Herr Haug«, unterbrach ihn Klaus. »Wir möchten wissen, wer bei Ihnen im Gästehaus dauerhaft das Zimmer Nummer vier gemietet hat. Beziehungsweise: Das Zimmer ist angeblich seit Monaten nicht mehr belegt worden, und trotzdem kursiert ein Schlüssel mit der Nummer vier? Wie kann das sein?«

Es war interessant, Wolfgangs Gesicht zu beobachten. Er wirkte wie jemand, den man mit einer wütenden Klapperschlange in einem Käfig eingesperrt hatte. »Ich verstehe die Frage nicht«, sagte er dann. Alle Jovialität war aus seinem Gesicht verschwunden.

»Soll ich sie wiederholen?«, fragte Sissi langsam.

»Das ist nur eine Gefälligkeit für einen Bekannten«, antwortete er langsam. »Und wenn Sie mit einem Durchsuchungsbefehl kommen, dann gebe ich Ihnen gern weitere Auskunft. Vorher …«

»Danke, wir haben heute schon zwei Durchsuchungen«, konterte Sissi süffisant. »Für eine dritte reicht die Zeit nicht. Ich hatte gehofft, Sie klären mich auch ohne auf. Frau Dorsch, stimmt's?«

Wolfgang zuckte zusammen, fing sich aber sofort wieder. »Wie kommen Sie darauf?«

»Na gut, ist auch nicht so wichtig«, antwortete Sissi gelassen. »Andere Frage: Frau Rothenfels war Teilhaberin in Ihrem Lokal?«

Wolfgang war bleich geworden. »Ja. Ist schon einige Jahre her. Ich hab mir nicht mehr zu helfen gewusst. Wollte den Anbau machen. Hab nicht genügend Geld zusammenbekommen. Und keiner von den Leuten, die sonst abends bei mir sitzen und auch am Wochenende, hat geholfen. Und da hab ich in meiner Not die Helga angerufen. Und die Moni.«

»Ach echt?«, sagte Klaus interessiert. »Beide gleichzeitig?«

»Ich bin doch nicht auf der Brennsuppe hergeschwommen.« Wolfgang zwinkerte Klaus verschwörerisch zu.

»Was?«, fragte der verwirrt. »Geschwommen? Suppe?«

»Erklär ich dir später«, sagte Sissi. »Sie haben also bei beiden um Geld gebeten?«

»Ja.« Wolfgang nickte. »Die Helga wollt gar nicht. Na ja, war auch schwer, die in einem guten Moment zu erwischen. Da hat sie grad ihre esoterische Phase gehabt und mir bloß erklärt, dass Geld nicht alles ist und dass man an irdischen Besitzgütern nicht so hängen soll, weil die in Afrika auch bloß Lehmhütten ham. Selber hockt sie in einer riesigen Villa und ...« Sein Blick irrte durchs Zimmer und blieb wieder an dem uralten Pin-up-Kalender hängen. Vielleicht war der bloß zu diesem Zweck dort aufgehängt worden.

»Ja, und die Monika Rothenfels?«, fragte Sissi weiter. »Die hat dann Geld rausgerückt?«

»Ja. Sie hat eine Investition gesucht, weil die ja 2000 so einen Haufen Geld verloren ham, die zwei, verstehen Sie?«

»Wo waren Sie eigentlich am Donnerstagabend und in der Nacht?«

»In der Bar. Wie jeden Tag«, antwortete Wolfgang schnell. »Warum fragen Sie? Das war doch die Nacht, in der –«

Sissi ließ ihn nicht aus den Augen. »Ja, Herr Haug, die Nacht. Sie waren also in der Bar. Und Sie haben ganz bestimmt Zeugen, habe ich recht? Mich würde wirklich interessieren, wieso Sie bei unserem ersten Besuch angegeben haben, Frau Rothenfels nicht zu kennen. Dabei schuldeten Sie ihr eine Menge Geld. Die Essenslieferungen wurden nie berechnet, zumindest liegt uns nichts vor. All das haben Sie uns verschwiegen.«

Wolfgangs Gesicht nahm eine fahlgelbe Farbe an. Er sah nicht gut aus. Gar nicht mehr wie George Clooney.

»Und außerdem«, sagte nun Klaus, »wissen wir auch, dass Frau Rothenfels in letzter Zeit mehrere Male bei Ihnen angerufen hat, um das Geld zurückzufordern. Sie wollte ihre Investition aus der Firma ziehen. Das hätten Sie nicht ohne Weiteres verkraftet, oder?«

Wolfgang setzte sich in seinen ledernen Bürosessel. Sein Blick irrte durch den Raum und blieb wieder an dem alten Kalender hängen. »Meine finanziellen Verhältnisse gehen Sie nix an. Gut. Ja. Hab sie gekannt«, gestand er kaum hörbar. »Aber wenn die Polizei zu einem kommt und einen fragt, ob man jemanden kennt, denk ich, ist es besser, erst mal nichts zu sagen.«

»Interessante Einstellung. Und Sie dachten, wir erfahren das nicht?« Klaus sah Wolfgang verständnislos an.

»Ja«, erwiderte Wolfgang gedehnt. »Und jetzt? Wollen Sie mich belangen? Bin ich verdächtig?«

»Auch nicht mehr als vorher, Herr Haug«, antwortete Sissi. »Wir müssen jetzt noch etwas erledigen, entschuldigen Sie uns bitte.« Beide standen auf und verließen Wolfgang.

»Grad noch mal gut gegangen«, brummelte er und suchte in seiner Schreibtischschublade verzweifelt ein Taschentuch, um sich den Angstschweiß von der Stirn zu wischen. Er fand zwei alte Kaugummipäckchen, Kondome mit abgelaufenem Verfallsdatum, ein Feuerzeug, das aussah wie eine Pistole, und einen Fünf-Euro-Schein. Man hörte ihn bis in die Diele fluchen.

»Sissi, was war das denn jetzt?«, sagte Klaus erstaunt. »Interessiert uns wirklich, was Elli Dorsch in der ›Kutsche‹ tut und mit wem?«

»Mehr, als du glaubst. Immerhin geht es um einen Mord. Und um ein Alibi. Hast du die Auswertung der Mobilfunkdaten nicht gelesen?«

»Ja, stimmt. Wir wissen ja beide, wer sich am Donnerstag in Zimmer Nummer vier auf jeden Fall aufgehalten hat. Aber die Geschichte mit der stillen Teilhaberschaft?«, fragte Klaus weiter, während sie zum Parkplatz schritten.

»Astreines Motiv«, grinste Sissi. »Der Typ war so aalglatt, ich habe ihn nur ein wenig aufgeraut.«

»Du machst mich fertig. Und ich hab Hunger!«

»Dann darfst du jetzt ein paar Gerüche schnuppern«, sagte Sissi bestimmt. »Du Armer.«

Sie gingen den Flur entlang, bis sie vor der Küche standen. Sofort erschien wieder der mürrische Koch vom Freitag, der sie musterte. »Privat. Management.« Er deutete Richtung Büro.

»Diesmal möchten wir gern da rein.« Sissi zeigte ins Innere der Küche. »Danke, guter Mann. Riecht echt toll bei Ihnen. Ah, ich sehe sie schon. Hallo!«

Christa, die gerade an einem Arbeitstisch damit beschäftigt war, Karotten zu Julienne zu verarbeiten, drehte sich um. Sie trug ein Haarnetz zu ihrer Arbeitskleidung und wirkte total unausgeschlafen. »Sissi? Was …«

»Kippst du jetzt um? Was ist denn?«, fragte Sissi, doch Christa verneinte nur und legte das Gemüse auf das Holzbrett. Ihre Hände zitterten. »Lass uns kurz rausgehen«, sagte Sissi, und Christa folgte ihr in die Diele. »Komm, gehen wir da rein.«

Sissi öffnete die Tür zum Aufenthaltsraum, einem kleinen, ungemütlichen Zimmer mit einem Tisch und sechs Stühlen, die nicht zusammenpassten. An der Wand waren ein paar Haken angebracht, darunter eine Bank. Sissi beäugte die an Haken aufgehängten Kleidungsstücke nur kurz. Dann wandte sie sich Christa zu. »Mal ehrlich jetzt: Wo war der Toni am Donnerstag?«

»Beim Schaffen«, entgegnete diese ohne Zögern. »Der macht ja da immer die Nachtarbeit. In Mindelheim.«

Sissi ließ nicht locker. »Am Freitag war er bei der Weihnachtsfeier. Da bist du ja nicht mitgegangen. Und du bist dir ganz sicher, dass er am Donnerstag bei der Arbeit war, gell?«

Christa nickte.

»Tja …« Sissi sah Christa prüfend an. »Hundertprozentig? Von wegen Arbeit in Mindelheim? In der Nacht? Da frage ich mich schon, woher du das wissen willst, wo der Toni war. Aber gut, das war schon alles.«

»Alles?« Christa sah Sissi verständnislos an. »Und dafür holst mich von der Arbeit weg? Ja? Jetzt krieg ich wieder einen Anschiss vom Küchenchef. Der hat mich heut schon rund gemacht, weil ich gesagt hab, ich will nicht rausfahren und das Essen ausliefern. Und jetzt muss ich doch.«

»Mei, Christa, ist halt der Job«, antwortete Sissi. »Tut mir leid. Du fährst einfach immer, wohin das Navi dich schickt. Sag mal, hast du vielleicht den Verdacht gehabt, dass der Toni dich betrügt, und bist deshalb zu mir gekommen, oder was war der Grund?«

Christa wurde kalkweiß. »Wieso fragst das jetzt, Sissi?«, hauchte sie kaum hörbar.

»Könnt es nicht sein, dass da vielleicht mehr dahintersteckt als eine Nachtschicht?«, fragte Sissi zurück. »Also ich an deiner Stelle würd mir das nicht gefallen lassen. Das weißt du, oder?«

Christa nickte wie einer dieser Hunde mit dem Wackelkopf, die sich manche Leute auf die Ablage ihres Autos stellen. Es sah aus, als würde ihr Hals nur noch an Drähten gehalten. »Was weißt du? Sag's mir, Sissi«, bat sie dann tonlos.

»Darf ich ja nicht, Christa. Darf ich ja nicht«, murmelte Sissi bedauernd. »Und du hast doch viel bessere Möglichkeiten als ich. Immerhin fährst du mindestens eine Stunde jeden Tag durch die Gegend und lieferst Essen aus. Da sieht man ja viel. Besuchst du den Toni eigentlich ab und zu in der Firma?«

»Na. Soll ich denn?«

»Ich sage nichts, Christa«, meinte Sissi. »Musst du wissen. Ist ja nicht mein Mann, oder?« Damit stand sie auf. »Wir sind fertig. Geh ruhig wieder an die Arbeit. Wir sehen uns bestimmt bald wieder.«

»Wenn du meinst.« Christa drehte sich um und verließ mit hängendem Kopf den Aufenthaltsraum.

»Sissi?« Das war Klaus, der kurz verschwunden war und nur Sissis letzten Worten ungläubig gelauscht hatte. »Was tust du da? Du hast die Frau doch gerade aufgehetzt? Außerdem möchte ich dich dran erinnern, dass wir etwas anderes vorhaben. Hatten. Gehabt haben.«

»Machen wir schon, Klaus.« Sissi sah irgendwie bedrückt aus. »Ich habe sie nicht aufgehetzt. Nur etwas … angeschoben, damit es schneller geht. Ich kenne sie. Das gärt jetzt zehn Minuten, dann kann sie nicht mehr an sich halten. Damit klären wir den Fall auf. Und das vor Weihnachten. Das war doch der Plan, oder? Was hast du da?«

Fassungslos sah sie Klaus an, der verlegen und mit schuldbewusstem Gesichtsausdruck einen Dessertteller in der Hand balancierte, von dem er soeben das letzte Stückchen Tortellini in den Mund schob. »Hab nur noch einen letzten Blick in die Küche geworfen«, nuschelte er. »Das hat mir jemand in die Hand gedrückt, einfach so. Hab wohl hungrig ausgesehen. Mmh, Steinpilzfüllung mit Ricotta. Feinfühlige Menschen sind das, diese Köche.«

»Du bist wirklich unglaublich.« Sissi schob ihren Kollegen in Richtung Ausgang. »Raus jetzt. Telefonieren muss ich auch noch.«

»Angeschoben nennst du das also«, sagte Klaus. Sein schlechtes Gewissen war ihm deutlich anzusehen. »Das ist nicht das richtige Wort, denn das heißt ›perfide‹.«

»Ich weiß.« Sissi wirkte bedrückt.

»Kollegin …« Klaus blieb stehen und sah Sissi an. »So kenne ich dich gar nicht. Seit zwei Jahren arbeiten wir beide zusammen. Wir haben einige Täter geschnappt. Normalerweise hast du immer einen flotten Spruch auf den Lippen. Heute habe ich noch nichts gehört.«

»Ach, vielleicht wegen Weihnachten. Vielleicht stinkt mir aber auch gelegentlich der Job.« Sissi verstummte und wählte die Nummer vom Revier. »Du hättest mich gleich angerufen? Zwei Seelen, ein Gedanke, mein lieber Hans. Ehrlich? Wirklich? Besteht gar kein Zweifel?« Sissi lauschte. »Tja, dann hätte ich mir diese Aktion grade sparen können. Die war nämlich echt gemein. Bitte schick jemanden mit den Haftbefehlen nach Mindelheim zu uns. Eilt sehr. Der Boss weiß Bescheid, der wartet schon auf meinen Anruf. Danke, Hans.«

»Schon wieder Dollinger?«

Sissi nickte. »Alles Weitere im Auto. Und jetzt ab zur Villa Rothenfels. Das wird der letzte Beweis. Dann ins Krankenhaus. Pronto!«

## Montagnachmittag, Memmingen

»Und jetzt? Werde ich hier alt und grau?«, fragte Helga in Unkenntnis der Sachlage und Ermangelung eines Spiegels giftig.

»Mir sind gleich fertig, meine Dame«, erwiderte Dollinger gut gelaunt.

Da müssen schon Metzger kommen und keine Wursträdchen, um mich fertigzumachen, dachte er. Helga Hausmann kannte Dollingers Frau nicht. Er war abgehärtet. Und die beiden Damen, die jetzt auf dem Weg in sein Büro waren, würden kurz warten müssen. Wenn Helga Hausmann sah, dass jemand vor der Tür stand, würde es schnell gehen. Er war schon ein Fuchs.

Dollinger bereute seinen Entschluss beinahe umgehend, als sich die Tür ohne Klopfen öffnete und er die beiden sah, die auf der Schwelle standen: eine äußerst üppige Dame Anfang fünfzig mit langem dunkelblonden Haar und eine jüngere mit einer Pelzmütze, die den ganzen Kopf verdeckte. Sie sah ihn aufgeregt an, als erwarte sie, dass er gleich ein Rad schlagen würde. Dollingers erster Eindruck war der von Ärger. Und mit Ärger kannte er sich aus.

»Grüß Gott.« Die ältere der beiden musterte ihn streng. »Wir sind Lydia König und Olga Rimowa. Aus Mindelheim. Helga, was machst du denn bei der Polizei?«

Helga sah pikiert auf die beiden Neuzugänge. »Sieh mal einer an«, sagte sie. »Die Frau vom Dr. König höchstpersönlich mit ihrem radebrechenden Dienstmädchen. Habt ihr heute euer Weight-Watchers-Treffen bei der Polizei?« Sie deutete mit einem abgenagten Fingernagel auf Dollinger und dann auf Olga.

»Helga, guten Morgen«, antwortete Lydia gelassen. »Bist vorhin an uns vorbeigebraust auf der Autobahn. Dass du deinen Führerschein noch hast, ist ein Weihnachtswunder. Schlank wie immer, aber des bisschen Essen kann man auch trinken, oder? Jetzt sei nicht so bissig. Tut mir leid wegen der Monika. Dir ja nicht so, oder?« Sie stemmte die Arme in die Hüften und sah Helga direkt in die Augen.

»Je mehr von dir herumläuft, um so impertinenter wirst du«, sagte Helga süffisant und musterte Lydia von oben bis unten. »Immer noch neureich und schäbig angezogen. Brauchst dich nicht über mich mokieren.«

Olga stand während dieses Wortwechsels fassungslos da und sah abwechselnd von einer zur anderen, während sich Dollinger aufgrund seiner langjährigen Erfahrung als Ehemann nicht einmischte.

»Man sieht dich ja gar nimmer in der Stadt«, holte Lydia zum Gegenschlag aus. »Solltest ein bisschen mehr unter die Leut gehen oder Zeitung lesen, dann wüsstest auch, dass dein Mantel das letzte Mal in den vierziger Jahren modern war. Oder bist auf dem Weg nach Stalingrad? Vielleicht brauchen die da eine Beißzange zum Panzerreparieren!« Lydia war jetzt doch wütend geworden, und Olga sah sie erstaunt an. So kannte sie ihre Kundin Nummer eins gar nicht.

»Pfff«, entfuhr es Helga. Dann stand sie ruckartig auf und starrte Dollinger boshaft an. »Sie sind ja jetzt in allerbester Gesellschaft. Ich gehe vor die Tür, eine rauchen. Soll ich mir selber die Handschellen anlegen, oder geht's auch so?«

»Ach Helga«, sagte Lydia müde. »Ich hab mal gelesen, dass wir die Ketten selber schmieden, die wir tragen. Du brauchst doch gar keine Handschellen mehr. Ich schau gelegentlich mal bei dir vorbei.«

»Bloß nicht.« Damit rauschte Helga aus dem Zimmer. Niemand wagte, sie aufzuhalten.

»Uff«, entfuhr es Dollinger. Dann wandte er sich an Lydia und Olga. »Grüß Gott auch die Damen. Was kann ich für Sie tun?«

»Na, ich bin da wegen der Leiche im Brunnen von der Mindelburg.« Lydia schnappte sich kommentarlos Helgas Stuhl und platzierte sich vor dem Schreibtisch, um Dollinger unverhohlen anzustarren. »Sie würd ich gern mal mit auf meinen Morgenlauf nehmen. Olga, setzen Sie sich auch, los.«

Olga sah sich kurz um, entdeckte keine Sitzgelegenheit, tappte ins Nebenzimmer und holte dort unter dem Protest von Frau Sonnenstrahl einen Bürostuhl, den sie neben Lydia schob.

Dann setzte sie sich auch und starrte Dollinger erwartungsvoll an.

»Und Sie, gnädige Frau?«, fragte Dollinger, der sich innerlich von einem ruhigen Tag verabschiedete.

»Ich habä Totä gefundän in Mindälhaim«, sagte die Dame und nahm ihre Pelzmütze ab, woraufhin eine Masse dunkelbraunen Haares zum Vorschein kam, das sie kräftig schüttelte.

»Sie meinen Frau Rothenfels?«, vergewisserte sich Dollinger. »Also Sie, Frau … König, haben den Fund im Burgbrunnen gemacht und Sie die Tote in der Villa entdeckt? Das sind zwei ganz verschiedene Angelegenheiten, und die muss ich getrennt aufnehmen. Wenn bitte eine von Ihnen rausgehen würde. Mir egal, womit wir anfangen.«

»Habän Sie Kaffää? Cappuccino?« Olga hatte es sich bequem gemacht und zwinkerte Dollinger zu, der irritiert zurückzwinkerte, aber aus Nervosität.

»Kaffee kann ich Ihnen bringen lassen«, nickte dieser dann.

»Ich bleib da«, beharrte Lydia entschlossen. »Die Olga versteht noch nicht so gut Deutsch, ich muss sie unterstützen. Sie lernt fleißig, aber von heut auf morgen geht des nicht. Verstehen Sie?«

»Gut, gnädige Frau, dann fangen wir mal bei Ihnen an.«

»Sagän Sie«, unterbrach ihn Olga. »Sie noch nicht färtig?«

»Fertig? Mit was denn?« Dollinger sah die Dame fragend an.

»Wieso dauärt so langä Sie auflösän Fall?«, sagte Olga und starrte Dollinger durchdringend an. »Schweigär macht viel schnellär.«

»Wer?«, fragte Dollinger verdattert zurück.

»Sie meint den ›Tatort‹. Sieht gern Krimis. Mit denen lernt sie Deutsch«, erklärte Lydia.

Olga nickte eifrig. »Verhaftän! Allä!«

Dollinger bereute, heute Morgen aus dem Haus gegangen zu sein, als ihm einfiel, was »im Haus« bedeutete, nämlich Frau und Schwiegermutter. Er saß in der Falle.

»Kennä Mann«, sagte Olga dann. »Habän Sie Waffä?«

»Ich versteh nicht«, antwortete Dollinger.

»Na, ob Sie eine Pistole ham. Die Frau spricht doch Deutsch, und recht anständig dazu«, polterte Lydia ungehalten. »Wieso ist überhaupt die andere nicht da, diese Frau mit dem Übergewicht?«

»Frau … äh … König, ich weiß net …« Dollinger wurde blass. Die Angelegenheit schien ihm zu entgleiten.

»Na, die mit dem hübschen Kerl, der sich nicht rasiert. Die war doch am Samstag auch da. Wo ist die heut?«

»Ah«, rief Dollinger, dem ein Licht aufging. »Sie meinen Frau Sommer und Herrn Vollmer. Die sind leider unterwegs. Aber Ihre Aussage zu Protokoll nehmen kann ich auch.«

»Ich weiß nicht, ob mir das wollen, gell, Olga?«, wandte sich Lydia an ihre Putzfrau. »Weil, die Dunkelhaarige kennt sich aus, und der mit dem Bart auch. Sie wissen ja bestimmt gar nix. Und ich hab noch eine Information.«

»Ja, und wieso so langsaaam?« Olga war von der deutschen Justiz maßlos enttäuscht. Sie hätte nie gedacht, dass gute deutsche Wertarbeit wie ein Fernsehkrimi und die Realität so weit auseinanderklafften.

»Also, meine Damen, ich kann das alles ganz genauso gut. Ich habe die gleiche Ausbildung und bin jetzt im Innendienst.«

»Wieso innän? Wieso nicht außän?«, fragte Olga interessiert, die sich im Büro umsah und überlegte, dort ihren Service anzubieten. Der öffentliche Dienst war ein seriöser Auftraggeber, und das bisschen Zugfahren von Mindelheim nach Memmingen … Außerdem würde sie bald ihren Führerschein und ein Auto besitzen und vielleicht noch eine Hilfe einstellen. »Fenstär dräckig«, sagte sie dann. »Brauchän Sie Hilfä?«

Dollinger sah sie verzweifelt an. »Ich putz hier nicht. Ich arbeite hier nur.«

»Ja, und was dann?« Das war wieder Lydia, die Dollinger durchdringend mit der ganzen Schärfe von dreißig Jahren Eheerfahrung anschaute.

Der wurde immer kleiner. Die Geschichte erinnerte ihn fatal an einige andere Erlebnisse in den letzten Jahren.

»Also, ich kennä Mann«, wiederholte Olga.

»Ja, welchen Mann denn?«, japste Dollinger verzweifelt.

»Des erzählt sie erst, wenn die richtigen Kripobeamten da sind. Weil des nämlich wichtig ist. Glaub ich«, sagte Lydia. »Mir bleiben da. Ham Sie ein Wartezimmer?« Sie sah sich um, entdeckte aber nur eine vertrocknete Dieffenbachie, die kurz vor dem Tod zu stehen schien, und ein Adventsgesteck, das aus einem Tannenzweig, einer unbenutzten Kerze und einer toten Fliege bestand.

»Sie brauchän Hilfe«, wiederholte Olga und deutete auf die tote Fliege.

Allmählich glaubte Dollinger das auch.

## Montagvormittag, Mindelheim

»Schon wieder Dollinger?«, fragte Klaus, als Sissi ihr Mobiltelefon zückte und die Kurzwahl vom Revier eintippte.

»Hans?«, sagte sie kurz darauf, und sogar Klaus konnte das Stöhnen von Dollinger hören. »Ja, weiß ich. Du, die Zentrale war grade belegt. Was? Na – Aussage aufnehmen. Hausmann, König, Rimowa. Wieso nicht? Verstehe. Musst sie halt überreden. Haug? Donnerstag bei Rothenfels? Schau einer an. Ich habe mir doch gedacht, dass der irgendwas verbirgt. Frau König hat das gesagt? Welcher schöne Mann? Ach, die meint bestimmt Toni Melzer.«

Sie warf Klaus einen bedeutungsvollen Blick zu. »Na, dann ruf mich wieder an, wenn du es rausgefunden hast. Hat Finger in Schubladen gesteckt? Mehr als aufschlussreich. Dein Büro? Ab und zu ein bisschen unaufgeräumt. Aber dreckig, nein, find ich eigentlich nicht.« Sie grinste. »Gib mir doch mal die Kollegen vom Einbruch. Oder sag, der Frankenwalder soll mich zurückrufen. Auf dem Handy. Wir sind da was Größerem auf der Spur. Ich fahre jetzt mit Klaus zur Villa Rothenfels. Die Haftbefehle lässt du uns bringen? Prima. Ich melde mich nachher noch mal.« Sie beendete das Gespräch.

»Lass mich raten: Dollinger hat Besuch. Haug war bei Rothenfels in der Tatnacht. Wer hat die Finger in die Schubladen gesteckt?«

»Melzer«, antwortete Sissi.

Klaus stutzte. »Schon interessant, wie sich ein Puzzlestück zum nächsten gefügt hat. Allerdings haben wir das zum Teil deinem Bauchgefühl zu verdanken. Und der Boss steht nicht so auf Empathie. Du weißt, wie der drauf ist. Mit Gefühlen klärt man keine Fälle auf, sagt er immer. Das gilt auch für dich.«

»Nein, tut es nicht«, winkte Sissi ab. »Wir brauchen nur noch den letzten Beweis. Ist schon komisch mit den Menschen. Und mit dem Leiden. Jeder auf seine Weise.« Sie seufzte tief. »Jetzt ab zur Frau Rothenfels beziehungsweise zu ihrer Villa. Unser letztes Puzzleteil.«

»Ob Steinmeier sich endlich reingetraut hat zum Dorsch?«, fragte Klaus, während sie an der Polizeiwache vorbei den Berg hochfuhren.

Sissis Telefon meldete sich schon wieder. »Hallo, Hans. Ehrlich? Ist denn heut schon Weihnachten? Was meint der Boss? Verstehe. Lass dich nicht nerven. Ach, haben sie gemacht? Siehst du, du schaffst das doch. Diese Daniela Dorsch ist Gold wert. Die hat uns echt geholfen. War meine Idee mit der Auftragsliste vom Dorsch richtig?« Sie lauschte eine Weile. »Aha. So einfach? Das war alles wirklich so einfach? Die Einbruchsopfer sind alle Kunden vom Dorsch gewesen? Danke, Hans. Hast was gut.« Sie beendete das Gespräch.

»Der arme Hans«, wandte sie sich an Klaus. »Er hatte ja Besuch von der Frau Hausmann, Frau König und Frau Rimowa. Die haben ihm schwer zugesetzt. Aber sie haben ihre Aussagen zu Protokoll gegeben, vor allem, weil sein Kaffee angeblich so schlecht ist, dass man bei uns auf dem Revier nicht lange bleiben will. Die Frau König glaubt, das sei Absicht. Und Olga möchte bei Dollinger putzen.« Sie lachte wieder. »Wir ziehen das jetzt durch, denn die Zeit drängt. Was meintest du wegen Steinmeier? Der hat nur gewartet, bis wir weg waren. Wird aber auch nicht mehr erfahren als wir. Alter Aasgeier. Mich wundert mehr, dass er im Taxi sitzt. Also los. Aussteigen.«

Mittlerweile standen sie vor der Villa der Rothenfels-Schwestern.

»Was für ein trüber Tag. Ich hoffe immer noch auf weiße Weihnachten«, beschwerte sich Sissi. »Und dass ich noch ein Geschenk für Peter auftreibe. Er sagt, er hätte ein ganz tolles für mich. Wenngleich ich es mir nicht vorstellen kann.«

»Dürfen wir uns jetzt wieder anschimpfen lassen? Ist die schon wieder zurück aus Memmingen?«, fragte Klaus. »Wenn ich noch mal in dieses Pop-Art-Wohnzimmer muss, dann kann ich für nichts garantieren. Wir haben aber noch nicht herausgefunden, was diese schräge Dame vom Tatort entfernt hat, schon vergessen? Vielleicht sollten wir sie doch mal festnageln? Außerdem hat mich beim letzten Mal diese dicke Katze gekratzt. Ich glaube, sie hieß Cinderella.« Er hob sein Bein. »Tut immer noch weh.«

»Schütte einfach Gin drüber«, lachte Sissi. »Denk an den leeren Fleck an der Wand. Mir wäre nicht aufgefallen, dass irgendwas fehlt – außer einem Foto. Das hat noch Zeit. Und wir müssen bei ihr nicht klingeln, weißt du. Wenn ich richtigliege …« Dann griff sie in ihre Jackentasche. Es klimperte verdächtig.

## Montagnachmittag, Mindelheim

»Hörst du das?« Doris saß zusammen mit Martha wieder am Empfangstresen der Firma Dorsch und versuchte, aus dem wütenden Stimmengewirr hinter der gepolsterten Bürotür einzelne Gesprächsfetzen zu entziffern.

»Ist ja nicht zu überhören«, zischelte Martha. »Glaubst, wir kriegen Ärger wegen der Unterlagen? Weil die Dani ja nicht mehr hier arbeitet?«

»Ach, die merkt das doch nicht«, antwortete Doris. »Um so was kümmert die sich nicht. Wären es Zahlungseingänge gewesen. Aber seit wann hat die sich schon um Aufträge gekümmert? Ich glaub, da brauchen wir keine Angst haben.« Sie zog sich die Jacke fester um die Schultern. »Weißt, wer echt widerlich war? Der fette kleine Kerl heut. Von der Zeitung. Ist noch in die Werkstatt verschwunden. Wieso hat die den nicht rausgeworfen?«

»Weiß nicht«, sagte Martha mürrisch. »Ich hab heut übrigens die Kündigung tippen müssen. Vom Toni. Die Chefin hat mir aufgetragen, ich soll des gleich machen, der Dieter unterschreibt dann, wenn er wieder da ist. Vom Toni! Ich mag den nicht sonderlich, aber des ist jetzt ja der Vierte dieses Jahr. Man kann doch nicht alle Leut rausschmeißen. Und so kurz vor Weihnachten.«

»Ach, ist doch egal. Besser der als wir«, beschloss Doris. »Aber scheint ihn aufzuregen wie die Sau. Wie der reingeschossen ist ins Büro und wie's jetzt da drinnen zugeht.« Sie zeigte auf die gepolsterte Tür, hinter der man laute Stimmen hörte.

»Warum ist denn der Dieter nicht mitgekommen?«, fragte Martha. »Jetzt ist doch keine Baustell mehr, so kurz vor Weihnachten? Und wie der heut Morgen ausgeschaut hat … ich weiß nicht.«

»Wach hat er ausgesehen, find ich. Nicht so fertig wie sonst«, flüsterte Doris. »Der Schönste ist er ja noch nie gewesen.«

»Die brüllen vielleicht rum«, wisperte Martha.

»Brauchst nicht flüstern, die kriegen nix mit«, antwortete Doris hämisch grinsend. »Trotzdem würde mich interessieren, wieso mir für die Dani das Zeug haben raussuchen müssen. Und dann so eilig.«

»Sie ist die Tochter vom Chef«, brummte Martha. »Immer noch. Auch wenn des der da drinnen nicht passt. Was hat denn der Toni eigentlich gemacht?«

Doris schüttelte ihren Kopf. »Keine Ahnung. Vermutlich passt ihr sein Gesicht nicht. Wär nicht das erste Mal, oder? Weißt du, wie es dem Helmut jetzt geht? Darf man den besuchen? Sollen wir mal zusammen hingehen?«

»Weiß nicht …«

Die Tür des Ausstellungsraumes öffnete sich mit dem melodischen Glockenspiel. Eine blonde Frau trat ein und stand orientierungslos im Raum. Sie wirkte äußerst verwirrt. Als sie Martha und Doris erblickte, ging sie auf den Tresen zu. Sie sah merkwürdig aus mit ihren zerzausten Haaren und dem offen stehenden Wintermantel. Ihre Augen waren gerötet, und sie schniefte laut.

»Grüß Gott.« Martha lächelte freundlich. »Können wir Ihnen helfen?«

Christa sah Martha merkwürdig an, dann wandte sie sich an Doris: »Sind Sie die Frau Dorsch?«

»Nein. Bin ich nicht. Gott sei Dank«, antwortete Doris. »Wieso? Ham Sie einen Termin?«

»Brauch ich nicht.« Christa schniefte wieder. Sie sah wirklich furchtbar aus, als würde sie gleich ohnmächtig werden. »Wo find ich die Frau Dorsch?«

»Na, da drinnen. Aber da können S' jetzt nicht rein, weil die grad eine Besprechung hat«, sagte Martha.

Christa achtete gar nicht auf ihre Worte, sondern lief einfach zur Tür und riss sie auf. Martha und Doris hörten nur noch den entsetzten Aufschrei einer Männerstimme und dann den Ruf: »Lass meinen Mann endlich in Ruh, du Miststück!« Dann wurde die Tür ins Schloss geworfen.

»Verdammt«, schimpfte Doris. »Wir kriegen echt gar nix mit. Jetzt wird's wirklich interessant. Schad, dass der Dieter nicht da ist. Zu schad.«

## Montagnachmittag, Mindelheim

Sissi und Klaus standen in der kalten Dezemberluft vor dem Mindelheimer Krankenhaus und betrachteten das Landratsamt Unterallgäu. In den blank geputzten Scheiben spiegelte sich der graue Vormittag.

»Nun gut, meine Liebe.« Klaus starrte gedankenverloren auf die helle Fassade. »Der Typ lässt doch ohnehin nichts raus. Der ist wie ein Ei – je länger man ihn kocht, umso härter wird er.«

»Dann schlagen wir es jetzt auf oder schälen es«, meinte Sissi entschlossen. »Auf geht's.«

Auf dem Flur in einiger Entfernung von Helmut Zimmermans Krankenzimmer standen zwei weiß gekleidete Männer und führten eine laute Unterhaltung.

»Das glaube ich nicht. Ich kenne Dr. Roth. Wir spielen Golf zusammen. Und Sie sind definitiv nicht mein Kollege. Ich rufe jetzt die Polizei!« Der Sprecher hieß Dr. Nimmerlein.

Sissi und Klaus hatten ihn am Samstag kennengelernt. Seine Haare waren immer noch verwuschelt, und seine Brille saß nach wie vor schief auf der Nase und schaffte es nicht, die übermüdeten geröteten Augen zu verbergen. Sein Gegenüber, ein kleiner, dicker, beinahe kahlköpfiger Mann in einem weißen Arztkittel, drehte sich um. Offensichtlich wollte er das Weite suchen.

»Ja, da schau her«, sagte Sissi und stellte sich Steinmeier in den Weg, der leichenblass wurde. »Noch schnell approbiert über Nacht? Das ging ja schnell, Herr *Dr.* Steinmeier. Was ist denn Ihr Spezialgebiet? Innere Medizin oder doch Psychiatrie?«

»Ich habe ... wollte ...«, stammelte Steinmeier und schielte nach einem Fluchtweg, aber dieser wurde von Klaus verbaut, der mit verschränkten Armen zusah, wie Steinmeier in seinem weißen Kittel zu schrumpfen schien.

»Sie wollten sich zu Helmut Zimmermann schleichen und ihn ausquetschen. Respekt. Das nenne ich mal echtes Engagement.« Sissi sah Steinmeier so lange durchdringend an, bis der den Blick senkte. Nach all den Jahren des Beschleichens und Rumspionierens hatte sie ihn endlich in flagranti erwischt.

»Herr Doktor«, sagte Sissi zu Dr. Nimmerlein, der interessiert beobachtete, wie Steinmeier versuchte, sich in dem viel zu langen und viel zu weiten Kittel zu verkriechen. »Wir kennen den Herrn. Er wird Sie nicht mehr belästigen. Dafür sorge ich persönlich.«

Der echte Arzt nickte. »Nichts als Unannehmlichkeiten mit diesem Typ.« Er deutete auf die Tür von Helmuts Krankenzimmer. »Heute hat ihn die Schwester tatsächlich gerade noch davon abhalten können, das Krankenhaus zu verlassen. Er war auf dem Weg nach draußen und ist zusammengeklappt. Nuschelte immer etwas von lebenswichtig. Wir mussten ihm eine Beruhigungsspritze geben. Und kaum hat sich die Lage beruhigt, taucht dieser merkwürdige Mensch auf und macht Ärger.«

»Tatsächlich?«, fragte Klaus und lächelte schief. »Wahrlich eine Rossnatur, dieser Herr Zimmermann. Diese Sorge sind Sie bald los, Herr Doktor. Und diesen Herrn«, er zeigte auf Steinmeier, »auch. Garantiert.«

Der Arzt drehte sich um und ging mit wehendem Kittel davon, nicht ohne Steinmeier noch einen finsteren Blick zuzuwerfen, den er normalerweise für Bettwanzen reserviert hatte.

»Schon gut, ich weiß Bescheid.« Steinmeier knöpfte demütig den Kittel auf und zog ihn aus.

Sissi stellte sich ihm in den Weg. »Wir werden uns wiedersehen. Demnächst. Bitte springen Sie! So schnell Sie können, Herr Steinmeier. Wenn ich aus diesem Zimmer herauskomme und auch nur noch einen Jackenzipfel von Ihnen entdecke, dann ist Schicht im Schacht. So weit klar?«

Steinmeier duckte sich wie ein geprügelter Hund. Er hatte es übertrieben. Und nur der Wodka war schuld. Einwandfrei der Wodka. Und diese dicke Russin mit den gütigen Augen. Langsam schlich er den Gang entlang, passierte das Krankenzimmer von Helmut und verschwand um eine Ecke.

»Den sehen wir so bald nicht wieder«, meinte Klaus. »Der Typ ist unglaublich. Das Klima muss bei der Presse mittlerweile wirklich hart sein. Er schreckt vor nichts mehr zurück.«

»Den knöpfen wir uns noch vor«, sagte Sissi. »Später. Der weiß, er kommt nicht davon. Jetzt hat er den Bogen überspannt. Los. Wir müssen!« Sie gingen auf das Krankenzimmer zu. Klaus winkte den zwei Streifenpolizisten, die ihnen gefolgt waren.

»War noch jemand bei dem Kranken?«, fragte Sissi den Beamten, der sogleich verneinte. »Auch nicht eine ältere Dame?« Wieder ein Kopfschütteln. »Na ja, wundert mich nicht. Die ist jetzt vermutlich komplett aus dem Häuschen, wenn sie so viele fremde Leute in der Wohnung hat. Ich schicke ihr meinen Onkel, den Pfarrer, vorbei. Sie und Ihre Kollegen werden hier noch eine Weile aufpassen müssen.«

Der Beamte sah sie an und grinste. »Da hab ich schon Schlimmeres gemacht. Passt schon. Und fürs Erste ist er ja jetzt mal wieder ruhiggestellt.«

»Na dann.« Sissi trat mit Klaus ohne anzuklopfen ein.

»Ihr schon wieder«, ächzte Helmut und versuchte, sich aufzurichten. »Hätt's net gebraucht. Lassts mir doch endlich meine Ruh.«

»Sobald du auspackst, gern«, antwortete Sissi und schnappte sich einen Stuhl. »Ich sehe, man hat den Kilometerzähler abgehängt?« Sie wies auf die leere Stelle, an der am Vortag noch der Monitor gestanden war. »Kannst du schon aufstehen? Ach ja, kannst du.«

»Net wirklich«, lamentierte Helmut und sah Sissi verschlagen an. »Mir geht's net gut. Gar net gut.«

»Vielleicht geht's dir besser, wenn du uns sagst, was du weißt.« Sissi sah Helmut direkt in die Augen. Sie waren immer noch gerötet.

»Wo sind mein Handy und mein Schlüssel?«, raunzte Helmut grantig. Er wirkte wie am Rande eines Nervenzusammenbruchs.

»Beweismaterial«, sagte Klaus.

»Für was denn ein Beweis? Dass ich einen Mobilfunkvertrag hab?«, fragte Helmut ungehalten.

»Du, Helmut?« Sissi beugte sich nach vorn und fixierte ihn, bis ihm ungemütlich zumute wurde.

»Ich hab euch nix zu sagen«, keuchte Helmut. »Ich will hier raus.«

Klaus musterte ihn undurchdringlich. »Hat ja heute Vormittag nicht geklappt. Sie werden noch einige Zeit hierbleiben müssen. Das ist keine leichtzunehmende Verletzung. Übrigens haben wir auch die Tatwaffe gefunden. Ein Schraubenzieher.«

»Ein Schraubenzieher?« Helmut sah verdutzt drein. »Hat viel mehr wehgetan. Wie eine Panzerfaust. Muss jetzt pennen. Bin krank. Pfiats euch. Auf Nimmerwiedersehen.« Helmut drehte den Kopf zur Seite und tat, als würde er einschlafen.

»Helmut?« Sissi stand auf und beugte sich zu ihm herunter. »Schau mal, was ich hier habe.« Sie klimperte mit dem Schlüsselbund. »Deine Schlüssel, siehst? Alle einundzwanzig Stück. Und jetzt rat mal, wohin die passen.« Keine Reaktion.

»Herr Zimmermann, wir wissen vom behandelnden Arzt, dass Sie ansprechbar und auf dem Weg der Genesung sind.« Klaus trat an Sissis Seite.

»Lasst mir meine Ruh«, jammerte Helmut unwillig.

»Machen wir doch. Du kriegst jede Menge Ruhe, Helmut«, sagte Sissi. »Möchtest gar nicht wissen, warum ich deine Schlüssel nicht mehr brauche?«

»Na«, war die einzige Antwort. »Muss die Schwester rufen, hab Schmerzen.«

»Ich brauch deine Schlüssel nicht mehr, weil ich jetzt weiß, wohin sie zum Teil gehören.« Sissi klimperte wieder mit dem Bund. »Hört sich an wie die Glocke vom Christkind, gell? Und das bringt dir dieses Jahr was ganz Besonderes. Einen Haftbefehl. Fast hätte ich ihn noch in Geschenkpapier eingewickelt. Ist ja bald Weihnachten. Das Haus in Legau haben wir durchsuchen lassen. Da sind nette Sachen rausgekommen. Unter anderem die Saphirkette von Frau Rothenfels. Hast du noch was zu sagen?«

Helmut funkelte sie böse an. Und dann kam sie wieder durch: diese abgrundtiefe, wie ein schiefer Zehennagel eingewachsene Bosheit: »Will Anzeige erstatten. Weiß, wer mich abgestochen hat.«

»Wir doch auch«, sagte Sissi. »Wir doch auch.«

## Montagnachmittag, Mindelheim

»Jetzt hör doch endlich auf, Schatzi«, versuchte Toni seine aufgebrachte Frau zu beruhigen. »Du bildest dir alles bloß ein, ehrlich!«

»Ich bild mir einen Scheißdreck ein!«, schrie Christa, deren Wintermantel sich wieder geöffnet hatte und die Küchenkleidung von der »Kutsche« enthüllte. Zwei dünne Karottenstreifen hingen in ihren Haaren. Offensichtlich war sie überstürzt aufgebrochen und hatte alles stehen und liegen gelassen. Tränenblind starrte sie Toni an. »Ich hab dein Handy gestohlen. Ich hab der blöden Kuh da die SMS geschickt. Alles umsonst. Jetzt ist eh alles hin!« Sie deutete auf Elli, die gerade die Gesichtsfarbe passend zu ihrer Stola wechselte.

»Deine bescheuerte Frau hat mir also geschrieben, ich sei eine dumme Kuh und soll dich in Ruhe lassen!«, kreischte Elli los. »Das ist eine Unverschämtheit, so eine bodenlose Frechheit!«

»Ja und? Deshalb hast mir doch gekündigt. Weil du beleidigt warst. Bist doch selber auch blöd«, antwortete Toni, der jetzt doch allmählich ein wenig aus der Fassung geriet. Dass dies jetzt erst geschah, war seiner bemerkenswerten Gemütsruhe und seiner langsamen Auffassungsgabe anzulasten. Die ganze Situation war zwar mehr als peinlich, aber immerhin stritten sich da zwei Frauen um ihn. Obwohl er schon beinahe vierzig war.

»Na, erst hab ich angerufen am Samstag«, rief Christa. »Von deinem Handy aus.« Ihr Gesicht war hochrot. »Die hat sich mit dem Namen Dorsch gemeldet. In deiner Anrufliste ist gestanden, dass du da ein paarmal nachts um zehne noch angerufen hast. Und erzähl mir net, des sei geschäftlich gewesen. ›Dorsch!‹« Sie imitierte Ellis hohe Stimme. »Und *dann* hab ich die SMS mit blöder Kuh geschickt.« Sie sah Elli wütend an.

»Anrufliste. Respekt«, murmelte Toni verblüfft. Er hätte Christa nicht zugetraut, mit einem fremden Mobiltelefon klarzukommen. Man sollte nie jemanden unterschätzen.

Christa kannte kein Halten mehr. »Der Toni ist mein Mann

und net deiner, du falsche Schraube du. Wie siehst denn du überhaupt aus? Wie ein Karpfen. So einen Geschmack hat mein Toni net. Der hat so was wie dich gar net nötig! Sag's ihr, Toni. Ich will net, dass des alles umsonst war!«

»Dein Toni«, zischte Elli und stemmte die Arme in die Hüften, »hat noch einen ganz anderen Geschmack. Und Bedürfnisse. Aber da braucht man halt Intellekt, dass man so was überhaupt begreift.« Sie sah Christa abfällig an, nachdem sie den ersten Schreck überwunden hatte. »So schön bist du auch nicht, du Küchenschabe.«

»So eine ausgschämte Alte, so eine greißliche!«, schrie Christa. Ihre Augen füllten sich mit Tränen. »Viel wüster kann man dich gar net machen, aber probieren kann ich's.« Sie machte einen Satz nach vorn und stürzte sich auf Elli.

»Tooooniiiii!«, kreischte Elli und fiel unter dem Ansturm zu Boden.

Christa packte sie an den Haaren und zerrte daran. »Dir werd ich helfen, du Weibsbild, du mieses«, keuchte sie und hob eine Strähne blonder Haare in die Höhe. »Da schau, Toni!« Sie wedelte mit dem Haarbüschel in Tonis Richtung, der kalkweiß dabeistand und nicht wusste, wem er helfen sollte. »Nix an der ist echt, angepappt hat sie die Flusen!« Christa schlenkerte die Haarverlängerungen in der Luft. Es sah gruselig aus.

»Christa, hör endlich auf. Des ist doch alles bloß ein Irrtum.« Toni probierte erfolglos, die beiden Frauen zu trennen. Elli hatte sich in ihrer Stola verheddert und brüllte immer noch wie verrückt, sodass sogar Martha und Doris in der Eingangshalle zusammenzuckten.

»So eine wie dich muss man einsperren!«, rief Christa, die von Toni hinterrücks gepackt und auf die Beine gestellt wurde. Er hielt sie an den Armen fest und versuchte, sie zu beruhigen. Elli klaubte die zwei ausgerissenen Haarverlängerungen und den Rest ihrer Würde zusammen und richtete sich auf.

»Schatzel«, sagte Toni. »Du spinnst. Mir gehen jetzt, okay? Ich bleib in dem Laden eh nimmer. Die hat mich entlassen. Und vielleicht hauen wir wirklich ab nach Amerika. Wenn du dich jetzt einkriegst. Reiß dich zusammen.« Er machte Anstalten,

Christa aus dem Büro zu ziehen. »Wieso schreibst denn der Frau Dorsch solche Sachen? Des war doch bloß eine Verwechslung, oder?«

»Des war keine Verwechslung«, ertönte hinter ihnen eine tiefe Stimme.

Alle drei drehten sich wie auf Kommando um. Dieter stand mit funkelnden Augen in der geöffneten Tür, gefolgt von Dani. Er wirkte erschöpft, aber irgendwie auch wacher. Und für seine Verhältnisse direkt mutig. Dani stellte sich neben ihren Vater, sah von einem zum anderen und lächelte siegessicher.

»Mach die Tür zu, Dieter«, sagte Elli wütend. »Die draußen müssen nicht alles mitkriegen. Und du, hau ab!« Das war an Dani gerichtet, die ihre Arme vor der Brust verschränkt hatte und Christa mitleidig musterte, die vollends verwirrt von einem zum anderen sah.

»Können ruhig alles mithören«, sagte Dieter. Er sah unglaublich traurig aus. »Ich war grad beim Wolfi, nachdem mir vom Ausmessen gekommen sind«, stotterte er dann. »Hab ihm den Schlüssel gezeigt, Elli. Und der Wolfi hat mir alles gebeichtet. Alles. Des Zimmer Nummer vier war dauerbelegt, jeden Dienstag und Donnerstag. Von dir. Und ihm …« Er zeigte auf Toni. »Der Wolfi hat sich bei mir entschuldigt. Hilft jetzt aber auch nix mehr. Die Dani hat mir erzählt, dass sie dich beobachtet hat. Donnerstagnacht. Da hast dich mit dem Toni getroffen. Im Hotel.« Er machte einen Schritt zurück. »Und du …« Er sah auf Toni, der ihn irgendwie hilflos anblickte. »Dir kann ich nicht amal einen Vorwurf machen. Ich kenn sie ja. Mehr als gut. Ich weiß net, was sie reitet, aber ich kenn sie.«

»Ich hab dich gewarnt, Melzer«, zischte Dani. »Ich halt nimmer die Klappe. Seit zwei Wochen beobacht ich euch schon, ihr Turteltäubchen!«

»Du, duuu …!« Christa machte einen Ausfallschritt und wollte sich wieder auf Elli stürzen, aber Toni hielt sie fest.

»Dieter … Didi …«, gurrte Elli und wollte zu ihrem Mann eilen. Als sie seinen Gesichtsausdruck sah, blieb sie wie angenagelt stehen. »Dieter …«, begann Elli von Neuem. »Das klärt sich bestimmt alles auf. Der Wolfi hasst mich doch, wie alle von deinen Freunden. Ich kenn den Toni nur so. Vom Geschäft. Das ist alles eine ungeheure Sauerei. Und deine saubere Tochter lügt doch, wenn sie das Maul aufmacht. Wirklich, alles rein geschäftlich!«

»So kann man es auch ausdrücken«, ertönte Sissis Stimme von draußen. »Guten Tag, meine Damen und Herren«, lächelte sie. Hinter ihr betrat Klaus den Raum. Im Vorraum warteten zwei Beamte der Streifenpolizei. »Da sind wir ja gerade passend gekommen, nicht wahr?«

»Toni …« Christa entwand sich Tonis Griff und packte ihren Mann am Ärmel. Ihr Gesichtsausdruck war verzweifelt. »Jetzt sag's der Sissi endlich. Ich kann des nimmer aushalten. Keine Minut länger. Und ich geh zur Mama. Ich hab sie schon angerufen. Die sagt, ich kann immer kommen. Jetzt gib's zu. Bitte. Du warst doch gar net mit der da«, giftiger Seitenblick zu Elli, »im Hotel. So was machst du net. Du warst doch bei der Rothenfels und hast die umgebracht, gell? Weil du immer so ungeschickt bist.«

»Was?«, fragte Toni erschrocken. »War ich net. Und mit der Elli …«

»Mit der Elli. Ja«, murmelte Dieter. »Elfriede heißt die.«

»Das ist nur Nebensache«, mischte sich nun Klaus ein. »Herr Melzer, wir haben heute die Wohnung von Helmut Zimmermann durchsuchen lassen. Dabei wurde massenhaft Diebesgut sichergestellt. Bei Ihnen waren wir auch, denn Ihre Fingerabdrücke sind auf dem Schraubenzieher gefunden worden, mit dem Helmut Zimmermann niedergestochen wurde.«

»Hausdurchsuchung? Bei mir?« Toni wurde blass. »Was hab ich damit zu tun?«

»Toni«, Sissi stellte sich vor ihn, sah ihm in die Augen und atmete tief ein, »ich bin ganz sicher, dass du an der Sache beteiligt bist. Hundertprozentig sicher sogar. Aber … ich kann's selber nicht glauben, dass ich das jetzt sage, ich muss dich leider –«

»Sissi, nein, mach des net!« Christa stellte sich neben ihren Mann und zitterte am ganzen Körper. Dann heulte sie wieder los. »Toni, ich besuch dich jeden Tag. Ich komm vorbei. Ich bring dir was zum Lesen. Und ich wart auf dich, das schwör ich.

Jetzt geh ich gleich heim und red mit dem Papa. Wegen einem Anwalt.«

»… laufen lassen, wollte ich eigentlich sagen«, beendete Sissi ihren Satz und sah dann Christa mit einer Spur von Bedauern an. »Tut mir so leid, meine Liebe, leider kannst *du* nirgendwohin gehen. Wir müssen dich mitnehmen wegen versuchtem Mord an Helmut Zimmermann.«

Für einen kurzen Moment war es absolut still im Raum.

»Aber der lebt doch noch!«, schrie Christa dann fassungslos. »Der blöde Hund lebt doch noch. Des gilt nicht! Sissi, du bist echt gemein. Ich hab ja net amal das richtig hingebracht. Weil ich so blöd bin, gell, Toni? Ihr könnts mich doch alle mal.« Sie ließ sich auf den Boden sinken und blieb mit gekreuzten Beinen sitzen. Dabei schüttelte sie immer wieder den Kopf. Einer der Karottenstreifen in ihren Haaren fiel herunter. »Ich hab's doch bloß wegen dir gemacht«, flüsterte sie und sah Toni mit tränengefüllten Augen an.

Und nun war es tatsächlich Toni, der anfing zu heulen. Er wusste nicht einmal genau, warum.

## Dienstagvormittag, Mindelheim

»Was ist denn so Besonderes? Ich hab nicht so viel Zeit!« Herbert quetschte sich auf seinen Stammplatz, die Fensterbank im Café Lörcher, und musterte Wolfgang und Kurt missmutig. »Heut ist der letzte Tag, wo ich noch Geschäfte machen kann. Und ich will meine Angestellten nicht so lang allein lassen. Da muss man immer ein Auge drauf haben. Du ja nicht, Wolfi, bei dir scheint's alles von allein zu laufen.«

Wolfgang ließ sich nicht aus der Ruhe bringen. »War nicht meine Idee. Der Dieter hat gemeint, er will uns unbedingt sehen. Ich glaub, der muss einfach mal reden. Hat er die letzten Jahre ja nicht gemacht. Wo bleibt der Alfons?«

»Ist doch in Thailand«, entgegnete Herbert missmutig, der auch gern mal wieder ins Ausland geflogen wäre. Da hätte er vielleicht sogar seine Frau Beate getroffen, denn die war nie daheim. Allmählich schmeckten nicht einmal die heimlichen Zigarren mehr richtig gut, weil sie ihm niemand verbot.

»Schau einer!«, dröhnte Kurt. »Da ist er ja. Na?«

Dieter hatte das Lokal betreten. Er wirkte aufgeräumt, nickte seinen Freunden zu, hängte akkurat seinen Mantel an den Garderobenhaken und trat an den Tisch. »Hallo Leut!«, sagte er und strahlte seine Kumpane an. »Kurti, schon wieder bei der Torte? Schämst dich nicht? Gehst alleweil noch mehr aus dem Leim.«

»Mir doch wurscht«, feixte Kurt. »Aus der Ehe komm ich nur raus, wenn ich sterb. Na denn.« Er hieb in das Tortenstück, als wolle er es schlachten. Alle lachten.

»Dieter, was ist denn?«

»Ach«, wand sich Dieter verlegen, »bevor ihr's von den anderen Leut hört. Die Martha und die Doris wohnen ja auch in Mindelheim. Und ich weiß, geschwätzt wird viel. Sag ich euch's lieber selber.« Er winkte der flinken Bedienung, die sofort mit einem Lächeln am Tisch auftauchte.

»Wie kommt's, dass du rausdarfst? Hast wieder mal deine Kreditkarte abgegeben, damit ein bisserl deine Ruh hast?«, fragte

Herbert neugierig. Bei ihm zu Hause geschah absolut nichts mehr, das erwähnenswert gewesen wäre. In keiner Beziehung. Da konnte man mit einem Gespräch wenigstens am Leben der anderen ein wenig teilhaben.

»Ja, also …«, murmelte Dieter und bestellte ein Pils.

»Pils?«, wunderte sich Kurt. »Und wenn du dann heimkommst, und die Elli riecht des? Die macht dir doch die Hölle heiß, oder?«

»Na, macht se nicht«, sagte Dieter gelassen. »Bei dir waren die von der Kripo auch noch mal, gell, Wolfi?«

»Hab nix zum Verbergen«, murrte Wolfgang, sah aber schuldbewusst drein.

»Mir wissen alle, dass des nicht stimmt«, grummelte Kurt und nahm einen Bissen von seiner Torte.

»Ich weiß nicht, was ich sagen soll, Wolfi. Dass du des alleweil so lang gedeckt hast. Zefix, mir sind miteinander in der Schule gewesen. Mir kennen uns schon das ganze Leben lang. Schämst dich überhaupt nicht?«

»Dieter«, nuschelte Wolfgang, der sich unbehaglich fühlte. »Ich hab ja immer wieder Andeutungen gemacht, erinnerst dich?«

»Stimmt auch wieder«, meinte Dieter trocken. »Manchmal mag man nicht hören, was man nicht hören will. Gestern ist's rausgekommen. Ich nehm das Rührei mit Brot. Doppelte Portion!«, bestellte er bei der Bedienung, die ihm sein Pils gebracht hatte. Diese nickte lächelnd und huschte davon. Dieter war ein sehr charmanter Mann, er wusste es nur nicht.

»Was ist denn mit der Elli? Ich krieg ja fast gar nix mit.« Kurt klang missmutig, denn mittlerweile hatte er seinen Teller leer geputzt. »Heut Morgen hat mir die Lydia erzählt, dass sie gestern in Memmingen auf dem Revier war, bei der Polizei. Und dass da so ein Dicker gesessen ist, der sich nicht ausgekannt hat. Dass sie aber gnädigerweise alles ausgesagt ham, was sie wissen.«

»Bloß, dass ihr's wisst: Meine Firma hat damit nix zu tun«, sagte Dieter.

»Mit was denn?«, fragte Herbert neugierig.

Dieter sah seine Freunde eindringlich an. »Nix von dem darf

nach draußen. Ich hab auch meinen Leuten eingeschärft, die sollen die Klappe halten. Und die mögen mich alle. Die sagen nix. Bloß euch. Weil eben die Elli irgendwie … mitbeteiligt war. Okay?«

»Jetzt leg schon los«, bohrte Herbert neugierig. »Wie lang willst denn noch warten?«

Und Dieter legte los.

## Dienstagvormittag, Memmingen

»Sagen Sie mal, Sommer«, der Boss setzte sich lässig auf die Schreibtischkante und fixierte Sissi mit seinen graugrünen Augen, »war das jetzt einfach Glück, Ihr viel gerühmtes Bauchgefühl, das ich nicht außer Acht lassen möchte, oder doch der Fleiß?«

»Ach Chef.« Sissi schielte durch die gläserne Bürotür, ob nicht gleich Klaus auftauchen würde, der unterwegs war, um etwas aus dem Auto holen. Eine Überraschung, hatte er behauptet. »Stinknormale kriminalistische Arbeit. Vor hundert Jahren hätten wir uns schwerer getan, ganz ohne Auswertung der Telefonverbindungsdaten oder die tolle Arbeit von unserem Labor, was die Faserspuren und Fingerabdrücke angeht. Aber wir, Klaus und ich, haben nur die Fakten richtig ausgewertet.«

»Und es waren eine ganze Menge«, knurrte der Boss. »Sowohl vom Fall Rothenfels als auch vom Fall Zimmermann. Wann wird er denn verlegt?«

»Sobald er transportfähig ist«, sagte Sissi. »Ist für ihn kein schönes Weihnachtsgeschenk, und die Reise nach Brasilien kann er sich erst einmal abschminken. Wir haben nämlich bei der Hausdurchsuchung in Legau tatsächlich ein Ticket gefunden nach Rio. Das ist schon wieder so klischeehaft, dass es echt sein muss.« Sie lachte. »Rio. Da wäre er dann hingeflogen, sobald er das geklaute Zeug verscherbelt gehabt hätte. Beim Melzer waren wir ja auch, dort ist allerdings kein Diebesgut entdeckt worden.«

»Haben sich die anderen Geschädigten schon gemeldet?«, fragte der Boss. »Es muss sich doch um riesige Summen handeln, die gefunden wurden.«

»Insgesamt über hundertvierzigtausend Euro und massenhaft Schmuck, teure Uhren, Diamantohrringe und vieles mehr, Chef«, antwortete Sissi. »Unglaublich, was die Einbruchsopfer zu Hause aufbewahrten. Auf eine Bank konnte Zimmermann nicht gehen, um das Geld dort zu deponieren. Da hätte er sich verdächtig gemacht. Und den Schmuck wollte er wohl noch loswerden. Die Saphirkette von Frau Rothenfels wird der rechtmäßigen Eigentümerin natürlich übergeben, sobald wir sie nicht mehr als Beweismittel brauchen.«

Sissi genehmigte sich einen Schluck Kaffee. »Aber einiges von dem anderen geklauten Zeug ist wohl schon zu Bargeld gemacht worden. Zimmermann war laut seiner Mutter viel unterwegs, wahrscheinlich hat er beste Kontakte zu Hehlern, vielleicht kriegt man aus ihm noch was raus. Aber ich glaube nicht, dass das so schnell geht. Der schweigt bisher hartnäckig. Ich ärgere mich immer noch, dass ich seinen Spezi Melzer nicht mitnehmen konnte. Es hat für einen Haftbefehl einfach nicht gereicht. Nur für eine Hausdurchsuchung wegen seiner Fingerabdrücke auf dem Schraubenzieher.« Sissi schüttelte den Kopf. Man sah ihr den Unmut an. »Ich bin sicher, dass der mitgemacht hat, aber ich kann's nicht beweisen. Noch nicht. Und nur mein Wissen, dass dieses unselige Gespann Melzer und Zimmermann seit Jahrzehnten zusammen ist, genügt nicht für eine Verhaftung. Wir müssen Zimmermanns Aussage abwarten. Von der guten Christa bekommen wir ganz bestimmt auch noch ein paar Fakten geliefert. Aber Melzer wird auf jeden Fall sehr viel besser wegkommen als sein Seelenverwandter.«

»Was Zimmermann betrifft, muss man einen Mord aus niederen Beweggründen wahrscheinlich ausschließen«, sagte der Boss grimmig. »Er wollte Frau Rothenfels vermutlich gar nicht töten, sondern hat sie einfach zu fest an die Wand geschubst, weil sie ihn überrascht hat. Schweinerei. Aber dafür wird er pro Einbruch, den man ihm einwandfrei nachweisen kann, sechs Monate kriegen. Den sehen wir für lange Zeit nicht mehr auf der Straße. Und den Melzer kassieren wir später ein. Allerdings wird es höchstens auf Beihilfe hinauslaufen. Verdächtige Kontobewegungen konnten nicht festgestellt werden. Dieser Mann hat entweder alles direkt auf den Kopf gehauen, was ihm sein Kumpan gegeben hat, oder er ist wirklich nur der verlängerte Arm gewesen, der spioniert.«

»›Die Dummen haben das Glück‹, alte Weisheit«, antwortete Sissi. »Er kriegt seine Strafe schon.«

»Und wie sind Sie drauf gekommen, beim Frankenwalder nachzuhaken vom Einbruchsdezernat?«, fragte der Boss. »Sie ermitteln wegen Mord an Frau Rothenfels und einem Mordversuch an Helmut Zimmermann. Ihre Assoziationskette scheint mir doch ein wenig eigenwillig.«

»Nicht so eigenwillig, wie Sie denken, Chef«, wehrte sich Sissi. »Es waren zuerst die Schlüssel. Zimmermann schleppte ein ganzes Pfund davon in seiner Jackentasche mit sich herum. Zu viele Schlüssel. Das hat mich misstrauisch gemacht, weil ich den Herrn ja persönlich kenne. Er war als Handwerker angestellt bei einer Schreinerei, die sich auf luxuriöse Innenausbauten spezialisiert hatte. Frau Rothenfels hatte sich von ebendieser Schreinerei vor etlichen Monaten eine luxuriöse Ankleide anfertigen lassen. Die Schreinerei war also der Dreh- und Angelpunkt. Zu guter Letzt hat die Putzfrau von Frau Rothenfels einen der Männer wiedererkannt und auch zu Protokoll gegeben, dass sie Toni Melzer beim Durchwühlen der Schubladen im Rothenfels-Haushalt erwischt hat. Aber sie hat es vorher nie jemandem erzählt.«

»Schade eigentlich«, bedauerte der Boss. »Vielleicht hätte was verhindert werden können.«

»Glaube ich nicht«, ertönte da Klaus' Stimme, der durch die Bürotür kam und einen Teller Plätzchen balancierte, der mit Frischhaltefolie abgedeckt war. »Hier, meine Liebe. Versuche mal. Sind von gestern Abend. Ich wollte mal wissen, ob ich das kann. Weil du immer so jammerst.«

Sissi nahm sich eins. »Danke.« Sie kaute eine Weile darauf herum. »Nun ja. Irgendwas fehlt. Zucker vielleicht? Nö, eigentlich fehlt da alles. Hast du nur Mehl mit Wasser vermischt?«

Klaus blickte sie entgeistert an. »Himmel, vielleicht muss ich mir doch noch eine Frau suchen. Mir war, als ob ich was vergessen hätte.«

Der Boss grinste.

»Wenn diese Olga gemeldet hätte, dass jemand bei Frau Rothenfels spionierte, dann wäre nicht viel passiert«, sagte Klaus dann. »Melzer hätte es als Versehen dargestellt. Leider musste erst etwas geschehen.«

»Haben Sie recht, Vollmer«, meinte der Boss.

»Insgesamt neun Einbrüche, davon allein fünf in Bad Wörishofen, das ist eine ganze Menge. Und es sind nur die, von denen wir wissen.« Sissi streckte die Hand aus, um noch ein Plätzchen zu nehmen, ließ es dann aber mit einem entschuldigenden Lächeln bleiben.

»Und wie kam Zimmermann an die Schlüssel?«, wollte der Boss wissen. »Ich muss das fragen, weil ich Ihren Bericht ja immer noch nicht habe.« Er deutete auf Sissis Computer.

»Er hatte freien Zugang zu den Wohnungen und Häusern der Dorsch-Kunden. Da war das eine Kleinigkeit. Wie genau, müssen wir noch aus ihm rauskriegen«, antwortete Sissi. »Er hat diese auf jeden Fall bei einem Schlosser nachmachen lassen, der mit ihm unter einer Decke steckt und der es mit dem Gesetz nicht so genau nimmt. Aber – wir finden es noch heraus. Keiner hält ewig dicht, nicht mal Helmut Zimmermann.«

»Ist es nicht leichtsinnig von Leuten, einfach irgendwem ihre Schlüssel für die Wohnung zu überlassen, nur weil sie während der Umbauarbeiten nicht im Haus sein wollen?«, fragte der Boss nachdenklich. »Ich für meinen Teil würde das nie tun.«

»Schon richtig. Andererseits hat die Firma Dorsch einen ausgezeichneten Ruf«, erklärte ihm Sissi. »Niemand hätte dieses Unternehmen mit so einem Verbrechen in einen Zusammenhang gebracht. Zimmermann war schlau genug, immer abzuwarten, bis Gras über den Umbau gewachsen und die Leute verreist oder anderweitig außer Haus waren. Zwischen dem jeweiligen Umbau und dem Einbruch vergingen etliche Monate. Da hatten die meisten Leute die Firma Dorsch schon wieder vergessen. Außerdem sind das Personen, die alles inklusive ihrer Zahnbürsten versichert haben. Außer dem Trauma einer aufgebrochenen, durchwühlten Wohnung ist denen nicht wirklich ein Schaden entstanden. So hat das zumindest Zimmermann gesehen.«

»Na ja, viel hat er in letzter Zeit nicht gesehen«, sagte der Boss. »Wird demnächst ins Gefängniskrankenhaus verlegt. Wie sind Sie eigentlich auf die Ehefrau von diesem Melzer gekommen?«

Für einen Moment verlor Sissi den heiteren Gesichtsausdruck. »Berechtigte Personen, Chef. Wir haben die Abdrücke von Toni Melzer auf dem Schraubenzieher identifiziert. Die waren beim Landeskriminalamt gespeichert, im Zusammenhang mit einem anderen schweren Delikt vor etlichen Jahren. Die zweiten Fingerabdrücke auf dem Schraubenzieher konnten wir nicht zuordnen, drum habe ich mir die Zange bei Frau Melzer ausgeliehen, um Vergleichsmaterial zu haben. Tja, hat funktioniert. Christas Spuren waren auf dem Schraubenzieher, zusammen mit denen von ihrem Mann. Die Fusseln von Christas violettem Wintermantel stimmten mit den Fusseln vom Klettverschluss der Jacke überein, die Zimmermann trug, als er niedergestochen wurde. Das hat mir unser Labor am Montag bestätigt. Es reichte für einen Haftbefehl«, murmelte sie.

»Ah ja. Berechtigte Personen. Alle, die Zugang zu der Tatwaffe haben. Und das war in diesem Fall ja zweifelsfrei die Ehefrau. Ist Ihnen das schwergefallen? Immerhin sind Sie mit der Dame ja befreundet, habe ich gehört?« Der Boss musterte Sissi durchdringend.

»Nein, Chef«, antwortete sie freimütig. »Ganz ehrlich. Für einen Moment dachte ich schon, es ist schade. Weil sie eine liebe Seele ist. Nicht besonders helle, aber herzensgut. Ihre einzige Schwäche, diese unheimliche Liebe zu ihrem Mann, hat sie in diese Situation gebracht. Ich wünschte, ich wäre zu Hause gewesen, als sie sich mir anvertrauen wollte.« Sissi atmete tief ein. »Vielleicht wollte sie am Samstagabend gestehen? Aber sie hat mich knapp verpasst. Und weil ich so müde war, bin ich ins Bett, anstatt sie zu besuchen. Christa ist die Sorte Mensch, die irgendwas gut meint, und es kommt etwas Schauriges dabei heraus. Sie hat sich wohl nicht mehr anders zu helfen gewusst. Dumm gelaufen. Aber mir war schon vorher klar, auf was ich mich mit dem Polizeijob einlasse.«

»Dann backen Sie wieder einen Ihrer Apfelkuchen mit Walnüssen«, lächelte der Boss. »Das machen Sie immer, wenn Sie was belastet.«

»Von wegen einen«, korrigierte ihn Sissi. »Mindestens zwei.«

»Bringen Sie den mit, soll es Ihr Schaden nicht sein«, sagte der Boss. Dann fasste er in den Plätzchenteller von Klaus und schob sich ein Plätzchen in den Mund. »Himmel«, schnaubte er. »Sind die schlecht.«

## Dienstagmittag, Mindelheim

»Die Elli hat alles zugegeben.« Dieter nahm den letzten Bissen von seinem Rührei. Es hatte vorzüglich geschmeckt.

»Die Elli hat was?«, fragte Wolfgang entgeistert.

»Ja«, nickte Dieter. »Dass sie was mit dem Toni hat, meinem Schreiner. Ich hab mich immer gewundert, weil sie dem Helmut Zimmermann schöngetan hat. Hab des nie verstanden. Und dann ist rausgekommen, dass die dem Zimmermann ab und zu geklauten Schmuck abgekauft hat. Nicht so viel, aber des holen die von der Kripo alles wieder zurück. Ist ja Hehlerware. Keiner hat verstanden, warum die zum Zimmermann so nett war. Der hat ihr die Sachen zu einem Spottpreis gegeben, die muss sich schon gedacht haben, dass da was nicht stimmen kann. Woher sollte ein Schreiner solchen Schmuck ham? Abgründe, sag ich euch. Abgründe tun sich da auf. Und ich hab der Elli vertraut.« Dieter schaute unglücklich auf die Tischplatte.

»Mit dem Toni hat sie immer rumgestritten, damit ich denk, sie kann den nicht leiden. Schlau war sie.« Zu seinem eigenen Erstaunen bemerkte Dieter einen Anflug von leiser Bewunderung für Ellis Dreistigkeit und erschrak.

»Donnerwetter«, sagte Kurt. »Ich hab mich schon gewundert, wie viel Ketten und Armbänder du der immer schenkst. Gott sei Dank mag die Lydia so was ja nicht. Wär mich teuer gekommen.«

»Sie behauptet, sie hat nicht gewusst, was der Zimmermann treibt«, erzählte Dieter. »Angeblich. Kommt jetzt drauf an, was der Helmut bei der Polizei zugibt, den ham die nämlich im Krankenhaus verhaftet. Und die Frau vom Toni auch. Der Toni, mei. Den hat die Elli rausgeworfen, weil sie gemeint hat, der will nix mehr von ihr wissen. War ein guter Schreiner«, bedauerte Dieter, der allerdings nicht daran dachte, den Mann wieder einzustellen, der mit seiner Frau etliche Nächte im Hotel verbracht hatte. Irgendwo hörte sogar seine Gutmütigkeit auf.

»Das scharfe Gerät von deinem Dorfcasanova ist eingebuchtet

worden?« Wolfgang wurde hellhörig. »Hätt mir ja jemand sagen können, dass ich wieder wen für die Küche brauch. Drum ist die gestern nicht mehr gekommen. Herrje. Schwätz weiter, Dieter.«

»Die Elli hat jedenfalls geschworen, dass sie nix von den Einbrüchen weiß. Vielleicht stimmt's ja«, sagte Dieter. »Kommt noch auf. Aber stell dir vor: Die hat mich gestern aus dem Haus geschmissen!«

»Was?« Kurt, der gerade das letzte Stück Schokotorte zum Mund balancierte, ließ es vor Schreck fallen.

»Ja.« Dieter lachte laut. »Hat drauf bestanden, des sei jetzt ihres, weil sie ja ihre Energie und Arbeitskraft da reingesteckt hat und ihren guten Geschmack. Aber die Dani war mit dabei und hat mir geholfen. Und ... ist jetzt ein bisserl peinlich, gell?«

»Nix ist peinlich, Herrgott, Dieter, mir kennen uns schon unser Lebtag lang«, sagte Herbert. »Spuck's schon aus jetzt!«

»Ich war doch alleweil so müd.« Dieter schaute seine Kumpels an. »Hab mich gewundert, dass ich so viel schlaf. Und wollt schon zum Doktor gehen, damit ich mich mal checken lass. Die Elli hat mir jeden Abend mein Gutenachtbier eingeschenkt. Sie hat immer gesagt, das fördert den guten Schlaf. Und am Sonntagnacht hab ich mein Bier ins Klo geschüttet.«

»Du schüttest Bier ins Klo? Musst du Geld ham«, rief Herbert, der nie etwas verschwendete. »So was macht man doch net. Nie.«

»War aber richtig so«, antwortete Dieter. »Die Elli hat mir nämlich Schlaftabletten ins Bier gemischt, damit sie mit ihrem Liebhaber abhauen kann. Fast jede Nacht. Ich hab's ihr auf den Kopf zugesagt, und die hat mich bloß angegrinst und es zugegeben. Weil sie genau weiß, ich kann's nicht beweisen, dass sie mich vergiftet hat. Als sie gemerkt hat, sie kriegt des Haus nicht, ist sie so böse geworden. Könnts ihr euch gar nicht vorstellen. Ausgelacht hat sie mich.«

»Hab nie verstanden«, knurrte Wolfgang, »dass du nicht mitgekriegt hast, wie die nachts umeinanderwitscht. Man muss doch merken, wenn's Bett leer ist neben einem, oder?«

»Kommt bei dir ja nie vor, kannst also nicht mitreden«, mischte sich Herbert ein. »Liegt ja alleweil jemand drin bei dir.

Bloß deine eigene Frau nicht. Sei lieber ganz ruhig. Und schäm dich, dass du den Dieter so beschissen hast.«

»Die hat mir gedroht, sie erzählt dem Finanzamt, dass ich ab und zu schwarz abkassiert hab. Na ja. Öfters, nicht bloß ab und zu«, brummte Wolfgang unwillig. »Dabei macht des doch jeder. Der Dieter lasst seine Leut ja auch ohne Rechnung schaffen am Wochenende. Ist doch ganz normal. Aber die Elli hat mich erpresst. Weiß nicht, was mich da geritten hat, dass ich mich drauf eingelassen hab. Hat den Schlüssel verlangt und das Zimmer für sich reserviert, dass sie reinkann, wann immer sie will. Miststück.« Er blickte grimmig auf die Tischplatte, um Dieters entsetzten Blick nicht sehen zu müssen.

»Gut ist jetzt wieder«, sagte Herbert. »Ich bin froh, dass alles aufgeklärt ist. Tut mir leid wegen dir, Dieter.«

»Wieso leid? Mir geht's gut. Das erste Mal seit Ewigkeiten.« Dieter lächelte. Es war ein ungewohntes Gefühl. »Im Geschäft hat die eh nix gearbeitet, bloß rumgeschrien und telefoniert. Ist also kein Verlust. Hauptsach, die Leut wissen, dass meine Firma anständig ist. Der Melzer und der Zimmermann … ich hätt die nie einstellen sollen. Hätt mich wundern sollen, wieso der Zimmermann bei mir auf der Matte gestanden ist und sogar für weniger Geld gearbeitet hat. Der wollt nicht einmal Tarif. Weil der gewusst hat, dass er mit uns in die besten Häuser reinkommt und alles ausspionieren kann. Ich bin so blöd gewesen.« Er schlug sich mit der flachen Hand an die Stirn, dass es klatschte.

»Ja, schon klar«, sagte Kurt grimmig. »Und du, Wolfi, ist nie rausgekommen, dass du bei der Moni gewesen bist am Donnerstag? Die Dummen ham 's Glück, ehrlich. Na ja, mir waren alle sicher, dass du so was nicht machst.« Er rührte mit der Kuchengabel in den Bröseln auf seinem Teller herum. Es war sein drittes Stück Torte gewesen, und er merkte zu seinem Entsetzen, dass er kein viertes mehr wollte. Vielleicht wurde er alt. Oder vernünftig.

»Leut, wisst ihr eigentlich, dass wir schon seit vierzig Jahren hier sitzen?«, fragte Wolfgang und sah sich im Café Lörcher um. Er musterte die gepolsterten Sitzbänke und die dunkel getäfelten Wände, in denen sich das gedämpfte Licht fing, und drehte sich wieder um. »Wär's nicht mal an der Zeit für einen Tapetenwechsel?«

Einen kleinen Moment blieb es still, dann lachten alle gemeinsam schallend los.

»War auch nicht wirklich ernst gemeint«, grinste Wolfgang. »Und was die Geschichte betrifft, dass ich bei der Monika war am Donnerstag: Ich hab nix gemacht. Wollte nur mit ihr reden und sie umstimmen, weil sie doch das Geld aus meinem Geschäft ziehen wollte. Die hat getobt. Ich bin nach zwanzig Minuten wieder gefahren. War nicht zum Aushalten.«

»Und wie geht's jetzt weiter? Jetzt hast du die Helga am Hals. Ist auch nicht besser«, stänkerte Kurt grimmig.

»Ja, wie geht's jetzt weiter?«, wiederholte Wolfgang gedankenverloren und ließ seinen Blick durch das Lokal schweifen.

Das war eine gute Frage.

## Dienstagnachmittag, Memmingen

»Frau Melzer? Mein Name ist Philipp Hammer, ich bin Ihr Verteidiger«, sagte der kleine, wendige dunkelblonde Mann um die vierzig, der Christa im Besuchsraum der JVA Memmingen gegenübersaß. Auf dem Tisch lag sein geöffneter Aktenkoffer. Sein Anzug saß perfekt, denn Hammer war der beste Anwalt im ganzen Landkreis. Wer ihn sich leisten konnte, war zu mindestens siebzig Prozent aus dem Schneider.

»Ich will heim«, maulte Christa trotzig. »Ich mag hier net sein.«

»Tja, Frau Melzer«, antwortete Hammer beschwichtigend. »Das wird wohl jedem so gehen, der hier sitzt, denke ich. Wir haben morgen den Termin bei dem Haftrichter, dann wird entschieden, ob bei Ihnen Fluchtgefahr besteht oder ob Sie bis zur Verhandlung auf freien Fuß gesetzt werden, verstehen Sie das?«

»Fluchtgefahr?«, fragte Christa weinerlich. »Wo soll ich denn hin? Ich wüsst doch gar net, wie!«

»Ja, so was habe ich auch schon gehört.« Hammer erinnerte sich seufzend an das denkwürdige Gespräch mit Christas Vater, Herrn Mooslechner.

Aber er war Anwalt, einer der besten sogar, und dafür war dem alten Mooslechner jeder Betrag wert, auch wenn der dafür eine Wiese verkaufen musste. »Holen Sie mir des Mädel da raus«, hatte er zu Hammer gesagt. »Ist mir wurscht, was Sie dafür machen müssen. Der Taugenix, den s' geheirat hat, der kann sich heut noch auf was einstellen. Der kriegt Besuch von mir und meine Buben.«

Hammer hatte diese Bemerkung geflissentlich überhört – denn wer zahlt, schafft an –, sich darangemacht, den Fall zu überfliegen, und dann zugestimmt. Wieso auch nicht. Für eine Wiese kriegte man im Allgäu einiges. Das wusste auch er.

»Frau Melzer«, begann er wieder. Christa wirkte sogar in ihrer verheulten Schlichtheit wunderhübsch und … ein klein wenig einfältig. Vielleicht hatte sie deshalb auch so ein Subjekt geheiratet, über das sich der alte Mooslechner so abfällig geäußert hatte. »Frau Melzer. Sie haben am Freitagnacht den Herrn Zimmermann mit einem Schraubenzieher er… niedergestochen. Wieso haben Sie das getan?«

Christa überlegte einen Moment. Sie wusste gar nichts mehr. Seit ihrer Verhaftung am Vortag war ihr, als wate sie in einem Nebel, aus dem es kein Entrinnen gab. Man hatte sie mitgenommen, eingesperrt und sie vom Wichtigsten in ihrem Leben isoliert. Die größte Attraktion in ihrem überschaubaren Gehirn, Toni, war stillgelegt worden. Einfach so. Ihr kamen die Tränen. »Der sollt doch bloß meinen Toni in Ruh lassen«, schluchzte sie dann los.

»Sie sind mit der Tatwaffe nach Mindelheim gefahren?«, fragte Hammer. »Das heißt, sie hatten vor, diese zu benutzen?«

»Ich wollt bloß die Reifen anstechen zuerst. Vielleicht«, heulte Christa.

»Warum sind Sie Herrn Zimmermann nachgefahren? Nur wegen der Reifen?«, hakte Hammer nach.

Christa sah ihn seelenvoll an. »Der Helmut hat mir neulich im Auto erzählt, dass der Toni für ihn rumspionieren tut. Immer wenn die beim Dorsch was einbauen. Der Toni hat dann nachts rumfahren müssen und schauen, ob die Leut daheim sind. Und der Toni musste bei Facebook suchen, ob die Leut Urlaubsbilder drin ham, wie sie am Strand hocken. Weil so viele des öffentlich machen und des ganz leicht rauszufinden ist. Und der Helmut hat mir gesagt, dass er mir den Job in der ›Kutsche‹ bloß besorgt hat, weil ich da zu den reichen Leuten komm und weiß, wann einer Essen kriegt und wann nicht. Drum hat der mich immer ausgefragt über meine Arbeit, weil er wissen wollt, wann die Häuser leer sind. Und angelangt hat er mich immer. Am Busen. Hat gemeint, der Toni geht ja auch fremd. Und dass er bald weg ist und des meine letzte Gelegenheit sei, dass ich mal einen richtigen Kerl hab wie ihn und dass ich den Toni retten kann, wenn ich mit dem Helmut ins Bett geh, weil der Helmut dann den Brief net schreibt an die Polizei, dass es der Toni gewesen ist. Ich mag jetzt heim. Zu meiner Mama!«

Hammer war peinlich berührt. Heulende Klienten waren sein täglich Brot, sogar abgebrühte Geschäftsleute hatte er in diesem Zimmer schon zusammenbrechen und heulen sehen, denn wenn von einem Moment auf den anderen die persönliche Freiheit wegfällt, etwas, das man im Normalfall gar nicht zu schätzen weiß, weil es für einen selbstverständlich ist, dann ist das für Otto Normalverbraucher ein großer Schock. Aber schluchzende Frauen waren noch einmal etwas anderes. Und diese Frau sah sogar noch gut aus, wenn sie weinte. Blöd, aber gut.

»Zu meiner Mama will ich! Ich hab den doch gar net umgebracht«, jammerte Christa weiter. »Ich wollt's schon, aber tot ist der net. Der lebt doch noch. Des muss doch was wert sein, oder?« Sie sah Hammer schniefend an.

»Das nennt der Staatsanwalt ›Niedere Beweggründe‹«, erklärte Hammer. »Mit ›fahrlässig‹ kommen wir da leider nicht durch, das war schon Vorsatz, wissen Sie!«

»Niedrig war des doch net«, schniefte Christa. »Und bewegen hab ich mich fast nicht mehr können hinterher. Weil der so schwer war, sollt man net meinen, was für eine Arbeit des war, bis ich den im Brunnen gehabt hab. Hab am nächsten Tag gar nimmer laufen können, weil ich mir was gezerrt hab! Und der lebt doch noch!« Wieder ein Heulen, das Hammer bis ins Mark erschütterte.

»Sie wollten also den Herrn Zimmermann töten, weil Sie dachten, der hätte Ihren Mann angestiftet?« Hammer bemühte sich, nicht mitzuheulen. Der Anblick deprimierte ihn. Er würde schon einen guten Handel für sie herausholen. Dafür war er schließlich Philipp Hammer, oder nicht?

»Es hat doch pressiert!« Christa schnaubte in ihr Taschentuch. »Ich hab gedacht, wenn ich dem Helmut sag, der soll den Toni in Ruh lassen … dann hat der Toni niemand mehr, der ihn anstachelt und ihn aufhetzt«, schniefte Christa. »Der Toni ist so anständig und lieb. Der tät gar nix machen, wenn der Helmut net wär, der Drecksack. Alleweil ist es schon der Helmut gewesen. Von dem kommt nix Gutes. Sagt auch mein Papa. Wann kommt mein Papa?« Sie heulte wieder los.

»Jetzt beruhigen Sie sich, Frau Melzer«, bat Hammer leise. »Nichts ist so schlimm, wie es aussieht. Erzählen Sie mir doch mal bitte noch ein bisschen was.«

»Hab Ihnen doch schon alles gesagt«, schniefte Christa weinerlich. »Ich bin am Freitag auf die Burg gefahren. Weil ich wissen wollt, ob der Toni mich angelogen hat oder wirklich da ist. Und weil der Toni gesagt hat, alle sind bei der Weihnachtsfeier. Und der Helmut hat mir zwei Tag vorher einfach so gesagt, dass der Toni eine andere hat. Und ihm hilft. Beim Einbrechen. Und dass sie bloß deshalb beim Dorsch sind. Weil man da leicht an die Reichen rankommt und der alte Dorsch ein Depp ist, der nix merkt. Und dass des leicht verdientes Geld ist und dass ich noch mehr spionieren müsst. Und er hat gefragt, was ich glaub, woher der Toni des Geld hat, was der mir zusteckt. Aber des war doch gar net so viel. Mir ham immer noch Schulden!«

»Verstehe, Frau Melzer«, murmelte Hammer. »Sie wollten einfach nur die Gefahr für Ihren Mann beseitigen. Weil Sie sich sicher waren, dass dieser nur bei den Einbrüchen mitgemacht hat, weil er von Herrn Zimmermann angestiftet worden war. Okay.«

»Na, mit ihm schwätzen wollt ich«, schnaubte Christa. »Weil mich am Freitag der Wolfi angerufen hat und erzählt, dass die Frau Rothenfels, meine Kundschaft, tot ist, und der Toni hat so einen Schrammen am Hals gehabt und war gar net daheim gewesen in der Nacht. Und dann ist die Sissi gekommen und hat gesagt, bei der Rothenfels ist eingebrochen worden, die ist tot, und der Toni und der Schrammen am Hals …«

»Sie waren sich also sicher, dass Ihr Mann bei Frau Rothenfels eingebrochen ist und sie getötet hat?« Hammer bemühte sich verzweifelt, aus dem Gestammel so viel brauchbare Informationen wie möglich zu ziehen.

»Ja«, schniefte Christa. »Wegen dem Kratzer und weil er net daheim war. Und des so kurz nachdem der Helmut mir des alles gesagt hat. Dann bin ich auf die Burg und wollt zum Helmut sagen, er soll den Toni da rauslassen. Wie er das erste Mal zum Rauchen raus ist, hab ich ihn abgepasst. Beim Dorsch raucht gar keiner, bloß der Helmut. Und er hat mich geschubst, bin fast hingefallen, und gesagt, ich soll mich net einmischen, und des ist kein Weiberkram, und ich soll mich net so anstellen. Dass er am Sonntag abhaut, ganz weit weg, und dass dann der Toni drankommt, weil er zur Not noch der Polizei einen Brief schreibt, dass der Toni die Frau Rothenfels umgebracht hat. Total gemein ist der gewesen.« Sie heulte wieder.

Hammer reichte ihr das nächste Papiertaschentuch und ächzte innerlich. »Und Sie haben trotzdem gewartet, draußen? Weil Sie nicht aufgegeben haben?«

»Ja!«, schluchzte Christa. »Weil da ja Freitag war, und ich hab ja net gewusst, wann die Polizei zu uns kommt, die kriegen doch alles raus. Immer. Und dann hätten die entdeckt, dass der Toni die Frau umgebracht hat. Und drum hab ich gewartet, draußen. Gibt viele dunkle Ecken da oben.«

»Verstehe«, sagte Hammer. »Ihr Mann hat aber die Tat gar nicht begangen, Frau Melzer, wissen Sie das? Außerdem wird das nicht gut ankommen vor dem Haftrichter. Sie haben auf Herrn Zimmermann gewartet. Das ist ganz eindeutig Vorsatz. Hatten Sie da die Tatwaffe schon dabei? Sie müssten die doch aus dem Werkzeugkoffer Ihres Mannes entwendet haben, oder?« Er sah Christa scharf an.

»Ich weiß net, warum ich den Schraubenzieher eingesteckt hab«, heulte sie dann. »Ich weiß es nimmer. Hab doch bloß solche Angst gehabt, dass man den Toni einsperrt. Und weil der Helmut so gemein war, hab ich gedacht …«

»… dass, wenn der Herr Zimmermann nicht mehr da ist, niemand Ihren Mann verraten kann wegen des Todes von Monika Rothenfels«, ergänzte Hammer. »Wieso waren Sie so sicher, dass Ihr Mann das getan hat?«

Christa sah ihn erstaunt an. »Ich hab gedacht, des war bestimmt ein Versehen«, nuschelte sie dann. »Mit Absicht würd der Toni so was nie machen. So gemein ist der net. Aber manchmal halt ein bisserl tollpatschig. Des wär ja dann so was wie ein Arbeitsunfall gewesen, wenn es beim Einbrechen war, oder?«

»Tollpatschig. Hm. Und dann sind Sie auf Herrn Zimmermann los und haben ihn niedergestochen.« Hammer sah Christa eindringlich an. »Wie haben Sie ihn denn in den Brunnen bekommen?«

Christa blickte ihn erstaunt an. »Waren Sie schon mal in einer Landwirtschaft? Wenn man schlachtet oder so? Der hat auch net mehr gewogen als a halbe Sau. Und ich hab dacht, wenn ich den in den Brunnen schmeiß, dann kommt keiner drauf.«

»Sie wussten nichts von dem Gitter?«, fragte Hammer.

Christa schüttelte den Kopf. »Wollt bloß noch weg. Ich … des war … ich kann's Ihnen net sagen.«

»Und die Tatwaffe?« Hammer merkte, wie er immer müder wurde. Diese Frau war anstrengend.

»Ich hab zuerst den Schraubenzieher weggeschmissen«, sagte Christa. »Wer schaut schon im Dreck nach? Dann hab ich gedacht, der Brunnen ist tief, da kommt keiner drauf. Vielleicht hätt ja gar niemand gemerkt, dass der weg ist.« Hammer sah sie ungläubig an, aber Christa redete einfach weiter. »Der Toni hat gar net so viel gemacht«, schnaubte sie. »Hat mir der Helmut erzählt. Weil er feig ist, der Toni. Und ob ich mehr Mut hätt als mein Mann, hat der Helmut gefragt. Der hat sich drauf verlassen, dass ich dichthalt, hat er gesagt. Weil sonst auch der Toni drankommen würd mit der Polizei und so. Und drum hab ich gedacht …«

»Verstehe«, versuchte es Hammer noch einmal. »Leider ist die Beweiskette gegen Sie recht lückenlos. Die Faserspuren am Verschluss der Jacke des Opfers sind identisch mit denen von Ihrem Wintermantel. Ihre Fingerabdrücke sind auf dem Schraubenzieher und auf der als Vergleichsmuster gesicherten Zange sichergestellt worden. Rausreden kann man sich da nicht. Sie haben auch kein Alibi für diese Nacht und außerdem gestern«, er holte tief Luft, »gestanden. Unmittelbar bei Ihrer Verhaftung.« Hammer sah sie mitleidig an. »Was sich aber auch wieder positiv auswirken kann. Wissen Sie was? Bei Ihnen sehe ich keinen Fluchtgrund. Der Haftbefehl wird unter Auflagen ausgesetzt werden. Sie werden ins Haus Ihrer Eltern zurückkehren und dort unter Aufsicht sein bis zur Verhandlung. Das hat mir Ihr

Vater versprochen. Und das werde ich dem Haftrichter auch einleuchtend zu Gehör bringen. Ich bin sicher, wir schaffen das.«

Und sie schafften es auch.

## Dienstagnachmittag, Memmingen

»Chef, tut mir leid …«, stammelte Klaus verlegen. »Ich übe doch noch, habe noch nie was gebacken.«

»Schon gut«, knurrte der Boss. »Melzer wird nicht davonkommen.« Dann nahm er einen hastigen Schluck aus seiner Kaffeetasse, auf der in großen Lettern »Boss« stand, und verzog das Gesicht.

»Diese ganze Masche hat doch nur funktioniert, weil die Leute wahnsinnig unvorsichtig sind. Stellen Bilder von sich am Strand ins Internet und vergessen, die Sicherheitsfunktion zu betätigen, sodass nur ein ausgewählter Personenkreis diese Fotos sehen kann. Und Sie selbst, Sommer«, der Boss musterte Sissi wohlwollend, während er immer noch kaute, »haben Melzer ja ein Alibi verschafft oder es zumindest bestätigt wegen der Geschichte mit dieser Elfriede Dorsch. Er war am Donnerstag in der ›Kutsche‹ und konnte es nicht gewesen sein. Bravo. Das nenne ich mal gute und vor allem objektive Polizeiarbeit. Sie haben den Melzer entlastet. Dafür mussten Sie allerdings seine Frau überführen. Wirklich saubere Arbeit.«

»Danke, Chef«, sagte Sissi. »Den ersten Verdacht hatte ich, als Christa Melzer durch die Wohnung humpelte wie der Glöckner von Notre Dame. Es war mehr ein Kribbeln. Am Garderobenhaken hing ein violetter Wintermantel, und die Flusen an Zimmermanns Jacke hatten dieselbe Farbe. Ein klein wenig betroffen war ich schon. Immerhin kenne ich die Frau schon mein ganzes Leben lang. Nur bin ich diesmal ganz ehrlich überrascht worden von den Tatsachen. Dieser Fall beweist mir einmal mehr, dass man jedem immer alles zutrauen muss. Schade eigentlich. Es tut mir leid, wie schlecht das für Christa gelaufen ist.«

Sie schielte auf den Computer, der auf sie wartete. Erst wenn der ganze Schreibkram erledigt und ihr kniffligster Fall gelöst war, würde wirklich Weihnachten sein. Erst dann.

»Warten wir also auf die Aussage von Zimmermann bezüglich der Mittäterschaft von Melzer. Dazu kommt noch das Geständnis von dessen Ehefrau. Festnageln kann man ihn damit auf jeden Fall, wenngleich die Strafe für ihn deutlich niedriger ausfallen wird. Manchmal sind unsere Gesetze für Otto Normalverbraucher wirklich nicht einfach zu verstehen.« Der Boss seufzte. »Warum habe ich eigentlich noch kein Verhörprotokoll auf dem Schreibtisch? Hm?«

»Na, weil das ein sehr aufwendiger Fall ist, Chef«, verteidigte sich Sissi mutig. »Wir mussten so viel sortieren. Der Melzer war sozusagen der rechte Arm von Zimmermann, aber eingebrochen ist der nicht. Toni hatte viel zu viel zu tun mit seinen Weibergeschichten, oder er war einfach zu feige. Ich denke, er war zu feige.«

»Von Zimmermann wissen wir ja nicht, wieso er so spontan bei der Frau Rothenfels eingedrungen ist. Und vermutlich wird der noch länger nicht aussagen«, murmelte der Boss. »Oder?«

»Der Zimmermann ist vermutlich einfach nur gierig geworden. Es war mehr ein Zufall«, antwortete Sissi. »Christa, die er mit zur Arbeit genommen hatte, erzählte ihm arglos auf der Fahrt nach Mindelheim, dass Frau Rothenfels, ihre schwierigste Kundin, das Essen abbestellt hatte, weil sie verreist. Zimmermann hat vermutlich schon länger auf so eine Gelegenheit gewartet. Und da Toni Melzer mit Elli Dorsch so beschäftigt war, zog Zimmermann es einfach allein durch. Oder er wollte Toni nichts abgeben. Wäre Frau Rothenfels tatsächlich weggefahren wie geplant, wäre außer Ärger nichts gewesen. So hat sie es mit ihrem Leben bezahlt. Nur ein blöder Zufall, verstehen Sie?«

»Habe ich schon mal was nicht verstanden?« Der Boss zog ein Gesicht und schluckte endlich das Plätzchen vollständig herunter. Dabei sah er Klaus vorwurfsvoll an.

»'tschuldigung, Chef«, sagte Sissi. »Zimmermann dachte, Frau Rothenfels wäre nicht zu Hause. Die Schlüssel für die obere Wohnung und die Pforte besaß er offensichtlich schon seit dem Einbau der Ankleide. Er musste schnell handeln. Übrigens prüfen wir gerade die anderen Schlüssel. Frankenwalder vom Einbruchsdezernat checkt anhand der Auftragsliste vom Dorsch, welche Schlüssel zu welchen Wohnungen passen. Da werden wir einiges finden. Und Zimmermann war so blöd, die ganzen Schlüssel mit sich rumzutragen. Ohne diesen dicken, schweren Bund wäre alles schwieriger gewesen. Ich wäre nicht so schnell misstrauisch geworden. Er hätte nur die alten Schlüssel wegwerfen müssen. Warum er das nicht getan hat, ist mir ein Rätsel. Was ich allerdings besonders dreist finde, ist, dass Zimmermann tatsächlich mit dem Firmenwagen vom Dorsch auf seine Klautouren gefahren ist. Wir konnten die GPS-Daten auswerten. Ungeheuerlich. Klaus, mach doch du mal weiter.«

»Also …« Klaus kaute immer noch an einem seiner selbst gebackenen Plätzchen und schluckte es dann schnell hinunter. Dabei verzog er das Gesicht. »Schmecken mir nicht einmal selbst. Sie haben recht, Chef. Am Donnerstag stieg Zimmermann kurzerhand selbst ein in der Rothenfels-Villa. Er rief vorher an, und niemand ging ans Telefon. Weil er beim Einbau der Ankleide dabei war, wusste er auch, dass die Dame unten ein kleines Problem mit Rauschmitteln hat und nicht damit zu rechnen war, dass sie was hört. Wir konnten anhand seiner Telefondaten beweisen, dass Zimmermann am Donnerstagabend dort war und dass er bei Frau Rothenfels angerufen hat. Aber ohne die Kollegen hätten wir das nicht so schnell hinbekommen. Da müssen wir uns erst mal dafür bedanken«, sagte Klaus.

»Mach das bloß nicht, indem du ihnen deine Plätzchen schenkst, Kollege«, stichelte Sissi. »Sonst kriegen wir die nächste Anzeige wegen Körperverletzung rein. Diese Dinger«, sie hob einen Keks in Augenhöhe, »sind ein Kapitaldelikt. Ehrlich.«

Klaus zog ein Gesicht. »Schon gut. Ich backe nicht mehr. Sofort nach der Bestätigung, dass der anonyme Anruf von Zimmermanns Handy getätigt worden war, beantragten wir den Durchsuchungsbeschluss in seinem Haus in Legau und den Haftbefehl. Die Kollegen haben uns dann nach der Entdeckung des Diebesguts umgehend telefonisch informiert. Der Rest war einfach. Wir haben zwar in der Rothenfels-Villa keine Fingerabdrücke von ihm gefunden, die brauchten wir aber aufgrund der belastenden Beweise dann auch nicht mehr.«

Klaus wischte sich einen Krümel vom Mund. »Die Auftragsliste der Firma Dorsch, die uns seine Tochter Dani besorgt hat, und das recht unkonventionell, war aufschlussreich. Alle Haushalte, die in den letzten neun Monaten beraubt worden sind, waren Kunden der Firma Dorsch.«

»Vollmer, Sie haben sich mit Sommer wacker geschlagen.« Der Boss rümpfte die Nase. »Aber mal unter uns Pastorentöchtern: Backen können Sie definitiv nicht. Ihnen empfehle ich dringend, anstatt sich die Nächte in Bars um die Ohren zu schlagen, einen Kochkurs. Die Geste in Ehren, aber das ist ja vorsätzliche Körperverletzung. Gibt's noch was von diesem Reporter? Wir haben noch gar keine Schlagzeile?«, fragte er dann abschließend.

Sissi lachte schelmisch. »Der wartet jetzt auf uns. Weil wir ihn erwischt haben, wie er als Arzt verkleidet zu Zimmermann wollte. Wir lassen ihn noch ein wenig zappeln, den kleinen, dicken Unsympathen. Außerdem hat der ganz andere Sorgen. Laut Dollinger durfte er Samstagnacht seinen Führerschein abgeben. Alkoholkontrolle. Steinmeier wird jetzt erst mal eine Weile spazieren laufen oder Taxi fahren. Für viele Schlagzeilen wird es nicht reichen.«

»Na dann … kann ich Sie ja in die Feiertage entlassen«, sagte der Boss und erhob sich von dem Schreibtisch.

»Nicht ganz, Chef.« Sissi lächelte spitzbübisch. »Papierkram machen wir noch, aber erst haben wir einen schwierigen Fall zu lösen.«

»Noch einen?«, rief der Boss.

»Meinen kniffligsten. Frohe Weihnachten, Chef!«, zwinkerte Sissi und verließ mit Klaus das Büro.

## Dienstagabend, Legau

»Das Auto steht in der Garage. Weit kann er also nicht sein.« Klaus drehte sich zu Sissi um. Sie standen vor dem schmucken Einfamilienhaus der Familie Sommer in Legau. Abendstille hatte sich über den idyllischen kleinen Ort im Illerwinkel gesenkt. Alle Geschenke waren gekauft und eingepackt, alle Bäume geschmückt, und überall herrschte festlich-hektische Stimmung. Es schneite ganz leicht.

»Weiße Weihnachten, wie schön.« Sissi steckte ihre hübsche Nase in die Luft. »Da haben wir ja mal Glück. Und jetzt lass uns noch schnell diesen Fall auflösen. Wir waren wirklich wieder gut, oder?«

»Das waren wir tatsächlich, Kollegin«, sagte Klaus lachend. »Und wohin gehen wir nun? Wollen wir uns gleich bewaffnen, damit wir dem Schützenverein wenigstens etwas entgegenzusetzen haben? Ihr Allgäuer schießt doch immer erst und redet dann, oder?«

»Ich habe schon eine Idee, wo wir Auskunft bekommen. Aber erst ab ins Schützenheim.«

Sie fuhren durch Legau. Nach einer kleinen Weile standen sie vor dem Gebäude des Schützenvereins. Es war leer. Und dunkel. Natürlich.

»Fehlanzeige.« Klaus deutete durch die Windschutzscheibe auf das Gebäude. »Kein Licht irgendwo. Hier wird nicht geschossen, und schon gar nicht scharf. Also, dein Mann hat dich angelogen. Hier ist heute tote Hose.«

»Kann schon sein«, antwortete Sissi. »Aber ich weiß, wo heute keine tote Hose ist. Und wo wir unsere Auskünfte herbekommen. Fahr bitte zum Markplatz.«

»Schon schön im Dunkeln, dein Dorf. Ach, wie nett!« Klaus betrachtete bewundernd den Marienbrunnen. Die Statue der Gottesmutter trug anstatt ihrer üblichen goldenen Krone heute ein weißes Häubchen, das ihr ausnahmslos gut zu Gesicht stand. Gütig blickte sie auf den gepflasterten Vorplatz und die Bank, auf der Erna Dobler sich so gern ausruhte und sich mit ihrem verstorbenen Mann auf dem Friedhof gegenüber unterhielt.

»Siehst du, sogar noch Parkplätze frei.« Sissi rutschte auf dem Sitz hin und her. »Halten.«

»Zu Befehl«, grinste Klaus sardonisch. »Stürmen wir jetzt das Gebäude, oder wollen wir nicht doch lieber vorher verhandeln?«

»Lass mich nur machen«, sagte Sissi. »Ich brauche dich, weil du so gut aussiehst. Stelle dich bitte an den Tresen und lenke die Wirtin ab. Das ist doch deine Spezialität. Und egal, wie alt die Frauen sind, auf dich fliegen doch alle. Also los. Ich gehe hinten rauf.«

Klaus tappte hinter Sissi murrend ins Innere des »Mohren«, wo sie von dem altbekannten Mix aus Essens- und Biergerüchen empfangen wurden.

»Nur immer rein, du kennst dich ja aus.« Sissi deutete auf den Eingang zur Gaststube. »Die Ernestine wird sich freuen, dich zu sehen.«

Klaus betrat das Lokal. Wie immer war der Stammtisch brechend voll. Alle waren da, der Alfons Walter, Korbinian Altmeier, der Metzger, sogar Hansi Seitz, der streitlustige Ehemann der Wirtin, brütete über seinem Bier und war wieder mal sauer. Es kümmerte sich aber keiner drum. Klaus stellte sich an die Theke. Es dauerte keine Minute, bis Ernestine Seitz, die Wirtin, geschäftig auf ihn zukam.

»Junger Mann«, sagte sie wohlwollend. »Sie sind doch der Kollege von der Sissi. Wir bedienen nicht am Tresen. Sie müssen sich schon setzen. Was zu essen?«

»Was haben Sie denn?«, wollte Klaus vorsichtig wissen.

»Was möchten Sie denn?«, fragte Ernestine schelmisch zurück. »Sie sollen mich wohl nur ablenken, oder?« Ernestine, die vor langer, langer Zeit aus dem Sozialismus in den Kapitalismus geflüchtet war, weil sie sich damals in Hansi Seitz aus Legau verliebt hatte, und nun seit ewiger Zeit als Wirtin des »Mohren« ein umsichtiges und vor allem schmackhaftes Regiment führte, lachte.

»Wir liegen schon richtig, oder?« Klaus sah sie fragend an.

Ernestine schmunzelte. »Liegen passt nicht so ganz. Na ja,

kann man nüscht machen. Polizei bleibt eben Polizei. Wundert mich, dass es so lange gut gegangen ist. Ich bringe Ihnen die Brotzeitkarte. Eigentlich schade, denn es wäre eine schöne Überraschung geworden. Aber gut.«

Klaus setzte sich und achtete nicht auf die neugierigen Mienen vom Stammtisch. Nach zwei Jahren im Allgäu hatte er sich an die schiefen Blicke der Eingeborenen gewöhnt, wenngleich er immer noch nicht verstand, wieso die meisten diese merkwürdigen grauen Filzhüte trugen. Aber das würde er noch herausfinden.

»Herrgottsakrament!« Durch die geschlossene doppelflügelige Holztür im ersten Stock, wo Sissi nun seit zwei Minuten mit dem Ohr am Holz den Klängen eines antiquierten Foxtrotts lauschte, drang lautes Geschimpfe. Die Stimme war Sissi wohlbekannt. Anita Hoff, geborene Walter, die örtliche ehemalige Sexbombe.

»Ja, Himmel noch amal!« Das war jetzt eine zweite Stimme, und Sissi schauderte. Sie gehörte Erna Dobler, der »Brieftaube des Ortes.«

Anita Hoff und Erna Dobler im ersten Stock des »Mohren«?

»Sapradi! Erna, schalt die Musik wieder ein. Vom Anfang. Ich kann so net arbeiten! Der kapiert echt gar nix!« Wieder Anita. Wütend und empört.

»Und überhaupt. Ich mach des bloß, weil ich so nett bin. Net wegen dem Geld. Aber ich lass mir net die ganzen Füß verhunzen. Pass einfach amal auf, wo du hintappst!«

»'tschuldigung.« Peters leise Stimme war kaum zu hören. »Ich strenge mich ja auch wirklich an.«

»Deine Frau ist bei der Kripo!«, schimpfte Anita jetzt laut. »Wenn du des bei der machst, die schießt dir ja in den Fuß, du Trampel. Los jetzt! Erna, gib mir noch einen Schnaps. Und dem da auch. Der ist so was von verkrampft!«

»Ich vertrag doch nichts«, hörte man Peter kleinlaut protestieren, dann war es ein paar Sekunden still.

Sissi wartete, bis die Musik wieder laut geworden war, dann drückte sie ganz vorsichtig die Klinke und lugte durch den Spalt.

In der Mitte des Festsaales, auf dem von unzähligen Faschingsbällen abgeschabten Parkett, stand ihr Ehemann Peter zusammen mit Anita und versuchte verzweifelt, den Rhythmus zu halten. Anita, die seit der Geburt ihres Sohnes ein paar vernachlässigbare Kilogramm zugenommen hatte, schwang und drehte ihn im Kreis herum. Der arme Peter wirkte wie eine Stoffpuppe, die zu den Klängen von Helene Fischer herumgeschleudert wurde. Am Rand der freigeräumten Tanzfläche saß Erna Dobler, die ehrbare Witwe und lebende Legauer Zeitung auf zwei Beinen, in ihrem besten Wintermantel und klopfte den Takt mit dem Fuß mit. Sie sah aus, als würde sie am liebsten das Kommando übernehmen.

Sissi schloss die Tür ganz leise wieder und schlich mit einem breiten Lächeln im Gesicht nach unten in die Gaststube.

»Ihr habt mich nicht gesehen, ist das klar?« Sissi drohte zum Stammtisch mit der Hand.

»Der hat sich so angestrengt, der arme Teufel«, grinste der Metzger Korbinian. »Mir machen ihm des net kaputt. Und du auch net. Meine Alte tät einen Luftsprung machen, wenn ich mal so nett zu ihr wär.«

»So hoch kommt die doch gar nimmer«, konterte Alfons Walter, der Vater von Anita, grölend. »Sissi, kein einziges Wort. Ist ja bald Weihnachten. Und die Anita macht dem die Hölle heiß. Der hat bestimmt schon Blasen am Fuß. Nimmst jetzt dein Model wieder mit? Die Ernestine guckt ja schon gar nimmer auf was anderes, gell, Hansi?«

Hansi Seitz antwortete nicht, sondern funkelte Klaus, der am hinteren Tisch saß, nur feindselig an.

»Ich habe grade bestellt, Sissi«, sagte Klaus. »Und ich weiß es schon. Sie hat es mir erzählt.« Er zeigte auf Ernestine.

»Die üben da jetzt seit Ewigkeiten immer stundenlang. Zweimal in der Woche. Und ab und zu kommt die Erna runter und wärmt sich auf. Kann ja nicht wegen drei Leuten den Saal oben heizen. Aber deinem Mann, Elisabeth, wird's schon warm, die Anita schindet ihn ganz schön. Tanzen kann die ja prima.«

In diesem Moment kam die Bedienung und stellte einen Wurstsalat vor Klaus, der sofort begeistert anfing zu essen.

»Noch ein Fall geklärt«, nuschelte er zwischen zwei Bissen. »Und jetzt?«

»Ich hätte eine Idee …«, sagte Sissi. »Was hast du heute noch vor?«

Ein paar Stunden später sah sich Klaus mit zerwühltem Haar und glasigem Blick in der schmucken Küche der Sommers um. Im ganzen Haus roch es verführerisch nach Weihnachten. »Das sind also Vanillekipferl. Und man braucht tatsächlich Zucker«, murmelte er und wischte sich das Mehl aus der Stirn.

## Einige Zeit später

Nach und nach kehrte in den meisten Häusern in Mindelheim Ruhe ein, und auch in Legau, dem schmucken Dorf im Herzen des Illerwinkels. Sissi feierte ein stimmungsvolles Weihnachtsfest mit ihrem nunmehr tanzenden Mann und verzog keine Miene, als er ihr bei einem Probefoxtrott an Heiligabend auf die Zehen trat. Sie hatte, wie Lydia König, schon Schlimmeres erlebt.

Klaus blieb die gesamten Feiertage mit seinem Hund zu Hause, wo er überrascht sein Weihnachtsgeschenk von Sissi öffnete: die ersten zwei Staffeln vom »Bullen von Tölz«. Er sah sich alle Folgen innerhalb kürzester Zeit an und amüsierte sich königlich.

Wolfgang Haug erlebte mehrere Panikattacken, als er erfuhr, was in Monika Rothenfels' Testament für eine Überraschung auf ihn wartete, und trank drei Whiskey hintereinander, die aber auch nicht halfen. Seine Frau beobachtete ihn interesselos und ohne das Gesicht zu verziehen, denn die letzte Botox-Injektion war ein wenig zu viel des Guten gewesen.

Kurt König wurde von seiner Frau Lydia weiterhin täglich auf die Mindelburg gehetzt und verfluchte den Tag seiner Geburt bei jedem einzelnen Schritt. Natürlich nahm er wie schon in den Monaten zuvor kein Gramm ab. Lydia probierte eine neue Diät aus, die sehr vielversprechend schien, man nannte sie »FDH«, und sie war total einfach. Innerhalb von zwei Monaten verlor sie zwölf Kilogramm und kaufte sich als Erstes einen neuen Bikini.

Robert Steinmeier gab seinen Artikel über die »Mordsstadt Mindelheim« aus Angst vor Sissis Rache niemals ab und machte nach dem Entzug seiner Fahrerlaubnis erste Erfahrungen mit öffentlichen Verkehrsmitteln und der Führerscheinstelle der Stadt Memmingen. Beide waren nicht angenehm. Außerdem lernte er auf die harte Tour, dass Fahrradfahren im Winter mit gewissen Risiken verbunden ist, was ihn zu einer gehässigen

Kolumne inspirierte, in der er kübelweise Häme über die deutsche Politik und den Verkehrsminister ausgoss. Sie wurde aber nie gedruckt.

Dieter Dorsch warf erst Elli und dann den Weihnachtsbaum von Jakob Vögele in hohem Bogen aus seinem Haus, wo dieser drei Tage lang im Schnee lag, bis sich Olga erbarmte und ihn entsorgen ließ. Die Plastikkugeln nahm sie sicherheitshalber mit. Man konnte ja nie wissen.

Dani zog bei ihrem Vater ein und unterstützte ihn im Büro. Andrea, Dieters Exfrau, lud ihn gelegentlich zum Essen nach Nassenbeuren ein, was er dankend und demütig annahm. Es bleibt abzuwarten, ob sein natürlicher Charme nochmals verfängt. Seine Kumpels Wolfi, Herbert, Alfons und Kurt haben Wetten darüber abgeschlossen. Selbstverständlich treffen sich die honorigen Herren weiterhin wie schon seit Jahrzehnten im Café Lörcher, und zwar jeden Samstagvormittag. Sie akzeptieren aber keine neuen Stammtisch-Mitglieder. Alle Versuche sind zwecklos.

Elli verschwand nach ihrem Rauswurf aus der Dorsch-Villa naserümpfend und böse blinzelnd aus Mindelheim. Längere Zeit wurde sie weder gesehen noch gehört, was viele als Erleichterung empfanden. Herbert Rauhfelder, der mit seiner Frau öfter mal ins benachbarte Bad Wörishofen fuhr, traf Elli im März des darauffolgenden Jahres am Arm eines sehr viel älteren, gut gekleideten Herren, der eine gewisse Ähnlichkeit mit Johannes Heesters hatte und Elli anzubeten schien.

Rauhfelder, der gelegentlich gern auf ARTE Tierdokumentationen verfolgte, hatte genügend Berichte über Würgeschlangen gesehen, die monatelang ohne Nahrung auskamen und dann wieder eine ganze Ziege am Stück verschluckten. Deshalb wunderte er sich nicht über Ellis neuen Freund. Er grüßte höflich und vergaß, Dieter davon zu erzählen.

Christa Melzer verbrachte den Tag bis zur Verhandlung zu Hause bei den Eltern in ihrem »Mädeleszimmer«, während das spartanisch eingerichtete Haus in Legau nach dem überstürzten Auszug ihres geliebten Toni zum Verkauf ausgeschrieben wurde. Die Puppen im Abstellraum wollte allerdings niemand. Christa heulte täglich zwei Päckchen Papiertaschentücher voll, denn sie vermisste ihren Mann und wollte ohne ihn nicht leben. Nicht einmal ihr geliebter Papa konnte ihr beibringen, dass sie gerade andere Sorgen hatte, darum ließ er es bleiben. Sie trat – immer noch heulend – vor Gericht und bekam eine angemessene, aber halbwegs erträgliche Strafe, weil Philipp Hammer es mittels eines Gutachtens schaffte, »vorübergehende Unzurechnungsfähigkeit« nachzuweisen. Personen, die Christa persönlich kannten, erstaunte dies nicht.

In seiner Not steckte der alte Mooslechner seine Tochter in eine Psychotherapie, um ihr den Teufel namens Toni Melzer austreiben zu lassen, doch leider war Christa ein aussichtsloser Fall und wurde herumgereicht wie eine heiße Kartoffel. Eine heiße, heulende Kartoffel.

Toni Melzer verkroch sich am Tag von Christas Verhaftung bei sich zu Hause in Legau, nicht ohne zuvor einen prüfenden Blick in den Spiegel geworfen zu haben. Kurz darauf bekam er allerdings Besuch von vier gut gebauten Herren, die definitiv nicht nur Kaffee mit ihm trinken wollten. Anschließend ward er mehrere Tage nicht mehr gesehen, außer einmal beim zahnärztlichen Notdienst in Kempten. Er kassierte eine nicht unerhebliche Haftstrafe wegen Beihilfe zum Einbruchdiebstahl, denn sein bester Freund Zimmermann hatte sich mit der Staatsanwaltschaft auf einen Deal geeinigt und legte ein vollumfängliches Geständnis ab, das Tonis Mittäterschaft offenlegte und dafür sorgte, dass dieser die nächste Zeit hinter schwedischen Gardinen verbringen musste.

Nachdem sich Toni in seiner Zelle häuslich eingerichtet hatte, bekam er regelmäßig Besuch von einer dauerhaft verheulten Blondine, die sich auch noch nach acht Monaten regelmäßig auf ihrem Weg in die JVA verfuhr und nach dem Weg fragen musste. Toni war sich sicher: Er würde aus dieser Sache nie mehr herauskommen. Und damit meinte er nicht die Justizvollzugsanstalt.

Helmut Zimmermann knüpfte beim Hofgang im Gefängnis interessante Kontakte für sein Leben nach dem Knast, denn er war unbelehrbar geboren und hatte nie dazugelernt. Seine

Mutter spendete alle seine Klamotten dem Roten Kreuz, ging noch öfter in die Kirche als zuvor und besuchte ihren Sohn einmal im Monat, beinahe ein wenig froh, denn endlich wusste sie wirklich immer, wo er war.

## Epilog

»Machen Sie doch bitte endlich die Musik leiser. Das ist ja nicht mehr zum Aushalten.« Helga stand vor der geöffneten Tür im ersten Stock der Villa Rothenfels und starrte Olga bissig an, die sie unbeeindruckt anlächelte. Helga versuchte es noch einmal. »Dieser Höllenlärm ist eine Zumutung!«

Im Hintergrund hörte man lautes Gelächter, Balalaika-Musik und Gläserklirren. Es klang gar nicht übel. Vor allem das Gläserklirren.

»Tut mir leid, gnädigä Frau«, strahlte Olga. »Wir feiärn, paar Freundä, und wolltän Sie fragän, ob Sie nicht kommän wollän. Weil wir ja jätzt Nachbarn werdän.«

»Unglaublich.« Helga richtete sich zu ihrer vollen Größe von eins fünfundsechzig auf und musterte Olga böse. »Ich dachte, ich komme hier weg. Aus diesem Kaff. Endlich. All die Jahre. Nur Mief. Provinz. Und dann ... nur weil sie mir eins auswischen wollte. Und das hat sie geschafft.«

Olga sah sie freundlich und verständnisvoll an. »Ist schwierig mit Familiä. Aber nun ist Frühling, und neuäs Glick wartät hintär Tür.«

»Jetzt sitzen Sie da in den Möbeln meiner Schwester. Als wenn das Zeug schon immer Ihnen gehört hätte. Ich kann es nicht fassen.« Helga dachte nicht daran, ein nettes Gesicht zu machen. Sie fühlte sich vom Leben hintergangen. Und von ihrer eigenen Schwester.

»Nicht aufregän. Wir habän gutä Sachän zum Trinkän«, sagte Olga ungerührt. »Und wenn Sie wollän, ich helfä Ihnän saubär machän. Morgän odär so. Ich habä ja viel Zeit. Weil ...«

»Weil Sie jetzt Geld habän – und eine Restaurantbeteiligung auch noch«, entgegnete Helga bissig und äffte Olga nach. »Weil meine Schwester, das Miststück, immer nur dran gedacht hat, wie sie mich ärgern kann.«

»Wenn Sie trinkän wollän, kommän Sie!« Olga packte Helga am Ärmel ihres dunkelblauen Hauskleides und wollte sie in die

Wohnung ziehen. »Immär nur alleinä nix gutt für allä Menschän. Und wir habän freiä Männär hier. Und einä liebä Freundin. Sie kommän!« Dann sagte sie noch einen Satz auf Russisch, den Helga nicht verstand.

»Was war das? Was haben Sie gemeint? Das fängt ja schon gut an«, fragte Helga bissig.

»›Alles ist gut, was gut endet‹ heißt des, ich lern nämlich grad Russisch«, ertönte plötzlich eine Stimme hinter Olga, und Lydia tauchte auf. In der Hand hielt sie ein gefülltes Sektglas und prostete Helga damit zu. »Jetzt komm endlich rein, du grantiger Besen. Die Olga ist ein Gewinn für jedes Haus. Kannst mir glauben. Und die Leut hier sind riesig nett. Lauter Russen. Himmel, haben die schöne Mannsbilder!«

»Mannsbilder«, murrte Helga. »Nein danke.«

»Helga ...« Lydia stellte sich neben die strahlende Olga und legte einen Arm um deren Schultern. »Der Kurti ist auch da. Wär's nicht endlich einmal Zeit, die alten Sachen zu vergessen?«

»Dein toller Zahnarzt? Vergessen? Frag das mal meine Schwester. Ach ja, das geht nicht mehr«, murmelte Helga.

»Helga, des ist so lang her«, beharrte Lydia resolut. »Der war damals jung und dumm. Jetzt ist er bloß noch dick. Er hat mir erzählt, dass er einfach nicht gewusst hat, welche von euch zwei er nehmen soll. Weil ihr beide so toll gewesen seids.« Es schien Lydia überhaupt nichts auszumachen, diese Tatsache auszusprechen. »Hast nicht viel verpasst, kannst mir glauben.« Sie sah Helga eindringlich an. »Des war nervig und anstrengend die letzten dreißig Jahr. Hätt dir eh nicht gefallen. Ein Feigling ist er alleweil noch. Und wenn d' magst, entschuldigt der sich jetzt sofort bei dir. Noch amal. Des tut dem schon lang leid. Dafür hab ich gesorgt.« Sie grinste spitzbübisch.

»Helga, hast ein tolles Leben gehabt. Weite Reisen in die ganze Welt. Ich hab in der Praxis geholfen, mich mit dem Personal rumgestritten und seit über drei Jahrzehnten bloß einen einzigen Kerl gehabt. Und nicht einmal einen besonders tollen. Hast doch einen guten Tausch gemacht, oder?«

Helga starrte sie an. In ihrem Gesicht arbeitete es. Das war alles schon so furchtbar lange her. Und ja – Kurt war in jungen

Jahren ein richtig gut aussehender Springinsfeld gewesen. Sie hatte ihn geliebt. Wenn sie allerdings sah, was inzwischen aus ihm geworden war … Zögernd machte sie einen Schritt nach vorn.

»So ist's recht«, strahlte Lydia. »Schwing deinen dürren Hintern rein. Hier gibt's Wodka in Massen. Hätt doch schlimmer kommen können, oder nicht?«

»Na ja, was soll's«, brummelte Helga, packte ihr Kleid am Saum und schritt würdevoll in die Wohnung. Drinnen empfing sie lautes Gelächter.

Im parkartigen Garten um das Haus herum wurde es still. Am Rande des Zierteichs wartete die große, dicke Siamkatze namens Cinderella auf einen unvorsichtigen Goldfisch. Sie hatte massenhaft Zeit.

Nur gelegentlich wurde die samtige Nacht durch lautes Lachen und Gläserklirren unterbrochen. Ruhig und geheimnisvoll raschelten alte Bäume in der Dunkelheit mit ihren frisch belaubten Kronen. Es war ein herrlicher Frühlingsabend.

# Danksagung

Als Kinder besuchten wir in endlos scheinenden, in meiner Erinnerung immer sonnigen Sommerferien das Mindelheimer Freibad. Wir radelten in der Frühe dorthin und verließen es erst, wenn es schloss. Das mitgebrachte Leberwurstbrot ignorierten wir und holten uns stattdessen am Kiosk vom Krähennest eine Tüte Pommes. Wenn das Taschengeld nach dem Baden noch reichte, spielten wir eine Runde Minigolf in der Anlage neben dem Freibad. Im Winter zogen wir unsere Bahnen auf dem Schlittschuhplatz. Mit eiskalten Beinen saßen wir in der Holzhütte, in der ein kleiner Ofen vergeblich versuchte, nasse Schlittschuhe zu trocknen oder gefrorene Zehen aufzutauen. Wir rodelten mit unseren Holzschlitten die Schwabenwiese hinunter und liefen dann wieder nach oben, juchzend vor Freude.

Als wir älter waren, saßen wir im Maxim oder im Schickeria, wahlweise in Heini's Pilsbar oder in der Saiseralm und genossen unser Eis im Dolomiti an der Kreuzung zur Bahnhofstraße, wo immer die gleichen Verdächtigen mit frisierten Autos und lauter Musik vorbeifuhren. In der Siegeshalle gab es herrliche Cevapcici, im Storchenbräu riesige Eisbecher und deftige Pfannengerichte, im Fässle nahe dem Bahnhof den besten Wirt aller Zeiten und in der Burggaststätte einen Hackbraten, an den ich heute noch gern zurückdenke. Irgendwann verließ ich die Stadt, aus beruflichen Gründen.

Aber immer wenn ich anlässlich eines Besuches nach Mindelheim fuhr, durchwanderte ich die bekannten Straßen und freute mich, dass es trotz schmucker Neubauten noch Orte gab, die sich nicht geändert hatten und für mich untrennbar mit dem Gefühl von »Früher« und »Daheim« verbunden sind wie zum Beispiel die Stadtbücherei neben dem Hungerbach, schräg gegenüber der Jesuitenkirche.

Da ist der Friedhof, dieser stille Platz, auf den der Autolärm nie wirklich zu dringen scheint, wenn ich die Gräber alter Freunde oder Verwandter besuche.

Da ist das Kino in der Bahnhofstraße, in dem ich im zarten Alter von sieben Jahren mit großen Augen vom Sperrsitz aus auf die Leinwand starrte, als Heidi von Fräulein Rottenmeier empfangen wurde.

Da sind die beiden Cafés, das Lörcher und das Engel, die immer noch am gleichen Fleck wie seit Jahrzehnten leckere Kuchen, Torten und das Gefühl, nach Hause zu kommen, anbieten.

Da sind die Baggerseen an der Peripherie von Mindelheim, an denen wir als junge Leute todesmutig ins undurchsichtige Wasser sprangen und später stundenlang in der heißen Sonne lagen.

So viele Plätze, ich kann sie hier nicht alle nennen, denn das würde den Rahmen sprengen.

Wandern Sie jetzt mit mir ein wenig durch Gassen, die ich leider nicht alle aufzählen kann, weil sonst das Buch viel zu lang würde. Aber lassen Sie uns eine kleine Pause machen vom Alltag. Denn genau dafür sind meine Bücher gedacht.

Dies ist ein Roman. Alle Charaktere und Begebenheiten habe ich erfunden, genauso wie das Restaurant-Hotel »Kutsche«, die »Wunder-Bar«, das noble Villenviertel in der Nähe des Katharinenberges und die Schreinerei Dorsch. Ähnlichkeiten mit lebenden oder bereits verstorbenen Personen wären mehr als zufällig.

Mein besonderer Dank gilt Frau Daniela Schafhaupt, Herrn Johann Huber vom Betrugsdezernat, Herrn Ralf Hübner vom Einbruchsdezernat, Herrn Dr. Horst Bock von der Rechtsmedizin Memmingen und natürlich »dem Boss«. Sie waren mir eine große Hilfe.

Barbara Edelmann
**MORDSBRAUT**
Broschur, 352 Seiten
ISBN 978-3-95451-356-7

*»Eine wunderbar ironische Zeichnung, die mit Vorurteilen spielt und den Leser schmunzelnd mitnimmt.«* ekz

*»Ein humorvoll-kriminelles Sittengemälde aus dem Allgäu. Man spürt die tiefe Verbundenheit der Autorin mit der Region und ihrer Mentalität. Ein Buch für alle, die das Allgäu, die Berge und gute Krimis lieben.«* Kreisbote Oberallgäu

Barbara Edelmann
**MORDSRAUSCH**
Broschur, 384 Seiten
ISBN 978-3-95451-680-3

*»Mit Humor und Witz, Augenzwinkern und Ironie werden die Menschen charakterisiert und wird die Handlung schwungvoll erzählt.«*
Westallgäu Plus